Jeff Carlson
Infekt

W0462692

Zu diesem Buch

Amerika nach der Nano-Katastrophe und der vernichtenden Invasion durch die russisch-chinesische Allianz: Cam Najarro und Ruth Goldman haben überlebt und helfen beim Wiederaufbau der Regionen unterhalb von 3000 Metern. Da taucht eine neue Bedrohung auf: eine hochgradig ansteckende Nanoseuche, die die Menschen innerhalb von Sekunden in willenlose Werkzeuge verwandelt. Cameron Najarro und Ruth Goldman begeben sich auf die gefährliche Suche nach dem Gegenmittel. Dabei stoßen sie auf die Wissenschaftlerin Kendra Freedman, die Schöpferin der Nanoviren. Auch die neue Generation stammt von ihr. In chinesischer Gefangenschaft wurde sie zur Entwicklung der Seuche gezwungen, um dem Feind die Kontrolle über die Menschheit zu verschaffen. Können Cam und Ruth den Untergang verhindern?

*Jeff Carlson*, 1969 in Kalifornien geboren, schrieb schon früh seine ersten Kurzgeschichten. Sein Vater, der bei der NASA arbeitete, inspirierte ihn zu phantastischen Settings. Das Romandebüt »Nano« wurde in den USA zu einem großen Erfolg. Nach »Nano« und »Plasma« ist »Infekt« der dritte Band über unsere Welt nach der Katastrophe. Weiteres zum Autor: www.jverse.com

Jeff Carlson

# INFEKT

Thriller

Aus dem Amerikanischen von
Birgit Reß-Bohusch

Piper München Zürich

*Entdecke die Welt der Piper Fantasy:*

Piper-Fantasy.de

Von Jeff Carlson liegen bei Piper vor:
Nano
Plasma
Infekt

FSC
Mix
Produktgruppe aus vorbildlich bewirtschafteten Wäldern und anderen kontrollierten Herkünften
www.fsc.org Zert.-Nr. GFA-COC-001223
© 1996 Forest Stewardship Council

Deutsche Erstausgabe
Februar 2010
© 2009 Jeff Carlson
Titel der amerikanischen Originalausgabe:
»Plague Master«, ACE, Penguin New York 2009
© der deutschsprachigen Ausgabe:
2010 Piper Verlag GmbH, München
Umschlagkonzeption: semper smile, München
Umschlaggestaltung: Guter Punkt, München | www.guter-punkt.de
Umschlagabbildung: Markus Weber unter Verwendung von Motiven von shutterstock
Autorenfoto: Reflections Photography, Copyright 2007
Satz: C. Schaber Datentechnik, Wels
Papier: Munken Print von Arctic Paper Munkedals AB, Schweden
Druck und Bindung: CPI – Clausen & Bosse, Leck
Printed in Germany ISBN 978-3-492-26689-5

*Dieses Buch*
*widme ich meinem Vater Gus Carlson,*
*der mir das Lesen beibrachte.*

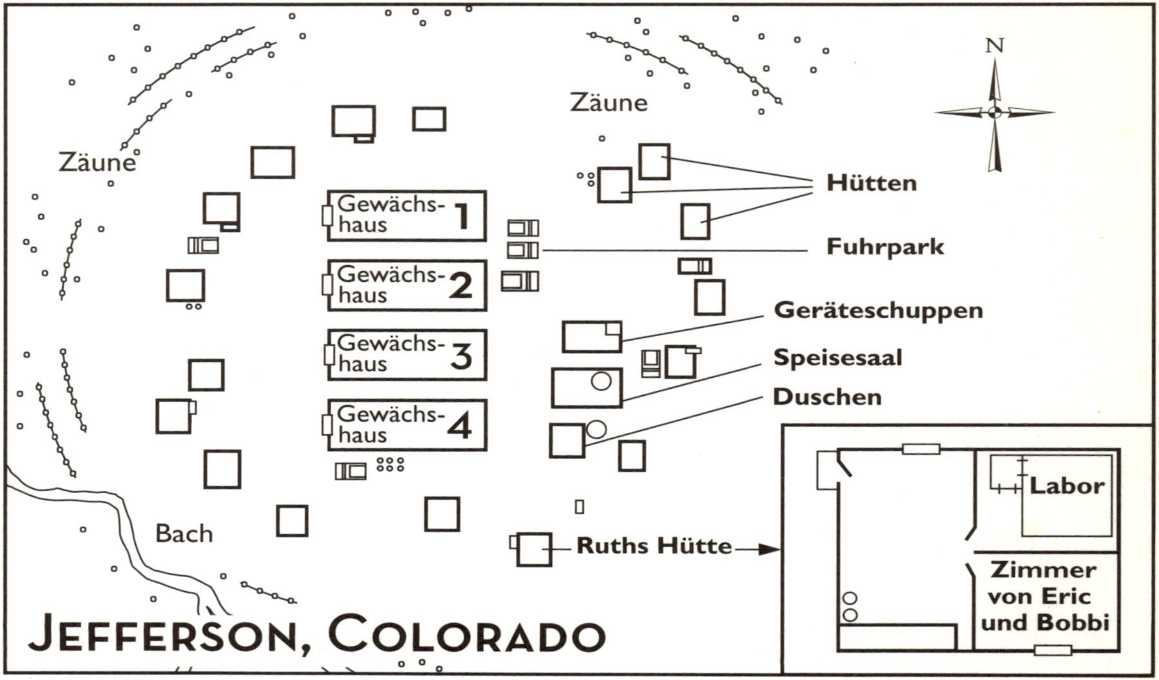
N
Zäune
Zäune
Hütten
Fuhrpark
Geräteschuppen
Speisesaal
Duschen
Gewächs-haus 1
Gewächs-haus 2
Gewächs-haus 3
Gewächs-haus 4
Bach
Ruths Hütte
Labor
Zimmer von Eric und Bobbi
JEFFERSON, COLORADO

Vancouver
Calgary
Saskatchewan
N
Spokane
Seattle
Missoula
Montana
North Dakota
Niemandsland
Boise
Wyoming
Mississippi
Missouri
Wüste
Kalifornien, russische Besatzungszone
Wüste
Salt Lake City
Utah
Grand Lake
Sylvan Mountain
Colorado
Kalifornien, chinesische Besatzungszone
Flagstaff
Los Angeles
San Diego
Albuquerque
New Mexico
Wüste
Sumpf
Sumpf
NORDAMERIKA NACH DEM KRIEG

# 1

Cam Najarro streckte einen Arm in das eingestürzte Gewächshaus und kämpfte sich mühsam durch die zerfetzten Plastikplanen. Mit der anderen Hand hielt er den Flammenwerfer nach unten gegen sein Bein; das blaue Mündungsfeuer flackerte dicht neben seiner Kniekehle. Er wollte keinen Brand auslösen, wenn sich das vermeiden ließ. Deshalb schirmte er die Waffe mit seinem Körper ab, während er in dieses Chaos hineinwatete. Dort im Inneren sackte alles immer noch weiter zusammen und hing dann wild verheddert herum.

Die Tanks auf seinem Rücken verfingen sich im Plastik. Dann stieß er gegen ein zerbrochenes Kantholz. Er zog den Kopf ein und drückte den Stutzen mit der Sprühdüse ungeschickt gegen den Bauch.

Die Plastikflächen waren durchsichtig – aber als das Gewächshaus in sich zusammenfiel, hatten sich Dach und Wände verbogen und das dünne Material gerafft. Schlimmer noch, die Abenddämmerung brach herein. Cam trug zwar eine Taschenlampe am Gürtel, doch der Lichtstrahl wurde von den Planen reflektiert und blendete ihn. Im Halbdunkel konnte er besser sehen.

Das Gewächshaus roch nach frischer Erde und ein wenig auch nach feuchtem Moder. Der Betonboden war mit Ameisen und Heuschrecken übersät. Einige waren tot. Andere zappelten und wuselten in den Plastikfalten, die ihn von allen Seiten umgaben.

Sein Headset knisterte im Ohr. »Wie sieht es aus?«, fragte Allison.

»Alles still.«

»Ich habe ein ungutes Gefühl, Cam.«

Er lächelte. »Hast du das nicht immer?«

»Komm raus. Bitte!«

»Nein. Eric lebt vielleicht noch. Was ist, wenn er nur das Bewusstsein verloren hat?« Cam griff in den nächsten Plastikvorhang, konnte das schwere Ding aber kaum bewegen. Also ging er in die Knie und versuchte unter der Plane durchzukriechen. Zu seiner Rechten wurde der Durchgang von einem langen hölzernen Pflanzentrog blockiert, dessen Erdfüllung auf dem Boden versprengt war. Cam wandte sich nach links, auf einer Hand und beiden Knien weiterrutschend.

Er stoppte, als er eine rote Erhebung auf dem Boden sah, wo die zerquetschten Ameisen besonders dicht lagen. Cam zielte mit der Waffe auf den Haufen, ehe er weiterrobbte; er wollte sichergehen, dass diese Ameisen auch tot waren und nicht etwa eine neue Invasion bedeuteten. Er sah junge Königinnen und geflügelte Männchen, dazwischen Arbeiterinnen. Die Not hatte sämtliche Überlebenden auf dem Planeten gezwungen, sich zu Entomologen zu entwickeln, und Cam spürte eine gesunde Furcht vor diesen Insekten. Die Ameisen waren zugleich filigran und zäh. Ihre winzigen Beine und Mundwerkzeuge konnten unglaublich zupacken, wie die Zerstörung ringsum zeigte.

Er begann, mit dem Stiefel auf die roten Winzlinge einzustampfen. »Ich glaube, ich weiß jetzt, wo sie eingedrungen sind«, sagte er. Jedes Wort hallte in der Stille wider. Jenseits des Gewächshauses konnte er den Wind und das Geschrei der Leute hören. Dieses Geschrei wurde lauter, als Allison sich wieder per Funk meldete.

»Lass die Finger davon«, sagte sie. »Das ist unwichtig.«

Aber für ihn war es wichtig. Er hatte das Gewächshaus 3 eigenhändig aufgebaut, und nun befand sich einer seiner Freunde in den Trümmern.

Cam streifte die Ameisen mit dem Handschuh ab und versuchte ihre Straße zu verfolgen. Er fand seinen Hinweis an einem anderen Pflanzentrog. Da, wo die Seitenwände des Behälters im Beton verschraubt waren, verlief ein feiner Haarriss durch die nur wenige Zoll dicke Platte. Ein Ende des Spalts bestand nun aus einem schartigen Loch. Die Ameisenkolonie hatte sich mit unendlicher Geduld und Energie durch das Hindernis gearbeitet.

Knapp eine Stunde zuvor hatten sich zehntausend Feuerameisen in das Gewächshaus ergossen und wie ein Wirbelsturm in dem geschützten Bereich gewütet. Die Menschen, die sich dort aufhielten, gerieten in Panik, und ihr Gewicht reichte aus, um eine der Wände umzukippen. Dann stieß jemand gegen einen Stützbalken. Die Ameisen waren vor allem an den Getreide- und Tomatenpflanzen interessiert, aber natürlich bissen und stachen sie. Drei Leute schafften es ins Freie. Eric Goodrich war als Einziger nicht durch die Doppeltür gekommen, die als Luftschleuse diente und die süßen, wasserhaltigen Pflanzen im Innern gegen die Welt der Maschinenpest abschottete.

Die Heuschrecken fielen ein, nachdem die Plastikplanen gerissen waren. Wie die Feuerameisen stammten die schwarz gefleckten Wüsten-Heuschrecken ursprünglich nicht aus Colorado, aber sie waren anpassungsfähig und opportunistisch und füllten wie so viele andere Spezies auch die Lücken in der Ökologie. Die Heuschrecken waren außerdem selbstmörderisch gefräßig, da sie bei ihrer Nahrungsaufnahme mindestens so viel Energie verbrauchten wie gewannen. Allein dadurch, dass sie in Massen in die Felder einfielen oder andere Insekten attackierten, die ihnen die Nahrung streitig machten, erlitten sie riesige Verluste. Die toten Artgenossen, die nach ihrem Kahlfraß zurückblieben, dienten wiederum den Ameisen als Nahrung.

Cam hätte sie am liebsten alle verbrannt. »Die Ameisen sind aus dem Boden gekommen«, meldete er.

»Das ist unwichtig!« Allisons Stimme klang jetzt ungeduldig, um nicht zu sagen patzig. Sie konnte streitsüchtig sein, wenn sie sich Sorgen machte. »Komm jetzt endlich da raus! Die Bergungsarbeiten können wir auch auf morgen früh verschieben.«

*Und wenn Eric noch lebt?*, dachte Cam, aber er wollte jetzt keine Diskussion in Gang setzen. Stattdessen richtete er sich an einer freien Stelle auf und drang noch tiefer in das dunkle Gewirr aus Holz und Plastik vor.

Beim Gehen zog er ein Bein nach. Seine Hände, die sich auf dem Sprühstutzen verkrampften, sahen ebenfalls schlimm aus. Alte Narben. Es gab wenige Leute, an denen die Maschinenpest oder die nachfolgenden Kriege spurlos vorübergegangen waren, aber Cam Najarro hatte es mehr als einmal nur knapp geschafft. Manchmal wunderte er sich, dass er überhaupt am Leben geblieben war. Er wünschte sich, dass andere sein Schicksal teilten.

»Eric?«, rief er, vergaß jedoch, das Mikro seines Headsets auszuschalten.

»Verdammt noch mal!«, fauchte Allison. »Er ist tot, sonst hätten wir längst etwas gehört.«

»Stell dir vor, ich läge da drin, Ally! Du würdest auch nach mir suchen.«

»Komm raus, du Idiot!«

Cam lächelte wieder. Allison war im vierten Monat schwanger und etwas weicher geworden, obwohl sie selbst jede Veränderung ihres Wesens geleugnet hätte. Sie zeigte sich zunehmend besitzergreifend und beschützend, wenn es um ihn ging, was sie zwar zu einer besseren Partnerin, aber zu einer weniger guten Anführerin machte. Sie nahm nicht mehr auf alle anderen Rücksicht. *Und sie hat wahrscheinlich recht,* dachte er, während er in die Schatten spähte. Da lag etwas auf dem Boden. Zwei Säcke Dünger … oder ein Mann?

Plötzlich klatschte er mit der flachen Hand an seine Backe und zerdrückte eine Ameise, ehe sie beißen konnte. Dann sah er noch mehr von den roten Winzlingen über seinen Arm krabbeln. Cam unterdrückte einen Schauder und fuhr mit seinen

Handschuhen die Kapuze und den Ärmel entlang. Auf seiner Hüfte entdeckte er ebenfalls Ameisen. Ihre Nachzügler und Verwundeten stürzten sich jetzt zielstrebig auf ihn, mit jener schnellen, beunruhigenden Kollektiv-Intelligenz, deren Kommunikation allein auf Bewegung und Geruchssinn basierte.

»Okay, du hast recht«, sagte er und suchte nach einem Weg ins Freie. Zu seinem Pech hatte sich die Wand des Gewächshauses, die ihm am nächsten war, kompliziert eingerollt und stellte so ein kaum überwindliches Hindernis dar. »Ich bin auf der Nordseite«, sagte er. »Könnt ihr mich freischneiden?«

»Schalte deine Taschenlampe ein, damit wir dich sehen.« Allisons Stimme klang geradezu scharf vor Erleichterung, und dann hörte er sie schwach von außerhalb des Gewächshauses rufen: »Hier herüber!«

Die Ameisen waren unberechenbar. Sie vermehrten sich mittlerweile das ganze Jahr über und wurden mit jeder ihrer kurzlebigen Generationen noch bösartiger. Zwei Gruppen unter der Führung von Cam und Eric hatten erst letzte Woche vier Kolonien mit Gift *ausgeräuchert*. Allem Anschein nach hatte das aber nicht ausgereicht. Vermutlich würde das Gebiet um ihr Dorf herum immer von Insekten befallen sein, gleichgültig, wie gründlich sie ihre Küchenabfälle und den sonstigen Müll auch entsorgten – aber die Ameisen brauchten Sonnenwärme für ihren Stoffwechsel. In den kalten Septembernächten der Rockies suchten sie bis zum Morgen ihre unterirdischen Nester auf. Cam wusste, dass es in einer Stunde einigermaßen ungefährlich sein würde, nach Eric zu sehen, wenn er sich dazu durchringen konnte, den Freund jetzt im Stich zu lassen.

*Nein*, dachte er. Sie hatten gemeinsam als Ranger bei der Army gedient, und eigentlich sollte ein Mann, der dazu beigetragen hatte, den Dritten Weltkrieg zu beenden, nicht auf diese dämliche Art und Weise sterben. Schon die Vorstellung machte ihn wütend. Er drehte sich um und ließ den Strahl seiner Taschenlampe über die Ruinen des Gewächshauses gleiten.

»Cam?« Das war Allison. »Cam, du entfernst dich von uns.«

Er war erst sechsundzwanzig Jahre alt und konnte immer noch impulsiv handeln, auch wenn er körperlich so verbraucht war, als habe er doppelt so lange gelebt. Wie die Ameisen hasste auch Cam die Kälte. In den Nächten von Colorado schmerzten seine Hände. Er hatte Arthritis. Ein wulstig verheilter Schnitt verlief quer über die Innenseite seiner Linken, und wucherndes Narbengewebe machte seine Finger steif und klobig. Auch sein Gesicht war von Brandblasen entstellt, wenn die meisten Narben unter seinem dichten Bart auch verschwanden und er das kräftige schwarze Haar schulterlang trug, um ein hässlich zerfressenes Ohr zu kaschieren.

Aber die Insekten waren auch hier.

»O Gott!« Cam wankte rückwärts, als er das Bündel auf dem Boden und darüber die ungleichmäßig geformte Wolke sah. Sie schien zu explodieren, aufgeschreckt durch seine Nähe. Geflügelte Ameisen prasselten gegen die Plastikplanen. Dann kamen sie auf ihn zu.

Ehe die Wolke die liegende Gestalt verhüllte, sah Cam, dass Eric tot war. Hunderte roter Arbeiterinnen krochen durch die nass glänzenden Höhlen in Erics Gesicht, schleppten sein Inneres in winzigen Stücken durch Mund und Augen ins Freie, wimmelten und wuselten über seine Kleidung.

Es gab noch weitere Risse im Boden. Ameisenstraßen zogen sich durch grauen Beton und Staub. Irgendwie waren die Insekten da durchgebrochen. Die Kolonie wurde immer größer. Das Gewächshaus schien sie vor der Kälte der Nacht zu schützen, und sie stürzten sich in Scharen auf ihren Fund.

Cam vernichtete sie mit einem lauten »Yaaaaaah!«

Der Flammenwerfer heulte auf. Lodernde Ströme ergossen sich zwischen Decke und Boden. Der Ameisenteppich schrumpelte und verschwand, vom Feuer fortgeblasen. Selbst die Insekten am Rande des Infernos rollten sich zu Ascheflocken zusammen, die wie ein grauer Blizzard durch die Luft wirbelten. Starker Rauch entwickelte sich. Hustend wich Cam vor dem Feuer zurück. Der Tote schien sich ebenfalls zu bewegen. Erics Muskeln zogen sich in der Hitze zusammen, bis sich das Becken wölbte und der Nacken anspannte. Die leere Höhle des Mundes war weit aufgerissen.

Cam versuchte die Waffe abzuschalten, aber der Flammenwerfer war ein klobiges Ding, das sie selbst gebaut hatten. Er verspritzte das brennende Benzin in satten, ohrenbetäubenden Strahlen, die sich nicht so einfach ersticken ließen. Cam hielt die Düse auf Eric gerichtet, anstatt sie zur Seite zu schwenken. Den Freund einzuäschern, war besser als einen der lebenden Mitbewohner draußen zu treffen.

*Tut mir leid,* dachte er. *Herrgott noch mal, Eric, es tut mir so furchtbar leid … Was soll ich nur Bobbi sagen?*

Ein Teil des Dachs sackte ein. Die brennenden Plastikbahnen teilten sich. Ein breiter Streifen klatschte auf den Beton. Die Flammenzungen deckten Eric zu. Das nächste größere Stück segelte rechts von Cam zu Boden. Heißer, geschmolzener Kunststoff tropfte ihm auf den Arm.

Doch der Rauch war gefährlicher. Cam hatte Glück, dass der giftige Qualm beim Einsturz des Daches vom Wind mitgerissen wurde. Plötzlich konnte er leichter atmen. Aber das merkte er kaum, weil ihm die Trauer und der Adrenalinausstoß Übelkeit und Schwindel verursachten.

Irgendwo in dem Verhau hatte er seine Taschenlampe verloren. Nun war es bis auf das blubbernde Feuer und ein paar Lichter jenseits des Gewächshauses schon ziemlich dunkel. Cam stieg über das Gewirr hinweg und stieß seine Waffe in einen klebrigen Plastikberg, der ihm den Weg versperrte. Der Nachthimmel war von einem herrlich tiefen Blau, wie er es nur von den Rockies kannte, aber Cam zuckte zusammen und senkte den Blick.

Dann griffen Arme nach ihm. Vier Leute zerrten ihn ins Freie. Bobbi und Allison waren dabei, zwei Frauen, wie sie unterschiedlicher nicht sein konnten. Allison war hellhäutig und blond, mit einem langen Pferdeschwanz, den die Sonne fast weiß gebleicht hatte, während die dunkelhäutige Bobbi Goodrich ihr krauses Haar kurz geschnitten trug, wie eine Kappe.

»Bist du okay?«, fragte Bobbi mit tränenerstickter Stimme. Beide Frauen umklammerten Messer. Ihre Jackenärmel waren mit Plastikbröseln übersät, und Cam konnte erkennen, dass Bobbi all ihre Gefühle auf seine Rettung konzentriert hatte. Sie wusste, dass Eric tot war.

Der Schmerz in ihren Augen tat auch ihm weh.

»Gift«, stieß er mit rauer Stimme hervor. »Wir werden die ganze verdammte Kolonie heute Nacht vergiften.«

Allison schmiegte sich an seine Brust und zog Bobbi mit sich. Cam legte seine Arme um beide Frauen. Hinter ihnen schwelte das Gewächshaus. Dann meldete sich ein Mann zu Wort. »Ich fürchte, wir haben nicht genug Insektenvertilgungsmittel, um …«

»Egal«, unterbrach ihn Cam. »Wir nehmen einfach Benzin. Zehn Gallonen. Wir schütten das Zeug in jedes Loch, das wir finden, und zünden es an.«

»Stellen wir eine Mannschaft zusammen«, sagte Allison und löste sich von ihm. Sie stieß Bobbi an, und die andere Frau nickte, obwohl ihr immer noch die Tränen über die Wangen liefen. Sie alle hatten irgendwann die Erfahrung gemacht, dass man in keiner Situation Zeit verlieren durfte, und doch sah Cam die Skepsis in Allisons Blick.

*Wir haben im ganzen Dorf vermutlich nicht mehr als zwanzig Gallonen Benzin,* dachte er, als er mit ihr in die Nacht ging, aber Allison sprach den Satz nicht aus, und er schwieg ebenfalls.

Sie waren dabei, die Umweltschlacht zu verlieren.

Die meisten Überlebenden sprachen vom Pestjahr, wenn sie das Jahr eins des neuen Kalenders meinten, das Jahr, in dem sie einen Schlussstrich unter die frühere Menschheitsgeschichte gezogen hatten. Die Maschinenseuche war für den Tod von mehr als fünf Milliarden Menschen und das Aussterben vieler tausend Tierarten verantwortlich. Inzwischen schrieb man das Jahr drei, und die Erde hatte sich in vielerlei Hinsicht in einen anderen Planeten verwandelt. Die mikroskopisch kleinen Nano-Roboter zersetzten alle warmblütigen Lebewesen; lediglich in Höhen von über zehntausend Fuß oder dreitausend Metern zerstörten sie sich selbst. Was vom Ökosystem blieb, war irreparabel. Es gab nur noch Reptilien, Amphibien und Fische als Gegengewicht zu den explodierenden Insekten-Populationen. Große Waldgebiete waren Käfern und Ameisen zum Opfer gefallen, die Erosion hatte Seen und Flussläufe für immer verändert.

Die Kriege im Gefolge dieser Katastrophe verursachten Schäden anderer Art. Die Pest hinterließ wenige bewohnbare Flecken auf der Erde, denn Säugetiere und Vögel konnten nur wenige Stunden in der unsichtbaren Nanotech-Flut überleben. Ohne Wirtskörper blieben die Nanos jedoch inaktiv. Aber sobald sich jemand in tiefere Lagen begab, gelangten sie in die Lungen oder Augen oder drangen durch winzige Hautverletzungen ein und begannen sich zu vervielfältigen.

Die Städte und Dörfer dicht unterhalb der Barriere wurden von den Überlebenden sofort geplündert. Danach blieb nur noch die Möglichkeit, sich gegenseitig auszurotten. Nordamerika hatte Glück, da sich lediglich drei Nationen die Gipfelregionen der ausgedehnten Rocky Mountains und der etwas kleineren Sierra-Ketten teilen mussten. Dennoch spaltete ein Bürgerkrieg die USA, wobei sich Kanada und Mexiko letztlich auf die Seite der Rebellen schlugen.

Auf allen anderen Kontinenten führten weit mehr Völker einen erbitterten Kampf um das begehrte unverseuchte Land. Indien, Pakistan und China bekriegten sich im Himalaya. Ganz Europa kämpfte um die Alpen. Russland eroberte Afghanistan – verlor es aber im zweiten Winter an die Araber. Auf der Suche nach einem Ausweg boten die Russen ihre ausgedienten Armeen sowohl Indien als auch China im Austausch für einen kleinen Streifen Land in den Bergen an. Doch es gab ein Problem: Sie hatten mittlerweile nicht mehr genügend Flugzeuge und Treibstoff, um ihre Bevölkerung zu evakuieren.

Zur gleichen Zeit verschärfte sich der amerikanische Bürgerkrieg. Die Nanotechnologie hatte gewaltige Fortschritte gemacht, insbesondere in den Laboren von Leadville, Colorado, wo die besten Wissenschaftler der einstigen USA zusammenarbeiteten, um den Pest-Nano zu untersuchen und zu verbessern. Der ursprünglich zur Bekämpfung entarteter Gewebe entwickelte *Archos*-Nano war ein wandlungsfähiger Prototyp, der Krebs und andere Krankheiten hatte heilen sollen.

Zuerst schufen die Forscher-Teams eine neue Biowaffe. Dann entwickelten sie einen Impf-Nano, der die Menschen vor den Pest-Robotern schützen sollte. Allerdings beabsichtigten die Politiker von Leadville, diese Erfindung nicht freizugeben, sondern für ihre eigenen Zwecke zu nutzen, da sie ihnen die einmalige Möglichkeit bot, die Rückkehr der Menschen von den Berggipfeln in die Ebenen zu kontrollieren. Nur loyale Untertanen sollten den Impfstoff erhalten. Unerwünschte Landsleute und ausländische Feinde würden durch Hunger und Krieg sterben, außer sie erklärten sich bereit, als Sklaven für die neue Großmacht zu arbeiten. Die Versuchung war nach all dem Elend zu groß.

Drei Top-Wissenschaftler durchkreuzten den Plan und stahlen die einzigen Proben des Impf-Nanos. Ihnen schwebte vor, die Erfindung allen Menschen frei zugänglich zu machen und so den Kriegen ein Ende zu bereiten. Aber dieser heldenhafte Entschluss erwies sich in mehrfacher Hinsicht als Fehler. Der Impfstoff sorgte für ein weiteres Spannungsfeld im amerikanischen Bürgerkrieg. Schlimmer noch, die geimpften Menschen in den Überlebensnischen Kaliforniens bekamen es mit einem neuen Feind zu tun.

Auf der anderen Seite des Planeten hatten Inder und Russen ein Abkommen getroffen, von dem auch die Regierung in

Leadville profitierte. Leadville sollte den Transport der russischen Armee in den Himalaya übernehmen und dafür von Indien wissenschaftliche Unterstützung erhalten. Den amerikanischen Machthabern war sehr daran gelegen, den Wettlauf um die Vorherrschaft auf dem Nano-Sektor gegen China zu gewinnen. Um das Bündnis mit Russland zu festigen, erklärte man sich bereit, die Frauen und Kinder der russischen Elite zusammen mit dem russischen Staatsschatz nach Kalifornien in Sicherheit zu bringen. Aber die Russen trieben ein doppeltes Spiel. Sie schmuggelten eine Massenvernichtungswaffe unter das Gold und die Museumsschätze an Bord des Sonderflugzeugs und opferten ihre Familienangehörigen, um die einzige Supermacht der Welt auszulöschen: Eine Fünfzig-Megatonnen-Atombombe machte das hoch in den Bergen gelegene Leadville dem Erdboden gleich. Ein elektromagnetischer Puls blendete die amerikanischen und kanadischen Streitkräfte Nordamerikas. Stunden später landeten die Russen in Kalifornien, nachdem sie ihre spärliche Luftflotte durch die zuvor aus Leadville angeforderten Maschinen ergänzt hatten.

Sie nahmen die meisten der weit verstreuten Amerikaner gefangen, die gegen die Maschinenseuche bereits immun waren, und gewannen aus ihrem Blut neue Impf-Nanos für die eigenen Piloten und Bodentruppen, nicht nur in Kalifornien, sondern auch jenseits des Ozeans. Auf diese Weise verfügte das russische Militär als erste organisierte Streitmacht über den Impfstoff und damit über einen uneinholbaren Vorteil. Es fiel in sämtliche Gebiete unterhalb der Barriere ein, um seine Vorräte aufzufüllen, und verschaffte sich mithilfe arabischer und amerikanischer Flugzeuge Waffen, Treibstoff und Nahrungsmittel, um in diesem Krieg das Blatt zu seinen Gunsten zu wenden.

Selbst jetzt reichten die Streitkräfte der Russen kaum aus, um eine Invasion in die Wege zu leiten, aber sie konnten nicht mehr zurück. Nach der Bombardierung von Leadville war es am sichersten, die USA ganz zu erobern, anstatt sich in die Heimat zurückzuziehen, wo sie mit einem Gegenschlag durch Langstrecken-Raketen rechnen mussten.

So gaben die Russen den Impf-Nano an die Chinesen weiter. Ihre neuen Verbündeten landeten mit Kriegsschiffen in Los Angeles und San Diego, um die Einnahme Nordamerikas zu beschleunigen.

Während des Luftkriegs hatte Cam, dem es gelungen war, aus Kalifornien zu fliehen, eine maßgebliche Rolle bei der Verteilung des Impfstoffs gespielt. Später wirkte er an der Entwicklung einer dritten Nanotech-Generation mit. Und, noch wichtiger, er schloss sich der Verschwörung gegen die Führung der USA an. Deren Generäle hatten nämlich den Plan gefasst, die Russen und Chinesen mit einer neuen Seuche in die Knie zu zwingen. Cam und die Verräter erzwangen jedoch einen Waffenstillstand. Sie hatten endgültig genug von dem Blutvergießen, ganz gleich, was der Feind auch verbrochen haben mochte.

Es war ein schwankender Frieden, den sie durchsetzten, aber die Russen und Chinesen zogen sich an die Küste zurück. Ein Teil der Invasoren war bereits nach Europa und Asien zurückgekehrt. Man nahm an, dass der Rest bald nachfolgen würde. Der Krieg war nun seit fünfzehn Monaten vorbei, aber immer noch litten alle Beteiligten unter seinen Folgen. Es gab kaum Heizmaterial, Medikamente und Werkzeug. Die Überlebenden kämpften gegen Insekten und Pflanzenkrankheiten.

Amerika befand sich wieder auf der Stufe des Wilden Westens. Von den Militärstützpunkten und einigen größeren Siedlungen abgesehen, galt das Faustrecht. Die Regierung war eine lose Ansammlung von Hoheitsgebieten und Stadtstaaten, regiert von Generälen, Farmern und Ingenieuren sowie dem einen oder anderen selbst ernannten Messias. Viele Menschen waren saisonbedingte Nomaden, die Jahr und Tag versuchten, den Insekten einen Schritt voraus zu sein. Sie zogen jeden Sommer hoch hinauf in die Rockies und kehrten erst im Winter wieder in die Vorberge zurück.

Beim Militär galten Cam und Allison wegen ihrer Rolle bei der erzwungenen Beendigung des Krieges immer noch als flüchtige Verbrecher.

# 2

»Wir werden verhungern, wenn das so weitergeht«, sagte Cam bitter. Im Augenblick standen er und Allison ganz allein an den niedrigen Metalltüren ihres Geräteschuppens, sonst hätte er nie so offen ausgesprochen, was er dachte. Das war der Preis des Führungsanspruchs. Er durfte keine Schwäche zeigen, und er befürchtete, dass seine künftige Vaterrolle diesen Druck nur noch verstärken würde. Um in dieser Welt überleben zu können, brauchte ein kleines Kind eine unfehlbare Leitfigur.

Cam ging in die Hocke und stellte den Flammenwerfer neben einem Benzinkanister ab. »Ich weiß keine andere Lösung«, erklärte er.

»Es wird schon klappen.« Allison reichte ihm einen Trichter.

Er starrte über die dunklen Würfel ihrer Hütten und Gewächshäuser hinweg. Jenseits des Dorfes hoben sich die mächtigen Pyramidenumrisse der Rockies gegen die Nacht ab. Sehr viel näher zerschnitten schwankende Lichtstrahlen das Dunkel, unruhig wie der Wind. Batterien hatten einen unschätzbaren Wert, und nur vier ihrer Taschenlampen besaßen Akkus – aber in einem Notfall waren alle Sparmaßnahmen vergessen, obwohl es weit und breit keine Industriebasis gab. Das Dorf war kaum mehr als eine Ansammlung schlichter Holzhäuser, wie die meisten Siedlungen hier, die zum Andenken an die glorreiche Vergangenheit so patriotische Namen wie Freedom, Defiance oder Washington trugen. Allein in Colorado gab es an die zehn Dörfer, die Independence hießen. Zum Glück hatten die Leute hier etwas mehr Fantasie bewiesen und ihre neue Heimat Jefferson genannt, zu Ehren eines der weniger bekannten Gründerväter Amerikas.

»Trotz des vielen Getreides droht uns ein harter Winter«, sagte er. »Wir können die Zuteilungen nicht noch mehr kürzen.«

Allison schüttelte den Kopf. »Notfalls machen wir eben ein paar Tauschgeschäfte mit Morristown. Die anderen Treibhäuser sind doch in Ordnung, oder? Wir untersuchen die Fundamente, und wir können Nummer drei mit einer dickeren Betonplatte wieder aufbauen.«

Cam öffnete die Tanks des Flammenwerfers, unterbrach diese Arbeit aber gleich wieder. Er richtete sich auf und küsste sie. Allison schmiegte sich lachend an ihn. Cam fuhr mit beiden Händen unter ihre Jacke. Allison war schlank und sehnig, mit Ausnahme des sanft gerundeten Bauchs, in dem sie das Baby trug. Sie roch nach Seife, ein guter, gesunder, sehr weiblicher Duft.

Ihr Verhalten hatte sich in dem Augenblick verkehrt, als Cam in das Gewächshaus eingedrungen war. Während Allison normalerweise positiver, um nicht zu sagen wagemutiger reagierte als er, war sie diesmal pessimistisch und geradezu ängstlich gewesen. Sie gingen mit Gefahren unterschiedlich um. Cam bewahrte angesichts einer Bedrohung einen kühlen Kopf, und erst, wenn alles vorbei war, erfand er manchmal neue Probleme, als brauchte er ein gewisses Maß an Stress, um sich wohlzufühlen.

Er wusste, dass er in Jefferson ohne ihre Unterstützung ein Nichts geblieben wäre. Sie gab ihm Sicherheit. Allison hatte ein breites Lachen, das aggressiv sein konnte, das ihr aber auch half, neue Freunde zu gewinnen, da es wie ein helles Licht alles in seinen Bann zog. Es schadete auch nicht, dass sie bereit war, mehr als alle anderen zu schuften, selbst jetzt, in der zweiten Phase ihrer Schwangerschaft. Allison fand von Natur aus ihren Weg an die Spitze jeder Gruppe. Sie hatte keine Schwierigkeiten, eine Dorfgemeinschaft von vierundvierzig Seelen zu führen, während Cam lieber mit kleinen

Gruppen arbeitete und kurze Missionen wie das Ausräuchern einer Ameisenkolonie erledigte.

Ihm fehlte ihre lässige Ruhe – und er war immer stolz auf sie. Jetzt legte er eine Hand auf die leichte Wölbung ihres Bauchs. »Du weißt, dass du eine Großstadt nicht im Alleingang aufbauen kannst«, neckte er sie.

Allisons Zähne blitzten im Dunkel. »Wir brauchen keine Großstadt«, sagte sie. Sie drückte ihm kurz die Hand und wandte sich wieder der Arbeit zu.

Cam versuchte ihren Optimismus zu teilen. Es störte ihn selbst, dass er immer so schlecht gelaunt war. Allison hatte ja recht. Ihr Dorf war mehr, als sie je erhofft hatten. Er klammerte sich an dieses Gefühl der Dankbarkeit. Aber er wusste auch, dass ihm Eric fehlen würde. Schlimmer noch, sie konnten dem Boden unter ihren Füßen nicht mehr trauen.

Ihre Hütten waren auf Betonplatten errichtet, ebenso wie die Gewächshäuser, und hatten nur wenige Fenster, da jedes Brett und jeder Nagel aus den alten Städten geholt werden musste, wo es vor Insekten nur so wimmelte. Jede Beschaffungstour stellte ein Risiko dar, aber sie hatten weder die Möglichkeit noch das Können, solche Dinge wie Glas, Scharniere oder Türgriffe herzustellen. Sie mussten sich auf das beschränken, was sie fanden, und sie waren ständig auf der Suche nach Zement, Farbe und Abdichtungsmasse. Kein Schlitz durfte offen bleiben. Ameisen, Termiten, Spinnen und Käfer hatten eine unersättliche Gier nach dem einen oder anderen Material, ob es sich nun um Stromkabel, Motoröl, Tee oder Kleidung handelte.

Gewiss, die Maschinenseuche hatte auch die eine oder andere positive Auswirkung. Quälgeister wie Stechmücken oder Zecken waren praktisch ausgestorben. Selbst die gewöhnliche Erkältung schien verschwunden zu sein, da es nicht mehr genug Menschen gab, um sie zu verbreiten.

Die Kehrseite der Medaille war jedoch, dass einige der lange isolierten Überlebenden ganz spezielle Erregerstämme von Herpes, Fleckfieber oder Nagelpilz in sich trugen, gegen die sie selbst mittlerweile immun waren, mit denen sie jedoch andere Gruppen ansteckten. Andere wieder hatten Läuse und Flöhe mitgebracht, die sich rasch zu einer echten Plage entwickelten. Cam hatte von einem Masernausbruch in Wyoming gehört, und ein Großteil des Idaho-Ausläufers befand sich unter Quarantäne, weil dort eine Art Ruhr herrschte, die den Tod von Kleinkindern verursachte.

In Jefferson stellten bis jetzt nur die Insekten ein Problem dar. Die Feuerameisen hatten sich im Vorjahr von Texas her ausgebreitet, während die Wüsten-Heuschrecken vermutlich von russischen Invasoren aus dem Nahen Osten eingeschleppt worden waren.

Sie lebten fast wie Astronauten. Sämtliche Lebensmittel mussten in luftdichten Behältern wie Munitionskisten und Tupperware-Dosen aufbewahrt werden. Ihre Abfälle sowie ihren Urin und ihre Exkremente brachten sie gut verschlossen in die Gewächshäuser, wo das Zeug von der Sonne getrocknet und in kostbaren Dünger umgewandelt wurde. Alles in allem war es kein leichtes Leben. Und womöglich nützten all die Vorsichtsmaßnahmen auch gar nichts. Cam hatte Angst, dass die Ameisen in die eine oder andere Hütte eindringen und die Bewohner in einer Lawine winziger beißender Körper begraben könnten – und plötzlich nahmen die Bilder in seinem Kopf einen sehr persönlichen Zug an. Was, wenn eine Kolonie über Allison und ihr neugeborenes Kind herfiel?

Nachdem er die Zylinder des Flammenwerfers nachgefüllt hatte, schlang er sie über die Schulter und warf seiner Frau einen Blick zu. Allison hatte zwei weitere Fünf-Gallonen-Kanister hochgehoben. Das war der gesamte Benzinvorrat des Dorfes, mit Ausnahme dessen, was sich in den Tanks ihrer wenigen Jeeps und Lastwagen befand. *Hundertzwanzig Liter, wenn wir Glück haben,* dachte er und streckte beide Arme aus. »Lass *mich* die tragen!«

»Nicht nötig.«

»Du kannst uns bei den Ameisen nicht helfen.«

»Ich muss darauf achten, dass ihr nicht zu viel Benzin verbraucht.«

»Es ist wichtig, dass wir sie alle verbrennen.«

»Morgen fahren wir zum Highway hinüber und besorgen uns neuen Kraftstoff, aber wir müssen auch irgendwie dorthin kommen, Cam. Also ist es wichtig, dass wir sparsam mit dem Zeug da umgehen.«

*Wenn ein Teil der Kolonie überlebt, fliehen die Biester Hals über Kopf und buddeln sich an einer anderen Stelle wieder ein,* dachte er. Die Vorstellung, dass Allison unter einer Woge von Ameisen verschwand ... *Das wird nicht passieren,* sagte er sich. Seine Sorge und eine grimmige Entschlossenheit vermischten sich mit der Zärtlichkeit, die er für Allison und ihr Baby empfand. Er würde sein Leben opfern, um sie zu beschützen, und deshalb schrie er sie an: »Gib die Kanister her, Ally! In den Trucks ist genug Kraftstoff. Es kann sein, dass wir noch einen Teil davon ablassen und hier verwenden.«

»So ein verdammter Quatsch!«, fauchte sie.

Dann eilten mehrere Personen durch die Nacht auf sie zu, ausgerüstet mit Taschenlampen, Skibrillen, Schutzmasken und Feldflaschen. Greg Estey hatte sich mit einem zweiten Flammenwerfer bewaffnet. Die Übrigen schleppten Brechstangen und Schaufeln, um die Kolonie auszuheben. Unter den Helfern befand sich auch Ruth.

Cam und Allison brauchten einen Moment, um von ihrem privaten Streit auf die Gruppe umzuschalten und das Kommando zu übernehmen.

»Seid ihr bereit?«, erkundigte sich Cam und sah dabei nur Ruth an, während Allison beinahe gleichzeitig sagte: »Dich können wir hier nicht gebrauchen.«

»Das mit Eric tut mir entsetzlich leid«, sagte Ruth.

Sie achtete darauf, die nötige Distanz zu wahren, aber Cam hätte ihre Silhouette erkannt, selbst wenn ihm ihre Stimme nicht so vertraut gewesen wäre. Ruths stark gelocktes braunes Haar war jetzt länger als auf ihrer gemeinsamen Flucht aus Kalifornien, aber ihre lange Nase, die schmalen Schultern und die zarte Nackenlinie sahen unverwechselbar aus. Sie waren einmal für kurze Zeit Liebhaber gewesen. Ruth hatte außerdem zu den Rädelsführern der Verschwörung gehört, die mit der Drohung, eine neue Nano-Seuche auf die Amerikaner und die Invasoren loszulassen, den Krieg in den USA beendet hatten.

Ruth Goldman war die letzte überlebende Nanotech-Forscherin in Amerika. Ihretwegen engagierten sich Cam und Allison hier in Jefferson und versuchten, eine Barackensiedlung in einen permanenten Vorposten zu verwandeln.

»Dich können wir hier nicht gebrauchen«, wiederholte Allison. »Das Ausräuchern lass mal unsere Sorge sein.«

»Eric war auch ein Freund von mir«, widersprach Ruth.

»Das Risiko, dich zu verlieren, wäre zu groß.« Es klang zwar logisch und vernünftig, konnte jedoch das unterschwellige Misstrauen zwischen den beiden Frauen nicht verbergen. Allison hatte ihre eigenen Gründe, Cams frühere Freundin zu akzeptieren und sogar zu beschützen, aber die Peinlichkeit der Dreiecksbeziehung war nie ganz von ihnen gewichen. Allisons Schwangerschaft verstärkte diese Spannung noch und belastete ihr Verhältnis durch ein neues Element der Eifersucht.

Ruth war dreizehn Jahre älter als Cam. Er glaubte, dass der Altersunterschied ein zusätzlicher Grund für ihre Trennung gewesen war, aber auch einen ganz besonderen Reiz ihrer Partnerschaft ausgemacht hatte, denn Ruth hatte ihren und seinen Körper ohne jede Scheu genossen.

Die zwei Frauen waren sich in vielerlei Hinsicht ähnlich, weniger vom Aussehen als vom Charakter her. Wie so viele Überlebende waren sie beide tatkräftig, zäh und klug, und doch gab Ruths Reife ihr einen Vorsprung gegenüber der Jüngeren. Sie sah im Allgemeinen voraus, was Allison sagen und tun würde. Andererseits arbeitete ihre größere Zurückhaltung gegen sie. Ruth hatte ihr Herz vor Cam verborgen, weil sie Zeit benötigte, um ihre Gefühle zu verstehen, während Allison keinen Moment gezögert hatte.

Cam und Ruth hatten ihr Interesse füreinander niemals ganz erschöpft. Allison war in diesem Punkt anderer Ansicht, da Cam ihr weisgemacht hatte, die Sache sei endgültig aus und vorbei. In Wahrheit aber hatten er und Ruth zu keinem Zeitpunkt einen echten Schlussstrich gezogen.

»Ally hat recht.« Cam benutzte absichtlich Allisons Kosenamen. »Du kannst uns nicht helfen.«

»Ich kannte Eric besser als ihr.« In Ruths Stimme schwang ein gefährlicher Unterton mit. Sie trat einen Schritt näher.

»Ich will nicht, dass dir etwas zustößt«, sagte Cam, aber gleich darauf bereute er seine Ehrlichkeit. *Das war der falsche Ansatz,* dachte er. »Geh zurück. Du gehörst nicht zur Mannschaft.«

»Du kannst mich mal«, fauchte Ruth. »Ich bleibe.«

»Wir haben keine Zeit für solche Streitereien«, warf Allison ein, und Greg Estey nickte sichtlich erleichtert.

»Ja, fangen wir endlich an!« Greg deutete auf seinen Flammenwerfer und sagte: »Die Tanks sind voll, Cam. Willst du einen Teil davon ablassen?«

»Unbedingt. Wir tränken den Boden so tief wie möglich.«

»Wie groß ist die Ausdehnung der Kolonie?«, wollte ein anderer Mann wissen.

»Sechs mal sechs Meter, vielleicht auch mehr«, entgegnete Cam.

Ruth hielt ihren Spaten umklammert und starrte die Gruppe mit gerunzelter Stirn an. Einen Augenblick lang dachte Cam, sie würde das Werkzeug zu Boden feuern, aber Ruth fehlte ganz und gar der Sinn für melodramatische Gesten. »Nun gut«, sagte sie nur und drückte den Spaten einer anderen Frau in die Hände.

Cam sah ihr nach, als sie sich entfernte.

Gewächshaus 3 glomm immer noch schwach vor sich hin. Unter dem geschmolzenen Plastik kam jetzt ein Teil des qualmenden Gerüsts zum Vorschein. Cam wusste zwar, dass es Wahnsinn war, Benzin in das Feuer zu sprühen, aber je länger sie warteten, desto weiter entfernten sich die Ameisen von der Hitze. *Okay, du gehörst auch nicht zur Mannschaft,* dachte er in Richtung Allison und stählte sich innerlich für einen neuen Streit.

Aber er hatte Glück. Einer ihrer Späher kam aus dem Dunkel gerannt, ein Sechzehnjähriger mit einem Sturmgewehr. »Hey!«, rief der junge Mann. »Hey, wartet mal!«

Tony Dominguez war der jüngste Bewohner ihres Dorfes, wenn man einmal von den Neugeborenen absah. Außerdem war er einer von Allisons glühendsten Anhängern. Der Junge war völlig in sie verknallt, was Cam ihm großmütig verzieh. Zum einen bewies Tony, dass er Geschmack hatte. Zum anderen gab es keine gleichaltrigen Mädchen in Jefferson, die er anschwärmen konnte, und seine Mutter ließ ihn nie mit nach Morristown, wahrscheinlich weil sie befürchtete, er könnte dort bleiben. Morristown mit seinen zwölfhundert Einwohnern war praktisch eine Großstadt. Außerdem war es eine Religions-Enklave und diente als eine Art Schild für Jefferson, da es die meisten Reisenden dorthin abwies. Andererseits hatte der Ort Getreide und eine Menge anderer Güter zu bieten.

»Da kommt jemand!«, rief Tony. »Ich habe Geräusche an den Zäunen auf meiner Seite gehört.«

»Du bist auf Station fünf?«, erkundigte sich Allison.

»Ja, Ma'am.«

Cam sah zum südlichen Perimenter hinüber. Er fand es großartig, dass Tony trotz des Ameisenschwarms auf seinem Posten geblieben war. Er wusste sehr gut, dass andere Wächter ihre Stationen im Stich gelassen hatten – beispielsweise er selbst.

Zum Schutz des Dorfes patrouillierten tagsüber drei und nachts doppelt so viele Leute. Reisende waren in der Regel bei

Kühle und Dunkelheit unterwegs, weil da die meisten Insekten ihre Aktivitäten einstellten. Das erschwerte es, die Neuankömmlinge zu sehen, doch sie hatten in unregelmäßigen Abständen Frühwarn-Zäune und an manchen Stellen sogar Stacheldraht-Barrieren errichtet. Diese »Zäune« bestanden größtenteils aus Kotflügeln, Motorhauben und Radkappen der ausgeschlachteten Autowracks, die sich immer noch auf dem Highway 14 stauten und wie Glocken oder Gongs anschlugen, wenn sie jemand anstieß. Nicht alle Fremden, die aus den Hügeln kamen, hatten gute Absichten. Manchmal waren auch Banditen darunter. Und die Dorfbewohner lebten in der ständigen Furcht, dass das Militär erfahren könnte, wo sich Ruth versteckte.

»Eine Einzelperson?«, fragte Allison und deutete auf Tonys Waffe. Das M16 war mit einem großen Infrarot-Sniper-Zielfernrohr ausgestattet.

»Yeah«, bestätigte Tony. »Der Typ ist entweder besoffen oder verletzt. Jedenfalls veranstaltet er an den Zäunen einen gewaltigen Krach.«

»Klasse.« Allison klang sarkastisch.

Ihr Dorf war eine der kleinsten Siedlungen im Norden von Colorado, aber sie trieben Handel mit Morristown und New Jackson, und das sprach sich herum. Manchmal lockte ihre Beständigkeit auch Leute an, die nicht so hart wie sie gearbeitet hatten, die Junkies, Säufer und sonstigen Störenfriede, die nirgendwo willkommen waren.

Cam ergriff die Gelegenheit beim Schopfe. »Sieh du mal am Zaun nach dem Rechten«, sagte er zu seiner Frau. »Wir kümmern uns um die Ameisen.«

Ihre Blicke trafen sich im Dunkeln. Allison durchschaute ihn, aber sie feixte wie eine Katze. »Nun gut«, sagte sie beinahe herausfordernd. Es waren genau die Worte, die auch Ruth benutzt hatte. Cam wusste nicht, was er davon halten sollte, aber Allison riss oft über die seltsamsten Dinge ihre Witze.

Sie sah verdammt gut aus. Um die Schläfen hatten sich ein paar blonde Strähnen aus ihrem Pferdeschwanz gelöst und flatterten jetzt im Wind. Dann stellte sie ihre Benzinkanister ab und ging. Tony eilte ihr nach, das Gewehr im Arm.

Cam wandte sich an Michael und Denise Stone, die beide Pistolen trugen. »Ihr begleitet sie, okay?«

»Kein Problem.« Michael ließ seine Schaufel fallen und streifte die Skimaske ab. Denise legte eine Brechstange und ihren behelfsmäßigen Schutzpanzer obendrauf.

*Jetzt haben wir mehr Gerätschaften als Helfer,* dachte Cam. Er überlegte, ob er Allison folgen sollte, aber im Augenblick besaß er wohl nicht genügend Fingerspitzengefühl für einen verirrten, hungrigen Loser. »Werfen wir erst mal etwas Erde auf das Feuer«, sagte er. »Ich möchte Eric da rausholen.«

»Yeah.« Greg zuckte zusammen. In einem anderen Leben war Greg einmal der Vorgesetzte von Eric gewesen. Cam ahnte, was jetzt in ihm vorging. Mit Erics Tod war das letzte und beste Bindeglied zu Gregs Tagen als Army Ranger zerrissen.

Sie hörten, wie Allison am Rand des Dorfes dem Neuankömmling etwas zurief. Der Wind trug ihre Stimme laut zu ihnen herüber. Kurz darauf wiederholte sie ihre Worte. Cam, Greg und die restlichen drei Leute der Ausräucher-Mannschaft streiften sich ihre Anzüge über und setzten Schutzbrillen und Masken auf.

»Ich gehe erst mal alleine da rein«, erklärte Cam.

Dann hörten sie aus Allisons Richtung einen gellenden Aufschrei. Es war Tony mit seiner jungen, hohen Stimme. Cam drehte sich herum und versuchte den Laut jenseits der Blockhütten und Gewächshäuser zu orten. Er sah Taschenlampen und umherhuschende Gestalten. Eine davon erkannte er – blond und schlank, mit einem leicht gewölbten Bauch. Die anderen waren nur Schatten. Sie schienen einen spastischen Tanz aufzuführen.

Jefferson wurde attackiert.

# 3

Ruth stand an ihrer Tür, als Tony und Allison vorbeihasteten, gefolgt von Michael und Denise. Sie hätte ihnen gern etwas nachgerufen, nur – was? Allison war nicht mal scharf auf ein *Danke* von ihr, geschweige denn auf irgendwelche Beschwerden. Also lehnte sich Ruth wortlos an die Hüttenwand und sah den auf und ab schaukelnden Taschenlampen nach. Da war jemand an den Zäunen. Ruth konnte das Geschepper der Autoteile und kurz darauf Allisons Stimme hören: »Hey da! Wer sind Sie?«

Ihr sanfter Tonfall stand in krassem Widerspruch zu dem Sturmgewehr, dessen Lauf über Tonys Schulter ragte. Es war eine Position, die das M16 in den weißen Lichtkegeln deutlich sichtbar machte. Ruth überlegte, ob sie sich mit ihren Pistolen zu dem Kampftrupp gesellen sollte. Allison war zwar eine Gegnerin, die man nicht unterschätzen durfte, aber die Schwangerschaft verstärkte ihre Wichtigkeit in einer Weise, die Ruth nur ungern in Worte kleidete.

Eigentlich hätten sie Freundinnen sein sollen. Jede verdankte der anderen ihr Leben. Aber zwischen ihnen stand nicht nur Cam. Allison war als Bürgermeisterin des Dorfes unübertroffen, und sie hatte Ruth von Anfang an sehr misstrauisch beobachtet, weil sie auch in dieser Hinsicht eine Rivalin in ihr sah. Als Nanotechnologie-Expertin von Weltruf besaß Ruth eine Autorität, der Allison nichts entgegenzusetzen hatte. Sie hatte Ruths Worten, dass sie die Nano-Forschung am liebsten aufgeben würde, keine Sekunde lang geglaubt. Allison brannte darauf, die Kontrolle über ihre Umgebung zu verstärken. Ruth dagegen glaubte, dass sie durch mehrere Fehlentscheidungen im Laufe des Krieges zum Tod von vielen Tausend Menschen beigetragen hatte. Sie hätte am liebsten ein anonymes, von allen unbeachtetes Leben geführt, und doch holte sie der alte Konflikt der Verantwortung immer wieder ein.

*Ich sollte ihr Rückendeckung geben,* dachte sie unruhig, während sie Allison beobachtete. Dann verlagerte sich ihre Aufmerksamkeit. Michael hatte mit dem Strahl seiner Taschenlampe die Gestalt zwischen den Zäunen erfasst.

Es war eine Frau um die fünfzig, klein, abgemagert und schmutzig. Ruth glaubte Blut an ihrem Ellbogen zu erkennen, das den Ärmel ihrer Jacke durchtränkte. Sie schien unbewaffnet zu sein, trug nicht einmal einen Rucksack. Hatte sie unterwegs jemand ausgeraubt? Sie wirkte verdammt fahrig, und als Michaels Taschenlampe ihr blasses Gesicht erfasste, wandte sie sich ab.

Selbst jetzt noch blieb Allison vorsichtig. Sie hielt sich zurück, anstatt der Fremden zu Hilfe zu eilen. »Es ist gut«, rief sie. »Wir haben hier Wasser, Lebensmittel und auch einen Platz, wo Sie schlafen können.«

Michael richtete den Strahl der Taschenlampe nach unten. Tony senkte sein Gewehr, und ein gutes Stück hinter ihnen nahm Ruth die Hand von der 9-mm-Beretta an ihrer Hüfte.

Ohne jede Frage hätten sie und Cam äußerlich besser zusammengepasst. Er war schwarzhaarig und schwarzäugig und hatte einen dunklen Teint – genau wie Ruth; während man Allison bestenfalls als braungebrannt bezeichnen konnte. Ruth fragte sich oft, wie wohl das Baby aussehen würde. Aber bei Bobbi und Eric hatte das auch keine Rolle gespielt. Sie war schwarz, er weiß, und keiner von den anderen scherte sich darum. Sie *lebten*. Das allein war wichtig.

Eine Ausnahme bildeten lediglich die Bewohner russischer oder chinesischer Abstammung. Das Ende des Krieges hatte nicht automatisch auch ein Ende des Hasses bedeutet, und das machte es den Menschen asiatischer Herkunft nicht gerade leicht. Manche Idioten warfen nicht nur Japaner, Koreaner und Chinesen, sondern sogar Filipinos und Malaysier in einen Topf – und zwar selbst solche, die seit Generationen in den USA lebten.

Der Rassismus hatte nach der Pest lediglich neue Formen angenommen. Ja, es gab ein paar Gemeinden, deren Mitglieder auf ethnische Reinheit achteten und sich nur mit Weißen, Latinos oder Schwarzen vermischten. Einmal war ein Kurier durch ihr Dorf gekommen, der nach einer Heiratskandidatin mit mindestens fünfzig Prozent jüdischem Blut suchte. Ruth hatte der Verlockung problemlos widerstanden, aber der Vorfall hatte sie nachdenklich gemacht. Konnte es sein, dass die Israelis auf der anderen Seite der Welt einen neuen Staat gegründet hatten? Gab es unter ihnen überhaupt genug Überlebende, um die jüdische Kultur aufrechtzuerhalten? Zum Glück empfanden die meisten Menschen die Rassezugehörigkeit als trivial, und Ruth wusste, dass sie sich an Strohhalme klammerte, wenn sie Vergleiche zwischen ihrer und Allisons Hautfarbe anstellte.

Sie war einfach eifersüchtig auf die Jüngere. Und sie hatte Angst um Allison. Sie alle waren höchst schädlichen Insektengiften und anderen Chemikalien ausgesetzt gewesen, nicht nur hier in ihrem Dorf, sondern auch während des Pestjahrs. Oft genug hatten sie ihre armseligen Flüchtlingsbehausungen mit Schweißbrennern aus Vinyl, halb verfaulten Teppichresten oder Karton zusammengestückelt und auf diese Weise eine hohe Belastung mit Schwermetallen, Schimmel oder toxischen Gasen wie Vinylchlorid riskiert. Sie alle hatten an ihren Feuer- und Kochstellen Möbel, Reifen, Plastik und Tierdung verheizt und dabei Unmengen von beißendem Qualm eingeatmet.

Ruth war von diesen Einflüssen größtenteils verschont geblieben. Sie hatte die ersten dreizehn Monate der Maschinenpest an Bord der Internationalen Raumstation verbracht, um in einem Crash-Programm ein Gegenmittel für die Nano-Seuche zu finden. Aber die ISS war, ähnlich wie ein U-Boot, auch nicht die gesündeste Umgebung für die Bordmannschaft. Die Recycling-Luft nahm im Lauf der Zeit jede Menge Bakterien und unangenehme Gerüche auf. Sie waren einer starken UV-Strahlung und den subtileren Einflüssen der Schwerelosigkeit ausgesetzt, die zu Verlusten an Knochensubstanz und Muskelmasse führten. Später hatte Ruth dann mehrere Wochen am Rande des Atombomben-Kraters von Leadville verbracht und einen Teil des Fallouts abbekommen. Schlimmer noch, ihr Körper war ein Kriegsschauplatz für diverse Typen von Nanobots gewesen.

Die nächste Generation stand vor den gleichen oder vor noch schlimmeren Schwierigkeiten als ihre Eltern. Babys brauchten nicht nur Nahrung und Wärme. Zuallererst brauchten sie einen gesunden Start. Der menschliche Körper war zwar ungemein belastbar, aber die schlimmsten Wunden waren jene, die unsichtbar blieben, tief in den Zellen oder noch tiefer in der DNS.

Bis jetzt hatten vier Frauen in Jefferson Totgeburten erlitten. Dazu kam ein kleiner Junge mit allen Anzeichen von Autismus. Die beiden anderen Kleinkinder waren allerdings gesund. Und nach allem, was Ruth gehört hatte, war die Säuglingssterblichkeit in Morristown noch höher. Aber da die Stadt dreißigmal größer als ihr Dorf war und auf weit mehr Daten zurückgreifen konnte, hoffte Ruth, dass hier die eigentliche Ursache für die erschreckenden Zahlen lag. Dazu kam vermutlich noch, dass die meisten Bewohner von Morristown den Neuen Evangelikalen angehörten, einer Sekte, die einen reichen Kindersegen befürworteten, egal, ob die Gebärenden zu jung, zu alt oder zu erschöpft von früheren Schwangerschaften waren. Wie dem auch sein mochte, die Statistiken waren jedenfalls alarmierend. Wenn sich an den Zahlen nicht bald etwas änderte, war die Menschenrasse nicht mehr als hundert Jahre vom Aussterben entfernt.

Dazu kam ein Punkt, den Ruth als persönliche Niederlage empfand. Sie war achtunddreißig. Die besten Jahre der Fruchtbarkeit lagen bereits hinter ihr, und es gab hier kaum Kandidaten für eine Familiengründung. Sie wusste, dass Cam ihr aus dem Weg zu gehen versuchte, aber das war unmöglich. Sie hatten nicht genug Brennholz, um einzeln zu kochen oder jede Hütte mit Warmwasser zu versorgen. Außerdem war es auch nicht sicher, allein zu essen. So nahmen sie, bewacht von bewaffneten Posten, ihre Mahlzeiten in Schichten ein und badeten alle in der gleichen Hütte, die mit Solartanks ausgestattet war. So sah sie Cam täglich.

Wer konnte es ihr verübeln, wenn sie auf diese Weise irgendwie an Allisons Leben teilhatte? Sie hätten Schwestern sein sollen – wenn auch Schwestern, die einander misstrauten.

*Ist es meine Schuld, dass wir von Anfang an nicht miteinander auskamen?* Aufgewühlt wandte Ruth ihre Blicke von Allison und der Fremden ab und öffnete endlich die Tür zu ihrer Hütte. *Ich muss mich noch mehr anstrengen,* dachte sie.

In diesem Augenblick setzten die Schreie ein. Ruth fuhr mit einem Ruck herum und sah gerade noch, wie jemand von wilden Krämpfen geschüttelt zu Boden stürzte.

Die Fremde tötete Allison zuerst.

Die starken Stablampen machten die Verwirrung vollkommen. Einer der grellen Strahlen kippte zum Boden hin und tanzte von dort schräg über die Gestalten am Zaun hinweg. Die beiden anderen Lichtfinger hielten die alte Frau kurz fest, ehe einer davon zur Seite schwenkte. Der Anblick lähmte Ruth. Sie verlor wertvolle Sekunden, bis sie begriff, was sie da sah.

Allison hatte den Arm nach der Schulter der alten Frau ausgestreckt und sie einen Moment lang berührt. Tatsächlich war ihr linker Arm weit vom Körper weggespreizt, und die Finger krallten sich ins Erdreich, bis ihr das Fleisch von den Knochen hing. Dann biss sie sich die Zunge durch, und dunkles Blut lief ihr über die Wangen.

Da war aber noch etwas, das sich trotz des entsetzlichen Schocks in Ruths Gehirn eingrub: Der Gesichtsausdruck der alten Frau blieb immer gleich. Ihre weit aufgerissenen Augen flackerten zwar nervös, um nicht zu sagen gehetzt, aber sie bedachte Allison mit keinem Blick, als die anderen sich über die Gestürzte beugten. *Sie ist ansteckend,* dachte Ruth, bevor sie ihre Stimme über die Schreie erhob, die durch das Dorf gellten. »Zurück!«, rief sie. »Zurück!«, und rannte auf die Gruppe am Zaun zu.

Tonys M16 feuerte drei Runden ab. Das Geballer war wirkungslos, weil er in die Luft schoss. Ruth sah ihn taumeln, als Allison sich weiter in Krämpfen wand. Der Junge fingerte ungeschickt an seinem Sturmgewehr herum und ließ sich zitternd auf ein Knie fallen. Ihm war nicht bewusst, dass er den Abzug betätigte.

Michael hätte es besser wissen müssen. Er versuchte Tony von der alten Frau wegzuzerren, und plötzlich brach er zusammen, von den gleichen Krämpfen geschüttelt wie Allison.

*Nanobots,* dachte Ruth. Nichts sonst breitete sich so rasend schnell aus.

»Michael!«, schrie Denise, aber ihre Instinkte waren doch stärker. Anstatt ihrem Mann zu folgen, zögerte sie. »Michael! O Gott, nein!«

Allison hatte aufgehört, um sich zu schlagen. Schlaff und blutverschmiert lag sie da. Ruth kam zu Bewusstsein, dass sich von weiter hinten noch mehr Taschenlampen näherten. Aufgeregtes Stimmengewirr drang an ihr Ohr. Eine kleine, aufgeregte Schar rannte auf sie zu. Auch ihre Nachbarn waren mit einer Laterne vor die Haustür getreten – aber die Verstärkung bedeutete eine enorme Gefahr, denn alle würden schnurstracks zum Zaun rennen. Cam würde zu seiner Frau laufen.

Ruth zog ihre Pistole, feuerte zweimal über Allisons leblosen Körper hinweg und erschoss die alte Frau.

»Nein!«, schrie Denise.

Die alte Frau kippte nach vorn und riss Michael mit sich. Ihr Blut musste verseucht gewesen sein, aber sie standen teilweise in Richtung des Windes. Wenn die Schüsse in die Brust der Fremden Nanos freigesetzt hatten, dann würden die mikroskopisch kleinen Maschinen von ihnen weggetrieben werden.

Ruth schob Denise weiter in den trägen Luftstrom. Es war entscheidend, dass sie genügend Abstand hielten. Dann richtete sie ihre Waffe auf Michael und Tony.

Denise stieß Ruth zu Boden und schlug mit Fäusten auf ihre Brust und den Arm mit der Pistole ein. Das Schlimmste war, dass Ruth sie gut verstehen konnte. Denise hegte immer noch die leise Hoffnung, dass ihr Mann durchkommen würde, aber Ruth setzte sie mit zwei schnellen, harten Hieben außer Gefecht.

Denise fiel zur Seite, und Ruth sprang auf. »Halt!«, schrie sie in das hektische Auf und Ab der Lichter. Die anderen Dorfbewohner waren mit Laternen und Taschenlampen herangekommen, während sie am Boden lag.

Cam schob sich durch die Menge. Sein Gesicht verbarg sich hinter einer Maske und einer Skibrille. »Allison!«, rief er im gleichen Moment, da ein anderer Mann Ruth anfauchte: »Was tun Sie da, zum …«

»Sie sind ansteckend! Zurück!«

»Oh, mein Gott, *Allison*!« Seine Stimme klang rau vor Schmerz. Ruth glaubte nicht, dass er ihre Worte gehört, geschweige denn verstanden hatte.

Er dachte wohl an sein Baby. Ihr erging es nicht anders, aber sie kämpfte mühsam die Panik nieder. »Halt! Es ist eine Art Nano-Seuche! Cam, wenn der Wind dreht …«

Hinter sich hörte sie ein lautes Knirschen. Allem Anschein nach kam Tony auf die Beine.

Ruth drehte sich herum.

Tony kam unbeholfen torkelnd näher. Er stolperte über Allisons Hand, setzte seinen Weg aber unbeirrt fort. Etwas stimmte nicht mit seinen Augen. Sie hatten Ähnlichkeit mit Löchern. Im Licht der vielen Taschenlampen und Laternen sah die braune Regenbogenhaut schwarz aus. Es war, als bestünden seine Augen nur aus den weißen Augäpfeln und riesengroßen, hyperdilatierten Pupillen.

»Haltet ihn auf!«, schrie sie.

Cam schleuderte seine Stablampe. Jemand warf einen Reserve-Patronengurt hinterher. Der Gurt prallte von Tonys Arm ab, aber Cams Lampe traf ihn so hart an der Schulter, dass er zurückwich. Plötzlich sprangen alle auf und ab, packten Erdklumpen und Steine und brüllten den Jungen an, als könnten sie ihre Stimmen als zusätzliche Waffen einsetzen. Lichtfächer durchschnitten die Nacht. Tony wankte unter dem Ansturm. Dann verlor er das Gleichgewicht, stolperte erneut über Allison und stürzte hin.

Michael stürmte als Nächster auf sie los. Seine Augen wirkten ungleich. Eine Pupille war geweitet, die andere zu Stecknadelgröße geschrumpft. Sein Körper kippte nach einer Seite, als versuchte er diese Verzerrung auszugleichen.

*Das Gehirn,* dachte Ruth. *Irgendwie ist das Gehirn geschädigt.*

»Mann, Scheiße, knallt sie ab!«, rief ein Mann, aber Denise zog ihre Pistole und richtete sie auf die nächstbeste bewaffnete Person – eine Frau, die ein Gewehr schwang.

»Rührt ihn nicht an!«, schrie Denise.

»Nehmt doch Vernunft an!«, brüllte Ruth dazwischen. Es waren zu viele Stimmen. Die Menge warf mit Steinen und Ausrüstungsgegenständen nach Michael. Ein Messer kam geflogen, ein Gürtel, ja selbst eine Jacke. Zwei Leute in dem Chaos ergriffen die Flucht. Ruth sah einen anderen Mann taumeln. Er lief nicht weg. Er ließ einfach den Kopf nach vorn sinken. War er angesteckt? Der Mann brach zusammen, als jemand neben ihm in einem Krampf aufzuckte.

*Die Nanos haben die Lücke übersprungen,* dachte Ruth. Sie wollte eine Warnung ausstoßen, aber sie durfte nicht atmen. Der Reflex war übermächtig. *Nicht atmen!* Die Nanos vervielfältigten sich, wirbelten unsichtbar von einem zum anderen, und sie fragte sich, ob sie die Nächste sein würde, die es erwischte.

Unbeirrt von dem Bombardement watete Michael auf sie zu. Bedauerlicherweise wurden die Wurfgeschosse allmählich knapp, und der Hagel an Steinen und Gerätschaften ließ nach. Ruth hörte eine Frau verzweifelt fluchen, während sie das Erdreich nach harten Brocken durchwühlte. Wieder wandte sich einer der Helfer ab und lief davon. Dann flog eine Taschenlampe mit kreiselndem weißen Strahl durch die Luft und traf Michael mitten ins Gesicht. Er brach zusammen. Doch die beiden anderen angesteckten Männer konnten sich jede Sekunde erheben.

»Gib mir deine Schaufel«, sagte Cam zu Greg. Beide trugen immer noch ihre provisorische Schutzkleidung. Die Skibrillen, Kapuzen und Handschuhe boten aber nur ein Minimum an Sicherheit.

»Cam!«, schrie Ruth. »Achte auf die Windrichtung!«

Ansonsten waren sie hilflos. Jeder der Überlebenden wusste, wie leicht die unsichtbaren Nanobots in ihre Lungen eindringen konnten. Eine neue Seuche war ihr schlimmster Albtraum, eine Schreckensvision, die jeden Einzelnen und alle zusammen quälte. Irgendein ferner Atomschlag hätte sie weit weniger beunruhigt. Panik breitete sich aus.

Jemand feuerte ins Dunkel, dann noch jemand. Orangerote Mündungsblitze sprengten die Menge auseinander. Nicht alle Schüsse waren nach außen gerichtet. Tony, der am Boden lag und wild um sich schlug, starb durch den Feuerstoß eines Gewehrs. Denise drückte ihre Pistole ebenfalls ab. Sie traf einen Mann, ehe eine dritte Waffe losbellte und ihre gellenden Schreie durch einen Treffer in den Hinterkopf beendete.

Es waren keine fünf Minuten vergangen, seit die alte Frau die Nano-Seuche an Allison weitergegeben hatte.

Cam und Greg kämpften an vorderster Front. Sie hatten drei infizierte Männer niedergeschlagen, als Ruth sich plötzlich umdrehte und losrannte. Im Zickzack lief sie an den dunklen Silhouetten der Umstehenden vorbei. »Halt!«, schrie jemand. Sollten sie doch denken, dass sie feige war! Ruth stürmte in ihre Hütte, warf die Tür hinter sich zu und schob den Riegel vor.

Jemand schlug mit der Faust an die Tür. Ruth öffnete, in einer Hand eine abgesägt Schrotflinte. Draußen herrschte immer noch ein Gewirr an Stimmen und Lichtern. Ruth hatte vermutet, Cam würde versuchen, sie zu erreichen, vor ihr stand jetzt aber Bobbi Goodrich.

Bobbi hatte die Faust noch zum Schlag erhoben. Ihr Gesicht war zu einer Grimasse der Angst verzerrt. »Du …«, begann sie.

»Nimm!« Ruths Stimme hallte dumpf in ihrem Helm wider. Sie bewegte sich schwerfällig in ihrer grellgelben Ausrüstung, einem mikrobiologischen Druckanzug der Klasse eins A mit zwei SCBA-Tanks auf dem Rücken, die das umluftunabhängige Atemschutzgerät speisten. Einer der Lufttanks war nur halb voll. Dennoch wogen die Aluzylinder an die fünfzehn Kilogramm. Sowohl der Unterzieh-Jumpsuit aus hitzebeständigem Nomex als auch der eigentliche Sicherheitsanzug waren zu groß. Über ihren kleinen Brüsten blähte sich das Vorderteil wie ein großer Sack auf. Die Ärmel scheuerten an ihren Rippen. Das *Rschsch-Rschsch* von losem, schwerem Gummi drang in ihre Ohren.

Trotz des Anzugs merkte sie sofort, dass sich ein Teil des Lärms von ihnen entfernt hatte. Ruth erkannte Jefferson kaum wieder. Die Gebäude waren die gleichen, mit Ausnahme des eingestürzten Gewächshauses, aber sie hatte in dieser Siedlung zuvor noch niemals Schreie gehört. Nun befand sich die Dorfgemeinschaft in hellem Aufruhr.

Sie wandte sich dem Klang heiserer Stimmen zu. »Wir können nicht alle töten!«, beschwor Cam ein größeres Aufgebot von Bewohnern. Jeder hielt zu seinem Nachbarn Abstand. Sie waren auch gewitzt genug gewesen, die Gerätschaften wegzuwerfen, mit denen sie die Infizierten außer Gefecht gesetzt hatten, obwohl ihnen dadurch nur ihre Schusswaffen blieben, falls es zu einem neuen Ausbruch von Gewalt kam. Schlimmer noch, nun standen sie einander mit Pistolen und Karabinern gegenüber.

Greg hatte sich auf die Seite der größeren Gruppe geschlagen. »Es gibt keinen anderen Weg«, widersprach er Cam. »Wir können sie doch nicht fesseln.« Dabei umging er die bittere Wahrheit, dass sie Angst hatten, ihre infizierten Freunde zu berühren. Ein längerer Kontakt war gefährlicher, als den Abstand durch einen Blitzangriff zu verkürzen und sie mit einem Knüppel zu erledigen.

»Überlasst das mir!«, schrie Ruth im Innern ihres Helms.

Die beiden Gruppen standen sich so verbissen gegenüber, dass sie ihren Einwurf gar nicht hörten.

»Jeder von euch könnte der Nächste sein«, sagte Cam. »Begreift ihr das nicht? Was ist, wenn die Nanos euch erwischen?«

Ruth sah, dass sie mittlerweile mehr Leute verloren hatten. Sechs Männer und Frauen lagen zwischen den Hütten auf dem Boden, dazu weiter draußen Michael und die Leichen von Tony, Allison und der alten Frau. Nach dem Mann, den Denise niedergeschossen hatte, hielt sie allerdings vergeblich Ausschau. Offenbar hatten sie ihn zusammen mit anderen nicht infizierten Opfern weggebracht. Gab es noch mehr Verwundete? Mindestens zwanzig Prozent der Dorfbewohner waren außer Gefecht gesetzt worden oder tot. Ruth bewegte sich unwillkürlich langsamer, erschüttert von dem Anblick, der sich ihr bot.

Einige der Gestalten ganz in ihrer Nähe hatten klaffende Kopfwunden und waren vermutlich ebenfalls tot. Denise gehörte zu ihnen. Im Schein der Taschenlampen, die nur sporadisch in ihre Richtung leuchteten, konnte man erkennen, dass unter ihrem dunklen Haar Blut hervorsickerte. Eine andere

Frau lebte noch. Offenbar war ihr Blut oder Erde in die Luftröhre geraten, denn sie atmete mit einem heiseren Rasseln.

Hatte womöglich auch Allison überlebt? Cam klammerte sich wohl an die Hoffnung, dass er sie retten könnte – aber wenn das der Fall war, dann musste sowohl ihr Gesicht als auch eine Hand entsetzlich zerfressen sein. Außerdem hatte sie vermutlich einen Gehirnschlag erlitten – die medizinischen Möglichkeiten im Dorf waren jedoch auf die Behandlung von Knochenbrüchen und auf Entbindungen beschränkt. Selbst die Ärzte in Morristown konnten keine komplizierten chirurgischen Eingriffe vornehmen.

*Bitte, sei tot!*, dachte Ruth und schloss die Augen gegen ihren Schmerz. Aber da waren auch die Zweifel, die sie nicht verdrängen konnte: *Wünsche ich mir etwa, dass sie tot ist?*

»Es muss doch irgendeine Lösung geben!«, rief Cam.

»Wir dürfen nicht zulassen, dass sie wieder auf die Beine kommen«, sagte Greg, während ein anderer Mann seine Pistole lud und ein dritter sich von Cam abwandte.

»Genug geredet«, erklärte nun der dritte Mann. »Fangen wir an!«

Cam umklammerte seinen Arm. »Nein.«

Die Fronten waren vielleicht auch deshalb verhärtet, weil sie Brillen und Masken trugen, die ihre Gesichter verdeckten. Sie waren Freunde, aber die Schutzkleidung bildete eine weitere Trennschicht, die sich zwischen sie schob wie die Dunkelheit, ihre Schuldgefühle und ihre Angst.

»Halt!«, mischte sich Bobbi ein. »Halt! Seht doch!«

Einige der Taschenlampen schwenkten zu den beiden Frauen herum und erfassten Ruths Anzug.

»Überlasst das mir!«, rief sie durch das hell erleuchtete Visier. »Ich kann mich um sie kümmern.«

»Ruth!« Cams Stimme klang verzweifelt und erleichtert zugleich.

Sie war froh, aber sie konnte nicht vergessen, dass sie als Erste geschossen hatte. Hätte es womöglich doch einen anderen Weg gegeben? Hätten sie Tony und die alte Frau überwältigen können, ohne sie zu töten? Dann wäre auch Denise noch am Leben.

Ruth hatte Angst, sich allein in das Schlachtfeld zu begeben. Wenn nun die Bewusstlosen zu sich kamen? Wenn sie beim Transport um sich schlugen und ihr die Handschuhe oder Ärmel zerrissen? Der Anzug war nicht für Schwerarbeit gedacht und erst recht nicht für einen Nahkampf – aber sie konnte diese Menschen hier doch auch nicht einfach sterben lassen.

»Wir halten sie in meiner Hütte fest«, sagte sie. »Aber ich brauche Hilfe. Stricke. Wasser.« Ihre Fenster und Türen waren versiegelt, um das Eindringen von Insekten zu verhindern, aber diese Schutzmaßnahmen würden keine Nanos fernhalten. »Und besorgt mir möglichst viele Plastikplanen.«

»Zerlegt Gewächshaus 4!«, sagte Cam und versetzte dem Mann, der die Pistole gezogen hatte, einen Schubs. »Los!«

Vielleicht war es doch noch möglich, die meisten ihrer Freunde zu retten.

Ruth machte einen Bogen um Linda und Doug und ging zuerst zu Allison. Sie hätte die Bewusstlosen fesseln sollen, ehe sie irgendetwas unternahm – sie hatte noch einen Rest Isolierband vom Abdichten ihrer Handschuhe übrig. Aber alles zog sie zu ihrer Rivalin hin. Sie redete sich ein, das habe mit Allisons Schwangerschaft zu tun, doch die junge Frau war ohne Zweifel tot. Offenbar hatte sie eine Hirnblutung erlitten; der Innendruck ließ ihre rot geäderten Augäpfel weit aus den Höhlen quellen.

*Was immer dieser Nanobot in Gang setzt – der Prozess funktioniert offenbar nicht in allen Fällen gleich,* dachte sie, und das war die einzige Erkenntnis, die sie aus Allisons Tod gewann.

Irgendwo in ihrer Trauer fand Ruth auch Trost. Es war aber ein Gefühl, als sei ihr eine Last von den Schultern genommen, die sie lieber behalten hätte. Andererseits konnte sie sich nicht vorstellen, wie diese schöne und kluge junge Frau mit einem so grauenhaft entstellten Mund und einem zerstörten Verstand hätte weiterleben können.

Jetzt erst wurde Ruth klar, wie gern sie Cams Baby in den Armen gehalten hätte. Tränen stiegen ihr in die Augen. Sie hatten nicht die technischen Möglichkeiten, Frühgeburten zu versorgen. Selbst vor der Maschinenpest wäre es ein kleines Wunder gewesen, einen Fötus in dieser frühen Entwicklungsphase zu retten. Heute aber war es ganz unmöglich – und damit war auch das Kind verloren.

*Ich muss verhindern, dass Cam sie so sieht,* überlegte sie und presste einen Handschuh auf Allisons verquollenes Gesicht. Sie drehte den Kopf der jungen Frau zur Seite und zog ihr die Kapuze weit ins Gesicht. Sie weinte jetzt hemmungslos und musste gegen den idiotischen Reflex ankämpfen, sich die Tränen abzuwischen. Sie hätte sich bei einem Griff ins Innere des Helms sofort infiziert. Stattdessen verschmierte sie Staub und Blut auf dem Visier.

Ihre Stimme versagte, als sie sich umdrehte und in Richtung der hellen Taschenlampen rief: »Allison ist tot, Tony ebenfalls. Und die Fremde auch. Michael lebt.«

»Beeil dich«, schrie Greg zurück. »Linda bewegt schon die Arme.«

Ruth ging den Lichtfächern entgegen. Greg, Cam und ein anderer Mann waren dageblieben, um ihr mit drei starken Stablampen den Weg zu weisen. Weiter entfernt – nämlich im Dorf – wimmelte es von Taschenlampen und Laternen. Dann kniete sie neben Linda Greene nieder, die schwach mit den Armen ruderte, als träumte sie gerade. Ruth drückte Lindas Handgelenke zusammen und umwickelte sie mit Isolierband, als sei die Frau eine Schwerverbrecherin.

*Was geschieht mit dir?,* fragte sie sich.

# 4

Doug Tilman atmete nicht mehr, als sich Ruth über ihn beugte, und Martha Shemitz hatte das Genick gebrochen. Die übrigen vier lebten aber noch. Michael hatte ein paar Zähne eingebüßt und eine klaffende Wunde am Kinn. Ruth versuchte die Blutung mit einem primitiven Druckverband zu stillen, für den sie Streifen aus Dougs Hemd verwendete. Andrews Schädelbein war an zwei Stellen gebrochen, und es sah keineswegs so aus, als würde er durchkommen.

Inzwischen waren Linda und Patrick zu sich gekommen. Linda wälzte sich aufgeregt umher und versuchte unter Stöhnen ihre Fesseln abzustreifen. Patrick dagegen schien mehr oder weniger bei klarem Verstand zu sein. Er zitterte und schielte, schwieg aber. Ruth bemerkte außerdem ein krampfartiges Zucken in seiner Wange. Was sah er? *Spürte* er nicht vorhandene Reize wie Kälte oder Wärme? Ein Jucken?

»Ihr müsst hier schnellstens weg«, rief sie Cam zu. »Bringt alles an Vorräten in meine Hütte! Ich werde die Türen und Fenster abdichten.«

»Ruth«, sagte er geistesabwesend.

»Ihr müsst hier weg.«

»Ruth, wie lange kannst du in diesem Anzug atmen?«

Das war die geringste ihrer Sorgen. Sie glaubte, dass sie ihre Lufttanks wechseln konnte, ohne sich anzustecken. Mehr Kopfzerbrechen bereitete ihr jedoch die Gefahr des Austrocknens. Obwohl ihr der Anzug viel zu groß war, fühlte sie sich darin wie in einer Ein-Mann-Sauna. Schon jetzt konnte sie ihren eigenen Schweiß riechen. Und sie hatte vergessen, ausgiebig zu trinken, bevor sie das Ding anlegte. Kurzfristig ging das aber noch in Ordnung. Der Anzug besaß keine Auffangvorrichtung für Urin, und falls sie dringend musste, würde sie nasse Stiefel bekommen, aber letzten Endes bedeutete das Flüssigkeitsproblem, dass sie nur Stunden zur Verfügung hatte, obwohl sie vermutlich Tage brauchte, um diese Leute zu versorgen und zu untersuchen.

Sie wollte zu ihm gehen, doch das durfte sie auf keinen Fall tun.

»Lasst mir ein Walkie-Talkie und eine Pistole da«, sagte sie. »Und ausreichend Klebeband.« *Ich liebe dich,* fügte sie im Geiste hinzu. *Pass gut auf dich auf!*

Sie war wie vom Donner gerührt, als Cam ihren letzten Gedanken laut aussprach.

»Pass gut auf dich auf!«

»Mache ich.«

Er legte seine Waffe und seine Stablampe neben ihrer Hüttentür ab, wo die anderen bereits Plastikplanen, Stricke, Klebeband, Verbände, Batterien, einen Erste-Hilfe-Koffer und Behälter mit Wasser gestapelt hatten. Jemand hatte zwei Petroleumlaternen für Ruth angezündet; eine stand im Freien, die andere in ihrer Hütte. Die Bandagen und das Wasser waren zwar für die Leute gedacht, die sie zu retten hoffte, aber die Trockenheit in ihrem Mund nahm ständig zu. *Hör auf zu heulen,* dachte sie mit grimmiger Entschlossenheit. Sie war allein. Ganz auf sich gestellt. So sah die Wahrheit aus.

Als Erste schleifte sie Linda nach drinnen. Die Frau bekam Krämpfe und schlug sich den Kopf am Türrahmen an. »Scheiße!«, fluchte Ruth, doch Linda schien den Schmerz nicht mit ihr in Verbindung zu bringen. Sie reagierte mit Stöhnen und Anspannung auf Dinge, die Ruth nicht sehen konnte.

Ruth ließ sie in der Ecke liegen, gefesselt an einen schweren Tisch, das einzige Möbel im ganzen Raum. Die Hütte verfügte nur über drei Räume – zwei schmale Schlafkammern hinten und den größeren Wohnraum, der sich gleich hinter der Tür befand. Hier hatte Ruth immer mit Bobbi und Eric gefrühstückt, auf dem Boden um den niedrigen Tisch herum sitzend. Jetzt bedauerte sie, dass sie diese gemeinsamen Morgen oft nur mit Mühe ertragen hatte. Sie war neidisch auf das Paar gewesen, zwar dankbar dafür, dass die beiden sie überhaupt in ihre Gemeinschaft aufnahmen, aber eben auch unzufrieden, weil sie von ihrer Gefühlswelt ausgeschlossen blieb. Sie hatte es gehasst, sich ihr künftiges Leben als alte Jungfer vorzustellen. Doch nun schien es so, als sei sie doch diejenige, die Glück hatte. Bobbi war Witwe, Eric lag tot in Gewächshaus 3, und in diesem Raum hier schwirrten jede Menge Nanos umher.

Als Nächstes zerrte sie Patrick in die Hütte, dann Michael und Andrew. Anschließend ging sie noch einmal ins Freie, wickelte die Toten in Plastikplanen und versiegelte die Bündel so gut sie konnte. Mehr als einmal klebten ihre Handschuhe an dem Isolierband fest. Jedes Mal jagte ein Adrenalinstoß durch ihren Körper. Aber der Anzug hielt.

Sie legte eine kleine Pause ein, als sie Denise erreichte. Die Frau hatte sich vor ihrem Tod doch nicht mehr angesteckt, oder? Ruth war todmüde, aber sie gehörte nicht zu den Leuten, die sich ihre Arbeit leicht machten. Sie rollte Denise ebenfalls in eine Plastikplane. Dann schleppte sie alle sechs Toten nach drinnen. Ihre Hütte war jetzt Gefängnis und Leichenhalle zugleich.

Das Grauen, das Ruth erfasst hatte, verstärkte sich weiter, als sich Linda stöhnend hin und her wand und gegen den Tisch stieß. Erneut lief sie ins Freie. Ihr war klar, dass sie irgendwann wieder in die Hütte zurück musste, aber zuvor musste sie noch eine Aufgabe erledigen. Vielleicht ging sie gründlicher zu Werke als nötig. Ruth schaufelte genug Erdreich frei, um sie über die Blutflecken zu streuen. In die flachen Gruben, die dabei entstanden, warf sie anschließend die Gerätschaften, die sie benutzt hatten, um ihre Freunde außer Gefecht zu setzen. Selbst die Steine und Erdbrocken, die sie als Wurfgeschosse verwendet hatten, sammelte sie auf, obwohl ihr klar war, dass sie den Platz niemals vollständig sterilisieren konnte. *Verseuchter Boden,* dachte sie. Eine Menge Nanos, die sich in der obersten Schicht befanden, würden am nächsten Tag in der Wärme der Morgensonne aufsteigen oder mit dem Wind davonfliegen.

Wenn sie die Nacht überlebten, ja selbst wenn sie diesen Platz mit Beton versiegelten und eine Festung um ihre Hütte errichteten – Ruth wusste, dass sie das Dorf für immer aufgeben mussten. Aber vielleicht gewann sie immerhin etwas Zeit. Deshalb schuftete sie trotz ihrer Erschöpfung weiter.

Ihre Gedanken schweiften ab.

Sie blickte zu den Sternen auf und erinnerte sich an bessere Zeiten. Es war ein Fluchtversuch, mehr nicht. Nach einiger Zeit wandte sie sich ab und kehrte in die kleine, überfüllte Hütte zurück. Dann versiegelte sie die Türschlitze mit Klebeband.

Ursprünglich hatten Cam und Allison ihre Gruppe von den Rockies ostwärts in die Ebenen jenseits von Boulder und Greeley geführt, wo die Sommerhitze ausreichte, um die Insekten zu vernichten. In einer heißen Umgebung griff die Maschinenpest nämlich sogar Kaltblüter und blutlose Organismen an. Ihre Einschätzung erwies sich zwar als richtig, aber durch die Ausrottung der vermeintlichen Plage verwandelten sich die Gebiete in Wüsten. Die Insektenschwärme waren die einzigen noch verfügbaren Bestäuber. Jede Spezies, die in Haufen, Nestern oder Kokons lebte, war den Ameisen zum Opfer gefallen. Es gab keine Bienen, Schmetterlinge oder Motten mehr. In ihren Gewächshäusern hatten sie die Pollen per Hand abgestreift und auf andere Pflanzen übertragen. Draußen in der Welt aber führten nur die Schwärme diesen Prozess fort. Auf ihren anstrengenden Massenwanderungen, bei denen sie überall Wiesen und Wälder zerstörten, verteilten sie den kostbaren Staub.

Ruth konnte nur vermuten, was aus dem Mittleren Westen geworden war. Sie hatte die Randgebiete der Region gesehen, und es gab Gerüchte, die angeblich von Piloten, Kundschaftern und den Betreuern der wenigen noch verbliebenen amerikanischen Spionagesatelliten stammten. Ohne die Grasdecke der Prärien war der Humus bis hinunter zum Muttergestein abgetragen, fortgespült vom Regen, mitgerissen von den immer häufigeren Stürmen. Megatonnen an Schlicksand hatten Mississippi und Missouri verdrängt und in ein gigantisches Sumpfgebiet verwandelt. Das Tiefland wie Arkansas und Louisiana bestand aus Mooren und Tümpeln, die sich stetig ausbreiteten.

Ruth und ihre Freunde ließen die Ebenen rasch hinter sich. Damals hatte sie immer noch gehofft, Cam wieder für sich zu gewinnen. Doch es gab weit drängendere Probleme als ihren Herzschmerz. Manche Leute betrachteten sie immer noch als Verbrecher. Sie hatten zwar geplant, eine Weile auf Tauchstation zu bleiben, aber man erkannte und verriet sie bereits in der zweiten Stadt, in der sie sich niederließen. In der dritten Stadt machte ein Atemwegsinfekt die Runde – eine ganz gewöhnliche, nicht durch Nanos ausgelöste Erkrankung –, und Cam ängstigte die beiden Frauen heillos, weil er zwei Tage lang vierzig Grad Fieber hatte.

Wie immer traf Allison die Entscheidung, die am meisten Mut erforderte. Sie führte die Gruppe ins Herz der Rockies zurück, wo sie sich praktisch vor den Nasen der Bewohner von Grand Lake versteckten. Jefferson lag gerade mal vierzig Meilen im Westen des früheren Präsidenten- und Kongress-Sitzes. Dieser befand sich zwar mittlerweile weit, weit entfernt vom besetzten Kalifornien in Missoula, Montana, aber die Luftwaffe unterhielt immer noch einen Stützpunkt in Grand Lake, und Allison ging davon aus, dass die Militärs Ruth nie und nimmer in ihrer unmittelbaren Reichweite vermuteten.

Die meiste Zeit war Ruth zufrieden. Zumindest empfand sie keine Langeweile. Sie waren sieben der vergangenen fünfzehn Monate unterwegs gewesen, um die Gegend zu erkunden und mit anderen Überlebenden zu verhandeln. Einen Großteil ihrer Energie verbrauchten sie für elementare Notwendigkeiten. Nahrung. Unterkunft. Ruth war sogar froh, dass sie ein wenig Abstand zur Wissenschaft bekam und stattdessen ihren Beitrag im Alltagskampf leistete. Es war eine egoistische Haltung, das wusste sie. Wichtiger als jede andere Aufgabe war die Entwicklung der nächsten Nano-Generation, die so schnell wie möglich einsatzbereit sein musste. Eine zweite Invasion konnte nicht ausgeschlossen werden. Die untereinander zerstrittenen Russen und Chinesen hatten den Abzug so lange wie möglich hinausgezögert und mit der ebenfalls entzweiten amerikanischen Regierung um jede Kleinigkeit gefeilscht und um jeden Vorteil gerungen. Sie hatten bis zuletzt neue Stützpunkte für ihre Luft- und Bodentruppen errichtet, während sie gleichzeitig die eigene Nanotechnologie fieberhaft vorantrieben.

Ruth machte sich keine Illusionen über die Ereignisse dieses Tages.

Ihre Hände zitterten, als sie die Fenster ihrer Hütte doppelt abdichtete. Das Zittern führte sie auf ihre angegriffenen Nerven und die Erschöpfung zurück, aber was, wenn es nun eine andere Ursache hatte? *Würde ich eine Ansteckung erkennen?*, fragte sie sich besorgt. *Kann es sein, dass ich mich doch mit einer niedrigen Dosis dieser neuen Nanopest infiziert habe und sich das Zeug mittlerweile in meinem Körper vervielfältigt?*

Ein anderer Gedanke quälte sie noch mehr. Angenommen, der Angriff auf das Dorf hatte eigentlich ihr gegolten? Sie wussten, dass Colorado wie kaum ein anderes Gebiet in den USA elektronisch überwacht wurde. Wenn nun den Invasoren ein Gerücht zu Ohren gekommen war oder wenn ein biometrisches Abgleichprogramm schließlich zu einer Übereinstimmung geführt hatte? Der Pest-Nano konnte eigens für *sie* entwickelt worden sein … und hatte Allison und die anderen nur infiziert, weil sie im Weg gewesen waren.

Michael erwachte aus seiner Ohnmacht. Er kämpfte gegen seine Fesseln an und rang mit einem rhythmischen, dumpfen Keuchen nach Luft. »*Haaah. Haaah. Haaah.*«

Ruth beugte sich kurz über ihn, um sich zu vergewissern, dass er sich das Klebeband nicht von den Handgelenken riss. Aber dann betrachtete sie ihn aufmerksamer. Michaels Lider waren halb geschlossen, seine Augäpfel wanderten dabei jedoch unentwegt hin und her – wie im REM-Schlaf. Sein Mund stand so offen wie eine große Höhle.

»*Haaah. Haaah.*«

Der zipfelige, um seinen Kopf geschlungene Hemdverband wirkte abstoßend. Ruth kämpfte gegen den Drang an, ihm mit der Laterne den Schädel einzuschlagen. Die Ansteckung war zwar nicht seine Schuld, aber sie konnte ihn nicht mehr ansehen. Und sein Geschnaufe brachte sie in Verlegenheit.

»*Haaah. Haaah.*«

Klaustrophobie stieg wie eine Flutwelle, die stetig anschwoll und ihr die Luft abschnürte, in ihr auf. Ihr Puls jagte und machte es darum nicht gerade leichter, mit dem Messer vorsichtig ein großes Quadrat aus der Kunststoffplane zu schneiden. Würde sie sich überhaupt jemals wieder von all dem Plastik und Klebeband befreien können, mit dem sie sich im Augenblick von der Außenwelt abschottete?

»Hör zu!« Cam winkte Bobbi zu sich an das Funkgerät. Sie kauerte dicht neben ihm nieder, während andere Leute ringsum Plastikplanen vor die Fenster nagelten. In der engen Hütte herrschte ein Heidenlärm. »Wir müssen unbedingt Kontakt aufnehmen«, fuhr er fort, aber Bobbi wirkte geistesabwesend.

»Ich höre nichts«, sagte sie.

»Hör *mir* zu!« Er zeigte Bobbi den Frequenzregler, veränderte den Bereich und klickte zweimal auf die SENDEN-Taste. Dann horchte er angestrengt. »Wir werden so viele Kanäle wie möglich durchprobieren müssen«, sagte er. »Einen nach dem anderen. So.«

»Warum rufst du nicht einfach an?«

»Weil das Ganze etwas komplizierter ist.«

Die Hütte stank nach Marihuana, ihrem einzigen Betäubungsmittel außer Alkohol. Brett hatte einen Bauchschuss abbekommen. Susan hatte zwar seinen Rumpf so gut wie möglich mit einem hochprozentigen schwarz gebrannten Schnaps desinfiziert, aber sie scheuten dennoch davor zurück, ihm etwas davon zu trinken zu geben. Alkohol war teuer, Marihuana nicht. Die Pflanzen hießen nicht ohne Grund *Gras*. Sie hatten in der Wildnis überlebt und wurden nun in Morristown gezielt auf Plantagen angebaut, zum einen, weil man die faserigen Stängel zu Stricken und groben Stoffen verarbeitete, zum anderen, weil sie als Drogen das schnelle Geld brachten.

Cam atmete frische Luft, wann immer die Tür aufging und die Leute Rucksäcke, Feldflaschen und sonstige Gerätschaften in einer Ecke der Hütte stapelten. Jefferson zehrte sich selbst auf. Sie hatten Gewächshaus 2 und 4 zerlegt, um die Mehrzahl der Dorfbewohner mit den Planen sowie den letzten Resten ihrer Klebebänder und Nägel von der Außenwelt zu isolieren.

Sie mussten das Schlimmste annehmen. Cam hatte es schon auf sämtlichen zivilen Kanälen versucht. Morristown, Steamboat, New Jackson, Freedom – keine Ortschaft in ihrer Reichweite meldete sich. Also hatte er das CB-Funkgerät mit ihrem Harris AN/PRC-117 vertauscht. Cam wollte einen Helikopter für Ruth. Dafür würde er notfalls sogar ins Gefängnis gehen. Sollte ihn die US-Führung ruhig einsperren, wenn sie dazu noch Zeit fand. Das Wichtigste war, Ruth in Sicherheit zu bringen. Aber zunächst einmal brauchten sie etwas Glück.

Wie fast alles, was sie an Militärausrüstung besaßen, stammte das Harris-Tornistergerät von amerikanischen Truppen, die ihre Stellungen im Stich gelassen hatten, als der Feind sie überrannte. Cam betrachtete es mit einer Mischung aus Stolz und Wehmut. Seine Zeit bei den Rangers war kurz, aber intensiv gewesen, geprägt von echten Freundschaften, die darauf beruhten, dass sich jeder auf den anderen verlassen musste. Eric und Greg hatten sein Training fortgesetzt, nachdem sie untergetaucht waren. Und Bobbi verstand nur deshalb wenig vom Funken, weil sich Eric während ihrer jungen Ehe zunächst auf ihre Ausbildung an der Waffe konzentriert hatte.

»Bei diesem Gerät wurde die Software zur Datenverschlüsselung gelöscht, um den Code vor den Chinesen zu schützen«, erklärte er. »Das heißt, dass wir im geschützten Frequenzbereich weder mithören noch selbst sprechen können. In diesem Augenblick finden unter Garantie jede Menge Gespräche statt. Das Dumme ist nur, dass wir die Übertragung nicht mitbekommen.«

Bobbi deutete auf das Handset. »Aber du kannst doch anrufen.«

»Nein. Dieser Teil der Anlage ist auf den offenen Nachrichtenaustausch beschränkt.«

Der Harris-Tornister war ein acht Kilogramm schwerer Metallkasten, den man auf dem Rücken tragen oder in einem Jeep verstauen konnte. Ihm mangelte es an der Reichweite, um mit Grand Lake oder Sylvan Mountain direkt Kontakt aufzunehmen, aber er konnte sich immerhin in ein größeres Netz einklinken. Und sie befanden sich in einem Gebiet, das nicht von Feinden besetzt war. Überall in den Rockies waren Fernmeldeposten und Relaisstationen verteilt. Selbst ein Flugzeug konnte einen Funkspruch weiterleiten, wenn die US-Streitkräfte die richtige Ausrüstung an Bord hatten, um versprengte Einzelpersonen wie ihn aufzuspüren.

Oder zu töten.

Cam schloss nicht aus, dass die neue Maschinenpest ihren Ursprung auf der amerikanischen Seite hatte. Die US-Waffenprogramme waren nach Ruths Desertion ganz bestimmt nicht eingestellt worden, und es konnte durchaus sein, dass sich die Seuche auf dieses Tal beschränkte – und man die Gegend hier zu ihrem Pech als Testgebiet ausgewählt hatte. Er musste den Machthabern klarmachen, wessen Leben auf dem Spiel stand. Sie würden Ruth hier herausholen. Davon war er überzeugt.

»Vielleicht stolpern wir durch Zufall auf eine Frequenz, die regelmäßig abgehört wird, oder wir erwischen ein ungeschütztes Gespräch zwischen zwei Einheiten und klinken uns in die Übertragung ein«, sagte er. »Aber das kann dauern. Viele Einheiten werden nicht besser ausgerüstet sein als wir, und es gibt Hunderte von Frequenzen. Deshalb brauche ich dich auch hier am Gerät.«

»Hey!«, rief Owen von der anderen Seite des Raumes herüber. Er schwenkte einen Tacker und eine Rolle Isolierband. »Bis auf die Tür sind wir hier fertig. Kommt ihr raus?«

»Gleich.«

»Wir müssen uns beeilen!«, drängte Owen. Er war ein hochgewachsener Mann und überragte alle anderen Helfer, darunter auch seine Frau. Im Dorf ging das Gerücht, dass sie zwei Fehlgeburten erlitten hatte, weshalb Owen sie besonders verhätschelte und umsorgte. Cam wollte nicht mit ihm streiten.

»Fangt an«, sagte er. »Ich komme raus, sobald ich kann.«

Die Luft würde nicht reichen. Zwei Hütten mit Plastikplanen abzudichten, war eine Notlösung. Durch den Abbau der Gewächshäuser blieben außerdem ihre Herbstpflanzen ungeschützt, sodass sie am nächsten Morgen mit neuen Insektenschwärmen rechnen mussten. Inzwischen breiteten sich die Ameisen immer noch unter dem Dorf aus. Selbst wenn die Kolonie nachts ruhig blieb, würden die verdammten kleinen Biester gleich nach Sonnenaufgang wieder aktiv werden, angelockt von dem Blut, das geflossen war.

Er ging auf eine andere Frequenz, während von außen gegen die Tür gehämmert wurde. Er schaltete weiter und weiter, und plötzlich erwachte das Funkgerät zum Leben.

»... über Medicine Bow. Benötigen Abzug von heißer Landezone. Over«, sagte ein Mann ganz schnell. Gleich darauf antwortete eine andere Stimme: »Roger, Cougar Sechs Zwo.«

*Meine Güte,* dachte Cam. *Angenommen, die Nano-Pest wütet nicht nur in diesem Tal. Wo finden wir dann Sicherheit?*

Cam wusste, dass es in den ausgedehnten Nationalforsten der Medicine Bow Mountains im nahen Wyoming jede Menge Zivil- und Militär-Camps gab. Er kannte die Funkrufnummer nicht – Cougar Sechs Zwo konnte irgendwer sein –, aber es handelte sich eindeutig um Amerikaner. Und das war alles, was im Moment zählte.

»Break, break, break!«, meldete er sich. »An alle Stationen in diesem Netz. Zwo Echo Zwo an alle Stationen im Netz. Over.«

Der erste Sprecher antwortete: »Zwo Echo Zwo, hier Cougar Sechs Zwo. Over.«

»Roger, Cougar Sechs Zwo. Bitte um Weitergabe eines Notrufs. Break. Flash-Code Revere. Wiederhole, Flash-Code Revere. Over.«

Stille. Der Mann am anderen Ende befand sich offenbar selbst in Bedrängnis. Er hatte ebenfalls um einen Abtransport gebeten, aber er bewahrte die Ruhe. »Ich brauche Ihre Authentisierung, Zwo Echo Zwo. Over.«

»Ich wiederhole, Flash-Code Revere. Corporal Najarro vom Fünfundsiebzigsten. Ich muss mit Major Thrun oder dem derzeitigen Befehlshaber von Grand Lake sprechen. Over.«

Sein Flash-Code war nach militärischem Standard längst nicht mehr gültig. Funkrufnummer, Verschlüsselung und Kommunikationsfenster wurden jeden Monat geändert. Cam hatte seit anderthalb Jahren keinen Kontakt mehr zu seiner Einheit, aber in Grand Lake gab es sicher Archive, die ein Operation-Order-, also ein OPORD-Missionsprofil von seinem letzten Einsatz enthielten. Demnach kannte Grand Lake seinen Namen und wusste vermutlich auch, mit wem er unterwegs war.

»Roger, geht klar, Zwo Echo …« Im Hintergrund knatterten Handfeuerwaffen los. Der Mann erhob die Stimme »Wo genau befinden Sie sich zur Zeit? Over.«

Cougar Sechs Zwo setzte sich allem Anschein nach gegen einen Angriff zur Wehr. Wer aber attackierte seine Einheit? Waren Feinde in die Pestzone eingedrungen, oder verteidigte sich Cougar gegen eine Gruppe von Infizierten? Cam sprach mit eiserner Ruhe, um das Chaos, das den Mann umgab, auszublenden und seine Aufmerksamkeit ganz auf sich zu lenken. »Ich wiederhole: Revere. Revere. Diese Botschaft ist äußerst dringend, Cougar Sechs Zwo. Ich höre diese Frequenz in der nächsten halben Stunde durchgehend ab und schalte sie von da an jede volle Stunde zehn Minuten lang ein. Over.«

Der Mann brüllte jetzt, um sich über das Gewehrfeuer und Geschrei hinweg verständlich zu machen. »Verstanden, Zwo Echo Zwo! Viel Glück! Out.«

»Glaubst du, dass er etwas unternimmt?«, fragte Bobbi. Cam bejahte. Er hatte beim Militär immer nur Selbstaufopferung erlebt. *Das Einzige, was ihn daran hindern könnte, unseren Funkspruch weiterzuleiten, ist die Seuche,* dachte er.

Von jetzt an hieß es warten. Sie konnten nicht einmal auf anderen Kanälen suchen, weil sie auf 925,25 bleiben mussten. Cam ließ Bobbi am Funkgerät allein und half Susan mit Brett, der inzwischen das Bewusstsein verloren hatte. Vielleicht war das besser so. Sie hatte es geschafft, dem gemeinsamen Freund einen Druckverband anzulegen, und Cam versuchte nun die Schwere der Verletzung abzuschätzen. Die Kugel hatte die Aorta verfehlt – sonst wäre Brett bereits tot –, musste jedoch die Eingeweide getroffen haben. Die aus dem Verdauungstrakt freigesetzten Bakterien stellten ein Problem dar. Sie hatten keine Antibiotika. Das hieß, dass er aller Voraussicht nach einer Bauchfellentzündung zum Opfer fiel, selbst wenn er die Schusswunde überlebte. An eine Operation war nicht zu denken. Cam gehörte zwar zu den besten Sanitätern im Dorf, aber für chirurgische Eingriffe waren sie nicht ausgerichtet, und Bretts Bauchraum zu öffnen, würde mehr Komplikationen hervorrufen, als er bewältigen konnte. Gerade zerbrach er sich den Kopf über die Möglichkeiten, die ihnen noch blieben, als eine weiche weibliche Stimme in der Hütte zu hören war.

»Zwo Echo Zwo, hier Arapaho Fünf. Over.«

Cam zuckte zusammen. Die Hand, mit der er Bobbi beiseite schob, war von Bretts Blut ganz feucht. »Verstanden. Over.«

»Ihre Authentisierung, Zwo Echo Zwo. Over.«

»Hier spricht Corporal Najarro, Zweiter Zug Kompanie Echo, Zweites Bataillon, Fünfundsiebzigstes Ranger-Regiment. Over.«

»Roger, Zwo Echo Zwo. Wir sind auf Empfang. Over.«

Diese wenigen Worte reichten. Der Anflug eines Lächelns huschte über Cams zusammengepresste Lippen, als er Bobbi einen Blick zuwarf. Die Frau in Grand Lake hatte seine Daten sicher in einen Computer eingegeben. Und höchstwahrscheinlich waren er und Ruth zusammen mit Eric, Greg und weiteren Verdächtigen wie Allison auf einem Dutzend Programmen als Kollaborateure markiert.

Er glaubte nicht, dass sie den Kontakt abgebrochen hatte. »Die Leute hier sind krank, Ma'am«, stieß er hervor. »Sie müssen so schnell wie möglich abtransportiert werden. Over.«

»Roger, Zwo Echo Zwo. Flash-Code Streak.«

Das letzte Wort jagte ihm einen Schauer über den Rücken. *Streak.* Das hieß, dass er das Frequenzband wechseln sollte, um einer Triangulation durch den Feind zu entgehen. Wenn sie Abhöraktionen im unverschlüsselten Bereich befürchtete, konnte das bedeuten, dass den Seuchen-Nanos gegnerische Truppen folgten ... *Wir können nur hoffen, dass sie uns nicht entdecken,* dachte Cam und ließ seine Blicke von Bobbi zu den übrigen Männern und Frauen in der Hütte schweifen.

Er ging um zwei Bänder höher, so wie er es gelernt hatte. »Arapaho Fünf, Zwo Echo Zwo«, meldete er sich auf dem neuen Kanal.

Die Frau in Grand Lake verschwendete ebenfalls keine Sekunde. Ihre Worte kamen jetzt knapp und abgehackt. »Ihre Position? Over.«

»Achtzehn KM südwestlich von Wackyville.« Das war der Spitzname, den sich Morristown eingehandelt hatte, weil es dort so viele Sektenfanatiker gab. »Sie kennen die Gegend? Over.«

»Richtig. Over«, sagte die Frau. Im Hintergrund war eine verblüffte Männerstimme zu hören.

»... so nahe?«

»Ma'am, ich bin nicht allein«, fuhr Cam eindringlich fort. »Zwo Echo Zwo ist noch vollständig. Haben Sie verstanden? Die Gang braucht einen Helikopter. Jetzt. Spätestens heute Abend.«

»Können Sie Ihre Position beibehalten? Over.«

»Ma'am, wir haben Verwundete und viele Neu-Erkrankte. Over.«

»Versteckt euch, Zwo Echo Zwo. Im Moment sitzen alle in der Tinte. Die Luftbestände sind im Einsatz. Haltet durch. Ich beschaffe euch diesen Helikopter, aber ich brauche etwas Zeit. Over.«

»Seid ihr ...« Er stockte und fing noch einmal von vorne an. »Habt ihr ebenfalls Neu-Erkrankte?«

»Hören Sie den Funk ab, Zwo Echo Zwo. Wir schieben euch ein, sobald ein Pilot frei ist. Over.«

»Scheiße!« Cam starrte sein Handset an, ohne auf die SENDEN-Taste zu drücken.

»Zwo Echo Zwo?«, fragte die Frau. »Was benutzt ihr als Nah- und Fernkennung, Zwo Echo Zwo?« Aber Cam war bereits aufgestanden und hatte sich vom Funkgerät abgewandt. Kalte Furcht stieg in ihm auf.

Bobby zupfte an seiner Jacke. »Cameron?«

Er konnte der Freundin nicht in die Augen sehen. Was sollte er ihr schon sagen? Er wusste, dass ein Transporthubschrauber, ein Black Hawk, von Grand Lake bis Jefferson im

Normalfall fast eine Stunde brauchte – und sehr viel länger, wenn in Grand Lake Chaos herrschte. Er hatte gehofft, man würde sie in die unterirdischen Bunker von Grand Lake bringen, aber das war vielleicht nicht möglich, wenn es draußen am Berg von Infizierten wimmelte.

»Zwo Echo Zwo!« Das Funkgerät war wieder zum Leben erwacht. »Zwo Echo Zwo, hören Sie mich?«

Cam ging in die Hocke und nahm das Handset auf, als habe es ein Zentnergewicht. Er war nicht mehr sicher, ob das Ganze einen Sinn ergab. Wer immer die Seuche ausgelöst hatte, und was immer der neue Nanobot auch bewirken mochte, die Frau würde es ihm auf einem offenen Kanal nicht verraten. Vielleicht wusste sie es nicht einmal.

»Bitte, beeilt euch!«, sagte er.

# 5

Im bläulichen Schein des Bildschirms erschien das Gesicht des Obersts geisterhaft bleich. Das hatte etwas Unnatürliches. Seine eigentlich runden Züge wirkten hager und monströs, wie eine Maske aus Licht und Schatten. Er nutzte diesen Grusel-Eindruck, um die vier Techniker, die neben ihm standen, breit anzugrinsen. Er wusste ja, dass sein Gebiss wie das eines Raubtiers schimmerte, weil Dongmeis Zähne ebenfalls weiß leuchteten, wenn sie den hübschen Mund zu einem Lächeln verzog.

Sie hatten alle Angst. Und er beabsichtigte, ihre Angst in Energie umzuwandeln. Als erfahrener Offizier hatte Oberst Jia Yuanjun gelernt, seine Truppen notfalls einzuschüchtern, um ihnen Schwächen auszutreiben. Aber nicht jede Situation erforderte rohe Gewalt. Diese vier Untergebenen zählten zu seiner Elite. Mehr noch, sie hatten allen Grund, nervös zu sein. Deshalb hatte er beschlossen, ihr Adrenalin umzuleiten und sie durch Aggression und Stolz an sich zu binden. Alle hier im blauen Schein der Flachbildschirme erschienen allzu jung für diese Aufgabe. Und sie wirkten so verloren auf dieser Seite der Welt, weit entfernt von ihrer Heimat. Oberst Jia war selbst erst zweiunddreißig, damit knapp zehn Jahre älter als jeder seiner Techniker – doch ihre Jugend konnte, genau wie ihre Angst, ein Vorteil sein. Sie besaßen gesunde, kraftvoll pulsierende Hormone. Auch deshalb gehörte Leutnant Cheng Dongmei zum Team. Dongmei war die einzige Frau im Raum und eine von insgesamt nur elf Frauen im gesamten Bataillon. Sie hatte eine glatte Haut und sah selbst in ihrem braunen Jumper und dem männlich kurz geschnittenen schwarzen Haar durchaus elegant aus. Das rote Abzeichen der Elitetruppe schmiegte sich zwischen ihre Brüste, und der lässig umgeschnallte Pistolengurt betonte ihre schmale Taille. Oberst Jia begehrte Dongmei zwar nicht für sich, aus Gründen, die er niemals preisgeben durfte, aber er fand nichts dabei, sie als Ansporn für die anderen einzusetzen.

Er verständigte sich in Mandarin, der Sprache der herrschenden Han. »Wenn die Signale korrekt sind, dann verbreitet sie sich noch schneller, als wir gehofft hatten«, sagte er.

»Sie sind korrekt, Oberst«, erwiderte Huojin.

Jia wandte sich ihm zu. »In Ihrem Sektor zeigen sich die meisten Lücken. Warum?«

»Im Norden Colorados weht der Wind heute Abend nicht so stark wie anderswo, Oberst«, erklärte Huojin. »Vielleicht waren die Wettervorhersagen nicht präzise genug.«

Jia nickte. Er verbarg seine Freude hinter einer starren Miene. Huojin war als Einziger in seinem Team kein Angehöriger der Han, sondern ein fast reinblütiger Yao, wie eine von Chinas vielen ethnischen Minderheiten genannt wurde. Dies war ein Unterschied, der seit der Ausrottung von drei Vierteln der Nation durchaus eine Rolle spielte. Jia versuchte ihn oft in die Defensive zu drängen, obwohl Huojin sein zweitbester Nachrichtentechniker war. Ähnlich wie die Anwesenheit von Dongmei beflügelte diese ständige Anspannung jeden in der Gruppe, sein Bestes zu geben.

»Das Wetter ist ideal«, stellte Jia tadelnd fest. Der Wind wehte niemals gleichmäßig von British Columbia bis New Mexico. Doch dann bekam er Mitleid mit dem Jungen. »Ihr Verteilungsschema entspricht den lokalen Bedingungen.«

»Oberst«, warf Dongmei ein, »ich habe noch eine Jagdmaschine, die von Idaho in Richtung Süden unterwegs ist. Sie hat zwei Bomblets an Bord. Soll ich sie nach Colorado umdirigieren?«

»Keine Abwürfe mehr«, bremste Jia.

Sie hatten ihren Angriff mit äußerster Sorgfalt geplant, da sie nur dreiundneunzig Kapseln mit Nanobots für die gesamte Länge des nordamerikanischen Kontinents zur Verfügung hatten. Jia musste mit seinen Reserven sparsam umgehen. Genau genommen waren die Nanos auch in Huojins Sektor gut verteilt, vor allem, wenn man bedachte, dass zu den Rockies zahllose unbewohnte Täler und Schluchten gehörten.

Huojin hatte mit einer zusätzlichen Schwierigkeit zu kämpfen. Die Militäreinrichtungen in Utah hatten Flüge weiter nach Osten verhindert und Colorado von den Grenzpatrouillen abgeschirmt, die andernorts die Gehirnpest aussäten. Der Zugriff auf Montana und Wyoming war ebenfalls schwierig gewesen, und so hatten sie vor Stunden vierunddreißig ihrer Kapseln hoch in der Atmosphäre zur Detonation gebracht, damit die Nanos auch in die Gebiete absinken konnten, wo sich die Regierung und die wichtigsten Stützpunkte der amerikanischen Luftwaffe befanden.

Jia wandte sich wieder den Bildschirmen zu, als suchte er nach den unsichtbaren Nano-Strömen. Der Bunker, in dem er sich aufhielt, lag in einem Außenbezirk von Los Angeles, aber das hatte Jia fast vergessen. Dieser Raum überwand Entfernungen. Die Stille, die die jungen Soldaten in dem unheimlichen blauen Licht umfing, war ein Ort für sich, und Jia schwelgte darin. Mittels einer fernen Konstellation von Satelliten und Flugzeugen schwebten sie gemeinsam über Amerika und beobachteten, wie sich die Seuche ausdehnte und den Feind verschlang.

Es war ein bescheidener Ausgangspunkt für die Eroberung einer Weltmacht, ein Komplex aus nacktem Beton, den sie in aller Hast tief ins Erdreich gebuddelt hatten. Sie besaßen nur ein paar teure Geräte, montiert auf Kisten statt auf Schreibtischen, und so wenige Stühle, dass Huojin und Yi ebenfalls auf Kisten saßen. Ein einziger Abluftstutzen surrte über ihnen. Die Kabel, die zu ihrer Elektronik und von dort wieder in die Außenwelt führten, lagen gebündelt auf dem blanken Fußboden. Der Raum war kalt und hatte den staubigen Geruch von Beton.

Jian wäre nirgendwo auf der Welt lieber als hier gewesen, nicht einmal in der kleinen Wohnung seiner Eltern in Changsha – selbst wenn es durch magische Kräfte gelungen wäre, sie wieder lebendig zu machen.

»Da«, sagte er und deutete auf Guis dritten Schirm. VANCOUVER. Die ausgefranste und nur spärlich bevölkerte Küste von British Columbia bot kaum Brutstätten für die Nanos, und Jia hatte gezögert, seine Kampfflugzeuge vom Pazifik her landeinwärts zu schicken. Sowohl die Chinesen als auch die Russen patrouillierten regelmäßig entlang der Küste, und sie hatten allen Grund, ihre Jets über Oregon im Osten einfliegen zu lassen und so den Amerikanern das Grenzgebiet streitig zu machen. Aber es wäre ungeschickt gewesen, vor dem Erstschlag durch ungewohnte Aktivitäten aufzufallen. Die Maschinen, die Jia von L. A. losschickte, unterschieden sich von den üblichen Patrouillen nur dadurch, dass sie winzige explosionsfreie Bomblets in Feindesgebiet abwarfen.

Der Wind in Vancouver war ungünstig. Er blies nach Süden anstatt nach Osten. »Beginnt jetzt mit unserer zweiten Welle«, befahl Jia. »Angriff auf die Sekundärziele.«

Sein Team erteilte gemurmelte Befehle an ferne Piloten. Nebenher klackten Finger über Tastaturen und lösten voreingestellte Kommandos aus. Jia bewunderte wieder einmal Dongmeis Anmut, nicht ihren vollkommenen Körper, sondern die wunderbare Klarheit ihrer Stimme. Obwohl die Männer auf ihre Weise noch eleganter wirkten, beinahe wie Tänzer, richtete Jia seine Blicke sorgsam auf Dongmei, um sich ja nicht von den anderen abzuheben. Ausnahmsweise fühlte er sich gar nicht von ihr abgestoßen. Das Kampfflugzeug der ersten Welle, das sie zurückgehalten hatte, erlosch auf ihren Schirmen und richtete sich dann neu aus – ein rotes Dreieck, das sich nach Osten, und gar nicht heimwärts wandte. Andere Maschinen jagten von der Küste landeinwärts. Jia hoffte, in den nächsten Minuten Treffer im Zentrum von British Columbia, Montana und Wyoming zu sehen. »Oberst, wir haben Kontakt über Arizona«, berichtete Yi.

»Von Cheyenne steigen amerikanische Kampfflugzeuge auf«, rief Huojin.

»Gebt euren Crews die nötigen Anweisungen«, sagte Jia ruhig.

Der Feind wusste, dass etwas nicht stimmte. Weitere Maschinen würden starten, aber ihre Möglichkeiten waren begrenzt. Was sollten die amerikanischen Flugzeuge tun, wenn ihnen der Sprit oder die Munition ausging oder wenn sie einen Treffer abbekamen? Sie konnten im Niemandsland westlich des Seuchengebiets landen, wo sie ohne Nachschub ziemlich nutzlos waren – oder sie konnten ihr Glück in den Ebenen östlich der Rockies versuchen.

So oder so, ein paar Flugzeuge machten keinen Unterschied. Jia hatte den Vorteil des Überraschungsschlags und der Gegenwind-Position auf seiner Seite.

Er gestattete sich erneut ein wenig Stolz, als er seine Blicke über das Team vor den Bildschirmen schweifen ließ. Er nahm die Stimmen wahr, die angespannten jungen Gesichter. Der amerikanische Westen lag wie die Teile eines Puzzles vor ihnen. Auf jedem der drei Monitore, die Dongmei betreute, war etwas mehr als die Hälfte von Idaho oder Nord-Utah zu sehen, mit digital überblendeten Staatsgrenzen und den wichtigsten Wahrzeichen wie GROSSER SALZSEE und BOISE.

Ein Großteil des Terrains wurde durch schwach auflösende Satelliten-Videos wiedergegeben, die noch verschwommener wirkten, weil die Bildschirme kaum Farben anzeigten. Aber diese Karten reichten aus. Autobahnen und alte Städte zeichneten sich wie dunkle Adern und Flecken ab, und an vielen Stellen verbanden sich diese Merkmale eng mit den Daten, die Jia am meisten interessierten.

Die Volksrepublik besaß im Weltall nicht die gleiche Präsenz wie die USA, nicht einmal nach den hohen Verlusten der Amerikaner während ihres Bürgerkriegs. Tatsächlich kannte man die Ziyuan-Satelliten auch unter dem Namen CBERS, der für *China-Brazil Earth Research Satellites* stand. Die brasilianische Raumfahrtbehörde hatte einen Großteil der Technologie zur Verfügung gestellt und darüber hinaus einen nicht unwesentlichen Beitrag zu den Startkosten geleistet. Zum Ausgleich teilten sich die beiden Nationen die Nutzungszeiten der Satelliten, bis China während des Pestjahrs die alleinige Kontrolle übernahm.

Angeblich dienten die Ziyuan-Satelliten der Wetterforschung und Erderkundung, aber natürlich waren sie auch mit hochwertigen militärischen Optik- und Kommunikationssystemen ausgestattet. Die erstmals im Jahr 1999 gestarteten Satelliten waren das Ergebnis einer nicht ganz unerwarteten Allianz zwischen zwei Nationen, die sich auf dem Weg nach oben befanden und hofften, endlich zu den USA aufzuschließen. Diese Himmelsaugen auf den amerikanischen Westen zu richten, war der einfachste Part bei Jias Vorbereitungen gewesen, denn China hatte sein Erbe im All längst neu ausgerichtet. Nach der nahezu vollständigen Vernichtung der traditionellen Feinde wie Japan, Vietnam und Südkorea beobachteten die vier chinesischen Ziyuan-Satelliten ausschließlich Indien und die USA. Das Gleiche galt für Chinas sonstige, längst nicht so präzise Wetter- und Kommunikationssatelliten. Jia hatte sich in mehrere Augen eingeklinkt, die bereits perfekt angeordnet waren, und sein Überwachungsnetz durch unbemannte ASN-104-Luftfahrzeuge ergänzt, die hervorragende Bilder lieferten, aber auf Flächen von weniger als einer Quadratmeile beschränkt blieben, während die Satelliten alles sahen.

Es gab keine Möglichkeit, den Weg der Gehirnpest direkt aufzuspüren. An vielen Orten war das Chaos, das sie auslöste, leicht zu erkennen, aber meist konnte Jias Team die Ausbreitung der Seuche nur über Computer-Projektionen verfolgen. Sie kombinierten Wind- und Atmosphäremodelle mit Spionage-Daten über amerikanische Bevölkerungszentren und Nano-Parametern wie der Replikationsgeschwindigkeit.

Die Projektionen waren konservativ, das heißt, man blieb auf der sicheren Seite. Dennoch beunruhigte es Jia, dass sie nicht alle bewohnten Nischen auf feindlichem Territorium erfassten. Die Nanobots zeigten sich auf seinen Schirmen als dunkelblaue Wolken und Wirbel. Die Gehirnpest verbreitete sich rasch, sobald sie auf amerikanische Siedlungen traf, insbesondere auf die größeren Militärstützpunkte, die am Rande der einstigen Großstädte entstanden waren. Mancherorts gab es auch ein paar armselige Fluchtversuche. Zu Fuß oder mit Fahrzeugen strömten die Menschen in wilder Panik zu den Highways, die in die Berge führten.

Fast alle suchten die Höhenlagen zu erreichen – ein starker Instinkt, der sich selbst Jia für alle Zeiten eingeprägt hatte. Für die Überlebenden der ersten Seuche boten nur die Berggipfel Sicherheit vor den Nanos, obwohl es keiner der Feinde bis dorthin schaffte. Über die Menschenansammlungen und Lasterkolonnen legten sich unweigerlich die dunkelblauen Schatten des Infekts. Dann trug der Wind die Pest tiefer in die Staaten und nach Kanada hinein.

*Gemeinsam siegen wir,* erkannte Jia mit absoluter Sicherheit. Es war das Einzige, woran er keinen Zweifel hatte.

Hinter ihm erhob sich ein ohrenbetäubender Krach. Die Tür war der Schwachpunkt des Bunkers. Nun zersplitterte das metallverstärkte Holz, und ein Soldat in schwarzer Kampfuniform stolperte in den Raum, durch eine Art Stahlramme in seinen Fäusten aus dem Gleichgewicht gebracht. Gleißende Scheinwerfer zerfetzten das Halbdunkel. Das Licht war ebenso ein Schock wie der Überfall selbst, obwohl es zu flackern begann, als weitere Männer über die Schwelle drängten.

Die Angreifer gehörten der Zweiten Abteilung an. Ein Dutzend von ihnen stürmten in den Raum und hielten Jias Team mit kurzläufigen Maschinenpistolen vom Typ 5 in Schach. »Auf die Knie!«, brüllten sie. »Los, runter!«

Dongmei, durch das Headset immer noch mit ihrem Arbeitsplatz verbunden, zog ihre Pistole und sprang auf.

»Nein!«, rief Jia. »Nicht kämpfen!«

»Auf die Knie!«, brüllten die Eindringlinge immer noch: »Runter! Auf die Knie!«

Aber Dongmei gehorchte nicht ihnen, sondern Jia, als sie niederkniete und die Waffe außer Reichweite schob. Ihre Teamgefährten gehorchten ebenfalls und ließen sich mit hoch erhobenen Händen auf die Knie nieder. Huojin und Gui blinzelten in das grelle Licht. Jia bemerkte, dass Yi einer Stimme in seinem Headset lauschte und etwas antworten wollte, sich im letzten Moment aber doch beherrschte.

Gab es ein Problem mit Yis Flugzeugen? Erhielten die Piloten auf der gleichen Frequenz neue Befehle? Jia spürte, dass sich Frustration in seine Gedanken mischte, aber dann entdeckte er Sergeant Bu Xiaowen unter den Soldaten der Zweiten Abteilung, und die Frustration wich tiefer Sorge. Die Schwarzuniformierten verteilten sich und umstellten sein Team. Bu stand rechts von Jia. Er musste als einer der Ersten den Raum betreten haben. Einen Moment lang trafen sich ihre Blicke, und Jia las Verblüffung in den Augen des anderen. Dann sah er weg.

»Ich sagte runter!«, schrie ein anderer Offizier.

Jia blieb stehen und hielt nach ihrem Befehlshaber Ausschau. Die Zweite Abteilung war der Elektronische Abwehrdienst des Ministeriums für Staatssicherheit, der obersten Geheimpolizei der Kommunistischen Partei, und Jia war kein Unbekannter für die MSS-Offiziere in Los Angeles. Offensichtlich hatte jemand seine Signale bis zu diesem Bunker verfolgt. Aber wer hatte den Befehl erteilt, ihn außer Gefecht zu setzen?

Zwei der Soldaten traten näher und tasteten Jias Uniform ab. »Keine Bewegung«, warnte der erste, nachdem er Jia die Pistole und das Nahkampfmesser abgenommen hatte. Dann sammelten sie die Pistolen seiner Leute ein.

Jia hörte erneut eine leise Stimme in Yis Headset, beherrschte sich aber eisern und drehte sich nicht nach ihrer

Elektronik um. Was spielte sich über Colorado und Wyoming ab? Mussten sie ihre Flugzeuge umdirigieren?

*Dafür reicht die Zeit nicht!*, dachte er.

Immer mehr schwarze Uniformen drängten in den Raum und verstärkten das Hindernis, das es zu beseitigen galt, ehe sein Team an die Arbeit zurückkehren konnte, aber Jia schwieg, bis einer der Soldaten von der Zweiten Abteilung die Datenkabel aus den Steckdosen neben der Tür ziehen wollte.

»Rühren Sie das Zeug nicht an!«, sagte Jia.

»Sie halten den Mund«, fauchte ein anderer Mann.

Jia wandte sich an ihn. »Was wir hier tun, ist von höchster Stelle genehmigt«, erklärte er. Es sah so aus, als runzelte der Offizier die Stirn, aber da sein Gesicht im Schatten der Scheinwerfer lag, konnte sich Jia nicht sicher sein.

»Sie sind verhaftet«, sagte der Offizier.

Der Gouverneur selbst eilte in den Bunker, nachdem er das Signal erhalten hatte, dass Jias Leute festgesetzt waren, dicht gefolgt von einem General des Ministeriums für Staatssicherheit. Jia stand stramm und salutierte General Zheng. Sämtliche Soldaten der Zweiten Abteilung folgten seinem Beispiel, mit Ausnahme der beiden, die ihre Maschinenpistolen immer noch auf Jias Team gerichtet hielten.

»Sind Sie wahnsinnig?«, tobte der Gouverneur. Mit seinen fünfundsiebzig Jahren war Shao Quan doppelt so alt wie alle anderen im Raum, und er stellte seine Autorität in traditioneller Weise zur Schau. Schütteres graues Haar rahmte einen runden Kopf ein, den die kalifornische Sonne so stark gebräunt hatte, dass er an eine Nuss erinnerte. Sein Anzug hatte einen konservativen Schnitt, mit dunkelblauem Jackett und blauer Krawatte.

Jia blickte starr geradeaus, ohne den Salut an General Zheng abzubrechen. Er wusste, dass er seine Erregung unterdrücken musste. Ihm fiel jedoch auf, dass vier von Gouverneur Shaos Leibwächtern, die den Bunker ebenfalls betreten hatten, ihre Sturmgewehre zum Boden gerichtet hielten.

»Sie zerstören die Arbeit von Jahren!«, herrschte ihn Shao an. »Und wofür? Nur um die Muskeln spielen zu lassen? Um Ihren Rachegefühlen nachzugeben? Sie sind ein Idiot!« Er warf einen verächtlichen Blick auf die Rangabzeichen an Jias Kragen, möglicherweise war er verblüfft, dass ein Oberst so ehrgeizig sein konnte.

*Mit jeder Sekunde, die du uns aufhältst, wächst das Risiko, dass etwas schiefgeht,* dachte Jia.

»Weshalb schießt ihr auf die Amerikaner? Versucht ihr sie zu töten?« Shao streckte den Finger Jias Monitoren entgegen und fuchtelte dann in General Zhengs Richtung, als gelte seine Anschuldigung auch ihm. »Unsere Streitkräfte sind nicht einsatzbereit! Ist Ihnen eigentlich klar, was ein weiterer Krieg zu diesem Zeitpunkt für uns bedeuten würde?«

»General …«, begann Jia, an Zheng gewandt.

Gouverneur Shao hatte sich immer noch nicht beruhigt. »Alles ausschalten!«, schrie er die Soldaten der Zweiten Abteilung an. Sie zögerten und sahen Zheng an, als erwarteten sie seine Befehle. Shaos Stimme überschlug sich. »Los, beeilt euch! Setzt die Computer außer Betrieb und bringt diese Männer zum Verhör!«

Shao betonte das Wort *Männer* in seinem letzten Satz und starrte dabei Dongmei an, die immer noch am Boden kniete und in dieser Stellung besonders hilflos wirkte. Sie war die einzige Frau in dem überfüllten Raum. Jia sah, dass sie Angst hatte, obwohl sie das recht gut verbarg. Ihre Miene wirkte ausdruckslos und ihr Rücken gerade. Nur die kurzen Fransen über den dunklen Augen zitterten leicht.

In Shaos altes Gesicht trat ein Zug von Machtgier, und Jia empfand Zorn und Empörung über die Willkür, jemanden aus seinem Team herauszugreifen, aus welchem Grund auch immer. Er durfte nicht zulassen, dass sie missbraucht wurde. »General!«, wiederholte er und suchte Zhengs Blick.

»Vielleicht gelingt es uns doch noch, die Amerikaner von einem Vergeltungsschlag abzuhalten«, sagte Shao. Er sprach jetzt ebenfalls zu Zheng, obwohl es so klang, als probte er bereits für eine Presseerklärung. »Dies hier war eine verbrecherische Einzelaktion, die wir sofort unterbinden konnten, als wir Kenntnis davon erhielten. Die Täter sind gefasst und sehen ihrer gerechten Strafe entgegen.«

General Zheng war um die vierzig Jahre alt, kräftiger als Gouverneur Shao und nicht so stark gebräunt. Allerdings durchzogen viele Falten sein Gesicht, insbesondere um die Augen, was ihm einen gewitzten und zugleich skeptischen Ausdruck verlieh. Er interessierte sich im Moment weder für Jia noch für Shao, sondern starrte mit zusammengekniffenen Augen an ihnen vorbei zu den elektronischen Aufbauten. Seine Blicke wanderten von einem Bildschirm zum nächsten. Er war neugierig. Jia unterdrückte ein Lächeln. Gouverneur Shao gehörte zu den höchstrangigen Zivilisten der westlichen Hemisphäre. Kalifornien war jedoch ein Militärstaat, und General Zheng konnte ihn überstimmen, wenn er wollte …

Shao setzte ihn mit einem einzigen Wort unter Druck. »General«, sagte er.

Zheng blickte auf und nickte.

»Wir müssen uns beeilen«, drängte Shao, »ehe die Angelegenheit noch Auswirkungen hat. Nicht nur bei den Amerikanern, sondern auch in der Heimat.«

»Ja.« Zheng nickte.

Der General hatte seine Entscheidung getroffen. Er gab seinen Soldaten einen Wink, und einige von ihnen stürzten sich sofort auf die Computer und Monitore. Yi war so unklug, sich zur Seite zu neigen und ihnen den Weg zu versperren. Der Soldat an der Spitze rammte ihm den Schaft seiner Maschinenpistole in die Wange. Der Hieb schleuderte Yi zu Boden. Ein anderer Mann riss Dongmei hoch, zerrte an ihrer Gürtelschließe und schob ihr die Faust in den Hosenbund. Er keuchte, nicht aber infolge der Anstrengung, das zierliche Mädchen festzuhalten, sondern vor mühsam unterdrückter Lust. Für Jias Team würde es keine Gnade geben.

Shao und Zheng glaubten, sie könnten diese Verletzung des Nichtangriffspakts mit den USA und Kanada zum Teil dadurch wiedergutmachen, dass sie ein Exempel an Jia und seinen Technikern statuierten.

*Zu spät,* dachte Jia.

# 6

Der neue Kalte Krieg war eine Farce, auch wenn die Politiker Macht und Überlegenheit demonstrierten. In Wahrheit hatte keine Seite die Mittel, das Gleichgewicht noch lange aufrechtzuerhalten. Jemand würde ins Wanken geraten, und Oberst Jia gehörte zu denen, die glaubten, die eigene Seite könnte kippen.

Ja, die Amerikaner waren vor dem Waffenstillstand fast besiegt gewesen. Sie hatten überwältigende Verluste hinnehmen müssen. Aber mit dem Ende der Kampfhandlungen erlitt die Volksbefreiungsarmee eine ihrer größten militärischen Niederlagen. Der Waffenstillstand war kein Patt. Er war eine schlimme Tracht Prügel, denn sie hatten einen hohen Preis bezahlt, nur um diese Entspannung zu erreichen. Die Kriege hatten ihnen zahllose Veteranen sowie neue Elitetruppen wie Jias Kampf-Falken beschert – aber mit jedem Tag, der verging, schwand ihre Stärke um ein kleines Stück.

Auch wenn siebenhundert Meilen zwischen den beiden Staaten lagen, war Kalifornien durch den Abwurf der Atombombe auf Leadville in Colorado zerstört worden. Jede Verwerfungslinie an der Westküste brach ein. Die großen Ballungsgebiete von San Francisco und Los Angeles wiesen Risse und Spalten auf. Druckwellen in den Meerestiefen bewirkten, dass der Ozean das Land überflutete. Dazu kam noch, dass weite Teile Kaliforniens aus trockenem Grasland oder gar aus Wüsten bestanden, ganz besonders im Süden, wo sich die chinesischen Streitkräfte aufhielten. Bereits vor der Seuche musste der *Goldene Staat* seine Bevölkerung durch ein ausgeklügeltes System von Speicherbecken und Kanälen versorgen, das sich über Hunderte von Meilen erstreckt hatte und nun gänzlich zusammengebrochen war.

Die Russen und Chinesen kamen erst nach Kalifornien, als die schlimmsten Beben bereits vorbei waren. Sie konnten Lebensmittel, Kraftstoff, technisches Material, Fahrzeuge und Munition bergen – aber die Munition passte nicht zu ihren Waffen, das Feldzeug nicht zu ihrer Artillerie, die Ausrüstung nicht zu ihren Flugzeugen. Für eine kurze Übergangszeit war das auch in Ordnung. Während der ersten Kriegswochen schickten sie chinesische Piloten mit amerikanischen Maschinen los und transportierten ihre Infanterie in Zivilfahrzeugen und US-Armeelastern, die von ihren eigenen Panzern eskortiert wurden. Der Angriff musste vorangetrieben werden, solange die Amerikaner noch wankten. Und der Blitzkrieg war ein Erfolg.

Mit dem Frieden kamen dann die Probleme. Die Besatzer befanden sich weit in der Minderheit. Der Waffenstillstand war noch keinen Monat alt, als die Russen allen Ernstes damit begannen, ihre Leute abzuziehen und in die Heimat zu schicken, wo sie die Grenzen gegen fremde Eindringlinge verteidigen sollten. Zurück blieben lediglich fünfzehntausend Mann, überwiegend Flugpersonal und Bodentruppen, die bei künftigen Verhandlungen als Druckmittel gegen die USA eingesetzt werden sollten. Die Chinesen selbst halbierten ihre Besatzungsmacht und stationierten einhundertfünfzigtausend Helden der Volksrepublik gegen mehrere Millionen Amerikaner.

Seit jener Zeit hatten die Amerikaner nur vereinzelte Produktionsstätten der Schwerindustrie wieder in Betrieb genommen, aber selbst damit übertrafen sie die Fertigung der Helden in ihren besonders zerstörten Großstädten. Die Chinesen waren nicht stark genug, sich auf ein Wettrüsten einzulassen. Es fiel ihnen schwer genug, sich im Feindesland zu behaupten. Sie benötigten Wasser. Sie benötigten Unterkünfte. Die Insektenschwärme waren eine ausgezeichnete Proteinquelle, machten es aber nahezu unmöglich, Weizen oder Reis anzubauen. Im Kampf mit den Ameisen hielten sich Nahrungsgewinne und -verluste die Waage. Ein wichtiger Auftrag bestand darin, die Bohrtürme und Raffinerien wieder aufzubauen und das kostbare Rohöl auf den zahlreichen Ölfeldern Kaliforniens zu fördern. Doch die Zermürbung ging weiter, und in jedem noch so kleinen Grenzgefecht verloren sie einige Piloten und Flugzeuge.

Jia hatte die Gehirnseuche nicht selbst entwickelt. Er wusste nicht einmal, wo sich die Labors der Nano-Designer befanden, aber er war einer der Offiziere gewesen, die diesen Schritt noch vor der Invasion der USA vorgeschlagen hatten. Das MSS und die Kommunistische Partei hatten fast ein Jahrhundert Erfahrung mit Methoden der Gehirnwäsche, Indoktrination, Psychopathologie, Neurologie und Geburtenkontrolle hinter sich. Unter dem Deckmantel der Medizinforschung hatten Experten der biologischen Kriegführung ausgedehnte Studien mit Alzheimer- und Parkinson-Patienten durchgeführt.

Die Gehirnseuche war eine unblutige Waffe, die das Wissen mehrerer Disziplinen in einem perfekten Werkzeug vereinte. Seit Jahren gehörte Jia zu den glühenden Verfechtern ihres Potenzials.

Und an diesem Abend hatte er sie entfesselt.

Er hatte sich einen besseren Ablauf erhofft. Im Idealfall hätte er seinen Angriff beendet, bevor der Spionageabwehr des MSS aufgefallen wäre, dass ein chinesisches Flugzeug nach dem anderen mit neuen Ordern von Los Angeles aus aufstieg, und lange bevor man seine Signale in das Labyrinth der Heeresbunker zurückverfolgt hätte. Es war geplant gewesen, dass er gleich nach der Attacke seinen Kommandostand räumte und einem höheren Offizier die Verantwortung für diese Aktion überließ.

In seinen Anweisungen stand nichts darüber, wer dieser Mann sein sollte. Er vermutete, dass Shao Quan wohl nicht infrage kam, obwohl er nicht ausschließen konnte, dass der

Gouverneur ebenso für die Sechste Abteilung arbeitete wie er selbst. Fast jeder Offizier und Politiker war wegen der einen oder anderen Eigenschaft oder Kompetenz vom MSS rekrutiert worden. In den Elite-Einheiten gehörten selbst die unteren Offiziersränge dem Geheimdienst an und dienten somit zwei Herren. Jia war darauf eingestellt gewesen, Gouverneur Shao zu gehorchen, falls dieser den Erkennungscode nannte. Stattdessen sah es so aus, als habe das in viele Einzelzellen aufgeteilte MSS gegen die eigenen Leute gearbeitet. Jia konnte nicht sicher sein, wann Shao oder Zheng zu den Kräften der Zweiten Abteilung gestoßen waren, die gegen ihn vorgingen, aber nachdem die Soldaten die Tür eingeschlagen hatten, wäre es das günstigste Szenario gewesen, wenn General Zheng verspätet einträfe und versuchte, den Gouverneur von seiner Einmischung abzuhalten. Deshalb wartete Jia ab – doch Zheng gehörte der Verschwörung gar nicht an.

Ehe die Truppen der Zweiten Abteilung einen nicht wiedergutzumachenden Schaden an seinen Computern anrichten konnten, wandte sich Jia an den General und sagte einen Satz: »Der Herbstregen ist kalt und süß.«

»Halt!«, schrie Zheng.

Seine Soldaten erstarrten. Einer von Jias Bildschirmen lag zertrümmert am Boden. Sergeant Bu umklammerte mit beiden Händen einen Laptop, und ein anderer Mann war dabei, eine Handvoll Kabel aus der Steckdose zu reißen, aber mehr Schaden war noch nicht entstanden.

Gouverneur Shaos nussbraunes Gesicht zuckte erschrocken, als Jia und Zheng einander anstarrten. »Ich vertrete die Kommunistische Partei!«, sagte Shao. Der alte Mann durchschaute Jias unverständlichen Gedankensprung als MSS-Anweisung. Er begriff, was sich abspielte, kämpfte aber dennoch dagegen an. »Ich bin der Gouverneur! Ich verlange, dass Sie meinen Befehlen Folge leisten!«

Shaos Leibwächter hoben die Gewehre und sahen plötzlich ein halbes Dutzend Maschinenpistolen auf sich gerichtet. Die

Soldaten der Zweiten Abteilung hatten ebenso schnell reagiert, und sie waren Shaos Leibwächtern zahlenmäßig überlegen..

»Schluss jetzt!«, befahl Dongmei beiden Seiten. Ihr zarter, melodischer Tonfall bildete einen merkwürdigen Kontrapunkt zu den Stimmen der Männer.

»Nicht schießen«, sagte Zheng.

»Meine Befehle gelten!«, kreischte Shao und zeigte mit dem Finger erneut auf die elektronischen Aufbauten. »Alles ausschalten!«

»Der Regen weicht dem Winter«, sagte Zheng.

»Aber stets muss der Winter vor dem Frühling kommen«, vollendete Jia die Kennung.

Im überfüllten Bunker herrschte Stille. Der Laptop, den Bu umklammert hielt, piepte einmal, und auf dem Boden presste Yi die Handfläche gegen seine blutende Wange. Irgendwo murmelte ein Headset.

Zheng wandte sich auf einmal dem Gouverneur zu. »Nehmt ihn lebend gefangen«, sagte er und deutete kurz auf Shao. Dann sah er die Leibwächter des Generals und durchschnitt die Luft mit der Handkante.

Shaos Männer schrien auf, als die Maschinenpistolen losratterten. Einer feuerte sein Gewehr in das Knäuel der Schwarzuniformierten ab. Drei von ihnen gingen zu Boden. Dann war es vorbei. Einige von Zhengs Leuten hielten Shao fest, während sich andere um die Verletzten und Toten kümmerten. Ein Soldat fasste schreiend nach dem zersplitterten Knochen, der aus seinem Ellbogen ragte.

Jias Aufmerksamkeit galt vor allem einem Mann in dem Gewirr schwarzer Uniformen. Bu hatte den Laptop fallen gelassen, um die Hände frei zu bekommen. Mit gezogener Waffe war er vorwärts gestürmt und hatte versucht, General Zheng abzuschirmen. »Vorsicht!«, rief Jia, als Bu in die Schusslinie des Leibwächters geriet. Eine Kugel flog haarscharf an ihm vorbei, und einen Moment lang blieb Jia das Herz stehen.

Dann kam ihm zu Bewusstsein, wie gefährlich es war, seine Gefühle zu zeigen.

»Sie Idiot, ich schicke Sie in ein Arbeitslager, wenn dieser Laptop kaputt ist!«, herrschte er den Mann an. Übertrieb er etwa die Show? Nein. Alle waren mit ihren Nerven am Ende, und die meisten achteten auf den schreienden Soldaten oder Gouverneur Shao. »Wie heißen Sie?«

»Oberst, ich bin dem General unterstellt«, erklärte Bu und zog damit dummerweise den Dialog auch noch in die Länge.

Jia hob die Faust. Aber die Zuneigung und der Kummer in den dunklen Augen seines Gegenübers waren unverkennbar. Auch Bu hatte das Feuergefecht auf engstem Raum in Angst und Schrecken versetzt. Und plötzlich dämmerte es Jia, dass Bu gar nicht losgerannt war, um General Zheng zu schützen, sondern um *ihn* zu retten.

Jia wandte sich nun wieder von seinem Geliebten ab und erteilte seinem Trupp ein paar scharfe Befehle. »Zurück an eure Stationen! Alle Kontakte bestätigen! Leutnant Cheng, Sie übergeben Ihre Maschinen an die anderen, weil Ihre Station nicht mehr voll funktionsfähig ist.«

»Unterstützt die Techniker!« Zheng schickte Bu und zwei weitere Soldaten vom Schauplatz des Kampfes weg. »Oberst, was kann ich sonst für Sie tun? Wir müssen unsere Truppen in höchste Alarmbereitschaft versetzen. Und Sie haben sicher noch eine Reihe von Signalen abzusetzen.«

»Jawohl, General. Wir werden jetzt unsere Befehle erteilen«, sagte Jia. »Mit Ihrer Erlaubnis würde ich die Angriffe gern fortsetzen, ehe ich das alles erkläre.«

»In Ordnung.«

Jia salutierte erneut. Er bewunderte Dongmeis Selbstbeherrschung, als die Soldaten der Zweiten Abteilung ihnen halfen, ihre Elektronik neu zu ordnen. Sie hatte noch nie einen Nahkampf mitgemacht. Ihre Brust hob und senkte sich unter der Uniform. Sie presste eine ihrer schlanken Hände gegen das Herz und versuchte sich zu beruhigen ... aber die

Schulterumrisse und die schmalen Hüften von Bu lenkten Jias Blick von seinem Team ab.

Sein Partner mochte ihn wirklich. Das überraschte Jia. Er hatte geglaubt, ihre Beziehung sei in erster Linie zweckmäßig. Soviel er wusste, waren sie das einzige männliche Paar in ganz Los Angeles. Jia hatte es genossen, Bu Xiaowen zu entdecken, auch wenn er sich dessen schämte, was sie taten. Nun jedoch empfand er weniger Scham als Beschämung, weil er die Möglichkeit einer tieferen Bindung von vornherein ausgeschlossen hatte. Zum Glück blieb ihm keine Zeit, über diese Dinge nachzugrübeln.

»Oberst, ich habe keinen Kontakt mehr zu unseren UAVs«, meldete Yi.

»Von Wyoming steigen immer noch feindliche Jäger auf«, rief Huojin dazwischen.

»Meine Systeme reagieren nicht, Oberst«, sagte Dongmei.

»Haben unsere Flugzeuge ihre Angriffsziele erreicht?«, erkundigte sich Jia, während er vor seiner Station Platz nahm. Es blieb keine Zeit mehr, neue Befehle an ihre Orbitalkameras zu schicken, und er machte sich wegen Yis unbemannter Luftfahrzeuge Sorgen.

Sein Team steuerte die UAVs nicht direkt. So viele Leute hatte Jia gar nicht. »Setzen Sie sich mit den Einheiten der Air Force in Verbindung, die für Ihre Drohnen zuständig sind«, befahl er Yi.

Während er seine Anweisungen gab, warf Jia noch einmal einen verstohlenen Blick auf Bu, der ganz in seiner Nähe die letzten Bodenkabel ordnete. Im Allgemeinen dauerte es Tage, bis die beiden eine Gelegenheit fanden, um ein paar private Sätze oder auch nur Worte zu wechseln. In diesen Bunkern hielten sich viel zu viele Menschen auf. Und sie hatten zu unterschiedlichen Zeiten Dienst. Ihre intimen Begegnungen waren noch seltener, und Jia fragte sich, wann sich wohl endlich wieder ein solches Treffen ergeben würde.

Dann sah er, dass General Zheng seine Augen beobachtete.

Wenn es je eine Nation gab, die dafür gerüstet war, gegen ihre Feinde zu marschieren und eine Massenvernichtung zu erdulden, dann war es das China des einundzwanzigsten Jahrhunderts. Bereits vor dem Untergang der Welt konnte man China als ein Land der verzweifelten Jugend bezeichnen.

Gegen Ende der Siebzigerjahre führte die Kommunistische Partei ihre berühmten Geburtenkontrollgesetze ein. Obwohl weite Kreise der Bevölkerung gegen die sogenannte Ein-Kind-Politik eingestellt waren, verhinderte sie letztlich 420 Millionen Geburten. Ein Paar, ein Baby. Es war die einzige Möglichkeit, die Gesundheitsvorsorge und das Bildungswesen zu verbessern sowie den Wandel von einem ländlich geprägten Bauernstaat in eine Industriemacht zu vollziehen. Die Bevölkerung war nach dem Zweiten Weltkrieg so sehr in die Höhe geschnellt, dass der größten Nation der Welt die Gefahr drohte, in sich zusammenzustürzen. Die Beschaffung von Nahrung und Wohnraum für all die Menschen nahm sie so in Anspruch, dass sie beim Wettlauf ins All, der atomaren Aufrüstung und der Modernisierung ihrer Streitkräfte weit hinter anderen Ländern herhinkte. Aber vierzig Jahre später hatte die Geburtenkontrolle die Volksrepublik auf ungeahnte Weise verändert. Die Behörden ordneten nicht selten Zwangsabtreibungen und -sterilisationen an, um die strengen, von Beijing festgesetzten Geburtenquoten einzuhalten. Viele Familien entschieden sich außerdem, gesunde weibliche Föten abzutreiben, beeinflusst von dem Wunsch, ihren Namen, ihren Betrieb oder ihren Platz in der Gesellschaft an einen männlichen Erben weiterzugeben. Mädchen, die das Licht der Welt erblickten, wurden häufig verstoßen oder noch im Säuglingsalter ermordet.

So kam es, dass es in den meisten Gegenden weit mehr Jungen als Mädchen gab. Manchmal war das Missverhältnis so krass, dass auf fünf junge Männer nur eine Frau kam. Lesben hatten unter dieser Entwicklung ganz besonders zu leiden. Sie wurden verfemt und verfolgt, weil sie China ihre Bäuche vorenthielten. Und die Männer standen unter einem enormen Druck, den Erwartungen ihrer Vorfahren gerecht zu werden.

In seiner Kindheit und Jugend begriff Jia Yuanjun nicht, dass etwas mit ihm nicht stimmte. Er stellte ganz im Gegenteil fest, dass er besser als der Durchschnitt war, weil er nicht von den vagen Ängsten geplagt wurde, die seine Kameraden in den reinen Jungenklassen vom Lernen abhielten. Er kam gut ohne Mädchen aus – sie nicht. Und während die anderen sich zankten und nach etwas suchten, das ihnen vorenthalten blieb, konnte er sich auf seinen Unterricht und seine Lehrer konzentrieren.

Sein Aufstieg in der Volksbefreiungsarmee war achtbar. Das Militär kam für seine Grundbedürfnisse auf, und er konnte seinen kleinen Sold den Eltern nach Hause schicken. Als er mit Anfang zwanzig seinen ersten Leutnantstern erhielt, trat das MSS an ihn heran. Die Geheimdienste waren stets darauf aus, Leute mit überdurchschnittlichen Leistungen anzuwerben, doch zu diesem Zeitpunkt hatte Jia bereits erkannt, welches furchtbare Geheimnis er mit sich herumschleppte. Die flüchtigen Sexspiele, auf die sich so viele seiner gleichaltrigen Kameraden einließen, nicht nur, um den Druck der Hormone abzubauen, sondern auch, um emotionale Beziehungen zu entwickeln, hatten viel mit Dominanzverhalten und Hackordnungen zu tun. Allerdings – Jungs, die sich dabei erwischen ließen, wurden aus der Armee verstoßen. Und ihnen blieben, was vielleicht noch schlimmer war, die gut bezahlten Ämter im Zivilbereich verschlossen, falls der Makel nach außen durchsickerte.

Dazu kam ein weiteres Risiko. Kondome waren teuer. Deshalb hatte er meist ungeschützten Verkehr, obwohl Aids in Asien doch weit verbreitet war. Bei einem positiven Test würde

Jia in Erklärungsnot geraten, und das bedeutete dann in doppelter Hinsicht das Aus. Für einen unehrenhaft entlassenen Offizier gab es nämlich keine medizinische Versorgung.

Ungeachtet dieses Wissens fühlte er sich zu seinen Freunden hingezogen. War es reines Glück, dass ihn niemand verriet? Oder lag es auch an seiner Art, Beziehungen einzugehen, die Gefühle weckten und beide Partner verwundbarer machten? Er konnte der rauen Wildheit der anderen Jungen seine Zärtlichkeit entgegensetzen. Jia schämte sich, dass sein *Yin* so stark war, aber er kam nicht gegen die Anziehungskraft des Männlichen an. Sex machte Spaß. Die Liebe erfüllte ihn mit Freude. Jia hatte auch erkannt, dass es oft die leichtsinnigsten Affären waren, die dazu führten, dass ein Mann seinen Partner anonym denunzierte. Und diejenigen, die sich selbst am meisten verachteten, brachten es auch am ehesten fertig, ihre Liebhaber grausam zu vernichten. Jia war weniger gefährdet, weil er sich seinen Freunden voll anvertraute und hingab. So hielt jeder das Schicksal des anderen in seiner Hand.

Im alten China hatte es keine oder nur wenige Vorurteile gegen Homosexualität gegeben. Solange ein Mann seinen Pflichten als Ehemann und Familienvater nachkam, achtete niemand auf seine sonstigen Neigungen. Das änderte sich dann aber während der Kulturrevolution. Die Kommunistische Partei betrachtete Homosexuelle als Abweichler und Gefahr für ihr Gesellschaftsideal. Wer sich offen dazu bekannte, schwul zu sein, musste damit rechnen, verhaftet oder gar hingerichtet zu werden.

Diese Verfolgung ließ im einundzwanzigsten Jahrhundert wieder nach. Sodomie galt nicht mehr als Verbrechen, Homosexualität verschwand von der Liste der psychischen Störungen – aber die Partei und das Militär hielten weiterhin an den konservativen Ansichten der Revolution fest.

Mit der Maschinenseuche kehrten schließlich die schlimmsten Auswüchse jener Ära wieder zurück. In den Bergen gab es nicht genug Platz für alle. Viele Minderheiten waren ausgerottet. Der unterschwellige Rassismus der Han hatte sich zu einem unverhohlenen, gnadenlosen Überlebensmechanismus entwickelt. Die Kommunistische Partei holte all die alten Vorurteile wieder aus der Schublade und musterte jeden Verdächtigen aus.

Jia war kein Aktivist. Selbst vor der Apokalypse hätte er niemals gegen die eigene Nation gearbeitet. Zum einen kam es ihm aussichtslos vor. Er war kein Feigling, sondern klug genug, die reißende Strömung zu erkennen. Er wollte dazugehören, sonst nichts. Er verdankte doch seinen Erfolg dem Vaterland. Irgendwann begriff Jia auch, dass er am sichersten war, wenn er sich unentbehrlich machte. Bei loyalen, tüchtigen Leuten sah die Partei über kleine Vergehen hinweg. Jia durchschaute die Ironie der Situation. Er war bereit, alles für China zu geben, weil China nicht alles von ihm wollte – eigentlich nichts, mit Ausnahme seines Durchhaltevermögens und seiner Intelligenz.

Ihm war auch bewusst, dass man ihn genau überprüfen würde, wenn er eine führende Rolle bei der Verbreitung der Nanos übernahm. Das MSS musste jeden befragt haben, der je gemeinsam mit ihm gedient hatte. Viele seiner Weggefährten waren tot, aber angenommen, das MSS stieß auf einen früheren Geliebten? Angenommen, sie sprachen mit jemandem, der Verdacht geschöpft hatte? Wochenlang quälte sich Jia mit dem Gedanken, die Sache könnte ans Licht kommen. Er wollte seine Chance wahren, und doch konnte er nicht ausschließen, dass sie Bescheid wussten. Sie mussten einfach Bescheid wissen.

Die Gehirnseuche war ein Wagnis. Der Angriff wurde ohne Wissen der eigenen Leute gestartet, eben weil so viel schiefgehen konnte. Man hatte Jia gesagt, dass der neue Nanobot, von ein paar begrenzten Testreihen abgesehen, noch nicht erprobt war. Also erforderte der Job nicht nur einen hochrangigen Offizier, sondern darüber hinaus auch einen Mann, dessen Gehorsam auf einem hohen Maß an Ambitionen und

Furcht beruhte. Er war für diese Rolle wie geschaffen. Wenn die Sache nicht klappte, konnte man ihn mühelos abservieren – als einen Ehrgeizling und Homosexuellen, der einfach zu viel gewollt hatte. Man würde ihm keine Verteidigung zugestehen, sondern ihn als Versager an den Pranger stellen und hinrichten.

»Der Gouverneur ist kein Narr«, erklärte General Zheng. »Er hat recht, wenn er sagt, dass unsere Streitkräfte noch nicht einsatzbereit sind.«

»General«, entgegnete Jia. »Alles läuft genau nach Plan.«

Zheng wandte sich erneut den Bildschirmen zu. »Das hier ist eine Nanotech-Waffe«, sagte er.

»Jawohl, General.«

»Was bewirkt sie?«

»Unsere Experten haben sie mit der Eigenschaft versehen, die Grundstruktur des menschlichen Gehirns aufzuspüren. Von dort aus greift sie die Frontallappen des Zerebrums an, General.«

»Mit anderen Worten – sie tötet.«

»Nein, General. Es handelt sich um eine ganz und gar unblutige Waffe. Ich wollte mit meinen Worten nicht zum Ausdruck bringen, dass sie das Gewebe zerstört. Die Nanobots besetzen die synaptischen Spalten in jenen Gehirnregionen, die das Zeitgefühl und das Gedächtnis steuern. Im Augenblick dürften die Amerikaner … ziemlich verwirrt sein.«

Natürlich war die Versagensquote hoch. Mit dem Verstopfen von Millionen Gehirnrezeptoren wurden die elektrochemischen Impulse blockiert, die normalerweise zwischen den Synapsen hin und her sprangen. Das führte bei den Opfern zu Erregungszuständen und sogar zeitweiligem Irrsinn. Aber nicht alle Gehirne reagierten gleich. In manchen Fällen verursachten die Nanos Dauerschäden.

»Was geschieht, wenn der Wind dreht oder wenn die Gehirnpest bis nach China vordringt?«, fragte Zheng.

»Wir sind immun, General.«

»Ihre Nano-Maschinen können genetische Rassenmerkmale unterscheiden?«

»Nein, General. Die Aufbaumittel, die man uns injizierte, enthielten einen Impfstoff.«

Es gab keinen Unterschied zwischen westlichen und fernöstlichen Gehirnen. Die neue Nano-Seuche hätte sie alle angegriffen.

Drei Wochen zuvor hatte Jia als einer der Ersten eine sogenannte Gesundheitsspritze erhalten. Und erst als alle Bewohner der Volksrepublik ohne ihr Wissen geimpft waren, erging der Befehl, die Gehirnpest zu verbreiten. Das MSS sorgte außerdem dafür, dass Schwarzmarkthändler kleinere Mengen des Impfmittels über die Grenzen hinweg an die in Asien und hier in Kalifornien lebenden Russen verhökerten. Natürlich hatte man zuvor den Wirkstoff gegen die Gehirnpest entfernt, da man sich darüber im Klaren war, dass die russischen Doppelagenten ihre Analyse des Serums an die Europäer verkaufen würden. Die Russen glaubten, die Injektionen seien ein Gebräu aus diversen B-Vitaminen und gehörten zu einem der zahlreichen Gesundheitsprogramme Chinas für seine unterernährten Militärangehörigen.

»Ich verstehe«, sagte Zheng. »Die Amerikaner hätten bemerkt, dass wir mobil machen, wenn wir gleich im Anschluss an den Abwurf der Seuchen-Kapseln einmarschiert wären. Oder sie hätten unsere Funkgespräche abgehört, wenn der Plan einem größeren Kreis bekannt gewesen wäre.«

»Jawohl, General.« Jia war erleichtert, dass Zheng die logischen Schlüsse selbst zog und dadurch nachträglich das Wesentliche erfuhr, ohne das Gesicht zu verlieren. Es war eine heikle Situation. Zheng fühlte sich als Befehlsempfänger eines jungen Obersts vermutlich alles andere als wohl. Deshalb hatte er anfangs auch die Partei von Gouverneur Shao ergriffen. Jia musste so rasch wie möglich die gewohnte Rangordnung wiederherstellen. »Ich versichere Sie meiner Loyalität, General. Mein Auftrag bestand einzig und allein darin, die Angriffe in die Wege zu leiten. Ihre Reaktion erfolgte schneller als erwartet«, erklärte Jia, und das entsprach auch der Wahrheit. »Ich bin sicher, dass Sie mittlerweile alle Informationen auf Ihrem Schreibtisch vorfinden werden.«

»Wer ist Ihr Vorgesetzter?«, fragte Zheng.

»Ich weiß es nicht, General.«

»Ist es General Qin?«

»Ich schwöre, dass ich es nicht weiß.«

»Und doch umfasst Ihre Operation neben unseren Nanotech-Labors Dutzende von Luft- und Boden-Einheiten. Ich bestehe darauf, dass Sie mir Ihren Kontrollcode nennen.«

»Jawohl, General.«

»Wer sind Ihre Kontaktpersonen? Gehören sie zum MSS?«

»Jawohl, General. Sechste Abteilung, General. Oberst Feng und Oberst Pan waren meine Verbindungsleute.«

Huojin unterbrach ihr Gespräch. »Die ersten Transporte sind in der Luft, Oberst.«

»Geht genau nach Plan vor«, befahl Jia. »Nehmt die Hauptstadt ein!«

Da ihre Grenztruppen und Elite-Einheiten immer bereitstanden, war es Jia möglich gewesen, zwei Kompanien Fallschirmjäger zu mobilisieren, ohne sich Gedanken darüber zu machen, ob das die Amerikaner alarmieren könnte. Schon bald würde die gesamte Volksbefreiungsarmee in Bewegung sein, durch die Wüsten rollen und in Flugzeugen aufsteigen.

»Und wenn der Feind zu einem atomaren Gegenschlag ausholt?«, gab Zheng zu bedenken. »Diese Bunker besitzen doch keine besonderen Schutzeinrichtungen.«

»Das nicht, General, aber wir befinden uns auf amerikanischem Boden, und die Seuche breitet sich mit Windgeschwindigkeit aus. Sie werden gar keine Zeit haben, alle Möglichkeiten ins Auge zu fassen.«

Die Amerikaner bekämen den Fallout außerdem selbst ab. Wenn sie die Westküste bombardierten, trieb die normale West-Ost-Strömung die Radioaktivität über ihre eigenen Ortschaften auf der Continental Divide hinweg – und die alte, unerbittliche Macht der gegenseitigen Vernichtung hatte immer noch ihre Gültigkeit.

»In diesem Fall müssen sie damit rechnen, dass Festland-China ebenfalls ein paar Raketen auf die Reise schickt«, sagte Jia. »Allgemein wird erwartet, dass die Amerikaner zögern. Und dann hat sie die Seuche auch schon.«

Hatte es irgendwann im Lauf der Geschichte einen Krieg gegeben, der binnen weniger Stunden entschieden wurde? Jia war es nicht um Ruhm gegangen, als er sich bereit erklärte, diese Aufgabe zu übernehmen. Sein Name sollte eigentlich geheim bleiben, aber ein Schauer erfasste ihn bei dem Gedanken, dass man ihn eines Tages in einem Atemzug mit den größten Kriegsherren Asiens nennen könnte, mit Dschingis Khan, Sun Tsu und Chinas eigenen Helden wie Mao und Tschiang Kai-schek.

Sie hätten im Nordamerika-Krieg von Anfang an die führende Rolle übernehmen sollen. Zwar hatten die Russen während ihrer langen Kämpfe im Nahen Osten den letzten Schliff zu einer kaltblütigen Kriegsmaschine erhalten, aber ihnen fehlte doch noch immer dieser innere Antrieb der Volksbefreiungsarmee, die nur aus Männern bestand.

Die Chinesen sehnten sich nach ihrer Heimat.

Und sie sehnten sich nach Frauen.

Nordamerika hätte ein zweites China werden und damit beide Sehnsüchte befriedigen können. Man hatte in Kalifornien, Arizona und Colorado Tausende von Gefangenen gemacht. Für die erwachsenen Frauen war das weniger schlimm als für die Männer gewesen. Die Volksbefreiungsarmee brauchte ihre Soldaten für wichtigere Dinge als den Bau von Kriegsgefangenen-Unterkünften.

In den Arbeitslagern kamen viele der männlichen Gegner um. Die Frauen wurden dagegen verschont. Nach dem Waffenstillstand konnten die meisten von ihnen heimkehren, bis auf die *bu li zhi*, die wenigen, die es vorzogen, bei ihren Gebietern zu bleiben. Ein Sieg hätte tausendmal mehr Konkubinen und niedere Nebenfrauen bedeutet, dazu ein Heer von Sklaven für die Feld- und Fabrikarbeit. Selbst jetzt, nach dem Waffenstillstand, mussten Hunderte von Amerikanerinnen chinesische Babys geboren haben. Irgendwann einmal hätte die Volksrepublik auf diese Weise sogar die anderen Rassen verdrängen und so die Weltherrschaft für sich beanspruchen können. Natürlich würde das Generationen dauern und neue ethnische Minderheiten schaffen, aber Jia konnte sich einen Frieden durch Schwangerschaften durchaus vorstellen.

Die neue Seuche dagegen wirkte sofort. Sie war ein Unterfangen, für das sich Jia von ganzem Herzen engagieren konnte, und wenn die Angriffe Erfolg hatten, bekäme er das Lob und die Anerkennung von den höchsten Führungskräften des Ministeriums und hätte nichts mehr zu befürchten.

Er war unsäglich stolz auf seine Zugehörigkeit zur Sechsten Abteilung, die sich alle Mühe gab, die Kommunistische Partei in den Griff zu bekommen. Das MSS würde den Sieg dazu nutzen, seine Macht auszubauen, und mit Nachdruck darangehen, die Partei unter den eigenen Generälen zu einen. Unter der neuen Führung sollte auch ein Richtungswechsel stattfinden. Ursprünglich hatte die Volksrepublik geplant, ihre Streitkräfte wie im Waffenstillstand vereinbart abzuziehen. Aber Asien war genauso wie der amerikanische Mittelwesten bis auf das Grundgestein erodiert und nur entlang der Küsten und auf den Bergen bewohnbar. Festland-China sah sich außerstande, hundertfünfzigtausend weitere Soldaten zu ernähren. Aber ebenso wenig konnten sich diese Männer im besetzten Kalifornien selbst durchbringen.

Die Gehirnseuche war die einzige Lösung für die zurückgelassenen Truppen. Sie mussten Amerika entweder einnehmen, oder sie würden dort sterben, denn zugleich mit der Ankündigung von Jias Angriff sollten neue Befehle veröffentlicht werden.

Die Order lauteten, nie wieder in die Heimat zurückzukehren.

# 7

Auch in Jefferson, achthundert Meilen von Los Angeles entfernt, war kaum noch etwas so, wie es schien. Cam stand am Nordrand ihres Dorfes. Ihm dröhnte der Kopf und er starrte zu den Hütten hin, obwohl er die Zäune bewachen sollte. Der Wind strich über die Kapuze seiner Jacke, verhuscht und unheimlich. Er bemühte sich, nicht darauf zu achten. Maske und Schutzbrille waren eng an sein Gesicht gepresst. Klobige alte Lederhandschuhe schützten seine Hände. Seine Ärmel- und Hosenaufschläge waren mit Isolierband umwickelt. Dennoch fühlte er sich nackt. Der Wind klang wie eine Stimme in seinem Rücken. Er wisperte an seiner Schutzkleidung, kalt und beharrlich, tastete jede Falte ab.

Die Nacht umschloss in ihrer Schwärze einfach alles. Nur von den Sternen kam Licht, aber das Dunkel enthielt jede Menge Technik. Die meisten Häuser von Jefferson hatten Strom, auch wenn sie nur ein paar Glühbirnen enthielten. Und einige der Männer hatten Scheinwerfer ins Freie geschleppt, um die Zäune bis zum Sonnenaufgang beleuchten zu können. Sie waren alles andere als wehrlos. Im Ort gab es ein M60-Maschinengewehr und einen Granatwerfer mit Raketenantrieb aus russischen Armeebeständen, dazu Dutzende von Gewehren, Karabinern, Pistolen und Militärfunkgeräten.

»Hier eins«, meldete sich Greg auf Cams Headset und begann damit ihren Anwesenheits-Check im Uhrzeigersinn rund um die Hütten.

»Zwo«, sagte eine Frau.

»Drei.«

Das Abzählen setzte sich über elf Wachtposten bis hin zu Cam fort, der die Stellung ganz im Norden hielt. »Zwölf«, sagte er.

»Dreizehn«, fügte Bobbi hinzu. Sie befand sich in der ersten versiegelten Hütte und hörte weiterhin ihr Harris-Funkgerät sowie das lokale Netz per Headset und Walkie-Talkie ab. Seit knapp einer Stunde hatten sie alle zehn Minuten ihre Standortbestätigung durchgegeben, um zu vermeiden, dass sie sich gegenseitig angriffen. Einmal war es bereits zu einem Tumult mit lautem Geschrei und dem Aufflammen von Taschenlampen auf Station Acht gekommen, als bei Davids Sprechfunk die Batterien ausfielen und die Posten auf sieben und neun schon glaubten, sie müssten ihn erschießen.

Einer ihrer Wachtposten trug das Dual-Kartuschen-Atemschutzgerät eines Lackierers. Drei andere hatten Splitterschutzwesten übergestreift, die zwar keinen Schutz gegen Nanos boten, ihnen jedoch in einem Gefecht das Leben retten konnten. Die Entscheidung war gefallen. Jefferson stand unter Quarantäne. Die Wachtposten würden alle Fremden, die aus den Bergen kamen, zur Umkehr zwingen oder töten, selbst wenn sie Hilfe benötigten oder so aussahen, als seien sie okay. Die Verteidigung der eigenen Familien ging jetzt einfach vor. Cam war bereit, im Notfall zur Waffe zu greifen, aber er hatte die anderen überredet, den Ort zu verdunkeln, anstatt ihr kleines Netz einzuschalten. *Angenommen, die alte Frau ist hierhergekommen, weil sie das Feuer gesehen hat?*, hatte er gesagt. Cam würde noch lange an Tonys weit aufgerissene Augen denken. Der Junge hatte allem Anschein nach versucht, zu ihnen *zurückzukehren*. Er war umhergetorkelt, um sich auf ihre Rufe zu konzentrieren.

Es gab noch andere Möglichkeiten, das Dunkel zu beobachten. Sie hatten zwei Nachtsichtgeräte zusätzlich zu Tonys Infrarot-Zielfernrohr, das verseucht war und nicht mehr benutzt werden konnte. Und die Zäune taten immer noch ihren Dienst als Frühwarnsystem.

Cam hielt sich für einen ehrenwerten Mann. Seit dem Krieg hatte er sich ähnlich wie Allison zu einer Person des öffentlichen Lebens entwickelt. Er hatte sie unterstützt, von ihr gelernt und sich um Jeffersons Wirtschaft und Politik gekümmert, weil er glaubte, einen guten Beitrag leisten zu können. Nun war von dieser Person allerdings nicht mehr viel übrig. Stattdessen kam wieder der Überlebenstyp zum Vorschein, und seine alten Instinkte und Traumata trugen den Sieg über die besonnene, rationale Denkweise des Staatsmannes davon.

Er hatte die Zwölf-Uhr-Position in Jeffersons Verteidigungskreis aus einem ganz bestimmten Grund gewählt. Morristown lag nur elf Meilen weiter nördlich. Die Maschinenpest hatte Allison binnen Sekunden umgebracht und Marsha linksseitig gelähmt, aber selbst wenn die Nanos zwanzig Prozent ihrer Opfer zu Krüppeln machten oder töteten, bestand die Möglichkeit, dass neunhundert Männer, Frauen und Kinder aus der sehr viel größeren Siedlung flohen.

Cam verfolgte der Gedanke, dass sich die alte Frau aus dem Südosten genähert hatte, obwohl auf ihren Karten dort gar keine Ortschaften verzeichnet waren, und dass sie sich stur entgegen der Windrichtung bewegt hatte. Woher war sie gekommen? Hatte sie zu einer Gruppe von Nomaden gehört? Am meisten beschäftigte ihn die Frage, was sie tun sollten, wenn die Richtung der alten Frau kein reiner Zufall gewesen war. Vielleicht hatte sie sich in der gleichen Weise an dem Wind orientiert wie Tony an ihren Stimmen – irgendeinem Auslöseimpuls folgend. Und wenn das stimmte, dann waren womöglich alle Überlebenden von Morristown dem Wind entgegen nach Nordwesten getorkelt. Das würde sie weiter von Jefferson entfernen. Gut. Aber wie lange mochte es dauern, bis die ersten Spuren der neuen Nanos über dieses Dorf hinwegzogen? Angenommen, sie hatten ihren Ursprung in Utah oder Idaho?

In der Nacht lauerte die Pest, und Cam merkte, dass er ganz flach atmete. Mühsam versuchte er sich aus der Umklammerung seiner Urinstinkte zu befreien, doch er kämpfte vergeblich gegen seine Angst an. *Wenn du atmest, stirbst du,* dachte er. So war das schon bei der Maschinenpest gewesen. Es gab keine Möglichkeit, Nanobots zu stoppen, und anstatt auf und ab zu gehen, umklammerte er den schweren M4-Karabiner, um Kräfte zu sparen. Aber es war zutiefst beunruhigend, allein in der Nacht zu stehen, durch den dunkel getönten Kunststoff seiner Schutzbrille zu starren und auf den Tod zu warten.

Die Sterne bildeten trübe Punkte am Himmel. Die Gebäude ringsum existierten nur als blockige Schatten. Plötzlich knisterte sein Headset. »Wo ist Cam?«, erkundigte sich eine Frau.

»Ruth?«, fragte er, und im nächsten Augenblick prasselten ihm die Wortfetzen der anderen Wachtposten um die Ohren.

»Wie geht es Michael und …?«

»… hast du …«

»Raus aus dem Funkverkehr!«, schimpfte Greg. »Hey! Alle raus aus dem Funkverkehr, damit wir verstehen, was sie sagt!«

Cam ließ seine Blicke wieder über das Dorf schweifen. Er hörte jetzt mehr Stimmen in der Dunkelheit. Die beiden Männer auf Station zehn schienen heftig zu streiten, und Cam fragte sich, wie lange sie noch auf ihrem Posten bleiben würden. Noch war es nicht Mitternacht.

»Ruth?«, fragte er noch einmal, während er über ihren Tonfall nachsann. Er kannte sie zu gut. *Schlechte Nachrichten,* dachte er. *Sie hat schlechte Nachrichten.*

»Ich muss mit dir reden«, sagte sie.

Cam brauchte kein Licht auf seinem Weg durch das Dorf. Die Anordnung war einfach. Siebzehn Hütten bildeten einen Ring um ihre vier Gewächshäuser, den Geräteschuppen, den Speisesaal und die Duschen. Und da sie nicht gerade mit Luxus gesegnet waren, stolperte er unterwegs auch nicht über herumliegende Kinderspielsachen oder ausrangierte Maschinenteile.

Er passierte die Leeseite einer Hütte und genoss die kurze Flaute, ehe er wieder in die scharfe Brise hinaustrat, die mit kalten Fingern an ihm zerrte.

Die alten Gespenster hatten Cam eingeholt. Der krasse Wechsel von dem Augenblick der Stille zum Sturm ließ ihn in den nächsten Windschatten flüchten. Er hörte im Geist wieder den Lärm von Gewehrfeuer und Flugzeugen. Er sah den Einäugigen, der seine Schaufel wie eine Axt hob. Er roch und spürte eine ausgemergelte junge Frau, die ihm Blut ins Gesicht hustete. Und er sah Allisons breites Lachen vor sich, obwohl er dieses Bild zu unterdrücken suchte. Er wollte die Dinge, die er am meisten an ihr geliebt hatte, nicht durch die schlimmen Wunden in seinem Innern besudeln.

Erneut kämpfte er sich durch den Wind, den M4 in einer Hand schwingend, das Gewicht nach vorn verlagert, als müsse er durch tiefen Schlamm oder Schnee stapfen. In Wahrheit hatte die neue Seuche sie doch längst unter sich begraben. Sie lebten auf dem Grund eines unsichtbaren Ozeans, aber sie hatten alle gelernt, die Flut so gut wie möglich zu ignorieren. Die Erdatmosphäre war von den Toten durchdrungen. Die Maschinenpest hatte Billionen Menschen, Säugetiere, Vögel und Insekten einfach zerstäubt. In dem Bestreben, sich ohne Ende zu vervielfältigen, hatte der *Archos* jedes verfügbare Kohlenstoff- und Eisenatom an sich gerissen. Er hatte ungezählte Megatonnen lebendigen Fleisches in mikroskopisch kleine Maschinen umgewandelt – Maschinen, die auf ihre Weise weiterexistierten.

Der *Archos* würde bis in alle Ewigkeit neue Wirte suchen. Tausende von inaktiven Nanos bedeckten jeden Quadratmeter Grund in unsichtbaren Schichten, hier etwas dünner und dort etwas dicker. Mit jedem Schritt wirbelte Cam große Wolken davon auf. Dass die Menschen mittlerweile auch unterhalb von dreitausend Metern leben konnten, lag einzig und allein daran, dass sie die Pest besiegt hatten. Nachdem es Ruth und ihren Kollegen gelungen war, Anti-Nanos zu entwickeln, hatten sich ihre Körper in kleine Aufbereitungsanlagen verwandelt, die Tag für Tag einen Teil der winzigen Maschinen vernichteten.

Konnte sie das noch einmal schaffen?

*Beschütze sie,* dachte er. *Beschütze sie, und vielleicht wird alles wieder gut.*

Die einzige Rettung bot der Impf-Nano. Ursprünglich war er nicht sehr leistungsfähig gewesen. Er konnte übermannt werden. Im Idealfall hätte er die Pest-Nanos vernichtet, sobald sie in die Haut oder in die Lungen eindrangen. In der Praxis konnte er die winzigen Maschinen nur begrenzt aufspüren – und am besten dann, wenn sie gerade aktiv waren. Das erwies sich aber als Problem. Nachdem sich die Seuche in einem Wirt eingenistet hatte, brauchte sie Minuten oder gar Stunden, um »aufzuwachen«. In dieser Zeit legte sie einen weiteren Weg zurück, als man allgemein vermutet hätte. Menschen bestanden aus einer Unmenge von Adern, Gewebe, Organen und Muskeln – und sobald die Pest-Nanos begonnen hatten, sich zu vermehren, wurde der Pulsschlag der Infizierten zu einer Schwäche, da er die Nanos überall im Körper verteilte.

Die erste Version des Impfstoffs war nicht sonderlich aggressiv. Kein Wunder, denn er konnte sich nur vervielfältigen, wenn er seinen Gegenspieler in Stücke riss. Andernfalls hätte er zu einer zweiten Seuche geführt. Ruth hatte ihn so ausgelegt, dass er die einmalige Struktur der Wärmekraftmaschine erkannte, die sie alle gemeinsam hatten, und ihn befähigt, den Bruchteil einer Wärmekalorie aufzuspüren, den die Pest-Nanos freisetzten, sobald sie mehr von ihrer Sorte nachbauten. Der Impf-Nano hinkte jedoch immer hinter seinem Bruder drein. Er war kleiner und schneller als seine Beute, er konnte sie auslöschen – aber erst nach der Verfolgungsjagd.

In ihrer endgültigen Version hatten die Impf-Nanos dann all diese Schwächen überwunden. Sie überschwemmten die Infizierten wie krankheitsspezifische Antikörper und attackierten die ständigen Absorptionen der Maschinenseuche, bevor die Pest-Nanos aktiv werden konnten.

*Vielleicht lässt sich der Impfstoff so umprogrammieren, dass er uns auch gegen die neue Seuche immun macht,* dachte Cam. »Ich bin hier«, sagte er in das Mikro seines Headsets hinein und hob die Hand, um an die Hüttenwand zu klopfen. Dann bemerkte er, dass er nicht gegen den Wind stand. Und wenn nun eine Ansteckungsgefahr von ihm ausging?

»Cam?« Ihre Stimme klang durch den Druckanzug hindurch dumpf. »Wo bist du?«

»An der Wand«, erwiderte er, obwohl er sich ein paar Schritte von dem kleinen Holzbau zurückgezogen hatte. Drinnen war alles dunkel. Selbst tagsüber unterschied er sich nicht von den übrigen Hütten, nur dass er noch weniger Fenster hatte, eines in dem kleinen Wohnzimmer und ein weiteres in Erics und Bobbis Kammer. Da Ruth jederzeit Strom zur Verfügung haben musste, befanden sich in ihrem Raum mehr Steckdosen als normal und weniger verräterische Öffnungen nach draußen.

Diese Hütte war das geheime Herz ihres Dorfes. Ruth schlief im Vorderzimmer, wo sie keinerlei Privatsphäre beanspruchen konnte. Aber ihr eigentliches Schlafzimmer hatte sie mithilfe von Plastikplanen in ein Reinraum-Labor umgewandelt. Das alles war zwar primitiv und provisorisch – aber es funktionierte. Eric bewachte sie auf Schritt und Tritt. Das war früher einmal Cams Aufgabe gewesen, doch er hatte die Hütte seit Monaten nicht mehr betreten. Es gab keinen plausiblen Vorwand, Ruth zu besuchen. Die elektrischen Leitungen waren längst aufgerüstet, und er hatte sich vorgenommen, Allison keinen Grund zur Eifersucht zu geben. Dennoch erinnerte er sich an Momente, wo er mit Eric und Ruth bei einem Glas kühlen Tee auf dem Boden des winzigen Wohnzimmers gekauert hatte, den Blick auf ihre Habseligkeiten entlang der Wand gerichtet, die schmale zusammengerollte Schlafmatte und das offene Regal, in dem sie ihre Kleider aufbewahrte, die Zahnbürste, einen Lippenstift, ein Buch – all die kleinen persönlichen Dinge, die er nun nie mehr sah.

»Ist jemand bei dir?«, fragte sie.

Cam warf einen unsicheren Blick über die Schulter. Er wusste nicht recht, worauf sie hinauswollte. »Nein«, sagte er.

»Kannst du auf einen anderen Kanal schalten? Ich muss dich allein sprechen.«

»Greg?«, fragte er, und der frühere Sergeant der Army Rangers entgegnete: »Das ist doch Quatsch. Die Leitung bleibt offen.«

Andere Stimmen meldeten sich auf der gleichen Frequenz. »Er hat recht!«, bekräftigte Owen, und ein zweiter Mann rief dazwischen: »Wir haben Sie hier *leben* lassen! Wir haben Sie bei uns aufgenommen, als Nanotech ein Schimpfwort war, und jetzt wollen Sie uns etwas verheimlichen …«

Cam schaltete den Sprechfunk aus, ohne das Headset abzunehmen. Dann trat er noch näher an die Hütte heran und klopfte gegen die Holzwand. »Kannst du mich hören? Ruth?«

Aus einem anderen Teil der Hütte drang ein Geräusch, ein dumpfes Dröhnen gegen den Fußboden, als schlage jemand in einem Krampf um sich.

»Ruth!«, schrie er, gepackt von der Angst, Patrick oder Michael könnte sich losgerissen haben. Er sprintete in Richtung Vorderzimmer, doch dann dämmerte ihm, dass er weder durch das Fenster schießen noch die Tür aufbrechen konnte. Wenn er das nämlich tat, erwischte die neue Seuche auch ihn. Aber falls die infizierten Männer Ruth angriffen oder ihren Anzug beschädigten? Cam schaltete die Taschenlampe ein und leuchtete nach drinnen. »Hey!«, rief er. Die Plastikplane vor dem Fenster verzerrte das Licht. Er sah nur den lang gestreckten Umriss des Wandregals, und so klopfte er an die Scheibe, in der Hoffnung, für genügend Ablenkung zu sorgen, falls gerade jemand versuchte, in Ruths Labor einzudringen. »Hey!«

Das Trommeln verstärkte sich. Es war, als werfe sich jemand hin und her. Außerdem hörte Cam das Stöhnen einer Frau. Linda? Stimmen erklangen im Dorf. Jemand schwenkte eine Taschenlampe. Dann hörte er Ruth am anderen Ende der Hütte rufen.

»Cam? Cam, ich bin okay! Wo bist du?«

Er rannte wieder zur Holzwand. »Hier! Ich dachte …«

»Sie wälzen sich ständig hin und her. Vor allem Linda und Patrick sind so unruhig. Ich habe ihnen die Hände und Füße mit Klebeband umwickelt und sie obendrein auch noch an den Tischbeinen festgebunden. Aber sie hören einfach nicht auf, sich zu bewegen.«

Cam schnitt eine Grimasse und wartete, bis der Sturm hinter seinen Schläfen ein wenig abgeklungen war. Er konnte sich Ruth da drinnen so lebhaft vorstellen. Sie saß in der Falle. Irre und Tote blockierten den Weg zur einzigen Tür … und doch musste sie bleiben, wo sie war.

»Was kann ich für dich tun?«, rief er.

»Hol mich hier raus!«

»Ich – das geht nicht.«

Ihre Stimme schwankte. »Hol mich hier raus, Cam! Ich weiß, wie sich das machen lässt. Ich bin schon dabei, diesen Teil des Labors zu dekontaminieren. Wenn ich das geschafft habe, schneidet ihr von außen die Wand auf.«

*Die Wand?,* dachte er. Die Hütte war wie alle anderen aus Holz errichtet, aber sie hatten das Innere mit Ziegeln und Alublech verkleidet. Cam nahm an, dass sie es dennoch schaffen konnten, ein Loch in die Außenschicht zu sägen und die Verstärkung mit Brecheisen zu durchstoßen. Aber wozu das alles?

»Du musst bleiben«, sagte er.

»Bitte, Cam!«

»Hast du deine Arbeiten schon abgeschlossen?«

Statt einer Antwort hieb Ruth mit den Fäusten gegen die Wand, als wolle sie die um sich Schlagenden im Nebenraum nachahmen. Ob sie das bewusst tat oder nicht – das Geräusch ängstigte Cam.

»Wir können dir kein zweites Labor bauen!«, schrie er.

Die Schaufelräder im Bach waren eine technische Meisterleistung. Sie hatten mit dem Versprechen künftiger Getreidelieferungen zwei Spezialisten aus Morristown angeheuert, die mitten im stärksten Strömungsabschnitt eine Serie von Schöpf- und Zahnrädern einsetzten. Auf diese Weise entstand ein Fünf-Kilowatt-Generator, der die Energie des reißenden Wassers in Elektrizität umwandelte. Dann, nachdem die Männer das Dorf wieder verlassen hatten, hatten Cam, Eric und einige andere einen Großteil der Leitungen unter die Erde verlegt, um zu verschleiern, wo sich das eigentliche Zentrum ihres Stromnetzes befand.

Allison und den Bürgermeistern von Freedom und New Jackson war es gelungen, Ruth die technische Grundausstattung sowie ein Rasterkraft-Mikroskop für ihr Labor zu beschaffen. Das Militär hatte zwar überall seine Spitzel, aber Allison hatte ihren Untergrundkontakten vertraut.

Cam schaltete die Taschenlampe aus. »Anderthalb Stunden«, sagte er. »Das kannst du noch in Ordnung bringen.«

»Kann ich nicht.«

»Wenn du deine Arbeitsgeräte im Stich lässt …«

»Hör mir zu! Ich habe hier drinnen getan, was ich konnte. Dieses Rasterkraft-Mikroskop ist *alt*, Cam. Ich brauche eine bessere Ausrüstung, wenn ich diesen Nanobot verstehen oder sogar in seine Bestandteile zerlegen soll!«

Cam schloss im Dunkel die Augen. *Es war das beste Gerät, das wir finden konnten,* dachte er, *und du hast überhaupt keine Ahnung, wie viele Lebensmittel Allison allein für dieses Instrument opfern musste.*

»Es hat keinen Sinn zu warten, bis die Helikopter auftauchen«, sagte sie. »Dir ist vermutlich nicht klar, wie lange es dauert, den Raum zu dekontaminieren und die Wand zu öffnen. Wir müssen aber bereit sein, wenn sie kommen.«

»Ich glaube nicht, dass wir uns auf ihre Zusage verlassen können, Ruth.«

Sie schwieg einen Moment. Dann wurde ihre Stimme laut und heftig. »Du sagtest, Grand Lake schicke einen Hubschrauber her.«

»Ich sagte, dass ich in Grand Lake einen Hubschrauber angefordert hätte.«

»Ich kann nicht … ich …«

Ein neues Geräusch drang durch die Wand. Es klang nach dem ziellosen, irrsinnigen Lärm der Infizierten. Oder war es Ruth, die verzweifelt auf und ab ging? »Du kannst deinen Impf-Nano auf die neue Seuche umrüsten«, sagte er.

»Womit denn, Herrgott noch mal, womit denn? Hast du mir überhaupt zugehört? Die meiste Arbeit hier drinnen war *theoretischer* Natur, Cam! Die Laborausrüstung kannst du *vergessen*!«

Er wollte losschreien wie sie, aber plötzlich fühlte er sich ausgebrannt. Zum zweiten Mal an diesem Abend wusste er, was Ruth als Nächstes sagen würde, obwohl er es nicht wahrhaben wollte und hoffte, dass er sich täuschte. Er hatte in anderen Kämpfen schon so viele Menschen verloren.

»Was wird aus unseren Freunden da drinnen?«, fragte er.

»Ich schlage vor, dass wir von hier verschwinden. Wir haben vielleicht noch eine kleine Chance, dieser Seuche zu entkommen, wenn wir jetzt fliehen. Jetzt auf der Stelle. Wir müssen weg von Morristown.«

Er hatte das Gleiche gedacht, und er hasste sich und sie dafür. »Nicht alle werden mitkommen«, sagte er. »Sie werden sich weigern, Ruth. Das weißt du ganz genau. Denk nur an Susan oder Jen! Ihre *Männer* sind da drin.«

»Es gibt aber keine andere Möglichkeit«, sagte sie.

# 8

Ruth schabte mit den Fingern die Wand entlang. »Bitte!«, rief sie. Ihre Stimme klang jetzt flehend. Die Klaustrophobie tobte in ihrem Innern, warf sich ebenso hin und her wie die Monster nebenan. Mehr als alles andere wollte sie nach *draußen.*

Sie sehnte sich nach seiner Nähe.

»Cam!?«, schrie sie in die heiße Hülle ihres Helms. Der Druckanzug war schweißfeucht. Sie kochte in ihrem eigenen Saft. Jeder Atemzug bereitete ihr Mühe. Das Visier hatte einen blinden Fleck, weil es am rechten Rand beschlagen war. Vier Glühbirnen erhellten den weißen, ordentlich aufgeräumten Würfel des Labors, aber Ruth drehte den Kopf ständig hin und her, weil sie Schatten zu sehen glaubte, die nicht da waren.

Ihr Herz drohte jedes Mal stehen zu bleiben, wenn Patrick von einem Krampf geschüttelt wurde und Linda und Michael zu stöhnen begannen – vielleicht auch Andrew, falls der überhaupt noch lebte. Patricks Unruhe hatte sich ständig gesteigert. Ruth malte sich das Chaos aus, wenn Pat bei seinen Anfällen gegen die Lebenden und die Toten stieß. Was würde geschehen, wenn es ihm gelang, seine Fesseln zu lösen?

Sie presste ihre Handschuhe gegen die Plastikfolie. Wie dick war die Außenwand der Hütte? Zwanzig Zentimeter? Ruth sah im Geiste sämtliche Schichten vor sich – Holz, Ziegel, Alublech und wieder Holz. Aber die eigentliche Barriere zwischen ihr und Cam bildete die dünne, lebenswichtige Plastikhaut. Ihr Labor war wie ein Zelt im Innern des weißen Raums, und sie fragte sich, wie lange der Kunststoff halten würde, wenn Patrick oder Michael hier hereinplatzten. Bestimmt nicht sehr lange.

»Wir haben nicht viel Zeit!«, rief sie. »Cam!?«

»Ich frage Greg«, erklärte er schließlich.

»Hol mich raus!«

»Ich frage ihn, Ruth.«

Sie konnte ihn kaum verstehen, weil ihre keuchenden Atemzüge in der stickigen Helmluft alles übertönten. Normalerweise hätte sie sich langsam bewegt, um eine Erhitzung zu vermeiden, obwohl sie wusste, dass sie notfalls immer noch den Anzug ausziehen konnte. Stattdessen hatte sie einen Marathon hinter sich. Schlimmer noch, ihr Reinraum-Labor war beschädigt und ihr Arbeitsplatz dadurch mit Nanos verseucht.

Das Kunststoff-Zelt im Raum bestand aus zwei ungleichen Abteilen. Die eine Kammer war an drei von vier Zimmerwänden befestigt und ergab eine zwei mal zwei Meter große Fläche, die mit einem kleinen Schreibtisch, ihrem Laptop, den kurzen Säulenstümpfen ihrer Mikroskope und den sonstigen elektronischen Geräten vollgepfropft war. Der zweite Abschnitt war nicht größer als ein Kleiderschrank: eine Luftschleuse, die sich direkt hinter der Tür befand. Sie diente als Dekontaminations- und Umkleideraum und enthielt neben einem gewöhnlichen Staubsauger Aufbewahrungssäcke für die blauen OP-Overalls, die sie meist im Labor trug, und ein Gestell für den Druckanzug, den sie nur mit größter Mühe allein überstreifen konnte.

In ihrer Hast, nach draußen zu gelangen, musste Ruth eine der Versiegelungen zwischen der Dekontaminationskammer und dem Hauptzelt aufgerissen haben. Im Labor gab es zwar einen Notfall-Kasten – ein Sortiment aus Klebeband, Taschenmesser, zwei Rollen Plastik, Verlängerungskabeln sowie einer Lötpistole. Damit konnte man zwar ohne großen technischen Aufwand Kunststoff neu versiegeln, aber sie bezweifelte, dass es ihr gelungen wäre, den Riss ganz abzudichten, selbst wenn sie ihn vor dem Wiederbetreten des Zelts bemerkt hätte.

Ohnehin hätte sie es kaum geschafft, den Anzug zu sterilisieren. Der Staubsauger hatte nur die Aufgabe, Staub, Fussel und Haare von ihrer Kleidung zu entfernen, bevor sie nach drinnen ging.

Sie hatten noch andere Notmaßnahmen getroffen – ein behelfsmäßiges Luftaustauschsystem und starke UV-Lampen, die einen außer Kontrolle geratenen Nano aufhalten, wenn nicht gar verbrennen sollten. Ruth glaubte, dass sie in der Lage war, das Labor von innen neu zu versiegeln und es zusammen mit ihrem Anzug zu dekontaminieren. Aber was dann? Wenn sie versuchte, die Vordertür zu erreichen, nützte das doch überhaupt nichts. Ohne den Anzug schaffte sie es keine zwei Schritte weit in den Raum nebenan, und mit dem Anzug kontaminierte sie sich erneut, ohne die Möglichkeit, die Schutzhülle abzustreifen, ehe ihr Luftvorrat verbraucht war. Sie brauchte Hilfe. Sie konnte die Außenwand nicht allein durchbrechen …

Aber wenn sie Nein sagten?

Ein Déjà-vu-Gefühl überkam sie und führte sie auf die Internationale Raumstation zurück. Damals hatten sich die Politiker von Leadville geweigert, sie zurück auf die Erde zu bringen, weil sie eine Trumpfkarte war, die sie nicht verlieren wollten – und das, obwohl sie geschworen hatte, im Orbit einfach nichts mehr tun zu können. Nun stand sie vor dem gleichen Dilemma. Die verängstigten Bewohner von Jefferson beharrten womöglich darauf, dass sie in ihrem Labor blieb. Deshalb hatte sie auch Cam gebeten, allein zu kommen. Vor nicht allzu langer Zeit hatten sie sich sehr nahe gestanden. Aber natürlich konnte sie nur schwer abschätzen, ob und wie stark ihn sein Kummer verändert haben mochte.

Er klang, als wollte er sie zum Bleiben überreden, und sei es nur, um die Infizierten zu versorgen. Niemand außer ihr konnte sich in deren Nähe wagen.

*Aber ich kann den Anzug weitergeben, wenn ich draußen bin,* dachte sie.

Vielleicht meldete sich eine besser geeignete Person freiwillig zur Pflege der Kranken. Leider war Ruth auf ihre Weise ebenso geschädigt wie alle Überlebenden, nicht nur wegen des Blutvergießens, das sie mit angesehen hatte, sondern auch wegen der langen, in der Einsamkeit verbrachten Monate, die ihr Zeit gegeben hatten, über ihre Fehler nachzudenken.

Mit ihrer Ausrüstung sah es nicht so schlecht aus, wie sie Cam weisgemacht hatte. Das Rasterkraft-Mikroskop war ein IBM Centipede – genau das gleiche Modell, das sie schon in Grand Lake benutzt hatte. Anstatt der üblichen Einzelsonde besaß es eine Anordnung von hundert parallel angeordneten Spitzenmanipulatoren. Nachdem es ihr gelungen war, einen Seuchen-Nano auf der Testoberfläche zu fixieren, hatte sie seine Außenschicht in weniger als siebzehn Minuten abgetastet und kartiert. Danach war sie in das Innere der winzigen Maschine vorgedrungen, das ebensolche Falten und Furchen aufwies wie ein menschliches Gehirn.

Natürlich wäre sie in einem richtigen Labor mit Assistenten und mehr Rechnerleistung schneller ans Ziel gekommen, aber sie hätte bleiben können – wenn sie nicht die Panik vor dem Alleinsein gepackt hätte. Sie war voll von negativer Energie, was ihre Schuldgefühle noch verstärkte.

Diese Leute hatten ihr Vertrauen in sie gesetzt. Sie hatten sich solche Mühe gegeben, diesen Arbeitsplatz herzurichten. Sie hatten kostbares Saatgut verkauft, um ihr den kleinen Ingersoll-Rand-Kompressor zu beschaffen und so zu modifizieren, dass er zum Nachladen der Anzugtanks verwendet werden konnte. Sie hatten sogar eigens für ihre OP-Overalls eine Kombination aus Waschmaschine und Trockner in das Dorf geschleppt und in der Hütte mit den Duschen installiert. Alle anderen wuschen ihre Wäsche im Bach, selbst die Mütter der Neugeborenen. All ihre Vorkehrungen, ihre Entschlossenheit und ihr Mut … Würde das reichen?

Angenommen, sie war das schwächste Glied?

*Das stimmt nicht,* widersprach sie sich selbst. *Das bin ich nicht! Aber es bleibt uns nichts anderes übrig, als von hier zu fliehen, bevor noch mehr Infizierte in das Dorf torkeln. Und das wird so eintreten, auch wenn hier alle die Augen vor den Tatsachen verschließen.*

Ruth nahm das Walkie-Talkie. Sie hatte es abgelegt, um Cam besser durch die Wand hören zu können, weil es immer noch von Stimmen schwirrte. Nun drückte sie auf die SENDEN-Taste und schnitt damit allen das Wort ab. Sie drehte auf volle Lautstärke. »Hier Goldman.« Sie hatte nicht beabsichtigt, so förmlich zu sprechen, aber die alte Gewohnheit stellte sich wie von selbst ein, und sie benutzte sie wie eine Waffe. »Ich komme nach draußen«, sagte sie in einem eisigen Tonfall, der ihr schlechtes Gewissen kaschieren sollte.

»Warte«, sagte Greg. »Bitte, Ruth, warte!«

»Ich will euch meine bisherigen Erkenntnisse diktieren.«

»Was redet sie da?«, fragte eine Frau, die von einer anderen weiblichen Stimme unterbrochen wurde: »Ich muss Papier besorgen, Ruth, ja? Hier spricht Bobbi. Lass mich erst Papier besorgen.«

»Du musst drinnen bleiben«, erklärte Greg. »Es gibt keinen Ersatz für dich.«

»Er hat recht«, sagte Cam.

»Ich komme nach draußen!«, wiederholte Ruth, aber sie hörte selbst, dass ihre Stimme schon nicht mehr so überzeugt klang. Sie war von all den Dingen abgelenkt, die sie Cam sagen wollte und nicht sagen konnte.

*Es tut mir leid,* dachte sie. *Mir fehlt Allison auch.*

Im Raum nebenan wurde Patrick erneut von Krämpfen geschüttelt und schlug wild um sich. Ruth konnte nicht sagen, ob er im Sterben lag und sich noch einmal aufbäumte. Verlangte es der Anstand, dass sie nachsah? Konnte sie ihm helfen, falls er am Ersticken war oder wieder Blut verlor?

»Ich habe alles getan, was mit der Ausrüstung hier möglich war«, sagte sie. »Bitte, so glaubt mir doch! Wenn es noch etwas gäbe …«

Eine Männerstimme schnitt ihr das Wort ab. »Was wird aus Linda und Michael?«

»Wenn jemand zu ihnen hinein will, kann er oder sie meinen Anzug haben. Aber vergesst nicht, vorher die Lufttanks zu füllen. Inzwischen …«

»Ruth, das ist aber eine gewaltige Zeitverschwendung«, sagte Greg.

»Inzwischen kann ich weitere Analysen auf meinem Laptop durchführen. Das ist doch genau das, was ihr von mir verlangt. Und im Labor ist es nicht mehr sicher!«

Der andere Mann protestierte. »Linda würde nie …«

»Ich bringe den Computer und das Rastermikroskop mit, aber ihr müsst mich hier rausholen!«

Der nächste Einwand kam von Cam. »Sagtest du nicht, das Labor sei kontaminiert?«, fragte er und warnte damit die anderen.

*Ach, Cam,* dachte sie, *ich muss mich auf dich verlassen können!*

»Was soll das heißen?«, warf jemand ein, und Greg fragte: »Ist das Labor tatsächlich verseucht, Ruth?«

»Ihr braucht ohnehin eine Weile, bis ihr das nötige Werkzeug hergeschafft habt. Inzwischen sterilisiere ich hier drinnen alles, und während ich das tue, berichte ich euch, was ich in Erfahrung gebracht habe.«

»Du kannst aber nicht sicherstellen, dass du clean bist«, sagte Cam.

»Doch, es gibt eine Möglichkeit.«

»Ruth, kann der Bericht nicht warten?«, rief Bobbi. »Achte lieber genau auf das, was du tust. Erzähl uns alles, was wir wissen müssen, sobald du draußen bist.«

»Nein, ich fange jetzt damit an.« Wieder musste sie gegen ihre Klaustrophobie ankämpfen, aber dadurch klang ihre

Stimme noch bewegter. »Ich werde meinen Anzug ausziehen, bevor ihr die Wand öffnet«, sagte sie, »und es ist gut möglich, dass ich es nicht nach draußen schaffe, ohne mich selbst anzustecken.«

Ruth wusste, wer die Gehirnseuche entwickelt hatte. Sie erkannte die Handschrift, auch wenn ein Großteil des neuen Nanos auf der ursprünglichen Maschinenpest beruhte. Sie hatte ein Tor aufgestoßen und den Weg für alle weiteren Varianten gewiesen.

Natürlich hatten die Molekularbiologen nicht im Traum daran gedacht, eine Seuche in die Welt zu setzen. Die *Archos*-Designer, zwei Forscher namens Kendra Freedman und Al Sawyer, hatten an einem Nano zur Krebsbekämpfung gearbeitet – und es war ihnen gelungen, zwei der drei großen Probleme von Maschinen im Nano-Maßstab zu lösen. Als Energiequelle nutzte der *Archos* den Körper seines Wirtes. Um sich so stark zu vervielfältigen, dass er auch weit größere Aufgaben übernehmen konnte, enthielt er einen hochwirksamen Replikations-Algorithmus, der aus einem einzelnen Nano binnen Sekunden zwei, vier, sechzehn und so fort machte.

Der Impf-Nano stellte eine Verfeinerung der gleichen Technik dar. Er war nicht intelligenter als sein Bruder. Deshalb kam es anfangs zu Fehlern. Der Impf-Nano konnte nur notdürftig zwischen der Maschinenpest und anderen Molekülstrukturen unterscheiden. Das änderte sich, als die Forschergruppen in Leadville die Denkfähigkeit des Impf-Nanos verbesserten. Es war keine leichte Aufgabe, so winzige Maschinen mit Bewusstsein und Urteilsvermögen auszustatten, ohne ihre Arbeitsgeschwindigkeit zu verringern. Aber sobald der Impf-Nano seinen Rivalen hinter sich ließ, hatten die US-Streitkräfte den Invasoren gegenüber einen kleinen Vorteil.

Zu ihrem Pech waren die Nanos so flüchtig, dass die USA sie nicht für sich behalten konnten. Die letzte Version des Impfstoffs verbreitete sich so unerbittlich wie die Maschinenseuche selbst. Wann immer ein Soldat seine Waffe lud, wann immer eine Bodenmannschaft einen Jet mit neuen Waffen bestückte, wimmelte es in ihrem Atem, ihrem Schweiß und ihrem Blut von mikroskopisch kleinen Maschinen – und der Feind profitierte davon.

Kurz vor dem Atomschlag hatte Leadville außerdem einen Nanobot entwickelt, den sie als Geister-Nano oder Booster bezeichneten und der im Wesentlichen ebenfalls auf dem bekannten und bewährten Modell basierte. Der Booster verwendete die gleiche Wärmekraftmaschine und vervielfältigte sich durch Zersetzen der Pest-Nanos. Aber er enthielt erstmals auch Ansätze von echter Intelligenz. Der Discrimination-Key, der dem Impf-Nano so gute Dienste geleistet hatte, wurde für profundere Aufgaben erweitert.

Der Booster war dafür vorgesehen, die DNS des Wirtskörpers zu lesen und diese Information zu verstärken. Letztlich sollte er diese Codes sogar korrigieren und beibehalten. Ein Mensch, der als etwa Zwanzigjähriger einen perfekten Booster erhielt, würde *immer* zwanzig bleiben, immun gegen Viren und Infektionen und abgeschirmt gegen den langsamen Verfall, der durch das Alter, falsche Ernährung oder genetische Defekte wie Diabetes, Herzkrankheiten und Krebs entstehen konnte. Das erste Booster-Modell war noch Lichtjahre von seinem Ziel entfernt, aber es hatte Ruth, Cam und vielen anderen einen gewissen Schutz vor der Verstrahlung am Rande des Leadville-Kraters geboten.

Wie der Impf-Nano hatte sich auch der Booster mittlerweile auf der ganzen Welt ausgebreitet. Jeder konnte ihn verwenden und studieren. Und Ruth wusste, dass es bereits einen vierten, voll funktionsfähigen Nano gab, denn sie selbst hatte ihn entworfen.

Der Parasit hatte keine einzige der Menschheit dienliche Eigenschaft. Es handelte sich um ein krass vereinfachtes Modell des Geister-Nanos, kombiniert mit einem neuen Discrimination-Key – eine primitive, auf das blanke Gerippe beschränkte Maschine, *die einzig und allein den Zweck hatte, den Impf-Nano anstatt des Pest-Nanos anzugreifen.* Das war die Massenvernichtungswaffe, die sie in Grand Lake entwickelt hatte. Sie hätte wieder jeden anfällig für die Maschinenseuche gemacht und sämtliche Armeen verwüstet, die sich in die Höhenlagen zu retten versuchten.

Ruth konnte nicht sagen, welche Ziele die übrigen Forscher der Verbündeten verfolgten. Sie selbst hatte einfach genug vom Töten. So hatte sie ihre Versuche eingestellt, Waffen-Nanos zu bauen und stattdessen Ableger des Boosters für die Medizintechnik entwickelt, die nicht nur Krankheiten verhindern, sondern auch Wunden heilen und alte Narben beseitigen sollten. Es gab Hunderttausende wie Cam, bei denen die Maschinenpest grauenhafte Spuren hinterlassen hatte, und noch Tausende mehr, die an den Folgen einer radioaktiven Verstrahlung litten. Ihnen allen hatte Ruth helfen wollen. Nun erschien ihr diese Entscheidung wie ein sträflicher Fehler. Die andere Seite war weit vorbeigezogen, obwohl sie die Möglichkeit gehabt hätte, als Erste zum Vernichtungsschlag auszuholen.

»Der Nano kommt von den Chinesen.« Ruth sprach mit lauter Stimme in ihr Walkie-Talkie. Sie hatte das Gerät auf der Schreibtischplatte abgestellt, um beide Hände für die UV-Lampe frei zu bekommen. »Das Design passt zu allem, was ich bisher von ihnen kenne. Das ist zwar nicht viel, aber Leadville hat die Feindprogramme sehr genau untersucht.«

»Bist du sicher, Ruth?«, fragte Greg.

»Ja. Der Nano kommt von den Chinesen.« Sie versuchte alle Winkel und Ritzen zu bestrahlen, ein nahezu aussichtsloses Unterfangen in ihrem Wust von Papieren, den beiden Mikroskopen, dem Picoammeter und den Versorgungskabeln.

Das bläulich-weiße Licht brannte wie eine kleine Sonne und blendete sie, obwohl sie das Gesicht halb abwandte und den Helm zusätzlich als Abschirmung benutzte. Es war kein

Zufall, dass sie sich zuerst ihre Ausrüstung und den Schreibtisch vornahm. Sie konnte doch nicht ausschließen, dass die Lampe das Material ihres Anzugs beschädigte oder gar zum Schmelzen brachte, wenn sie nicht aufpasste.

Ruth hörte erneut einen dumpfen Schlag und hob den Kopf. Kam das Geräusch von draußen? Sie wandte sich wieder ihrem Schreibtisch zu. Jede Schublade war suspekt. Sie öffnete die erste und leuchtete sie aus, während sie mit der freien Hand ein paar Bleistifte, Büroklammern und ein Diktiergerät verschob. Die nächste Schublade enthielt ihre Arbeitsnotizen, und die dritte war leer. Sie hatte für die hier verbrachte Zeit so wenig vorzuweisen.

»Ich weiß nichts über seine Replikation«, sagte sie, »aber er scheint eng mit dem Booster verwandt zu sein. Die Wärmekraftmaschine ist ähnlich, selbst in der allgemeinen Auslegung, aber das Ding hat noch eine Menge Zusätze. Es ist größer. Ausgereifter. Hat schätzungsweise fast zwei Milliarden AMU.«

Alle wussten, was diese Abkürzung bedeutete. *Atomic Mass Unit.* Die meisten von ihnen hatten sich inzwischen eine Menge technisches Wissen angeeignet. Bobbi meldete sich zu Wort. »Wenn die Wärmekraftmaschine gleich ist, könnte man den Impf-Nano doch so umprogrammieren, dass er die Neuschöpfung ebenfalls angreift.«

Was hatte Cam ihnen erzählt?

»Wir können es versuchen«, meinte Ruth. »Aber es gibt doch erhebliche Unterschiede. Ich habe den Nano auch bei niedrigem Luftdruck untersucht und glaube zu wissen, dass er keine Unterdrucksicherung besitzt. Demnach wird er sich oberhalb von dreitausend Metern nicht selbst zerstören.« Sie ließ ihre Blicke über den Schreibtisch wandern und richtete die Lampe dann auf das Walkie-Talkie, ohne genau zu wissen, ob die Hitze das Gerät beschädigen würde.

Wieder vernahm sie einen Schlag, und diesmal war sie sicher, dass er von draußen kam. *Gut.*

»Cam?«

»*Wie* wirkt sich dieser Nano auf uns aus?«, fragte er, und Ruth lächelte erleichtert, weil das Walkie-Talkie nicht gelitten hatte. Das schmerzhaft grelle Licht verscheuchte ihr Lächeln rasch.

»Ich weiß es nicht«, sagte sie. »Er greift ganz offensichtlich das Gehirn an. Vielleicht auch das Nervensystem. Eine Art Biowaffe.«

»Ich trommle ein paar Helfer zusammen«, erklärte er.

»Danke.« *O Gott, ich danke dir,* dachte sie. Dann drehte sie das Funkgerät um und bestrahlte es von der anderen Seite.

Sie konnte allerdings nicht garantieren, dass das UV-Bad die Nanobots pulverisierte. Bestenfalls würde es die unsichtbaren Maschinen beschädigen. Eine Kombination mit Röntgenstrahlen hätte mehr gebracht, aber sie hatten in dem kleinen Krankenhaus in Steamboat Springs vergeblich nach den notwendigen Geräten gesucht. Medizinische Instrumente waren ähnlich wie Notstromaggregate längst geplündert worden und auch für gutes Geld nirgendwo zu kaufen gewesen.

Der Versuch, mit dem Lichtkegel jeden Millimeter ihres Anzugs zu erfassen, kostete Kraft und Nerven. Die Tanks auf dem Rücken hätten sie beinahe kopfüber stürzen lassen, als sie sich bückte, um ihre Stiefel zu erreichen. Sie riss die Lampe noch im letzten Moment zur Seite und fing sich mit den Knöcheln an der Plastikplane ab, die den Boden bedeckte. Dann kniete sie dicht neben dem Schreibtisch nieder, um das Gleichgewicht nicht wieder zu verlieren, und führte das Licht mit eiskalter Präzision über jede Falte des Kragens, der Ärmel und der Hosenbeine. Sie verdrehte den Oberkörper, um die Lufttanks zu erreichen, und hielt die Lampe schließlich schräg gegen das Visier, die Augen gegen die Purpurhitze fest zusammengekniffen. Zuletzt wandte sie sich dem Zelt selbst zu und strich mit dem grellen Strahl geduldig auf und ab, wie mit einem Farbpinsel.

Im Nebenraum wälzte sich Patrick auf dem Boden hin und her. *Bam.* Scharren. *Bam. Bam.*

»*Haah*«, stöhnte Linda. »*Haah.*«

»Ich schalte jetzt die Ventilatoren ein«, sagte Ruth. »Tretet lieber ein Stück zurück, falls etwas schiefgeht.«

»Warte, Ruth«, rief Bobbi. Gleichzeitig meldete sich Greg. »Nein! Du musst uns noch mehr erklären.«

»Das ist alles, was ich weiß. Wo ist Cam?«

»Ich finde, das ist keine gute Idee.«

»Greg, es würde Tage dauern, den Nano mit diesem Rastermikroskop zu zerlegen. Auf meinem Laptop ist ein Oberflächen-Scan. Ich kann versuchen, euch die Abbildung zu erklären, aber ich komme jetzt nach draußen.«

Sie hoffte, Cam würde etwas sagen. Irgendetwas. Sie sehnte sich nach Bestätigung und einer freundlichen Stimme. Sie wollte nur den Kontakt wiederherstellen. Begriff er denn nicht, dass es ihr letztes Gespräch sein konnte? Aber er hatte wohl alle Hände voll damit zu tun, die Wachen neu zu verteilen und Werkzeug zu suchen.

»Ich rufe euch, wenn ich fertig bin«, sagte sie. Dann betätigte sie den Notschalter auf ihrem Schreibtisch.

Eine Erschütterung ging durch den Raum. Ruth hielt sich mühsam auf den Beinen. Lose Blätter wirbelten hoch und an ihrem Gesicht vorbei, als sich das Plastik erst nach allen Seiten straffte und sich dann hinter ihr wie ein Segel nach außen blähte. Während sie das Zelt mit Hunderten von Klammern an Decke, Fußboden und drei von vier Wänden festgetackert hatten, waren die Luftschleuse und der Dekontaminationsraum nur mit dem Boden verbunden. Dieses Ende des Zelts wollte sich schon losreißen. Ihr Anzug verhielt sich ähnlich. Das Brustteil schob sich zum Kragen hoch, die Ärmel zitterten in den Luftwirbeln.

Sie hatten ein leistungsfähiges Abluftgebläse im Fußboden und einen Luftkompressor in der Decke eingebaut. Das Zelt war mit zwei quadratischen Metallrahmen ausgestattet, einem kleineren oben und einem größeren unten. Das Lüfterrad hatte einen Durchmesser von über einem Meter. Eric und Cam hatten es aus einer Maschinenhalle mitgenommen, wo es dazu diente, die verbrauchte Luft abzuführen. Hier dagegen leitete es durch zwei in den Hütten-Fundamenten verborgenen Öffnungen Frischluft in den Raum. Sie hatten davon abgesehen, es in die Wand einzupassen, weil das garantiert Fragen aufwerfen würde, wenn sich jemals Militärs in das Dorf verirrten.

Ruth strich mit beiden Händen über alle Flächen, die sie erreichen konnte, für den Fall, dass an den Zeltwänden irgendwelche Nanos klebten.

Plötzlich löste sich zu ihrer Rechten eine Plane von den Klammern und schlug gegen ihre Schulter und Hüfte. Ruth schrie: »*Aaaah!*« Die Plane selbst blieb unversehrt – nur die geklammerten Randleisten waren ausgefranst. Aber wenn noch mehr von dem Plastik herunterkam, konnte das Zelt einstürzen und sie wie ein Netz umhüllen. Oder das Material bekam Risse.

In beiden Fällen bedeutete das vermutlich ihren Tod.

*Mach weiter,* dachte sie, während sie nach oben in den Lärm starrte. Dann wischte sie wieder fieberhaft über die Planen.

Das Giebeldach ihrer Hütte war robuster, als es eigentlich hätte sein müssen. Es sollte im Winter die Schneelasten tragen, aber die Deckenbalken stützten auch den Kompressor und den Schacht, der zu einem Hochdruckbehälter von der Größe eines Personenautos führte. Sie hatten den Kompressor in der Werkstatt einer Pipeline-Testfirma gefunden und betrieben ihn mit dem starken Dieselmotor eines Peterbilt-Trucks, den sie in einem Keller unter der Hütte versteckt hatten. Von dort führten ein Riemenantrieb und ein Abgasrohr zum Dach hinauf. Ruth konnte den Motor wegen des lauten Gebläses nicht hören, aber wahrscheinlich trug er zu den gefährlichen Vibrationen noch bei, die den gesamten Holzbau erschütterten.

Der Kompressor hatte eine Leistung von 75 Kubikmetern pro Minute. Das hieß, dass er die Luft in ihrem Labor binnen Sekunden austauschen konnte, wieder und immer wieder, und doch war das keine Garantie für die Sicherheit des Raumes. Selbst wenn neunzig Prozent der Kontamination in der ersten Minute und neunzig Prozent der verbliebenen Kontamination in der zweiten Minute abgesogen wurden, würde immer noch ein winziger Rest vorhanden bleiben.

Leider hatte sich das Zelt als nicht besonders stabil erwiesen, und auch das übrige System bereitete Ruth Sorgen. Wenn sie den Kompressor weiterhin mit voller Kraft laufen ließ, gab er vielleicht seinen Geist auf, oder der Abluftschacht wurde undicht. Aus diesem Grund hatte man ihre Hütte am Südrand von Jefferson errichtet, wo sie meist in Windrichtung lag und ein unbeabsichtigter Austritt aller Voraussicht nach vom Dorf weggeweht wurde.

Und wenn nicht?

Vor Erschöpfung zitternd, kletterte Ruth mit einem Stück Plastik aus dem Notfall-Kasten auf den Schreibtisch. Es flatterte wie eine Fahne in ihren Händen. Der Schlitz in der Decke war teilweise bereits durch zerknülltes Papier verstopft. Sie ließ den Reparaturstreifen so los, dass er den Schlitz ganz verschloss. Dann trat sie mit dem Stiefel auf den Notknopf und schaltete das System aus.

Der Ventilator kam zum Stillstand, bevor der Dieselmotor stotterte und schließlich abstarb. Es war nicht nötig, den Reparaturstreifen festzuhalten. Der Sog hatte ihn an das Gitter gepresst, und Ruth klebte die Enden so rasch wie möglich an der Zeltdecke fest.

Sie wiederholte den Vorgang mit einem zweiten, größeren Stück. Dann stieg sie vom Schreibtisch herunter und musterte noch einmal ihr Labor. Das Zelt war noch an der Wand hinter ihrem Arbeitsplatz befestigt. Sie hatte zwar nicht geplant, dass sie an dieser Stelle durchbrachen, aber das ließ sich jetzt nicht ändern. Jenseits des Zelts war der Raum nicht dekontaminiert. Sie würde die Plastikbahn schmelzen und mit der Wand verbinden müssen, ehe sie sich ihren Weg nach drinnen bahnten.

Dann nahm sie ihr Walkie-Talkie. »Ich bin okay«, sagte sie und beugte sich über den Schreibtisch, um an die Wand zu klopfen.

»Ruth?«, fragte Cam. »Herrgott, Ruth, das klang ja, als würdest du die Hütte zerlegen.«

»Eine Planänderung. Ich möchte, dass ihr durch diese Wand kommt.« Sie klopfte erneut und hörte das dumpfe Dröhnen einer Brechstange gegen das Holz. Offenbar stand draußen eine größere Gruppe bereit, und sie schrie: »Nein, stopp! Stopp!«

Cams Stimme erreichte sie wie ein Echo. »Stopp! Stopp! Wir müssen uns vergewissern, dass wir an der richtigen Stelle sind.«

Ruth drehte den Kopf von der Wand weg, erfüllt von Wehmut und Angst und Freude zugleich. Er verstand immer sofort, was sie meinte, außer sie versuchte über ihre Gefühle zu sprechen – aber es gab noch einen Grund, den Beginn der Aktion zu verschieben. »Ich möchte das ganze Labor noch einmal mit UV-Licht bestrahlen«, sagte sie und griff nach der Lampe. »Gebt mir zehn Minuten!«

Zwanzig Minuten später merkte sie, dass sie das Unvermeidliche nur hinauszögerte. Sie musste einfach darauf vertrauen, dass alles dekontaminiert war. Sie hatte gar keine andere Wahl.

»Cam«, sagte sie in ihr Walkie-Talkie, aber alle anderen hörten mit, und Allisons Leichnam lag nur ein paar Schritte entfernt im Nebenraum. Es war nicht der richtige Moment zum Reden. Und doch gab es so viele Dinge, die sie ihm gern gesagt hätte.

»Hier«, erwiderte er. »Wir sind bereit.«

»Wartet auf mein Signal.« Ihre Worte klangen lahm. Sie schaltete die Lampe aus und öffnete die Versiegelung am Kragen. Die feuchte Wärme, die sie umgab, rauschte aus dem Anzug. Ruth hielt unwillkürlich den Atem an und schloss die Augen, nicht nur, um sie zu schützen, sondern auch, um den sanften, kühlen Luftzug zu genießen, der über ihr Gesicht strich.

*Habe ich alle erwischt?*, fragte sie sich.

Dann stand sie allein inmitten der Plastikbahnen, nur wenige Schritte von ihm getrennt, und wartete darauf, den Verstand zu verlieren.

# 9

Cam fühlte sich zunächst unsicher, als Ruths Gesicht in dem Wandschlitz auftauchte. Ihre Locken waren verfilzt und schweißnass. Ihre Haut wirkte im Schein der Taschenlampen krebsrot, und ihre Augen waren blutunterlaufen. Einige der Männer traten so hastig zurück, dass sie zusammenstießen. Greg, der das Gewehr umklammerte, versteifte sich. »Ruth?«, rief er.

»Alles in Ordnung«, beruhigte sie ihn.

Über ihre rechte Gesichtshälfte zog sich ein Sonnenbrand-Fleck, der als scharf umrandetes Viereck an der Schläfe begann. Cam erkannte die Form ihres Helmvisiers. Sie hatte sich mit der UV-Lampe bestrahlt.

Er schob sich an den anderen vorbei auf sie zu. »Vorsicht«, sagte er. Er trug noch immer Schutzbrille und Gesichtsmaske, und doch versuchte Ruth im grellen Licht der Stablampen Blickkontakt zu ihm zu bekommen. Dann lächelte sie und zog sich mit einem leisen Lachen wieder in die Hütte zurück.

»Warte!« Seine Stimme klang jetzt überlaut.

Ihre Euphorie erschien ihm unpassend. Cam fragte sich, ob er den Mut hätte, sie niederzuschlagen, wenn sie wieder in der Öffnung erschien. War sie infiziert? *Aber sie spricht ganz normal,* dachte er.

»Hier«, sagte sie und füllte das Loch in der Wand mit ihrem Laptop aus. Ihre Hände zitterten kurz und verschwanden. Der schwarze Dell wäre zu Boden gefallen, wenn Cam nicht blitzschnell seine Brechstange losgelassen und das Notebook aufgefangen hätte.

Durch den Schlitz in der Wand sah er ihr Labor und das Plastikzelt. Ruth stand dicht vor ihm und zerrte mit schnellen, ungeduldigen Bewegungen an einem Gerät auf ihrem Schreibtisch. Cam spürte, wie viel ihr daran gelegen war, endlich ins Freie zu fliehen, und er dachte an andere Momente, in denen sie ebenfalls bis an die Grenzen ihrer Kräfte gegangen war. Und obwohl er glaubte, dass diese Kräfte direkt mit ihrem IQ gekoppelt waren, schienen ihre Gefühle den Intellekt manchmal einfach zu übermannen. Ein Teil von Ruths Genialität beruhte auf ihrer Fähigkeit, unbewusste Energien anzuzapfen. Aber ihre Stimmungen konnten auch gefährlich sein, kindisch und übertrieben.

»Helft mir«, sagte er und streckte den Laptop der Gruppe entgegen. Niemand nahm ihn, und er fauchte: »Helft mir! Gleich kommt noch mehr von dem Zeug.«

Ein Mann namens Matthew griff nach dem Laptop, und Cam wandte sich wieder Ruth zu, die ihr AFM durch die Wandöffnung hievte.

Das Rasterkraft-Mikroskop war etwa hüfthoch, ein weißer Metallzylinder mit einem wuchtigen Sockel und einem weißen Kegel, der sich zu einem einzelnen schwarzen Okular verjüngte. Cam hatte immer gestaunt, dass etwas so Kleines das Design für Maschinen von so weitreichender Wirkung liefern konnte, aber die Nanotechnologie umfasste nun mal, wie ihr Name schon sagte, den Bereich des Infinitesimalen. Das AFM enthielt ein Stromversorgungssystem und eine Handvoll Mikroprozessoren, aber seine Hauptmasse verdankte es den Optik- und Bedienelementen, die ein Operator benötigte, um es bequem zu handhaben. Das Herz des Geräts, seine Arbeitsoberfläche mit den computergesteuerten Spitzen-Manipulatoren, war nicht größer als eine Münze.

Immerhin wog das AFM knapp zwanzig Kilogramm, und Ruth hatte Mühe, es ins Freie zu schieben. Cam wankte unter dem Gewicht und stützte es mit einer Kante an der Außenwand ab, damit es ihm nicht aus den Armen glitt. Owen kam ihm zu Hilfe, und gemeinsam schleppten sie das Mikroskop durch die Trümmer, mit denen der Boden übersät war. Cam hätte sich fast den Knöchel verstaucht, als er erst über einen Holzprügel und dann über ein paar lose Ziegelsteine stolperte.

Aus dem Augenwinkel sah er, dass Matthew an die Öffnung zurückgekehrt war und zwei Notizbücher sowie Ruths Druckanzug in Empfang nahm, ein gelbes Bündel, von dem Hosenbeine und Ärmel um Matthews Hüften baumelten. Die Lufttanks rutschten aus ihren Halterungen und zogen den Anzug zu Boden.

»Herrgott noch mal, Ruth!«, rief Cam, aber sie hörte ihn gar nicht.

»Cam!«, schrie sie. »Wo ist Cam?«

Er überließ das AFM Owen und einem anderen Mann und rannte zur Hütte zurück. Ruth schob ein Blatt Papier durch den Wandschlitz und schüttelte heftig den Kopf, als Matthew es in Empfang nehmen wollte.

»Cam?«, fragte sie. Offenbar wollte sie das Papier nur ihm anvertrauen.

Er erkannte auf den ersten Blick, was es war. Eine Karte. Nach dem Krieg hatten sie den Behälter mit dem Parasiten-Nano mitgenommen. Was sonst hätten sie tun sollen? Anfangs brauchten sie ihn als Provokation für den Feind und die eigene Regierung, um beide Seiten zum Umdenken zu zwingen. Und dann waren sie in eine andere Falle geraten. Sie fanden ein kleines stoßfestes Brillenetui aus Kunststoff, das sich wie eine Muschel auf- und zuklappen ließ, doch wenn der Parasit durch irgendein Missgeschick freikam – etwa dann, wenn sie ausgeraubt oder getötet wurden –, würde er erneut die Welt vernichten. Andererseits erschien es zu gefährlich, den Behälter zurückzulassen. Sie wollten ihn vergraben, aber falls ihn der Regen an die Oberfläche spülte oder die Verwitterung ans Licht brachte? Jemand könnte ihn öffnen.

Sie hatten erst eine Lösung gefunden, als sie sich in Jefferson ansiedelten. Sie brachten ein Eisenkästchen nach Morristown, das Warnhinweise auf Englisch, Hebräisch und Russisch enthielt. Nun befand sich der Behälter in einer Tiefe von vier Metern: in den Gebirgsausläufern westlich der Stadt versenkt. Dort würde er bleiben müssen. Sie konnten keine zwei bis drei Stunden opfern, um ihn wieder auszubuddeln, selbst wenn der Parasit genau das war, was sie benötigten, um die Chinesen zu bedrohen. Ließ sich der Feind überhaupt noch bluffen?

»Cam!«, sagte Ruth.

Er entriss ihr das Papier und stopfte es in seine Jackentasche. Dann dachte er krampfhaft nach. »Was brauchen wir sonst noch?«

Ihre Hände tasteten die Wand entlang, suchten nach einem Halt. Dann kippte sie nach vorn. Matthew versuchte sie aufzufangen, aber Ruth taumelte gegen die Wand und stieß sich den Arm an. Sie stöhnte.

»Stopp, Ruth! Ist da drinnen noch etwas, das wir mitnehmen müssen?«

Sie hing kopfüber in der Öffnung, bis Cam nach ihrem Hemd fasste und sie hochzog. Matthew nahm ihren Arm. Gemeinsam stellten die beiden Männer sie auf die Füße.

Die kühle Nachtluft schien Ruth zu beleben. In den tanzenden Strahlen der Taschenlampen wirkte ihr verbranntes, ungeschütztes Gesicht erregt und verletzlich zugleich. Ihre Locken waren verschwitzt und ihr Atem kam in so heftigen Stößen, dass sich ihre Brüste unter dem dünnen Hemd hoben und senkten. Cam umarmte sie kurz, löste sich aber sofort wieder, ehe sie sich an ihn schmiegen konnte.

*Sie hat nicht einmal die Lichter ausgemacht, ehe sie ins Freie floh,* dachte er und warf einen besorgten Blick auf die hell erleuchtete Öffnung in der Wand. Ihm fiel auch auf, dass sie ihr Walkie-Talkie nicht mit nach draußen gebracht hatte. Sollte er noch einmal in die Hütte klettern, das Funksprechgerät holen und das Licht löschen? Nein, das wäre Wahnsinn.

»Okay, brechen wir auf«, sagte Ruth. Ihr Tonfall klang immer noch merkwürdig beschwingt, um nicht zu sagen glücklich, und Cam spürte, dass die anderen hinter ihren Taschenlampen unruhig wurden.

»Wohin denn?«, fragte Owen.

»Nach Osten. Wir können diesen Ort nicht gegen die Seuche verteidigen.«

Greg schüttelte den Kopf. »Wir hatten wieder Kontakt mit Grand Lake. Wir haben alles an sie weitergegeben, was du herausgefunden hattest. Sie wollen Helikopter schicken.«

»Für alle? Wann?«

»Wenn wir nicht mehr hier sind …«

»Nehmt den Funk-Tornister mit«, sagte Ruth. »Die Hubschrauber können ihren Kurs ändern. Aber ich halte es für falsch, wenn wir alle hier auf eine eher fragliche Rettungsmission warten. Glaubt ihr wirklich, dass Grand Lake *zehn* Helikopter schicken kann?«

Sie starrten sie durch das Dunkel an.

»Nein«, sagte Greg.

Ruth nutzte ihren Vorteil. »Wir haben gar nicht die Ausrüstung, um uns hier zu schützen. Also machen wir uns auf den Weg nach Grand Lake. Die Berge sollten die Infizierten stoppen. Sie sind schwerfällig und orientierungslos. Also werden sie uns nicht folgen.«

*Wie viel davon geht auf ihre Klaustrophobie zurück?*, überlegte Cam. *Sie will einfach nur weg von hier.* »Der Nano wird durch die Luft befördert«, gab er zu bedenken. »Er wird uns folgen, selbst wenn die Kranken zurückbleiben.«

»Aber mit Überträgern ist alles schlimmer! Wir müssen das Risiko eingehen und versuchen, die Höhenlagen zu erreichen.«

»Okay.« Greg nickte langsam und hob das Walkie-Talkie, um Ruths Forderung weiterzugeben. »Wir packen und fahren in Richtung Osten«, wies er die restlichen Dorfbewohner an.

Die meisten Leute in den versiegelten Hütten wollten ebenso bleiben wie die Wachtposten an den Stationen. »Wir wissen nicht, was uns dort draußen erwartet«, schrie Susan in ihr Walkie-Talkie.

»Hier haben wir zumindest eine kleine Chance, uns zu schützen«, meinte Owen. »Außerdem ist kaum noch Benzin da. Wie weit kommt ihr wohl zu Fuß, wenn der Sprit alle ist?«

»Ihr nehmt auf gar keinen Fall den Funk-Tornister mit!«, keifte Susan über die besorgten Anfragen der anderen hinweg in Cams Headset.

»Es geht doch nicht, dass …«

»… brauchen das Ding genauso wie …«

Er schaltete das Headset ganz aus. Die meisten Stimmen drangen auch so durch die Nacht, aber die Entscheidung verschaffte ihm eine kurze Verschnaufpause, während er auf die nächste versiegelte Hütte zuging. Greg, Ruth und Matthew begleiteten ihn, aber Owen begab sich in eine andere Richtung, vermutlich auf die Suche nach seinem Kumpel Neil. Sie alle wollten jetzt mit ihren engsten Freunden sprechen.

»Susan!« Cam versuchte ruhig zu bleiben, obwohl er seine Stimme erheben musste, um sich durch die Kunststoff-Versiegelung verständlich zu machen. »Wenn du vernünftig bist, kommst du mit uns. Wir Ranger verlassen jedenfalls den Ort, und dieses Funkgerät gehört uns.«

Greg klopfte an die Tür. »Tricia! Trish! Los jetzt!«

»Ich halte es für falsch, von hier wegzugehen«, rief Tricia von drinnen.

Cam versuchte es mit einem anderen Namen. »Bobbi?« Konnte sie ihn überhaupt hören? Ringsum war lautes Gestreite im Gang, und das Baby wimmerte. Cam drehte sich um und starrte an der Hütte vorbei. Die Strahlen von zwei Taschenlampen schaukelten auf der Ostseite des Dorfes durch das Dunkel, und ein dritter Lichtkegel tauchte hinter dem Speisesaal auf. Cam schätzte, dass sie höchstens eine Minute Zeit hatten, ehe Owen zusammen mit Neil erschien.

»Vielleicht müssen wir gewaltsam eindringen«, sagte er.

»Sie hat Angst«, erklärte Greg unnötigerweise das Zaudern seiner Frau. Cam spürte eine seltsame Mischung aus Neid und seinen eigenen Beschützerinstinkten. Mit Allisons Tod war für ihn manches leichter geworden. Er hatte weniger zu verlieren. Aber er würde für die Frau seines Freundes und für ihre kleine Tochter Hope kämpfen.

Greg Estey war so zuverlässig wie kaum ein anderer, gewitzt, wenngleich wortkarg und über solche Albernheiten wie das Ego oder irgendeine Rangordnung erhaben. Er hatte sein früheres Leben vollständig aufgegeben, um sich in die Gemeinschaft von Jefferson einzufügen. Die einzige Konstante in seinem neuen Wertesystem als Farmer, Ehemann und Vater war seine Loyalität Ruth gegenüber. Er drückte auf die SENDEN-Taste seines Walkie-Talkies und sagte: »Bobbi? Hier spricht Greg. Gib mir mal bitte Trish!«

Cam schaltete sein Headset wieder an und hörte gleich darauf Susans Stimme: »Kommt nicht in Frage!«, sagte sie. »Kommt absolut nicht in Frage!«

Die Tür war doppelt versiegelt, von innen und von außen. Cam entfernte die Plastikplane im Freien, wollte aber die Innenschichten nicht verletzen. Besser war es, wenn sie die Tür selbst öffneten. Dann fiel es den Bewohnern, die unbedingt bleiben wollten, leichter, die Hütte wieder abzudichten.

Die Taschenlampen waren jetzt auf sie gerichtet. Cam fuhr zusammen, als ihn einer der Lichtkegel blendete. Ein zweiter Strahl wanderte über die vordere Hüttenwand und verharrte auf der zerrissenen Plastikbahn. »Du Mistkerl!«, brüllte Owen. »Da drinnen waren sie sicher. Du kannst nicht einfach …«

»Bobbi will nach draußen«, sagte Cam leise. Der Mann hinter der Stablampe war nicht mehr als eine Silhouette, gesichtslos und bedrohlich. »Lasst uns einfach gehen. Das ist alles, was wir wollen.«

»Der Harris-Tornister bleibt aber hier«, erklärte Owen.

»Nein.«

»Owen, wir schicken Hilfe, wenn wir die Möglichkeit dazu finden«, sagte Ruth. »Du weißt doch, dass das keine leeren Worte sind.«

Greg sprach gleichzeitig in sein Walkie-Talkie und durch die Hüttentür. »Meine Familie begleitet mich. Ihr müsst nicht mit, wenn ihr unbedingt bleiben wollt. Wir erklären uns sogar bereit, die Tür wieder von außen zu versiegeln.«

»Da scheißen wir drauf!« Owen sprach ebenfalls in sein Sprechfunkgerät. »Das machen wir selbst. Haut ab! Haut doch endlich ab!« Er schwenkte die Stablampe ins Dunkel, als wollte er sie verstoßen. Seine Stimme klang jetzt ebenso hart und kontrolliert wie die von Cam. Owen schien gewillt, den Kompromiss zu akzeptieren und ihnen den Harris-Tornister zu überlassen, um einen Kampf zu vermeiden. Cam war mehr als erleichtert. Ein Gefühl der Kameradschaft überkam ihn. Sie hatten ihre Angst besiegt und das Problem ausdiskuiert, anstatt es mit Fäusten zu lösen.

»Owen, komm mit uns!«, sagte er plötzlich.

»Verschwindet endlich!«, fauchte Owen.

Die Tür öffnete sich von innen. Das Babygeschrei wurde lauter, und das Laternenlicht, das sich über den Boden ergoss, warf Schatten. Susan blockierte den Eingang, aber Bobbi schob sich mit dem Harris-Funkgerät an ihr vorbei. Bobbi hatte bereits ihre Jacke angezogen, und Cam nahm den Tornister in Empfang, damit sie Schutzbrille und Gesichtsmaske überstreifen, die Handschuhe anziehen und die Kapuze aufsetzen konnte.

»Ihr begeht da einen Fehler!«, warnte Susan.

Tricia trug keine Kopfbedeckung, wahrscheinlich Hope zuliebe. Die Kleine hätte sie mit Kapuze und Brille wohl nicht erkannt. Tränen liefen Tricia über die Wange, während sie verzweifelt versuchte, das Baby zu beruhigen.

»Liebes«, sagte Greg.

Ihre Headsets und Walkie-Talkies knisterten wieder. »Hier Elf«, wisperte eine weibliche Stimme. »Ich sehe Leute an den Zäunen. Hier spricht Ingrid auf Elf. Ich sehe mindestens zwanzig Leute an den Zäunen.«

Alle außer Hope erstarrten. Das zornige Geschrei des Babys wurde vom Wind weitergetragen.

*O nein,* dachte Cam.

Sie hatten diesen Ansturm selbst verschuldet. Der Tumult, den sie veranstaltet hatten, das Gestreite und die Taschenlampen überall im Dorf – ebenso gut hätten sie ein gigantisches Leuchtfeuer in der Nacht entfachen können, um noch mehr Infizierte anzulocken.

»Geht wieder nach drinnen!«, rief Cam. Er versuchte Ruth durch die Tür zu schieben, aber sie wehrte sich.

»Lass mich los!«

»Ich liebe dich! Bleib hier!«, schrie Greg Tricia entgegen, und die junge Frau entgegnete: »Nein, Greg …« Cam und Ruth hielten sich umklammert und wechselten einen langen Blick. Die Worte des anderen Paares hätten ihre eigenen sein können, und Ruth begann: »Ich …«

Cam löste sich von ihr, als eine zweite Warnung über sein Headset kam. »Hier Elf«, flüsterte die Stimme wieder. »Sie haben sich in den Zäunen verfangen. Soll ich das Feuer eröffnen?«

Rauschen erfüllte den Kanal. »Nein, warte noch!«, sagte Cam, aber die Stimmen von Owen und einigen anderen kamen über die gleiche Frequenz.

»… ich sehe sie …«

»Wo bleiben die Scheinwerfer?«

»Nein!«, schrie Cam. »Schaltet sämtliche Lichter aus!« Zusammen mit Owen rannte er auf Station Elf zu, aber Ruth und Bobbi folgten ihnen, und Cam wirbelte zu den beiden Frauen herum. »Zurück!«, herrschte er sie an. »Geht nach drinnen!«

In diesem Augenblick überholte ihn Owen.

»Halt, Bobbi«, sagte Cam. »Ruth, ihr beide kehrt jetzt um und ...«

»Wir können uns doch nicht dort drinnen verkriechen, wenn ...«

»*Tut, was ich sage!*«, schrie Cam sie an. Dann drängte er Bobbi mit dem Funk-Tornister zurück. »Geht nach drinnen! Los!«

Am nördlichen Perimeter tanzten die Strahlen von Taschenlampen auf und ab. »Zurück!«, brüllte ein Mann. »Zurück, oder wir schießen!«

Zwei der Dorfbewohner zielten mit ihren Waffen auf die Neuankömmlinge. Ein dritter kämpfte mit einem Flutlicht – einem leichten Alu-Stativ, das mit doppelten Fünfhundert-Watt-Birnen bestückt war. Es schien das Verlängerungskabel zu sein, das dem Mann Schwierigkeiten bereitete. Noch war es nicht eingeschaltet. Nur die Stablampen erhellten die Szene.

Am äußersten Rand der Helligkeit bewegten sich Schatten in den Zäunen. Cam zählte insgesamt neun, und er hoffte schon, dass Ingrid mit ihrem Bericht übertrieben hatte.

*Ich sehe hier nie und nimmer zwanzig Leute,* dachte er.

Die niedrigen Hindernisse schepperten. Eine Frau hatte sich mit dem linken Arm in einer Stacheldraht-Barriere verfangen. Keiner von ihnen bewegte sich schnell oder elegant. Cam fühlte sich an Schlafwandler erinnert. Ihre Kleidung verstärkte diesen Eindruck noch. Die meisten von ihnen trugen bequeme, warme Sachen, als seien sie eben im Begriff gewesen, sich zur Nachtruhe zu begeben. Ein Mann trug nur seine Unterwäsche. Kaum jemand hatte Schuhe angezogen. Sie waren in Socken oder liefen barfuß. Sie sahen aus, als seien sie von der Seuche völlig überrascht worden – so als hätten sie sich aus dem Schlaf erhoben, um in einen neuen Traum zu stolpern.

Vielleicht hatte das Auftauchen der Ameisen im Gewächshaus 3 sogar Menschenleben gerettet, weil viele von ihnen wach geblieben waren, um die Insekten zu bekämpfen. Andernfalls wäre die alte Frau womöglich unbehelligt durch Jefferson gewandert und hätte nicht nur die Wachtposten, sondern alle anderen Bewohner infiziert.

*Aber warum kamen sie ausgerechnet hierher?*, überlegte Cam. Diese Leute waren in Windrichtung nach Süden gewandert, anstatt ihm entgegenzugehen. Warum nur? Die Taschenlampen waren sicher erst aus einer oder zwei Meilen Abstand erkennbar gewesen. Konnte es sein, dass sie sich an dieses Dorf erinnerten? Konnte der Nano so hoch entwickelt sein? Ruth behauptete, Patrick und Linda hätten sich geradezu zwanghaft bewegt, trotz ihrer Fesseln und trotz ihrer Verletzungen. Was trieb sie denn an? Suchten sie die Sicherheit von Familie und Freunden? Wenn das wirklich stimmte, dann allerdings ließ sich die Seuche nie und nimmer zum Stillstand bringen.

Ganz Morristown mochte hierher unterwegs sein.

# 10

Reverend Timothy Morris hatte seine Gemeinde direkt nach dem Krieg gegründet. Zu seiner Überraschung spendete ihm Missoula nicht weniger als eine Vierteltonne Saatgut. Manche Saatgutbanken in den USA hatten das Pestjahr nämlich überdauert, da hier Potenzial wichtiger erschien als der Nährwert. Nun bezahlte die Regierung die Farmer dafür, dass sie bestimmte Nutzpflanzen anbauten, und forderte im Gegenzug einen gewissen Prozentsatz der künftigen Ernte sowie das Recht, über die Weitergabe der neu gewonnenen Samen und Schösslinge zu bestimmen.

Der Wohlstand der Siedlung brachte immer mehr Leute unter den Einfluss des Reverends. Die Bewohner von Morristown waren aber nicht von der Rolle. Sie waren religiöse Schwärmer. Der Reverend verkündete den Neuen Evangelismus, dem zufolge der Mensch erschaffen war, um die Pflanzen und Tiere sowie auch sich selbst weiter zu mehren. Manchmal bedeutete das eben auch Polygamie, Frauentausch oder Frühehen. Das war ein Grund, weshalb Tony so fasziniert von Jeffersons Nachbarn gewesen war und seiner Mutter so viel Kummer bereitet hatte.

Die Meute am Perimeter schwieg. Hier und da hörte man ein Stöhnen, doch es waren vor allem die Gesichter, die für sie sprachen. In ihren weit aufgerissenen Augen loderte Angst. Eine strohblonde Frau blinzelte krampfhaft, aber die meisten blickten starr geradeaus, als hätten sie sich verirrt und wüssten nicht so recht, was sie hier suchten.

»Was fangen wir mit ihnen an?«, fragte Ingrid.

»Wir können sie doch nicht einfach umbringen«, entgegnete Cam.

»Natürlich können wir das«, schrie ein Mann los. »Uns bleibt gar nichts anderes übrig!« Sein schriller Tonfall verriet, dass er versuchte, sich selbst zu überzeugen. Aber hatten sie denn eine andere Wahl? Die Neuankömmlinge machten sich bereits daran, die Zäune wegzuräumen.

Cam riss seinen Blick mühsam von den heranrückenden Schatten los, als Greg und Neil im Laufschritt zu ihm aufschlossen. »Wo ist der Gefahrstoff-Anzug?«, rief ihnen Cam zu und verwünschte sich insgeheim. *Haben wir das Ding vor Ruths Hütte liegen lassen?*

»Und wenn wir Feuer legen?«, schlug Ingrid vor. »Haben wir noch Benzin?«

»Die Flammenwerfer sind hinten beim Gewächshaus.«

»Dann schießen wir dicht vor ihren Füßen in den Boden.«

Cam musterte die ältere Frau mit Respekt, als sie mit der flachen Hand gegen ihr M16 schlug und den Abzug auf Vollautomatik stellte. Ingrid hatte sich freiwillig für den Wachdienst gemeldet, während andere in den versiegelten Hütten Deckung suchten. Er erinnerte sich an ein schönes Profil mit kurzer Nase und festem Kinn, das jetzt von der Gesichtsmaske verborgen wurde. Ingrid Wood war nicht nur wegen ihres Alters – nur wenige Leute um die sechzig hatten das Pestjahr überlebt –, sondern auch wegen ihres Akzents eine Ausnahmeerscheinung. Sie hatte zwanzig Jahre zuvor Deutschland den Rücken gekehrt, nämlich nach ihrer Scheidung. Sie war zäh, liebenswürdig und immer höflich.

»Vielleicht müssen wir sie verwunden«, sagte sie.

»Dann tun Sie es endlich!«, schrie der Mann, der ihr Gespräch mit anhörte.

Die ersten Infizierten kamen aus den Zäunen getaumelt, ein junger Mann in einem MICHIGAN-T-Shirt und ein mageres Mädchen mit schmutzigen weißen Socken unter ihrem blauen Nachthemd. Cam erkannte den Jungen mit seinem dichten Haar und den unverwechselbaren Pestnarben auf der Nase. Er war der Sohn eines Farmers und von religiösem Bekehrungseifer erfüllt, wann immer ein paar Leute aus Jefferson kamen, um Geräte oder Lebensmittel zu erwerben. Jake. So hieß der junge Mann. Ein gerader Typ und mit Recht stolz auf die Apfelbäume, die seiner Familie gehörten.

Cam hob seinen M4.

Die Flutlichter flammten auf, bevor jemand feuerte. David hatte endlich sein Stativ an die Stromversorgung von Ruths Labor angeschlossen und eingeschaltet. Die Doppellichter brannten sich in die Zäune und erhellten die Nacht wie gleißende Sonnen. Zwei Schatten gingen von jeder Person aus und bildeten einen Fächer von Silhouetten. Glas- und Chromsplitter funkelten zwischen den am Boden ausgebreiteten Autoteilen.

Die Augen der Infizierten hatten etwas Erschreckendes. Ihre Pupillen waren wie zu schwarzen Münzen geweitet, sodass man nichts mehr von der Iris sah, und sie schrumpften auch nicht im grellen Licht. Offenbar handelte es sich um einen Dauerzustand, eine Verletzung des Gehirns, an der sie alle litten.

Das Flutlicht bereitete ihnen Schmerzen. Der junge Mann torkelte zur Seite, während das Mädchen den Kopf senkte und ins Dunkel zu fliehen versuchte. Andere hoben die Arme oder stöhnten. Die starken Scheinwerfer ließen sie erstarren. Anfangs dachte Cam noch, ihr Trick könnte Erfolg haben. Doch dann entdeckte er die zweite Woge von Neuankömmlingen. Das Flutlicht erfasste mindestens hundert Gestalten. Doch aus der Finsternis strömte eine doppelt oder dreifach so große Menschenmenge.

Cam spürte, wie ihm das Blut in den Adern gefror. Die am nächsten Stehenden wurden von der Helligkeit abgeschreckt, die Massen im Hintergrund aber schien das Gleißen anzuziehen. Es war ein unheimlicher Anblick. Die meisten Infizierten waren ungefähr in Richtung Jefferson unterwegs gewesen, aber ohne ein bestimmtes Ziel. Einige waren stehen geblieben oder irgendwohin abgedriftet. Andere hatten zum Himmel oder auf ihre Füße gestarrt.

Als dann die Scheinwerfer die Zäune anstrahlten, hatte sich die ganze Schar dem Stativ zugewandt. Von weißen und braunen Gesichtern reflektierte das Licht. Auf Händen und bloßen Füßen glänzte Blut, das wohl von Stürzen herrührte. Dann teilte sich die Menge und kam von zwei Seiten auf den schimmernden Lichthof zu.

»Oh, mein Gott!«, murmelte Ingrid.

»Schneidet ihnen den Weg ab!«, schrie Cam. Zu spät. Die Infizierten hatten nun ein klares Ziel und rannten immer schneller über die Hindernisse und den Stacheldraht hinweg. Metall schepperte, die Menschen aber schwiegen. Nur hin und wieder stöhnte jemand oder rang nach Luft. Selbst der junge Obstbauer schien zur Vernunft gekommen zu sein. Er kam geduckt auf sie zu, dem Licht ausweichend, als sei es eine echte Barriere.

»Feuer!«, befahl Greg und zielte auf den Kopf des jungen Mannes. Schüsse krachten, und Jake fiel vornüber.

Cams Augen brannten hinter der Schutzbrille, doch er unterdrückte seine Gefühle und schrie stattdessen in den Stoff seiner Gesichtsmaske. Das Brüllen des Karabiners erleichterte ihn, denn es übertönte alles andere.

Der M4 ratterte im Drei-Schuss-Modus. Das magere Mädchen brach zusammen. Ihr Blut sah im grellen Schein des Flutlichts purpurn aus. Cam traf den Mann hinter ihr. Dann eine Frau. Dann wieder einen Mann. Der M4 war ebenso wie das ältere Modell M16 darauf ausgelegt, sowjetische Helme noch in neunzig Metern Entfernung zu durchschlagen. Unbewaffnete Nahziele hatten in den Überlegungen der Waffenkonstrukteure keine Rolle gespielt. Cams Schüsse bohrten sich in die Schulter des vierten Mannes, ohne ihn von den Beinen zu holen.

Gleichzeitig feuerten Owen und Ingrid mit ihren M16 in die Menge. Zwei weitere Karabiner und ein Jagdgewehr donnerten am Perimeter ein Stück links von Cam los.

Die Waffen wirkten sich verheerend aus. Zwanzig Leute lagen verkrümmt am Boden. Ein Mann war über einer Chrom-

Stoßstange zusammengebrochen und gab stammelnde Laute von sich, die fast wie Worte klangen, ehe ihr russischer Granatwerfer irgendwo zu Cams Rechter in Aktion trat. Eine kleine Rakete jagte Feuer und Rauch spuckend in das Lichtfeld. Die Männer und Frauen von Jefferson waren wie eine gut trainierte Einheit zur Verstärkung von Cam und seinen Kämpfern angetreten, aber sie befanden sich in Windrichtung des infizierten Mobs.

Die Karabiner zu Cams Linker verstummten zuerst. Er lud seine eigene Waffe nach, als ihm die Stille auffiel. Aber erst, nachdem er den M4 wieder in Anschlag gebracht hatte, bemerkte er, dass die Verzögerung auf den anderen Positionen zu lange dauerte. Die Leute luden nicht nach. Sie waren infiziert.

Cam spähte zur nächsten Hütte hin und hielt nach Taschenlampen oder Mündungsblitzen Ausschau. Nichts. Dann stolperte jemand um die Ecke des Holzbaus. Der Mann kam nicht mit leeren Händen und trug im Gegensatz zu den Neuankömmlingen ganz normale Kleidung. Er fasste mit einer Hand nach seiner Kapuze und versuchte die andere vom Abzugsbügel des Gewehrs zu lösen, als sei ihm die Waffe eher eine Last als eine Hilfe.

»Scheiße, wir müssen weg von hier!«, rief Cam Greg zu. »Lasst euch zurückfallen! Zurück!« Er berührte Ingrid an der Schulter, aber die Frau war voll damit beschäftigt, ihr M16 unter Kontrolle zu halten und auf die Westflanke der Menschenmenge abzufeuern.

Die Infizierten rückten weiter vor. Die Schusswaffen erschreckten sie ebenso wenig wie die Toten und Verwundeten, die auf dem Boden lagen. Sie stolperten an ihren schwer verletzten Freunden vorbei und schenkten ihnen nicht mehr Aufmerksamkeit als den Zäunen und Autoteilen. Wenn überhaupt, dann schienen die Mündungsfeuer sie anzuziehen. Offenbar befanden sie sich so tief in ihrer Trance, dass sie sich an jede äußerliche Wahrnehmung klammerten. Sie marschierten geradewegs in die Salven hinein, die inzwischen aber eben deutlich nachgelassen hatten.

»Halt deine Position!«, schrie Greg, aber Cam zeigte auf etwas und entgegnete ebenfalls mit voller Lautstärke: »Wir haben sämtliche Leute auf der linken Seite verloren! Wann immer du jemanden erschießt …«

Das Flutlicht kippte und fiel krachend um, als Neil neben ihnen zusammenbrach und im Krampf um sich schlug.

»Lauft!«, rief Cam. Er zerrte Ingrid von dem Gestürzten weg. Greg folgte ihnen, und plötzlich war auch Owen mit einem weiteren Dorfbewohner da. Sie alle zogen sich hastig von den Scheinwerfern zurück.

Owen und Greg nahmen per Headset Kontakt zu ihren Frauen auf. Wenn der Ort von Infizierten überrannt wurde, hatte es keinen Sinn, in den versiegelten Hütten auszuharren. Die Luft würde nicht lange reichen. »Tricia!«, gellte Greg in sein Mikro. »Tricia!«

»… die Hütten und lauft nach Osten, bevor …«

Zwei Wachtposten, die Cam flankiert hatten, kamen ihnen entgegen. Selbst im Halbdunkel war zu erkennen, dass sie sich nicht normal verhielten. Ein Mann hatte seine Schutzbrille zur Seite geschoben und mühte sich vergeblich damit ab, seine Gesichtsmaske und Kapuze abzustreifen. Der andere streckte den zuckenden rechten Arm vom Körper weg, während sein Kopf krampfartig hin und her pendelte.

Es war Matthew. Cam erkannte ihn an seiner grünen Jacke. Matthew schien völlig damit beschäftigt, sein Zittern in den Griff zu bekommen, aber beim Klang ihrer Stimmen wandte er sich ihnen zu.

»Vorsicht!«, sagte Ingrid.

Irgendwie mussten sie an ihm vorbei. Cam wich nach links aus, und die anderen kamen mit ihm, fanden ihren Weg jedoch durch einen Truck und die Vorderseite von Gewächshaus 1 blockiert. David, der fünfte Mann, hob sein Gewehr, aber Cam schrie: »Nicht! Das macht alles nur schlimmer!«

Cam drehte seinen M4 um und umklammerte den kurzen Lauf mit beiden Händen. Die Mündung fühlte sich heiß an, obwohl er Handschuhe trug. Er schlug Matthew nieder und schwang den Karabiner in Richtung des zweiten Infizierten. Jemand kam ihm mit einer Pistole zuvor. Sie schlugen im Gegenwind einen Bogen um die beiden, und Cam sah, dass es Owen war, der ihm geholfen hatte. Wenn mehr Zeit gewesen wäre, hätte Cam etwas gesagt. *Danke.* Sie standen auf der gleichen Seite, auch wenn sie eben noch gestritten hatten.

Aber die Chance, sich mit Worten zu versöhnen, war vorbei. Knapp vierzig Meter entfernt wurden die Türen der versiegelten Hütten aufgerissen. Im gelben Licht, das aus den beiden offenen Türen strömte, schwankten und zuckten die übrigen Dorfbewohner. Einige von ihnen brachen zusammen. Tricia, die Hope in den Armen hielt, stieß gellende Schreie aus, bis auch sie von Krämpfen geschüttelt wurde. Im gleichen Augenblick verstummte das Wimmern des Babys. Tricia fiel auf ein Knie und ließ ihre kleine Tochter fallen. Hope rollte aus der Plastik-Trageschlinge, die ihre Mutter für sie angefertigt hatte.

Sie waren geradewegs in eine Woge von Seuchen-Nanos gelaufen.

*Das Baby,* dachte Cam, bevor er die Blicke über die zuckenden Silhouetten schweifen ließ. Er suchte nach Ruth.

»Nein!«, schrie Owen. »Nein!«

Nicht alle waren zu Boden gestürzt. Mehrere Leute versuchten sich entweder aus der Gruppe zu lösen oder den Infizierten auf die Beine zu helfen. In vielen Fällen war kaum ein Unterschied zwischen Kranken und Gesunden zu erkennen. Manchmal waren es die Infizierten, die davonwankten und dabei gegen ihre Nachbarn stießen. Die Gesunden wichen einander aus oder bückten sich, um einen Partner oder Freund zu stützen, nur um selbst von den Nanos angegriffen zu werden.

Cam umklammerte Owen, ehe dieser zu seiner Frau laufen konnte.

»Nein! Nein!« Owens Stimme zerriss das Dunkel.

Einige der Infizierten wandten die Köpfe nach dem Geschrei um. Ihre Gesichter sahen schrecklich aus. Sie *glichen sich* auf das Entsetzlichste. Schwarze, Weiße, Männer, Frauen – es gab nur einen Ausdruck in der Gruppe, ein blödes Starren mit weit offenem Mund und schlaff herunterhängendem Kinn. Viele litten unter Zuckungen oder nervösen Ticks, aber diese Regungen waren wie Schaumkronen auf der Oberfläche einer leeren, ruhigen See. Die Schlaffheit zeigte sich überall. Sie erfasste die Körper, stumpfte sie ab, mit Ausnahme der Augen, die flehend aus ihren Höhlen quollen.

»Noch können wir es zu den Autos schaffen«, sagte Cam. »Los! Lauft durch die Gewächshäuser!«

»Nein«, sagte Owen, doch seine Stimme war leise geworden. »Nein.«

»Hope«, wisperte Greg. »Mein Gott, sie ist, das ist – *Hope*!«

Sie konnten sie nicht mehr erreichen. Um das Baby verteilten sich an die zwanzig Dorfbewohner. Alle von ihnen waren ansteckend – und sie beachteten das kleine Mädchen nicht. Selbst ihre Mutter zeigte nur noch Gleichgültigkeit. Hope lag an einen Mann geschmiegt, der tot zusammengebrochen war, und tappte mit den Händchen auf dem Boden umher. Sie war mit ihren drei Monaten noch zu klein zum Krabbeln. Sie verfügte nicht über die Feinmotorik und Kraft der Erwachsenen, aber sie zeigte das gleiche Zucken und Zappeln wie alle Infizierten.

»Jemand ist hinter uns«, sagte Ingrid.

Am Nordende der Siedlung verbreiteten die Scheinwerfer des umgekippten Flutlicht-Stativs eine weiße Korona im Dunkel. Schatten huschten zwischen den Würfelumrissen der Hütten umher.

Aus der anderen Richtung kamen einige ihrer Freunde näher – drei Dorfbewohner, dann vier und fünf. Tricia schloss sich dem ungeordneten Zug an. Sie stolperte über einen Toten und wankte zur Seite.

Cams Gruppe kehrte wortlos um, selbst Owen und sogar Greg. Im trüben Halbdunkel hatten die Infizierten nichts mehr von Familienangehörigen an sich. Sie wirkten fremd und gefährlich, und Cam zog seine 9-mm-Beretta aus dem Halfter.

»Lauft zu den Autos!«, sagte er.

Greg riss den Blick von seiner Frau los. Schutzbrille und Maske verbargen seinen Gesichtsausdruck, doch seine Haltung verriet den Konflikt, in dem er sich befand.

»Greg!«, sagte Cam. »Lauf!«

Er wusste nicht, was sie sonst tun sollten. Ohne Ruth waren sie nur eine Handvoll ganz gewöhnlicher Leute, aber er würde Grand Lake belügen, falls sie wieder Kontakt bekamen. *Wir brauchen einen Helikopter!*, dachte er. *Jetzt gilt es erst mal, alle zu retten, die noch unversehrt sind. Vielleicht können wir später in Schutzanzügen zurückkehren und sie hier herausholen …*

Die Hupe eines Jeeps ließ ihn zusammenfahren. Sie erklang laut und schrill vom anderen Ende der Gewächshäuser herüber. Cams Nerven versagten. Er hob die Pistole und schoss in die Gruppe der Dorfbewohner, die sie verfolgte. Eine der Gestalten sackte zusammen.

»Nein!«, schrie Owen. Er rammte sein Gewehr in Cams Schulter. Cam taumelte gegen Greg. Dann schwang er sein M16 herum und zielte auf Cams Bauch.

Wer auch immer am Steuer des Jeeps saß, er musste den Pistolenschuss als Antwortsignal gedeutet haben. Die Hupe schrillte wieder und wieder. Jemand schien zu rufen, aber Cam war nicht sicher. Sein Herz hämmerte zu laut, und Owen schrie immer noch.

»Nein, nein, nein, nein!«, gellte seine Stimme.

»Runter mit der Waffe«, sagte Ingrid ruhig. Sie hatte ihr M16 im Anschlag und trat links neben Owen, sodass sie sich nicht in seinem Schussfeld befand. »Owen! Runter mit der Waffe!«

»Ich habe nicht …«, begann Cam.

»Nein, du Mistkerl!«

Die Zeit lief davon. Immer mehr Silhouetten kamen schwankend durch die Scheinwerferkegel an der Nordseite der Siedlung. Vom Süden her näherten sich die infizierten Dorfbewohner. Es konnte nur noch Sekunden dauern, bis sie überwältigt waren.

Cam stieß Greg auf eine Seite und sprang selbst in die andere Richtung, um Owens Waffe auszuweichen. Er schaffte es aber nicht. Das M16 brüllte dicht vor ihm auf. Er sah eine grelle Stichflamme. Eine Kugel fuhr ihm wie ein Eisball rechts in die Brust. Eine zweite schien die Innenseite seines Arms zu streifen. Der Aufprall warf Cam nach hinten, aber irgendwie riss er den Arm gegen diese Bewegung nach vorn. Er schoss Owen ins Bein, zum einen, weil er den Mann nicht töten wollte, zum anderen, weil es der einfachste Treffer vom Boden aus war.

Die Wunde war verheerend. Aus der kurzen Entfernung riss die 9-mm-Kugel ein melonengroßes Loch in den hinteren Oberschenkel und zerschmetterte den Knochen. Ein Schwall dunklen Bluts quoll aus der Arterie, aber noch ehe Owen umkippte, hatte Ingrid ihr Magazin leer geschossen und eine Salve von fünf oder sechs Patronen in seine Brust abgefeuert. Funken sprühten auf, als sie Owens M16 traf. Vielleicht war die Waffe ihr eigentliches Ziel gewesen.

Cam nahm seine Umgebung nur noch verschwommen wahr. David machte mit einem unterdrückten Aufschrei kehrt und floh in den Korridor zwischen den ausgeschlachteten Gerippen von Gewächshaus 2 und 3. Die Jeep-Hupe schrillte noch immer. Cam versuchte sich zu erheben, aber seine Beine versagten den Dienst. Er presste den Arm gegen den nassen Fleck an der linken Brustseite.

Dann wurde alles dunkel.

Als er wieder zu sich kam, hing er zwischen Ingrid und Greg, die ihn vorwärtsschleppten. Seine Beine schleiften über den

Boden und verstärkten den Schmerz in seiner Seite. Es war, als zerrte jemand seine Rippen auseinander. Er versuchte die Füße aufzusetzen und mitzulaufen. Allem Anschein nach war er nicht lange bewusstlos gewesen, denn sie befanden sich immer noch fünf Schritte von Gewächshaus 3 entfernt, das nur noch aus einem Holzgerüst bestand. Sie hatten die Taschenlampen ausgeschaltet.

Die Hupe war verstummt. Wer immer den Fuhrpark erreicht hatte, war entweder infiziert oder hatte beschlossen, sich nicht länger selbst zur Zielscheibe zu machen.

»Stopp«, sagte Ingrid und stieß gegen Cam.

Greg stolperte noch zwei Schritte weiter, bevor er ebenfalls stehen blieb. »O Gott!«, murmelte er.

David lag lang ausgestreckt zwischen den Gewächshäusern und bäumte sich immer wieder auf, als sei er gegen eine unsichtbare Wand gestoßen. Aber sie mussten an ihm vorbei. Hinter ihnen waren die Dorfbewohner über Owens Leichnam hinweggetrampelt und hatten die Taschenlampen eingeschaltet, die in der Nähe des Toten lagen. Gleichzeitig lief von der Nordseite her eine zweite Gruppe in die weißen Lichtkegel.

Jefferson gehörte den Infizierten.

»Lauft durch das Gewächshaus«, sagte Cam und deutete mit dem ganzen Körper zu Ingrid hin. Gewächshaus 2 befand sich in Bezug auf David entgegen der Windrichtung. Falls das überhaupt noch eine Rolle spielte. Jeder Atemzug war ein Risiko. Die Nanos konnten sich inzwischen überall in der Luft verteilt haben.

»Geh!«, sagte Greg. »Geh, Ingrid! Ich habe ihn.«

Sie stieg über die Kante des Fundaments und zog den Kopf ein, um einem der Querbalken auszuweichen, an denen die Plastikbahnen befestigt gewesen waren. Anstatt jedoch weiterzulaufen, drehte sie sich um und hob das M16. Links von ihnen tauchten weitere Silhouetten auf. Sie näherten sich im Zickzack durch den schmalen Gang zwischen Gewächshaus 1 und 2. Es konnte nur noch Sekunden dauern, bis ihnen der Fluchtweg abgeschnitten wurde.

Mühsam zog Cam ein Bein nach dem anderen über das Fundament, während Ingrid sorgsam zielte. *Tschick klick.* Leer. »Idiotin!«, fauchte sie, zerrte ein neues Magazin aus der Tasche und tastete sich rückwärts an den niedrigen, breiten Pflanztrögen entlang, in denen die Sämlinge immer noch üppig standen.

Greg und Cam überholten sie, bevor sie das Feuer eröffnete. Mündungsblitze tanzten über die Pfosten und Querbalken und warfen lange Kruzifix-Schatten. Jemand stieß ein Schmerzgeheul aus. Die meisten anderen Gestalten kippten lautlos um. Dann bekam Ingrid Unterstützung vonseiten der Jeeps. Cam erkannte das helle Rattern eines M4-Karabiners und den peitschenden Knall einer Pistole. Mindestens zwei weitere Dorfbewohner hatten überlebt, und Cam lief mit neuer Kraft weiter, gestützt von Greg.

»Hierher!«, rief eine Frauenstimme.

Sie taumelten von der Rückwand des Gewächshauses und stürzten. Greg rappelte sich wieder hoch, aber Cams rechter Arm gehorchte ihm nicht. Die Wunde schmerzte. Seine Gedanken verwirrten sich.

*Aufstehen! Du musst aufstehen!*

»Cam!«, schrie Ruth. Sie stand über ihn gebeugt da und gab drei rasche Schüsse aus ihrer 9-mm-Beretta ab. Ein Traum …

Irgendwo knatterte der M4 auf Vollautomatik. Das Magazin war im Nu leer. Leere Patronenhülsen schepperten gegen eine Jeep-Stoßleiste. Cam spürte, wie er an den Kotflügel des Fahrzeugs geschoben wurde. Das Blech vibrierte. Der Jeep schaukelte heftig los, als jemand einstieg. Der Motor brummte im Leerlauf.

»Helft mir!« Greg versuchte Cam nach oben zu hieven. Ruth senkte die Pistole und schob die freie Hand unter seinen Bauch. Gemeinsam rollten sie ihn auf die Rückbank des Jeeps, wo Bobbi kniete und einen M4 nachlud.

»Ihr Wahnsinns …«, begann Cam voller Bewunderung, doch dann bekam er keine Luft mehr. *Ihr Wahnsinnsweiber,* dachte er. Ruth und Bobbi waren zu den Jeeps gelaufen, anstatt seinen Rat zu befolgen und sich in den versiegelten Hütten zu verschanzen.

Das hatte ihnen das Leben gerettet.

»Gibt es noch jemanden, den wir herausholen müssen?«, schrie Ruth.

»Nein«, entgegnete Ingrid. »Alle weg.«

»Aber ich habe gesehen, dass …«

»Alle weg!«

Etwas stimmte nicht mit Bobbis Karabiner. Wahrscheinlich klemmte er. Der M4 war als fehleranfällig bekannt, weil er sich bei vollautomatischem Feuer leicht überhitzte. Bobbi warf ihn weg und kletterte mühsam hinter das Steuer, während sich Ingrid in den Fond hievte und neben Cam auf die Bank fallen ließ. Sie hatten fast nichts außer einem weiteren Karabiner und einem Rucksack. Cam suchte vergeblich nach dem Harris AN/PRC 117.

»Der Funktornister«, keuchte er.

»Susan hat uns das Ding mit der Waffe abgejagt«, sagte Bobbi.

»Das AFM!«, rief Ruth und gab zwei weitere Schüsse in den Korridor zwischen den Gewächshäusern ab. »Ich habe meinen Laptop, aber ich glaube, das AFM steht noch neben meiner Hütte. Wenn wir …«

»Lass es stehen und steig ein!«, rief Greg. Damit kehrte er dem Jeep den Rücken zu und schickte sich an, zum Dorf zurückzulaufen.

»Was hast du vor!?«, schrie ihm Bobbi nach.

»Ich brenne die Siedlung nieder. Das Feuer wird sie zurückhalten.« In seiner Stimme schwang Furcht mit, und Cam konnte das sehr gut verstehen. Greg Estey hatte die Absicht, sich zu seiner Frau und seiner kleinen Tochter zu gesellen.

»Das kannst du nicht tun!«, rief Ruth, aber ihr Freund hatte sich bereits in die Dunkelheit entfernt. Cam sah, dass er in Richtung Geräteschuppen verschwand – wo sie ihre letzten Benzinkanister aufbewahrten –, und Ingrid beugte sich aus dem Jeep und zielte mit ihrem Gewehr auf den Truck nebenan. Kugeln bohrten sich jaulend in die Seite des Fahrzeugs und zerfetzten den Tank. Benzin tropfte auf den Boden. Ingrid fing schon mit dem Job an, den Greg vollenden wollte, aber in diesem Moment beschleunigte Bobbi so heftig, dass die Deutsche um ein Haar aus dem Jeep gestürzt wäre. Sie hatte wohl geglaubt, der Truck könnte explodieren, und so raste sie aus dem Fuhrpark, zwischen zwei Hütten an der Ostseite der Siedlung hindurch.

Cam sah sich vergeblich nach Greg um. Würde der Freund am Geräteschuppen zögern? Anstatt eine Barriere für die Infizierten zu bilden, konnte ein Feuer Tricia und Hope und alle anderen Bewohner von Jefferson mit seinem Qualm ersticken. Womöglich war das Gregs Plan, auch wenn er sich dies selbst nicht eingestand. Falls es ihm gelang, nahe genug heranzukommen, erschoss er das Baby vielleicht, damit es nicht allein und hilflos die Nacht verbringen und dann unter der Hitze des Tages leiden musste. Sicher ging er davon aus, dass seine Liebe zu Hope die Gehirnseuche in irgendeiner Form überdauern mochte.

*Schneller,* dachte Cam. Er wollte nicht Lebewohl sagen. Deshalb wünschte er Greg bei seinem Unternehmen Erfolg. Nur so konnte er bei seinem Freund bleiben.

Der Jeep rumpelte über eine Bodenwelle. Bobbi bremste scharf, schaltete endlich die Scheinwerfer ein und kurvte durch die Zäune. Eine Radkappe wirbelte in die Luft, vom Vorderreifen hochgeschleudert. Dann krachte ein schwereres Teil gegen das Bodenblech.

»Personen links!«, warnte Ingrid.

Erneut näherte sich ein Strom von Gestalten barfuß und in Nachtgewändern dem Ort. Die Kälte verwandelte ihre Haut in Marmor. Blaue Lippen, weiße Augen. Eine Frau hatte einen tiefen Schnitt im Gesicht. Blut lief ihr den Hals entlang.

Danach schien Bobbi die stumme Prozession hinter sich zu lassen. Sie drosselte das Tempo, beugte sich weit über das Lenkrad und suchte im Licht der Scheinwerfer nach Hindernissen, denen es auszuweichen galt. Der Boden war uneben und felsig. Cam winkelte den Arm an und presste den Ellbogen gegen die Wunde. »Hilf mir«, sagte er zu Ingrid, aber Ruth nahm seine Worte schneller auf. »Meine Rippen«, murmelte er.

»O nein!« Sacht legte ihm Ruth eine Hand auf die Schulter.

Mit schmerzverzerrter Miene setzte sich Cam auf. Er musste Platz schaffen, damit sie die Wunde untersuchen und die rechte Brustseite zumindest abpolstern konnte.

Gregs Selbstmord durfte nicht vergeblich sein.

Ihre Verluste waren unvorstellbar. Allison, Hope, Tricia, Tony, Owen und all die anderen ... Hunderte von Menschen aus Morristown ... Wie viele andere Überlebende spürten wohl die gleiche Verzweiflung? Angenommen, die neue Seuche hatte sich bereits über ganz Amerika ausgebreitet? So jedenfalls hätte Allison die Dinge betrachtet, sie hätte sich selbst in einem größeren Zusammenhang gesehen, anstatt sich abseits zu stellen. Cam spürte, wie der Schmerz in ihm aufstieg. Er schürte die Glut seiner Trauer, ließ sie hell auflodern. Zorn war ein Abwehrmechanismus, das wusste er ja seit Langem. Er musste den Schmerz nach außen richten und damit seinem Hass die Energie nehmen. Manchmal war das überhaupt die einzige Möglichkeit gewesen weiterzumachen.

Es gab ihm eine Richtung.

Wenn eine Möglichkeit bestand, die Gehirnseuche zu bekämpfen, dann mussten sie Ruth nach Grand Lake bringen, wo sie in Sicherheit war und über die nötige Ausrüstung verfügte.

# 11

Ein Krampf überwältigte den Soldaten am Bunkereingang, dann wurde er schlaff und brach zusammen. Neben ihm taumelte ein zweiter Marine gegen die Betonwand und ließ die Heftpflasterrolle fallen, mit der er die Tür versiegelt hatte. Am ganzen Körper zuckend, fiel er auf seinen Kameraden. Beide Männer waren Freiwillige. Für Major Reece, die mit einer Pistole in der schmalen Hand auf der anderen Seite des Raumes stand, machte das die Entscheidung nicht gerade leichter.

Mit trockenen Augen feuerte Deborah Reece. Sie war immer stolz darauf gewesen, dass sie eine klare Linie zwischen Selbstdisziplin und Gefühlen ziehen konnte. Aber sie wagte noch nicht durchzuatmen, und ihr Gleichgewicht war gestört. Ihr erster Schuss ging daneben. Die Kugel schlug Funken aus dem Betonboden und prallte von dort gegen die Wand.

»Bitte«, sagte sie. Es klang wie ein Gebet.

Der erste Soldat wand sich bereits mühsam unter seinem gestürzten Kameraden hervor. Und so unmöglich es auch anmutete, sein Blick war dabei unentwegt auf sie gerichtet. Enorm geweitete Pupillen starrten sie an, wie bei jedem Seuchenopfer, das sie bisher gesehen hatte.

Sie wusste nicht, wie er hieß. Er war einfach einer der zwölf Spezialisten, die sich in dem Bunker-Komplex aufgehalten hatten, als die Gehirnpest über die Continental Divide schwappte. Er schien um die fünfunddreißig Jahre alt zu sein, genau wie Deborah, also im allerbesten Mannesalter. Ein Captain. Schlank und sonnengebräunt. Genau der Typ, den sie für ihre diskreten, beinahe schon professionellen Affären bevorzugte. In diesem Moment empfand Deborah eine erschreckende Verbundenheit zu diesem Fremden.

*Töte ihn,* warnte sie sich.

Grand Lake wankte unter der Bürde der neuen Seuche. Selbst in einer Höhe von 3300 Metern und gut abgeschottet im Innern des Berges war der Ort noch verwundbar. Die Außenanlagen stellten eine Gefahr dar. Alle dort oben waren infiziert. Und manche schienen sich daran zu *erinnern,* was sich in der Tiefe befand. Sie belagerten die Tunnel und tasteten verzweifelt die explosionsgeschützten Türen ab. Die Nanobots wirkten heimtückischer als jeder Fallout und jede Chemiewaffe. Zu Komplex 4 hatte es bereits wenige Minuten nach der Attacke keinen Kontakt mehr gegeben. Komplex 1 und 2 schienen zumindest beeinträchtigt.

Die Labyrinthe im Berg waren von Ingenieuren angelegt worden, denen es an Ausrüstung und Baumaterial fehlte. Die meisten dieser Stollensysteme hatten anfangs nur zum Schutz gegen die brutalen Winter in dieser Höhenlage gedient. An Luft- und Atomschutzbunker war wohl erst in zweiter Linie gedacht worden.

Im Lauf der Zeit hatten sich viele Abschnitte gesenkt oder verschoben. Im Frühjahr sickerte Schmelzwasser durch den Berg, drückte gegen die Trennwände und wusch das Gestein daneben und darunter so aus, dass neue Löcher und Risse entstanden. Gegenwärtig stellten die Stahltüren zwar ein Hindernis für Menschen dar und boten sogar einen gewissen Brandschutz, aber die mikroskopisch kleinen Seuchen-Nanos konnten sie nicht aufhalten. Versuche, den eigentlichen Stützpunkt nach dem Krieg auszubauen, hatte man rasch aufgegeben. Anstatt die bereits vorhandenen Außenanlagen auf den Gipfeln zu verbessern, hatte man das Labyrinth im Berg erweitert. Komplex 1 besaß mittlerweile drei Eingänge – und den letzten Berichten zufolge drangen die Nanos scharenweise von allen drei Toren ein.

Aber nicht nur die Tore waren Schwachstellen. Das Lüftungssystem erwies sich als ebenso durchlässig wie die Leitungsschächte für das Strom- und Kommunikationsnetz. Und sobald die Seuchen-Nanos Einlass gefunden hatten, waren sie nicht mehr zu stoppen. Das wabenförmig angelegte Labyrinth im Berg war zu klein. Selbst der größte Komplex umfasste mit seinen dicht übereinander gestapelten Büros, Lagerräumen und sonstigen Bereichen nicht mal einen halben Hektar. Deborah hatte um Freiwillige gebeten, und der Captain der Marines war nach einem Blick zu seinem Kameraden vorgetreten und hatte gesagt: »Wir machen das.« Dann waren sie für den Versuch, einen Eingang mit nicht mehr als einer Rolle Heftpflaster abzudichten, gestorben.

*Er hat sein Bestes gegeben,* dachte sie. *Jetzt bist du an der Reihe.* In diesem Gedanken steckte eine furchtbare Symmetrie. Deborah respektierte die Tapferkeit der beiden Männer so sehr, dass sie sich alle Mühe gab, ihnen nachzueifern. Ihre nächste Kugel ging mitten durch die Stirn des Captain.

Die Krämpfe seines Kameraden hatten sich zu einem schwachen Zucken verlangsamt. Der Mann lag längst im Sterben. Ihre Methode war schneller und verkürzte das Leiden. Deborah erschoss auch ihn.

Sie drehte sich um und lief an einem umgekippten Schreibtisch ganz hinten im Raum vorbei. Ihre langen Beine staksten mühelos durch das Chaos, während sie eine Hand gegen das weiße Navy-Hemd presste, das sie sich über Mund und Nase gebunden hatte.

Die Maske war noch da, ebenso das Team am hinteren Eingang des Raums. Das hätte Deborah im Normalfall nicht überrascht, aber sie waren keine richtige Einheit, sondern ein bunt zusammengewürfelter Haufen ohne klare Befehlshierarchie. Die meisten der elf Männer und Frauen kamen von der Army und waren daher ihre Untergebenen. Doch es gab auch einen Major der Air Force und drei Navy-Offiziere in ihrer Gruppe, und deren Befehle zählten mehr als ein Menschenleben.

*Sichert eure Ausgänge um jeden Preis!*

Der Auftrag hätte einfacher sein können, da viele einander kaum kannten, doch als Deborahs Rettung erwies sich eine Eigenschaft, die sie an sich selbst am meisten schätzen gelernt hatte – die Treue zur Uniform. Sie hätten die Tür auch für immer zuschlagen und sie aussperren können. Stattdessen machten sie ein Loch und hoben ihre Waffen, damit sie passieren konnte.

Auf die Gewehre konzentriert, achtete Deborah nicht mehr, wohin sie trat. Sie stolperte über ein Bein und fiel der Länge nach auf den harten Boden.

»Major!«, rief Emma Kincaid, die – wie sie selbst – eine Angehörige der Sanitätstruppe im Offiziersrang war.

»Habe ich nicht gesagt, dass ihr diese Tür preisgeben sollt?«, schrie Mendelson los. Er war der Major der Air Force, ein Mann um die fünfzig mit einem kantigen Schädel. Seine Worte richteten sich an die anderen Soldaten, wohl um Deborah zu zeigen, dass er die Führung beanspruchte.

Der kurze Betonflur war von Bürotüren gesäumt. Mehrere Männer und Frauen schleppten Armladungen voller Papierkram. Weitere Akten stapelten sich am Boden. Wie die meisten Räume des Komplexes dienten diese Büros Geheimdienst-Leuten aller fünf Teilstreitkräfte, und doch hatte man die niedrigen Kabuffs nicht nach wichtigen Unterlagen durchwühlt, sondern nach simplen, aber kostbaren Büromaterialien wie Scotch-Klebeband. Es gab keine andere Möglichkeit, die Ein- und Ausgänge abzudichten. Deborah, Emma und zwei Krankenschwestern hatten aus sämtlichen Erste-Hilfe-Kästen, die sie finden konnten, Haftklebebänder und Heftpflasterrollen entfernt. Aber davon war fast nichts mehr übrig.

Ein Soldat hatte dann hinter ihr die Stahltür geschlossen. Drei weitere klatschten Papier über Schloss und Scharniere. Ein halbes Dutzend Hände hielten die Bogen fest, während andere versuchten, sie mit Pflaster oder so ungeeigneten Mitteln wie Zahnpasta zu befestigen.

»Wir sollten diesen Eingang ebenfalls aufgeben«, schnarrte Mendelson. »Es gilt, der Seuche immer ein Stück voraus zu bleiben. Begreift ihr denn nicht? Die Nanos dringen unseretwegen immer tiefer in den Komplex ein. Sie brauchen Menschen!«

Zwei Männer waren ihretwegen gestorben, das ließ sich nicht leugnen. Dennoch sagte Deborah: »Nein!«

Sie hätte sich selbst als Freiwillige zur Verfügung stellen sollen, aber als Kommandierender Offizier konnte sie sich diesen Luxus gar nicht leisten. Hätte sie den Platz der Marines eingenommen, wäre sie jetzt ebenfalls tot und Mendelson der alleinige Befehlshaber. Dabei fehlte dem Mann entweder der Mut oder das Verständnis, das Richtige zu tun. Da das Lüftungssystem abgeschaltet war, konnte ein leerer Raum als Pufferzone dienen – es wäre wohl am besten gewesen, mehrere Türen zu versperren und zu hoffen, dass die *Totzone* zwischen ihnen und den infizierten Soldaten ausreichen würde. Doch sie hatten nicht mehr genug Raum zur Verfügung. Von diesem Gang waren es nicht einmal fünfzig Meter bis zur Kommandozentrale. Es schien bedenklich, das Hauptquartier zu versiegeln. Was nützte es, sich in ein paar sichere Nischen im Innern des Komplexes zu flüchten, wenn sie blind und taub im Berg hockten und den Kontakt zur Außenwelt verloren?

Ohne diesen Stützpunkt war der Krieg verloren. Es gab keine Verbindung mehr zu den übrigen großen Militärbasen in Nordamerika – Spokane, Calgary, Salt Lake, Flagstaff. Zwei Stunden zuvor hatte es noch geheißen, der Präsident befände sich in Missoula und sei unversehrt. Außerdem gab es wohl Überlebende in Yellowstone und Albuquerque. Aber mehr als achtzig Prozent der US- und Kanada-Streitkräfte schienen ausgelöscht zu sein. Der Rest war isoliert und völlig ungeordnet.

»Ich bleibe!«, sagte Deborah.

»Wir auch«, erklärte ein Army-Soldat, während ein anderer rief: »So funktioniert das nicht! Wir müssen etwas anderes probieren!« Seine Finger waren mit blauer Gel-Zahnpasta verschmiert, die er anstelle von Fugenkitt in die Ritzen des Türstocks gedrückt hatte.

»In Sektor vier verlegten sie Isoliermaterial«, meinte einer der Navy-Offiziere. »Wenn wir …«

»Vier ist von uns abgeschnitten«, unterbrach ihn der Army-Soldat.

»Wer hier nicht mehr gebraucht wird, geht jetzt!«, befahl Deborah. »Los!« Sie wandte sich den Soldaten an der Tür zu. »Wir stopfen Papier in die Ritzen, die ihr noch nicht versiegelt habt. Vielleicht können wir es einweichen und zu einer Art Pappmaschee kneten.«

»Notfalls kauen wir das Zeug eben«, schlug der Navy-Offizier vor.

Hinter ihnen scharrten Stiefel. Der Trupp, geführt von Mendelson, setzte sich in Bewegung. »Herrgott noch mal, lassen Sie endlich die Tür!«, schrie er Deborah über die Schulter zu.

Aber sie hatte ihre Befehle direkt von General Caruso. Vielleicht konnte sie sich aber auch ganz einfach nicht von den Männern entfernen, die sie im Vorraum erschossen hatte. Sie hatte immer noch das Gesicht des Captains vor Augen. Und sie spürte noch immer das Zittern ihrer Finger am Abzug der Pistole.

Was genau bewirkte diese Seuche? Alles, was den Druck im Kopf erhöhte, würde die Hirnmasse durch das Foramen magnum oder das Große Hinterhauptsloch nach unten pressen, die Stelle, an der Rückenmark und Gehirn ineinander übergingen. Die Nervenstränge zur Steuerung der Pupillenreaktion befanden sich im Hirnstamm und hörten zu arbeiten auf, wenn sie gequetscht wurden. Litten die Infizierten unter Blutungen? Vielleicht löste der neue Nano eine Art Gehirnerschütterung aus. Deborah fragte sich, ob entzündungshemmende Medikamente die Folgen der Gehirnseuche verlangsamen oder zum Stillstand bringen konnten.

Dann packte ihre Freundin Emma sie am Arm. Emmas Augen waren klar und die Pupillen kein bisschen erweitert. »Wir brauchen jemanden, der uns deckt«, sagte Deborah.

»Ich – nein!« Emma schüttelte den Kopf.

»Ich schaffe das nicht noch einmal.«

»Nein. Ohne mich.«

»Das ist ein Befehl, Lieutenant«, beharrte Deborah, aber sie legte einen Arm um die Taille der Freundin, anstatt sie wegzuschieben.

Emma war eine aparte Rothaarige, kleiner und zierlicher als die hochgewachsene, blonde Deborah, die sehr genau wusste, dass sie Männer mit ihrer klassischen Schönheit beeindruckte. Aber die beiden ergänzten sich gut. Keine stahl der anderen die Schau; und Deborah war froh, in Emma eine Freundin und Vertraute gefunden zu haben.

»Ich weiß, dass ich mich auf dich verlassen kann«, sagte Deborah.

Emma nickte und schüttelte gleich darauf unsicher den Kopf. Selbst ihr Körper wand sich so abwehrend wie ein Fuchs in der Falle.

»Zieh deine Waffe«, fuhr Deborah so kühl fort, als ginge sie eine Checkliste durch. »Entferne dich so weit wie möglich von uns. Sobald jemand von uns umkippt oder zu zucken beginnt, erschießt du uns – und zwar alle! Die Pest-Nanos dürfen dich nicht erreichen.«

»Deborah, bitte ...«

Am anderen Ende des Ganges wurden Rufe laut. Ein dumpfes metallisches Geräusch hallte von den Wänden wider. Deborah zog Emma beiseite und hob ihre Waffe, um die Freundin zu schützen.

Es sah so aus, als habe jemand die Tür am anderen Ende aufgerissen, bevor Mendelson sie erreichte. Auf sein Gebrüll hin waren die anderen Männer und Frauen zur Seite gesprungen. Ein Soldat war gestolpert und auf beide Knie gestürzt, ohne den Laptop und die Akten in seinen Armen loszulassen.

Einen Moment lang glaubte Deborah, der Pest-Nano habe sich von der anderen Seite her einen Weg durch den Komplex gebahnt. Dann rempelte sich ein neuer Trupp – einheitlich in grüne Druckanzüge gehüllt, mit Kapuzen und Masken, deren Visiere an Insektenaugen erinnerten, und großen Lufttanks, die sie wie bucklige Riesen aussehen ließen – den Weg mitten durch ihre Leute frei. Die beiden Anführer waren außerdem bis an die Zähne bewaffnet und schwenkten ihre grellen Stablampen, obwohl die Deckenbeleuchtung eingeschaltet war. Die wichtigste Stromquelle von Grand Lake war das Wasserkraftwerk im Fluss ein gutes Stück weiter unten im Berg, das allerdings zerstört werden konnte. Außerdem gab es einige Notstromaggregate im Innern des Komplexes, aber um die Dieselreserven war es düster bestellt. Einzig und allein die Kommandozentrale hatte Zugriff auf die spärlichen Reste.

*Mein Gott,* dachte Deborah. *Was machen wir, wenn die Lichter ausgehen?*

»Platz da! Platz da!«, schrie jemand.

Es gab keine Ausweichmöglichkeit. Deborah presste sich an die Wand und stieß dabei gegen Emma. Inzwischen hatte der Mann an der Spitze sie erreicht. Die harte Kante seines M4 traf Deborah an der Schulter – unabsichtlich, wie sie glaubte –, und sein Gewicht schleuderte sie zur Seite.

»Oh!«

Irgendwie fingen Emma und ein anderer Soldat sie aber wieder auf und schoben dabei ihre Uniform so hoch, dass sie im Nacken Falten bildete und scheuerte. Deborah sah dem Mann im Druckanzug mit Tränen in den Augen nach.

Dann verdrängte eine neue Emotion den Schmerz. Die Leute in den Druckanzügen waren Schweißtechniker einer Pionier-Einheit, die man endlich geschickt hatte, um die Tür abzudichten. Einer von ihnen umklammerte ein Bündel dunkler Schweißdrähte. Zwei andere dicht hinter ihm kämpften mit dem Griffstück eines Acetylen-Schweißbrenners und zwei Gasflaschen. Ein Mann trug einen überdimensionalen Helm mit einem Visier aus schwarzem Glas.

Deborahs Anstrengungen hätten die Seuche vermutlich nur so lange aus dem Gang ferngehalten, bis ein Großteil ihres Kommandos in Sicherheit gewesen wäre. Als sie sich nun hochrappelte, mied sie Emmas entsetzten Blick und starrte stattdessen die blanke Metalltür an. Sie waren gerettet.

Sie waren gerettet, und das schmerzte.

»Deborah?«, fragte Emma.

Zorn stieg in ihr auf. *Warum kam keine Nachricht über Interkom?*, schoss es ihr durch den Kopf. Und dann: *Hätte ich besser auf Mendelson hören sollen?*

Ihr Trupp hatte den Kontakt zur Kommandozentrale verloren, als sie zum Gang rannten. Wäre alles anders gewesen, wenn sie fünf Minuten gewartet hätte? Ihre Leute hätten den anderen Raum verlassen können, anstatt zu versuchen, die Tür zu halten, und dann wären die Pioniere gekommen, bevor sie zwei Menschen erschießen musste.

Deborah spürte, wie sich der Krampf in ihrer Brust allmählich löste. Sie atmete tief durch und entfernte sich mit schnellen Schritten von den Technikern. Ihr Schweißbrenner erwachte zischend zum Leben. Alle mit Ausnahme von Deborah zuckten vor dem weiß glühenden Licht zurück. Sie wandte sich entschlossen in die andere Richtung, um General Caruso Meldung zu erstatten.

»Vorwärts!«, sagte sie. »Gehen wir!«

Einige ihrer Leute waren bereits durch die Tür am anderen Ende des Korridors getreten, aber die anderen schienen entweder unter Schock zu stehen oder sammelten Papiere vom Boden auf. Ein Navy-Offizier begann: »Das sind die russischen SITREPs, Lageberichte von …«

»Vorwärts!«, herrschte Deborah den Mann an und schob sich an ihm vorbei.

Sie hasste es, so loszuheulen, aber jeder Atemzug löste einen reinigenden Strom von Tränen aus. Sie bedeckte ihr Gesicht mit beiden Armen. Als Mitglied der letzten Mannschaft an Bord der ISS, als Ärztin und Infanterie-Offizier, hatte Deborah Reece näher mit dem Tod Bekanntschaft gemacht, als ihr lieb war – aber sie selbst hatte zuvor noch nie getötet.

Deborah hatte das Pestjahr in einer niedrigen Erdumlaufbahn verbracht und von der Internationalen Raumstation aus beobachtet, wie die Großstädte der Welt eine nach der anderen dunkel wurden und – dunkel blieben. Die ISS umrundete den Planeten alle neunzig Minuten, und überall auf der Nachtseite der Erde herrschte eine prähistorische Finsternis, mit Ausnahme einiger weniger Bollwerke, die schwach wie sterbende Sterne leuchteten. Leadville. Fuji. Katmandu.

Ihre Aufgabe war es gewesen, die Crew regelmäßig zu untersuchen und ihren Gesundheitszustand zu überwachen. Dass sich dabei eine Rivalität zu Ruth Goldman entwickelte, hatte eher mit den äußeren Umständen als mit einer inneren Abneigung zu tun gehabt. Zum einen waren sie die beiden einzigen Frauen an Bord gewesen: Deborah fand schnell Trost in den Armen ihres Piloten Derek Mills, während Ruth aus ihrer stillen Zuneigung zu Kommandant Ulinow nie mehr werden ließ.

Die größere Kampfansage war, dass Deborah zwar – wie alle NASA-Leute – eine hohe Intelligenz besaß, Ruth aber einem Genie so nahe kam, dass man sie nur schwer erreichen konnte. Ruths IQ übertraf den von ihnen allen um mindestens vierzig Zähler, und in ihrem Fanatismus, die Pest zu besiegen, überforderte sie sich und ließ tagelang ihren Launen freien Lauf. Ihr Sarkasmus war messerscharf und traf jeden.

Deborah unterschied sich aber noch in einem anderen Punkt von Ruth. Ihr fehlte Ruths Vorstellungsgabe – was sie selbst als großen Vorteil betrachtete. Wenn Menschen zu klug waren, verloren sie ihrer Meinung nach das Gefühl für die

Normalität oder hatten von Anfang an keinen Zugang zu den Grundlagen des Sozialverhaltens gefunden. Solange sie Ruth kannte, hatte die Forscherin gegensätzliche Reaktionen ausgelöst. Sie zog Menschen an oder stieß sie ab. Und manche Leute wie Deborah fühlten sich zwischen diesen Polen hin und her gerissen. Sie banden sich an Ruth, schafften es aber nicht, sich innerlich mit ihrer Intensität zu identifizieren.

Deborah suchte Ruths Freundschaft. Sie kamen sich auch ein gutes Stück näher. Doch dann stieß Ruth sie brutal zurück. Als die ISS-Crew auf die Erde zurückkehrte, landete die *Endeavour* auf einem Highway, der zu schmal für das Shuttle war. Derek fand dabei den Tod. Die meisten anderen trugen Verletzungen davon. Ruth wurde in den Nanotech-Labors gebraucht – aber acht Tage später verschwand sie und schloss sich einer Verschwörung an, die sie nach Sacramento führte, in ein Labor, wo sie die Originalentwürfe der Maschinenseuche zu finden hoffte.

Deborah hatte nicht damit gerechnet, sie jemals wiederzusehen. Als sie einander später dann doch begegneten, war sie einfach dankbar, ein vertrautes Gesicht zu sehen. Dass sie sich trafen, war gleich zwei Wundern zu verdanken. Es überraschte Deborah nicht, dass Ruth die Zähigkeit aufgebracht hatte, sich zu Fuß von Sacramento bis an den Rand der Nevada-Wüste durchzuschlagen, aber irgendwie hatte sie auch die Feinde umgangen, die mittlerweile in Kalifornien gelandet waren. Deborah selbst hatte Leadville nur wenige Tage vor dem Atomschlag verlassen. Nikola Ulinow, der Mann, den Ruth verehrte, und der mittlerweile ein hochrangiger russischer Diplomat war, hatte Deborah mit der ganzen Autorität des ehemaligen ISS-Kommandanten dazu gedrängt, wieder etwas aus ihrem Leben zu machen.

Als Deborah sich freiwillig zum Einsatz meldete, war die Heeresleitung der Amerikaner nur zu erfreut gewesen, eine Ärztin in ihren Reihen zu wissen. Sogar ohne Militärausbildung hatte sie sofort den Captain-Rang erhalten. Von da an konnte sie Befehle erteilen, war aber gleichzeitig an Direktiven von oben gebunden. Es war ein raffinierter Trick. Deborah störte sich nicht daran. Sie fand, dass Ulinow recht hatte, und sie wusste, dass sie auch in einem Kampfgebiet zurechtkommen würde.

Genau dahin schickte man sie dann auch, obwohl sie prominent war, vielleicht aber auch, *weil* sie sich durch ihren Aufenthalt in der Raumstation einen Namen gemacht hatte und für die Kampfmoral der Truppe ein gewisser Ansporn sein konnte. Deborah wurde einer Artillerie-Kompanie an der dünnen Verteidigungslinie nördlich von Leadville zugeteilt. Sie empfand leise Schuldgefühle, dass sie die Überlebenden der ISS-Crew verließ, aber Bill Wallace war einigermaßen genesen, während Gustavo und Ulinow in den höchsten Kreisen der amerikanischen Regierung verkehrten.

Und jetzt waren sie alle tot.

Ulinow hatte ihr das Leben gerettet, anstatt zu überlegen, wie er sich selbst in Sicherheit bringen könnte. Es war eine Schuld, mit der sie nicht klarkam. Sie hasste ihn wegen der Rolle, die er bei der Planung des Atomschlags gespielt hatte, und doch empfand sie Achtung vor seiner Loyalität und seiner Selbstaufopferung. Er war ein guter Mensch gewesen, auch wenn er zur Gegenseite gehört hatte. Letzten Endes hatte die Bombardierung sogar etwas Gutes bewirkt. Am Rande des Einschlagkraters, unter einer erstickenden radioaktiven Dunstglocke, hatte sich Deborahs Einheit dem am nächsten stationierten Rebellenkommando ergeben. Später, so hieß es, hätten überall unzählige solcher Verbrüderungsaktionen stattgefunden. Kanadische und US-Streitkräfte taten sich zusammen, um gemeinsam gegen die Invasoren vorzugehen. In Wahrheit war es Deborahs Einheit nur darum gegangen, möglichst schnell vor dem Fallout zu fliehen, ohne sich durch die Rebellen-Linien kämpfen zu müssen. Was sich gleichzeitig in Kalifornien abspielte, hatten sie erst nach einem Fußmarsch von neunzig Meilen erfahren.

Auch in Grand Lake trug Deborahs medizinische Ausbildung als Ärztin dazu bei, dass sie rasch in die mittlere Führungsebene aufstieg. Es war nicht das, was ihr vorgeschwebt hatte. Sie hatte mit den Männern und Frauen ihrer Einheit höchstens eine Woche verbracht, aber als die Bombe den Himmel zerriss, waren diese Soldaten die einzigen Menschen auf der Welt, die sie kannte. Nur – sie hatte sich zu Gehorsam gegenüber dem Militär verpflichtet und ging davon aus, dass Grand Lake wusste, wo sie am sinnvollsten eingesetzt werden konnte. Und so war es auch.

Ruth wurde von einem Flugfeld in Nevada gerettet und zurück in die Rockies gebracht. Deborah fand sich, zusammen mit Emma, erneut an ihrer Seite. Zum ersten Mal war Deborah darüber froh. Ruth hatte sich verändert. Sie war offener geworden. Und jede brauchte die Unterstützung der anderen.

Eine von Deborahs Aufgaben hatte darin bestanden, die Blutentnahme von mehreren Tausend geflüchteten Soldaten und Zivilisten zu organisieren, nachdem Ruth einen neuen Nanobot bei ihnen entdeckt hatte, der eigentlich gar nicht hätte existieren dürfen. Leadville hatte mehrere Prototypen an seinen eigenen Soldaten getestet, und Deborah entschied sich, als Helferin bei ihr zu bleiben, als Ruth Grand Lake verließ. Sie schloss sich einer Elite-Eskorte an, die Ruth unterstützen und beschützen sollte. Ruth hielt es für das Beste, sämtliche Fragmente der Leadville-Nanos aufzuspüren, die die Überlebenden des Atombomben-Angriffs in sich tragen mussten.

Leider waren viele dieser Flüchtlinge durch Hunger, Krankheiten und Angst deutlich geschwächt. Chinesische Kampfflugzeuge beherrschten die Lüfte. Schon bald rollten auch chinesische Panzer durch die Ausläufer der Rockies – und Ruth verriet ihr Volk erneut, als sie beide Seiten mit dem Parasiten bedrohte. Deborah war sich immer noch nicht darüber im Klaren, wie sie diese Tat beurteilen sollte. Ja, Ruths Plan hatte geklappt und den Krieg zum Stillstand gebracht, aber auf Kosten ihrer eigenen Ausgrenzung. Schlimmer noch, sie hatte die Westküste dem Feind überlassen, obwohl es durchaus möglich gewesen wäre, ihn zu dezimieren.

Ruth hatte Deborah für kurze Zeit überreden können, ihr zu helfen, mit dieser gottverdammten, irren Genialität, die wie ein heiliges Feuer in ihren Augen loderte. Aber Deborahs Gefühle waren gekippt, sobald Ruth sie allein gelassen hatte, eine Glaskapsel mit dem Parasiten in der bloßen Hand, die sie auf Ruths Signal hin zerbrechen sollte. Deborah hatte den Mut verloren, Tausende von Amerikanern zu ermorden, selbst wenn das bedeutete, dass sie dadurch Millionen Menschen retten würde. Stattdessen hatte sie sich mitsamt dem Nano gestellt.

Deborah empfand keinerlei Stolz im Hinblick auf ihr Handeln. Sie war einfach sehr, sehr erschöpft und verletzt und verängstigt gewesen. Aber sie hatte auch nicht gelogen, als die Leute von der Nationalen Sicherheitsbehörde sie verhörten. Man hatte sie deshalb als loyal eingestuft, was nicht stimmte und ihr irgendwie peinlich war. Deshalb befand sie sich noch in Grand Lake. Deborah gehörte zu den »Glücklichen«, die abgehärtet genug waren, um die Strapazen dieser Höhenlage zu überleben, obwohl sie ständig von Schnupfen geplagt wurde. Also hatte sie eine Schlüsselstelle in Komplex 1 akzeptiert.

Aus dem gleichen Grund hatte sie auch ihr blondes Haar sehr kurz schneiden lassen. Um besser zu den anderen zu passen. Deborah war nicht länger eine Zivilangestellte bei der Army. Sie war jetzt ein *Teil* der Army.

Die Aufgabe der Streitkräfte bestand weiterhin darin, den Frieden zu sichern. Trotz ihrer zahlreichen Mängel waren die Anlagen unterhalb des Gipfels eine Meisterleistung des Ingenieurwesens, die sich nur schwer wiederholen ließ. Die Militärführung der USA benötigte nicht nur möglichst viele intakte Stützpunkte, sondern suchte zudem stets sichere Schlupfwinkel für den Fall einer weiteren Seuche. Die Landestreifen an der Oberfläche wirkten klein und überfüllt, aber das Treibstoff-Depot war gut geschützt, und der Ort besaß durch seine Höhenlage und die geografische Isolation alle Vorteile, die man sich nur wünschen konnte.

Die Grand Lake Air Force Base war nicht nur wegen ihrer Flugzeuge eine schlagkräftige Komponente im Abschreckungskampf gegen die Chinesen und Russen, sondern auch, weil sie als NORTHCOM-Ausweichquartier diente. Komplex 1 beherbergte einen der Frühwarn-Knotenpunkte für NORAD, die Einrichtung zur Überwachung der Welt vor nuklearen Angriffen oder zur Auslösung eines US-Erstschlags. Hier gab es die Augen, die Ohren und die Autorität, sich mit den Raketensilos in Wyoming und Montana abzustimmen. Aber selbst wenn sie eine hundertprozentige Abschirmung erreichten und sich vollständig gegen die Seuchen-Nanos schützen konnten, würde die saubere Luft nur für achtundvierzig Stunden ausreichen.

Danach hatten sie nur noch eine einzige Möglichkeit.

# 12

»Halt!« Zwei Männer in Schutzanzügen standen im nächsten kurzen Gang und versperrten Deborah den Weg. Einer von ihnen war mit einer Maschinenpistole bewaffnet. Der andere hielt eine gewöhnliche Pistole und ein Walkie-Talkie in den Händen. Keine der beiden Waffen war direkt auf sie gerichtet, aber Deborah verstand die Botschaft. Diese Männer waren eine Quarantäne-Wache.

Mendelson und drei andere hatten sich an eine Seitenwand gepresst und warteten nervös. »So geht das nicht«, protestierte Mendelson.

Kabel liefen die von zwei Leuchtstoffröhren erhellte Decke entlang. Deborahs Stiefel scharrten über eine raue Stelle, wo der Beton gesprungen, notdürftig gespachtelt und erneut gesprungen war. Der ganze Korridor hatte eine leichte Seitenneigung. In der Luft hing ein Geruch nach Moder und Schimmel. Ursprünglich waren diese Stollen steril gewesen, aber durch den Riss im Boden sickerte etwas Feuchtigkeit, und Bakterien vermehrten sich rasch in dem Licht und der Wärme, die notwendig waren, um diese Felslabyrinthe einigermaßen bewohnbar zu machen.

Hinter ihr zischte der Acetylen-Schweißbrenner. Sein bläuliches Licht flackerte, während ihre Soldaten nach und nach durch die Tür kamen, nicht recht weiterkonnten und sich hinter ihr stauten. Emma fragte: »Warum werden wir ...?«

»Stellen Sie sich dort auf!«, befahl der Mann mit der Pistole.

Genau so hätte auch Deborah die Dinge organisiert. Das Verschweißen der Türen reichte nicht. Die Leute auf dieser

Seite mussten sich vergewissern, dass jeder, den sie durchließen, clean war.

Und angenommen, sie waren es nicht? Der Gedanke flößte ihr Angst ein, die sie aber rasch überspielte. *Wir haben unseren Job gemacht!* Deborah schob ihre Pistole in das Halfter und wischte sich verlegen über die nassen Wangen. »Keine Sorge, uns geschieht nichts«, erklärte sie ihrem Trupp. Es war wichtig, dass alle die Ruhe bewahrten.

»Sie sind Reece?«, fragte der erste Wachtposten plötzlich.

Deborah nickte. »Jawohl, Sir«, entgegnete sie, da sie seinen Rang nicht kannte. Durch die Plexiglas-Einsätze seiner Kapuze konnte sie ihm nicht einmal in die Augen sehen.

»Gut.« Der Mann hob die Stimme und sprach in sein Walkie-Talkie. Ein schwerfälliges System schien das zu sein: Offenbar war sein Anzugfunk nicht mit dem Interkom der Basis verbunden. »Wir haben Major Reece«, sagte er. »Sie scheint okay zu sein.«

Das Walkie-Talkie knisterte. »Roger.«

Was ging hier vor?

»Sie denken, wir seien infiziert«, sagte Mendelson.

»Sie müssen sichergehen«, entgegnete Deborah. »Das ist alles. Uns geschieht nichts.«

Sie war bereit, sich zu opfern, wenn es keine andere Möglichkeit gab. Sie war immer bereit gewesen, sich zu opfern. Es bedeutete eine Ehre, für das Wohl der Gemeinschaft zu sterben. Die letzten zweieinhalb Jahre hatten diesen Glauben in ihr nur noch vertieft.

»Sie sind auf jede Hilfe angewiesen, die sich bietet«, fuhr sie fort und deutete auf die Laptops und Akten in den Armen ihrer Soldaten. Da die Kommandozentrale zu klein für die Hundertschaften von Mitarbeitern war, die man benötigte, um die NORTHCOM-Datenfluten zu empfangen und zu analysieren, waren diese Leute überall in dem verwinkelten Stollensystem verteilt. Ein Großteil ihrer Informationen wurde regelmäßig per E-Mail an die Schaltstelle gesandt: Sie hatten die Erfahrung gemacht, dass Redundanz ein Überlebensfaktor war. Notizen auf Papier konnte man dagegen auch dann noch lesen, wenn ein Virus das Computernetz zusammenbrechen ließ.

Der Schweißbrenner verstummte. Stiefeltritte hallten durch den Gang, und Deborah zuckte zusammen. Ihre Selbstbeherrschung war geradezu ausgehöhlt. Was, wenn der Seuchen-Nano eingedrungen war, bevor die Techniker die Tür versiegelt hatten? Die Gehirnpest würde diesen Männern zwar nichts anhaben, aber vielleicht schleppten sie den Infekt ja mit ihren Anzügen ein. Und er würde auf ihre Gruppe übergreifen, sobald sie diesen Gang betraten, würde sich im Nu verbreiten …

Einer der Navy-Offiziere meldete sich zu Wort. Er hatte wohl das Gleiche gedacht wie sie, denn er versuchte den Wachtposten klarzumachen, was er da in Händen hielt. »Das sind die Log-Statistiken über die chinesischen Abhörprotokolle der letzten drei Jahre«, sagte er.

»Ich habe unsere SATCOM-Codes«, erklärte ein anderer Mann.

»Machen Sie sich keine Sorgen«, versuchte Deborah ihre Untergebenen zu beruhigen.

»Du blutest«, sagte Emma und griff nach ihrem Arm, zog die Hand jedoch wieder zurück. Deborah spürte zwar ein leises Bedauern, aber sie hatten ja gelernt, dass Berührungen gefährlich sein konnten.

Die Techniker drängten mit ihren M4s und der Schweißausrüstung in den überfüllten Gang. Deborah hörte, wie sie sich im Vorbeigehen per Anzugfunk unterhielten. Ihre Stimmen klangen gedämpft. »Ihr könnt anfangen«, erklärte der Mann an der Spitze.

Sekunden vergingen.

Niemand war infiziert.

Der letzte Pionier schloss die Tür hinter dem Trupp, die Spannung löste sich ein wenig.

»Du musst dich bei deinem Sturz verletzt haben«, sagte Emma und berührte endlich Deborahs Ellbogen. Beide waren froh um die Ablenkung. Emmas Hände wirkten leicht und geschickt. Sanft untersuchte sie den blutgetränkten Riss in Deborahs Ärmel.

Ihr Unterarm war an zwei Stellen aufgeschunden. Seltsam. Sie hatte nichts gespürt. Deborah lächelte sogar, weil ihr die Sorge um ein paar Kratzer in dieser Situation so absurd vorkam. Sie musste an Pflaster denken und an den Spruch, den ihre Mutter immer aufgesagt hatte, wenn sie hinfiel und sich wehtat, irgendetwas mit »Heile, heile Segen.«

Emma lächelte ebenfalls, aber nicht, weil sie Deborahs Gedankengänge kannte, sondern weil sie den menschlichen Kontakt brauchte. Dann war der Moment der Stille wieder vorbei.

»Was tun Sie da?«, brüllte Mendelson los.

Die Pioniere scheuchten Deborahs Einheit in Richtung Kommandozentrale. »Den Gang entlang! Den Gang entlang!«, rief ein Mann. Sie machten den Eindruck, als bereiteten sie das Verschweißen der nächsten Tür vor, aber Deborah erkannte, dass sie ihre Soldaten entwaffneten.

»Nein!«, schrie sie.

»Bleiben Sie stehen!«, warnte sie einer der Pioniere. Er hielt eine Beretta in der Hand.

»Major Reece«, warf ein anderer Mann ein. »Sie bleiben bei mir.«

»Was?«

»Gehen wir! Sie werden drinnen gebraucht.«

»In der Kommandozentrale? Und was wird aus meiner Einheit? Die Leute sind nicht infiziert. Sie sehen selbst, dass sich alle normal verhalten.«

»Sie sind hier in Sicherheit.«

»Das ist idiotisch«, sagte Deborah eisig. »Wenn ein Ansteckungsrisiko besteht, dann geht es auch von mir aus. Sie sind alle gefährdet, sobald Sie mich mitnehmen.«

»Tut mir leid, Major. Gehen wir!«

*Das mache ich nicht mit,* dachte sie und drehte sich nach Emma um. Einen Moment lang starrte sie entsetzt und zugleich beschämt in die blaugrünen Augen der Freundin. Das hier war alles andere als in Ordnung. Aber sie wandte sich ab und folgte dem Mann im Schutzanzug.

Deborah hatte es längst aufgegeben, sich Befehlen zu widersetzen.

Die Kommandozentrale war vom übrigen Komplex abgeschottet. Deshalb wiesen die Korridore, die dorthin führten, auch Risse auf. Die Kommandozentrale war ein massiv verstärkter Kasten, der auf vierzig Spiralfedern aus Stahl saß, jede mannshoch und eine Vierteltonne schwer. Diese Stoßdämpfer waren tief im Muttergestein verankert, während der übrige Komplex nur auf dem nackten, ausgehöhlten Fels saß. Sie hatten nie die Mittel aufgebracht, die Anlage zu verbessern, aber das aus der Not geborene Konzept sorgte dafür, dass die Zentrale eine zusätzliche letzte Verteidigungslinie erhielt. Es gab nur zwei Zugänge. Beide waren durch Sprengstoff gesichert, der jederzeit gezündet werden konnte, um Eindringlinge oder Seuchen abzublocken.

Man hatte im Hauptvorraum eine primitive Dekontaminationsstation eingerichtet. Das erklärte vermutlich, weshalb die Techniker Deborahs Trupp erst so spät gerettet hatten. Sie erkannte die kleine Zelle, die ursprünglich nur über einen bewaffneten Posten, ein Telefon und Sicherheitskameras verfügt hatte, kaum wieder. Jetzt war sie durch Plastikbahnen in mehrere Durchgänge unterteilt. Der Wachmann auf der anderen Seite trug den gleichen Schutzanzug wie die Techniker.

»Tut mir leid, Ma'am, Sie müssen sich ausziehen«, erklärte ihr Begleiter und winkte sie in das Plastik-Labyrinth. »Sie erhalten auf der anderen Seite eine neue Uniform.«

Deshalb hatten sie also nicht zugelassen, dass ihre Leute mitkamen. So wie es aussah, würde auch der Techniker, der sie bis hierher gebracht hatte, die Schleuse nicht betreten. Das Labyrinth enthielt eine winzige Duschkabine mit zwei Tanks an den Seiten. Offenbar stand ihnen nur begrenzt Wasser zur Verfügung. Außerdem sah sie mindestens drei Ventilatoren, die zum Stollen hin gerichtet waren.

Diese Mühe hätten sie sich auch sparen können. Wenn sie wirklich Seuchen-Nanos im Blut hatte, dann konnten sie bis zum Gehtnichtmehr an ihrer Haut herumschrubben und ihre Haare waschen, ohne dabei irgendetwas zu erreichen. Deborah bemühte sich, ihre Missbilligung und Herablassung zu verbergen, klammerte sich aber insgeheim an diese Gefühle, als sie Pistole, Stiefel und Uniform ablegte. Nur einmal verzog sie das Gesicht, als ein stechender Schmerz durch ihren Arm fuhr. Und sie suchte unwillkürlich nach den Kamera-Augen in der Decke. Wer beobachtete sie? War das denn so wichtig? Sie war wütend über sich selbst, dass sie so kleinlich reagierte. Ringsum starben Menschen. Sich hier auszuziehen, war ein Nichts im Vergleich zu den Dingen, die man schon von ihr verlangt hatte. Und doch empfand Deborah die Prozedur als entwürdigend.

Sie errichtete einen Schutzwall aus Zorn, während sie ihre Unterwäsche abstreifte. Der Techniker besaß so viel Anstand, sich abzuwenden, im Gegensatz zu dem Wachmann auf der anderen Seite. *Na und?* Er war für sie nur ein verzerrter Umriss, also konnte auch er sie nicht deutlich sehen, erst recht nicht durch das Visier seiner Kapuze, obwohl sie damit rechnete, dass sie frierend und gedemütigt dort drüben auftauchte.

»Waschen Sie zuerst die Haare«, rief der Wachmann. »Und nun das Gesicht. Dann die, äh, Vorderfront, von oben nach unten. Den Rücken bitte, von oben nach unten. Drehen Sie jetzt das Wasser ab. Danke, Ma'am.«

Deborah bekam kein Handtuch. Wahrscheinlich hofften sie, übrig gebliebene Nanos mit dem ersten Ventilator wegzublasen, den der Wachmann auf seiner Seite einschaltete. Dann betrat sie eine zweite Zelle, und der nächste Windstoß traf sie.

Zwischen den einzelnen Abschnitten des Labyrinths befanden sich lange Plastikstreifen, die nach hinten flatterten, während die Ventilatoren in Betrieb waren, sich beim Ausschalten aber wie ein Vorhang schlossen.

Als sie endlich die Plastik-Korridore hinter sich gelassen hatte, war ihr Inneres so kalt und angespannt wie ihr Äußeres. Sie nickte nur stumm, als der Wachmann auf einen Ständer deutete, an dem in Säcken versiegelte Uniformen hingen. Deborah nahm die erstbeste Army-Kluft, die sie finden konnte, nur um festzustellen, dass sie zu weit und zu kurz war. Egal. Sie dachte nicht daran, sich noch einmal auszuziehen. »Ich bin so weit«, sagte sie.

Der Wachmann klemmte sich seinen Karabiner unter den Arm und nahm das Handset von der Wand. »Dekontamination abgeschlossen«, meldete er.

Die Türverschlüsse klickten wie Gewehre.

Sie hatten an der Innenseite der Tür ein undurchsichtiges weißes Kunststoffzelt errichtet, sodass Deborah nichts erkennen konnte – aber das Stimmengewirr war ohrenbetäubend. Sie wusste, dass die Kommandozentrale nicht größer als ein Einfamilienhaus war und dass die Decke, der Boden sowie drei Wände aus nacktem Beton bestanden. Jedes Geräusch in dem Kasten hallte laut wider.

»Major Reece?« Ein Captain der Air Force trat ihr entgegen, sobald zwei USAF-Soldaten die Tür versiegelt hatten. Die beiden Männer trugen Schutzanzüge, hatten jedoch die Kapuzen nach hinten gestreift. Ihre Tanks waren nicht in Betrieb. »Hier entlang«, sagte der Captain und führte Deborah aus dem kleinen Zelt.

Der Lärm war unerträglich. Mehr als fünfzig Männer und Frauen sprachen gleichzeitig und nur wenige davon miteinander. Die meisten trugen das Blau der Luftwaffe, aber hier und da sah sie auch braune Uniformen, Tarnanzüge oder Zivilkleidung. Fast alle Anwesenden standen oder saßen mit dem Rücken zu ihr dicht gedrängt an Schreibtischen, die in vier Reihen angeordnet und mit unzähligen Monitoren bestückt waren. Andere quetschten sich mit Botschaften an ihnen vorbei – von einem Arbeitsplatz zum nächsten.

Drei größere Flachbildschirme waren an der gegenüberliegenden Wand montiert. Während der kleinste davon Flugzeugpositionen zeigte, sah man auf den beiden anderen Lagekarten. Einer stellte in Blau und Weiß die Umrisse der Kontinente dar, überlagert von einer Vielzahl bewegter Symbole in all jenen Gebieten, die – soweit bekannt – noch bewohnt waren. Der andere zeigte ebenfalls ein blaues Feld. Weiße Linien kennzeichneten die Grenzen von Kanada und den USA sowie die der feindlichen Besatzungszonen in Nordamerika. Vor allem auf den russischen und chinesischen Gebieten blinkten Hunderte von Symbolen und Texten.

Deborah starrte die Schirme an, während sie dem Captain durch den Lärm folgte. Einzelne Worte lösten sich aus dem Chaos und erreichten sie. Dann sprang ein Army-Offizier von seinem Stuhl auf und stieß mit ihr zusammen. Er drehte sich nicht einmal um, sondern rannte ohne ein Wort der Entschuldigung los.

»Roger«, sagte ein anderer Mann. »Können Sie bestätigen, dass …«

»… auf Koordinaten acht sieben fünf …«

Wenn sie die Karte richtig las, hatte sich die Lage seit den letzten Nachrichten, die ihr zu Ohren gekommen waren, deutlich verschlechtert. Blinkende Punkte zeigten, wo sich die versprengten Reste der US-kanadischen Administrationen und Streitkräfte befanden. Genau in diesem Moment erstarrte einer der Punkte in New Mexico und glomm nur noch düster – eine Art Bildschirm-Grabstein. Außerdem enthielt die Karte jede Menge statischer Informationen. Nur die als Blinkpunkte eingetragenen Orte waren bisher von der Seuche verschont geblieben. Deborah stellte fest, dass auch Europa infiziert war. Weniger als zwanzig Punkte pulsierten in einem

Film toter grauer Daten, hauptsächlich in Großbritannien und Deutschland. Auf dem übrigen Kontinent waren die Signale blockiert. Oder verschwunden. Indien sandte weiter östlich überhaupt keine Lebenszeichen mehr aus.

*Mein Gott,* dachte sie. *Das geht alles so rasend schnell.*

Die ganze Welt fiel der Gehirnseuche zum Opfer. Südamerika. Der Nahe Osten. In Afrika hatte es von Anfang an kaum Überlebende gegeben, aber selbst die spärlichen wieder besiedelten Gebiete entlang der Nordküste sahen infiziert aus.

Die Männer und Frauen in diesem Kasten würden nicht aufgeben. Dafür waren sie zu gut ausgebildet. Es herrschte unverkennbar ein Ziel und Zweck in dem Lärm – und ein kleiner Funke des Trotzes und der Entschlossenheit sprang auf Deborah über. Sie hob das Kinn. Dann folgte sie dem Air-Force-Captain mit festen Schritten in die zweite Reihe der Schreibtische, wo sie inmitten des Chaos Jason Caruso erkannte.

Army-General Caruso war recht jung für seine fünf Sterne und seine Position als Vorsitzender der Vereinten Stabschefs. Deborah schätzte, dass er noch keine fünfzig Jahre zählte. Braunes Haar, braune Augen und eine mittlere Statur – Caruso wäre eigentlich ein Durchschnittstyp gewesen, den man leicht wieder vergaß. Aber sein von Sorgenfalten geprägter Mund änderte alles. Er war ausdrucksstark, selbst wenn er nicht sprach. Caruso hatte früh die Angewohnheit entwickelt, die Lippen zusammenzupressen oder einen Mundwinkel zu einem dünnen, zynisch wirkenden Lächeln zu verziehen. Deborah nahm an, dass er ein lausiger Pokerspieler war, weil der schmale Mund jeden seiner Gedanken im Voraus ankündigte. Aber bei seinen Untergebenen konnte das durchaus seine Vorteile haben. Manchmal nämlich reagierten sie, noch bevor er etwas befahl.

Caruso sprach erregt in ein Telefon. Deborah konnte nicht verstehen, was er sagte. Zu viele Stimmen drangen auf sie ein. Besonders schrill klang eine Frau mit rötlich brauner Haut, die ihre Hand wie einen Schalltrichter über das Mikro an ihrem Headset hielt. »*Nà me, nǐ yě shì zài bào gào nǐ de jī dì de wēn yì ma?*«

Sie war Chinesin, stellte Deborah fest, wenngleich ihre Familie vielleicht schon seit Generationen in Amerika lebte. Mit ihren asiatischen Zügen hatte sie es im Krieg bestimmt nicht leicht gehabt.

Die Frau trug einen Overall der Army, während viele andere Leute in dieser Reihe Zivilsachen trugen. Allem Anschein nach handelte es sich um Übersetzer oder Diplomaten. Deborah warf einen Blick auf den Computerschirm der Chinesin und sah ein überlappendes Gewirr offener Fenster, offenbar überwiegend Personalakten von Chinesen.

»*Wǒ mén zài wǒ mén de wèi xīng shàng méi yǒu kàn dào rèn hé jī xiàng*«, fuhr die Frau in immer gleicher Tonhöhe fort. Ihre Stimme war laut, aber sehr ruhig, und sie klang weder wütend noch verängstigt.

»*Commandant, pouvez-vous faire décoller ces avions?*«, fragte ein Mann auf Französisch. Deborah hörte außerdem Spanisch, aber ein Großteil der Gespräche erfolgte in Mandarin. Hatte das eine besondere Bedeutung?

»*Wǒ xiàn zài gào sù nǐ, wǒ mén de wèi xīng tú xiàng xiǎn shì nǐ de jī dì wèi shòu yǐng xiǎng*«, sagte die Frau. Deborah zögerte. Dann sah sie den Air-Force-Captain ungeduldig winken.

Deborah schob sich in die Menschentrauben. Sie klopfte hier auf Schultern und dort auf Rücken, um sich einen Weg durch das Gedränge zu bahnen. Ein Mann sprach italienisch. Das singende Auf und Ab rief ihr Gustavo und sein breites Lachen in den Sinn, aber für solche Erinnerungen war jetzt keine Zeit. Sie hatte inzwischen das Geklapper der Tastaturen ringsum enträtselt. Jeder der Übersetzer war einer zweiten Person zugeordnet, die das Gespräch ins Englische übertrug und rasend schnell in den Computer tippte. Einige der Dolmetscher murmelten etwas in ihre Headsets. Sie ordneten

Daten aus der gesamten Kommandozentrale … und schickten sie wohin?

Sie sah, wie sich ein Mann erhob und auf die nächste Reihe deutete, als verfolgte er eine E-Mail oder ein paar Worte und müsse sich vergewissern, dass die Nachricht auch bei der richtigen Person ankam. Sie leiteten Informationen zu einer Station, wo andere Mitarbeiter die Daten nutzten, um die Lagekarten zu korrigieren und auf dem Laufenden zu halten. Deborah warf erneut einen Blick auf den Hauptmonitor, wo das besetzte Kalifornien immer noch dicht mit blinkenden Symbolen übersät war. Der Feind schien nicht von der Gehirnseuche befallen zu sein.

»*Wŏ mén xū yào kián xì zhèng fŭ què rèn shì fŏu xū yào zuò chū făn yìng*«, erklärte ein Mann in Mandarin, und ein anderer rief: »Immer noch nichts von Zwo Echo Zwo, Sir!«

Deborah erreichte das Knäuel, das den General umgab. Ein Offizier berührte Carusos Schulter. Er drehte sich um, musterte die Gruppe, entdeckte Deborah und sagte in den Telefonhörer: »Ich werde diese Anweisungen ignorieren, es sei denn, der Minister ordnet sie persönlich an. Wir haben bereits viel zu lange gewartet.«

Ihre Haut kribbelte vor Scheu, als sie Carusos Reptilblick begegnete. Er gehörte zu den wenigen überlebenden Führungspersönlichkeiten in der nordamerikanischen Allianz und war mittlerweile einer ihrer ranghöchsten Militärs. Die Last, die auf seiner Seele lag, musste zentnerschwer sein, aber genau das hatte er ja gelernt – auch einem enormen Druck standzuhalten.

Was er hörte, schien ihm nicht zu gefallen. »Wenn Ihr Gelände besetzt wurde, geht das Kommando an mich über«, sagte er. »Lebt der Minister?« Dann: »Zwei Minuten.« Er reichte das Handset an einen Navy-Offizier weiter, der neben ihm saß, und befahl: »Halten Sie die Verbindung aufrecht. Ich will das Gespräch in neunzig Sekunden fortsetzen.«

»Aye, Sir.«

»Major Reece?« Seine Lippen bewegten sich kaum. Nur die Wangenmuskeln zuckten.

»Sir.« Deborah stand kerzengerade da.

»Hat sie die Fotos gesehen?«, fragte Caruso, und ein anderer Offizier entgegnete: »Tut mir leid, General. Nein. Kommen Sie!« Er zupfte Deborah am Ärmel, und sie beugte sich über einen der vielen Computerschirme.

Hinter ihr sagte Caruso: »Wen haben wir in Peterson sonst noch online?«

Der andere Offizier klickte mehrere Fenster an und holte zwei Standfotos auf den Monitor. Einen weißen Mann. Eine dunkelhäutige Frau. Die Aufnahmen wirkten im Vergleich zu den übrigen Bildern im Raum körnig, und Deborah überlegte seltsam distanziert, dass beide Fotos wohl aus Überwachungskameras stammten. Das Denken fiel ihr schwer. Sie fühlte sich, als habe sie jemand erschossen.

Die Gesichter auf den Fotos trugen alle Anzeichen der neuen Seuche. Die Pupillen waren verdreht, das Kinn des Mannes hing schlaff herunter und sein Kopf kippte schräg nach einer Schulter hin.

*Aber sie müssten doch okay sein!*, dachte Deborah.

Sämtliche Komplexe in Grand Lake waren voneinander abgeschottet, da man sie nicht gleichzeitig errichtet hatte und ihre jeweiligen Aktivposten möglichst breit streuen wollte. Komplex 3 war zusätzlich luftdicht nachgerüstet worden, um jegliches Risiko auszuschließen. In Komplex 3 befanden sich die Nanotech-Labors von Grand Lake, und die Leute, die dort arbeiteten, mussten eigentlich ebenso perfekt gegen die Gehirnseuche geschützt sein wie die Außenwelt gegen ihre Experimente.

Die Frau hieß Meghna Katechia. Sie war Inderin und hatte nach dem Krieg die Leitung des Nanowaffen-Programms von Grand Lake übernommen. Der Mann war Steve McCown, Katechias rechte Hand. Er hatte eine Zeit lang zum Team von Ruth Goldman gehört.

»Können Sie bestätigen ...«, begann der Offizier.

»Steve McCown und Meghna Katechia«, sagte Deborah. »Wo sind die anderen? Konnten Laury oder Aaron rechtzeitig herausgeholt werden?«

»Nein. Wir glauben, einer der Zivil-Mitarbeiter geriet in Panik und versuchte zu fliehen. Komplex 3 muss total abgeschrieben werden.«

In der nächsten Reihe schoss eine Übersetzerin von ihrem Schreibtisch hoch und rief: »Sir! General Caruso! Ich habe einen russischen Feldgeneral in der Leitung, der die US-Streitkräfte auf sämtlichen Frequenzen um Hilfe bittet! Er meldet weit verbreitete Infekte in Kalifornien und erklärt, er sei von Russland vollkommen abgeschnitten!«

»O Gott«, murmelte der Navy-Offizier, aber Caruso wandte sich einem Army-Colonel zu und sagte: »Kümmern Sie sich darum, John.« Dann winkte er einen anderen Mann näher und rief: »Wo sind unsere Satelliten?«

*Ein doppeltes Spiel?*, überlegte Deborah. *Die Chinesen greifen auch ihre Freunde an? Warum?*

»Ich glaube, er sagt die Wahrheit, Sir«, rief die Übersetzerin, während sich der Colonel durch die Menge schob, um ihn zu erreichen, und dabei der ganzen Gruppe neue Order erteilte.

»Macht den Europäern richtig Dampf«, befahl der Colonel. »Versucht in Erfahrung zu bringen, was sie wissen.«

Caruso wandte sich wieder Deborah zu. »Können Sie uns helfen, wenn wir einen Teil der Ausrüstung aus den Labors schaffen?«, fragte er.

»Sir?«

»Falls wir das Zeug nicht dekontaminieren können, stecken wir Sie in einen Schutzanzug und bringen alles in einen abgesicherten Raum. Ich bin bereit, Männer loszuschicken, wenn Sie auch nur den Hauch einer Chance sehen, uns Daten über diese Nanobots zu beschaffen. Den kleinsten Hauch einer Chance ...«

Deborah stammelte. »Ich – Sir.« Sie wollte ihn nicht im Stich lassen, aber sie konnte auch nicht lügen. »Ich bin Ärztin und hatte mit den Nanotech-Programmen so gut wie nichts zu tun.«

»Dennoch wissen Sie mehr darüber als alle hier Anwesenden«, gab Caruso zurück.

»General, ich habe die 35 wieder an der Strippe«, rief der Navy-Offizier und streckte ihm einen Hörer entgegen.

Carusos Blick blieb auf Deborah gerichtet. »Sie wissen, wie man die Mikroskope bedient.«

»Jawohl, Sir.«

»Dann schicke ich ein Team los, das alles herausholt, was wir brauchen.« Caruso deutete auf zwei Offiziere in seiner Nähe. Beide nickten. Einer nahm ein Telefon auf. Ohne auch nur eine Sekunde abzuwarten, presste Caruso den eigenen Hörer ans Ohr und sagte: »Hier spricht A6.«

Er horchte kurz und verzog den Mund.

»Mit jeder Minute häufen sich die Beweise für die genaue Herkunft des Nanos«, sagte er. »Die Goldman hatte recht.«

*Ruth?*, dachte Deborah. *Sie lebt!*

Und nicht nur das. Offenbar arbeitete Ruth wieder für ihre Seite. Das machte Deborah glücklicher, als sie selbst geahnt hatte.

»Wo ist der Minister?«, fragte Caruso. »Wenn er seine Anwesenheit nicht persönlich bestätigen kann, übernehme ich das Kommando.« Eine Pause. »Ich übernehme das Kommando.« Er deutete auf einen Offizier, der vor den Computern saß, und befahl: »Emergency Action Message. Notstandsnachricht an alle. Wir bitten um Bestätigung unseres neuen Status als Kaleidoskop.«

»Hier Wild Fire mit einer EAM an alle Einheiten«, sagte der Mann in das Mikro seines Headsets. »Ich wiederhole, hier Wild Fire mit einer EAM an alle Einheiten. Seid ihr empfangsbereit?«

Caruso deutete auf eine andere Station. »Versuchen Sie eine Direktverbindung zum chinesischen Ministerpräsidenten oder seinem Stellvertreter bei der Zivilregierung in Kalifornien herzustellen«, sagte er. »Wir unternehmen einen letzten Anlauf, das Ganze noch zu stoppen.«

»Juliet Victor Bravo Golf Whiskey Golf November Delta. Ich wiederhole: Juliet Victor Bravo Golf Whiskey Golf November Delta«, buchstabierte der andere Mann auf diese Weise, und Deborah spürte erneut ein Kribbeln auf der Haut. Sie wusste, was Caruso da tat.

Nach dem Krieg hatten sie ihre zivilen und militärischen Hierarchien aufgelöst, soweit das möglich war. Sie hätten beispielsweise nach D. C. zurückkehren können, aber Washington lag zweitausend Meilen von den Rockies entfernt. Die Logistik hätte sie überfordert. Selbst bei einer Verstärkung der lokalen Abwehrriegel wäre D. C. ein isolierter Fleck gewesen. Deshalb blieb der Großteil der amerikanischen und kanadischen Streitkräfte entlang der Continental Divide, nicht nur um Verluste zu vermeiden, sondern auch, um notfalls massiert gegen den Feind in Kalifornien vorgehen zu können.

Zum Glück erstreckten sich die Rockies durch acht Staaten und eine kanadische Provinz. Nur der Präsident, eine Handvoll Militärs und einige der irregulär gewählten Kongressleute hielten sich in Missoula auf. Die übrigen führenden Regierungsmitglieder der USA verteilten sich über die gesamte Continental Divide, um zu verhindern, dass sie alle gleichzeitig einem Anschlag zum Opfer fielen. Die Befehlsstrukturen waren ähnlich redundant.

Peterson AFB auf der Ostseite der Rockies war wiederhergestellt und zu einem der größten Luftstützpunkte ausgebaut worden. Jahre zuvor hatte Peterson als neue NORAD-Zentrale gedient, nachdem man die berühmten alten Tunnel unter dem Cheyenne Mountain eingemottet hatte. Und die Infrastruktur von Peterson war zu wertvoll, als dass man hätte auf sie verzichten können, obwohl die Gegend nicht ganz vom Fallout verschont geblieben war. Wegen der zahlreichen dort stationierten Luftgeschwader handelte es sich bei Peterson notgedrungen um einen Oberflächen-Stützpunkt. Einige der Bauten konnten zwar gegen biologische Waffen oder Nanos versiegelt werden, aber Deborah schätzte, dass Peterson mittlerweile nicht sicherer war als die Gipfel oberhalb von Grand Lake.

Wenn sich der Verteidigungsminister in Peterson befand, konnte er ebenso verloren sein wie der Präsident und der Vize-Präsident, entweder infiziert oder verwundet oder von den Truppen abgeschnitten und damit handlungsunfähig. Nach allem, was sie mitgehört hatte, musste der Verteidigungsminister darauf bestanden haben, dass der General sich zurückhielt, bis sie sicher wussten, wer die neue Seuche entwickelt hatte. Doch nun entmachtete Caruso den Verteidigungsminister und riss die Befehlsgewalt über das amerikanische Atomwaffen-Arsenal an sich.

*So weit ist es gekommen,* dachte Deborah.

Die Realität in ihrer ganzen Erbärmlichkeit drohte sie zu ersticken. Die weite Uniform umschlotterte sie wie ein Sack, und der säuerliche Geruch der schwitzenden Menschen ringsum stieg ihr in die Nase. Jede Entscheidung, die sie nun trafen, entsprach in ihrem Gewicht der ganzen Welt.

»Verzeihung, Sir.« Zaghaft versuchte sie Caruso zu unterbrechen.

Eine neue Furcht schnürte ihr die Brust zusammen. Sie kannte General Caruso vom Krieg her. Die amerikanische Seite war hoffnungslos im Nachteil gewesen, und er hatte praktisch nur Niederlagen eingesteckt. Caruso hatte zu den Befürwortern des Vorschlags gehört, Ruths Fähigkeiten auf dem Sektor der Nanotechnologie zum Völkermord gegen die Russen und Chinesen einzusetzen, und Deborah fragte sich, ob er mit diesem Plan wohl endlich seine Chance gewittert hatte.

»Sir, Sie stehen in Kontakt mit Ruth Goldman?«, fragte sie. »Wir brauchen sie – nicht mich. Sie kann uns erklären, was hier abläuft.«

»Wir haben aber nur Sie, Major.«

»Was ist mit Ruth?«

»Sir, ich habe den Stellvertreter des Verteidigungsministers in der Leitung«, rief der Navy-Offizier.

»Legen Sie auf«, befahl Caruso. Seine Lippen glichen zwei dünnen Strichen. Dann wandte er sich einer Frau an einem anderen Computerplatz zu und sagte: »Wir machen einen öffentlichen Aufruf an alle chinesischen Truppen. Wenn sie ihren Angriff nicht sofort beenden, bombardieren wir Los Angeles.«

*Was, wenn Ruth tot ist?*, überlegte Deborah. *Infiziert?* Sie wusste, dass sie selbst bestenfalls ein paar Allgemeinplätze über die Gehirnseuche liefern konnte. Carusos Entschluss war aber vielleicht der einzig mögliche Weg. Die USA hatten während des Pestjahrs die Kontrolle über die meisten Raketensilos verloren; die unterirdischen Abschussvorrichtungen waren zwar gut versiegelt, aber ihr Sauerstoff reichte nicht länger als für ein paar Tage. Nur ganz wenige Mannschaften hatten es geschafft, diese Zeit durchzuhalten, ausgerüstet mit kostbaren Vorräten und Kompressoren, die es ihnen erlaubten, die Luftdichte so weit abzusenken, dass die Nanobots nicht überleben konnten.

Mit dem Impfstoff aber hatte sich die US-Luftwaffe die Silos wieder angeeignet, und nun verfügte sie über Tausende von Minuteman- und Titan-Raketen – genug jedenfalls, um ganz Festland-China zu vernichten, wenn Caruso den Befehl dazu erteilte.

*Du musst einfach glauben, dass er recht hat,* sagte sich Deborah. Aber Zweifel fraßen doch an ihr. Sie warf erneut einen Blick auf die Lagekarte und suchte verzweifelt nach einem winzigen Hoffnungsschimmer. Stattdessen verwandelten sich die Punkte im russisch besetzten Kalifornien in blasse, reglose Geister, und nur die chinesischen Zonen in der Südhälfte des Staates blieben unverändert: wie ein sicheres Epizentrum.

Nordamerika befand sich am Rande eines Atomkriegs.

# 13

Der Jeep fuhr dreißig Meilen in die Nacht, ehe der Benzintank leer war. *Das reicht,* dachte Ruth, während Bobbi aufs Gaspedal stieg und noch einmal zu starten versuchte. *Das muss reichen.*

»Herrgott noch mal«, fluchte Bobbi.

Ruth richtete sich halb auf, hob den Karabiner und machte sich bereit, aus dem Fahrzeug zu springen. Ingrid, die kerzengerade mit ihrem M16 dastand, wirkte ein gutes Stück größer als sie. Der kalte Wind hatte etwas von einem Todeshauch. Zu ihrer Verblüffung hörte Ruth Grillen.

*Rii rii rii.*

Anfangs kam der Gesang stockend, aber bald erfüllte er wieder die Nacht. Die Grillen waren nur verstummt, als der Jeep in ihr Reich eindrang. Ruth blickte sich um, da sie ein Gefühl für die Größe des Hangs jenseits der weißen Scheinwerferkegel bekommen wollte. Neben ihr kauerte Cam. Er presste den rechten Arm gegen die Rippen und hielt eine Pistole in der unversehrten Hand.

Der Wunsch, ihn zu beschützen, war so übermächtig, dass sie sich abwandte, bevor er in ihren Augen las, was sie dachte. Sie hatte längst ihre Schutzbrille abgestreift, um Bobbi bei der Suche nach dem besten Weg zu unterstützen. Quer durch das Gelände hatten diese dreißig Meilen mehrere Stunden gedauert. Einige Male mussten sie ganz anhalten, damit Ruth oder Ingrid vorausgehen konnten, um einen Bach, einen Hang oder eine Gruppe abgestorbener Bäume in Augenschein zu nehmen.

»Schalt die Scheinwerfer aus«, sagte Cam zu Bobbi. Danach hatten sie nur noch das Sternenlicht zur Orientierung.

Trotz der Nacht deutete sich im Südosten über ihnen eine lang gestreckte, abfallende Kammlinie an.

Weit unten, nach Norden hin, zeigte sich in der Schwärze des Tals ein hässlicher Fleck orangeroter Glut. Jefferson konnte das nicht sein. Ihr Dorf lag jenseits der Gebirgsausläufer und war von hier aus nicht zu sehen. Das Feuer befand sich weiter nördlich und umfasste weit mehr als zwanzig Hütten.

Morristown hatte ebenfalls gebrannt.

»Wir müssen die Umgebung auskundschaften«, meinte Ruth. Sie hatten vor, eine Weile bei ihrem Fahrzeug zu bleiben. Bis zum Tagesanbruch waren es nur noch ein paar Stunden. Niemand wollte sich in der Dunkelheit ein Bein brechen, und Cams Wunde musste genäht werden. Sie alle waren hungrig und erschöpft. Und der heiße Motor würde Infrarotkameras helfen, sie zu entdecken, falls sich ein Helikopter auf der Suche nach ihnen befand oder Satelliten die Gegend fotografierten. Und sie konnten die Scheinwerfer für Signale benutzen, zumindest so lange, bis die Sonne aufging.

Außerdem wollte Ruth einen Blick auf ihren Laptop werfen. Vor dem Kampf in Jefferson hatte sie Programme gestartet, um ihren Oberflächen-Scan der Gehirnseuche genauer zu berechnen. Sie erwartete zwar noch keine Resultate, aber sie war unruhig, ob der Computer überhaupt funktionierte. Sein Strom reichte zwar noch etwa sechs Stunden, und sie hatte zwei Ersatzbatterien, aber sie musste unbedingt ihr Programm sichern und speichern, bevor sie ausschaltete.

Einmal hatten Flugzeuge die Nacht durchquert. Und in den Hügeln im Norden waren Schüsse aufgepeitscht. Wahrscheinlich Überlebende aus Morristown. Aber selbst wenn diese Leute der Gehirnpest entronnen waren, würden sie mit dem Geballer nur die Infizierten anlocken. Ruths Gruppe hatte ein ähnliches Problem mit dem Motor und den Scheinwerfern des Jeeps. Sie mussten sich vergewissern, dass sie allein waren.

Ingrid schulterte ihr Gewehr. »Ich mache das.«

»Warte! Hilf mir zuerst bei Cam.«

»Keine Sorge, ich komme klar«, sagte er.

»Du blutest immer noch!« Ruth wandte sich ihm zu und nahm seinen unversehrten Arm. Er hatte versucht, allein aus dem Jeep zu klettern. »Lass dir von mir helfen!«

»Na schön.«

»Lass dir von uns helfen«, verbesserte sie sich. *Von mir. Von uns.* Die Worte machten in einem Augenblick, da alle, die sie gekannt hatten, tot waren, zwar kaum einen Unterschied, aber Ruth war sich sehr bewusst, dass sie damit versuchte, ihre Gefühle zu beruhigen. Die Ergebenheit, die sie ihm gegenüber empfand, war sowohl leidenschaftlich als auch blind. Ruth würde nicht zögern, jemanden zu töten, um Bobbi oder Ingrid zu retten, weil sie die letzten Überlebenden ihrer Gemeinschaft waren. Aber für Cam würde sie auch selbst sterben.

»Hier«, sagte sie und deutete auf die Windschatten-Seite des Jeeps. Das Fahrzeug blockte die eisige Luft ein wenig ab. Es würde zwar nicht helfen, wenn die Brise Nanobots enthielt, aber die einzige Alternative war, sich der Kälte völlig schutzlos auszusetzen, und das konnte sie nicht zulassen.

Zu dritt hoben sie Cam aus dem Jeep, ohne das Stoffbündel zu verschieben, das sie unter seinem Arm festgezurrt hatte. Dann lehnten sie ihn an den Vorderreifen. Der Geruch von Öl, heißem Metall und zerdrücktem Gras stieg Ruth in die Nase.

Ruth öffnete ihren Rucksack. Er enthielt fast nichts außer ihrem Laptop – kein Zelt, keine Decken, nur ein paar Feldflaschen, die sie in aller Eile zusammen mit Maismehl, Kartoffelpüree-Pulver und getrockneten Tomaten eingepackt hatte. Sie war zwar hungrig, schob den Gedanken an eine Mahlzeit aber beiseite. Dann klappte sie den Computer auf und nickte kurz im blauen Schimmer seines Bildschirms. Die Analyse der Nano-Oberflächenstruktur lief noch. Die Fortschrittsleiste zeigte sechsundvierzig Prozent an. Sie hätte den Schirm des Laptops gern als Lichtquelle benutzt, aber es war vernünftiger, Strom zu sparen.

Der Schirm wurde dunkel, als sie den Deckel schloss. Ruth entfernte ihre Gesichtsmaske und versuchte die blutverschmierten Handschuhe abzustreifen. Ein Gefühl der Klaustrophobie überkam sie. Es dauerte einen Augenblick, bis sie es schaffte, das Isolierband von ihren Manschetten zu lösen. Dann kniete sie vor Cam nieder. Auch er hatte Brille und Maske abgenommen, während Bobbi ihren Gesichtsschutz gerade wieder aufsetzte.

»Okay, ich kümmere mich um ihn«, sagte Ruth zu Bobbi und Ingrid. »Ihr solltet ...« Sie unterbrach sich und versuchte den Befehlston aus ihrer Stimme zu verbannen. »Könntet ihr einen HP aufstellen?«

Ingrid schüttelte den Kopf. »Einen was?«

»Einen Horchposten.« Ruth hatte fast ihre ganze Zeit mit Cam und Eric verbracht und vergaß manchmal, dass nicht alle in Jefferson ihren Militär-Slang verstanden. Ingrid hatte im Dorf als »Oma« die Babys gehütet, als Schneiderin und Friseurin ausgeholfen und war darüber hinaus als Dentistin eingesprungen, nicht nur in der eigenen Siedlung, sondern auch in Morristown und manchmal sogar in New Jackson. Vor ihrem Rückzug aus dem Berufsleben, der bereits mehrere Jahre zurücklag, hatte sie als Zahnhygienikerin gearbeitet, und alle schätzten sich glücklich, die tüchtige ältere Frau in ihre Gemeinschaft aufgenommen zu haben.

»Sollten wir nicht zusammenbleiben?«, fragte Bobbi unsicher.

»Nein, sie hat recht«, widersprach Ingrid. »Wir verteilen uns besser ... falls etwas passiert ...«

Wenn eine von ihnen einen Seuchen-Nano aufschnappte, erhöhte ein gewisser Abstand die Chance, die Infizierte zu stoppen. Falls die Ansteckung im Dunkel überhaupt erkennbar war ...

Ruth umklammerte Ingrids Handschuh mit ihren bloßen Fingern und hielt sie zurück. »Entfern dich nicht allzu weit«, sagte sie. »Wir brauchen nur eine Art Abgrenzung zur Westseite hin. Hangabwärts. Okay? Such dir einen Platz, wo du vor dem Wind geschützt bist, aber nahe genug, dass wir dein Rufen hören können.«

»Mir gefällt die Sache nicht«, erklärte Bobbi.

»Ich löse dich in einer Stunde ab. Bitte.« Ruths Tonfall oder die Art, wie sie sich über Cam beugte, verriet wohl etwas von ihren Gefühlen, denn Bobbi nickte ihr kurz und wissend zu.

»Ich kann auch eine Wache übernehmen«, sagte Cam.

»Du bist angeschossen! Du brauchst Ruhe.«

Ingrid überließ sie ihrem Streit und trat ins Dunkel hinaus. »Lass dich von ihr verarzten«, sagte sie sanft. Es klang, als wollte sie Cam einen kleinen Schubs geben.

Bobbi zögerte. Sie hatte ihren Schock immer noch nicht überwunden. Irgendwie wirkte sie verängstigt und, wie Ruth glaubte, auch ein wenig eifersüchtig. Aber Ruth verdrängte diese Gedanken und konzentrierte sich voll auf Cam. Die gründliche Untersuchung seines Brustkorbs gab ihr die Möglichkeit, seinen Blicken auszuweichen.

»Kannst du den Arm heben?«, fragte sie. »Ja.«

»Ich muss dir die Jacke ausziehen, ohne dass der Verband verrutscht, aber ich will sie nicht zerschneiden. Du wirst sie noch gegen die Kälte brauchen.«

Bobbi wandte sich mit einem leicht gereizten Murren ab.

Überall zirpten die Grillen. Der Wind kam von den Seiten und kroch in kleinen Wirbeln unter dem Jeep durch. Cam zuckte zusammen, als ihm Ruth beim Ausziehen der Handschuhe half und den Ärmel von seinem gesunden Arm streifte. Dann schälte sie ihn behutsam aus der Jacke. Ihre Körper berührten sich und die gemeinsamen Bewegungen erinnerten an einen langsamen Tanz.

Sein Hemd war bis zum Gürtel blutdurchtränkt.

»Das sieht nicht gut aus«, murmelte sie.

»Ich glaube nicht, dass die Rippen gebrochen sind.«

»*Schsch.* Lass mich die Wunde erst mal säubern.«

Ruth zerschnitt sein Hemd mit dem Messer, weil sie die saubersten Stücke als Waschlappen und Verbandsmaterial benötigte. Aber er hatte recht. Die Wunde ging nicht allzu tief. Die Kugel hatte seinen Brustmuskel dicht unterhalb der Achselhöhle gestreift und eine etwa fünf Zentimeter lange Furche hinterlassen, die wie ein seitwärts gerichtetes V zum Rücken hin breiter wurde. Da das Blut hier und da bereits verklumpte, tupfte Ruth die Wunde nur ab, ohne daran zu reiben.

Cam wirkte sehnig und muskulös, aber die dunkle Haut seines Oberkörpers war überall von den Narben des Pestausschlags gezeichnet. Und an den wenigen glatten Stellen hatte sich in der Nachtkälte rasch eine Gänsehaut gebildet.

»Ruth«, sagte er.

Leise Hoffnung keimte in ihr auf, aber als sie den Blick hob, sah sie, dass er zu den Sternen hinaufstarrte. *Sprich mit mir,* dachte sie.

Sie hörte nur die Grillen. Und den Wind.

»Warum geschieht das alles?«, fragte er.

Ruth gestand sich selbst kaum ein, dass sie enttäuscht war. Was stimmte nicht mit ihr? Sie hatten eben erst so viel Leid und Tod hinter sich gelassen. Es war doch verrückt von ihr, wenn sie ausgerechnet in diesem Augenblick darauf wartete, dass er sie küsste.

*Küss mich,* dachte sie, noch während sie sich Vorwürfe machte. »Ich weiß es nicht«, erwiderte sie. Aber sie wusste es doch. Manche Erfindungen waren so revolutionär, dass sie den Lauf der Geschichte für immer veränderten. Das Rad. Der Ackerbau. Die Industrie. Die Bombe. Heute gab es nur noch etwas mehr als fünfhundert Millionen Menschen auf der Erde. Ein Teil von ihnen hatte die Berge verlassen und sich ausgebreitet, aber die meisten lebten noch immer auf engstem Raum zusammengepfercht in einer Handvoll sicherer Gebiete.

Es hatte nie einen besseren Zeitpunkt für einen Angriff gegeben. Eine Nation oder eine Religionsgemeinschaft konnte den gesamten Planeten in Besitz nehmen und die Menschheit nach ihrem Bild und ihrer Vorstellung neu formen. Es würde wohl immer den einen oder anderen Kriegsherrn geben, der auf unterschiedlichen Wegen zum gleichen Schema zurückkehrte, von Senator Kendricks über die russischen Generäle, die den Krieg begonnen hatten, bis hin zu den Führern Chinas, die allem Anschein nach die Entwicklung der neuen Gehirnseuche gesteuert hatten.

*Immer geht die Gewalt von Männern aus,* dachte sie. *Sie sind zu aggressiv. Zu sehr von Ängsten geplagt. Frauen finden andere Auswege.*

Ruth verwandte ihre ganze Konzentration darauf, die Wunde zu nähen. Eine hässliche Arbeit. Sie benutzte eine stumpfe Nadel und den groben Faden, der eigentlich zum Flicken von Uniformen gedacht war. Außerdem hatten sie kein Betäubungsmittel, nicht einmal Gras oder irgendeinen Fusel. Cam war es jedoch gewohnt, Schmerzen zu ertragen, und er sagte nichts, als sie mit zusammengekniffenen Augen im Dunkel an ihm herumstichelte.

»Mist«, sagte sie, als die Nadel in der keilförmigen Furche versank. Sie musste sie mit den Fingerspitzen herausfischen. »Tut mir leid. So ein verdammter Mist.«

Die Wunde blutete wieder. Ruth versuchte schneller zu arbeiten.

Dass sie Jefferson unversehrt verlassen hatten, lag ihrer Meinung nach einzig und allein daran, dass die Gehirnpest in frisch Infizierten am gefährlichsten wütete. Die Leute aus Morristown hatten längst nicht so viele Nanos abgesondert wie die Dorfbewohner selbst. Irgendwie wussten diese mikroskopisch kleinen Dinger, dass sie sich nicht endlos in einem Wirt vermehren durften, da sie sonst – ähnlich wie die ursprünglichen Seuchen-Nanos – ihre Opfer bei lebendigem Leib zerfressen würden. Die winzigen Mengen an weichem Gewebe, die sie jeder Person entnahmen, reichten aus, um jeweils Millionen von Nanobots zu erschaffen. Aber vielleicht fanden manche Opfer auch gerade deswegen den Tod. Vielleicht lag das Problem gar nicht darin, dass die Pest Funktionsstörungen verursachte, wenn sie ins Gehirn eindrang. Die Nanos begannen sich zu vervielfältigen, wo immer sie aktiviert wurden. Falls dies im Blutkreislauf geschah, konnten sie hier und da eine Arterie oder den Herzmuskel beschädigen …

Am meisten verblüffte Ruth die Fähigkeit des neuen Nanos, genau zu erfassen und zu überprüfen, wer bereits infiziert war. *Es muss eine Art allgemeingültigen Marker geben,* dachte sie. *Dieser Nano übermittelt Erkenntnisse an sich selbst. Aber wie? Kann ich diese Signale nutzen, um ihn abzuschalten oder uns zu immunisieren?*

»Fertig«, sagte sie und wischte sich die Hände an den Jeans ab, weil sie die letzten einigermaßen sauberen Streifen seines Hemdes als Verbandsmaterial benutzen wollte.

»Danke.«

»Ich lege dir noch einen Druckverband an«, meinte sie, während sie sich die Hände mit etwas Wasser aus der letzten vollen Feldflasche wusch. Sie sprach betont sachlich, weil sie innerlich eine Distanz wahren wollte, aber ihre Finger zitterten, als sie sich an die Arbeit machte.

Was musste er fühlen? *Schmerzen. Innere Qualen.*

Ruth schnitt den Taillenriemen ihres Rucksacks ab, um den neuen Verband festzuziehen. Sie empfand eine gewisse Befriedigung bei ihrem Zerstörungswerk, auch wenn sie selbst nicht recht wusste, was in ihr vorging. Ein ohnmächtiger Zorn hatte sie erfasst, sodass ihre Bewegungen zu grob und heftig gerieten.

»Ruth«, sagte er.

*Sieh ihn nicht an,* dachte sie, aber eine andere, eindringlichere Stimme widersprach. *Ihr könntet beide in wenigen Sekunden tot sein!*

»Ruth.«

Ihre Blicke trafen sich. Seine Augen waren von einem satten Braun, noch dunkler als die ihren, erfüllt von Trauer,

Angst und Stärke. Er war die stärkste Persönlichkeit, die sie je gekannt hatte. Irgendwie wusste er immer, was zu tun war.

Er küsste sie. Er beugte sich vor, sein Bart berührte ihr eiskaltes Gesicht, und einen Moment lang war sie zu überrascht, um zu reagieren. Dann öffneten sich ihre Lippen zu einem Lächeln und einem schwachen, glücklichen Seufzer.

»Aah. Bitte, Cam, bitte!«

Ruth richtete sich halb auf, ohne den nächsten Kuss zu unterbrechen. Sie öffnete die Schenkel und schob sich über seine schmalen Hüften. Seine Hand tastete unter ihre Jacke, berührte ihre Taille, wanderte umher, als müsste er sich vergewissern, dass sie aus Fleisch und Blut bestand. Ruth zog ihr Hemd aus dem Hosenbund, damit er ihre nackte Haut spüren konnte.

Sie löste ihre Lippen von den seinen und holte tief Luft. Das war gefährlich. Als sie seine Züge betrachtete, schienen sich die Qual und die Verwirrung in seinen Augen noch verstärkt zu haben. Ihr Herz schlug schneller, und am liebsten hätte sie ihn noch einmal geküsst, aber sie beherrschte sich. Sie stützte ihre Handflächen an seiner nackten Brust ab und schmiegte ihre Schenkel noch enger um seine Hüften.

*Allison,* dachte sie.

Wenn sie merkte, dass er Hemmungen hatte, würde sie das respektieren. Aber ihr Körper genoss die Wärme und Nähe, die von ihm ausgingen, und begann sanft vor und zurück zu gleiten.

Cam reagierte. Seine Hand zeichnete ihre Nackenlinie nach und seine Fingerspitzen strichen durch ihr Haar. Wieder küssten sie sich. Ruth schaltete ihre Gedanken ab. Sie sog seinen Geruch ein, gab sich ganz dem Druck seiner Erektion hin. Langsam, drängend presste sie sich gegen ihn.

Die Kraft und Lebensfreude der Jugend durchflutete sie.

Er half ihr aus der Jacke und versuchte ihr Hemd aufzuknöpfen, aber sie musste ihm helfen, da er nur die eine Hand zur Verfügung hatte. Hitzewellen jagten durch ihren Körper.

Ihr Gesicht glühte. Sie behielt das Hemd an. Seine Hand schob den rauen Flanell auseinander wie einen Vorhang. Der Stoff rieb an ihren Brüsten und Flanken.

Ruth war nach Jahren der Entbehrung und Lebensmittelknappheit ebenso schlank und muskulös wie Cam. Während seine Finger über ihren Körper wanderten, löste sie den Gürtel ihrer Jeans.

Überall auf dem Hang zirpten die Grillen. Das kurze Gras wisperte in der Brise. Die Sterne umkreisten sie wie ein Lichterkarussell. Tief im Westen stand eine schmale Mondsichel, aber Ruth weigerte sich, ihren Blick in Richtung Jefferson zu wenden.

Sie musste sich ein Stück aufrichten, um ihre Stiefel, Jeans und Unterwäsche abzustreifen. Endlich, endlich. Sie konnte es kaum fassen. Als sie fertig war, kauerte sie mit weit gespreizten Knien neben ihm nieder. »Warte, ich helfe dir«, sagte sie und legte eine Hand sanft auf die Schwellung seiner Jeans, ehe sie den Bundknopf und den Reißverschluss öffnete.

Die Fingerspitzen seiner gesunden Hand kreisten und streichelten, drangen in sie ein. Sie war glatt und feucht. Ihr Becken erschauerte, und einen Moment lang ging ihr das wunderbare Gefühl seiner Berührung verloren.

»Aah«, wisperte sie. »Bitte.«

Cam ertastete sie von Neuem. Sie presste eine Hand auf sein hartes Glied. Tränen des Glücks schossen ihr in die Augen. *Das ist nicht richtig,* dachte sie. *Oder doch?* Ihre Empfindungen waren ein Gewirr aus animalischer Lust, Kummer, Gewissensbissen und Selbsthass, und sie hatte den Verdacht, dass es ihm nicht anders erging.

Die Anziehung zwischen ihnen war immer mehr als eine alberne Schwärmerei gewesen. Wenn es ihr nur um das sexuelle Vergnügen gegangen wäre, hätte sie sich wohl jemanden gesucht, den die Maschinenpest nicht so entstellt hatte. Deshalb hatten sie es auch geschafft, die ganze Zeit über Freunde zu bleiben. Sie vertrauten einander. Ruths Zuneigung ging so tief, dass sie jegliche Selbstsucht und sogar die einseitige, schmerzhafte Liebe überwand, die sie zu verdrängen versucht hatte.

Dennoch hatte sie sich immer danach gesehnt, ihr enges Verhältnis durch eine körperliche Vereinigung zu krönen, denn sie wusste nicht, wie viel Zeit sie noch gemeinsam verbringen konnten. *Dieser Nano könnte uns beide in Sekunden infizieren,* sagte sie sich verzweifelt.

Cam und Ruth schmiegten sich aneinander und verschmolzen. Ruths Orgasmus war eine ebenso leise Sache wie alle ihre Höhepunkte, die sie in letzter Zeit allein erlebt hatte, manchmal, wenn sie Eric und Bobbi nebenan hörte, und manchmal, wenn sie morgens aus einem Traum erwachte und jemanden gebraucht hätte, aber nur ihren Fantasien oder ihren Erinnerungen an Ari und Cam nachhängen konnte.

Sie malte sich alle möglichen Stellungen aus, aber seine Wunde behinderte ihn, und sie wusste, dass es das Allerbeste war, wenn sie sich auf seinen Schoß setzte. »Lass mich machen …«, sagte sie.

Cam nickte und stützte sie mit dem gesunden Arm, damit sie das Gleichgewicht nicht verlor.

Sie spürte, dass die Nanos selbst in der Leistenbeuge Narben hinterlassen hatten. War das ein zusätzlicher Grund gewesen, dass er sich von ihr ferngehalten hatte? Verlegenheit oder Scham? Er hätte wissen müssen, dass sie sein Geheimnis wahren würde.

Aber das Einzige, was in dieser Nacht zählte, war der gemeinsame Rhythmus ihrer Körper.

Über Verhütung fiel kein Wort. Es gab seit Jahren weder Pillen noch Kondome – außer als unerschwingliche Luxuswaren auf dem Schwarzmarkt. Die meisten Frauen, die sie kannte, versuchten entweder gezielt, während der fruchtbaren Tage schwanger zu werden, oder bevorzugten Sexpraktiken, die einen Samenerguss ausschlossen. Ruth war froh, dass sie ihre Periode elf Tage zuvor gehabt hatte und ihn deshalb nicht abweisen musste. Mit zunehmendem Alter – vielleicht auch durch den langen Aufenthalt in der Schwerelosigkeit – hatte sich ihr Zyklus auf sechsundzwanzig Tage eingependelt, was sie verdammt ärgerlich fand, selbst wenn sie mit niemandem schlief, aber jetzt bedeutete es, dass sie schwanger werden konnte. Sollte sie sich deshalb Sorgen machen?

Sie dachte einfach zu viel nach, und sie wusste es. Sie beschloss, sich einfach treiben zu lassen. Ihn zu genießen. Sie kam noch einmal und war auf dem besten Weg zu einem neuen Orgasmus, als er seinen Höhepunkt erreichte. Danach blieben sie eine Weile eng umschlungen sitzen, bis die Nachtkälte ihre schweißnasse Haut durchdrang und sie beschlossen, sich wieder anzuziehen.

»Cam?«, begann sie.

»Nein. Ich liebe dich. Du weißt, dass ich dich liebe. Aber ich will im Moment nicht reden. Ich …«

»Okay«, warf sie rasch ein. »Das ist okay.«

*Morgen,* dachte sie. *Wenn wir geschlafen haben, klären sich die Dinge vielleicht von selbst.*

»Ich muss Ingrid suchen«, sagte sie.

»Nein. Lass das.«

»Was?« Ruth hätte stundenlang mit ihm diskutieren oder sich dumm stellen können, nur um auf seinem Schoß zu bleiben. Ihre Brüste pressten sich hart gegen ihn, während ihre Bauch- und Rückenmuskeln völlig entspannt waren.

»Schlaf, wenn du kannst«, sagte er. »Du musst hellwach sein, um diesen Nanobot zu durchschauen.«

»Ich …« *Ich habe keine Ausrüstung außer dem Laptop,* dachte sie, aber vielleicht hatte er recht. Vielleicht konnten sie einen Helikopter herunterwinken oder stießen auf einen Konvoi, der nach Grand Lake oder in die Gegend eines der sonstigen in den USA verstreuten Labore unterwegs war.

Als Ruth sich endlich von ihm löste und aufstand, zitterten ihre Beine. Sie lächelte Cam kurz zu, ehe sie ihre Gefühle wieder verbarg. Das hatte sie in jüngster Zeit immer häufiger getan, und es kam ihr in diesem Augenblick besonders falsch vor, aber sie musste vorsichtig sein. Immerhin hatte er gerade erst seine Frau verloren.

Sie zog sich an und half ihm in seine Hose und Jacke. Dann entfernte sie sich ein paar Schritte und pinkelte. Sie hätte sich gern gewaschen, aber sie mussten sparsam mit dem Wasser umgehen, und außerdem empfand sie eine kindische Freude über seine Samenflüssigkeit in ihrem Körper.

Als sie zurückkam, tranken sie einen Schluck Wasser und vergewisserten sich, dass sie ihre Waffen griffbereit hatten. »Schlaf«, sagte er und blieb an den Jeep gelehnt sitzen.

Eigentlich wollte sie wach bleiben. Angenommen, sie hatten die Nanos doch bereits in sich? Dann war es vielleicht besser, wenn sie die ersten Anzeichen der Seuche nicht sah. *Mach die Augen zu,* dachte sie. *Und genieß die Erinnerung an das, was du gerade erleben durftest!*

Ruth rollte sich dicht neben ihm auf dem Boden zusammen. Er legte die Hand auf ihre Hüfte, und sie freute sich darüber. Sie wollte sich nicht freuen – sie wusste, dass sie sich nicht freuen sollte, denn gleichzeitig liefen ihr Tränen über die Wangen. Doch ein Teil von ihr, den sie ausgesperrt hatte, war jetzt frei und zufrieden. Sie liebte Cam, und erstaunlicherweise schlief sie ein. Aber sie träumte, dass sie ihn verlor.

# 14

Cam hörte, wie sich Ruths Atemzüge allmählich veränderten, während sie in einen leichten Halbschlaf hinüberdämmerte. Er bezweifelte, dass sie echte Ruhe und Entspannung fand, obwohl sie völlig erschöpft war. Die Hand, die auf seiner Hüfte lag, öffnete und schloss sich nervös. Ihr Verstand schien unaufhörlich zu arbeiten – eine Angewohnheit, an die er sich von früher erinnerte, während ihrer gemeinsamen Zeit im Krieg. Ruths Schlaflosigkeit hatte sich damals zu einer echten Gefahr für sie entwickelt, da sie sich keine Sekunde Erholung gönnte, obwohl sie verwundet war und nur noch durch die Gegend taumelte.

Cam berührte sacht ihre Wange. »*Schsch,* Ruth«, sagte er und horchte ins Dunkel. Falls sich Bobbi oder Ingrid infiziert hatten, waren die Grillen vielleicht seine einzige Vorwarnung, da sie bei den Schritten eines Menschen verstummten. Also schloss Cam die Augen und nahm das vertraute Zirpen in sich auf.

*Rii rii rii rii rii.*

Er war gleichzeitig in Hochstimmung und dem Selbstmord nahe. Konnte es sein, dass er dem Wahnsinn verfiel? Er hatte den Sex mit ihr genossen. Sein Körper fühlte sich gut an, zumindest da, wo er nicht verwundet oder starr vor Stress und Trauer war. Aber sein Gehirn verkrampfte sich und ließ keinen Augenblick locker. Was zum Henker hatten sie sich eigentlich dabei gedacht?

Das Schlimmste war, dass er irgendwie glaubte, Allison hätte sein Handeln verstanden – und sogar gutgeheißen. Denn was man ihr ganz bestimmt nicht vorwerfen konnte, war ein Mangel an Pragmatismus. *Nun gut,* hatte sie herausfordernd gesagt. Das waren ihre letzten Worte gewesen, und Cam versuchte sich den Klang der trotzigen Bemerkung noch einmal in Erinnerung zu rufen. Sie würde ihm verzeihen. Oder doch nicht?

Er konnte Allison immer noch spüren, als schmiegte sie sich gerade an ihn. Sie war kleiner als Ruth gewesen, aber kräftiger, mit vollen Brüsten und einem breiten Becken. Sie liebte es, wenn er sie am Ohransatz küsste.

*Herrgott,* dachte er. *Du hast sie betrogen. Allison ist vor deinen Augen gestorben, und ein paar Stunden später treibst du es mit Ruth.* Aber es war ihm gut und richtig vorgekommen, und er hatte seit Jahren davon geträumt, es zu tun.

Cam schlug die Augen auf und betrachtete die Sterne. Er musste sich zu einem inneren Frieden durchringen. Angesichts der Himmelsweite fühlte er sich klein und verloren und doch eng mit der Erde ringsum verbunden. Das Gras wisperte in der Brise. Der harzige Geruch von Fichten lag in der Luft.

*Bist du da oben?,* fragte er, aber er glaubte weder an Geister noch an eine Art Gott, nicht nach all dem Töten. Er wusste, dass Ruth dies anders sah. Sie hatte während des Krieges eine Erleuchtung erlebt, über die sie nie viel sprach. Cam war als hispanischer Katholik aufgewachsen und Ruth als eher weltlich ausgerichtete Jüdin, und er vermutete, dass ihr neuer Glaube sie ein wenig ins Schleudern brachte, weil er sich nicht so erklären oder mit Formeln belegen ließ wie ihre Naturwissenschaften. Bevor sie sich in Jefferson niederließen, hatte Ruth allerdings einige interessante Thesen aufgestellt. Offenbar war ihr daran gelegen gewesen, ihre Erkenntnisse mit jemandem zu teilen, und vielleicht hatte sie zu jener Zeit auch noch gehofft, ihn von Allison wegzuholen und auf ihre Seite zu ziehen.

Einmal hatte ihre Gruppe auf einer heißen, staubigen Ebene östlich der Rockies kampiert, ohne Feuerholz, im Gepäck nur noch ein paar Army-Rationen mit abgelaufenem Verfallsdatum. Cam erinnerte sich an jede Einzelheit jenes Abends. Ruth hatte gefragt, ob all das – ihr Leben, die Welt – nicht eine Art Prüfung sein könnte. »Damit meine ich kein Abwägen zwischen Gut und Böse«, hatte sie hinzugefügt und vorsichtig in die Runde geblickt, »sondern eher so etwas wie eine Materialprüfung.«

*Materialprüfung* war ein technischer Begriff für Methoden, mit denen man die Festigkeit und Haltbarkeit von Bauteilen und Werkstoffen bestimmte. Sie stellte sich den Schöpfer – sofern es ihn denn überhaupt gab – als einen fernen, innerlich unbeteiligten Gott vor, dessen Interesse an der Menschheit Dinge betraf, die sie nie begreifen würden. Der Gedanke war typisch für Ruth. Ihre Ideen waren immer gewaltig, verwinkelt und letztlich doch sehr einfach.

»Welcher Gott wäre so wahnwitzig, die Milchstraße mit Trillionen weiterer Sternsysteme zu erschaffen, wenn er in uns die wichtigste seiner Schöpfungen sähe?«, fragte sie. »Und unsere Milchstraße ist wiederum von unzähligen Galaxien umgeben. Warum nicht nur eine Sonne und ein Planet? Er hält nicht die ganze Welt in seinen Händen. Das ist ja lächerlich.«

Die Erde war ein sehr junger Planet in der Lebensspanne der Milchstraße, irgendwo weit draußen in einem ihrer Spiralarme, ein ganz und gar durchschnittlicher Gesteinsball in der unendlichen Fülle der Himmelskörper.

»Es wäre naiv zu glauben, dass irgendeine unserer Mythologien auch nur annähernd etwas mit der Realität zu tun hat«, hatte Ruth ihre Betrachtung abgeschlossen. Und doch bemühte sie sich ganz offensichtlich, ihrem Leben einen tieferen Sinn und Zweck zu geben, ihrem Gewissen zu gehorchen und moralische Werte anzuerkennen. Waren das aber nicht auch die Grundgebote der meisten Religionen? Sie vertrat die Ansicht, dass es ihrem Wesen entsprach, einander zu helfen, zusammenzuwirken, Geduld und Einsicht zu zeigen.

Bei Ruth hatte man immer das Gefühl, sie wolle beweisen, dass ihre Fähigkeiten nicht auf einem Versehen beruhten. Sie glaubte, dass in jedem Menschen ein göttlicher Funke steckte, ein Funke, den man nur entdecken und nähren musste.

Wie passte ihre Beziehung in diese Vorstellungswelt? War er dazu ausersehen, ihr zu helfen?

*Quatsch,* dachte Cam. Sie mussten nicht miteinander schlafen, um ein gutes Team zu sein, und er wusste, dass er nur die Ratio bemühte, um zu rechtfertigen, was sie getan hatten. Er überlegte, wie Ruth wohl die ganze Angelegenheit betrachtete.

Mit manchen ihrer Thesen stimmte Cam durchaus überein. Er war wie sie der Ansicht, dass jeder Mensch für sein Leben selbst verantwortlich war, entweder, indem er sein Bestes gab, oder indem er bei dem Versuch scheiterte. Es war so leicht, sich durch Selbstsucht, Angst oder Habgier zu blenden. Aber seine Zweifel ließen sich nicht ganz verdrängen. Hatten sie nun einen Fehler begangen oder das Richtige getan?

Und wenn beides zutraf?

Wieder berührte er Ruths Wange. *Idiotisch.* Sie verlagerte ihr Gewicht und ihre Hand auf seiner Hüfte. Diesmal sagte er nichts, um ihr Unterbewusstsein zu beruhigen. *Ich liebe sie,* dachte er. *Doch, ich liebe sie.* Aber er scheute davor zurück, sie zu wecken. Er wusste nicht, ob er es jemals wieder schaffen würde, ihr in die Augen zu sehen.

Allmählich erhellte sich der wolkenlose Himmel, und Cam verließ Ruth, um nach Bobbi und Ingrid zu suchen. Er wanderte in voller Montur – Schutzbrille, Maske, Jacke und Handschuhe – durch das fahle Grau, das die Morgendämmerung ankündigte. Der Wind war abgeflaut, das Gezirpe der Grillen verstummt. Das Tal im Nordwesten wirkte leer und friedvoll. Morristown war in Rauch und Asche aufgegangen, und nur eine lange Reihe alter Strommasten deutete darauf hin, dass dort unten einmal Menschen gewohnt hatten.

Bobbi schlief in einem Gefechtsloch. Cam hörte sie schnarchen, bevor seine Augen ihren Umriss von den Felsbrocken unterscheiden konnte, die sie vor der Kuhle aufgeschichtet hatte. Er blieb stehen. Wie ließ sich mit Sicherheit erkennen, dass sie nicht infiziert war? Der Schlaf war für einen Menschen fast ebenso wichtig wie die Nahrungsaufnahme. Wenn die Gehirnseuche die Erkrankten davon abhielt, diese Grundbedürfnisse zu befriedigen, würde keiner von ihnen länger als ein paar Tage überleben. Die Herbstnächte in den Rockies waren eisig, und Cam dachte an die Meute aus Morristown in ihren dünnen Nachtgewändern und Schlafanzügen, barfuß oder bestenfalls mit Socken gegen die Kälte geschützt.

*Sie wollten zu uns,* dachte er. *Sie legten elf Meilen zu Fuß zurück, mitten in der Nacht und bei Temperaturen knapp unter null Grad. Also schlafen sie vielleicht nicht.*

Er entfernte sich dennoch ein Stück von Bobbi. Wenn er einen kleinen Stein nach ihr warf, um sie zu wecken, und wenn sie dann mit diesem unsicheren, torkelnden Gang auf ihn zukam ... Er wollte nicht schon wieder eine Freundin töten müssen. So oder so, sie brauchte die Erholung. *Lass sie in Frieden,* dachte er und suchte den Hang nach Ingrid ab. Er vermutete sie ein Stück südlich von Bobbi, auf der anderen Seite des Hohlwegs, den sie heraufgekommen waren. Es gab da eine kleine Kuppe, von der aus Ingrid das ganze Gelände überblicken konnte. Cam bahnte sich im Halbdunkel einen Weg durch Gestrüpp und Felsbrocken.

Die ältere Frau saß vornübergebeugt in einer Kuhle im Gras, das Kinn auf ihr M16 gestützt. Es war eine unbequeme Haltung, die sie zwang, wach zu bleiben. Cam lächelte in sich hinein. *Tüchtiges Mädchen,* dachte er und flüsterte: »Ingrid?«

Sie drehte sich um und nickte.

Cam kam näher und streckte den gesunden Arm aus. »Was hältst du von einem Frühstück?«

Ingrid nahm seine Hand, richtete sich aber nur ein kleines Stück auf. Dann ließ sie sich zurücksinken und versuchte etwas Leben in ihre eingeschlafenen Beine zu kneten. Die Kälte hatte ihr nicht gutgetan. »Wo ist Ruth?«, fragte sie. Vielleicht versuchte sie nur ihre Altersschwäche zu überspielen, aber Cam fand, dass er ihr eine ehrliche Antwort schuldete.

»Ich habe sie schlafen lassen«, sagte er.

»Gut.«

Das andere allerdings blieb unerwähnt, als sie ihn durch die gelben Linsen ihrer Schutzbrille musterte. Ingrid wusste, was zwischen ihm und Ruth vorgefallen war, und es schien sie zu freuen. Sie lebte allein, aber Cam vermutete, dass sie durchaus noch Anteil an den Romanzen der anderen Frauen im Dorf genommen hatte.

Er blieb dicht neben ihr, als sie gemeinsam den Hang hinunter schlenderten, um sie zu stützen, falls sich ihre Arthritis wieder bemerkbar machte.

»Ich rede mit Bobbi, sobald sich die Gelegenheit ergibt«, sagte Ingrid sachlich, und Cam war erleichtert, dass er nichts vor ihr verbergen musste.

*Aber wer redet mit Ruth?*, dachte er besorgt.

Als sie sich dem Jeep näherten, sahen sie, dass sie wach war. Ruth lehnte mit zerzausten Haaren am Kotflügel, den M4 im Anschlag. Einen Moment lang glaubte er einen schwachen Lichtschein hinter ihr wahrzunehmen. Hatte sie eine Taschenlampe eingeschaltet? Ihre Jacke stand offen. Die Brille hatte sie in ihre widerspenstigen Locken geschoben, wo sie wenig nützte.

»Wir sind es«, rief Ingrid. »Keine Sorge, wir sind okay.«

Ruth senkte den Karabiner. Cam war froh, dass er selbst Brille und Maske trug, als ihre Blicke forschend zwischen ihm und Ingrid hin und her wanderten. »Wo ist Bobbi?«, fragte Ruth, ohne die sichere Stütze des Jeeps zu verlassen. Dann legte sie ihre Hand mit neu entdeckter Vertrautheit auf Cams Ellbogen. Der Lichtschein, den er gesehen hatte, kam von ihrem Laptop. Sie hatte ihn auf dem Boden abgestellt. Der Schirm war in drei Fenster unterteilt, ein großes weißes Textfeld und zwei kleinere Ausschnitte mit grafischen Darstellungen. Nanotech-Strukturen.

»Bobbi schläft in einem Gefechtsloch«, erklärte Cam. »Ich denke, sie ist okay.«

»Ich kann sie wecken«, sagte Ingrid.

»Lass nur, ich hole sie.« Cam war wütend über sich selbst, dass er sich so sehr wie ein Schuljunge fühlte, aber ein Großteil seiner Befangenheit hatte mit dem Alter der beiden Frauen zu tun. Ruth musste ein Teenager gewesen sein, als er geboren wurde, aber sie war nicht alt genug, um seine Mutter zu sein. Ingrid wiederum hätte gerade noch seine Mutter, nicht jedoch seine Großmutter sein können.

Er redete sich ein, dass er ihre Kräfte schonen wollte. Sie waren noch fünfzehn bis zwanzig Meilen von Grand Lake entfernt, und ihr Weg führte größtenteils durch unwegsames Gelände. Wenn sie Glück hatten, dauerte der Fußmarsch etwa zwei Tage. Und es war rücksichtslos von ihnen gewesen, Ingrid die ganze Nacht wach zu halten.

»Bleib hier«, sagte er. »Und achte darauf, dass du genug trinkst.«

Im Grunde ergriff er die Flucht vor Ruth. Vielleicht fand ja Ingrid die richtigen Worte für sie. Seine Seelenqual war unerträglich. Er fühlte sich zwischen der lebendigen Frau vor ihm und den Erinnerungen an Allison hin und her gerissen, aber seine gewiss kränkende Zurückhaltung schien Ruth längst nicht so wichtig zu sein wie etwas anderes, das sie entdeckt hatte.

»Cam«, sagte sie. »Warte noch. Ich habe vorläufige Zahlen. Dieser Nano ist viel größer, als er sein müsste. Ich schätze, dass mindestens fünfzig Prozent seiner Masse nicht genutzt sind – vielleicht sogar mehr.«

Ihre Worte jagten wie eine Schockwelle durch sein Gehirn.

»Was bedeutet das?«, erkundigte sich Ingrid.

Ruth antwortete nicht. Sie wartete. Endlich drehte sich Cam um und sah sie mit einem Ausdruck starren Entsetzens an. »Der *Archos*-Nano hatte den gleichen Schwachpunkt«, sagte Cam zu Ingrid. »Die ursprüngliche Maschinenpest …«

»Er war doch noch ein Prototyp«, erklärte Ruth. »Freedman und Sawyer hatten ihn mit zusätzlicher Kapazität für verbesserte Folgeprogramme versehen. Sie wollten ihn später noch weiterentwickeln, und ich glaube, dass die Chinesen die neue Seuche nach dem gleichen Prinzip entworfen haben. Das Ding hier ist unfertig. Unvollendet.«

»Vielleicht wollten sie neue Programme laden, nachdem wir alle erkrankt waren. In der Art, wie die Seuche die Leute derzeit befällt, könnte sie nichts anderes als die erste Stufe des Nano-Angriffs sein.«

»Aber das ist ein Leercode«, sagte Ruth. »Soweit ich das beurteilen kann, handelt es sich um Ballast und sonst nichts.«

»Du weißt nicht, welche Fortschritte sie inzwischen erzielt haben«, entgegnete Cam, und das klang fast wie eine Kampfansage. Es war herzlos, aber ein Teil von ihm glaubte an die Konsequenzen, die seine Worte beinhalteten. *Die sind schlauer als du. Schneller. Aggressiver.*

Sie hob die Stimme und passte sich seinem Tonfall an. »Die neue Seuche würde sich noch schneller verbreiten, wenn die Nanos kleiner wären«, erklärte sie. »Sie würde genauer wirken und nicht so viele ...« Ruth stockte, aber dann fuhr sie mit blitzenden Augen fort: »... und nicht so viele Todesopfer fordern.«

»Schluss jetzt, ihr beiden«, sagte Ingrid.

Cams Magen verkrampfte sich wie eine Faust.

»Streit bringt uns keinen Schritt weiter.« Ingrid trat zwischen sie und legte jedem von ihnen eine Hand auf die Schulter. Das war eine versöhnliche Geste, die sie zusammenbringen sollte. Aber Cam machte sich los und trat einen Schritt zurück, um seinen Zorn zu verbergen.

»Ich hole Bobbi.«

»Tut mir leid«, sagte Ruth. »Warte. Ich wollte doch nicht ...«

In diesem Moment überraschte sie die Sonne. Schatten zeigten sich unter ihnen, und Cams Blick wanderte zum Horizont. Über ein weites, offenes Tal im Norden ragte der knapp

4000 Meter hohe Wall der Never Summer Range auf. Ihre schneebedeckten Gipfel schimmerten im rosig-gelben Morgenlicht. Der Sonnenaufgang bot ein grandioses Bild. Der Himmel war wolkenlos, aber der ständige Dunstschleier in der Atmosphäre nahm das Licht auf und brach es wie ein dunkles Prisma. Die Sonnenuntergänge konnten ähnlich schön sein. Cam und Allison hatten Hunderte dieser farbenprächtigen Schauspiele gemeinsam genossen und ein wenig Trost darin gefunden.

Die Erde erlebte die ersten kleineren Auswirkungen des nuklearen Winters. So wie es aussah, war die globale Erwärmung zum Stillstand gekommen oder hatte sich sogar umgekehrt. Drei Jahre waren vergangen, seit Zehntausende von Kraftwerken und Fabriken rund um die Welt gebrannt hatten. Dazu kam noch, dass der gesamte Verkehr auf der Erde vermutlich nicht mehr Abgase erzeugte als die Autoschlangen in Miami vor dem Pestjahr.

Gleichzeitig schwebte in der Atmosphäre sowohl Rauch als auch jede Menge Staub von den Detonationen. Manchen Schätzungen zufolge hatte allein die Bombe in Leadville eine Sprengkraft von sechzig Megatonnen besessen. Und auf der anderen Seite des Planeten hatte es mindestens zehn Abwürfe gegeben. Die Chinesen waren im Himalaya zu einem Patt gezwungen worden, als Indien die Frontlinien des eigenen Territoriums bombardierte. Die Inder waren vorsichtig genug gewesen, ihr Vorhaben anzukündigen. Und sie fügten den chinesischen Streitkräften keinen Schaden zu. Die Bombardierung war lediglich ein wirksames Verteidigungsmanöver gewesen. Breite Streifen von radioaktiv verseuchtem Land bildeten nun eine Barriere zu China, das seine Invasionsgelüste notgedrungen anderen Gebieten zuwandte.

So schien es durchaus denkbar, dass der Sieg Indiens China bewogen hatte, seine Eroberungskämpfe in Nordamerika zu verstärken. Wären die Chinesen im Osten erfolgreicher gewesen, hätten sie es vielleicht nicht für notwendig erachtet, sich gegen die USA ein Wettrennen um waffenfähige Nanos zu liefern.

Cam starrte in den hellen Morgen und versuchte diese Gedanken abzuschütteln, bevor sie ihn lähmten. Er war erschöpft und überreizt und sagte noch einmal: »Ich hole Bobbi. Danach essen wir eine Kleinigkeit. Es wird höchste Zeit, dass wir aufbrechen.«

»Cam, ich …«, begann Ruth.

»Es ist gut, Liebes«, sagte Ingrid. »Bitte, hört auf, euch gegenseitig Vorwürfe zu machen. Keiner von euch will Allisons Andenken in den Schmutz ziehen. Das wisst ihr doch beide.«

Ein Flackern ging durch das Sonnenlicht. Hinter dem Horizont pulsierten zwei gigantische Stroboskope, dann ein drittes, ein viertes und ein fünftes. Das Licht war unnatürlich grell. Es verschlang den Himmel und schwappte dann gegen die Berge – wie eine lautlose Flut, die sich aufbäumte, verschwand und sich wieder aufbäumte. Cam hatte das schon einmal erlebt. Er duckte sich und presste sofort einen Arm vor die Augen – aber selbst in dieser Haltung nahm er weitere Lichtblitze wahr. *Das sind Atombomben,* dachte er.

»Runter!«, schrie Ingrid mit gellender Stimme, während Ruth vor sich hin murmelte: »O Gott. Nein. O nein. O Gott.«

Flugzeuge durchschnitten das Dunkel im Südwesten. Düsenjäger. Cam öffnete die Augen. Reflektiertes Sonnenlicht blitzte und funkelte, und dann zerfetzte eine Phalanx heller Umrisse den Himmel. Mit einiger Verzögerung hüllte sie der Lärm der Triebwerke ein. Cam warf sich zu Boden, auch wenn die Kampfmaschinen vermutlich zu schnell gewesen waren, um ein paar Gestalten an einem Berghang zu erkennen.

*Wann kommt die Druckwelle?,* dachte er.

Ruth trat neben ihn und strich nervös über ihren M4. »Waren das unsere Flugzeuge?«, fragte sie.

»Ich glaube nicht.«

»Wo wurden die Bomben abgeworfen? Über Grand Lake?«

»Nein. Das hätten wir nicht überlebt.«

Das Sonnenlicht floss gelblich über die höchsten Punkte des Landes. Hitze berührte die Erde und das Gras. Cam spürte, wie sich die Luft veränderte, als er den Kopf hob und ein fernes Kreischen zu orten versuchte. Es hallte von den Bergen im Osten wider. Mindestens einer der Jets kam zurück. Oder waren es mehrere?

Irgendwo schrie Bobbi, und Ingrid rief, so laut sie konnte: »Hier sind wir! Hier sind wir!«

In diesem Augenblick ließ das heisere, tiefe Grollen von Propellermaschinen den Himmel erzittern. Cam wartete noch, während Bobbi auf den Jeep zugerannt kam und im Laufen Schutzbrille und Maske zurechtschob. »Was ist passiert?«, rief sie atemlos.

*Angriff im Morgengrauen,* dachte Cam und spähte an Bobbis Schulter vorbei. Im Osten nahm das Sonnenlicht erneut eine andere Farbe an. Es glomm rötlich hinter gigantisch aufgequollenen Pilzwolken. Dann blickte er in die andere Richtung. Im Westen erkannte er den kurzen, dicken Rumpf des ersten Flugzeugs, das aus der Nacht auftauchte. Eine zweite Maschine folgte dicht dahinter. Es waren chinesische Y-8-Transporter, die eine starke Ähnlichkeit mit der amerikanischen C-130 hatten und dem gleichen Zweck dienten – der Beförderung von Ausrüstung oder Truppen zu Landeplätzen mit kurzen oder unbefestigten Pisten. Die Jets flogen als Geleitschutz mit.

Feststand, dass die Atombomben irgendwo weit entfernt gelandet waren. Die chinesischen Maschinen mussten ein anderes Ziel ansteuern.Und Cam fiel nur ein Ort ein, der dafür in Frage kam.

»Diese Flugzeuge sind nach Grand Lake unterwegs«, sagte er.

# 15

Deborah Reece sah von ihrem Rasterkraft-Mikroskop auf, als ein hartes *Wumm* den Raum erschütterte. Sie warf einen Blick zur Betondecke. »Was …«, begann sie. Ein erneutes Hämmern übertönte ihre Worte. Ihr Stuhl klapperte. *Wumm wumm wumm. Wumm.* Der Schreibtisch schwankte nun ebenfalls, und das Visier ihres Schutzanzugs vibrierte von der Wucht der Detonationen.

»Luftangriffe«, murmelte Bornmann neben ihr. Der Anzug dämpfte seine Stimme. »Scheißkerle.«

*Wumm.*

»Wo zum Henker bleiben unsere Flugzeuge?«, fluchte einer der Männer, und ein anderer fragte: »Rezac, was haben Sie?«

In ihrer Panik dachte Deborah, Dirk Walls habe nach ihr gerufen. Er war ein Zweisterne-General der Marines und fühlte sich in diesem winzigen Trupp ebenso verloren wie Deborah. Sie stand von ihren Geräten auf und drehte sich nach hinten, aber Walls sprach mit der Nachrichtentechnikerin, die man ihrer Einheit zugeteilt hatte, NSA-Spezialagentin Michelle Rezac, einer dunkelhaarigen Frau mit einer weichen Stimme und harten grauen Augen.

Plötzlich kippte der Boden zur Seite. Deborah verlor den Halt. Der Berg stöhnte auf. Bornmann fiel über sie, und sie schrie – aber selbst in dem allgemeinen Durcheinander merkte sie noch, dass dieser Stoß von der Seite gekommen war. Die anderen Explosionen gingen eindeutig in die Tiefe. Das größere Beben schien aus einer völlig anderen Richtung gekommen sein. Und ihm folgten eine Reihe von Nachbeben, die nicht zu den Detonationen über ihren Köpfen passten.

»Was war das denn?«, schrie ein Mann.

*Wumm wumm.*

Staub rieselte aus einer Ecke des Raumes, wo der Beton unter Spannung stand. Deborah rappelte sich hoch. Irgendwie stand das Mikroskop immer noch an seinem Platz, also hielt sie es krampfhaft fest, weil sie mit einem neuen Beben rechnete.

Zu diesem Zeitpunkt hätte sie nicht geglaubt, dass der Druck, der auf ihr lastete, noch größer werden könnte. Aber nun warfen chinesische Flugzeuge Bomben über Grand Lake ab. Warum das? Würden sie landen?

*Wumm.*

Sie fragte sich, wie viele Leute General Caruso gegen die feindlichen Soldaten zur Verfügung standen – und ob sie selbst wohl auch dazugehören würde. Außerhalb der Kommandozentrale gab es sicher nicht mehr als ein paar Dutzend ausgebildete Kämpfer. Sie ballte die Hand im Innern ihres Handschuhs und dachte an den Ruck, der durch ihren Arm gefahren war, als sie die Pistole abgedrückt hatte.

Deborah und vier andere hatten die Kommandozentrale eine Stunde zuvor verlassen und sich in aller Hast zu einem behelfsmäßigen Labor in den oberen Bereichen von Komplex 1 begeben, wo sie die Hardware vorfanden, die ein Kommando der Air Force aus Komplex 3 gerettet hatte. Diese Leute blieben als Bodyguards bei ihr. Die restlichen Mitglieder der kleinen Mannschaft – wie Walls und Rezac – waren einfach deshalb da, weil Caruso noch vier Schutzanzüge übrig hatte. Caruso wollte Deborah absichern, aber er ging wohl auch davon aus, dass es keinen Sinn mehr hatte, Reserven zu horten. Ihre Zeit war lediglich geliehen.

Sie kamen zu spät, viel zu spät. Deborah wäre nie auf die Idee gekommen, dass sich die Waffen der USA immer noch in ihren unterirdischen Arsenalen befanden, und doch hatte sie Carusos Entscheidung, ihre Fernlenkwaffen unter Kontrolle zu halten, bewundert. Sie hatte sich in ihm getäuscht.

*Wumm wumm. Wumm.*

Auf der anderen Seite des Raumes fielen Schreibtische und Geräte um. Deborah warf erneut einen Blick zur Decke. Die Leuchtstoffröhren flimmerten in jedem Kratzer ihres Visiers. Der Anzug, den sie trug, hatte schon eine Menge mitgemacht, und der Geruch nach anderen Menschen überlagerte den ekligen Gummigestank. Sie war sich wie in einer Männer-Umkleidekabine vorgekommen, als sie die schweren Ärmel und Hosenbeine an das Mittelstück gekoppelt hatte.

*Wumm.*

»Rezac!«, schrie Walls, aber Spezialagentin Rezac beachtete ihn nicht. Sie stand am Interkom und presste den knallgelben gummierten Helm mit einer Hand gegen das Ohr, um ihr Headset festzuhalten. Am Gürtel trug sie wie alle anderen auch eine Steuervorrichtung, aber sie hatte das kurze Kabel gelöst, das die Verbindung zu ihren Funkgeräten herstellte, und sich stattdessen in das Interkom eingeschaltet.

Die neun Menschen im Raum waren buchstäblich bunt zusammengewürfelt. Ein Mann trug einen gelben Zivilschutzanzug wie Rezac, ein anderer Army-Grün und der Rest Nachtschwarz. Deborah trug ebenfalls Schwarz, und sie war froh darum. Wenn sie chinesische Sturmtruppen aus dem Hinterhalt angreifen wollten, hatte sie wenig Lust, das in einem quietschgelben Sicherheitsanzug zu tun.

Rezacs Stimme war nicht mehr als ein unverständliches Murmeln. Deborah starrte die Frau an. Sie musste in Erfahrung bringen, was da draußen geschah. Genau genommen starrten alle Rezac an. Alle bis auf Emma.

»Ich glaube, ich habe ein Bild«, sagte Emma.

»Wirklich? Gute Arbeit.« Deborah trat an einen benachbarten Arbeitsplatz, wo sie Emma vor ein Magnetresonanzkraft-Mikroskop und ein kleines Kunststofftablett mit dünnen farblosen Plättchen – den sogenannten Substraten – gesetzt hatte. Das MRFM war größer als Deborahs AFM. Es besaß eine breitere Säule und Innen-Arrays. Ansonsten sahen sich die beiden Instrumente ziemlich ähnlich – gedrungene, glänzend weiße Türme mit Digitalsteuerung, auf denen ein schwarzes Okular saß.

»Danach suchen wir doch, oder?«, fragte Emma. Sie benutzte nicht den Sprechfunk des Anzugs, sondern hob die Stimme, damit Deborah sie durch den Helm verstehen konnte.

Als sich Deborah über das Instrument beugte, achtete sie darauf, dass die Lufttanks sie mit ihrem Gewicht nicht nach unten zogen und gegen das Okular drückten. Sie sah eine schwarz-weiße Topografie, die an die Unterseite eines Eierkartons erinnerte, eine symmetrische Reihe von Erhebungen, verbunden durch völlig identische Rippen und Streben – aber die Frage war, ob sie den Nano selbst oder nur das Material des Substrats betrachtete.

Ein Staubkorn besäße keine so gleichmäßige Struktur. Da war sie sicher. Aber sie hatte keine andere Methode zum Einfangen eines Seuchen-Nanos gefunden, als die Substrate in der Luft zu schwenken, um dann ein Plättchen nach dem anderen in die Mikroskope einzuführen und nach den Pestmaschinen zu suchen, die mit bloßem Auge unsichtbar waren. Zu ihrem Leidwesen ließen sich die winzigen Substrate mit den klobigen Handschuhen kaum festhalten. Die Dinger bestanden, wie sie sich erinnerte, aus Saphir, hatten einen Durchmesser von einem Zentimeter und eine Stärke von nur einem Millimeter, was ihnen ungefähr die Konsistenz von Zellophan verlieh.

Falls Emma tatsächlich einen Nano entdeckt hatte, konnte dies hier nur ein Teil davon sein. War die Vergrößerung zu hoch eingestellt? Sie machten in der Tat die ersten Fortschritte, auch wenn das alles viel zu lange dauerte.

Deborah war besonders stolz auf Emmas Rettung. *Ich brauche sie,* hatte sie Caruso erklärt. *Sie hat mit mir für Goldman gearbeitet.* Und Caruso war schließlich damit einverstanden gewesen, Emma durch die Dekontaminationskammern in die Kommandozentrale zu schleusen. Zum ersten

Mal in ihrem Leben hatte sie einen Vorgesetzten belogen. Dass sie der Freundin Sonderrechte erkämpfte, war egoistisch. Andererseits fand sie es mehr als unfair, dass Caruso das gesamte Nanotech-Programm auf ihre Schultern ablud. Er erwartete einfach zu viel.

Deborah fragte sich schließlich, was ihr wichtiger war – ihr Land oder ihr Leben. Und sie entschied sich für Letzteres. Es war eine ungemein glückliche Fügung, dass sich Emma als so klug erwies. Emma hatte geschickte Hände und ein gutes Gedächtnis, und Deborah gestattete sich sogar einen Hauch von Konkurrenzdenken. *Ich werde keinesfalls zulassen, dass ich neben ihr dumm dastehe,* dachte sie. »Okay, sieht ganz danach aus«, sagte sie.

»Und was jetzt?«

*Keine Ahnung,* dachte Deborah, aber Bornmann beobachtete sie, und sie brachte es nicht fertig, ihre Unwissenheit preiszugeben.

Captain Bornmann war ein Löwe von einem Mann, aber nicht von der Statur her, sondern weil er sich wie ein träge schleichendes Raubtier bewegte. Er strahlte Gefährlichkeit und geballte Kraft aus. Bornmann hatte den Trupp angeführt, der in Komplex 3 eingedrungen war. Er hatte sein Leben und das seiner Leute riskiert, um die Laborausrüstung zu holen. Deborah verstand, weshalb er in ihrer Nähe blieb. Er wollte Wunder sehen, aber sie konnte ihm keine liefern.

»Alle herhören!«, meldete sich Rezac per Anzug-Funk. »Ich bekomme gerade Berichte über Atomangriffe in Wyoming und Montana herein.«

»Meine Güte«, murmelte jemand.

»Die Chinesen haben die meisten unserer Raketensilos zerstört. Nun bombardieren sie auch noch unsere Kommandozentralen. Es sieht so aus, als sei von unseren Außenanlagen nicht viel übrig geblieben.«

Deborah spürte, wie das Blut in ihren Adern pochte. Schwindel erfasste sie, also sah sie sich nach einem Stuhl um. Diese

Panik war völlig untypisch für sie. Am liebsten wäre sie geflohen. Aber wohin?

»Wir haben eben eine verschlüsselte Botschaft aus Salt Lake erhalten«, sagte Rezac. »Die bleiben auch nicht ungeschoren. Kampfjets, gefolgt von Truppentransportern.«

Die Choreografie der Angriffe war kühn, ja geradezu wahnwitzig. Die Chinesen hatten ihre Flugzeuge zu den Einschlagzielen der eigenen Langstreckenraketen geschickt. Die Invasion war erfolgreich verlaufen, weil so viele amerikanisch-kanadische Radarstationen ihren Betrieb eingestellt hatten. Und es war zu massiven Funkstörungen gekommen. Während der vergangenen zwei Stunden waren die Satelliten-Verbindungen von Grand Lake immer wieder unterbrochen worden oder ganz ausgefallen. Die Überlebenden in Peterson AFB und Missoula meldeten die gleichen Probleme. Die Chinesen besaßen die vollständige Luftüberlegenheit. Wahrscheinlich hatten sie mit einem Dutzend AWACS-Maschinen einen elektronischen Schirm über den Rockies errichtet und auf diese Weise dafür gesorgt, dass die chinesischen Raketenstarts unentdeckt blieben – und nun waren diese Maschinen wohl von ihren eigenen Generälen geopfert worden, entweder durch direkte Explosion oder durch einen elektromagnetischen Impuls, der einen Kurzschluss auslöste.

Die Kampfjets und Truppentransporter, die nur wenige Minuten nach den Interkontinentalraketen an den Zielorten eintrafen, hatten zweifellos eine extrem niedrige Flughöhe gewählt und die Continental Divide als Schutzschild gegen die Atomexplosionen genutzt.

*Der Kampf ist noch nicht vorbei,* dachte Deborah. Da spielte es auch keine Rolle, dass der Krieg verloren war. Der Feind hatte sie auf Schritt und Tritt geschlagen, aber sie wusste, dass die Männer und Frauen hier im Raum niemals aufgeben würden. Das galt auch für sie, insbesondere angesichts der Gewissensbisse, die sie Caruso gegenüber empfand. Sie hatte ihn belogen, und es machte die Sache nicht besser, dass sie es nur getan hatte, um Emma zu retten. Deborah hatte ihre Integrität immer über ihre persönlichen Gefühle gestellt.

Nun würden sie beide den Preis dafür bezahlen. Sie standen an vorderster Front. Wenn die Chinesen diesen Stützpunkt mit einigen hochrangigen Gefangenen haben wollten, dann würden sie vermutlich beides bekommen, aber zuvor würden eine Menge Leute sterben. *Raum um Raum,* dachte Deborah, und es hörte sich an wie ein Mantra. *Wir werden jeden gottverdammten Raum zu halten versuchen.*

»Wir sollen hier raus, befiehlt General Caruso«, sagte Rezac.

»Raus?«, wiederholte Bornmann.

Deborah spürte die gleiche Verunsicherung, ja sogar Bestürzung. Sie hatte sich innerlich bereits auf einen Kampf eingestellt.

»Packt alles zusammen«, fuhr Rezac fort. »Wir können diesen Stützpunkt unmöglich gegen Bodentruppen halten. Es reicht, wenn sie das Dach über uns zum Einsturz bringen. Wir räumen das Feld.«

»Und gehen wohin?«, fragte ein anderer Mann.

»Ihr habt doch gehört, was die Lady uns übermittelte«, meinte Walls. »Wir versuchen den Nordtunnel zu erreichen.«

»Mein Gott«, murmelte der gleiche Mann, aber die Gruppe begann bereits mit den Vorbereitungen zum Rückzug.

*Das ist Wahnsinn,* dachte Deborah, während sie sich umdrehte und einen prüfenden Blick auf die Nanotech-Ausrüstung warf. Das AFM ließ sich leichter transportieren, aber Emma hatte eine Probe der Gehirnseuche auf dem Objektträger des MRFM liegen.

»Wir brauchen die beiden Geräte hier«, sagte Deborah zu Bornmann.

»Ist in Ordnung.« Er winkte seine Leute herbei. »Sweeney, Pritchard, ihr kümmert euch um das Zeug da. Lang und ich übernehmen die Spitze. General Walls, Sie und alle anderen sollten sich mit Reserve-Lufttanks versorgen, Sir.«

»Gut.« Walls nahm den Befehl ohne Widerspruch entgegen.

Ihre Anzugtanks reichten nur noch vierzig Minuten. Deborah wollte den anderen nicht auf die Nerven gehen, fragte sich aber, wo ihre Chance liegen mochte, wenn es draußen auf dem Berg von feindlichen Soldaten und Nanobots wimmelte. Angenommen, dieser Schritt war ein weiterer Fehler?

Dann brach das Stromnetz zusammen und sie standen im Dunkel da.

Deborah war ehrgeizig. Sie brachte wenig Verständnis dafür auf, wenn jemand, insbesondere sie selbst, versagte – und sie hatte ihr Urteil über General Caruso revidiert. Wenn sie es recht bedachte, hatte er die Lage verkannt, als er seinen Raketenangriff gegen die Chinesen hinauszögerte. Er sträubte sich dagegen, amerikanische Städte zu zerstören. Das war noch verzeihlich. Sie alle hofften, dass Kalifornien eines Tages wieder den Amerikanern gehören würde, und San Diego oder Los Angeles waren lebenswichtige Küstenstädte.

Ehe ihre kleine Gruppe die Kommandozentrale verließ, hatte Caruso eine Kehrtwende in seinen diplomatischen Bemühungen vollzogen. Er versuchte günstige Bedingungen für ihre Kapitulation auszuhandeln. So war er zur Aufgabe bereit, wenn er den Chinesen ein paar Zugeständnisse abringen konnte, und es erforderte eine erbärmliche Art von Tapferkeit, einen Waffenstillstand zu vereinbaren. Dies war der gleiche Mut, den Ruth aufgebracht haben musste, um den letzten Krieg zu beenden. Caruso würde als der Mann in die Geschichte eingehen, der kapituliert hatte. Er hatte sogar darum gekämpft, diese Rolle zu übernehmen, und den Verteidigungsminister entmachtet, weil er glaubte, für diesen endgültigen Schritt besser geeignet zu sein.

Das aber hätte er besser wissen müssen.

Das Problem war, dass jedes Wort über seine Dolmetscher zu den Chinesen und wieder zurück wanderte, manchmal sogar zwei- bis dreimal, um Irrtümer zu vermeiden. Die mangelhaften Nachrichtenverbindungen taten ein Übriges, als Caruso von Satellitentelefonen zu Funkfrequenzen und den wenigen Standleitungen zwischen den Rockies und Südkalifornien wechselte.

Der Feind hatte ihn geschickt hingehalten. Die Chinesen waren Meister in dieser Taktik. Sie versprachen, den Kontakt zu ihren höchsten Stellen herzustellen, und behaupteten gleich darauf, dass sich diese Regierungsbeamten gerade in einer wichtigen Besprechung mit anderen hohen Militärs der Amerikaner befänden. Jedes Mal taten Carusos Leute ihr Bestes, um diese Militärs selbst an die Strippe zu bekommen. Fast immer mussten sie feststellen, dass die Genannten vom Funknetz abgeschnitten, infiziert oder tot waren. Wenn sie die Chinesen mit diesen Erkenntnissen konfrontierten, führte das nur zu weiteren Widersprüchen und Ausreden, die ebenfalls alle erst übersetzt werden mussten.

Die Chinesen hatten ihn lediglich ausgebremst, bis ihre eigenen Geschosse vom Himmel fielen. Caruso hätte besser daran getan, zu einem begrenzten Gegenschlag auf eigenem Grund und Boden auszuholen, so wie es Indien im Himalaya getan hatte. Wenn er Südkalifornien zerstört hätte, wären die Chinesen vielleicht in ihre Heimat zurückgekehrt. Sie hätten ihre Mission in Nordamerika beendet oder die Gehirnseuche zum Stillstand gebracht. Aber der Feind musste Caruso das Zögern als Feigheit ausgelegt haben.

Deborah kam zu dem Schluss, dass sie sich doppelt in ihm getäuscht und ihre Loyalität damit an die falsche Person verschwendet hatte.

»Stopp!«, schrie Bornmann in seinen Helmfunk.

Pritchard hielt den Trupp an. Sein schwarzer Anzug war das Erste, was Deborah im Halbdunkel erkennen konnte. Sie hatten nur zwei Stablampen und eine batteriebetriebene Laterne. Die meisten von ihnen waren Schatten. Lediglich Rezac und Medrano hoben sich mit ihren gelben Schutzanzügen deutlicher gegen die Finsternis ab.

Dreißig Meter vor Pritchard zitterte ein einzelner Lichtstrahl in einem anderen Raum. Bornmann und Lang waren vorausgelaufen und hatten Pritchard die Führung der Gruppe überlassen. Er hielt kurz an und brachte seinen M4 in Schussposition. Deborah hörte weiter vorn ein kurzes, aber heftiges Handgemenge. Dann herrschte Stille.

»Der Weg ist frei«, meldete Bornmann.

»Okay«, sagte Pritchard. »Weiter.« Er hatte das AFM in einer Trageschlinge an der Hüfte befestigt, weil er auf dem Rücken die Ersatz-Lufttanks mitschleppte und beide Hände für den Karabiner und die Taschenlampe frei haben musste. Glaubte er vielleicht, dass Bornmann und Lang in der Dunkelheit eine infizierte Person übersehen könnten?

Deborah warf im Vorbeihasten flüchtige Blicke in die Büros zu beiden Seiten. Weit entfernt knatterte Gewehrfeuer durch den Komplex. Mehr als einmal hatten sie ein kurzes *Wumm* gehört. Dazu kam ein schwaches, irritierendes Kreischen, mal lauter und mal leiser, je nachdem, ob sie an Mauerwerk oder offenen Flächen vorbeiliefen. Die Chinesen machten sich mit Bohrern an versiegelten Türen oder direkt an den Bunkerdecken zu schaffen. Selbst ein winziges Loch würde reichen, um die Gehirnseuche in der Kommandozentrale zu verbreiten.

Den Kampfgeräuschen nach waren sie sicher, dass der Feind den Haupteingang und das Südtor überrannt hatte. Falls der Nordtunnel ebenfalls blockiert war, wäre dies der kürzeste Fluchtversuch aller Zeiten. Deborah bemühte sich, nicht darüber nachzudenken. Es fiel ihr schon schwer genug, mit dem unförmigen Schutzanzug und einem zusätzlichen Lufttank auf den Armen durch die Gegend zu joggen. Das Ding wog zehn Kilogramm. Es war ihr peinlich, dass sie nicht mehr tragen konnte, aber sie hatte nun mal nicht die Oberarmmuskeln, die man für eine solche Gewalttour benötigte.

Sie erreichten den nächsten Raum, eine Mannschaftsunterkunft, ordentlich und sauber mit hohen Feldbetten, niedrigen Truhen und zwei Gestalten, die verkrümmt am Boden lagen. Bornmann und Lang hatten sie niedergeschlagen, weil Gewehrschüsse eine zusätzliche Gefahr darstellten.

»O Gott«, murmelte Emma und wandte den Blick ab, im Gegensatz zu Deborah, die der Meinung war, dass die beiden Soldaten – Soldaten der eigenen Streitkräfte – ihr Entsetzen verdienten. Unwillkürlich verlangsamte sie ihre Schritte. Walls stieß gegen sie, und sie fiel auf ein Knie. Krampfhaft hielt sie den Aluminiumzylinder fest. *Sie werden dich hören!*, dachte sie. Der Tank würde wie ein Gong auf den Betonboden schlagen und mit großer Wahrscheinlichkeit sämtliche Infizierten anlocken, die sich in diesem Flügel befanden.

Walls erwischte Deborah ungeschickt am Ärmel. Er trug einen Rucksack über seinen Lufttanks, in dem sich zwei Laptops und ein Satellitentelefon befanden, dazu in einer Trageschlinge zwei Ersatztanks.

»Ich bin okay«, sagte sie.

»Wir haben es gleich geschafft.«

Das klang, als könnten sie in Kürze anhalten und eine Rast einlegen, und Deborah nickte, obwohl sie wusste, dass es eine Lüge war. »Jawohl, Sir.«

Hinter ihnen tauchte Rezac auf. Ihre Anzüge raschelten, ihr Gepäck klirrte.

Rezac schleppte den Harris-Tornister, einen Reservetank und ein M16. Medrano trug zwei weitere Tanks und die Laterne, die von seiner Hüfte baumelte und eine weiße Lichtpfütze auf dem Boden verbreitete. Sweeney mit seinem M4 bildete die Nachhut. Er ging gebückt, weil ihn das Gewicht des MRFM nach unten zog.

Als sie an den Reihen leerer Betten vorbeimarschierten, dachte Deborah wieder daran, was für ein Glück sie hatte, dass sie überhaupt noch am Leben war. Und sie überlegte, dass General Caruso gewusst haben musste, welches Risiko er einging, als er seine Fernlenkwaffen zurückhielt. Hatte er schließlich doch das Richtige getan? Die Zusammensetzung ihrer kleinen Mannschaft war ein Beweis für seine Absicht, den Kampf fortzusetzen, ohne eine nukleare Massenvernichtung auszulösen. Caruso hatte ihnen nicht nur Schutzanzüge zugewiesen, damit sie die Seuchen-Nanos untersuchen konnten. Mit den wenigen sorgfältig ausgewählten Spezialisten dieses Kommandos war Caruso notfalls sogar in der Lage, eine neue Führungsgruppe zu bilden. Das war auch die einzige Erklärung für die Anwesenheit von General Walls in ihrer acht Mann starken Einheit.

Walls sollte Carusos Rolle als Oberbefehlshaber der USA übernehmen, falls Komplex 1 an den Feind fiel. Rezac war für Nachrichtentechnik und Spionage zuständig. Der Ingenieur Medrano hatte sich um die technische Ausrüstung zu kümmern, während Bornmann und der Rest für die Durchführung der Anordnungen sorgen würden. Staff Sergeant Lang konnte zusätzlich als Dolmetscher einspringen. Wie die meisten Übersetzer war er Amerikaner mit chinesischen Wurzeln und wegen seiner Sprachkenntnisse bei Verhandlungen besonders wertvoll. Deborah wäre nicht weiter überrascht gewesen, wenn noch andere aus dieser Spitzenmannschaft ein wenig Mandarin, Kantonesisch oder Russisch verstanden hätten. Übrig blieben sie selbst und Emma als eher hilflose Vertreter der Forschung und Wissenschaft ... Aber glaubte Caruso denn im Ernst, dass sie etwas erreichen konnten? Falls sie tatsächlich entkamen und sich mit anderen Überlebenden verbündeten, was nützten dann ein paar Überraschungsangriffe gegen die Chinesen? Doch selbst ein Entkommen erschien fraglich, da ihre Luftvorräte nur noch knapp zwei Stunden reichten.

»Wir sind da! Wir sind da!«, rief Pritchard und packte Emma an der Schulter, um ihr zu helfen. Sie hatten eine gesprengte Tür erreicht. Dahinter befand sich ein enger Schacht mit einer metallenen Wendeltreppe. Ihre Stiefel lärmten auf den Stufen.

Deborah starrte benommen nach oben. Die Spirale schraubte sich höher und höher. Um nicht völlig den Mut zu verlieren, senkte sie den Kopf. Der Aufstieg schien kein Ende zu nehmen. Ihre Muskeln schmerzten. Nach einer Weile fühlten sich ihre Oberschenkel wie Gummi an. Dann hörte sie ein dumpfes *Klong!* über sich, und plötzlich erfüllte Dämmerlicht den Schacht.

Deborah blickte erneut nach oben. Bornmann hatte eine Luke aufgestoßen. Deborah erspähte ein helles Viereck, doch es schien noch mindestens ein Stockwerk über ihr zu schweben.

*Weitergehen,* dachte sie. *Weitergehen.*

Schließlich warf sie sich durch die Luke in die unerwartete Stille eines Airstream-Wohnwagens. Sämtliche Eingänge zu den Bunkern befanden sich unter Wohnmobilen, Hütten oder Trailern. Andere Einrichtungen von höchster Priorität waren mit Netzen getarnt, um sie für Spionageflugzeuge und -satelliten unkenntlich zu machen. Dieser Schacht bildete da keine Ausnahme. Die zerfetzten Netze über dem ausgeschlachteten Alu-Gehäuse des Airstream hingen auf einer Seite in braunen, verkokelten Matten vor den geborstenen Fenstern. Der Himmel war schwarz und hallte von den langgezogenen Lärmspuren zweier Düsenjäger wider. Irgendwo überlagerte das dumpfere Dröhnen einer anderen Maschine ihr schrilles Kreischen, aber was Deborah noch mehr schockierte, war die Stille im Innern des Wohnwagens.

Bornmann und Lang stützten sich mit schussbereiten Karabinern an den Wänden ab. Bornmann gab den Leuten, die aus dem Treppenschacht auftauchten, mit einem Wink zu verstehen, dass sie sich flach hinlegen sollten, aber Walls nahm neben ihnen Aufstellung, und Deborah spähte durch eines der Fenster ins Freie.

Sie sah Staub und Flammen und überall unheimliche Gestalten, die durch die grauen Schwaden stolperten. Aufrecht.

Ohne Deckung zu suchen. Stumm, obwohl jeder normale Mensch geschrien hätte. Ein Mann zog ein Bein nach. Ein anderer hatte ein rußgeschwärztes, blutverkrustetes Gesicht, aus dem ein zersplitterter Wangenknochen ragte. Er schien nicht zu bemerken, dass er nur noch ein Auge hatte. Angestrengt versuchte er, den Qualm zu durchdringen.

Sie waren infiziert. Diese Männer und Frauen begriffen die Gefahr des chinesischen Angriffs nicht mehr – und sie boten ihrer Gruppe ein wenig Deckung, als Bornmann sie aus der Stille des Airstream-Wohnwagens ins Freie führte. Der Mob umgab sie von allen Seiten. Mehrere Leute trafen Anstalten, ihnen zu folgen. Lang brachte seinen M4 in Schussposition, drückte aber nicht ab. Sie wussten nicht, ob sich chinesische Soldaten in der Nähe befanden.

Bornmann und Lang schlugen fünf Amerikaner nieder, während sie durch das Labyrinth der Zerstörung irrten. Einige der Häuser und Trucks hier oben verbargen die diversen Antennen, die aus dem Berg ragten. Die Augen und Ohren der Kommandozentrale waren so weit wie möglich verteilt worden, um die Signale zu tarnen, aber der Feind musste seit Beginn des Krieges danach getrachtet haben, jede elektronische Quelle aufzuspüren. *Sie* waren das eigentliche Ziel der chinesischen Düsenjäger, nicht die Menschen und schon gar nicht die Geschützstellungen.

Bornmann führte ihre Einheit an brennenden Wohnmobilen und einem umgestürzten Jeep vorbei. Schutt behinderte ihren Weg, ein Gemisch aus dunklen, aus dem Hang gesprengten Erdbrocken und helleren Fragmenten, die von Mauern, Möbeln und Menschen stammten. Tarnnetze hingen in Fetzen von den Gebäuden und Fahrzeugen oder lagen in Knäueln und Wülsten auf dem Boden. Deborah sah einen abgetrennten Arm, einen Schuh und eine riesige Fläche, die mit Glassplittern übersät war.

Sie begriff, dass ihre Unsicherheit nichts half. Sie hatte als eine der wenigen Glück gehabt. Das sagte sie sich bei jedem

Schritt. Selbst wenn sie und Emma zu fliehen versuchten, wo fanden sie denn Unterschlupf? Sich darüber den Kopf zu zerbrechen, war schon Energieverschwendung.

*Tu einfach deine Pflicht,* dachte sie.

Deborah war dankbar, dass sich ihre Selbstzweifel so leicht vertreiben ließen. Sie fühlte sich wie im Auge eines Hurrikans, gesichert und trotz oder gerade wegen der Verwüstung ringsumher unversehrt. Das Chaos war genau der Grund, weshalb sie rein bleiben musste. So sollte man sich eines Tages an sie erinnern – kompetent und zuverlässig –, und niemand würde sie anders sehen, wenn sie ihr Geheimnis wahrte und den Befehlen ihrer Vorgesetzten bis zuletzt nachkam.

Plötzlich konnte sie das Ende der Vernichtung erkennen. Der Berg fiel ab, nach Nordosten hin, wo sich drei vertraute Gipfel im schmutzigen Grau des Himmels verloren. Dunkle Wolken brandeten gegen das Land, aufgepeitscht durch den Zusammenprall von Wind und Hitze.

*Der Fallout wird uns erreichen,* dachte sie.

Walls meldete sich schwer atmend per Anzug-Funk. »Begebt euch zu Komplex 2«, befahl er.

»Wir müssen erst mal das freie Gelände verlassen, Sir«, widersprach Bornmann. »Dann suchen wir so schnell wie möglich Komplex 3 und nehmen neue Vorräte auf.«

»Rezac«, fuhr Walls fort. »Bekommen Sie Kontakt zu 1?«

Während sie sich durch die Ruinen arbeiteten, hatte Rezac unentwegt versucht, Komplex 1 oder sonstige verbündete Gruppen zu erreichen. »Nein, Sir«, entgegnete sie. »Selbst wenn ein paar abgehärtete Einheiten die Detonationen überlebt haben sollten – die Atmosphäre ist völlig versaut. Ich bekomme ums Verrecken nichts außer Rauschen herein.«

»Ihre Funkrufnummer ist Viper Sechs«, erklärte Walls ungerührt. »Authentisierung Hotel Golf India Sierra India X-Ray. Ich will …«

»Raketen«, unterbrach ihn Pritchard.

»Runter!«, schrie Bornmann. »Wo?«

»Strich zwo. Auswärts gerichtet. Ich sehe drei. Vier. Ich glaube, die sind von uns.«

Aus dem Gewühl im Nordosten rasten gelbweiße Funken in den Himmel. Deborah sah drei Punkte durch den Dunst streifen, verschwinden und wieder auftauchen. Die schmerzhaft grellen Spuren stiegen höher und höher …

»Yeeaaah!«, jubelte Pritchard. Seine Stimme klang wild, und Deborah spürte, dass auch in ihr ein primitives Raubtiergefühl erwachte.

*Macht sie platt,* dachte sie.

Die weiß gleißenden Funken waren amerikanische Fernlenkwaffen, unterwegs zu feindlichen Zielen.

# 16

Achthundert Meilen westlich von Grand Lake schlenderte Oberst Jia Yuanjun allein durch einen leeren Korridor. Die Stille hatte etwas Betörendes. Einsamkeit kam in seinem Alltag so gut wie gar nicht vor. Einerseits begrüßte er sie, andererseits spürte er ein Kribbeln im Nacken, das er als Vorfreude deutete.

*Du solltest eigentlich nicht hier sein,* dachte er, aber dieses Untergeschoss war ein vertrauter Ort, in dem er jede Ecke kannte. Er ging sechzig Schritte in die feuchten, widerhallenden Schatten und wandte sich dann nach links. In diesen Kellerräumen war es immer still. Der Architekt hatte bei seinen Bunkerentwürfen zu viel des Guten getan, zweifellos in der Hoffnung, seine Vorgesetzten zu beeindrucken, und der Baueifer hatte nachgelassen, lange bevor das unterste Stockwerk vollendet war. An vielen Stellen sah man die nackten Armiergitter aus den Betonwänden ragen, an anderen waren überhaupt keine Wände eingezogen. Ganz am Ende des Korridors befand sich ein großer Raum, der nichts außer Stützpfeilern und weißen Farbmarkierungen für die nie verlegten Rohr- und Stromleitungen enthielt. Die Beleuchtung bestand aus ein paar Glühbirnen, die an der Decke befestigt waren. Es gab keine Heizkörper und auch keine Frischluftzufuhr.

Sie hatten diesen Stützpunkt am Stadtrand von Los Angeles errichtet, nordöstlich von Pasadena, wo das Ödland längst wieder Besitz von den Vororten ergriffen und die Straßen und verlassenen Höfe mit Sand zugedeckt hatte. Unter der ausgedörrten Wüste aber war die Erde kühl, und die Menschen, die sich zu Hunderten im Innern der Bunkeranlage aufhielten, sonderten Tag und Nacht Feuchtigkeit ab. Ein Großteil ihrer Atemluft, ihres Schweißes und ihrer Kochdämpfe verflog durch die Ausgänge oder trocknete in der unzulänglichen Zirkulation ihrer Gebläse. Jia glaubte aber, dass die feuchte Kälte in diesem Untergeschoss von den lebendigen Ausdünstungen seiner Kameraden herrührte. Es roch nach Menschen und nach Erde, aber nicht unangenehm, dazu nach Beton und nach Eisen. Jia befand sich im Bauch der chinesischen Armee, genau da, wo er sein wollte. Es gab ihm ein Gefühl der Zugehörigkeit – und doch hatte er alles riskiert, als er beschloss, hierherzukommen.

Ein Stiefel knirschte im Dunkel.

*Was, wenn dir jemand gefolgt ist?*, dachte Jia. Er verließ den trüben Schein der Glühbirnen und presste sich gegen die Wand, als die knirschenden Stiefel näher kamen. Ein Mann? Zwei?

*Ich habe mich geschämt.* Er rief sich noch einmal die Lügen in Erinnerung, die er seit Monaten schon einübte. Weshalb sonst sollte sich hier unten jemand verstecken, außer um sein Versagen oder seine für immer verlorene Familie zu betrauern? Der Zutritt zu diesem Bereich war verboten, aber einer der Eingänge befand sich direkt neben Jias Unterkunft. Und da das oberste Kellergeschoss als Lagerfläche benutzt wurde, gab ihm das eine plausible Ausrede, sich in die Tiefe zurückzuziehen. Die überfüllten Mannschaftsquartiere waren kein Ort, um Gefühlen freien Lauf zu lassen.

Notfalls würde Jia die eine Schwäche bekennen, um auf diese Weise eine andere zu verbergen. Das hatte er oft getan, um einen anderen Mann an sich zu binden. Er war dahintergekommen, dass sich Kollegen oder Rivalen stärker fühlten, wenn er einen aufrichtigen Gedanken preisgab. Manchmal fassten sie sogar so viel Vertrauen zu ihm, dass sie ihn ebenfalls an ihren ehrlichen Ansichten teilhaben ließen. Seltener geschah es, dass sie ihn anschwärzten. So oder so knüpfte er neue Beziehungen, entweder mit den Männern, die sich ihm öffneten, oder mit den Vorgesetzten, die ihn verhörten und seinen Antrieb, seine Intelligenz und seine Menschlichkeit erkannten.

Weder die Kommunistische Partei noch das Ministerium für Staatssicherheit legten Wert auf Roboter, wenn sie stattdessen engagierte Mitarbeiter haben konnten. Automaten waren leicht zu finden, Männer mit Eigeninitiative aber nicht. So hatte Jia überlebt, aber ihm war stets bewusst gewesen, dass er ein zweischneidiges Schwert schwang.

Eines Tages würde er über die Klinge springen. War das aber heute schon …?

*Du hättest nicht herkommen sollen,* dachte er. Dann erkannte er, dass die Schritte von vorne kamen. Der Mann war aus den Tiefen des Untergeschosses aufgetaucht. Jia entspannte sich ein wenig. Er hatte die Schulterblätter gegen den rauen Beton gepresst, doch nun beugte er sich vor und spähte aufmerksam ins Licht.

»*Nǐ hǎo*«, sagte er. *Hallo.*

Der andere Mann zuckte erschrocken zusammen und spähte kurz nach links und rechts, ehe er salutierte. Bei jedem anderen hätte sein Mangel an Förmlichkeit zu einem Tadel geführt, aber Jia war gerührt, als er die Furcht in Bu Xiaowens Augen bemerkte.

»Oberst«, sagte Bu. »Sind Sie … ich wusste nicht …«

»Ich wollte einen Moment lang allein sein, um mich zu sammeln«, erklärte Jia. Dann fügte er hinzu: »Seit gestern hat keiner von uns geschlafen. General Zheng war so gütig, uns vom Dienst zu befreien.«

Sie horchten beide in die Stille hinein. Irgendwo weit entfernt hallte ein Geräusch im Beton nach. *Peng.* Aber es war niemand außer ihnen im Keller. Jia trat einen Schritt vor, zog Bu zu sich heran und küsste ihn leidenschaftlich.

Jia konnte nichts für seine Veranlagung. Er war auch keineswegs stolz auf seine Homosexualität, aber es ließ sich nicht leugnen, dass ihn Männer wie Bu Xiaowen magisch anzogen. Dazu bedurfte es keiner Worte. Sie wussten sofort Bescheid.

Jia nahm an, dass Heteros das Gleiche empfanden, wenn ein Funke zwischen ihnen übersprang. Ihre Körper waren einfach so geeicht. Jia und Bu hatten einander wochenlang beobachtet, ehe sie erstmals Gelegenheit fanden, in einem der Treppenschächte ungestört ein paar Sätze zu wechseln.

Er ließ seine Hände tiefer gleiten. Der breite Pistolengurt, den Bu trug, verdeckte seine Hüften. Das frustrierte Jia und erregte ihn zugleich, denn das gegenseitige Entkleiden war im Allgemeinen das einzige Vorspiel. Ihr Sex fand stets in Eile statt.

Er presste Bu an sich, lechzte nach mehr – aber seine Selbstbeherrschung war schließlich stärker. Er beendete ihren Kuss. »Ich kann nicht bleiben«, sagte er.

»Leider«, pflichtete Bu ihm bei, ohne ihn loszulassen.

Aber auch Jia ging nicht. Er drückte seine Wange an die von Bu und erwiderte seine Umarmung. Sein Herz hämmerte und sein Glied versteifte sich, aber alles andere an ihm wurde weich und zärtlich.

*Nie können wir zusammen sein,* dachte Jia. *Das macht dich zu etwas ganz Besonderem für mich. Deine Augen. Deine Figur.* »Ich hatte nicht damit gerechnet, dich zu sehen«, sagte er.

»Das war auch ein großer Zufall«, entgegnete Bu. »Meine Einheit hat Bereitschaft und in einer Stunde wieder Dienst.«

»Ich kann nicht bleiben«, wiederholte Jia.

»Du hättest gar nicht herkommen dürfen.« Bu haschte wie so oft nach Komplimenten.

Mit einem Lächeln hätte Jia gern genau die Dinge gesagt, die Bu hören wollte, aber nach einem Leben voller Täuschungen und Enttäuschungen hatte er gelernt, sich abzuschirmen. Er wusste nicht, wie man ein *Ich liebe dich* ehrlich zum Ausdruck brachte. Die Worte wären ihm im Hals stecken geblieben.

»Zheng beobachtet dich«, sagte Bu.

»Ich weiß.«

Jia war von seinen Aufgaben entbunden worden, als sich höhere Offiziere vordrängten, um die Angriffe zu übernehmen. Und er hatte keine Einwände erhoben, sondern sich im Gegenteil höchst unterwürfig verhalten. Ihre Siege würden auch sein Erfolg sein. Also löste er sich von Sergeant Bu und strich seine Uniform glatt.

Er las das Bedauern in Bus Blick. »Ich bin froh, dass du gekommen bist, *zhăng guăn*«, sagte er. Es war sein Kosename für Jia. *Sir.*

Diesmal lächelte Jia. »Ich auch«, erwiderte er und griff nach Bus Hand. Konnte er wirklich sagen, was gesagt werden musste? Sein Herz zu öffnen, würde ein Kinderspiel sein, verglichen mit den Verbrechen, die sie gemeinsam begangen hatten. Also beschloss Jia, den Schritt zu tun.

*Sag es ihm,* dachte er.

Im nächsten Moment wurden sie gegen die Decke geschleudert. Die Explosion war so betäubend, dass Jia nichts mehr sah und hörte. Sein linker Arm war gebrochen, als er wieder auf dem Boden landete. Er spürte, wie seine Knochen unter dem endlosen schwarzen Lärm splitterten. Sein Brustkorb prallte gegen etwas Hartes. Dann sein Gesicht. Vielleicht schrie er. Aber er wusste es nicht, weil der andere Lärm alles übertönte. Jia stürzte und versank in seinem Brüllen.

Als der Lärm schließlich verebbte, war es um sie herum rätselhaft hell geworden. Tageslicht. Irgendwie klaffte ein gewaltiges Loch im Überbau des Stützpunkts. Geblieben war eine mit grauen Betonschollen und kleineren Schuttbrocken gefüllte Grube. Staub vernebelte die Luft. Es roch nach verbranntem Fleisch, Jia tastete umher und versuchte sich zu orientieren. Der Himmel, der sich über ihm wölbte, wirkte düster, heller zwar als die Beleuchtung von einer Handvoll Glühbirnen, aber noch mindestens eine Stunde vom Morgen entfernt. Wenn denn je wieder die Sonne über Kalifornien aufgehen sollte.

Stimmen hallten von den Felswänden herüber. Papierkram übersäte alles mit dünnen weißen Rechtecken. Ein Teil der

Blätter wirbelte und tanzte in dem heißen Wind, der auch den Staub nach oben riss. Als sich Jia mühsam aufrichtete, umgaben ihn die erstaunlichsten Dinge: verbogene Bettgestelle, Elektronikschrott und, so unfassbar ihm das auch erschien, ein ganzer Lastwagen, der in den Stützpunkt gerollt sein musste. Und er entdeckte Menschen in den Trümmern. Nur wenige bewegten sich. Er sah einen Toten unter Betonfragmenten und einen Verwundeten ohne Unterkiefer, dem obendrein ein Arm fehlte.

Er hatte das Gefühl, aus einem Albtraum zu erwachen. Tief im Innern schrie er vielleicht, aber er kam sich zu klein und nichtig vor, um ganz zu begreifen, was eigentlich geschehen war. Er nahm seine Umgebung Stück für Stück auf. Eine zerschmetterte Tür, ein geborstener Wassertank, eine Schublade ohne Schreibtisch. Irgendwo in dem Schutt lag ein blauer Plastikkamm, den Jia lange Zeit verständnislos anstarrte.

Dann trat er auf den verstümmelten Soldaten zu. Es war aber gar nicht Bu, und einen Moment lang wich die entsetzliche Leere aus Jias Kopf. Wo hatten sie zuletzt gestanden? War das der Korridor?

Der Stützpunkt erbebte erneut, und Hunderte von Stimmen über ihm vereinten sich zu einem Aufschrei, den der Wind mitriss. Ganz in der Nähe geriet ein Trümmerberg ins Rutschen. Er begrub einige der Toten unter sich, dazu einen Verwundeten, der wild um sich schlug, ehe er verschwand. *Nein!*, dachte Jia. Aber der Mann tauchte nicht mehr auf. In der Grube rappelten sich ein paar Leute hoch, doch die meisten Überlebenden schien es ein Stockwerk höher zu geben. Also konnte er auch nicht sofort mit Hilfe rechnen.

»Bu!«, rief er. »Bu, kannst du mich hören?«

Überall bildeten die eingestürzten Wände Barrieren und instabile Hohlräume, die den Freund verbergen mochten. Die Stimmen waren ein Hindernis anderer Art: sie erschwerten das Hören.

»Bu!« Sein Rufen steigerte sich zum Schreien. »*Antworten Sie,* Sergeant Bu!«

Später sollte Jia erfahren, dass zwei Minuteman-Interkontinentalraketen am Nordost- und Südostrand von Los Angeles detoniert waren. Die Gefechtsköpfe besaßen zwar nur die Sprengkraft von jeweils einer Megatonne – die Amerikaner hatten versucht, das Fallout-Risiko für die eigene Nation zu begrenzen –, aber das war immerhin der mehrfache Wirkungsgrad der ersten Atombombe, die man damals über Hiroshima abgeworfen hatte. Schlimmer noch, die beiden Explosionen lösten Stürme aus, die mit großer Wucht aufeinander prallten.

Zeitgleich schlugen weitere Raketen auf Oahu und Hawaii ein; beide Inseln wurden von den Russen und Chinesen als Landebrücken benutzt. Diese Attacken konnten überdies als Drohgebärde verstanden werden, dass die USA bereit waren, den Krieg in den Pazifik hinauszutragen. Sehr viel näher, nämlich in Santa Barbara, Oceanside und San Diego, detonierten ebenfalls Gefechtsköpfe. Die Amerikaner zerstörten außerdem die drei großen, weit landeinwärts gelegenen Luftstützpunkte in der Mojave-Wüste, wo die Chinesen einen Großteil ihrer Flugzeuge stationiert hatten. Ihre Abschüsse erfolgten mit großer Präzision. Nur Festland-China blieb verschont. Möglicherweise hatten sie nicht mehr genug einsatzbereite Silos für einen Großangriff.

Im Augenblick aber kannte Jia nichts außer seinem persönlichen Grauen. Er krallte beide Hände in ein Gewirr von Trümmern, ohne auf den Schmerz zu achten, der durch seinen Unterarm schoss. Der graue Staub war mit Blut getränkt. Mit viel Blut.

»Sergeant Bu!«, schrie er.

Er buddelte einen nackten Fuß aus, abgewinkelt und zermalmt – und empfand Erleichterung. Noch fiel es ihm schwer, seine Gedanken zu ordnen, aber er konnte sich nicht vorstellen, dass Bu seinen Stiefel und noch viel weniger seine Socke verloren hatte. Das hier war ein anderer Mann, jemand, der oben in den Mannschaftsquartieren geschlafen hatte.

Jia suchte weiter. Der Boden bestand aus einem seltsamen Auf und Ab aus Schutthaufen. Die meisten dieser Dünen gaben unter seinen Füßen nach. Instinktiv hielt er sich von den größeren Brocken fern, duckte sich nur und rief laut den Namen des Freundes.

»Bu! Sergeant Bu!«

Einmal stieß er in dem Labyrinth auf ein Kabel, das noch unter Strom stand und Funken sprühte. Er stieg über einen Berg von Gespenstern, die sich als leere Uniformen entpuppten. Ein Mann kam so plötzlich aus dem Staub gehumpelt, dass Jia zusammenzuckte, als stünde er wirklich vor einem Geist.

»Hierher!«, rief Jia. »Helfen Sie mir! Wir suchen nach einem Unteroffizier der Zweiten ...«

Der Mann hinkte weiter, ohne ihn zu beachten. War er denn taub? Blut quoll aus seinen Haaren. Jia ließ ihn gehen. Er hatte gerade ein Stöhnen gehört und folgte dem Laut, zwängte sich an einem massiven Betonfragment vorbei.

Bu Xiaowen lag dahinter. Jeder seiner Atemzüge war ein angestrengtes Rasseln. Er war verkrümmt und mit grauem Staub bedeckt, aber Jia erkannte seine Stimme selbst in dieser extremen Situation. Er rannte zu ihm hin, stolperte einmal und fing sich mit dem gebrochenen Arm ab. »Bu«, sagte er, verwundert darüber, dass die Erschütterung sie so weit auseinander geschleudert hatte. Jetzt waren sie wieder zusammen. Jia merkte, dass er endlich erwachte. Entsetzliche – und ehrliche – Gefühle tobten in ihm, als er Bu eine Hand auf die Wange legte und die Atemwege des Geliebten prüfte. Bus Mundhöhle schien frei von Steinchen oder ausgeschlagenen Zähnen zu sein. Das war gut, aber Jia sah auch, dass der Freund schwer verletzt war.

»Ich ...«, stöhnte Bu. »Ich kann nichts spüren ...«

»Halt still. Ich bin bei dir. Halt ganz still. Wir holen dich so rasch wie möglich hier heraus«, sagte Jia, wenn er auch nicht wusste, ob sich dieses Versprechen halten ließ. Bus Kehle war gequetscht und stark geschwollen. Der verdrehte linke Arm lag so schlaff wie eine tote Sache neben seinem Körper. Offenbar hatte Bu eine Weile unter einem nahen Schutthaufen aus Beton und Armiergittern gelegen. Eine der Stahlstangen hatte sein Bein durchbohrt. Blut spritzte aus der Wunde und breitete sich auf dem Boden aus.

Jia presste die unversehrte Hand auf Bus Wade. Ohne auf die Schmerzen in seinem gebrochenen Arm zu achten, nahm er seinen Pistolengurt ab, wickelte ihn zweimal unterhalb des Knies um Bus Bein und zog ihn fest. Dann machte er sich daran, das Hemd seines Liebhabers zu öffnen.

»Das Dach«, stöhnte Bu. »Was …«

»Nicht sprechen. Nur atmen. Pass auf, du musst atmen. Der Stützpunkt wurde getroffen, aber wir schaffen das schon.«

Bus Schlüsselbein hatte sich durch die Haut gebohrt. Seine Lunge war ganz sicher gerissen, womöglich an mehreren Stellen. Deshalb bekam er nicht genug Luft. Jia war unschlüssig, ob Mund-zu-Mund-Beatmung helfen würde. *Was kann ich bloß tun?*, überlegte er, obwohl er sich eigentlich eine ganz andere Frage stellen musste.

*Was habe ich getan?*

Sein Selbstvertrauen der vergangenen Nacht hatte sich in Selbstvorwürfe und Schuldgefühle verwandelt. Er war so aggressiv gewesen, als er sich für den Angriff auf die Amerikaner eingesetzt hatte. Vielleicht wäre dies hier ohne ihn gar nicht geschehen. Es gab noch mehr ehrgeizige Männer, aber seine Lebensumstände unterschieden sich von denen der anderen Offiziere. Die wenigsten von ihnen hätten zur Eile gedrängt, um sich zu beweisen. Wäre es nicht besser gewesen, einfach abzuwarten, bis die Gehirnseuche noch stärker um sich griff? Vermutlich wäre der Krieg in diesem Fall buchstäblich einseitig verlaufen, weil nicht genug Amerikaner überlebt hätten, um zum Gegenschlag auszuholen.

Jia verzerrte das Gesicht hinter einem Schleier von Tränen. Dann beugte er sich über das aschfahle Gesicht des Freundes. Bu sollte seinen Kuss nicht als Abschied empfinden, aber noch wichtiger war, dass er seine Liebe ein letztes Mal spürte, bevor er starb.

Bu wirkte benommen, aber seine Lippen öffneten sich, als er Jias Mund auf dem seinen spürte. Sie tauschten zumindest noch diese winzige Wärme. Dann scharrten Stiefel über den Schutt und Jia riss den Kopf hoch.

Dongmei stand auf der anderen Seite des grauen Trümmerhügels. Sie trug eine saubere Uniform und hielt eine Wasserflasche sowie einen kleinen Notfallkoffer in den Händen. Irgendwie erinnerte sie an einen Engel, auch wenn Jia ihre Bereitschaft, die Verwundeten zu versorgen, als völlig normal empfand. Aber nun zögerte sie, den Körper halb zur Seite gedreht, als wollte sie umkehren und davonlaufen.

Sie starrte die beiden Männer mit offenem Mund an.

Jia sah sie ebenfalls entgeistert an. So viel Pech konnte es einfach nicht geben. Die Unterkünfte der Frauen befanden sich doch weit entfernt vom Untergeschoss. Dongmei hatte den Bombenangriff überlebt. Dann war sie in die Grube geklettert oder gesprungen, um den Verschütteten zu helfen. Sie war eine gute Soldatin. Sie würde sich mutig in jede Gefahr stürzen, ohne dass ihr ein Vorgesetzter den Befehl dazu erteilen musste.

Jia bedachte seine Möglichkeiten, während hinter Dongmei laute Rufe erklangen. Er konnte sie nicht zum Schweigen bringen, ohne dass er riskierte, entdeckt zu werden, selbst dann nicht, wenn er auf die Pistole verzichtete und sie mit den Händen tötete. Zuerst würde er zu ihr gelangen müssen, und Dongmei stand dreißig Meter von ihm entfernt. Außerdem hatte es den Anschein, als seien weitere Soldaten im Anmarsch, um nach Überlebenden zu suchen.

Sie würden einen Mann brauchen, der die Führung übernahm. Diesen Auftrag durfte er nicht vernachlässigen, insbesondere wenn die Kommandozentrale zerstört war. Die Verantwortung, die auf seinen Schultern ruhte, war ihm wichtiger als alles andere. Jia rieb sich die Augen trocken, ohne darauf zu achten, dass er das Blut und den Schmutz an seiner Hand auf den Wangen verschmierte.

»Er bekommt keine Luft«, sagte Jia, als habe er versucht, Bu von Mund zu Mund zu beatmen. »Seine Kehle. Die Rippen …«

»Ich … ich …«, stammelte Dongmei.

»Haben Sie einen Plastikbeutel und eine Maske in Ihrem Erste-Hilfe-Kasten? Sein Bein ist ebenfalls verletzt. Sind irgendwelche Sanitäter in der Nähe?«

Die Angst in ihrem runden Gesicht wirkte entwaffnend, beinahe kindlich. Es war der Blick einer jungen Frau, die soeben etwas Monströses mitangesehen hatte, etwas, das eigentlich keinen Platz in ihrer Welt hatte. Konnte sie wirklich so naiv sein? Oder rührte ihr Entsetzen daher, dass sie ihn als Vorgesetzten bewunderte und nicht wusste, wie sie seine Homosexualität einordnen sollte?

»Leutnant Cheng!«, fuhr er sie an. »Sind irgendwelche Sanitäter in der Nähe?«

Dongmei schien sich an den vertrauten Tonfall wie an einen Strohhalm zu klammern. Sie erwachte aus ihrer Erstarrung. »Nein, Oberst«, sagte sie. »Nicht hier unten. Hauptmann Ge hat einige von uns hierhergeschickt, um Erste Hilfe zu leisten …«

*Wahrscheinlich nur die Schwächsten,* dachte Jia. *Die Frauen und die gehfähigen Verwundeten. Sollen sich die Krüppel um die Krüppel kümmern.* Es war grausam, aber er billigte die Entscheidung. Wenn es oben noch einsatzfähige Leute gab, dann hatten sie sicher alle Hände voll zu tun, die amerikanische Offensive abzuwehren.

Wer hatte das Kommando? General Zheng? Wie viele Offiziere waren umgekommen, als der Stützpunkt einstürzte?

»Oberst«, stöhnte Bu. »Oberst, ich kann nichts …«

»Kommen Sie hierher!«, rief Jia laut, um die Stimme seines Liebhabers zu übertönen. Was, wenn Bu Xiaowen das Falsche sagte? »Kümmern Sie sich um den Verwundeten! Bringen Sie ihn in eine stabile Lage! Ich muss dringend nach oben, aber Sie wissen: Wir lassen keinen Volkshelden zurück. Dieser Mann verdient jede Hilfe, die wir ihm geben können.«

Dongmei nickte, und Jia glaubte eine leise Unsicherheit in ihrer Miene zu erkennen. Erste Zweifel regten sich in ihr. Das war gut. Aber es war noch nicht genug.

Er konnte sie nicht mit Bu allein lassen.

Während sie sich einen Weg durch den Schutt bahnte, beugte sich Jia wieder über den Freund. Er hatte seinen Entschluss gefasst. Der Soldat und der Mann in ihm hatten stets im Widerstreit miteinander gelegen. Nun hatte der Soldat den Sieg über sein geheimes, sanfteres Ich davongetragen.

»Ich liebe dich«, murmelte er.

Bu, halb betäubt von den Schmerzen und dem Schock, verstand ihn nicht gleich. »Oberst?«, stieß er rasselnd hervor. Dann lächelte er. »Oberst, wir sollten nicht hier …«

Jia presste ihm die unversehrte Hand über Nase und Mund und schirmte dabei den Kopf des Verwundeten so gut wie möglich mit seinem Oberkörper gegen Dongmei ab. Bu versteifte sich. Er war zu schwach, um gegen den Liebhaber anzukämpfen. Seine Hüften wölbten sich nach oben, aber die Verletzungen im Brustraum schienen ihm unerträgliche Qualen zu bereiten. Er versuchte Jia zu beißen. Dieser stieß seinen Unterkiefer so hart nach oben, dass Bus Lippen platzten. Dicht über Bu gebeugt, kniff er die Lider zusammen, um die vorquellenden Augäpfel des Geliebten nicht länger sehen zu müssen.

Ein paar Schritte von ihnen entfernt zögerte Dongmei erneut. Jia hatte vergessen, den Kopf zu heben und so zu tun, als holte er Luft, um Bu zu beatmen. Vielleicht hatte sie auch bemerkt, dass sich auf Bus Gesicht rote Flecken abzeichneten – eine Folge der geplatzten Kapillargefäße.

Dann war es vollbracht. Jia warf keinen Blick mehr auf den Toten, als er sich erhob, um zu vermeiden, dass ihm wieder die Tränen kamen.

»Er ist tot«, sagte Jia mit einer etwas zu starken Betonung auf dem ersten Wort. Vielleicht hätte sie darüber hinweggehört, hätte sie ihn nicht eben gerade als Mörder erlebt.

»Ich … jawohl, Oberst«, sagte Dongmei. Ihre Augen waren zwar ernst und klar, aber konnte es sein, dass ihre Stimme zitterte?

Er wollte nicht abwarten oder ihr eine zweite Gelegenheit geben. Irgendwie musste er erreichen, dass sie ihm vertraute, und so begann er auf sie einzureden, um sie abzulenken. »Das Wichtigste ist, dass jemand das Kommando übernimmt und die Leute zusammenholt. Wir müssen uns gegen weitere Angriffe wappnen. Unsere Gruppe hat den Auftrag, den von der Seuche geschwächten Feind vollends zu besiegen. Zeigen Sie mir, wie Sie hier heruntergekommen sind! Gibt es irgendwo eine Leiter?«

»Jawohl, Oberst. Wir haben Stricke benutzt, Oberst. Dort drüben …« Dongmei deutete nach hinten rechts. Im Moment würde sie ihn wohl nicht zur Rede stellen.

Aber wenn sie ihn später verriet?

Also erwürgte Jia auch sie. Er warf sich in einer grotesken Parodie von Lust zwischen die Beine der jungen Frau, drückte sie mit seinem Gewicht gegen den Schutt und schob seine Arme an ihren abwehrenden Händen vorbei, bis er ihren Hals zu fassen bekam. Sie gehörte zu seiner Truppe und war eine tüchtige Soldatin, aber China brauchte ihn. Es war das Beste, was er für sein Land einsetzen konnte. Es war seine Pflicht.

Als sie tot war, warf Jia einen prüfenden Blick auf den Trümmerberg. Er schleifte Dongmei von Bu weg und zerrte an einer Armierstange, bis sich eine Lawine löste und auf Dongmeis Gesicht und Oberkörper niederprasselte. Falls es zu einer Autopsie kam, würde man die Würgemale entdecken, aber Jia wusste, dass die Überlebenden voll und ganz mit den Aufräumarbeiten beschäftigt waren und sich kaum die Zeit für kriminaltechnische Untersuchungen nehmen würden.

Er entfernte sich unauffällig vom Ort des Geschehens. Und als er sich durch den Staub und die Toten bis zu den Rettungsmannschaften vorgearbeitet hatte, fragte niemand nach dem blutigen Striemen, den sie auf seiner Stirn hinterlassen hatte, oder nach der kalten Wut in seinen Augen. Sie halfen ihm über eine Strickleiter in das erste Stockwerk. Zwei Sanitäter ließen einige Schwerverletzte liegen, um seine Wunden zu untersuchen, aber Jia winkte ab. »Versorgt erst unsere Helden«, befahl er.

»Oberst!«, rief ein Mann. »Oberst!« Es war ein Leutnant der Luftwaffe. Jia erkannte ihn, konnte sich aber nicht an seinen Namen erinnern.

»Erstatten Sie Bericht!«, forderte ihn Jia auf.

»Wir haben entsetzliche Verluste erlitten, Oberst. Ein Großteil des Stützpunkts ist zerstört. Ich kann keine Funkverbindung herstellen, und Hauptmann Ge sagte, so wie es aussieht, sind von der Stadt nur noch Ruinen übrig.«

Der junge Mann klang hysterisch, doch das schien Jias Selbstbeherrschung nur zu steigern. »Wo sind die Generäle Zheng und Shui?«, fragte er.

»Ich weiß es nicht, Oberst! Sie sind der einzige höhere Offizier, den ich finden konnte! Wir haben uns bemüht, die Rettungsaktionen zu koordinieren …«

»Sie haben gute Arbeit geleistet, aber nun gilt es erst einmal, das Kommunikationsnetz hier und mit dem Festland wieder aufzubauen. Ich muss in Erfahrung bringen, wie stark wir getroffen sind und welche Verteidigungsmöglichkeiten uns noch bleiben. Vor allem muss ich wissen, wie es um unsere Luftwaffe bestellt ist, Leutnant.« Jia legte ihm väterlich eine Hand auf den Arm und sah, wie sich seine Festigkeit auf den jungen Mann übertrug. Ruhe und Dankbarkeit spiegelten sich in den Zügen des Leutnants, und irgendwo machte sich unter seiner mühsam gebändigten Wut auch Freude breit.

Jia Yuanjun würde die Amerikaner mit allem angreifen, was ihm noch zur Verfügung stand.

# 17

Cam war nicht mehr sicher, welchen Weg er einschlagen sollte, aber ihre oberste Priorität blieb unverändert: Ruth beschützen. Überleben. Er führte die Frauen ostwärts in ein enges Tal, weil er nicht in Sichtlinie weiterer Atombomben-Blitze bleiben wollte. Außerdem mussten sie dem Wind ausweichen, auch wenn er froh um die Brise war. Sie hielt die schwarzen Wolkentürme im Osten in Schach, die darum ihre radioaktive Fracht nicht über ihnen entladen konnten. Die am weitesten entfernten Wahrzeichen der Landschaft – die schneeweißen Gipfel am Horizont – hatte der Sturm bereits verschlungen.

»Warte«, sagte Ruth. »Bitte.«

Die Frauen folgten Cam im Gänsemarsch. Er warf einen Blick über die Schulter. Ingrid schonte ihr rechtes Bein, und er hoffte nur, dass sie nicht über das Granitgeröll oder die jungen Zitterpappeln gestolpert war und sich den Knöchel verdreht hatte.

»Geht ihr einfach weiter«, sagte er zu Ruth. »Wir holen euch wieder ein.«

»Nein.«

»Ich trage sie notfalls ...«

»Nein. Wir bleiben zusammen. Ich muss ohnehin einen Blick auf den Computer werfen.«

Er konnte ihr Gesicht nicht sehen, weil es von der Brille und der Maske verdeckt wurde, aber die eigensinnige Art, wie sie ihr Kinn hob, sagte ihm genug. Was konnte er tun? Er hatte nicht die Zeit, mit ihr zu diskutieren, und während er noch mit sich kämpfte und nach einer Möglichkeit suchte, sie auszutricksen, hatte Ruth bereits den Karabiner und ihr Gepäck von den Schultern gleiten lassen. Dann kniete sie sich hin und öffnete den Rucksack.

»Herrgott noch mal«, sagte er, als auch Bobbi den Weg verließ. Er ging vor Ingrid in die Hocke, die sich auf einen verwitterten Felsblock gesetzt hatte. Der Sonnenaufgang verlor sich hinter den hässlichen Wolkenbänken, und doch reichte das Licht aus, um die Glimmerkörnchen im Granit zum Glitzern zu bringen. Die gelben Pappeln raschelten im Wind.

Die Druckwellen hatten das Land blank gefegt. Als die Erde zu beben begann, hatten sich die vier Flüchtlinge vergeblich im Gras festgekrallt: Die Wucht der Detonation schleuderte sie in die Höhe. Als Nächstes trieben Sturmböen Laub und Erdbrocken vor sich her. Aber der Pappelhain sah trotz allem, was geschehen war, immer noch prachtvoll aus, da er überwiegend aus kräftigen, biegsamen Jungpflanzen bestand, die zwischen den größeren Stämmen der Elternbäume wuchsen. Cam hoffte, dass dieser Ort in seiner sicheren Abgeschiedenheit immer so lebendig bleiben möge wie in diesem Augenblick.

»Tut mir leid«, sagte Ingrid. »Mein Zeh.«

»Mal sehen, ob wir ihn schienen können«, meinte er und zerrte an ihrem Schuhband, während er Ruth beobachtete. Sie erwiderte seinen Blick, den halb aufgeklappten Laptop vor sich. Dann wandten sich beide ab.

*Warum kommandiert sie mich ständig herum?,* dachte er.

Es gab einen dritten Grund dafür, dass sie nach Osten gingen. Sie hatten Kampflärm gehört, das harte Knattern von Artillerie – weit entfernt zwar, aber es bedeutete doch wohl, dass einige Leute überlebt hatten. Cam wusste, dass es alte Flüchtlingslager in den Höhenlagen dieser Berge gab. Einige dieser Camps wurden immer noch als Vorratslager genutzt. Für amerikanische Einheiten, die versucht hatten, der Gehirnseuche zu entkommen, waren sie vermutlich hervorragende Sammelpunkte.

Doch auf wen feuerten sie? Auf ihre eigenen Infizierten? Oder richtete sich die Artillerie gegen Grand Lake? Versuchten sie die Gipfel von feindlichen Truppen zu befreien, falls dort in der Tat die Chinesen gelandet waren? Diese Berge waren in Luftlinie mindestens zwölf Meilen von Grand Lake entfernt, doch das lag durchaus im Bereich ihrer Kanonen.

Es war einfach Wahnsinn, sich einer Kampfzone *und* dem Fallout zu nähern, aber Cam sah keine andere Möglichkeit. Wenn die Hauptmasse der zusammengeballten und verklumpten Pilzwolken weiter nach Westen trieb, spielte es wahrscheinlich keine Rolle, sich ein paar Meilen in diese oder jene Richtung zu bewegen. Sie hatten ihre letzten Lebensmittelvorräte aufgebraucht und nun kein Wasser mehr. Sie brauchten Hilfe. Und nicht nur das. Sie benötigten ausgebildete Soldaten und Freiwillige.

Ruth sah in den chinesischen Truppen zudem eine Chance. Sie glaubte, dass sie gegen die Gehirnseuche immun waren – dass ihr Blut irgendeinen Schutzfaktor enthielt.

Wie immer die Gehirnseuche wirkte, Ruth war weiterhin überzeugt davon, dass ihre Struktur im Wesentlichen auf dem Geister- oder Booster-Nano beruhte. Weshalb sollten die Chinesen nicht ebenfalls einen ganz spezifischen Impfstoff entwickelt haben? Wie sonst hätten sie in die Pestzone eindringen können? Trugen sie alle Schutzanzüge? Ruth konnte sich nicht vorstellen, dass die Chinesen so viele Anzüge produziert oder eingelagert hatten. Und es dürfte nicht mehr lange dauern, bis die neue Seuche Asien selbst erreichte.

Wenn Cams Gruppe einen feindlichen Soldaten gefangen nehmen oder töten konnte, war es durchaus denkbar, dass sich seine Immunität ebenso leicht übertragen ließ wie der ursprüngliche Impfstoff.

Bestand sogar die Möglichkeit, die Folgen der Seuche bei den bereits Infizierten rückgängig zu machen? Ruth zuckte mit den Schultern, was für Cam so viel wie *Nein* hieß. Zumindest schien sie es nicht zu glauben. Dennoch war es einen Versuch wert. Und wenn sie sonst nichts erreichten, so zumindest den eigenen Schutz. Dann konnten sie nach weiteren Überlebenden suchen, die Immunität an sie weitergeben und so eine kleine Guerilla-Streitmacht gegen die Chinesen aufbauen.

Cam runzelte die Stirn, als er Ingrids Fuß nach Blutergüssen oder Schwellungen absuchte. Alles schien in Ordnung zu sein – aber der letzte verzweifelte Angriff aus dem Hinterhalt, der Ruth vorschwebte, kam für sie alle wohl nicht in Frage. *Ich und Bobbi vielleicht,* dachte er. *Wir beide könnten es versuchen, wenn sonst keiner mehr da ist, aber wer soll dann Ruth beschützen? Eine alte Dame allein reicht nicht, um diese Aufgabe zu übernehmen.*

»Würde sich der neue Impf-Nano überhaupt mit dem alten vertragen?«, fragte er plötzlich. »Was, wenn er ihn ebenfalls vernichtet? Dann wären wir wieder anfällig für die Maschinenpest.«

»Nein«, entgegnete Ruth. »Sie müssen die Wärmekraftmaschine bei der neuen Seuche und ihrem Impfstoff neu konfiguriert haben. Dafür reicht schon eine minimale Änderung. Zum Beispiel eine spiegelbildliche Anordnung. Dann würden die unterschiedlichen Nanobots einander überhaupt nicht bemerken.«

»Sind wir nicht irgendwann randvoll mit diesen Dingern abgefüllt?«, warf Bobbi ein. »Wie viele Arten von Nanos können wir denn überhaupt aufnehmen?«

»Die Impf-Nanos zerstören alle anderen, Bobbi.«

Diskussionen mit Ruth waren zwecklos. Sie hatte für alles eine Antwort. Deshalb wandte Cam seine Aufmerksamkeit wieder Ingrid zu. Ihr Zeh war nicht verstaucht, so viel konnte er schon sehen. Aber sie war nun mal sechzig Jahre alt. Wahrscheinlich tat ihr noch mehr weh – Knie, Hüften, Rücken. Aber sie hatte durchgehalten, bis dieser eine Schmerz das Fass überlaufen ließ.

»Versuch mal die Zehen zu beugen«, sagte er.

»Das geht nicht. Tut mir leid.«

»Irgendwelche Taubheitsgefühle?«

»Ja.«

»Mal sehen, was ich tun kann, damit du weitergehen kannst.« Cam nahm ein Messer und schnitt den oberen Rand seiner eigenen Socke bis zum Knöchel ab. Dann schob er das Hosenbein in den Stiefel und versuchte es möglichst faltenfrei zu versiegeln. Mit dem Sockenmaterial polsterte er Ingrids Zehenballen. Ihr Fuß bestand nur aus Haut und Knochen.

Sie litten alle unter Flüssigkeitsmangel, doch Cam hatte überdies eine Menge Blut verloren. Sein Durst wurde immer unerträglicher. Er fühlte sich schwach, aber fließendes Wasser konnte noch gefährlicher sein als die Luft. Wenn Ruths Annahme stimmte, dass sich die Gehirnseuche nur ausbreitete, wenn sie neue Wirte fand, dann war das Schlimmste wohl vorüber. Da sämtliche Bewohner dieser Gegend infiziert waren, musste der Wind die dichtesten Nanowolken mittlerweile vertrieben und nur hier und da Spuren zurückgelassen haben, wahllos verteilte, unsichtbare Fallen – und doch sammelten sich die winzigen Maschinen mit weit geringerer Wahrscheinlichkeit im Erdreich, auf den Felsen oder Pflanzen, als dass sie vom Wasser aufgenommen wurden. Fließendes Wasser würde sie mitschwemmen und im Uferbereich von Flüssen und Seen ablagern, sodass ihnen keine andere Wahl blieb als zu leiden.

»Bist du bereit, können wir los?«, fragte er Ruth. Die Worte klangen schärfer als beabsichtigt, aber er konnte es einfach nicht fassen, dass sie mit dem Computer auf dem Schoß dasaß und mit zwei behandschuhten Fingern auf die Tasten einhackte.

»Lass sie in Ruhe«, sagte Ingrid. »Sie ist irgendeiner Sache auf der Spur. Das weißt du ganz genau.«

»Fünf Minuten.«

»Ich brauche fünfzehn«, protestierte Ruth.

Bobbi ließ sich mit ihrem M4 auf dem Boden nieder, stützte den Karabiner auf und lehnte den Rücken an einen Baumstamm. Cam wollte sich nicht hinsetzen. Er entfernte sich von den drei Frauen und schlenderte zwischen den Zitterpappeln mit ihren weißen Stämmen und den gelben runden Blättern umher. Ganz in der Nähe erklang ein Summen, das er nicht zuordnen konnte, aber er zügelte seine Neugier. Ein Käfer vielleicht? »Wir brauchen mehr Verbündete, wenn wir die Chinesen angreifen wollen«, sagte er, nachdem er in einem weiten Bogen zu Ruth zurückgekehrt war. »Komm jetzt endlich!«

»Fünfzehn Minuten«, erinnerte ihn Ingrid.

»Da summt irgendwas zwischen den Bäumen. Insekten.«

»Herrgott, so kann ich nicht denken!«, schrie Ruth ihn an. »Sei endlich mal still, ja?« Sie richtete sich so plötzlich auf, dass der Laptop um ein Haar nach unten gekippt wäre. »Was ist denn los mit dir? Ich schwöre, dass ich diese Programmierung gleich fertig ...«

»Komm!«

»Nein.«

»*Schsch!*«, sagte Bobbi. »Ich höre es auch.«

»Lasst mich in Ruhe!«, fauchte Ruth. »Selbst wenn wir ihnen den Impfstoff stehlen, müssen wir doch wissen, womit wir es zu tun haben. Ich bin fast fertig. Danach kann der Computer durchrechnen, was ich ...«

Cam riss sie hoch. Der Schmerz, der von seiner Wunde ausging, warf ihn fast um, aber seine Furcht war stärker, denn endlich hatte er zwei der summenden Insekten gesehen. Hornissen. Große gelb-schwarz gestreifte Hornissen. Es ließ sich nicht vorhersehen, wie viele dieser Fleisch fressenden Insekten aus ihren Nestern schwärmen würden, wenn sie ihn rochen. Er konnte bestenfalls erahnen, weshalb sie überhaupt hier waren. Eigentlich galten Hornissen, Wespen und Bienen wie die Motten und Schmetterlinge als ausgestorben. Die Ameisen hatten alles ausgerottet, was Nester und Kokons baute. Viele geflügelte Insekten waren zudem der Maschinenpest zum Opfer gefallen, da sie zu viel Wärme erzeugten, zum einen durch das Sonnenlicht, das ihre Körper absorbierten, zum anderen durch die Reibung ihrer Flügel. Die Umgebung hier oben war kühl genug, um die Hornissen vor den Nanos zu schützen, aber was hatte sie vor der Fressgier der Ameisen bewahrt?

»Den Hang hinunter!«, schrie Cam. »Lauft, so schnell ihr könnt!«

Das Summen ringsum verstärkte sich. Das unentwegte Zittern der Blätter überlagerte das Kreisen der Hornissen – aber im Nu waren es fünfzig oder mehr. Dann hundert …

»Aua!« Bobbi schlug mit der flachen Hand gegen ihren Nacken.

Ruth hatte ihren Widerstand aufgegeben. Sie stopfte den Laptop in ihren Rucksack, packte den M4 und hieb mit beiden Gegenständen wie mit unförmigen Fliegenklatschen um sich. Bobbi und Ingrid schlugen ebenfalls los. Es gelang ihnen auch, einige der Hornissen zu verscheuchen, aber der Rest des Schwarms stürzte sich umso zorniger auf sie. Insekten krachten gegen Cams Helmvisier, als er die Gruppe im Zickzack den Hang hinunterführte, landeten auf seinen Schultern und versuchten in seine Kapuze zu kriechen.

»Ah!«, stöhnte Ingrid.

Cam warf einen Blick über die Schulter. Eines der Tiere musste in ihre Kleidung geschlüpft sein, denn sie schlug sich mit den Fäusten gegen die Brust, ohne auf den Weg zu achten. Gleich darauf stieß sie an einen Baum und wäre um ein Haar gestürzt. Ruth blieb stehen, um ihr zu helfen. »Nein, Ruth!«, rief Cam. »Lass mich …«

Er hatte dicht neben ihren Füßen eine Schlange entdeckt. Lang und kräftig, gelbbraun mit dunklen Flecken. Eine Bullennatter. Jetzt richtete sie sich auf, bog den Kopf nach hinten und wollte zustoßen. Bullennattern waren zwar ungiftig, aber wenn das Tier Ruth eine blutende Wunde zufügte, würde das noch mehr Hornissen anlocken.

Cam war mit einem Sprung neben Ruth und versetzte der Angreiferin einen Tritt. Ihre Fänge streiften sein Hosenbein und bohrten sich in die Haut darunter.

»Vorsicht!«, schrie Bobbi hinter ihm. Ihr Karabiner ratterte los. Ein Stück von ihnen entfernt spritzte Erde auf. Bobbi feuerte nicht auf die Hornissen, sondern auf einen ganzen Knäuel von Schlangen. Cam umklammerte Ruths Arm und zog sie zur Seite, während Ruth ihrerseits an Ingrid zerrte. Gemeinsam taumelten sie weiter.

Sie brachen durch das Unterholz und die jungen Pappeln. Cam schlug im Vorbeirennen gegen die Zweige, um die Insekten zu verscheuchen. Bobbi gab erneut eine kurze Salve in den Boden ab, vermutlich auf irgendwelche Schlangen, die Cam nicht sehen konnte. Er fragte sich, ob die Schüsse sie zum Angriff reizen oder vertreiben würden, aber vorsorglich zog er seine Pistole, falls Bobbi Unterstützung brauchte.

Ingrid, die auf dem abschüssigen Hang immer schneller gelaufen war, brach plötzlich zusammen. Ruth richtete sie wieder auf, und Cam feuerte sechsmal in das Unterholz, in der Hoffnung, dass die Mündungsblitze und der Pulverdampf die Insekten verscheuchen würden. Bobbi hatte den gleichen Gedanken und ballerte den Rest ihres Magazins in die Luft. Kugeln klatschten in die Baumstämme. Es regnete zerfetztes Laub und Rindenstücke.

Irgendwo weit entfernt glaubte Cam Gewehrfeuer zu hören, das wie ein Morsecode auf ihre Schüsse antwortete. Sie liefen weiter. Bobbi lud ihren Karabiner nach, schien aber ebenso wie Cam beschlossen zu haben, Munition zu sparen.

Die gelb gefärbten Zitterpappeln blieben zurück. Sie traten auf eine Wiese hinaus. Die Insekten schienen verschwunden zu sein. Cam wollte nicht anhalten, aber Ruth und Ingrid waren völlig erschöpft. Und seine Seite schmerzte, als habe sich die Wunde wieder geöffnet.

»Wir legen eine Rast ein«, keuchte er. »Aber haltet euch aufbruchbereit!«

»Ich habe fünfzig von den Biestern gesehen!«, murmelte Bobbi. »Fünfzig Schlangen!« Nach Luft ringend, versuchte sie auf einen umgefallenen Stamm zu klettern, glitt aber aus und wäre um ein Haar gestürzt. Ingrid, Cam und Ruth verschwanden in einigem Abstand voneinander im Unterholz.

»Wasser«, stöhnte Ruth. »Irgendwo muss doch Wasser sein.«

»Wir folgen der Schlucht dort«, sagte Cam. Die Nordseite der Wiese fiel steil in zwei Hohlwege ab. Er war sicher, dass sie irgendwann auf einen Bach stoßen würden … aber konnten sie es auch wagen, daraus zu trinken?

Bobbi weinte, als sie die Maske abnahm und die Stellen, an denen die Ränder in ihre Haut einschnitten, zu massieren begann. Cam lenkte sich ab, indem er in die Ferne horchte. Die Artillerie-Einheit, deren Gewehrfeuer sie gehört hatten, musste ihre Anwesenheit bemerkt haben. Versuchten die Leute jetzt, seiner Gruppe ein Signal zu geben, oder verloren sie gerade das Gefecht, das seit mehr als einer Stunde immer wieder aufzuflackern schien? Und was hatte die Tatsache zu bedeuten, dass sie auf ihre schweren Geschütze verzichteten und stattdessen mit Handwaffen kämpften? Befanden sie sich auf der Flucht vor den Infizierten?

Aber die Schüsse waren verstummt, und so spähte Cam noch einmal zum Wald zurück und versuchte das eben Erlebte zu verarbeiten. Bullennattern traf man in diesen Regionen normalerweise nicht an. Das Gleiche galt für Hornissen. Cam schätzte, dass sie sich auf einer Höhe von etwa 2700 Metern befanden. Die Schlangen, die sich vor allem von Nagetieren und kleinen Eidechsen ernährten, mussten hier verhungern. Es gab keine Nagetiere unterhalb der Todesbarriere – und nur noch wenige oberhalb. Aber vielleicht hatten sich die Bullennattern gerade deshalb in Gebieten ausgebreitet, wo sie genug Streifenhörnchen, junge Murmeltiere, Vögel und Eier zum Überleben fanden. Möglicherweise waren die Schlangen sogar auf der *Rückwanderung* in die Täler, nachdem sie das Pestjahr auf den Gipfeln verbracht hatten. Nur die Kräftigsten und Anpassungsfähigsten unter ihnen konnten die harten Winter überlebt und sich fortgepflanzt haben.

Außerdem war es den Bullennattern gewiss nicht schwergefallen, ihre Kost auf Insekten umzustellen und sich so ihrer neuen Umgebung anzupassen. Vielleicht hatten sie sogar dafür gesorgt, dass sich die Ameisenkolonien in diesem Gebiet nicht zu stark vermehrten. Dies wiederum würde das Überleben der Hornissen erklären, die wohl eine primitive Symbiose mit den Reptilien eingegangen waren.

Doch es gab weit wichtigere Dinge zu klären.

»Könnte die Gehirnseuche auch Tiere angreifen?«, fragte er in die Stille hinein. »Ruth? Hey, könnte die neue Seuche Schlangen und Hornissen angreifen?«

»Woher zum Henker soll ich das wissen?«

Ihre grobe Antwort verärgerte Cam, aber ehe er sich beschweren konnte, warf Ingrid ein: »Wir sind heil durchgekommen. Das ist doch alles, was zählt.«

»Eben nicht. Wir müssen wissen, ob sie uns Probleme bereiten können. Ich meine, ob sie ansteckend sind oder nicht ...«

Ruth zuckte die Achseln, ohne den Blick zu heben. »Tiere haben nicht annähernd den gleichen neurologischen Aufbau wie Menschen«, sagte sie schließlich. »Ich vermute mal, dass der Nano bei Tieren versagt oder nur teilweise funktioniert, aber wie willst du erkennen, ob sich eine Schlange seltsam verhält?«

»Sie könnte gelähmt oder blind sein«, meinte Cam. »Oder Krampfanfälle bekommen.«

Endlich sah sie ihn an. »Möglich.«

»Also, die Schlangen vorhin waren ganz bestimmt nicht gelähmt«, warf Bobbi ein, und Ingrid sagte: »Ruth, willst du nicht deinen Laptop auspacken und zu Ende bringen, was immer du da vorhin angefangen hattest? Wir müssen bald aufbrechen.«

»Ja.«

»Wenn ihre Körpertemperatur hoch genug ist, könnte sich die Seuche in ihnen vermehren, selbst wenn sie ihr Verhalten nicht beeinflusst«, fuhr Cam unbeirrt fort. »Das bedeutet, dass wir alle Lebewesen meiden müssen. Dass wir am besten alle töten.«

Niemand antwortete. Ingrid massierte ihren Fuß. Ruth klappte ihren Laptop auf, und Cam ließ seine Blicke auf der Suche nach Hornissen über die Wiese schweifen.

»Herrgott, habe ich einen Durst«, stöhnte Bobbi.

Er hatte vielleicht dazu beigetragen, die Insekten und Schlangen vor dem Aussterben zu retten. Der Gedanke freute ihn, so pervers das auch sein mochte. Diese Welt brauchte jede Lebensform, die das Pestjahr überdauert hatte.

Vor geraumer Zeit hatten Cam und Allison in Grand Lake an einem Wiederbevölkerungsprojekt teilgenommen, das es sich zur Aufgabe gemacht hatte, möglichst viele Tierarten einzufangen, um sie zu impfen und dann wieder freizusetzen. Die größten Erfolge hatten sie mit Ratten erzielt. Die einst in dieser Höhenlage heimischen Elche, Murmeltiere, Moorhühner und Vögel waren von den Bewohnern der Gipfel-Camps gnadenlos gejagt worden und hatten ihre Hungersnot nicht überlebt. Die Ratten dagegen gediehen in den überfüllten Flüchtlingslagern und erledigten den Rest der Arbeit, nachdem sie gegen die Pest immun waren.

Es gab Gipfel, auf denen nie Menschen gesiedelt hatten. Und es gab andere, auf denen die Siedler nicht lange am Leben geblieben waren. In dieser Einsamkeit hatten wohl vereinzelt Tiere das Pestjahr überdauert und waren im Lauf der Zeit von den geimpften Ratten attackiert worden. Die Ratten vermehrten sich unkontrolliert in der Todeszone unterhalb von dreitausend Metern, führten ihren eigenen Krieg gegen die Insekten und fielen in die neuen Außenposten der Menschen ein. Im Sommer kehrten die Ratten auch in die Berge zurück, wo sie die Jungen der wenigen überlebenden Murmeltiere verschleppten, in Horden über alte oder verletzte Elche herfielen und die Eier von Moorhühnern und anderen Vögeln stahlen. Und dabei verteilten sie die Impf-Nanos an Tiere, die sie angriffen, aber nicht töten konnten.

Waren die Hornissen nun immun gegen die Maschinenpest? Cam hoffte es. *Wir sollten hierher zurückkommen, wenn wir die Gelegenheit dazu erhalten,* dachte er. *Wir sollten zurückkommen und alles tun, was in unserer Macht steht, um sie zu schützen und ihre Vermehrung zu fördern.*

Diese Gedanken verstärkten zwar sein Gefühl des Alleinseins, aber sie weckten auch Freude, denn er wusste, dass sie Allison zufrieden und glücklich gemacht hätten.

*Was wir jetzt mit Bestäubern alles anfangen könnten,* dachte er.

Der Horizont verschwand, als sie den Willow Creek erreichten, einen knapp zehn Meilen von Grand Lake entfernten Hochgebirgs-Canyon. Cam hätte das Tal ganz gemieden, wäre er nicht sicher gewesen, dass die Artillerie-Einheit dort stationiert war. Dennoch blieb er mit seiner Gruppe möglichst hoch an der Nordseite des sackartigen Canyons und schwenkte dann nach Osten, ohne mehr als unbedingt nötig an Höhe zu verlieren. Er hatte wenig Lust auf einen erneuten Anstieg, wenn sich herausstellen sollte, dass die Geschütz-Crews geflohen oder infiziert waren.

Der kleine Fluss wand sich in Richtung Südwesten durch den Canyon auf den tiefsten Punkt der Talsohle zu, wo er einen Knick nach Süden machte und parallel zu einer schmalen Staatsstraße verlief. Diese Straße mündete in den Highway 40, der nicht allzu weit von der Interstate 70, dem Loveland Pass und mehreren Straßen in Richtung des Leadville-Kraters entfernt war. Cam kannte die Gegend gut. Während des Krieges hatte sich seine Einheit von der 40 quer durch das Gelände zur 70 durchgeschlagen, um der Fallout-Zone auszuweichen. Seitdem waren in dem Gebiet zahlreiche Behelfssiedlungen und kleinere Militär-Camps entstanden.

Den ersten Toten entdeckten sie hangabwärts auf ihrem Weg nach Süden. Der Mann lag auf dem Rücken, und Cam hätte ihn vermutlich übersehen, wenn sich sein Gesicht und sein nackter Oberkörper nicht so fahl gegen den dunklen Boden abgehoben hätten. Jetzt erst bemerkte Cam den unbefestigten Weg unter verbranntem Gestrüpp und aufgewühlter schwarzer Erde.

»Da!«, sagte er.

Ruth und Ingrid knieten sich hin, um sich ein wenig zu erholen. Bobbi spähte mit zusammengekniffenen Augen in die Richtung seines ausgestreckten Fingers. Wie es schien, waren ihre Augen schärfer als seine. »Mein Gott«, murmelte sie. »Wie viele Leute hat es da unten erwischt? Dreißig?«

Sobald er wusste, wonach er suchen musste, zählte er mindestens zwanzig Tote, verstreut auf einer Fläche von der Größe eines Fußballfelds. Offenbar waren einige der Infizierten den gesunden Überlebenden in die Berge gefolgt …

Die Artillerie-Crews hatten mit ihren Geschützen die Mündung des Willow Creek überstrichen und jeden niedergemäht, der sich an ihre Fersen hatte heften wollen. Cam war doppelt froh, dass er seine Gruppe nicht in den Canyon hinuntergeführt hatte. Das Schlachtfeld war mindestens eine Meile entfernt, aber ganz bestimmt wimmelte es von Seuchen-Nanos.

»Bobbi«, sagte er plötzlich. »Gib zwei Schüsse ab!«

»Was? Warum? Ich habe fast keine Munition mehr.«

Seine Reserven waren ebenfalls so gut wie aufgebraucht, aber er legte die Hand auf das Pistolenhalfter. »Die haben sicher Wachtposten aufgestellt und halten Ausschau nach Leuten wie uns, die über die Berge kommen«, sagte er. »Wenn sie denken, dass wir nicht okay sind, werden sie sofort schießen.«

Ruth kam bereits aus der Hocke hoch und nahm den Karabiner von der Schulter, während Bobbi immer noch suchend in den Canyon hinunterstarrte. Wieder einmal zeigte sich, dass Ruth, so erschöpft sie auch sein mochte, Situationen schneller erfasste als alle anderen.

Sie war eine Kämpferin. Sie war genau das, was er brauchte.

*Peng! Peng!* Ruth schoss zweimal in die Luft. Der Lärm erschreckte jemanden. Eine kleine Geröll-Lawine löste sich hundert Meter über ihnen. Cam drehte sich herum und griff nach seiner Pistole. *So nah?* Dann machte sich ein kleiner Umriss geduckt auf die Flucht. Ein Streifenhörnchen? Ratten? Vielleicht kehrte in diese Berge wirklich das Leben zurück. Vielleicht würde es an abgeschiedenen Stellen bald mehr Bienen, Schlangen, Eidechsen oder sogar Wölfe geben, die ganz unerwartete Symbiosen bildeten, um ihren Fortbestand zu sichern. *Allison hatte recht,* dachte er, und wieder stieg dieses seltsame Gemisch aus Einsamkeit und Freude in ihm auf.

Ruths Schüsse hallten noch im Canyon wider, als die Antwort zu ihnen herüberdröhnte. *Rummbumm!*

»Jetzt einen«, sagte Cam. Ruth schoss. Nach wenigen Sekunden wurde das Signal wiederholt. Cam nickte. »Okay. Sie erwarten uns.«

Die Überlebenden befanden sich auf einer Art flachen Halbinsel, die auf drei Seiten von einer Schleife im Fluss begrenzt wurde. Das Wasser, das sie von Cams Gruppe trennte, half ihnen, ihr Territorium zu verteidigen, obwohl es höchstens knietief zu sein schien. Zwei schmale Stege führten über den Fluss.

Sie hatten versucht, Barrikaden auf der Canyon-Sohle zu errichten. Cam sah vier Pick-ups und einen Jeep Heck an Bug quer über der Schotterstraße stehen. Da sie offenbar während der langen Winter sämtliche Bäume gefällt und als Brennholz verwendet hatten, hatten sie ein paar Gräben ausgehoben und so den Canyon in mehrere Verteidigungsfelder unterteilt. So weit er das ohne Feldstecher sehen konnte, hatte es nicht einmal ein halbes Dutzend Infizierte in die Nähe des Lagers geschafft. Ein Leichnam lag etwa zweihundert Meter entfernt. Die meisten anderen Infizierten waren von Artilleriegeschossen am anderen Ende des Willow Creek erwischt worden. Den Rest hatten Scharfschützen aus dem Hinterhalt erledigt.

Ihr Stützpunkt bestand aus zehn langen Gewächshäusern, zwei kleineren Barackenzelten, zwei Geschützstellungen mit

135-mm-Haubitzen sowie ein paar Trucks und Humvees, die sie im Lager zurückbehalten hatten, um eine Verseuchung mit Nanobots zu verhindern. Die Regierung hatte diesen Canyon für ein größeres Anbauprojekt genutzt. Er war gut gegen Wind und Wetter abgeschirmt, die wenigsten Insekten drangen bis in diese Hochlage vor, und ein Teil der Anlagen war bereits vorhanden gewesen. Deshalb befanden sich auch die Kanonen hier – um die Ernten vor Plünderern zu schützen. Vielleicht dienten die Treibhäuser mittlerweile aber auch als Unterkünfte. Er konnte es von seinem Standort aus nicht feststellen.

Cam hielt mit seiner Gruppe in Rufweite eines Gefechtslochs am Nordhang des Canyons an, in dem mindestens ein Soldat Wache hielt. Der Mann war nicht zu übersehen. Er trug eine ABC-Maske vom Typ M40 mit ovalen Kunststoffgläsern und einer schulterlangen Kapuze, aber der Rest seiner Ausrüstung war in Wüsten-Tarnfarben gehalten, die sich viel zu hell von ihrer Umgebung abhoben.

»Wir nehmen die Hände hoch und zeigen uns«, sagte Cam zu den Frauen.

»Name und Dienstgrad?«, rief der Mann.

»Corporal Najarro vom Fünfundsiebzigsten! Ich habe drei Zivilpersonen bei mir!«

Wahrscheinlich spielte das, was er sagte, keine große Rolle. Sie wollten sich nur vergewissern, dass er noch klar denken und vernünftig sprechen konnte. Der Mann stand auf und winkte sie näher. »Okay«, sagte er und hob ein Walkie-Talkie an die Kapuze.

Als sie auf hundert Meter herangekommen waren, sah Cam zwei weitere Soldaten mit erhobenen Waffen. Sie erreichten einen ungleichmäßigen Wall aus Erde und Felsbrocken. Cam half Ruth und dann Ingrid über das Hindernis, während Bobbi ohne seine Unterstützung zurechtkam. Die Soldaten rührten sich nicht von ihren Plätzen.

»Wir sind halb verdurstet«, sagte Cam. »Habt ihr abgefülltes Wasser?«

Keiner der Männer erwähnte den Fluss. Entweder waren sie zu dem gleichen Schluss über das Wassereinzugsgebiet gelangt wie Cam und seine Gruppe, oder sie hatten schon ihre bösen Erfahrungen damit gemacht. »Dort drüben sind Sammelbehälter«, erwiderte der erste Mann und zeigte nach hinten zu den Gewächshäusern. »Wir bringen euch gleich hin. Aber zuerst möchte die Chefin mit euch sprechen.«

»Wir waren die ganze Nacht zu Fuß unterwegs.«

»Zuerst möchte die Chefin mit euch sprechen.«

Eine Gestalt näherte sich über einen der Stege. Dass es sich um eine Frau handelte, erkannte man trotz der altmodischen Gasmaske, der Uniformjacke und des Gewehrs, das sie lässig über die Schulter geschlungen hatte. Sie war schlank und flach wie ein Brett, aber ihr Gang wirkte weiblich, ebenso wie die lange dunkle Mähne, die unter der Maske hervorquoll und ihr etwas Rebellisches verlieh.

Irgendwie kam sie Cam bekannt vor, und als er sie sprechen hörte, wusste er, wer sie war, auch wenn die Stimme durch die Gummimaske verzerrt klang. »Najarro«, sagte sie, und ihre Blicke wanderten von ihm zu Ruth. »Davon musste ich mich persönlich überzeugen, ihr verdammten Verräter!«

Die Frau mit den Rangabzeichen eines Lieutenants war Sarah Foshtomi.

Ingrid griff nach ihrem M16. Foshtomis Tonfall wirkte bitter, um nicht zu sagen hasserfüllt, und die ältere Frau bemerkte trotz ihrer Müdigkeit, dass etwas Bedrohliches von ihr ausging. »Nein!«, rief Cam, aber Ingrid postierte sich mit ihrem Sturmgewehr vor Ruth und fauchte: »Lassen Sie Ruth in Ruhe!«

Cam packte den Lauf von Ingrids Waffe und riss ihn nach oben. Gleichzeitig zielten Foshtomis Wachtposten auf die Gruppe. Einer von ihnen packte Bobbi am Arm. Alle erstarrten – und dann lachte Foshtomi.

»Legt die Dinger zur Seite«, sagte sie. »Wir sollten miteinander reden.«

Das Gewächshaus roch nach Paprikaschoten und Zwiebeln. Es war ein angenehmes Aroma, und Cam sog begeistert die Luft ein, während er seinen Helm abstreifte. Seine nackte Haut reagierte auf die Wärme, als habe er eine Sauna betreten.

Foshtomi führte sie an den Pflanzenreihen vorbei. Buschige grüne Paprikastauden wechselten sich mit den kurzen Schlauchstängeln der Zwiebeln ab. Der Hundert-Gallonen-Behälter ganz am Ende war erst vor zwei Tagen vollgepumpt worden und deshalb sicher. Foshtomis Leute hatten die Rohrleitungen am unteren Ende des Tanks geöffnet und einen Zapfhahn angebracht, um ihre Feldflaschen und Kochtöpfe leichter füllen zu können. Der Boden unter den Armaturen war feucht. Cam musste seine ganze Willenskraft aufbieten, um den Frauen den Vortritt zu lassen. Er schälte sich aus seiner Jacke, während Ruth und Bobbi das Wasser mit den Händen in den Mund schöpften und sich über das Gesicht spritzten. Ruth hustete zwar, machte dann aber weiter. Ingrid trank langsamer aus einem der Becher, die neben dem Behälter standen.

»Du bist verwundet«, sagte Foshtomi nach einem Blick auf seinen blutdurchtränkten Notverband. »Mal sehen, ob wir das in Ordnung bringen können.«

»Ingrid ist auch verletzt. Ihr Fuß …«

Sie nahm ihr Walkie-Talkie vom Gürtel. »Hier spricht Foshtomi. Ich brauche medizinische Unterstützung in Haus sechs.«

»Roger«, kam die prompte Antwort.

»Cam«, sagte Ruth, »du musst trinken!« Die dunklen Locken hingen ihr nass ins frisch geschrubbte Gesicht. Ihre braunen Augen waren zugleich sanft und eindringlich. Es fiel ihr schwer, den Blick von ihm zu lösen, obwohl er sehen konnte, dass sie ein wenig Angst vor seiner Reaktion hatte. Sie waren sich lange nicht mehr so unverhüllt nahe gekommen, nicht nach Allisons Tod und auch nicht, als sie im schimmernden Sternenlicht miteinander geschlafen hatten.

Ihre Bindung ging so tief. Cam legte ihr kurz die Hand auf den Arm, als er an ihr vorbeiging. Dann bückte er sich und trank unbeherrscht. Nach fünf langen Zügen rebellierte jedoch sein Magen. Um ein Haar hätte er sich übergeben. Aber es war gut. Es war so gut, dass er noch lebte. Und nichts außer der herrlichen Kühle des Wassers war zu spüren.

»Wenn ihr pinkeln müsst, erledigt das gleich hier«, meinte Foshtomi unverblümt wie immer. »Die Pflanzen können den Stickstoff gebrauchen. Für das große Geschäft gibt es Pötte ganz hinten. Ihr bekommt jetzt erst mal was zu essen und werdet verarztet, und dann muss ich mir überlegen, was zum Henker ich mit euch anfange.«

»Danke«, sagte Cam.

»Yeah, schon gut. Auch wenn sich meine Begeisterung in Grenzen hält.« Die letzte Bemerkung war eindeutig an Ruth gerichtet. »Bist du für diese neue Scheiße verantwortlich?«

»Sie versucht die Seuche zu stoppen«, sagte Ingrid, und Ruth warf ihr einen dankbaren Blick zu.

»Dann war es diesmal also ein anderes dieser verdammten Forscher-Genies«, fauchte Foshtomi. Ihr dunkles, ovales Gesicht schien unversöhnlich. »Ihr seid alle zum Militär eingezogen. Als Gefreite. Ist das klar?«

»Ja.« Cam nickte.

»Ihr befolgt meine Anordnungen. Auch du!« Sie deutete auf Ruth. »Nach der neuen Verfassung habe ich die Befehlsgewalt. Noch herrscht Kriegsrecht.«

Sarah Foshtomi hatte in der gleichen Ranger-Einheit gedient wie Cam, wie er als Corporal, und dazu noch als einzige Frau in der Gruppe. Wohl auch deshalb gab sie sich betont hart; sie versuchte zu kompensieren, dass sie weiblich und sehr klein war und ging dabei immer einen Schritt zu weit. Offensichtlich hatte das ihrer Karriere aber genützt. Foshtomi war bei den lokalen Truppen untergekommen, so viel stand fest. Und sie hatte es bis zum Lieutenant gebracht. War sie hier stationiert gewesen oder hatte sie sich mit anderen Überlebenden in den Canyon geflüchtet? Es spielte keine Rolle. Cam wusste, dass sie eine starke Verbündete sein konnte.

Plötzlich wich das gute Gefühl einer Übelkeit, die ihn benommen machte. Er ließ sich neben dem Wasserbehälter zu Boden sinken. Sein Durst war gestillt, aber nun kamen ihm sein Hunger, sein Muskelkater und die schmerzenden Füße umso deutlicher zu Bewusstsein. »Bist du mit anderen Truppenteilen in Kontakt?«, fragte er.

Foshtomi schüttelte den Kopf. »Es gibt hier keine Festnetzverbindungen, und die Atmosphäre ist völlig versaut. Einige der Jungs versuchen sich in einen Satelliten einzuklinken.«

»Okay.«

Die Frauen nahmen in Cams Nähe Platz, alle bis auf Foshtomi, die nie lange still sitzen konnte. Sie blieb stehen und spähte immer wieder zur Gewächshaustür, als könnte sie damit das Erscheinen des medizinischen Personals beschleunigen. Auch wenn sie es nicht zugab, so war sie doch höchstwahrscheinlich froh, dass sich ihre Leute um Ruth scharen konnten und außer dem ewigen Abwarten und Durchhalten endlich einmal eine Aufgabe bekamen.

»Wie viel Sprit habt ihr noch?«, fragte er.

Foshtomi starrte ihn an. »Ihr seid zu Fuß aus den Bergen gekommen, stimmt's? Deshalb wisst ihr wahrscheinlich nicht, wie es in den Städten aussieht.«

»Greg und Eric sind tot.« Er begegnete ihrer unverblümten Art mit seiner eigenen Härte. Die beiden Ranger hatten in der gleichen Einheit gedient wie sie. »Wir waren bis zuletzt zusammen, Sarah. Sie starben letzte Nacht.«

»Ich …«, fing sie an.

»Unsere ganze Siedlung wurde infiziert. Sie kamen zu Hunderten. Greg hielt sie lange genug in Schach und verhalf uns so zur Flucht.«

»Eric war mein Mann«, sagte Bobbi.

»Das tut mir leid.« Foshtomis Blicke wanderten von Cam zu Bobbi und Ruth, aber Ruth beteiligte sich nicht an dem

Gespräch. Sie öffnete ihren Rucksack, holte den Laptop hervor und arbeitete mit der ihr eigenen Hartnäckigkeit weiter.

Cam nickte vor sich hin. Jetzt bewunderte er ihr zielbewusstes Arbeiten, das er im Pappelwald noch verflucht hatte. Ruth würde niemals aufgeben. Nicht, wenn sie ihr genügend Zeit ließen. Ihre Finger tanzten über die Tastatur, und Cam sagte zu Foshtomi: »Wenn ihr genug Sprit habt, könnten wir versuchen, diese Humvees abzudichten und uns durchzukämpfen.«

»Wohin?«

»Nach Grand Lake.«

»Bist du nicht ganz bei Trost? Zwischen diesem Ort hier und Grand Lake treiben sich jede Menge dieser verdammten Zombies rum. Außerdem glauben wir, dass der Stützpunkt längst von den Chinesen eingenommen ist.«

*Zombies,* dachte er. In einem anderen Leben hatte Cam diese alten Kitschfilme geliebt. Komisch eigentlich, dass seine Gruppe die Erkrankten immer nur »die Infizierten« genannt hatte. Dabei waren sie in jeder Hinsicht Zombies – gefährlich, stupid und unerbittlich. Aber sie gehörten zur Familie. Cams Leute hatten sich nur gegen die eigenen Freunde und Nachbarn zur Wehr gesetzt. Foshtomis Kampf war sowohl umfangreicher als auch unpersönlicher gewesen. *Zombies* war ein Ausdruck, der das Töten leichter machte, weil er die Opfer zu Karikaturen verzerrte.

»Die Chinesen haben einen Impfstoff gegen die Gehirnseuche«, sagte Cam. »Ruth glaubt, wir könnten ihn stehlen und selbst herstellen.«

»Was ist mit dem Parasiten?«

»Du … wie meinst du das?«, fragte er, obwohl ihm der Gedanke auch selbst schon durch den Kopf gegangen war. Der Parasit würde den ersten Impf-Nano ausschalten, der sie vor der Maschinenpest schützte. Jeder, der nicht rechtzeitig die Todeszone verlassen konnte, würde sterben. Cam wusste, wie sehr das den Vormarsch der Chinesen beeinträchtigen würde – aber zu welchem Preis?

Foshtomis Augen waren schmal und hasserfüllt. »Angenommen, wir setzen das Ding einfach frei? Das würde den Chinesen Feuer unter dem Hintern machen!«

Ruths Hände verharrten kurz über der Tastatur, aber sie sah nicht auf, als befürchtete sie, Foshtomi könnte in ihren Zügen lesen, was sie dachte. Cam hoffte, dass Foshtomi in *seinen* Zügen gar nichts las. »Sarah«, sagte er. »Unterhalb von dreitausend Metern würde der Parasit *jeden* befallen, nicht nur die Chinesen.«

»Unsere Leute sind doch bereits tot, oder?«

*Sie muss letzte Nacht jemanden verloren haben, der ihr sehr nahestand,* dachte Cam. In Foshtomis Stimme schwang eine neue Kälte und Schärfe mit, und er hatte das Gefühl, dass sie sich nur mühsam beherrschte. Ihr rüder Tonfall war mehr als eine Fassade. Er diente ihr als Krücke, gab ihr Halt, damit sie nicht durchdrehte.

»Wir verfügen gar nicht mehr über den Parasiten«, sagte er.

»Erzähl keinen Scheiß! Ich weiß, dass dieses Zeug keine leere Drohung war. Deborah Reece lieferte ihre Ampulle ab. Grand Lake brachte sie an einen streng geheimen Ort, und alle waren fest davon überzeugt, dass der Nano genau so gewirkt hätte, wie Ruth es beschrieben hat. Und ihr? Was habt ihr mit eurer Probe gemacht? Sie irgendwo verbuddelt?«

»Ganz genau.« Ruth tippte wieder langsam auf ihrem Laptop. »Sie liegt in einem Metallbehälter in fünf Metern Tiefe.«

»Wo?«

»Das kann ich dir nicht sagen.«

»Weißt du, was ich glaube? Dass du die Kapsel noch hast!« Cam fragte sich, ob es zu einem Kampf zwischen Foshtomis und seinen Leuten kommen könnte. Würden ihre Soldaten gehorchen, wenn sie ihnen befahl, seine Gruppe zu durchsuchen?

*Ja,* dachte er. *Das würden sie. Für Foshtomi würden sie das tun.*

Cam erwischte sich dabei, dass er nach seiner Tasche schielte. Selbst mit der Karte, selbst mit dem Wissen, wo genau am Rande von Jefferson der Parasit vergraben war, hatte Foshtomi vermutlich nicht die geringste Chance, den Nano zu holen. Aber er musste ihre Aufmerksamkeit in eine andere Richtung lenken. Nach Grand Lake.

»Sarah, das ist keine Option«, sagte er.

»Die haben Atombomben auf uns abgeworfen.«

»Selbst wenn wir den Parasiten hätten – was nicht der Fall ist –, so würde der Parasit doch nicht sofort wirken. Es würde Tage dauern, bis er sich weit genug ausgebreitet hätte. Kalifornien erreicht er vermutlich frühestens in einer Woche. Und die vorherrschende Windrichtung ist ungünstig. Du würdest nur unser eigenes Volk umbringen.«

»Also hast du ihn doch!«

»Nein, Sarah. Ich will damit nur sagen, dass wir hier nicht bleiben können.«

»Nach Grand Lake zu fahren, wäre aber Wahnsinn.«

»Du warst doch froh, uns zu sehen«, sagte Cam. »Du hattest selbst schon daran gedacht, von hier wegzugehen. Sieh dich doch an! Du bist vollkommen rastlos.«

Foshtomi wandte sich mit einem spöttischen Lachen zum Gehen. Ihr schroffer Abgang bewies ihm, dass er recht hatte, obwohl sie das niemals zugeben würde. Ja, sie hatte Angst, diesen Canyon zu verlassen. Eine ihrer Hauptaufgaben bestand darin, die Kampfstärke der Truppe aufrechtzuerhalten. Aber wofür? Um hier herumzusitzen und zu warten, bis chinesische Flugzeuge auch ihr Lager angriffen?

»Wir haben nicht genug Masken«, sagte Foshtomi. »Nur unsere Kundschafter und Wachtposten sind damit ausgerüstet.«

»Wenn wir den Impfstoff erbeuten, spielt das keine Rolle mehr.«

»Du hast selbst miterlebt, wie schnell die Gehirnseuche auf die Gesunden überspringt. Wie kämen wir nahe genug an …«

»Cam!«, fiel ihr Ruth ins Wort.

Foshtomi drehte sich herum. »Er ist hier nicht der Boss.«

»Cam! Und ihr alle! Hört mir zu!« Ruths Blick verriet Fassungslosigkeit. »Diese ungenutzte Kapazität des Nanos enthält eine Botschaft«, sagte sie. »Die Masse soll nichts weiter bewirken. Sie ist ein Binärcode, den jemand als Notiz in die Mini-Maschine eingebaut hat.«

»Wir haben hier niemanden, der Chinesisch lesen kann«, erklärte Foshtomi, aber Ruth schüttelte den Kopf.

»Sie ist ja auch in englischer Sprache abgefasst. Sobald ich den Code geknackt hatte, hat der Computer sie in wenigen Sekunden übersetzt.«

»Was? Was wollen die?«

Ruth schloss kurz die Augen und befeuchtete ihre Lippen, als müsste sie sich ihre Worte noch einmal durch den Kopf gehen lassen. »Die Botschaft besagt, dass der Nano von Kendra Freedman stammt«, sagte sie.

# 18

»Das ist unmöglich«, sagte Cam, aber Ruth dachte: *Nein, es ist das Einzige, was wirklich einen Sinn ergibt.*

Sie dämpfte ihre Erregung, weil sie nicht schon wieder mit ihm streiten wollte. Sie wusste, dass sie laut werden konnte, wenn eine neue Idee von ihr Besitz ergriffen hatte. »Ich kann euch zeigen, wie diese Botschaft aufgebaut ist.«

»Das ist doch unwichtig«, warf Foshtomi ein. »Wie lautet denn die Botschaft?«

Ruth drehte ihren Laptop so herum, dass sie einen Blick auf den Monitor werfen konnten. »Seht euch den Code da an! Eine im Nano eingebettete Spirale aus Einsen und Nullen. Der Großteil der zusätzlichen Kapazität besteht aus Nullen, aber die Binär-Folge ist unverkennbar.«

Cam schüttelte den Kopf, als Foshtomi ihm einen fragenden Blick zuwarf.

»Da! Ich habe die Einsen markiert. Hier sind die Nullen.« Ruths Finger glitten über die Tastatur. »Diese eigenartigen Molekülstrukturen wiederholen sich hundertfach. Deshalb waren sie mir überhaupt aufgefallen, als ich meine Analyse durchgeführt habe.«

»Alles, was ich sehe, sind Punkte und Höcker«, sagte Foshtomi.

»Genau. Sie hat einfache Formen gewählt, um ihre ›Einsen‹ und ›Nullen‹ darzustellen. Sie dienen lediglich als statische Rahmen. Eine andere Aufgabe haben sie nicht. Deshalb konnte Freedman ihr Versteckspiel so gut …«

Bobbi unterbrach sie. »Mein Gott, Ruth, wie lautet die Botschaft?«

»›Mein Name ist Kendra Freedman‹«, las sie vor, nachdem sie den Monitor wieder zu sich herübergeschwenkt hatte. »›Ich habe den *Archos* entwickelt, den Nano, der alles warmblütige Leben unter 9570 Fuß tötet. Das war ein Fehler. Vielleicht lässt sich die Seuche aber noch stoppen. Mein Labor müsste sich noch in der 68th Street – 4411 – in Sacramento, Kalifornien befinden, zusammen mit den Entwürfen, der Software, den Proben und allem, was ihr für die Herstellung benötigt.‹«

»Das ist ein alter Hut«, sagte Cam. »Ein uralter Hut.«

»Bitte – hör einfach weiter zu!«

»Ihr wart doch schon in Sacramento!« Bobbi schlug in die gleiche Kerbe wie Cam. Ihre Blicke drückten Verwirrung aus, und trotz der von Pflanzengerüchen durchdrungenen Treibhauswärme fröstelte Ruth. Die Botschaft hatte zu viele Gespenster geweckt.

»Wenn ihr das lesen könnt, sucht mich. Ich will ... ich brauche ...« Ruth blickte auf. »Hier ist eine Lücke. Freedman hatte nicht die Möglichkeit, das Ganze noch einmal zu verfassen«, erklärte sie, verärgert durch den Zweifel in den Mienen der anderen. Dann wandte sie sich wieder ihrem Laptop zu und las weiter: »Andrew Dutchess war der Mann, der den *Archos* freisetzte. Es war Dutchess. Dennoch werde ich mein Möglichstes tun, um diese Sache wieder in Ordnung zu bringen. Und ich kann sie wieder in Ordnung bringen.«

*Diese Worte könnten von mir sein,* dachte Ruth.

Die Erkenntnis war schmerzlich. Sie waren einander nie persönlich begegnet, aber Ruth hatte Freedmans Genialität stets bewundert. Und das Schicksal der Forscherin hatte Entsetzen und Mitgefühl in ihr ausgelöst. Die Vision Freedmans war eine Welt der Unsterblichkeit, des Friedens und des Wohlstands für alle gewesen. Sie hatte die Menschheit zum Guten verändern wollen. Und ohne die Habgier eines Mannes wäre ihr das womöglich auch gelungen.

Ruth hatte nie im Traum daran gedacht, dass sie noch einmal gegen Freedman antreten müsste. Ursache und Wirkung schlossen sich zu einem Kreis. Die Forscher-Teams in Leadville hatten den Booster-Nano auf der Grundlage von Freedmans Arbeit entwickelt. Und der Booster hatte Freedman die nötigen Erkenntnisse geliefert, um ihre eigenen Entwürfe schneller zu vollenden.

Kendra Freedman lebte, und sie war es also, die hinter der Gehirnseuche steckte.

»›Es ist mir gelungen, die Berge im Norden Kaliforniens zu erreichen‹«, las Ruth, »›wo ich bis zur Invasion der Russen blieb. Die lieferten mich in einer Art Tauschgeschäft an die Chinesen aus.‹«

»Das muss ein Trick sein«, sagte Cam.

»›Der neue Nanobot stammt ebenfalls von mir. Er ist ein entsetzlicher Fehler, und er ist mein Fehler. Ich wurde getäuscht. Ich dachte, man habe mich in den Himalaya gebracht und meine Arbeit diene dazu, dem Volk dort den Frieden zu bringen. Aber sie hatten mich belogen. Ich war nie in Tibet. Es gibt hier weder Schnee noch Inder, und ich bin inzwischen sicher, dass …‹« Ruth runzelte die Stirn. »Hier bricht der Text wieder ab.«

»Wirres Geschwafel«, meinte Foshtomi.

*Ihre Konzentration ließ nach,* dachte Ruth. *Sie war müde oder wurde unterbrochen. Sie muss die Botschaft Buchstabe für Buchstabe zusammengesetzt haben.*

*Sie begreifen nichts.*

Jeder Satz hatte Freedman vermutlich Stunden gekostet, die volle Botschaft Tage oder Wochen, und es klang, als sei sie von der Außenwelt abgeschnitten. In einem Gefängnis? Umgeben von Wächtern? Oder von anderen Wissenschaftlern? Die Chinesen hatten sie offenbar so vollständig unter Kontrolle, als befände sie sich unter einem Mikroskop. Andere bestimmten ihre Essens- und Schlafzeiten und, schlimmer noch, was sie zu tun und wie sie zu denken hatte. Der Gedanke an diese ständige Überwachung weckte in Ruth ein Gefühl der Klaustrophobie.

Es war erstaunlich, dass es der Forscherin überhaupt gelungen war, ihre Botschaft abzusetzen, und doch hatte Foshtomi, ohne es zu wissen, mit ihrer Bemerkung ebenfalls recht. Ruth fand Freedmans Wortschwall alles andere als normal.

Wenn jeder Buchstabe zählte, weshalb dann so viel Text? Ihre Schuldgefühle mussten unerträglich sein. Deshalb die Ausflüchte, deshalb auch der Hinweis, dass Dutchess der eigentlich Schuldige war. Und doch schien etwas an Freedmans Wortwahl nicht zu stimmen. Verbarg sich hinter ihrer Botschaft ein weiterer Code? Angenommen, sie hatte eine Chiffre oder ein raffiniertes Wortspiel verwendet?

»›Sucht mich‹«, las Ruth weiter. »›Ich kann die neue Seuche stoppen. Soweit ich weiß, befinde ich mich in Südkalifornien, auf Meereshöhe und doch irgendwie in Sicherheit. Ich schreibe dies am zwölften Juli des Jahres drei. Die Labore sind im Saint Barnadine Hospital in Los Angeles untergebracht.‹«

»Dann stecken wir voll in der Scheiße«, sagte Foshtomi.

»Wie meinst du das?«

»Unsere Jungs waren darauf programmiert, bei einem Atomschlag der Chinesen Los Angeles plattzumachen. Das ist allgemein bekannt. Anders hätten wir diese Bastarde nicht auf Abstand halten können. Auge um Auge. Also hat es sie erwischt, so oder so.«

»Das steht noch nicht fest.«

»Außerdem, wie willst du nach L.A. gelangen – immer vorausgesetzt, dass die Stadt überhaupt noch steht? Mit den Armen auf und ab rudern?«

»Das Ganze könnte ein Trick sein«, warnte Cam.

Ruth warf ihm einen flehenden Blick zu und schüttelte den Kopf. »Weshalb? Was hätten sie davon, eine Nachricht von ihr zu fälschen? Ihr ahnt ja nicht, wie kompliziert es gewesen sein muss, diese Botschaft zu verfassen!«

»Wenn du beispielsweise versuchen würdest, Kontakt zu ihr aufzunehmen ...«, meinte er. »Enthält die Botschaft denn noch mehr? Eine bestimmte Funkfrequenz? Angenommen, die Chinesen warten nur darauf, dass du dich meldest?«

»Die Nachricht endet an dieser Stelle.«

»Es ist die perfekte Falle«, sagte er. »Ein echter Stolperdraht. Die einzigen Leute, die diese Botschaft entdecken könnten, sind genau diejenigen, auf die sie es abgesehen haben – die Nanotechnologen auf unserer Seite. Wenn das hier von ihr stammt, warum weiß sie dann nichts von dem Impf-Nano? ›Wir befinden uns auf Meereshöhe und doch irgendwie in Sicherheit.‹ So stand das da, oder?«

»Sie lebt isoliert. Jeder Schritt, den sie tut, wird überwacht.«

»Du glaubst wirklich, dass sie noch lebt?«

»Ja. Die Binärfolge läuft *rückwärts* oder spaltet sich in zwei Stränge – an etwa dreißig Stellen, die sich in den Nullen verbergen. Deshalb haben die Chinesen auch nichts gemerkt. Für sie war das vermutlich absolutes Neuland.«

»Und wir wissen, dass Freedman ihren Kollegen weit voraus war«, sagte Cam, wie um sich selbst zu überzeugen.

*Er glaubt mir,* dachte Ruth. Er vertrat ihre Partei, nachdem er zunächst den Advocatus Diaboli gespielt hatte. Ruth strahlte ihn an. »Es gibt keinen Beweis, dass ihr nicht doch die Flucht in die Berge gelang«, meinte sie. »Sawyer schaffte es schließlich auch.«

»Sawyer brach aber viel früher auf«, erklärte Cam ruhig. »Freedman dagegen ging in die Stadt, um den Bürgermeister oder die Polizei zu verständigen. So zumindest schilderte es Sawyer. Erinnerst du dich? Sie blieb zurück.«

»Wir müssen sie finden.«

Vierzig Minuten später hatte Foshtomis Einheit ihr Bestes gegeben, um drei Humvees, einen Ford Expedition und einen Militär-Truck abzudichten. Ihr Trupp bestand aus nur siebzehn Leuten, und Foshtomi überlegte, ob sie den Truck zurücklassen sollten, aber sie wollten Wasser, Benzin und andere Vorräte mitnehmen. Außerdem hoffte Foshtomi, dass sie unterwegs auf weitere Überlebende stoßen und sie mitnehmen könnten.

Die Fahrzeuge waren ein Lotteriespiel. Foshtomis Soldaten besaßen keine Schweißausrüstung, nur die Plastikplanen für die Gewächshäuser und einen begrenzten Vorrat an Klebeband. Sie hatten die Türen und Ritzen zum größten Teil abgedichtet und wollten den Rest nach dem Einsteigen erledigen. Aber niemand konnte mit Sicherheit sagen, ob die Planen ausreichen würden, wenn sie durch einen unsichtbaren Nano-Schwarm fuhren.

Ruth wollte mit Cam allein sprechen, doch zunächst hielt ihn der Sanitäter auf, und dann bat ihn Foshtomi, mit ihr die Karten zu vergleichen. Ruth stellte ihren Laptop auf einen der Pflanzentröge und begann erneut nach einem Sekundärcode zu suchen, der sich möglicherweise in der ursprünglichen Botschaft verbarg.

Wenn Freedman die Gehirnseuche zum Stillstand bringen konnte, hätte sie dieses Wissen dann nicht auch aufgezeichnet? Angenommen, die lästigen Unterbrechungen waren Absicht? Ruth versuchte es mit den ersten Buchstaben von einem Dutzend Wörtern, dann mit den zweiten und dritten Buchstaben. Immer kam jedoch Unsinn dabei heraus … und sie ärgerte sich über die verschwendete Zeit.

*Gib nicht auf! Du musst versuchen, wie sie zu denken!*

Sie kam zu dem Schluss, dass ein zusätzlicher Code – falls er überhaupt existierte – keinesfalls auf Wortspielen basieren würde. Freedmans Lösungswege waren immer direkte gewesen. Die Stromlinienförmigkeit ihrer Arbeiten deutete auf eine Persönlichkeit hin, die nach dem gleichen Prinzip funktionierte. Eine zweite Botschaft wäre genau wie die erste in den Nano selbst geritzt, entweder als Binärcode oder mithilfe einer anderen Zahlen-Buchstaben-Verschlüsselung. *Was über-*

*sehe ich?* Gab es irgendwelche Molekularstrukturen, die ihr ins Auge stechen sollten?

Cam setzte sich zu ihr. »Hey! Es gibt neue Pläne!«

Ruths Herz schlug schneller, als sie an seiner Schulter vorbeiblickte und sah, dass sie mindestens fünf Meter von allen anderen entfernt waren. Bobbi verschlang hastig eine Schale mit Zwiebelsuppe, und Foshtomi war in ein Streitgespräch mit zwei Sergeants vertieft.

Ruth trat auf Cam zu und legte ihm beide Hände auf die Schultern. Ein Lächeln huschte über ihre Züge und vertiefte sich noch, als sie seinen fragenden Blick bemerkte. Er war im Umgang mit ihr immer noch so zurückhaltend. Er hatte immer noch Angst. Sie verstand das. Auch sie hatte sich jahrelang gequält, doch damit war jetzt Schluss. Sie wollte glücklich sein. Würden sie je die Gelegenheit dazu bekommen?

Ruth stellte sich auf die Zehenspitzen, um auf gleicher Höhe mit ihm zu sein. Ihre Erregung war herrlich. Und sie steigerte sich noch, als sie einen Blick zur Seite warf und sah, dass Bobbi sie inzwischen missbilligend beobachtete. Sollte sie doch! Ruths Lippen berührten seinen Mund. Ihr Kuss wollte kein Ende nehmen. Er war süß und brach ihr das Herz.

*Ich gehöre dir,* dachte sie. *Ich gehöre dir, wenn du mich haben willst. Das weißt du. Ich möchte, dass du das weißt, Cam. Bitte!*

Sie wollte ihn nicht in Unruhe versetzen, deshalb hielt sie ganz still. Vielleicht war sie in ihrer Intimität auch zu unbekümmert. Cam wich ein wenig zurück, hielt aber ihre Hand fest. »Pack deine Sachen!«, sagte er. »Foshtomi hat einige unserer Leute per Funk erreicht, wir fahren ihnen entgegen.«

»Wen? Wo?«

»Eine Gruppe aus Grand Lake. Sie haben den gleichen Code wie wir benutzt, und Foshtomi hat berichtet, dass sich in ihrer Einheit eine Nanotech-Expertin befände. Allem Anschein gehören zu den anderen ebenfalls ein paar Wissenschaftler.«

Ruth erhielt einen Platz im zweiten Geländefahrzeug, in dem außerdem noch Foshtomi, Sergeant Huff, Bobbi und Cam saßen. Der Jeep dahinter war ebenfalls dicht besetzt, da Foshtomi diese beiden Positionen für die sichersten hielt. Dann kam der Zivil-SUV mit nur einem Mann am Steuer und ganz zuletzt der Militär-Truck, dessen Fahrerkabine sich Ingrid mit zwei Soldaten teilte. Der Wagen ganz vorn war als einziger mit einer FRAG-6-Panzerung ausgestattet. Bei sämtlichen Humvees handelte es sich um zweieinhalb Tonnen schwere Hardtop-Jeeps mit breiten Stollenreifen und Stahlverkleidungen. Aber die FRAG-6-Panzerung sorgte zusätzlich für eine halbe Tonne Gewicht, und deshalb setzte Foshtomi diesen Humvee mit nur einem Fahrer und einem Funker an die Spitze der Kolonne.

Als sie aufbrachen, wirbelten dünne Ascheflocken wie schwarzer Schnee vom Himmel. Der Wind hatte nicht kräftig genug geblasen, um den Fallout ganz zu vertreiben. Ruth wirkte besorgt. Was, wenn der radioaktive Niederschlag stärker wurde?

Aber sie empfand auch Dankbarkeit, weil die Freunde bei ihr waren. Cam saß zwischen ihr und Bobbi auf dem engen Rücksitz, und sie genoss seine Wärme während der zweistündigen Fahrt über Highways, die sie vor der Pest in vierzig Minuten bewältigt hätten. Vom Willow Creek abwärts zum Highway 40 und dann wieder aufwärts in Richtung Grand Lake: sie fuhren nach Süden, Osten und dann wieder nach Norden. Die meiste Zeit verloren sie dadurch, dass sie sich vor zwei chinesischen Jets verstecken mussten. Foshtomi hielt ihren Konvoi viermal an, als die Maschinen über ihnen patrouillierten. Mal parkten sie weit auseinander, dann wieder dicht zusammengeschoben und in merkwürdigen Winkeln: wie verlassene Wracks. Was ihre kleine List unterstützte, war die Tatsache, dass an den Straßenrändern Unmengen verrosteter und ausgebrannter Autos standen, auf die Seite geräumt von Bulldozern – die Überreste der kolossalen Verkehrsstaus, die sich gebildet hatten, als die Menschen Hals über Kopf vor der Pest geflohen waren. Die Motoren ihrer Fahrzeuge mussten im Infrarot-Bereich deutlich zu erkennen sein, aber allem Anschein nach achteten die Chinesen nur auf amerikanische Flugzeuge und Raketen. Außerdem war der ganze Planet in eine dichte Staubschicht gehüllt. Wenn die Feinde diese Gegend per Satellit überwachten, reichte die Auflösung sicher nicht aus, um ein paar Humvees zu erfassen.

In vielen der alten Wracks saßen noch Skelette. Die Opfer der Maschinenpest waren nie weggebracht und bestattet worden, weil das Ausmaß der Katastrophe die Überlebenden restlos überforderte. Und so tauchten zwischen Glasscherben und verbeultem Blech immer wieder die Gespenster der Vergangenheit auf.

Als Ruth daher erstmals ein Wrack mit lebenden Menschen sah, glaubte sie fast schon an eine Sinnestäuschung. Sie waren alle überreizt, weil sie damit rechneten, dass die Kampfflugzeuge wenden und im Tiefflug über sie hinwegdonnern würden. Dann entdeckte sie einen weißen Van mit drei Schatten, die sich in der Nähe der offenen Hecktüren zusammendrängten. Der erste Humvee war bereits an dem Kleintransporter vorbeigefahren, aber die Leute im Innern rührten sich nicht vom Fleck. Nur eine Frau hob den Kopf.

»Seht mal!«, sagte Ruth. »Was machen die da?«

Foshtomi fuhr ebenfalls ohne Zwischenfall an dem Van vorbei, aber Sergeant Huff nahm das Handset ihres Funkgeräts und sagte: »Hier spricht Zwo. Vorsicht! Zombies zu beiden Seiten!«

Ruth warf einen Blick auf den anderen Straßenrand. Huff hatte recht. Mindestens eine Person saß zusammengesunken hinter dem Steuer eines roten Toyota. Dann erspähte sie zwei weitere Umrisse in einem braunen Pick-up. *Offenbar ist das hier eine Art Camp,* dachte sie.

»Sind die okay?«, erkundigte sich Bobbi. »Glaubt ihr, die Seuche hat sie verschont?«

»Nein. Ihre Gesichter ...«

Nicht alle Infizierten hatten ihren Unterschlupf klug gewählt. Ein paar Minuten später sah Ruth zwei leblose Gestalten vor einer viertürigen Limousine liegen, von einem Ameisenteppich bedeckt.

Auch auf der Straße befanden sich Zombies. Sie schlurften bergauf, die Arme zur Seite ausgestreckt, um das Gleichgewicht nicht zu verlieren. Als die Kolonne näher kam, drehten sie sich um und starrten den Fahrzeugen dumpf entgegen. *Ihre Reaktionen sind so eingeschränkt,* dachte sie. *Sie nehmen Geräusche wahr, sehen eine Bewegung und gehen darauf zu.*

Foshtomi überfuhr sie nur, wenn es sich absolut nicht vermeiden ließ. »Weg da, ihr Blödtypen«, rief sie. »Weg da! Weg da!« Sie bremste oder zwängte sich an ihnen vorbei. Einmal, als ein Dutzend Leute die Straße versperrte, befahl sie dem Konvoi sogar, auf die Bankette hinaus zu steuern und jenseits der Böschung weiterzufahren. Ruth wusste, dass es ihr weniger darum ging, diese Fremden zu retten, als ihre Autos zu schonen. Insgesamt liefen Foshtomi acht Infizierte vor den Jeep. Das dumpfe Klatschen von Körpern gegen Metall drehte Ruth den Magen um.

Eine nackte Frau wurde über die Kühlerhaube geschleudert. Blut spritzte. Ein anderes Mal ruckte die Hinterachse mit einem metallischen Kreischen, und Ruth schrie auf. Sie saß nur eine Handbreit über jemandem, dessen Arm oder Bein sich im Radkasten verfangen hatte. Cam zog Ruth und Bobbi nach diesem Zwischenfall eng an sich. Ruth vergrub den Kopf an seiner Schulter. Ihre Gedanken rasten im Kreis. *Nicht nachdenken. Nicht nachdenken. Nicht nachdenken.*

Inzwischen fuhren sie wieder bergauf, dem blauen Gewässer entgegen, das Grand Lake seinen Namen gegeben hatte. Foshtomis Leute unterbrachen immer wieder die Funkstille, um die Kampfgefährten vor weiteren Infizierten zu warnen. Viele hatten Unterschlupf in »Camps« neben der Straße gefunden, entweder in verlassenen Autos oder im Freien, an

Schutzgeländer und Bäume gelehnt. Ob sie sich untereinander verständigen konnten? Es war nicht ausgeschlossen, dass sie trotz ihrer Beschränkung eine Art Gemeinschaft bildeten, wie Kühe oder Schafe, die Herden bildeten, weil sie sich in der Gruppe sicherer fühlten als allein. Eine Schar von Phantomen. Was hatten ihre Gehirne von früher behalten? Tobte in ihrem Innern stumme Verzweiflung?

Ruth versuchte sich abzulenken. Sie dachte über Kendra Freedman nach, während sie die Wärme von Cams Umarmung genoss.

Sie stellte fest, dass zu viele der Infizierten in ihrem Verhalten voneinander abwichen.

»Die Leute hier suchen Schutz«, sagte sie, ohne aufzusehen. »Das ist neu. Und sie nehmen kaum Notiz von uns. Sie sind fügsam. Sie müssen letzte Nacht hier heraufgewandert sein. Seither hat sich etwas verändert.«

»Weg da!«, rief Foshtomi, die hinter dem Steuer saß. »Los, weg da!«

»Vielleicht sind sie nur müde und hungrig«, sagte Ruth. »Aber nehmen wir mal an, dass dies hier die zweite Phase der Gehirnseuche ist. Wenn die Chinesen uns umbringen wollten ...«

»Weg da!«

*Wumm.* Ein Ruck ging durch den Humvee, als das nächste Ausweichmanöver misslang, und Ruth hob verzweifelt die Stimme: »Wenn sie uns umbringen wollten, bekämen die Infizierten Krämpfe und anschließend einen Hirnschlag. Genau das und sonst nichts ...«

Cam versuchte sie zu beruhigen. »*Schsch,* Ruth«, sagte er und streichelte ihren Nacken.

»Begreift ihr denn nicht? Niemand hat sich gefragt, was dieser Nano eigentlich bewirken soll. Die Anfangsphase dient nur dazu, die Seuche auszubreiten. Die Opfer sind wirr und verängstigt und rennen blindlings hinter ihren Freunden her. Aber was wird später aus ihnen?«

»Vielleicht sind sie eine Art Waffe, die mit Verzögerung eingesetzt wird«, meinte Sergeant Tanya Huff, eine der beiden Frauen in Foshtomis Einheit. Sie war groß und füllig, und Foshtomi hatte sie wohl nicht ohne Hintergedanken ihrem Humvee zugeteilt.

»Ich glaube, die Chinesen warten ab«, sagte Ruth. »Es kann sein, dass sich alle Infizierten in den nächsten fünf oder sechs Stunden beruhigen.«

Das Funkgerät knackte und knisterte. »Hier ist Eins. Wir nähern uns dem Ziel.«

»Es könnte vernünftig sein, auf Tauchstation zu gehen«, fuhr Ruth fort. »Überlegt doch mal! Die Seuche ist eine Erstschlag-Waffe. Zunächst verwirrt sie nur unser Denken. Auf diese Weise sind wir leicht zu besiegen. Dann aber kommt die zweite Phase und womöglich noch eine dritte. Vielleicht weicht der Nebel aus unseren Gehirnen. Die Infizierten kommen wieder zur Vernunft, reagieren aber immer noch verlangsamt und sind leicht zu beeinflussen. Ideale Sklaven. Ein Ausleseverfahren, das von selbst funktioniert. Übrig bleiben die Stärksten. Also sollten wir uns einfach verstecken. Wenn wir ein paar Stunden warten, müssen wir nicht gegen unsere eigenen Leute und die Chinesen kämpfen ...«

»Schnauze!«, fauchte Foshtomi, bremste auf einmal und bog nach rechts ab. »Wir bilden eine Schutzbarriere, aber bleibt in den Fahrzeugen!«

»Jawohl, Ma'am.« Huff griff nach dem Mikro. »Hier ist Zwo. Stellt die Wagen im Kreis auf! Niemand steigt aus. Achtet auf Flugzeuge! Waffen schussbereit. Aber denkt daran, dass wir nach Verbündeten Ausschau halten.«

»Hier ist Fünf. Wir haben Zombies zweihundert Meter hinter uns.«

»Scheiße.« Foshtomi hielt den Humvee an. »Wir müssen wohl versuchen, weiter nach oben zu gelangen, aber ich weiß nicht, ob Fünf das schafft. Dieser Truck war keine gute Idee. Nimm erst mal Kontakt zu Viper auf.«

Ruth hörte kaum zu. *Gütiger Gott,* dachte sie. Wenn sie recht behielt, würden die Chinesen im Falle eines Sieges nicht nur Zehntausende von Sklaven gewinnen. Sie bekämen außerdem Unmengen von Konkubinen, ein Gedanke, der sie mit Eiseskälte erfüllte.

»Für die Frauen wird es noch schlimmer«, sagte sie. »Ihr wisst, was in den Arbeitslagern geschehen ist. Vergewaltigungen. Erzwungene Schwangerschaften ...«

»Nicht jetzt«, unterbrach sie Foshtomi. »Herrgott noch mal!«

Endlich hob Ruth den Kopf. Zu ihrer Verblüffung entdeckte sie auf einer Seite des Fahrzeugs ein Backsteingebäude, eine ehemalige Bank, die Foshtomi als Deckung nutzte. Überall sonst waren nur Ruinen, rechteckige Fundamente, die sich zwischen Unkraut und Gestrüpp verloren – die Überreste der ursprünglichen Stadt Grand Lake, deren Häuser man größtenteils abgerissen hatte, als Baumaterial gebraucht wurde. Das hieß, dass sie nur noch sechs Meilen von den Gipfeln und dem vom Gegner überrannten Militärstützpunkt entfernt waren.

Die Fahrt durch die Ruinen war ungemein gefährlich. Jeden Moment konnten die Chinesen sie entdecken – und doch befanden sie sich auf der Suche nach dem Feind. Die Rettung der übrigen Amerikaner war in Ruths Augen ein zweitrangiges Ziel. Leider mussten sie mit schweren Verlusten rechnen, wenn sie ihre Fahrzeuge verließen. Nachdem sie sich durch die Infizierten gekämpft hatten, waren die Humvees und der Truck von außen vermutlich völlig verseucht.

*Wir können von Glück reden, wenn die Hälfte von uns überlebt,* dachte Ruth, während Huff auf eine andere Frequenz ging und sagte: »Viper Sechs, hier ist Gray Fox. Viper Sechs, hier ist Gray Fox. Over.«

»Wir haben euch im Blickfeld, Gray Fox«, entgegnete eine weibliche Stimme. »Keine Funkbotschaften mehr. Over.«

»Roger, Viper Sechs. Eine Warnung noch: Wir werden von einer Meute Zombies verfolgt.« Huff machte eine Pause. »Ich sehe dreißig oder noch mehr.«

»Wir sehen sie auch. Greift sie auf keinen Fall an! Wir wollen nicht, dass die Chinesen Schüsse hören. Habt ihr noch freie Plätze in euren Fahrzeugen? Wir sind allerdings verseucht.«

»Was?«, blaffte Foshtomi. »Frag sie, was zum Henker das heißen soll!« Huff klickte auf die SENDEN-Taste und fragte: »Sagen Sie das noch mal, Viper Sechs! Ihre Leute sind infiziert?«

»Wir tragen Schutzanzüge, aber das Material ist verseucht. Ihr dürft uns nicht berühren. Noch nicht.«

»Was sollen wir tun?«, fragte Bobbi. »Ruth? Was sollen wir tun?«

*Da kann man gar nichts tun,* dachte sie, aber dennoch war es ihre Aufgabe, eine Lösung zu finden. »Der See«, sagte sie. »Sie müssen das Zeug im See abwaschen. Wahrscheinlich fangen sie zwar am Ufer ein paar zusätzliche Nanos auf, aber sie müssen es versuchen. Danach sollen sie sich gegenseitig mit Sand abreiben.«

»Die Zombies werden uns in etwa fünf Minuten eingeholt haben«, warf Cam dazwischen.

# 19

»Wir brauchen zwanzig Minuten«, erklärte die Frau am Funkgerät. »Danach können wir auch eure Fahrzeuge reinigen. Sorgt dafür, dass wir die nötige Zeit bekommen.«

»Roger, Viper«, sagte Sergeant Huff.

»Eins und Drei räumen die Straße frei«, befahl Foshtomi, während sie nach einem Fernglas kramte. »Keine Schusswaffen! Ist das klar? Überfahrt sie einfach.«

»Jawohl, Ma'am«, sagte Huff, ohne sie anzusehen. Ruth verstand ihre innere Abwehr. Es war eine Sache, aus einer größeren Entfernung auf unschuldige Menschen zu schießen. Die Humvees bewusst als Rammböcke einzusetzen, ging aber noch einen entsetzlichen Schritt darüber hinaus. Doch Huff gab Foshtomis Anweisungen nach einer kurzen Pause weiter. »Hier ist Zwo«, meldete sie sich. »Hört her ...«

Foshtomi wandte sich an Ruth. »Wie will Viper die Anzüge dekontaminieren?«

»Ich weiß es nicht.«

Motorengeräusch klang hinter ihnen auf, und einer der Humvees rollte vorbei. Der andere tauchte am Rand der Böschung auf und folgte. Ruth empfand große Erleichterung, dass sie in keinem dieser Fahrzeuge saß, aber so war es immer gewesen, oder? Andere Leute machten sich die Hände schmutzig, während sie sicher und abgeschirmt blieb.

»Ich glaube, ich sehe sie«, erklärte Foshtomi. Sie senkte das Fernglas und richtete sich ein Stück auf. Der enge Fahrersitz des Humvees machte ihr zu schaffen. »Mist! Sie haben ein großes Tuch oder so etwas wie ein Zelt.«

»Du meinst ein luftdichtes Zelt?«, erkundigte sich Bobbi.

»Das würde nicht funktionieren«, erklärte Ruth. »Die neuen Seuchen-Nanos verfügen über keine Unterdrucksicherung.«

»Es ist eine Art Decke.« Foshtomi ließ sich zurück in ihren Sitz fallen und reichte Ruth den Feldstecher. »Sag du mir, was du siehst.«

Plötzlich drang ein Quäken aus dem Funkgerät, überlagert vom dumpfen Grollen eines Motors. »Aufpassen!«, schrie ein Mann. Dann verstummte der Lärm.

»Eins und Drei«, sagte Huff. »Eins und Drei, seid ihr okay?«

*Bitte seid okay!*, dachte Ruth. Aus dem Funkgerät kam die gleiche Männerstimme wie zuvor. »Hier ist Eins«, sagte sie. »Ich glaube, Drei ist infiziert. Die wären fast mit uns zusammengestoßen!«

Foshtomi hieb mit der Faust gegen das Dach des Humvees. »Scheiße!«

»Wir machen eine Kehre«, meldete der Mann. »Er ist von der Straße abgekommen. Wir – ja, ich kann Coughlin erkennen. Es hat ihn erwischt! Es hat sie alle erwischt!«

Ruth zitterte so stark, dass sie nichts sehen konnte, als sie den Feldstecher endlich an die Augen hielt. Dann merkte sie, dass ihr wieder Tränen über die Wangen liefen. *Wir haben eben fünf Leute umgebracht, um ein paar andere zu retten*, dachte sie. *Wir haben eben fünf Leute umgebracht, dazu noch die Infizierten, die nicht rechtzeitig von der Straße wegkamen …* Vielleicht war diese Aufrechnung ja notwendig, aber sie fühlte sich schlimm an, und Ruth kämpfte gegen ihre hilflosen Schuldgefühle und Selbstvorwürfe an.

Die Bergflanke jenseits der Ruinen war braun und grün gefleckt. Ruth machte eine gelbe Gestalt aus, jemanden in einem Schutzanzug, um den sich andere Soldaten scharten. Sie war enttäuscht. *Nur so wenige?*, dachte sie. Konnte es denn sein, dass sich ein Teil der Überlebenden versteckte? Aber eine größere Gruppe hätte sich vermutlich nicht fortstehlen können. Also musste sie davon ausgehen, dass nur acht oder neun

Militärs und Wissenschaftlern die Flucht aus Grand Lake gelungen war.

Sie hüllten einen der Ihren in eine merkwürdige Decke, olivgrün wie alle Decken aus Heeresbeständen, aber irgendwie von Drähten durchbohrt und mit einer Reihe von Vertiefungen versehen, die den Eindruck erweckten, als habe man an der Rückseite viele kleine Gegenstände befestigt. Aus achtzig Metern Entfernung und einem ungünstigen Blickwinkel ließ sich schwer erkennen, was genau sie da taten, aber sie reichten die Decke von einem zum anderen und strichen damit über Knie, Oberkörper, Luftzylinder und Helme. Wie immer dieses Ding funktionierte, es musste wohl auch zum Sterilisieren der Anschlüsse vor dem Nachfüllen der Tanks gedient haben.

Asche regnete vom Himmel. Dann klarte es wieder auf. Ruth bekam die Rückseite der Decke flüchtig zu sehen. Sie war mit unregelmäßigen Platinenstücken belegt – manche mit einem Durchmesser von nur zwei bis drei Zentimetern, andere dreimal so groß –, die sie mit Draht- und Spagatstücken aufgenäht hatten. Hier und da konnte man noch die Urform der Platinen erkennen: rund und in flache weiße Kunststoffsockel eingelassen.

»Wie soll das funktionieren?«, fragte Foshtomi.

Zum ersten Mal war Ruth völlig ratlos. »Sieht so aus, als hätten sie irgendein radioaktives Material montiert«, sagte sie. *Diese Sockel kommen mir irgendwie bekannt vor,* dachte sie. *Wo habe ich das Zeug bloß schon gesehen?*

Schwach hörte sie das Quietschen von Reifen. Der Humvee hinter ihr hielt weiterhin die Straße frei. Die Militärs marschierten in einer geschlossenen Gruppe. Zwei von ihnen schleppten Mikroskope, was sie mit Erleichterung registrierte. Im Moment galt ihre ganze Neugier jedoch der Decke, die sie sofort vor Foshtomis Fahrzeug ausbreiteten und nach dreißig Sekunden auf die Motorhaube legten.

»Rauchmelder«, sagte Foshtomi. »An diesem blöden Ding befinden sich an die fünfhundert Rauchmelder.«

Sie hoben die Decke gemeinsam hoch und fuhren erst über den Kotflügel und dann über die Tür an der Fahrerseite. Ruth schüttelte verwirrt den Kopf. Die Fragmente aus Kunststoff und Schaltdrähten waren größtenteils unkenntlich, aber die wenigen intakten Sockel entsprachen den hinteren Hälften von gewöhnlichen Haushalts-Rauchmeldern. Die Frontkappen sowie einen Teil des Innenlebens hatte man entfernt.

»Ruth?«, fragte Cam.

»Lasst die Türen geschlossen, bis sie ihre Anzüge abstreifen und so beweisen, dass alles in Ordnung ist«, sagte sie und beobachtete die Männer draußen. Aber sie erinnerte sich an eine der vielen Materialanfragen, die nach dem Krieg an die Öffentlichkeit gelangt waren. Die Regierung bezahlte mit Munition oder Saatgut für dringend benötigte Artikel wie Benzin, Medikamente, Batterien und Kupfer. Auch für Rauchmelder hatte es eine Sondervergütung gegeben. In Morristown war mehrere Wochen lang eine eigene Sammelstelle für diese Dinger eingerichtet worden. Drei Laster hatte man damals abtransportiert, und Ruth war davon ausgegangen, dass die Behörden Feuermelder für ihre zahlreichen Neubauten suchten. Aber es hatte wohl einen anderen Grund für den Aufruf gegeben, etwas anderes, das sie brauchten.

Es dauerte eine weitere halbe Stunde, bis die Soldaten alle vier Fahrzeuge dekontaminiert hatten. »Zwanzig Minuten, hieß es«, grummelte Foshtomi, versuchte aber gleichzeitig, ihre Leute per Funk zu beruhigen. »Haltet einfach still«, befahl sie. »Haltet still!« Dann warf sie Huff einen flehenden Blick zu und murmelte: »Herrgott, ich müsste mal pinkeln.«

Die Soldaten hüllten sich erneut der Reihe nach in die Decke. Inzwischen sprach Foshtomi mit dem Anführer des Trupps, der seinen Helm gegen das Glas der Scheibe presste. General Walls war nach Ruths Einschätzung um die fünfzig Jahre alt, ein bartloser, gut aussehender Mann mit braunen

Haaren. Es war in diesen Tagen verdammt selten, einem Mann zu begegnen, der sich rasierte.

»Sir?«, fragte Foshtomi. »Was schlagen Sie vor?«

»Flussabwärts in der Nähe des Wasserkraftwerks befindet sich ein Depot der Army«, sagte er. »Wir müssen …«

»Da sind wir eben erst durchgefahren, Sir. In der Gegend wimmelt es von Zombies.«

»Wir müssen unsere Laborausrüstung verstecken, Lieutenant. Jede weitere Minute im Freien erhöht das Risiko, entdeckt zu werden. Wir müssen uns neu organisieren.«

»Goldman glaubt, dass wir dem Chinesen einen neuen Impf-Nano abjagen können, Sir«, meinte Foshtomi. »Das war unser ursprünglicher Plan. Ein Überfall …«

»Wie viele Soldaten stehen Ihnen zur Verfügung, Lieutenant?«

»Neun, Sir, plus die vier Zivilisten.«

»Das Mädchen ist verdammt mutig«, sagte einer der Umstehenden.

Walls nickte. Foshtomi glaubte ein grimmiges Lächeln hinter seinem Helmvisier zu erkennen. »Der Chinese hat mindestens zwei Truppentransporter auf den Berg geschickt, um seine Leute abzusetzen«, erklärte er. »Selbst wenn wir alle unsere Kämpfer einsetzten, sie sind uns zahlenmäßig zehnmal überlegen.«

»Aber dann wären wir immun, Sir.«

»Und tot.«

»Halt, das ist es!«, warf eine Frau hinter Walls ein. »Müssen sie denn am Leben sein? Die feindlichen Soldaten, meine ich. Sie müssen nicht unbedingt am Leben sein, oder?«

»Was soll das heißen?«, fragte Walls.

Ruth presste ihre Fingerspitzen und eine Wange gegen den Kunststoff des Fensters, um dem Gespräch besser folgen zu können. Die Frau trug einen der beiden Zivil-Schutzanzüge, die sich knallgelb gegen das Schwarz der Militärs abhoben.

»Die Chinesen haben mindestens ein Dutzend Flugzeuge verloren, als die Bomben detonierten«, erklärte die Frau. »Wir haben den Kurs einer IL-76 Mainstay verfolgt, die nicht allzu weit von hier entfernt abstürzte. Wir bekamen das auch nur mit, weil sich das Unglück direkt vor unserem Radar abspielte.«

Walls wandte sich dem Humvee zu. »Glauben Sie denn, dass die Piloten des Gegners auch schon mit dem neuen Nano geimpft sind?«

»Ja!«, rief Ruth.

»Welche Koordinaten?«, fragte Walls die Frau im gelben Schutzanzug. Sie stellte ihr Funkgerät ab und holte einen Laptop aus der Trageschlinge, in der Walls mehrere Geräte verstaut hatte.

»Mal sehen, ob ich sie finden kann.«

»Wir bilden zwei Gruppen«, erklärte Walls. »Ich bräuchte ein paar Freiwillige, die nach dem Flugzeug-Wrack suchen.«

»Ich kenne die Gegend«, sagte Cam zu Foshtomi.

»Nein!«, widersprach Ruth.

»Ich kann ihren Kundschafter machen.«

»Nein, Cam!« *Er will immer noch wegrennen,* dachte sie. *Wovor? Vor Allisons Tod?* »Überlass das den Soldaten! Wir leisten unseren Beitrag bereits. Wir ...«

»Er würde dich vermutlich gar nicht nehmen«, wandte Foshtomi ein. »Nicht wegen der Rolle, die du mal gespielt hast, sondern weil er genug eigene Leute hat.«

Aber sie täuschte sich. »Lieutenant«, sagte Walls ungeduldig, »ich brauche Ihre Freiwilligen. Meine Soldaten sind unersetzlich.« Wieder einmal trat die brutale Mathematik des Krieges zutage. »Alles Experten«, fuhr er fort. »Übersetzer und Ingenieure.« Foshtomi verstand, was er zum Ausdruck bringen wollte. Ihre Leute waren nur Lastwagenfahrer, Farmer und Artilleristen. Walls konnte es sich leisten, sie zu verlieren.

»Ich gehe«, erklärte Cam.

»Wie viele Anzüge bekomme ich?«, erkundigte sich Foshtomi. Ihr Tonfall grenzte an Gehorsamsverweigerung, aber Ruth fand es großartig, wie sie sich für ihre Untergebenen einsetzte.

Walls starrte sie an. »Zwei«, sagte er. »Wird das reichen, Lieutenant? Meinen Anzug kann Goldman haben. Meine Nanotech-Experten, mein Pilot und mein Dolmetscher können ihre Schutzkleidung nicht entbehren.«

»Jawohl, Sir. Danke, Sir.«

»Dann beginnen wir mit dem Umziehen«, erklärte Walls. »Sobald Goldman den Anzug übergestreift hat, kommen wir an Bord.«

»Jawohl, Sir.« Foshtomi wandte sich an Huff. »Besorg mir vier Freiwillige, zwei davon mit Masken. Die beiden anderen können die Anzüge haben.«

»Ich übernehme das Kommando dieser Mission, Lieutenant«, sagte Huff.

»Das sollte keine Aufforderung sein. Aber trotzdem – vielen Dank, Tanya.«

# 20

Plötzlich bremste ihr Konvoi hinter einer Biegung des Highways. Ruth erwartete Schwierigkeiten und blickte auf. Aber sie hatten das Depot erreicht. Ihre vier Fahrzeuge teilten sich in Zweiergruppen und riegelten die Straße in beiden Richtungen ab.

Das Depot hatte sie sich gar nicht so weitläufig vorgestellt. Ein Teil des kleinen Stützpunkts war neu, aber die Zäune und gedrungenen Bunker umgaben zwei Lagerhallen aus grünem Aluminium, die allem Anschein nach schon länger auf dem Gelände standen. Von der verwitterten Fassade des einen Gebäudes hob sich ein dunkleres Viereck ab. Hier hatte vermutlich ein Firmenschild über viele Jahre hinweg das Metall und die Farbe geschützt. Die wenigen freien Flächen innerhalb der Umzäunung waren mit Trucks, einem Abrams-Panzer sowie mehreren Campinganhängern und Wohnmobilen zugeparkt, die den Soldaten als Büros und Unterkünfte gedient hatten. Die meisten Fahrzeuge standen noch in Reih und Glied da. Ansonsten aber herrschte in der Anlage Chaos.

In Ruths Augen sah es so aus, als seien einige Leute in den Campinganhängern von der Gehirnseuche verschont geblieben – und dann von den Infizierten attackiert worden. Vielerorts waren die Fenster zerschossen. Zwei der Wohnmobile hatten gebrannt. Mindestens fünf Tote lagen auf dem Asphalt, einige von ihnen verkohlt.

»Hier Bornmann«, hörte sie per Funk. »Haltet eure Positionen, aber gebt Bescheid, sobald ihr jemanden seht. Over.«

Einige der Infizierten waren sicher noch am Leben. Wo hielten sie sich verborgen? Oder hatten sie es geschafft, das Drahtgeflecht zu überwinden und das Depot zu verlassen? Ruths Blicke wanderten den Zaun entlang, doch sie entdeckte nirgendwo eine Öffnung. »Erklären Sie Ihrem General, er soll das Ganze hier abblasen«, sagte sie zu Pritchard. »Wir finden etwas Besseres.«

»Machen Sie sich keine Sorgen!«

»Sehen Sie sich doch das Depot an! Hier wimmelt es von Nanos, und alles ist niedergebrannt. Wir finden etwas Besseres. Selbst ein gewöhnliches Haus wäre …«

»Da drinnen ist ein Flugzeug.«

»Was? Da drin soll ein Flugzeug sein? Wo?«

»Wir hatten nie die Absicht, hier zu bleiben«, sagte Pritchard. »Nun beruhigen Sie sich mal! Wir wissen schon, was wir tun.«

Ruth zog die Stirn kraus. Aus dem Funkgerät kam erneut ein Knistern. »Hier Bornmann. Wir steigen aus. Verständigt uns über den Anzugfunk von Reece, wenn ihr etwas seht. Over.«

General Walls hatte alle seine Leute, die einen Schutzanzug trugen, zusammen mit der Decke auf die Ladefläche des Trucks verfrachtet. Es war eine Maßnahme, die es ihm gestattete, den ersten Humvee unangetastet zu lassen. Die Soldaten in den Anzügen konnten einfach von der Ladefläche springen. Sie stellten seine stärkste Truppe dar, auch wenn Deborah einen der Kämpfer ersetzte – aber nur vier Leute in Schutzkleidung verließen den Truck und gingen rasch auf den Zaun zu.

»Sie können mit dem Headset umgehen?«, fragte Pritchard und deutete auf Ruths Helm.

»Ja.«

»Sprechen Sie nicht! Hören Sie einfach mit, okay?«

Ruth kämpfte mit der Steuervorrichtung an ihrer Hüfte, als Cam das gleiche Problem ansprach, das sie auch schon beschäftigt hatte. »Ich sehe weder ein Flugzeug noch eine Startbahn.«

»Verdeckte Operation«, sagte Pritchard. »Wir wussten, dass es Scheißsituationen geben würde, und versuchten uns so gut wie möglich darauf vorzubereiten. Deshalb sind überall in den Rockies Flugzeuge versteckt.«

»Sie meinen – in der Lagerhalle? Aber wo starten sie denn?«

»Das Ding ist eine V-22 Osprey. Ein Kipprotorflugzeug mit VTOL-Eigenschaften. Was hören Sie, Goldman?«

»Nichts.«

»Wohin fliegen wir?«, erkundigte sich Cam.

»Nach Albuquerque. Angeblich ist dort noch alles okay. Rezac versucht sich das bestätigen zu lassen. Und jetzt keine Gespräche mehr! Beobachtet das Gelände hinter uns, wenn ihr könnt.«

Sie erlebten eine Schrecksekunde, als die chinesischen Jets unsichtbar im Staubschleier über ihnen vorbeidonnerten, aber die Maschinen flogen weiter. Bornmanns Leute zerschnitten den Maschendraht der Umzäunung und begaben sich im Laufschritt auf das Gelände. Ruth konnte sie über den Highway hinweg gerade noch erkennen. Die Lagerhalle hatte riesige Rolltore, die sie jedoch nicht öffneten. Stattdessen betraten sie das Gebäude durch einen mannshohen Nebeneingang.

»Da ist unser Vogel«, sagte Bornmann in sein Anzug-Mikro. Deborah gab die Nachricht an die anderen Fahrzeuge weiter, aber Ruth hatte ihrer Gruppe schon Bescheid gesagt und damit einen lauten Jubel in ihrem Humvee ausgelöst.

Dann begann die eigentliche Arbeit. Bornmanns Team musste davon ausgehen, dass die Lagerhalle Nanos der Gehirnseuche enthielt, obwohl im Innern nicht die Spur von Chaos herrschte. Bevor sich Bornmann dem Flugzeug nähern und mit dem Vorflug-Check beginnen durfte, dekontaminierten seine Männer einen breiten Rumpfstreifen und schwenkten die Decke, so gut es ging, in der Umgebung der Maschine durch die Luft. Zur gleichen Zeit bat Walls Ruth, sich um den Funkkontakt zu kümmern. Sie stimmte zu, obwohl der Auftrag bedeutete, dass man Deborah und ihre Freundin Emma

Kincaid in das Depot schicken wollte. Offensichtlich brauchte man dort alle verfügbaren Leute.

Gleichzeitig berichtete Sergeant Huff achtzehn Meilen weiter nördlich, dass ihr Trupp so nahe wie möglich an den abgestürzten chinesischen Transporter herangefahren war und den Weg nun zu Fuß fortsetzte.

Ein hässlicher Gedanke schoss Ruth durch den Kopf. Sie wusste nicht, wie der Osprey aussah, und sie fragte sich, ob er wohl Platz für alle bot. Falls es Huffs Team gelang, sich wieder der Hauptgruppe anzuschließen, waren sie insgesamt einundzwanzig. Wen würde man wohl zurücklassen, wenn sich die Maschine als zu klein erwies?

Das Warten zerrte an den Nerven. Ruth hatte schon wieder Hunger, und sie merkte, wie sich ihr Körper von der Anspannung versteifte. In Kürze würde ihr Pritchard den letzten Lufttank geben müssen, der sich in ihrem Humvee befand. Aber noch vorher würde ihr nichts anderes übrig bleiben, als in ihren Anzug zu pinkeln. Foshtomi hatte sich bereits unter das Steuer geduckt, ihre Hose heruntergelassen und auf den Boden gepisst. Es gab keine andere Lösung.

Trotz dieser Ablenkungen versuchte Ruth weiterhin, die Oberflächen-Abbildung des Nanos zu analysieren. Was sie wirklich brennend interessierte, war ein Blick auf den neuen Impf-Nano durch das Magnetresonanzkraft-Mikroskop, das die Soldaten mitgebracht hatten. Aber sie musste ihre Ungeduld bezähmen. Aller Voraussicht nach würde es mindestens eine Stunde dauern, bis Huff und ihre Helfer hier eintrafen, selbst wenn sie keine Schwierigkeiten haben sollten, einige Proben des Impf-Nanos zu beschaffen. Dazu kam, dass Ruth hier im Humvee keinen Platz zum Aufstellen des MRFM hatte.

Cam bediente Ruths Laptop, da ihre Finger in den dicken Handschuhen nahezu unbeweglich waren. Seine bloßen Hände waren von hässlichen Narben entstellt, aber darin sah sie nur einen Beweis für seine unvergleichliche Zähigkeit. Sie selbst brachte gar nichts zustande. Ihre Gedanken verschwammen. Sie hätte schlafen können, aber keiner der anderen nahm sich eine Auszeit. Alle machten sie weiter, und so riss sich auch Ruth zusammen, hielt mühsam die Augen offen und fluchte vor sich hin.

*Verdammt noch mal, keiner hier spendiert dir einen Kaffee,* dachte sie.

Im Truck waren Walls und Rezac ebenfalls damit beschäftigt, Daten auszuwerten. Rezac meldete sich am Harris-Gerät. »Goldman, sind Sie sicher, dass Sie Freedmans Botschaft richtig übertragen haben?«

»Absolut sicher«, antwortete Ruth.

»Aber es gibt kein Saint Bernadine Hospital in Los Angeles.«

»Was für Karten benutzt ihr denn?«

»Bei unserem Datenmaterial würden Ihnen die Augen übergehen. Google. Staatsarchiv. Bundesarchiv. Dieses Krankenhaus ist nicht vorhanden.«

*Es muss aber da sein,* dachte Ruth in einem neuen Anflug von Verzweiflung. Wenn die Botschaft nicht stimmte – wenn Freedman nicht wusste, wo sie sich tatsächlich befand –, dann würden sie die Forscherin nie finden. Dann konnte sie überall sein. Und Ruth wäre wieder auf sich allein gestellt.

Nach den Anweisungen ihres Ingenieurs Captain Medrano begannen die Soldaten in den Schutzanzügen den Platz vor der Lagerhalle zu entrümpeln. Ein Teil der Fahrzeuge, die den Weg versperrten, war leicht zu entfernen. Die Trucks und Jeeps ganz vorne wurden einfach auf den Highway hinausgefahren. Allerdings stieß der Räumtrupp zweimal auf Zombies – Leute, deren Ansteckung so lange zurücklag, dass sie bereits die zweite Stufe erreicht hatten. Zunächst entdeckten sie einen einzelnen Mann, der friedlich vor sich hindöste. Dann fanden sie vier Männer und eine Frau, die sich in einem Truck versteckten. Die Frau sprang Lang an und schlug ihn nieder. Sweeney erschoss sie alle. Dann stolperte noch ein

Mann aus einem Bunker in den hämmernden Lärm von Sweeneys M4.

Der Schaden war angerichtet. Schüsse hallten durch das Tal. Lang tötete den fünften Mann mit der Pistole. Aber nun mussten sie damit rechnen, dass noch mehr Zombies und im schlimmsten Fall die Chinesen anrückten. Es war schwer abzuschätzen, wie weit der Schall durch den Fallout trug.

Medrano drängte seine Leute zu immer größerer Eile, auch dann noch, als sich Emma ihren Handschuh um ein Haar an einem Gurtverschluss aufgerissen hätte. Inzwischen schickte er Deborah wieder mit der Decke in die Lagerhalle, um eine möglichst große Fläche des Flugzeugrumpfes zu dekontaminieren. Immer mehr Trucks rollten aus dem Depot. Eines der verkohlten Wohnmobile stand noch im Weg, aber Medrano glaubte nicht, dass es noch fahrtüchtig war, selbst wenn er es riskieren konnte, das Wrack zu betreten. Also entfernten sie erst einmal die benachbarten Fahrzeuge, um es auf die Seite schieben zu können. Die halb geschmolzenen Reifen blieben am Boden kleben, als er einen Truck in die Seite des Gefährts bohrte. Mit einem schrillen Kreischen schlitterten die nackten Felgen über den Asphalt.

Das Funkgerät erwachte zum Leben. »Zwo, hier ist Rezac«, meldete sich die Spezialagentin. »Ich glaube, ich habe gute Nachrichten für euch. Es gibt tatsächlich ein Krankenhaus mit diesem Namen, nämlich in San Bernardino, einer der Städte im Ballungsraum von Los Angeles. Saint Bernadine. San Bernardino.«

Ruth bedeutete Pritchard, ihr das Handset zu reichen. Sie presste es gegen ihren Helm und sagte: »Hier Goldman. Das habt ihr großartig gemacht.« Aber Rezac redete immer noch weiter.

»... könnte passen. Die meisten ihrer Leute sind direkt in Los Angeles oder draußen in der Wüste, wo sie unsere früheren Militärstützpunkte nutzen. Vielleicht haben sie ihre Nanotech-Labors aus Furcht vor einem Störfall ausgelagert.«

»Ich denke, Sie haben recht. Gute Arbeit.«

»Es kommt noch besser. Saint Bernadine hat den Atomschlag vermutlich überstanden. Ich meine, es wird nicht gerade unversehrt dastehen, aber das hügelige Gelände ringsum könnte den Ort von den Druckwellen abgeschirmt haben.«

»Habt ihr irgendwie die Möglichkeit, Satellitenaufnahmen von der Gegend zu bekommen?«

»Nein. Oder … vielleicht doch. Ich versuche immer noch, einen Kontakt zu NORTHCOM herzustellen.«

»Danke«, sagte Ruth, und Pritchard murmelte: »Mist. Ich hoffe, Albuquerque ist okay.« Ruth wandte sich Cam zu. »Sie lebt. Hast du das mitbekommen? Freedman ist aller Voraussicht nach am Leben.«

»Yeah.« Er versuchte zu lächeln.

Ruth kehrte an ihren Laptop zurück, aber sie konnte sich nicht mehr konzentrieren. Da war es nicht gerade hilfreich, dass sie sich verkrampfte, weil sie dringend musste. Am Ende ließ sie den Dingen einfach ihren Lauf. Es war zwar demütigend, auch wenn niemand außer ihr selbst die Nässe spüren oder riechen konnte. Ruth beschloss, sich an Foshtomis burschikoser Lässigkeit ein Beispiel zu nehmen. *Sei froh, dass du nur pinkeln musst,* dachte sie, fürchtete sich aber vor dem Moment, da sie den Anzug abstreifen und das Malheur enthüllen musste. Vielleicht war es ja kindisch, aber sie wäre jetzt gern eine legendäre Größe wie Freedman gewesen. Legendäre Größen machten sich nicht in die Hose.

Ihr Zorn löste einen Geistesblitz aus.

»Ich habe vielleicht einen Schwachpunkt entdeckt«, sagte sie. »Der neue Impf-Nano muss den gleichen Marker erkennen, den die Gehirnseuche benutzt, um zu erkennen, wer bereits infiziert ist.«

»Was heißt das im Klartext?«, erkundigte sich Pritchard.

»Beide Nanos werden durch den Marker gedrosselt. Sie tauschen Signale aus. Die Gehirnpest vermehrt sich in jedem Individuum nur bis zu einem bestimmten Maximum, um es nicht zu zersetzen – so wie die ursprüngliche Seuche es getan hat. Der Impf-Nano hat fast die gleiche Wirkweise. Er schützt nur Menschen, bei denen die Gehirnseuche noch nicht ausgebrochen ist. Einzig und allein der Marker macht also den Unterschied. Ohne ihn würden die Chinesen ihren Vorteil verlieren. Der Impfstoff käme auch unserer Seite zugute, weil er sich wie jeder andere Nano bisher rund um die Welt übertragen würde. Aber einen solchen Fehler kann ich mir bei Freedman nicht vorstellen. Dafür waren ihre Entwürfe immer viel zu hoch entwickelt.«

»Warum hat sie diesen Scheißdreck überhaupt in Umlauf gebracht?«, fragte Foshtomi.

»Keine Ahnung. Sie befindet sich zurzeit in den Händen der Feinde. Ihre Botschaft hat den Eindruck erweckt, als habe man sie belogen. Sie dachte, sie sei an einem anderen Ort. Und die Chinesen hatten ihr offenbar erzählt, dass sie nicht gegen uns, sondern gegen Indien kämpften.«

»Du hattest also recht«, warf Cam ein. »Wenn jemand bereits infiziert ist, hilft ihm der Impfstoff nicht mehr.«

»Vermutlich nicht. Aber wenn es uns gelingt, diesen Marker zu isolieren, können wir ihn vielleicht nutzen. Theoretisch ließe sich ein Parasit entwickeln, der die Gehirnseuche an der weiteren Ausbreitung hindern könnte. Wir …« *Mein Gott,* dachte sie. Wenn nun Freedman die Gehirnseuche absichtlich so geplant hatte, dass der Marker als Killerhebel dienen konnte?

»Was ist los?«, fragte Bobbi. »Ruth, was ist los?«

»Die Sache mit dem Marker ist zu auffällig«, sagte sie und rutschte unruhig hin und her. »Ich glaube, Freedman hat die Gehirnseuche so sabotiert, dass Leute wie ich sie stoppen können. Aber dafür brauche ich Zeit. Und ich muss endlich raus aus diesem verdammten Wagen.«

»Wie viel Zeit?«, fragte Pritchard.

»Ich weiß es nicht. Ein paar Tage. An einem sicheren Ort.«

»Ich glaube nicht, dass wir so lange warten können.«

»Ich weiß.« Ein Anfall von Klaustrophobie schnürte Ruth die Kehle zu. Sie wandte sich ab und starrte aus dem Fenster.

Das Licht blieb immer gleich. Man sah keine Sonne. Der Tag unter dem schwarzen Himmel schien sich endlos auszudehnen, aber Ruth schätzte, dass es gerade früher Nachmittag war, als sich Medrano kurz darauf per Anzug-Funk meldete. »Wir sind startklar, Sir«, sagte er.

Walls benutzte ihre Hauptfrequenz. »Hier ist Fünf«, sagte er. »Eins, ihr macht den Anfang. Parkt seitlich des Rolltors. Zwo, ihr fahrt direkt in die Halle. Bornmann meint, hinter dem Flugzeug sei Platz genug, wenn ihr euch links haltet. Wir benötigen freien Zugang zum vorderen Einstieg. Passt gut auf, dass ihr den Flügel nicht beschädigt. Ist das klar? Fahrt ganz langsam. Over.«

»Roger, Sir«, bestätigte Pritchard. Er wandte sich an Foshtomi. »Langsam und weich wie Butter!«

»Keine Zweideutigkeiten, Sir«, sagte Foshtomi.

Das ergab keinen rechten Sinn, aber Pritchard lachte und Ruth streifte Cam mit einem Seitenblick. Sie beobachtete sein Mienenspiel und kam wieder einmal zu dem Schluss, dass er ein starkes Gesicht hatte, trotz seiner Narben und des Bartes, den sie noch nie gemocht hatte.

»*Mhm?*« Fragend zog sie die Augenbrauen hoch.

*Ich liebe dich,* dachte sie.

»Es wird schon alles glatt gehen«, sagte er.

»Ja.« Ruth schmiegte sich mit der Schulter an ihn. Dann startete Foshtomi den Motor und fuhr an.

Der erste Humvee parkte neben dem Tor, von dem nur eine Hälfte zur Seite geschoben war. Gleich nachdem Foshtomi in die Lagerhalle gefahren war, rollten drei Soldaten das Tor wieder zurück. Foshtomi schaltete die Scheinwerfer ein. Einer war zerbrochen, aber der andere warf einen breiten Lichtkegel in das Halbdunkel.

Die Osprey war ein schlankes, mittelgroßes Flugzeug mit schwarzem Anstrich. Sie stand so geduckt da, dass ihr Fahrwerk lächerlich klein wirkte. Die massiven Tragflächen waren über dem Rumpf angeordnet, nicht unten oder seitlich, wie Ruth es von anderen Flugzeugen kannte. Auch die Propeller sahen ungewöhnlich aus, mit sehr langen Blättern an eckigen Triebwerksgondeln, die etwa die Größe eines Autos hatten. Die Maschine selbst schien groß genug zu sein, um sie alle aufzunehmen, auch wenn sie ein wenig zusammenrücken mussten. Vom Heck ragte ein riesiges Doppelleitwerk auf, an dem Foshtomi den Humvee vorsichtig vorbeilenkte. Im Hintergrund der Lagerhalle befand sich eine Reihe von weißen Büroabteilen, neben denen Foshtomi anhielt.

»Wartet auf meine Order«, funkte Walls. »Eins, ihr steigt zuerst aus, sobald Reece euer Fahrzeug dekontaminiert hat, und nähert euch der Maschine durch das Haupttor.«

»Verstanden, Sir«, erwiderte ein Soldat in Humvee Eins.

Ruth bewunderte die Disziplin dieser Leute. Walls benutzte sie im Grunde, um festzustellen, ob von der Lagerhalle eine Gefahr ausging. Das durchschauten sie sicher, und doch folgten sie seinen Anweisungen.

Fünf Minuten später erschien Deborah neben Ruths Fahrzeug. Während sie ihre Decke über den Humvee schwenkte, meldete sich Bornmann per Anzugfunk. »Die Jungs von Eins sind jetzt in der Maschine und haben alles neu versiegelt. Over.«

»Sie sind in Sicherheit«, gab Ruth an ihre Freunde weiter.

»Sehr gut.« Pritchard schwenkte den Arm in einer weit ausholenden Geste. »Vergewissert euch, dass wir auch alles haben, wenn wir an Bord gehen. Ihren Laptop, Proviant, Wasser, Waffen. Ich nehme das Funkgerät.«

»Bewegt euch, wenn ihr könnt«, riet ihnen Foshtomi. »Macht Gymnastik. Wir haben alle viel zu lang gesessen.«

Ihre Anzüge streiften raschelnd aneinander. Bobbi kämpfte mit dem Kragen ihrer Jacke. Cam hatte bereits die Schutzbrille und die Maske übergestreift. Ruth wollte ihr Pech nicht durch irgendwelche Abschiedsworte heraufbeschwören, aber andererseits konnte es die letzte Gelegenheit sein, ihren Gefühlen Ausdruck zu verleihen. Worauf also noch warten? Sie zwang sich, das Risiko einzugehen.

»Ich liebe dich«, sagte sie. »Ich habe dich immer geliebt.«

Letzteres stimmte zwar nicht ganz, aber es kam der Wahrheit doch sehr nahe. Sie brauchte seine Nähe und Unterstützung, und sie wollte ihn nicht verlieren.

»Ich dich auch«, sagte Cam.

Ruth weinte, als er das Visier ihres Helms küsste. Sie waren sich so nahe und konnten einander doch nicht berühren. Sie hatte auch den Wunsch, ein paar Worte mit Bobbi und den beiden Soldaten zu wechseln. Sie wusste nicht, was sie ihnen sagen sollte, aber allein durch das gemeinsame Überleben waren sie ihre Schwestern und ihr Bruder. »Danke«, stammelte sie schließlich. »Ich danke euch.«

»Sieh zu, dass du uns aus dieser Scheiße rausholst, Ruth«, sagte Foshtomi.

»Okay, startklar«, funkte Deborah. Ruth und Pritchard gaben die Botschaft an Walls weiter, und der General meinte darauf: »Ihr seid dran. Los.«

Sie verließen das Fahrzeug.

Ein Mann zeigte sich an einem der Bürofenster. Er stand in gekrümmter Haltung nur ein paar Handbreit von Ruth entfernt. Offenbar hatte er geschlafen, bis ihn das Grollen des Humvee-Motors weckte. Und er war verletzt. Sein Kiefer schien gebrochen, und von seinen Zähnen tropfte Blut, das ihm über das Kinn lief.

»Oh!«, rief sie und wich in Richtung Jeep zurück.

Der Infizierte rüttelte mit beiden Händen an der Glasscheibe. Seine Augen waren weit aufgerissen und schielten so sehr nach oben, dass man nur noch das Weiße sah. Es war, als starrte er in seinen eigenen Schädel. Aber sein Gesicht blieb ihr zugewandt, und er war sich ihrer Anwesenheit sehr wohl bewusst. Wieder drückte er mit beiden Händen gegen das Fenster. Im Glas zeigte sich ein Sprung.

Im gleichen Moment, als sich Ruth umdrehte, schrie Foshtomi von der Fahrertür herüber: »Lauf!« Ruth spürte, wie Cam ihre Lufttanks packte, aber sein Handschuh rutschte ab, als sie sich bückte und ihn zur Seite stieß. In ihrem Anzug war sie gut geschützt. Er war es jedoch nicht. Sie schob ihn mit aller Kraft hinter den Humvee.

*Ich liebe dich!*

»Warte …«, rief er.

Foshtomi eröffnete das Feuer. Eine Salve aus ihrem M4 durchsiebte das Fenster und den infizierten Mann. Glasstücke spritzten umher, als er blutüberströmt rückwärts taumelte.

Ruth spürte einen Stich im Handgelenk, entweder von einem Querschläger oder von einer Glasscherbe. Noch ehe sie nach der Verletzung sehen konnte, wurde ihr Unterarm steif. Die Muskeln verkrampften sich, als seien sie zu Stahl erstarrt. Ein Ruck ging durch ihre Schulter. Sehnen spannten sich an, vom Ellbogen bis zum Brustmuskel. Sie wollte aufschreien, aber alles ging viel zu schnell. Dann umklammerten die Schmerzen ihr Herz. Der Boden kippte und kam wie eine graue Wand auf sie zu. Vage spürte sie, dass ihr Helm gegen den Humvee knallte, konnte bei dem abrupten Sturz jedoch nicht mehr richtig zwischen Fahrzeug und Boden unterscheiden.

Ihr letzter Eindruck war ein seltsames Déjà-vu-Gefühl – eine Art Heimkehr. Sie musste schon einmal hier gewesen sein. Ihre Qualen und ihre Verwirrung vermischten sich mit einer tiefen Sehnsucht. Irgendwie wusste sie, wohin sie sich wenden musste. Sie kannte ihren Weg, doch die Nervenstränge ihres Körpers zuckten, als sie sich aufzurichten und loszugehen versuchte.

Ruth Goldman hatte sich mit der Gehirnseuche angesteckt.

# 21

Cam hatte nur eine Möglichkeit. Er ergriff die Flucht. Ein heftiger Schmerz durchzuckte seine Wunde, als er sich von Ruths Stoß getroffen, mühsam abfing. Dann rannte er los, erfüllt von eiskaltem Entsetzen, das seine Gefühle wie mit einem Schrei erstickte. Er hatte so viele Menschen zurückgelassen. Er konnte seine Trauer vielleicht unterdrücken, aber sie vernichtete ihn.

Er packte Bobbi auf der anderen Seite des Humvees und zerrte sie mit solcher Wahnsinnsgewalt in Richtung Flugzeug, dass sie stürzte. »Steh auf!«, keuchte er und umklammerte ihren Arm. »Los, beeil dich!«

Foshtomis Reaktion war brutaler. Sie stellte ihren Karabiner auf Automatik und ballerte los. Die Geschosse spritzten gegen die Blechwände der Lagerhalle. Im ersten Moment dachte Cam, sie habe Ruth umgebracht.

»*Neieiein!*«, schrie Cam, bevor er einen kurzen Blick über die Schulter warf. Foshtomi stand zwischen dem Humvee und der Bürowand, aber sie feuerte über Ruth hinweg in die gegenüberliegende Wand des Gebäudes hinein. Das Aluminium schepperte laut. Foshtomi setzte ihre Waffe ein, um den Luftstrom von sich weg zu lenken. Vielleicht reichte das, um die Nanos mitzureißen.

Stimmen überschlugen sich. »Was ist los? Was ist los?«

Pritchard überholte Cam und Bobbi, als sie unter dem ausladenden Heckleitwerk der Osprey durchtauchten. Dann versperrte ihnen jemand in einem Schutzanzug den Weg. Es war Medrano. »Wo ist Goldman?«, rief er.

Cam versuchte auszuweichen, aber Medrano hielt ihn auf.

Cam schob Bobbi zum Vordereinstieg der Maschine. »Sie kann nicht mit«, stammelte er, »... infiziert ...«

Medrano ließ ihn los. Ein zweiter Mann in einem schwarzen Anzug sprintete auf den Humvee zu. Cam krachte gegen die Flanke des Flugzeugs. Der Rumpf war nur zwanzig Meter lang. Unter dem Heck befand sich eine Laderampe, aber sie hatten den rechten Vordereinstieg benutzt. Jeder Atemzug brannte wie Feuer. Er taumelte, doch im gleichen Moment tauchte Foshtomi neben ihm auf. Sie legte ihm einen Arm um die Hüften.

Pritchard riss Bobbi vom Vordereinstieg zurück und hielt sie in einem Abstand von der Maschine, obwohl sie laut schreiend um sich schlug. Cam sah Bornmann an der Innenseite des kleinen Türfensters. Bornmann hatte den Anzug ausgezogen, trug aber noch sein Headset. Cam konnte nicht verstehen, was er rief. »Ruhe!«, brüllte Cam. »Ruhe!«

»Lasst uns einsteigen!« Bobbis Stimme war schrill vor Angst.

Ruth befand sich im schlimmsten Stadium der Ansteckung. Sie atmete und schwitzte die Seuchenerreger aus. Der größte Teil davon würde im Anzug bleiben, aber auch den Toten im Büro musste eine Wolke aus winzigen Nanobots umschwirren. Die Gehirnseuche würde durch die Lagerhalle driften. Einzelne Partikel waren vermutlich mit dem Humvee hereingeweht. Sie hatten bestenfalls ein paar Sekunden Vorsprung, aber Cam sah keine Möglichkeit, gewaltsam an Bord zu gelangen. Wenn er ein paar Schüsse auf die Verriegelung abgab, kontaminierte er womöglich den Innenraum des Flugzeugs. Oder ließen sich die Löcher mit irgendetwas abdichten? Cam war nahe daran, seine Waffe zu ziehen, als er sah, das Bornmann eine Hand an das Ohr presste und eine Funkbotschaft abhörte.

Im nächsten Augenblick öffnete Bornmann die Tür.

Foshtomi presste die Fingerspitzen gegen die Schläfen und fluchte: »Scheiße, Mann! So eine verdammte Scheiße! Ich hätte den Typen packen und überwältigen sollen, meinetwegen auch niederschlagen! Herrgott, er hätte *mich* infizieren können!«

Cam machte ihr keine Vorwürfe. Sie waren alle mit ihren Kräften am Ende und neigten zu falschen Entscheidungen. Foshtomi hatte das Herz am rechten Fleck. Sie hatte nur versucht, Ruth zu beschützen.

Der Innenraum des Flugzeugs war lediglich mit dem Allernötigsten ausgestattet. Von ihrem stumpfnasigen Cockpit abgesehen, war die Osprey wenig mehr als ein Schlauch mit einem abgeflachten Boden und unverkleideten Streben an den gekrümmten Metallwänden. Auch die Kabel lagen frei umher. Da die Maschine im Allgemeinen Fracht oder Fallschirmspringer beförderte, waren keine Sitze eingebaut, aber Foshtomi ließ sich in die einzige verfügbare Ecke in der Nähe des Hecks sinken und lehnte sich an die Wand.

»Scheiße, Mann!«, murmelte sie wieder.

*So nahe,* dachte Cam. *Wir waren so verdammt nahe. Wir hätten Ruth im Auto zurücklassen sollen, bis sie immun gewesen wäre.*

Aber sie wussten ja gar nicht, ob es Huff gelingen würde, den Impfstoff zu besorgen. Feststand, dass sie Ruth unbedingt an Bord der Maschine schaffen mussten. Ihre Luftvorräte waren so gut wie aufgebraucht. In Kürze würden sich weitere Soldaten wie Bornmann der Anzüge entledigen müssen, um die Zeit zu verlängern, in der wenigstens einer oder zwei von ihnen die Restluft aus den Zylindern verbrauchen und so geschützt bleiben konnten. Der Versuch, allen Sicherheit zu bieten, hatte sich als eine tickende Zeitbombe erwiesen.

Cam entfernte sich ein Stück von Foshtomi. Im hinteren Teil der Maschine befanden sich keine Fenster, nur ein paar kleine Sichtluken entlang der Seitenwände. Er beugte sich vor, um einen Blick durch die Cockpit-Scheiben zu werfen, sah jedoch nur die Tore der Lagerhalle. Das wichtigere Geschehen fand hinter ihm statt. Nach Bornmanns Worten hatten die Soldaten Ruth ruhiggestellt und ihr den Helm abgenommen, um zu überwachen, dass sie sich nicht in die Zunge biss oder erbrach. Deborah kontrollierte ihre lebenswichtigen Funktionen. Sie erhielt gute Signale, mit Ausnahme der Pupillenreaktion, aber das hatte sie schon erwartet. Ruths Gehirn stellte allmählich seine Aktivitäten ein.

Sobald sie Zeit hatten, wollten sie das beste Wohnmobil auf dem Parkplatz draußen auswählen und Ruth dort unterbringen. Doch man konnte sie ja nicht einfach allein zurücklassen. Es bestand die Gefahr, dass sie ihr Quartier verließ oder sich verletzte.

Jemand musste bei ihr bleiben.

Zunächst aber wollten sie die Lagerhalle und Ruths Laptop noch einmal dekontaminieren, so gut sie konnten. General Walls, Ingrid und ein weiterer Mann saßen nach wie vor im Führerhaus des Trucks. Außerdem mussten die Soldaten noch die restliche Ausrüstung verladen, ihre Anzüge reinigen und an Bord kommen.

Cam lief wie ein Besessener im Flugzeug auf und ab. Er hätte alles dafür gegeben, um diesen Zwischenfall zu vermeiden. Jetzt bereute er, dass er Ruth immer so auf Abstand gehalten hatte. Warum? Er wusste doch, wie kurz das Leben sein konnte. Jede gemeinsam verbrachte Sekunde war kostbar gewesen. Nun blieb ihnen nur noch eine winzige Hoffnung.

Bornmann sprach wieder in das Mikro seines Headsets und erteilte den Leuten draußen seine Anweisungen. Cam legte ihm eine Hand auf die Schulter. Da ihn Bornmann nicht beachtete, verstärkte Cam den Druck, bis sich der Mann verärgert umdrehte.

»Ja?«, fauchte Bornmann.

»Wir müssen nach Los Angeles.«

Sie holten Walls und die anderen ohne Zwischenfälle an Bord, mit Ausnahme von Deborah, die bei Ruth blieb, und Sweeney, der weiterhin vor der Lagerhalle Wache hielt. Zweimal dröhnte sein Karabiner, als Zombies am Zaun auftauchten.

Im Flugzeug war es eng. Die Soldaten unterhielten sich leise, erleichtert darüber, dass sie endlich ihre Anzüge und Masken ablegen konnten. Cam hatte beide Arme tröstend um Ingrid gelegt und ließ sie auch nicht los, als er sich den anderen zuwandte und über das Stimmengewirr hinweg rief:

»Es ist die einzige Möglichkeit. Niemand sonst kennt sich mit der Nanotechnologie so gut aus wie Freedman ...«

»Hier bestimmen aber nicht Sie«, sagte Bornmann und stellte sich vor Cam, um ihn von Walls und Rezac abzuschirmen, die mit einem Funkgerät und den beiden Laptops am Boden knieten.

»Was schlagen Sie denn vor?«, fragte Cam an Bornmann vorbei.

»Lassen Sie die beiden in Ruhe arbeiten!«

»Für alles andere ist es zu spät!«, sagte Cam »Selbst wenn Huff mit dem Impfstoff zurückkehrt – was dann? Sie haben fünfzehn Leute und keinen Fluchtweg offen.«

Minuten zuvor hatte sich Sergeant Huff gemeldet. Ihr Team hatte mindestens zehn Tote in der abgestürzten chinesischen Maschine gefunden. Alle waren verbrannt. Huff erklärte, sie habe Blut und Proben gesammelt. *Proben,* dachte Cam. Was meinte sie damit? Hatte sie den Opfern Gliedmaßen abgetrennt oder irgendwelche Organe entnommen?

Die Aufschlagstelle war eine Falle. Das Flugzeug musste eine hohe Konzentration an Nanos aufgenommen haben, als es in die Tiefe gestürzt war. Wahrscheinlich hatte es auch Seuchenbehälter mitgeführt, die man ähnlich wie Bomben abwerfen konnte. Huff, die einen gelben Schutzanzug trug, näherte sich dem Wrack allein und befahl ihrem Team, einen Abstand von hundert Metern einzuhalten – aber der Wind war gegen sie. Die beiden Soldaten, die nur ABC-Masken trugen, wurden infiziert, griffen den dritten Mann an und beschädigten eine Dichtung seines Anzugs. Ihr Mut war verschwendet. Huff musste alle drei erschießen. Nun fuhr sie allein nach Süden. Ihr Luftvorrat ging zur Neige, doch sie konnte ihre Tanks nicht wechseln, weil diese Arbeit zwei Leute erforderte. Sie glaubte, die Strecke gerade noch schaffen zu können, aber Walls hatte Sweeney den Befehl erteilt, ihr in einem Humvee entgegenzufahren.

Inzwischen mühten sich Walls und Rezac weiterhin ab, jemanden per Funk oder Satellitentelefon zu erreichen.

»Wir können diesen Krieg noch gewinnen«, drängte Cam.

»Ich habe in drei Minuten einen Satelliten über uns«, murmelte Rezac, und Walls sagte: »Vergessen Sie den ganzen Schrott!«

»Kendra Freedman hat beide Seuchen-Nanos und sehr wahrscheinlich auch den zweiten Impf-Nano entwickelt. Stellen Sie sich vor, wir hätten diese Frau auf unserer Seite!«

»Genug«, sagte Bornmann. »Das ist ein Befehl. Lang, Pritchard – bringt ihn hier weg!«

»Wir könnten sie alle auslöschen«, fuhr Cam fort. »Überlegt doch! Freedman ist unser höchster Trumpf, wenn es darum geht, diese verdammten Schlitzaugen plattzumachen!«

Langs Züge verhärteten sich. Cam glaubte nicht, dass er ihn mit diesem abfälligen Begriff in seiner Rassenehre getroffen hatte. Der Mann mit den chinesischen Wurzeln hatte von seinen amerikanischen Landsleuten sicher schon tausend Kränkungen und dumme Witze ertragen müssen. Im Gegenteil, Lang schien seine Worte zu billigen. Der Zorn in Bill Langs Augen richtete sich nicht gegen Cam, sondern gegen den gemeinsamen Feind. Seine Blicke wanderten zu den übrigen Soldaten im Flugzeug. Dass sie ihn akzeptierten, musste ihm ungemein wichtig sein.

»Das hier ist unsere *Heimat*«, sagte Cam. »Dieses Land gehört *uns*.«

»Lang, bringen Sie ihn weg, bevor ich ihn eigenhändig rauswerfe!«, befahl Bornmann, aber Cam hätte selbst dann nicht geschwiegen, wenn er weniger erregt gewesen wäre.

»Hunderttausende sind tot, und ihr wollt euch einfach verkriechen?«, rief er.

Lang packte ihn am Arm. Lang musste mehr beweisen als alle anderen, und deshalb würde er jedem Befehl von oben gehorchen. Cam wusste, dass es notwendig war, die anderen überzeugen zu müssen. »Wir können uns alles zurückholen!«, sagte er. »Colorado. Kalifornien. Angenommen, Freedman entwirft eine dritte Seuche oder einen neuen Parasiten?«

Walls erhob sich zwar, trat aber nicht zu seinen Leuten. Das war auch nicht nötig. Seine Anwesenheit allein reichte, um die Aufmerksamkeit jedes Einzelnen auf das Cockpit zu lenken.

»Wir alle haben unsere persönlichen Verluste erlitten«, sagte Walls. »Lassen Sie Ihre Gefühle aus dem Spiel, damit Sie wieder klar denken können!«

»Sie erreichen gar nichts, wenn Sie die Flucht ergreifen!«

»Wir brauchen den Impfstoff. Unsere oberste Priorität besteht darin, ihn zu verteilen. Jemand muss überleben.«

»Wozu eigentlich? Der Impfstoff macht die Auswirkungen der Seuche doch nicht rückgängig. Er schützt ja nur, wenn die Leute ihn erhalten, bevor sie erkrankt sind. Und selbst wenn Sie hundert Menschen retten – was dann? Dann haben Sie ein paar Zuschauer mehr, wenn Sie vor dem Feind niederknien und sich ergeben.«

»Sir«, begann Bornmann schon, aber General Walls brauchte seine Hilfe nicht.

»Ist Ihnen klar, was Sie da verlangen?«, fragte Walls. »Die Chinesen halten alle Trümpfe in Händen. Eine Selbstmordmission wird daran auch nichts ändern. Wir benötigen Zeit, um uns neu zu gruppieren.«

»Nein. Jetzt, da sie sich von ihrem Schock noch nicht erholt haben, ist der beste Moment, den Versuch zu wagen. Wenn Sie warten, geben Sie ihnen die Möglichkeit, sich ebenfalls zu organisieren. Greifen wir die Schlitzaugen also *jetzt* an!« Cam benutzte das Schimpfwort wie ein Messer. Er hatte selbst genug Diskriminierungen wegen seiner Hautfarbe erlebt und war nicht gerade stolz auf seine Taktik, aber er musste sämtliche Register ziehen, um die Militärs zu überzeugen.

Blindes Dogma war vielleicht die letzte Zuflucht, die ihm blieb. Die Männer waren so erschöpft und kampfmüde, dass nur noch Fremdenhass sie aufzurütteln vermochte. Cam las es ebenso in ihren Gesichtern wie Walls. Deshalb wollte der General ihnen eine Pause gönnen. Er hoffte auf das Wunder, Kontakt zu anderen US-Streitkräften zu bekommen, aber Cam befürchtete, dass sie nie mehr starten würden, wenn sie auch nur einen Tag lang zum Stillstand kamen.

Wenn er also einen Rassenkrieg heraufbeschwören musste – warum nicht? Das war die harte Realität, die hinter Chinas Streben nach der Weltbeherrschung steckte: Gelb gegen Weiß, Braun und Schwarz. Die Invasoren waren in ganz Amerika verhasst. Niemand blieb von Wut oder Empörung ganz verschont. Cam hatte nichts anderes vor, als diese Emotionen zu kanalisieren.

Der Feuersturm in seinem Kopf musste genau das sein, was Ruth empfunden hatte, während sie den letzten Krieg beendete. Jetzt erst begriff er ihre Hysterie. Wenn es einen Gott gab, dann war es das, was er von Cam verlangte. Der Weg war klar vorgezeichnet. Vor langer Zeit hatten sich die Menschen der islamischen Welt gegen die erdrückende Übermacht des Westens auf ähnliche Weise motiviert. Nun waren sie an der Reihe, ihre letzten Kräfte gegen einen weit überlegenen Feind zu mobilisieren. Sie hatten keine echte Chance, diesen Kampf zu gewinnen. Sie konnten sich nur ihrer Selbsttäuschung hingeben. Selbst vor dem Raketenangriff auf Amerika, der Los Angeles in eine radioaktive Hölle verwandelt hatte, wäre die Suche nach Freedman mitten im feindlich besetzten Territorium einem Wahnsinn gleichgekommen. Aber ohne dieses Wagnis waren sie auf jeden Fall geschlagen.

Nur Fanatiker würden weitermachen.

»Kendra Freedman ist vermutlich die einzige Person, die uns noch helfen kann«, sagte Cam. »Wenn sie den Infekt rückgängig machen kann, wird auch Ruth wieder gesund werden. Und dann werden die beiden die verdammten Chinesen ausrotten.«

»Ich glaube, Sie tun das alles ihretwegen«, warf Bornmann ein.

»Und wenn er recht hat?«, fragte Emma leise. Die anderen sahen sie erstaunt an. Emma hatte seit Stunden nur noch den Mund aufgemacht, um Befehle zu bestätigen.

Pritchard meldete sich zu Wort. »Sir, wir sollten Gruppen bilden.«

»Mich könnt ihr dem Suchtrupp zuteilen«, erklärte Foshtomi.

»Wir bilden auf jeden Fall mehrere Gruppen«, sagte Walls. »Zwei oder eher drei. Wir müssen sichergehen, dass der Impfstoff verteilt wird. Da das Flugzeug ein gut sichtbares Ziel ist, werden einige von uns mit den Humvees in der entgegengesetzten Richtung aufbrechen. Und ein Team übernimmt die Aufgabe, Goldman am Leben zu erhalten.«

»Ich habe einen Satelliten«, sagte Rezac und sah von ihrem Laptop auf.

»Senden Sie unsere Files«, sagte Walls.

»Schon geschehen. Wir haben keine weiteren Kontakte.«

»Was bedeutet das?«, wisperte Bobbi. Medrano beugte sich näher an ihr Ohr und erwiderte ebenso leise: »Genau das, was Sie vermuten. Niemand meldet sich auf unserem Militärnetz.«

»Unsere oberste Priorität sind Aufnahmen dieses Gebiets«, sagte Walls zu Rezac. »Kartieren Sie die Umgebung im Umkreis von hundert Meilen!«

»In Ordnung.«

»Dann brauche ich Fotos von Los Angeles«, fuhr Walls fort. Unwillkürlich ballte Cam die Hände zu Fäusten und reckte sie triumphierend in die Luft. Er fühlte sich halb wahnsinnig vor Erleichterung, wie ein Tier, das sich soeben aus einer Falle befreit hatte. *Wir werden sie finden,* dachte er. Im gleichen Moment fragte Walls: »Wie lange braucht dieser Vogel bis zur Westküste?«

# 22

Sweeney kam vierzig Minuten später mit Huff zurück. Deborah half den beiden beim Dekontaminieren ihrer Anzüge und wiederholte die gleiche Prozedur noch einmal bei sich selbst – aber sie lehnte es entschieden ab, die mitgebrachten Blut- und Gewebeproben zu reinigen. Huff hatte zwei Feldflaschen mit Blut und ein Kochgeschirr mit verkohltem Fleisch gefüllt. Wenn man das Zeug in das Flugzeug verlud, bestand die Gefahr, dass sich alle infizierten, da eine vorherige Bestrahlung zum Abtöten der Gehirnseuche auch den Impfstoff vernichten würde. Außerdem hatten sie keine Möglichkeit, die beiden unterschiedlichen Nanos voneinander zu trennen. Das hieß, dass es ein Lotteriespiel war, ob jemand ohne Anzug den Impf-Nano vor dem Pest-Nano aufnahm.

Cam meldete sich sofort als Freiwilliger. »Du bist mutig«, lobte ihn Emma, aber Walls winkte ab. »Sie kennen Freedman, nicht wahr?«, fragte er, und tatsächlich wusste Cam aus zweiter Hand so viel über die Forscherin wie kein anderer. Das stellte ihn nach Ansicht des Generals auf eine Stufe mit seiner Elite der »Unberührbaren« – den Piloten, Übersetzern und Sanitätern.

Ayers, einer der Ranger in Foshtomis Trupp, zog die Niete. Foshtomi bot ihm an, den Job selbst zu übernehmen, aber Ayers lehnte ab. »Das geht schon klar, Lieutenant«, sagte er.

Ayers trug seine ABC-Maske und eine Kapuze, als er die Maschine verließ. Deborah tauchte eine Nadel aus ihrer Arzttasche in das Blut und stach ihm damit mehrmals in den Unterarm. Nach einer kurzen Wartezeit nahm Ayers seine Maske ab. Er ging zum Rolltor und trat ins Freie, begleitet von Sweeney, der per Funk über jede seiner Bewegungen Bericht erstattete.

»Er ist okay«, meldete Sweeney. »Es hat geklappt.«

»Was geschieht mit Ruth?«, fragte Ingrid. »Cam? Was in aller Welt machen wir mit Ruth?«

Sie standen neben dem Flugzeug und atmeten den kratzigen Staubgeruch der Asche ein. Die Impfung war abgeschlossen. Die Soldaten legten ihre Schutzbrillen und Jacken ab und unterhielten sich erleichtert. Hier und da hörte man sogar ein Lachen. In Ingrids nussbraunen Augen stand Trauer. Cam umarmte sie noch einmal, gestattete sich aber keine Sentimentalität. Er wollte seine Wut bewahren. Deshalb stand er so steif da, das Kinn hoch erhoben, während Ingrid ihr Gesicht an seiner Schulter vergrub. Aus diesem Grund bemerkte er, wie sich Deborah mit einem blutverschmierten Kochgeschirr näherte.

Deborah hatte ihren Schutzanzug abgestreift. Sie deutete auf die Wohnmobile jenseits der Lagerhalle und sagte: »Wollt ihr beide mich begleiten?«

»Ja.«

»Es ist schön, dich wiederzusehen«, fügte Deborah hinzu und schloss Cam kurz in die Arme. Die Geste war untypisch für sie, doch nach all dem Sterben suchten sie eben die Nähe und zeigten ihre Gefühle offener. Jedes Wort konnte ein Abschied für immer sein.

Zu dritt traten sie ins Freie, nachdem Bornmann und Pritchard die hohen Rolltore aufgeschoben hatten. Die meisten anderen holten bereits Proviant und ihr Gepäck aus den Fahrzeugen, unbelastet von der Furcht vor Ansteckung. Bobbi blickte Cam nach, aber sie schleppte mit Lang gerade drei Kästen Wasser und wollte die Arbeit nicht unterbrechen. Vielleicht war das klug von ihr.

Deborah führte sie zu einem der Wohnmobile, einem geräumigen, sandfarbenen Holiday Rambler. »Macht euch darauf gefasst, dass dies hier nicht mehr Ruth ist«, sagte sie. »Nicht mehr die Ruth, die ihr kanntet. Habt ihr das verstanden?«

Cam hörte von drinnen ein gleichförmiges *Klonk, Klonk, Klonk*. Was war das? Das Stromaggregat oder die Sanitäranlage? Er warf Deborah einen fragenden Blick zu und sah, dass sie die Zähne zusammenbiss.

»Okay«, sagte er.

Deborah schob die Falttür auf und führte sie die schmalen, steilen Stufen zu einem geräumigen Vorraum hinauf. Das Luxusgefährt hatte eine Breite von drei Metern, getönte Fenster und eine hellere Windschutzscheibe. Hinter dem Fahrersitz sahen sie eine Art Wohnlandschaft mit hellbraunen Couches und einem Holztisch. Cam achtete nicht auf seine Umgebung. Er stieß mit dem Kopf gegen einen niedrig angebrachten Fernseher, wandte jedoch keine Sekunde lang die Augen von ihr ab.

Ruths erhobene Hände waren am Griff eines Wandschranks festgebunden, der sich hinter einer Couch befand. *Das war Sweeney*, dachte Cam. Er konnte sich nicht vorstellen, dass Deborah ihre Freundin so brutal gefesselt hätte. Es war eine Position, die sie bewegungsunfähig machte und aus der sie sich, wenn überhaupt, nur unter großen Schmerzen befreien konnte. Ihr Selbsterhaltungstrieb schien zu funktionieren. Sie war halb von der Couch gerutscht, aber nicht weiter, als es der gespannte Strick erlaubte. Nur ihr Knöchel schlug unentwegt gegen die untere Rahmenleiste der Couch. *Klonk Klonk. Klonk Klonk.* Das rhythmische Hämmern nahm kein Ende. Versuchte sie ihnen Signale zu geben? Wenn ja, dann war ihr Gedächtnis armselig verkümmert, auf wenige Sekunden beschränkt. Sie war in einer Schleife gefangen. *Klonk Klonk. Klonk Klonk.*

Sie stank. Ihre Kleidung starrte von Asche, Schweiß, Blut und Urin. Sie sabberte und schielte, weil ihre Augäpfel halb in den Höhlen verdreht waren.

»Oh«, keuchte Ingrid. »O nein! Ruth! O nein!«

Cam rührte sich nicht. Seine Gedanken pressten sich zu einer dünnen schwarzen Linie der Ungläubigkeit zusammen. Der Anblick erschütterte ihn, aber er hoffte immer noch auf eine günstige Fügung.

»Versuch den Impfstoff«, sagte er. Falls Ruth sich getäuscht hatte, würde er dem Infekt entgegenwirken. Deborah trat neben Ruth – aber Ruth behielt wie immer recht. Sie warteten noch einige Minuten, nachdem Deborah die in Blut getauchte Nadel in ihre Hüfte gestochen hatte. Aber in ihrem leeren, animalischen Gesicht ging keine Veränderung vor.

Ingrid weinte. Deborah kämpfte gegen Tränen an, bis sich ihre glatten, hübschen Züge verkrampften. Cams Gefühle waren sonderbar gedämpft. Das hier war nicht das Ende. Ruth lebte, und sie hatte davon gesprochen, dass dieser Infekt verschiedene Stadien zu durchlaufen schien. Vielleicht kam sie morgen von selbst wieder zu Verstand. Vielleicht dauerte es auch eine Woche. Die Hauptsache war jetzt, dass die Chinesen keinen Zugriff auf sie bekamen und sie versklavten oder töteten.

»Kannst du mich hören?«, fragte Deborah. Anfangs glaubte Cam, dass sie mit *ihm* sprach. Er fühlte sich weit, weit entfernt. Aber dann fuhr Deborah fort: »Ruth? Ruth, Liebes, bitte!«

»Ich kümmere mich um sie«, sagte Ingrid. Sie kniete neben Ruth nieder und legte ihr besänftigend eine Hand auf das zuckende Bein. Ruth schien nichts wahrzunehmen. Ingrids Blicke wanderten zu den beiden anderen. In ihren Augen war Angst zu sehen, aber ihre Stimme blieb fest. »Ich bleibe bei ihr, Cam. Du kannst dich auf mich verlassen. Ich werde sie füttern und baden und bewachen.«

»Ja.«

Es spielte keine Rolle, ob er zurückkam. Solange sie die Chinesen schlugen, ging das in Ordnung. Und selbst wenn sie versagten … *Es ist schon okay,* dachte er. *Falls es so etwas wie ein Jenseits gibt, werde ich dich finden. Und sollten wir vor dir dort sein, werde ich auf dich warten. Irgendwann kommen wir wieder zusammen.*

Auch Allison fiel ihm ein, aber seine Liebe zu den beiden Frauen war die gleiche. Sie schmerzte, doch sie erfüllte ihn mit Entschlossenheit und war besser als alles, was er bisher gekannt hatte.

Cam beugte sich über Ruth und dachte an ihren wunderbaren Geruch, während er ihr verschwitztes Haar küsste. *Ich werde dich finden,* dachte er.

Dann wandte er sich ab und verließ das Wohnmobil.

General Walls konnte es nicht riskieren, sich selbst an Bord des Flugzeugs zu begeben. Falls es ihnen tatsächlich gelang, Kontakt zu anderen Gruppen der US-Streitkräfte aufzunehmen, musste er sie koordinieren. Deshalb beabsichtigte Walls, in Colorado zu bleiben. Nur Rezac und Ayers sollten ihn begleiten, sowie Ingrid und Bobbi, die sich um Ruth kümmern würden. Sie hatten den Plan gefasst, sich nach Süden durchzuschlagen, während eine andere kleine Gruppe versuchen würde, ostwärts zu fahren.

Foshtomi hatte sich strikt geweigert zurückzubleiben. »Sir, was mit Goldman geschah, ist meine Schuld«, sagte sie. »Sie müssen mich an diesem Unternehmen teilnehmen lassen.«

Walls stimmte zu. Er gestattete auch Sergeant Huff, bei Foshtomi zu bleiben. Pritchard erhielt das Kommando über die zweite Landgruppe, die nur aus Pritchard, Emma und den beiden anderen Überlebenden aus Foshtomis Trupp bestand. Cam fand, dass es sinnvoller gewesen wäre, Foshtomi oder auch Huff die Führung zu übergeben, aber Walls hatte seinen Soldaten wohl mehr vertraut. Lieutenant Pritchard musste selbstständig entscheiden. Tatsächlich würde Pritchard zum kommissarischen Oberbefehlshaber der US-Truppen aufsteigen, falls Walls in Gefangenschaft geriet oder ums Leben kam. Captain Bornmann besaß zwar einen höheren Dienstgrad als Pritchard, aber Bornmann hatte im Flugzeug keinen Funkkontakt und konnte deshalb in der Weisungskette nicht berücksichtigt werden. Walls weigerte sich zudem, irgendwelche Codes oder Daten ihrer Mission nach Kalifornien zu schicken. Stattdessen übergab er Pritchard einen seiner Laptops und mehrere Files.

Rezac hatte für Bornmann ein Blatt mit anderen Aufzeichnungen. Und sie reichte ihren Laptop herum. Eine Stunde zuvor hatte sie in den Suchmaschinen mehrere Fotos von Kendra Freedman aufgespürt – doch sie besaß keinen Drucker. Deshalb gab es für die Soldaten nur die Möglichkeit, sich die Aufnahmen gründlich einzuprägen.

Freedman war vor dem Ausbruch der Maschinenpest Anfang vierzig gewesen, eine pummelige Afroamerikanerin mit sehr dunkler, narbiger Haut und noch dunkleren Lippen. Ihre Haare waren künstlich geglättet. Sie hatte erstaunlich kleine Augen, aber das war vielleicht eine Illusion, hervorgerufen durch ihr breites Gesicht und die dicken Backen.

Während alle die Bilder betrachteten, diskutierten Rezac und Bornmann, wie sie mit den Transpondern der Osprey verfahren sollten. »Lass sie an«, schlug Rezac vor.

»Ich könnte Mode II wegschalten«, meinte er, aber Rezac schüttelte den Kopf. »Das verrät dich, sobald du auf dem Radar erscheinst. Keine ihrer gestohlenen Maschinen bewegt sich unerkannt.«

»Kümmert euch um Ruth«, sagte Cam zu Bobbi und Ingrid.

Bobbi küsste ihn. »Sieh zu, dass dir nichts zustößt! Gott schütze dich.«

Bornmann fuhr die Triebwerke hoch und rollte aus der Lagerhalle. Cam vermied es, noch einmal nach Ruth zu sehen, bevor er an Bord ging. Er wollte sich an ihr kluges, strahlendes Gesicht erinnern und nicht an die verzerrte Fratze einer kaputten Stoffpuppe.

Es gab keine Sitze in der Maschine. Den einzigen Halt boten drei Frachtgurte, die zwischen die Streben der Backbordwand gespannt waren. Cam, Foshtomi und Huff saßen auf dem Boden und lehnten sich gegen die Leinwandbänder. Deborah gesellte sich zu ihnen. Ihre Miene war sehr ernst.

Schlingernd stieg die Osprey in der Enge des Depots auf, die Rotoren zum Senkrechtstart hochgekippt. Nach ein paar Minuten hörte Cam ein Kreischen an den Enden der Tragflächen. Das vertraute Knattern der Helikopterblätter ging in das leisere Schnurren von Flugzeugpropellern über. Die Maschine flog schneller. Irgendwo in der Tiefe brachen auch General Walls und die anderen auf, doch ihre Humvees lagen bereits weit zurück.

Cam hatte hundert Fragen an Deborah. Sie wollte vermutlich ebenso viele Antworten von ihm, aber keiner von ihnen war besonders gesprächig. Sie nahmen sich ein Beispiel an Foshtomi, Huff und Medrani und versuchten ein wenig auszuruhen. Jeder von ihnen war weit über seine Grenzen hinausgegangen. Das eintönige Dröhnen der V-22 schläferte sie ein. Zu sehen gab es nichts – außer dem unruhigen Flackern von Schatten und Licht, das sich verstärkte, als sie die Fallout-Zone hinter sich ließen. Sonnenlicht spiegelte sich in der Kanzel. Cam wusste, dass er dringend Schlaf nötig hatte, aber seine Gedanken drehten sich endlos im Kreis, und seine Muskeln blieben angespannt. So döste er nur ein wenig vor sich hin.

Sweeney, der zwischen den beiden Pilotensitzen stand und Bornmann und Lang dauernd über die Schultern sah, nahm ihm die Sicht durch die Glaskanzel nach vorne. Die drei Männer rechneten mit Problemen. Doch nichts geschah. Die Osprey flog ungestört weiter nach Westen. Sweeney blätterte mit nervösem Geraschel Rezacs Notizen durch. Er ordnete und faltete die Papiere neu und kritzelte mit einem blauen Stift ein paar Randbemerkungen.

Sie waren etwa zwanzig Minuten unterwegs, als Lang auf einmal ein paar Sätze auf Mandarin schnatterte. Ebenso plötzlich verstummte er wieder.

Sie hatten noch mehr als achthundert Meilen vor sich. Die Osprey schaffte 315 Meilen in der Stunde, aber Bornmann erklärte, er würde sich auf die Reisegeschwindigkeit von 275 Meilen in der Stunde beschränken, um keinen Verdacht zu erregen. Außerdem wollte er Treibstoff sparen. Bei vollen Tanks und einer geringen Nutzlast betrug die Reichweite der Osprey mehr als 2400 Meilen, aber jemand hatte während des langen Friedens einen Teil des Treibstoffs für andere Zwecke abgezapft. Die Tanks waren knapp halbvoll. Da sich jedoch nur acht Leute, kleinere Waffen und ein Minimum an Ausrüstung an Bord befanden, schätzte Bornman ihre maximale Reichweite auf 1500 Meilen. Es war durchaus denkbar, dass sie bis San Bernardino kamen und von dort erneut starten konnten, ohne aufzutanken. Danach würden sie dann zwar bald Sprit brauchen, aber der kleine Spielraum bei der Flucht machte vielleicht den Unterschied zwischen Leben und Tod aus.

Einmal gerieten sie in Turbulenzen. Mehrmals ging Bornmann in Schräglage, um kleinere Kurskorrekturen vorzunehmen. Dann wieder spürte Cam, wie die Maschine auf und ab schaukelte und sein Magen protestierte. Sein Eindruck war, dass sie sehr niedrig flogen, und er wunderte sich über einen weiten Bogen nach links. Konnte es sein, dass sie einem Gebirgszug auswichen?

Der Flug wurde Routine. Medrano verschwand eine Weile in der Toilette neben der hinteren Laderampe. Deborah und Cam folgten seinem Beispiel. Foshtomi verteilte Wasser, Schwarzbrot und gedörrte Paprikastreifen. Cam kaute mit geschlossenen Augen. Er genoss die Schärfe der Schoten. Seine Gedanken weilten bei Ruth. Bei Allison. Bei ihren Träumen.

»Achtung!«, rief Lang und drehte sich von seinem Kopilotensitz zu Sweeney um. Gleich darauf sprach er sehr viel ruhiger in das Mikro seines Headsets. »*Yī yī sì míng hǎi*«, sagte er. »*Yī yī sì míng hǎi. Wán bì.*«

*Jemand hat uns gesehen,* dachte Cam.

»Jetzt wird es ernst«, murmelte Foshtomi, während Lang fortfuhr: »*Wŏ dān wèi zhēng yòng zhè jià fēi jī yong yú yì liáo chè tuì. Wŏ mén zài fēi jī shàng yuán hé liăng míng sĭ zhĕ. Wán bì.*«

Neben ihm sagte Sweeney: »Du musst ihnen einen Namen nennen. Hier.«

Sweeney deutete auf seine Notizen, und Lang sagte: »*Wŏ shì shĕn yáng mĕng hŭ duì Bĕi duì zhăng. Wŏ zhòng fù yī biàn. Wŏ shì shĕn yáng mĕng hŭ duì Bĕi duì zhăng. Yōu xiān yī yī sì míng hăi. Wán bì.*«

Cam schätzte, dass sie nicht länger als zwei Stunden in der Luft waren. Das bedeutete, dass sie sich noch über Arizona, Nevada oder knapp jenseits der kalifornischen Grenze befanden. Das Spiel begann also erst.

Die NSA hatte Tausende von Gesprächen zwischen chinesischen Piloten und Bodenkontrollen abgehört und entschlüsselt. Ein Teil dieses geheimen Nachrichtenaustausches stammte aus jüngster Zeit, und Rezac hatte Bornmann und Lang so viele Informationen wie möglich gegeben. Sie konnten nur hoffen, dass ihre Codes noch stimmten. Zu ihren Gunsten sprach, dass China den USA in Sachen Datensortierung oder Systemintegrität immer weit unterlegen gewesen war. Außerdem hatte die chinesische Luftwaffe bereits vor den Raketenangriffen Schwächen gezeigt. Das Oberkommando der Amerikaner schätzte, dass weniger als vierzig Prozent der feindlichen Flugzeuge chinesischer Herkunft waren. Bei den übrigen handelte es sich um erbeutete Militär- oder Zivilmaschinen der USA.

Cam verstand nicht, was Lang sagte, doch er wusste in groben Zügen, welche Story sich die Soldaten für den Gegner ausgedacht hatten. Sie würden sich als Einsatzkommando der Wilden Tiger von Shenyang ausgeben, die nach Rezacs Wissen an dem Überfall auf Grand Lake beteiligt gewesen waren. Lang sollte behaupten, sie hätten die Osprey beschlagnahmt, um ihre Schwerverwundeten zurück nach Kalifornien zu bringen.

»*Què rèn*«, sagte Lang. Und nach einem Moment: »*Bù wǒ zhòng fù yī biàn. Yī yī sì míng hǎi. Wán bì.*« Sein Tonfall klang gelassen, aber er wandte sich Sweeney zu und schnitt eine Grimasse.

»Das war ein Fehler«, meinte Medrano.

»Schnauze!«, fauchte Foshtomi. »Wir ziehen diese Scheiß-Chinesen jedenfalls über den Tisch.«

*Da hat sie recht,* dachte Cam. Er warf Foshtomi einen anerkennenden Blick zu, sagte aber nichts, sondern tippte sie nur kurz an und legte einen Finger an die Lippen. Es wäre nicht gerade hilfreich für Lang, wenn der Feind im Hintergrund Amerikaner reden hörte.

Die Stille war antiklimaktisch. Lang hieb auf zwei Schalter über seinem Kopf. Bornmann flog ruhig weiter, und hinten im Laderaum atmeten Cam und Foshtomi im gleichen Moment erleichtert aus. Das erheiterte beide, und Foshtomi stieß ihn burschikos mit der Schulter an.

»Sie haben das Märchen geschluckt«, sagte Sweeney.

Lang nickte. »Bei denen geht alles drunter und drüber. Wir sollen Bakersfield ansteuern. Scheint der nächste betriebsbereite Stützpunkt zu sein.«

»Wie sieht es mit Edwards oder Twentynine Palms aus?«

»Weggeputzt«, erklärte Lang.

»Wir brauchen eine bessere Story, bevor wir nach Los Angeles abschwenken«, meinte Sweeney und raschelte nervös mit seinen Notizen. »Das mit dem Krankentransport behalten wir bei. In L. A. wird es ebenfalls Opfer geben. Wenn wir sagen, dass wir noch Platz für ein paar von ihren …«

Im Cockpit ertönte ein Alarmsignal. *Biep biep biep bieb biep.*

»Verdammter Mist«, fluchte Bornmann. »Schnallt euch an!«

»Kampfflugzeuge auf vier Uhr! Bogies – Freund oder Feind«, schrie Lang.

Die Osprey kippte bereits nach Backbord. Cam sah, wie sich Sweeney an Bornmanns Sitz festkrallte. Dann löste er die

Arme. Er segelte auf die Seitenwand zu, an der alle anderen aufgereiht saßen und die nun fast unter ihnen war. Der Rumpf flatterte wie von starken Windböen geschüttelt.

»Festschnallen!«, brüllte Sweeney. »Festschnallen! Festschnallen!«

Die Osprey war nicht mit Waffen bestückt. Und von der Geschwindigkeit her konnte sie es weder mit Kampfflugzeugen noch mit Boden-Luft-Raketen aufnehmen. Ihre einzige Hoffnung war ein Ausweichmanöver. Die Maschine stieg höher und vollführte eine rasche Wende. Cam versuchte sich immer noch von den anderen zu lösen. Er griff nach einem Frachtgurt, wurde aber von der Wand weggeschleudert. Ein Schmerz fuhr ihm durch Handgelenk und Rücken. Deborah schaukelte dicht neben ihm. Alle anderen schienen sich mit Stricken weiter oben am Flugzeugrumpf festgebunden zu haben. Huff griff nach seiner Jacke. Cam klammerte sich eisern fest, aber für Deborah war das Beschleunigungsmoment zu stark. Ihr Arm verdrehte sich, die Finger ließen los.

»Nein!«, schrie Foshtomi und versuchte sie aufzufangen. Foshtomi hatte sich geschickt hinter zwei Gurte geklemmt. Sie schnitten tief in ihre Taille ein – aber obwohl sie den Oberkörper weit nach vorn krümmte, konnte sie Deborah nicht erreichen.

Deborah nämlich wurde quer durch den Frachtraum geschleudert, prallte gegen die Decke und dann gegen die am weitesten entfernte Wand. Im nächsten Augenblick veränderte sich die schwindelerregende Aufwärts- und Seitenbewegung, als die Osprey nach Steuerbord stürzte. Deborah kam wie ein Geschoss auf sie zu. Cam hatte sein Gleichgewicht noch nicht wiedergefunden und konnte sie nicht festhalten, obwohl sie ihm mit dem Bein ans Kinn stieß, aber Foshtomi erwischte Deborah an der Taille und zog sie zu sich heran, im Vertrauen darauf, dass die Gurte sie beide hielten. Ihre Zuversicht wurde belohnt, und erneut bedachte Cam sie mit einem anerkennenden Blick.

»Hiergeblieben!«, rief Foshtomi. »Hiergeblieben!«

Zu ihrer Verblüffung kam das Flugzeug wieder in die Waagerechte. Die sechs Passagiere suchten in panischer Hast nach einem Halt. Nachdem sich Cam verankert hatte – obwohl ihm die Leinwandbänder alles andere als reißfest erschienen –, half er Foshtomi mit Deborah. Irgendwie schafften sie es, die Ärztin zwischen sich in die Gurte zu zwängen. Deborah hatte eine dicke Beule auf der Stirn. Aus einer Platzwunde an der Schläfe lief Blut, das ihr blondes Haar verklebte. Ihre blauen Augen starrten ins Leere, als sei sie nur halb bei Bewusstsein.

Vorne legte Lang wieder auf Mandarin los, während seine Hände über die Konsole tanzten. Die Osprey stieg jetzt höher, und Bornmann rief nach hinten: »Angriff! Zwei Kampfjets hinter uns! Wir hängen die Kerle ab, wenn wir nur ...«

Die Wand explodierte. Flammen und Hitze sickerten durch hundert winzige Löcher in den hinteren Teil der Maschine. Metallsplitter bohrten sich in den Rumpf. Dann wurde das Feuer durch Rauch und Sonnenlicht verdrängt. Luft strömte mit einem ohrenbetäubenden Pfeifen in den Laderaum. Sie riss den wirbelnden schwarzen Nebel mit, aber dahinter breitete sich ein roter Schleier aus, der von Foshtomis Brust aufstieg.

»Sarah!«, schrie Cam und schob sich ungeschickt an Deborah vorbei, um ihr zu helfen.

Das Geschoss hatte sie vermutlich nur gestreift. Andernfalls wäre die Maschine mit Sicherheit explodiert. Aber der entstandene Schaden war schlimm genug. Sonnenlicht strömte herein, und der Wind heulte durch den Laderaum, als er versuchte, die Eingeweide zurückzudrängen, die aus Foshtomis Flanke quollen. Ihr Gesicht war aschfahl und ohne Leben. Cam presste dennoch gegen die Wunde, weil die Osprey jetzt trudelte und sein Arm heftig zitterte.

*Nein,* dachte Cam. *Nein!* Er starrte wieder nach vorn, suchte den Himmel – suchte Gott –, suchte einfach irgendetwas, das ihn von seinem Entsetzen ablenken sollte. Jenseits der Piloten entdeckte er ein Stück Blau. Dann kippte ihnen der Horizont entgegen.

Das harte Orangerot der Wüste füllte die Frontscheibe aus. Der Boden war sehr nahe.

*So darf es nicht enden!*, dachte er, aber die Osprey verfing sich mit der Steuerbord-Tragfläche im Sand, zog eine tiefe Furche und drehte sich im Kreis. Der Rumpf zerbrach.

# 23

In diesem Zyklon aus Körpern und Metall spürte Deborah ein schmerzhaftes Knacken in der linken Schulter. Außerdem atmete sie Rauch und heißen Staub ein. Dann war es vorbei. Der Tornado verebbte, aber der Schmerz blieb. Ihr linker Arm hing schlaff herunter.

Sie befand sich außerhalb des Flugzeugs. Das Erdreich unter ihr war rau und trocken. Sie sah das Tageslicht und spürte eine Brise. Trotz der Staubschleier entdeckte sie ganz in der Nähe einen Großteil des Rumpfes. Dann verschwand die trübe Sonne. Als sie den Kopf hob, sah sie, dass sie sich im Schatten unter der hohen, zerbrochenen Kante einer Tragfläche befand.

Es musste noch mehr Überlebende geben.

Rasselnd holte sie Luft. »Bornmann!«, rief sie. »Cam? Hey!«

Warum antwortete niemand?

Irgendwie rappelte sie sich auf, verkrümmt durch die ausgerenkte Schulter. Ihre ganze linke Seite schmerzte. Sand und Blut klebten an ihr. *Foshtomi,* dachte sie und versuchte anhand der Blutflecken auf ihrer Uniform abzuschätzen, wie schlimm es die andere Frau erwischt haben mochte. *Ist es möglich, dass sie noch lebt?*

Knorrige Eichen und Buschwerk bedeckten den Hang. Das braune Gestrüpp war mit grauen und weißen Trümmern übersät. An mehreren Stellen brannten die dürren Sträucher. Die Osprey hatte schartige Alu- und Stahlsegmente, Kabelstücke, Glas- und Plastikfragmente in der Landschaft verteilt. Der Wind roch nach Treibstoff.

Deborah dachte nicht daran, die Flucht zu ergreifen, auch nicht angesichts der sich ausbreitenden Flammen. Ohne ihre Einheit war sie nichts. Sie erinnerte sich kaum noch an die Selbstzweifel, die in ihr aufgestiegen waren, bevor sie Komplex 3 verlassen hatten. Deborah hatte einen sehr weiten Weg zurückgelegt, nur um sich da wiederzufinden, wo sie begonnen hatte, als zuverlässiges Rad im großen Getriebe. Aber darüber war sie nicht unglücklich. Etwas anderes hatte sie nie gewollt. All das Leid, das ihr widerfahren war, hatte die beste Eigenschaft, die sie besaß, nur verstärkt – ihre Bereitschaft, sich für andere aufzuopfern. Das Team brauchte sie gerade jetzt, und zwar nicht nur als Kämpferin, sondern auch als Ärztin.

Sie wandte sich dem Wrack zu. Da lag ein Mann zermalmt unter einem flachen Propellerblatt. Sie beugte sich über ihn, aber Sweeney war tot. Sie sah das gebrochene Genick und die gebrochenen Beine und vermutete, dass es auch die Wirbelsäule erwischt hatte. Als Deborah den Blick abwandte, bemerkte sie eines der Triebwerke hinter sich. In gewisser Hinsicht befand sie sich noch im Innern der Maschine. Die Hauptmasse des Flugzeugs umgab sie wie eine stufenförmige Barrikade.

Die Echos von Kampfflugzeugen rollten über den Himmel. Sie achtete nicht weiter darauf. Keine zwei Schritte entfernt entdeckte sie zwei weitere menschliche Gestalten. Deborah hörte ein Stöhnen und torkelte näher. »Bornmann?«, fragte sie. »Hey …«

Der erste Mann war Lang. Ein kleines Stück seiner linken Gesichtshälfte war unversehrt geblieben. Andernfalls hätte sie ihn wohl nicht erkannt. Die Maschine hatte ihn nach dem Aufprall ein Stück mitgeschleift und dabei seinen Kopf schrecklich entstellt.

Dolmetscher, Kopilot, Soldat – Lang war das vielseitigste Mitglied ihres Teams gewesen, und Deborah fühlte sich mutlos und verloren, während sie sich über seinen Leichnam beugte. Doch dann vertrieb sie ihre Trauer mit Galgenhumor.

Sie erinnerte sich an den Spruch, den Derek Mills, der Pilot der Raumfähre *Endeavour*, zum Besten gegeben hatte, als sie den Plan fassten, die ISS zu verlassen: »Piloten sind immer die Ersten an einer Absturzstelle.« Sie war Lang zu großem Dank verpflichtet. Wenn sie die Lage richtig einschätzte, dann hatten ihre Piloten die Osprey aus einer Todesspirale geholt und in letzter Minute noch einmal hochgerissen. Hätten sie das nicht getan, wäre auch sie jetzt tot.

Der Mann, der ganz in seiner Nähe stöhnte, war Captain Medrano. »Ich bin es«, sagte Deborah. Ein sinnloser Satz, denn Medrano nahm seine Umgebung kaum wahr. Er hatte einen gebrochenen Arm und tiefe Schnittwunden im Gesicht. Sein Puls schlug allerdings gleichmäßig, und bei einer ersten Untersuchung fand sie keine weiteren Verletzungen.

Sie kannten sich noch nicht lange, aber in Deborahs Augen hatte Medrano Ähnlichkeit mit einem Dachs. Er war klein, füllig und wirkte mehr als skeptisch. Deborah wusste nicht recht, was sie von ihm halten sollte, aber jetzt war er immerhin ihr Schicksalsgefährte. Es gab nur so wenige Überlebende. Da konnte man nicht wählerisch sein.

Während sie ihm einen Druckverband auflegte, wanderten ihre Blicke erneut durch das Wrack. Sie wurde das Gefühl nicht los, dass sie Ruth im Stich gelassen hatte, weil es ihr nicht geglückt war, Cam zu finden. Hatten sich die beiden am Ende doch noch ihre Liebe eingestanden? Angenommen, er war nun ebenso tot wie Sweeney und Lang?

Deborah hatte Cam nie akzeptiert. Er war zwar gefährlich, aber ohne jede militärische Ausbildung, und er schien einen schlechten Einfluss auf Ruth auszuüben. Er machte sie so … schrecklich emotional. Andererseits war er ungemein loyal. Deborah respektierte diese Form des Engagements. Außerdem galt für ihn das Gleiche wie für Medrano: Sie waren Schicksalsgefährten und aufeinander angewiesen.

»Steh auf«, murmelte Medrano, und es klang wie ein Befehl, den er sich selbst gab.

»Immer langsam«, warnte ihn Deborah, aber seine Stimme wirkte klar, und er versuchte seine Benommenheit abzuschütteln.

»Steh auf. Du musst weg von hier, hörst du? Die Kampfjets …«

*Die chinesischen Kampfflugzeuge kamen zurück.*

Deborah hatte bemerkt, dass die fernen Triebwerke lauter und schriller klangen, ohne sich klarzumachen, was das bedeutete. Das Kreischen riss sie aus ihrem Nebel. »Du kommst mit«, sagte sie. Neue Kraft durchflutete sie.

»Ich kann nicht laufen«, fuhr Medrano fort. »Mein Knöchel …«

»Meine Schulter …«, warf sie ein.

Ein langes Stück des Rumpfs kippte ihnen langsam entgegen. Das Metall scharrte gegen kleinere Trümmer. Deborah zerrte mit der unversehrten Rechten an Medranos Uniform und richtete ihn ein Stück auf, während das Wrackteil über ihnen gefährlich wippte.

Ein Mann löste sich aus den Trümmern. Es war wie ein Wunder.

Er war verdreckt, vielleicht auch angesengt. Er ging ebenso verkrümmt wie Deborah, einen Arm gegen die Rippen gepresst. So erkannte sie ihn nur an seinen schulterlangen schwarzen Haaren. Cam. Sein Glück schien geradezu *erlernt* zu sein – eine Eigenschaft, um die sie ihn beneidete.

»Hilf mir!«, schrie sie, aber Cam blieb stehen und hob den Kopf.

Der Lärm am Himmel nahm zu und brach sich an den Hängen. Deborah gelang es, Medrano in die Senkrechte zu hieven und von einer Seite zu stützen. Cam sprintete näher und übernahm die andere Seite. Zu dritt liefen sie den Hügel hinab in den Schutz des lichten Eichenwaldes hinein. Medrano schrie auf, als er mit dem Handgelenk gegen Deborahs Rücken stieß. Ihre Schulter bereitete ihr Höllenschmerzen.

Sie stolperten an Wrackteilen und einer Gruppe orangerot leuchtender Gifteichen vorbei.

Cam trat einen Schritt vor Medrano. »Hier entlang!«, schrie er und zerrte die beiden anderen auf seine Seite – wie bei einem Kettenspiel. Offensichtlich hatte er zwei Schneidezähne verloren. Der Rest erinnerte an schiefe Raubtierfänge.

*Das schaffen wir nie*, dachte Deborah und warf einen Blick in die Richtung, aus der die chinesischen Kampfflugzeuge heranrasten. Sie wollte dem Tod zumindest ins Auge sehen.

Heftige Turbulenzen fuhren durch die Eichenkronen und ihr kurz geschnittenes, schmutzverklebtes Haar. In der gleichen Sekunde schlug ein Geschoss in die Überreste der Osprey. Munition war kostbar. Wenn diese Piloten wussten, dass es Überlebende gegeben hatte, dann mussten sie geglaubt haben, eine einzige Rakete sei genug. Die Explosion riss den Bauch und die Steuerbord-Tragfläche der Osprey in die Luft. Die Treibstofftanks im Flügel detonierten. Feuerzungen leckten über den Hang.

Die Erschütterung schleuderte Deborah in die Bäume und trennte sie von Medrano und Cam. Der Aufprall jagte einen glühenden Schmerz durch ihre Schulter. Sie wurde ohnmächtig.

Sie kam zu sich, als jemand gegen ihren Oberkörper trommelte. Cam schlug keuchend auf sie ein, und irgendwie begriff sie, dass der neue Schmerz nichts mit seinen Fäusten zu tun haben konnte. Sie stank nach qualmendem Stoff und versengter Haut. Er hatte versucht, mit bloßen Händen ein paar brennende Treibstoffspritzer auf ihrer Uniformjacke zu ersticken. Sie waren in Rauch gehüllt. Aus dem Unterholz schlugen Flammen.

»Deborah«, sagte er heiser. »Deborah?« Allem Anschein nach war er selbst benommen, aber sie wusste, dass er als Bergwachtangehöriger eine Ausbildung als Rettungssanitäter besaß – kein Vergleich zu ihrem Medizinstudium, aber im Augenblick ein echter Glücksfall.

»Meine Schulter. Kannst du sie einrenken?«

»Ich will es versuchen.« Er wandte sich um. »Medrano, komm! Hilf mir!«

Er beugte ihren Arm am Ellbogen und drehte ihn nach außen. Deborah bemühte sich, dem Schmerz nicht auszuweichen. Dann hob er den Ellbogen an und schob die Kugel des Oberarmknochens mit einem Ruck durch den gerissenen Knorpelring zurück in die Pfanne. Deborah verlor erneut das Bewusstsein. Aber danach war der Schmerz zumindest erträglich, und sie konnte den Arm sogar ein wenig bewegen.

Es blieb keine Zeit, eine Schlinge anzulegen. Der Qualm drohte sie zu ersticken, und die Flammen fraßen sich rasch durch das Unterholz.

»Weiter!«, befahl Cam.

Deborah besaß – genauso wie Medrano – einen höheren Rang als er, aber sie überließ ihm die Führung. Sie erinnerte sich noch gut, wie er Walls überredet hatte, sie nach Westen zu schicken. Jetzt benötigten sie die Eigenschaften, die ihn so gefährlich machten: seine Entschlossenheit, seine Unnachgiebigkeit und Courage. Sie musste seiner Aggressivität vertrauen. Denn genau diese Aggressivität bildete die eigentliche Grundlage von Cams Glück. Manchmal bedeuteten gerade die Risiken, die er einging, den besten und einzigen Weg.

Stöhnend und humpelnd liefen sie den Hang hinunter. Sie hatten nichts außer der gegenseitigen Unterstützung. Kein Funkgerät. Kein Wasser. Wie sollte das enden?

Der Rauch verflüchtigte sich, aber Cam änderte unerwartet die Richtung und führte sie schräg über den Hang, obwohl sie dem Feuer auf direktem Weg in die Tiefe schneller entkommen wären. *Was soll das?,* hätte Deborah am liebsten gefragt. Zu ihren Füßen breitete sich eine freie Fläche aus, eine Art Wiese, auf der keine Sträucher wuchsen Warum wichen sie diesem Gelände aus? Dann sah sie, dass die Bäume in der Umgebung kahl und abgestorben waren. Schlimmer noch, etwas *wuselte* über die morschen grauen Eichen. Ameisen bedeckten die nackten Stämme.

»Halt!«, sagte Cam. »Nicht dort hinunter!« Er drehte sich mit ausgebreiteten Armen zu ihnen um, als wollte er sie aufhalten – und erstarrte mitten in der Bewegung.

Im Unterholz lauerten feindliche Soldaten.

Deborah sah mindestens acht Mann in einer Schützenlinie. Sie trugen dunkelgrüne Uniformjacken und hatten die Gesichter hinter ABC-Hauben oder älteren schwarzen Gasmasken verborgen. Die meisten von ihnen waren mit Kalaschnikows bewaffnet, einige auch mit Maschinenpistolen eines unbekannten Fabrikats.

Einer von ihnen rief auf Mandarin: »*Bié dòng! Xià jiàng!*«

Sie verstand die Worte zwar nicht, ihre Bedeutung war aber klar. Er gab ihnen durch einen Wink zu verstehen, sich auf den Boden zu legen. Im nächsten Moment erschienen drei weitere Soldaten am Hang über ihnen. Es gab nur die Möglichkeit, zurück in den Qualm oder durch das Ameisengewimmel zu flüchten. Medrano war bereit, das Wagnis einzugehen. »Ich ziehe ihr Feuer auf mich«, sagte er.

»Stopp!«, widersprach Deborah. »Du rührst dich nicht von der Stelle.«

Keiner von ihnen trug mehr als eine Faustfeuerwaffe – und Cam nicht einmal das, da sein Pistolengurt beim Absturz abhanden gekommen war.

Cam hob die Hände noch höher. Medrano streckte nur den unversehrten Arm nach oben; den anderen hielt er eng an die Seite gepresst. Deborah war zutiefst enttäuscht, sah aber keine andere Wahl, als dem Beispiel ihrer Gefährten zu folgen.

Der Wortführer des Trupps wandte sich seinen Leuten zu und deutete auf zwei von ihnen. »Опустите их на землю«, sagte er.

*Das sind Russen!*, dachte Deborah. Sie hätte es gleich erkennen sollen. Chinesische Soldaten waren immun und hätten niemals einen solchen Mischmasch an Masken und Handschuhen getragen. Diese Leute waren Russen, und sie befanden sich auf der Flucht vor der Seuche.

»Займитесь Делом!«, sagte einer. »Займитесь Делом!«

Deborah hatte sich an den Klang und Rhythmus ihrer Sprache während der langen Monate im Orbit gewöhnt, als Kommandant Ulinow die ISS befehligte. Nikola hatte ihr sogar einige russische Redewendungen beigebracht. Sie versuchte sie jetzt anzuwenden, als die beiden Soldaten, in ihre ABC-Hauben eingehüllt, näher kamen. »Доброе утро, Товарищи!«, sagte sie. *Guten Morgen, Genossen,* obwohl sich der Nachmittag bereits seinem Ende zuneigte. Es war ein Spiel, das sie und Ulinow gespielt hatten. »Как Вы поживаете?«

*Wie leben Sie heute?*

Im Russischen waren diese Worte doppeldeutig. Die Redewendung diente einerseits als ganz gewöhnliches »Hallo«, konnte aber auch mehr heißen. Die beiden Soldaten zögerten. Sie wirkten überrascht.

»Ihr seid Amerikaner?«, rief der Offizier.

»Da«, sagte Deborah. *Ja.* »Wo sind wir?«

»Kniet nieder«, entgegnete der Offizier und gab seinen Soldaten einen kurzen Wink, sie gefangen zu nehmen.

»Halt!«, sagte Cam. »Bleibt, wo ihr seid! Wir können euch vor den chinesischen Nanos schützen, aber momentan klebt das Zeug wahrscheinlich noch in Massen an uns. Wir kommen aus einem Seuchengebiet. Ihr könntet euch infizieren, wenn ihr uns berührt.«

»Dann wärt ihr krank«, erklärte der Offizier. »Und nicht in einem Flugzeug.«

»Ich bin Major Reece von der US-Army«, sagte Deborah, um sich Geltung zu verschaffen, aber Cam überraschte sie alle. Er gab den Russen eine ehrliche Auskunft.

»Wir besitzen den neuen Impfstoff«, verkündete er. »Wenn ihr uns helft, könnt ihr ihn auch bekommen.«

Das Feuer kam näher. Deborah hörte, wie es sich hinter ihr über den Hang fraß. Gleichzeitig nahm der Qualm zu. »Es wird Zeit, dass wir von hier verschwinden«, sagte sie, aber der russische Offizier schüttelte nur den Kopf.

»Njet«, widersprach er. »Gebt uns den Impfstoff!« Und er bellte ein Dutzend Worte, die sie nicht verstand. Die am nächsten stehenden Soldaten wichen ein Stück zurück, aber keiner von ihnen senkte die Waffe.

»Dafür müsste ich mich erst dekontaminieren«, erklärte Cam. »Ich kann zumindest versuchen, mich zu säubern.«

Der Offizier nickte, klappte jedoch den Sicherungshebel seiner AK-47 nach oben. Deborah zuckte zusammen. *Eine falsche Bewegung …*, dachte sie und wagte kaum zu atmen, als Cam begann, sich mit Zweigen und Erde abzureiben. Es war eine primitive Dekon-Methode, aber klug wie alles, was er tat. Deborah fragte sich, was ihm Ruth noch beigebracht haben mochte. Oder war er von selbst auf diese Idee gekommen? Er besaß eine hohe Intelligenz, aber keine Bildung. Das machte ihn unberechenbar.

»Major Reece und ich haben hier das Kommando«, raunte ihm Medrano zu.

»Ich weiß.«

»Dann hältst du von jetzt an den Mund!«

»Wir brauchen diese Leute. Sieh uns doch an!«

Cam, der gerade mit einer Handvoll krümeliger brauner Erde seinen Ärmel säuberte, ohne auf die Schnitt- und Abschürfwunden unter seiner angesengten Uniform zu achten, hielt kurz inne. »Aber sie brauchen uns auch.«

»Wir hätten *verhandeln* sollen«, knurrte Medrano. Er warf Deborah einen auffordernden Blick zu. »Major? Noch ist es nicht zu spät.«

»Nein«, entgegnete sie. »Ich glaube, er hat recht.«

»Das sind die gleichen Typen, die Leadville bombardiert und diesen Scheißkrieg angefangen haben …«

»Falsch. Zu diesem Zeitpunkt sind sie nichts weiter als Überlebende. Genau wie wir.« Deborah bemühte sich um eine selbstsichere Haltung, obwohl ihre Augen von dem Rauch immer stärker tränten. »Wir wissen nicht einmal, wo wir uns befinden, Captain. Wir sind verletzt. Unbewaffnet. Ich glaube, er hat recht.«

»Was soll sie daran hindern, uns abzuknallen, sobald er ihnen den Impfstoff ausgehändigt hat?«

»Unser Wissen. Los, Cam!«

Cam deutete ein Lächeln an. Es war ein Zeichen der Anerkennung, und zum ersten Mal begriff Deborah vage, warum sich Ruth zu ihm hingezogen fühlte. Er war ein schlanker, dunkler Typ … und sah eigentlich gut aus, wenn man seine Narben außer Acht ließ. Und er war kompetent.

Jetzt zog er ein Klappmesser aus dem Gürtel, bückte sich und stieß die Klinge in den Boden, um sie von Nanos zu reinigen. Als er sich dann wieder aufrichtete, streckte er den Russen das Messer mit der linken Hand entgegen. »Ich brauche einen Mann«, sagte er.

»Sidorow!«, befahl der Offizier.

Einer der Soldaten drückte einem Kameraden sein Gewehr in die Hand und trat näher.

»Sagen Sie ihm, dass er auf keinen Fall seine Haube abnehmen soll«, erklärte Cam. »Und er muss den Atem anhalten. Halten Sie seinen Arm!«

*Hoffentlich klappt das,* dachte Deborah, während der Offizier Cams Worte übersetzte. *Wenn er bereits infiziert ist, wenn er jetzt gleich mit Krämpfen zusammenbricht – die bringen uns um!*

Cam befeuchtete die Messerspitze in seiner eigenen Hand. Als Nächstes rollte er den Jackenärmel des Soldaten vom Handschuh zurück und ritzte die freigelegte Stelle. »Wir waren auf dem Weg nach Los Angeles«, erklärte er, während er den Mann impfte. »Mein Team hat einiges über den Ursprung der Gehirnseuche in Erfahrung gebracht. Wir glauben, dass wir sie stoppen können.«

»Крыша поехала?«, fragte der Offizier. »Wie?«

»Wir müssen nach Los Angeles.« Cam hatte beschlossen, einen harten Kurs einzuschlagen, aber der Mann stand ihm in Sturheit nicht nach. Er wich seiner Forderung einfach mit einer neuen Frage aus.

»Wie lange dauert es, bis unser Mann vor der Seuche geschützt ist?«

»Die Anti-Nanos wirken bereits.«

»Dafür gibt es keinen Beweis.«

»Befehlen Sie ihm, seine Haube abzunehmen.«

*Das ist der Moment der Entscheidung,* dachte Deborah. Sie spannte sich an, während der Offizier mit dem Mann redete, dazu bereit, ihre Pistole zu ziehen, und auch bereit, die Flucht zu ergreifen. Ihre Schulter pochte wie eine Trommel.

Der Soldat streifte seine ABC-Haube ab. Er war erschreckend jung, blond wie Deborah, mit einer mädchenhaft zarten Haut: fast noch ein Kind. Nur seine Augen wirkten hart und erwachsen. Deborah wollte etwas Tröstliches sagen, aber er würde sie nicht verstehen, selbst wenn sie die richtigen Worte aus ihrem Gedächtnis kramte. *Wir sind Freunde,* dachte sie. »Добро утро«, stieß sie hervor.

Die Veteranen-Augen des Jungen musterten ihre hochgewachsene, ausgezehrte Gestalt von oben bis unten ohne jede Gefühlsregung.

»Ihr seht selbst, dass er unversehrt bleibt«, sagte Cam. »Wer ist der Nächste?«

»Wir warten«, erklärte der Offizier.

»Wir müssen dringend nach Los Angeles, in einen Vorort ganz am Rande der Stadt. Die Gegend scheint nicht zerstört zu sein.«

»Das lässt sich vielleicht machen«, sagte der Offizier.

In Deborah regte sich ein schwacher Hoffnungsfunke. *Kann es sein, dass sie über ein Flugzeug verfügen?,* dachte sie. *Wo befinden wir uns?*

»Ihr kommt mit«, bestimmte der Offizier. »Haltet Abstand. Sidorow wird euch bewachen. Обезоружьте их!«

Deborah widersprach nicht, als der Junge ihr die Pistole abnahm. Medrano hatte den Ablauf vielleicht anders geplant, aber da ein halbes Dutzend Gewehre auf ihn gerichtet war, übergab auch er dem jungen Soldaten seine Waffe.

Sie marschierten quer über den Hang. Deborah schöpfte neue Kraft, als die Sonne den Dunst durchbrach und die Eichenkronen über ihnen in einem sanften Gelb zu leuchten begannen. Der Gestank von Rauch und Treibstoff haftete ihnen an, doch sie atmete tief durch und genoss die frische Luft, die der Wind herbeitrug. Die Erde roch hier anders als in Colorado, staubiger und weniger grün. Sie hatte noch nie etwas so Herrliches geschmeckt.

Der russische Offizier bemühte sich, mehrere Schritte Sicherheitsabstand zu Deborah, Cam, Medrano und dem Jungen einzuhalten – aber Deborah erlitt schon bald einen Schwächeanfall. Medrano versuchte sie zu stützen, doch er war kaum weniger erschöpft als sie. Nach wenigen Minuten ließ der Offizier seinen Trupp anhalten und forderte Cam auf, zwei weitere Männer zu impfen. Er brauchte jemanden, der seine Gefangenen trug.

Ein paar Soldaten waren bereits vorausgelaufen und nicht mehr zu sehen. Deborah glaubte außerdem, dass zwei oder drei von ihnen zurückgegangen und im Qualm verschwunden waren. Warum? Um das Feuer zu bekämpfen?

Durch die Aufsplitterung seines Trupps blieben dem Offizier nur noch vier Mann, einschließlich des Jungen und ihm selbst. Deborah schätzte, dass sie ihn in diesem Moment am besten überwältigen könnten, aber dann musste sie sich setzen, weil ein heftiger Schwindel sie gepackt hatte. Sie bekam nur vage mit, dass Cam die Impfprozedur wiederholte und Medrano ihr den Pistolengurt abnahm, um daraus eine provisorische Schlinge für ihren Arm zu machen.

*Du befindest dich in einem Schockzustand,* dachte sie. *So also fühlt sich ein Schock an.*

»Wasser«, sagte sie. »Ich – habt ihr Wasser?«

Der Junge reichte Medrano eine Feldflasche. Vielleicht half das. Jedenfalls war Deborah noch bei Bewusstsein, als die Soldaten sie eine Viertelstunde später in das Camp der Russen trugen. In der engen, steinigen Schlucht sah sie einen Truck stehen. Die Männer brachten Deborah unter ein Tarnnetz, das sie zwischen mehreren Felsblöcken ausgespannt hatten. Sonnenlicht sickerte durch das Gitterwerk. Das war Deborahs letzter Eindruck, bevor sie endgültig ohnmächtig wurde.

Zwei Stunden später flogen sie in einem Hubschrauber über das braune Land. Deborah blieb benommen. Die Rotoren dröhnten und vibrierten, Schatten wanderten wie ein Scherenschnittmuster durch die Schluchten und über die Hänge des Vorgebirges. Die Sonne stand tief im Westen. Die Dunkelheit wich von den Kämmen und Gipfeln zurück.

*Genieß den Augenblick,* dachte sie.

Die Luft hier oben war rein, aber vor ihnen verschwand der südliche Himmel hinter gigantischen schwarzen Wolken. Fallout und Qualm hingen über dem Becken von Los Angeles wie eine Bergkette, deren Flanken und Zinnen sich allesamt landeinwärts neigten, vom Meereswind nach Osten geweht. Es war eine fremde Welt. Nicht alle von ihnen würden lebend hier herauskommen. Selbst wenn es keine Schusswechsel mehr gab – selbst wenn Freedman am Leben war und es ihnen gelang, sie aufzuspüren –, hatten sie nicht genügend Platz im Helikopter. Mindestens eine Person musste zurückbleiben.

Der Hubschrauber war eng, kurz und knallrot. Anfangs dachte Deborah, sie seien hinter seinen Plexiglasscheiben gefährlich exponiert, aber dann erkannte sie, dass die Farbe des Helikopters keine Rolle spielte. Was vielmehr zählte, war seine Radar-Signatur und – mehr noch – der Transponder sowie der Funk-Code.

Sie hatten noch hundertvierzig Meilen bis San Bernardino. Die Osprey war auf der Ostseite der Sierra abgestürzt, im zentralen Teil Kaliforniens, nicht weit vom Mount Whitney und Sequoia National Park entfernt. Bornmann musste auf seiner Flucht vor den Kampfjets nach Norden abgedreht sein. Aber sie befanden sich immer noch über chinesisch besetztem Territorium. Die Russen hatten hier eigentlich nichts zu suchen. Ihre Grenze zur Volksbefreiungsarmee verlief noch fünfzig Meilen weiter nördlich, knapp unterhalb von Fresno. Dennoch waren sie mit Spezialeinheiten zur verdeckten Beobachtung in Feindesland vorgedrungen. Ihr Offizier, Oberstleutnant Aleksejew, hatte mehrere Einheiten befehligt, die dank ihrer Isolation überlebten. Etwa ein Drittel von Aleksejews Leuten war Schwärmen von Seuchen-Nanos zum Opfer gefallen, die der Wind vor sich her getrieben hatte, aber sonst gab es keine Gegner zu bekämpfen. Sie blieben am Leben. Und schlossen sich den Amerikanern an – oder umgekehrt.

Nach der Entscheidung, alle seine Untergebenen von Cam impfen zu lassen, hatte Aleksejew einiges an Ersatzkleidung aufgetrieben und die Amerikaner in russische Uniformen gesteckt. Medrano tat, was er konnte, um den Unterschied sichtbar zu machen. Er bestand darauf, die aufgeklebten Namensschilder von seiner und Deborahs Uniform abzulösen, dazu ihr Army- und sein USAF-Abzeichen, und sie an ihre neuen Uniformen zu nähen. Aber es gab nur vier Identifizierungen für drei Personen: REECE, MEDRANO, US ARMY und US AIR FORCE. Im Einsatz trugen amerikanische Soldaten keine Kennungen, nicht einmal die Flagge. Er überließ Cam das Abzeichen der Army, aber die Wirkung war gleich null. Sie sahen alle drei wie Russen aus.

Als Aleksejew schließlich seine ABC-Maske abnahm, sahen sie, dass er um die vierzig war, wettergegerbt und von der Höhensonne tief gebräunt, bis auf eine Wange, an der sich drei helle Punktreihen abzeichneten. Was konnte solche Narben verursacht haben?, fragte sich die Ärztin. Stacheldraht vielleicht?

Deborah traute Aleksejew nicht. Um Medrano zur Weitergabe des Impfstoffs zu bewegen, hatte sie gesagt, dass die Russen nicht länger ihre Gegner seien. Dass sie alle überleben wollten. Das stimmte natürlich, aber sie selbst hegte weiterhin einen starken Argwohn gegen den früheren Feind.

Aleksejew erinnerte sie an ein Frettchen. Sie nahm sich vor, ihn genau zu beobachten, obwohl er höchstwahrscheinlich nicht viel davon hatte, wenn er sie an die Chinesen verriet. Mildere Strafen für seine Leute? Sein Ehrgeiz ging über solche Dinge weit hinaus.

Ähnlich wie General Walls hatte Aleksejew aus dem Rest seiner Einheit zwei Gruppen gebildet, die den Auftrag erhielten, nach weiteren Überlebenden zu suchen. Seine Bestände reichten nicht aus, um einen ernsthaften Gegenangriff zu starten. Er hatte den ganzen Tag auf der Lauer gelegen und gehorcht, wütend und verzweifelt über seine Ohnmacht. Die Chinesen mussten inzwischen die Übernahme der amerikanischen Einrichtungen abgeschlossen haben. Noch vor Sonnenaufgang, wenn nicht früher, würden sie damit beginnen, die letzten Widerstandsnester im russisch besetzten Kalifornien auszuheben. Nur deshalb hatte Aleksejew beschlossen, die drei Amerikaner bei ihrer nahezu aussichtslosen Suche nach Kendra Freedman zu unterstützen.

Erstens hatte er Zugriff auf den Helikopter, der in einem ehemaligen Flüchtlingslager sieben Meilen nördlich von seinem Versteck untergebracht war. Zweitens hatte der russische Geheimdienst den chinesischen Funkverkehr mit sehr viel Glück seit der Besetzung abgehört. Da es sich für die Verbündeten als notwendig erwiesen hatte, ihre Lufteinsätze zu koordinieren, hatten die Russen weit mehr Möglichkeiten als die amerikanisch-kanadische Seite, in das chinesische System einzudringen und es zu unterwandern. Oberst Aleksejew war überzeugt, dass er die Flugsicherung der Chinesen besser austricksen konnte als die Amerikaner. Leider gab es an Bord des KTVC-Helikopters nur vier Sitze. Aleksejew hätte weit mehr

Freiwillige für die Mission gefunden, als er mitschicken konnte. Keiner seiner Soldaten wollte zurückbleiben. Deborah musste ihren Mut mit widerwilligem Respekt anerkennen, während sie und ihre Gefährten ein heftiges Streitgespräch mit Aleksejew führten. Sie wollte ebenfalls nicht zurückbleiben. Was konnte sie hier schon tun? Schlafen?

Es erwies sich als nicht gerade hilfreich, dass Deborah, Cam und Medrano verletzt waren. Aleksejews Sanitäter verpasste Medrano eine Schiene, nachdem er seinen Arm eingerichtet hatte, und nähte ihre diversen Schnitte. Aber sie befanden sich alle drei in einem desolaten Zustand. Nach Aleksejews Ansicht konnte von den Amerikanern einzig und allein Cam einen der kostbaren Plätze in der Maschine beanspruchen. Sie hatten ihm erklärt, dass Cam Freedman kannte und einiges von Nanotechnologie verstand, aber Deborah weitete diese Halbwahrheit auf ihre Person aus. *Ich war wissenschaftliche Mitarbeiterin,* behauptete sie, *und Medrano hat sein Ingenieurstudium in Los Angeles gemacht. Wir brauchen ihn, um uns in den Ruinen der Stadt zurechtzufinden.*

Aleksejew glaubte, die Lastbeschränkung des Helikopters würde gerade noch sechs Personen zulassen. Das ging zwar hart an die Grenzen, aber es war wichtig, dass sie möglichst viele Leute mitnahmen. Die Labore wurden von den Chinesen mit Sicherheit gut bewacht. Den größten Erfolg versprach noch ein Blitzangriff. Als ihr Pilot daher mit dem Hubschrauber eintraf, beluden ihn Aleksejews Soldaten erst einmal mit Panzerabwehrraketen und sonstigen Waffen, die etwa dem Gewicht einer Person entsprachen. Das hieß, dass fünf Plätze blieben – oder nur vier, wenn man den leider sehr korpulenten Piloten namens Obruch abzog.

Eine noch härtere Entscheidung blieb ihnen erspart. Aleksejew hatte drei Mann losgeschickt, um das Flugzeugwrack zu untersuchen. Die Soldaten berichteten bei ihrer Rückkehr, dass sie keine Spur von Tanya Huff oder Lewis Bornmann entdeckt hätten. Wenn die beiden den Absturz überlebt hatten – was niemand so recht glaubte –, waren sie wohl von der chinesischen Rakete getötet worden.

Wie Foshtomi hatte auch Huff ihren Teil dazu beigetragen, Cam und Deborah zu retten. Huffs Tod erfüllte sie mit Trauer und zugleich mit neuer Kraft. Das Opfer der Gefährten sollte nicht umsonst gewesen sein. Sie schworen sich, bis zuletzt weiterzukämpfen. Deborah ging davon aus, sie werde zusammen mit diesen Fremden sterben. Ihre gesamte Kampftruppe bestand aus ihr selbst, Cam, Medrano, Oberst Alekseјew und Unteroffizier Obruch – und die Tanks des Helikopters waren nur zu zwei Dritteln befüllt. Das bedeutete, dass ihre maximale Reichweite 160 Meilen betrug. Um L. A. wieder zu verlassen, mussten sie einen Flugplatz finden und nachtanken.

Sie war froh, dass sie wenigstens einen Freund hatte. Cam machte sich mit einer Kalaschnikow vertraut, während Medrano eine russische RPG-Panzerabwehrwaffe untersuchte. Deborah tat nichts, um ihre Schulter zu schonen. Sie beobachtete die Männer und die Landschaft, die unter ihnen vorüberglitt. Auch wenn es merkwürdig klang – sie hatte ihren Frieden gefunden.

Deborah Reece war eine gute Soldatin.

Sie waren noch hundert Meilen von San Bernardino entfernt, als ihr Helikopter auf die zähe Ascheschicht traf und ins Wanken geriet. Selbst das *Wop Wop Wop* der Rotoren stockte einen Moment lang und verwandelte sich dann in ein härteres, dumpferes Knattern, das sehr viel näher klang.

Die wenigsten Sorgen machte sich Deborah um die Radioaktivität. Wenn die Dosis nicht alles Bisherige überstieg, würde der Booster-Nano sie schützen. Außerdem rechnete sie nicht damit, die Langzeitfolgen der Strahlung noch zu erleben.

Sie starrte in das Dunkel. Staub prasselte gegen das Plexiglas.

Manchmal konnte sie außer den dichten grauen und schwarzen Wolkenwirbeln gar nichts erkennen. Dann wieder riss der Dunst auf, und in der Tiefe breitete sich geschwärzter Wüstenboden aus, hier und da von Straßen, Zäunen oder einer Reihe umgestürzter Telefonmasten durchzogen.

Sie wussten, dass die Chinesen die amerikanischen Militärstützpunkte in der Mojave-Wüste eingenommen hatten, aber Medrano glaubte, dass auch diese Ziele zerstört worden waren. Das Terrain sah leer und verbrannt aus, was ihre Aufgabe nicht gerade erleichterte. Sie hatten ihre Karten und elektronischen Orientierungshilfen bei dem Flugzeugabsturz verloren. Das bedeutete, dass sie auch keine Satelliten-Verbindung mehr herstellen konnten. Zwar kannten sie die GPS-Koordinaten für das Saint Bernadine Hospital auswendig, aber das globale Positionierungssystem des News-12-Helikopters war längst ausgebaut worden, um die Russen in ihrem Krieg zu unterstützen.

In Zusammenarbeit mit Medrano glaubte Aleksejew die richtige Stelle auf einer seiner eigenen Karten gefunden zu haben. Kompass-Peilungen, ein paar typische Landmarken und Koppelnavigation sollten ihnen nun helfen, die nähere Umgebung aufzuspüren. Zum Glück lag San Bernardino an der Interstate 40, im Süden eines engen Passes zwischen den San Gabriel und den San Bernardino Mountains, der die Ostgrenze des Ballungsraums von Los Angeles bildete. Diese Bergketten waren kaum zu verfehlen. Einige der höchsten Gipfel ragten über dreitausend Meter auf – die Interstate würde sich wie ein roter Teppich durch das Gelände ziehen.

Viermal sahen sie chinesische Flugzeuge in der trüben Suppe. Ihre Abgasstrahlen schnitten wie Messer durch die Asche, schleppten sie mit und ordneten sie zu Linien. Eine Maschine kam ihnen so nahe, dass der Helikopter um ein Haar gekippt wäre. Obruch kämpfte fluchend mit dem Steuerknüppel, um das Gleichgewicht zu halten.

Alexejew hatte bereits zwei Funk-Anfragen auf Mandarin beantwortet. Nach ihrem Fast-Zusammenstoß kam eine dritte. Deborah rechnete fest mit einer feindlichen Rakete – würden sie den Treffer überhaupt spüren? Aber der Tod kam nie. Aleksejew besaß, wie er sagte, MSS-Kodes. Er gab sich als hochrangiger Offizier aus, der die chinesische Flugsicherung wegen ihrer erneuten Kontaktaufnahme scharf tadelte und sich absolute Funkstille ausbat.

Endlich knatterten sie parallel zu den San Gabriel Mountains. Obruch konnte sich zusätzlich an einer Eisenbahnlinie und dem ausgetrockneten, halb verfallenen Bett eines Aquädukts orientieren, die beide zur I-40 und dann in den Pass hineinführten.

Die Gegend bekam ein anderes Gesicht. Zuerst zeigten sich Tankstellen und Trucker-Rastplätze. Lagerhallen. Ein Autohaus. Ein Kieswerk. Dann Wohnhäuser, Reklametafeln und die mächtigen Gittermasten von Überlandleitungen. Alles sah aus, als habe es eine Riesenhand hochgehoben und dann wieder fallen gelassen. Die Gebäude waren in sich zusammengesunken. Sogar die Autobahn wies Wölbungen und Risse auf. Asche bedeckte die Welt und stahl ihr jede Farbe.

Die Zerstörung nahm zu, als sie durch den Pass donnerten. Sie sahen ausgedehnte Wohngebiete – Tausende von Häusern, die sich in säuberlichen Karrees an die Hänge schmiegten, hier und da überragt von Mehrfamilienhäusern und Einkaufszentren, Terrasse um Terrasse, die wie breite Stufen in die Tiefe führten. Aus der Luft betrachtet wirkte die Ordnung, die man den Siedlungen auferlegt hatte, selbst jetzt noch imposant. Diese Straßen und Fundamente würden ganze Zeitalter überdauern. Dagegen hatten die leichteren Elemente den Bombenangriffen nicht standgehalten. Es gab fast keine Dächer mehr. Viele der kleineren Gebäude waren ganz eingestürzt. Von den größeren Wohnhäusern und Einkaufszentren fehlten meist die oberen Stockwerke. Selbst Ziegel- und Betonmauern hatten Schaden genommen. Kein einziges Fenster schien intakt zu sein. Die Druckwellen hatten die Schuttlawinen auf die Straßen gekippt und damit frühere Desaster zugedeckt; denn lange bevor die Bomben und Raketen einschlugen, war San Bernardino von Erdbeben und Sturzfluten heimgesucht worden. Niederschläge waren in dieser Gegend selten – doch als der Regen kam, hatte er die von Insekten verwüsteten Gärten und Hügel einfach weggeschwemmt und die Straßen mit Schlamm verstopft. Immer noch bahnten sich Rinnsale ihren Weg in die Tiefe.

Ein kleiner Teil der Trümmermassen waren Gebeine. Hunderttausende von Menschen hatten hier während der ersten Pest den Tod gefunden. Ihre Schädel und Gerippe vermischten sich mit Möbeln und anderen Haushaltsgegenständen, die zwischen Bauholz und Rigipsbrocken, Schindeln und Isoliermaterial verstreut lagen. Schilder waren geknickt, Bäume und Autos umgestürzt. Es erschien unmöglich, dass in diesem Chaos jemand überlebt hatte, aber Deborah starrte angestrengt in die Ruinen und suchte nach jedem noch so kleinen Hinweis, dass sich in den Ruinen Menschen verbargen. Sie befanden sich in einer Höhe von etwa sechzig Metern. Die Sicht betrug nicht mehr als einige hundert Meter. Selbst die Berge waren grau verhüllt. Alles sah gleich aus. Alles, was sich vom Boden abhob, war zerstörtes Mauerwerk – endlose, scharfkantige Grate von zerstörtem Mauerwerk.

Neben ihr verglich Medrano seine Notizen mit Aleksejew, der im Cockpit saß, und bemühte sich, aus diesem Trümmerfeld irgendwie klug zu werden. Die beiden Russen vorne unterhielten sich leise in ihrer Muttersprache. Nach einer Weile drehte sich Aleksejew um und sagte: »Wir sind zu weit geflogen. Wir müssen wenden und wieder Kurs nach Norden nehmen.«

»Ich habe die Straßen gezählt«, widersprach Medrano.

»Wir auch«, sagte Aleksejew. »Das Krankenhaus liegt hinter uns.«

»Dort!«, warf Cam ein. »Was ist das?« Er klopfte an sein Fenster, und Deborah reckte den Hals, um an Medrano vorbei in die Tiefe zu blicken. Das ging besser, als Obruch eine langsame Kurve flog.

Menschen lagen auf den Trümmerhaufen – allem Anschein nach Tote, aber keine Skelette. Deborah schätzte ihre Zahl auf mindestens zehn. Wie alles andere waren auch sie mit Asche bedeckt, doch die Schuttberge befanden sich unter ihnen. Das bedeutete, dass sie erst nach dem Bombenangriff hierhergekommen waren.

»Не сликом приближайтесь«, sagte Aleksejew.

Der Helikopter hatte sich im Sinkflug befunden. Nun steuerte Obruch ihn in einer lang gezogenen Kurve wieder höher und entfernte sich aus der Todeszone. Deborah drehte sich um und versuchte die Leichen durch das Fenster zu betrachten, aber der Winkel war zu steil.

»Was ihnen wohl zugestoßen ist?«, fragte Medrano, und Deborah dachte: *Erschossen wurden sie nicht. Sie sahen eher … geschmolzen aus.*

Von einigen der Leichname hatten sich die Gliedmaßen und Köpfe gelöst.

»Sie sind noch nicht lange tot«, meinte Cam. »Nirgendwo Käfer. Oder Ameisen. So wie diese Leute zugerichtet waren …«

»Там!«, rief Aleksejew. »Rechts!«

Das war Deborahs Seite, und sie spähte durch die Ruinen der Stadt. Hoffnung keimte in ihr auf, vermischt mit Angst. Sie wusste genau, was Cam dachte.

*Diese Leute sahen aus, als seien sie durch Nanos zu Tode gekommen.*

»In Richtung Norden gibt es noch mehr Leichen«, sagte Aleksejew.

»Also haben wir eine Spur«, meinte Medrano. »Aber in welcher Richtung? Welche Gruppe wurde zuerst getötet?«

»Ich sehe einen Helikopter am Boden«, meldete Cam.

»Scheiße!«, murmelte Medrano. Aleksejew schrie Obruch etwas auf Russisch zu, aber Cam fuhr fort: »Nein, er ist abgestürzt. Keine Gefahr. Nichts bewegt sich da unten. Oder ...«

Deborah schnappte hörbar nach Luft.

Auf den Schuttbergen stand eine Hexe. Dunkelhäutig und mit wild zerzausten Haaren. Sie reckte einen Arm in die Höhe, als wollte sie ihnen einen Fluch entgegenschleudern.

»Abstand!«, schrie Deborah. »Mehr Abstand!«

Obruch kam ihrem Befehl unverzüglich nach. Das Triebwerk heulte auf, als der Helikopter in einer scharfen Linkskurve abdrehte und höher stieg. Der Schub presste Medrano gegen Deborahs verletzte Schulter, doch noch nie war sie so erleichtert über eine abrupte Bewegung gewesen wie in diesem Augenblick.

*Was hat sie nach uns geworfen? Sind wir dem Zeug noch rechtzeitig ausgewichen?*

»Was haben Sie gesehen?«, fragte Aleksejew.

»Sie muss unter uns sein. Auf meiner Seite.« Deborah hatte durch den plötzlichen Steigflug des Helikopters jegliches Richtungsgefühl verloren, aber als Obruch die Maschine abfing und zu einer Wende ansetzte, konnte sie die Gestalt in der Tiefe erneut ausmachen. Die Hexe sprang über die schwarzen Dünen, strauchelte, fiel und rappelte sich wieder hoch. Ihr Mantel flatterte im Luftstrom des Hubschraubers.

»Da ist sie!«, rief Deborah.

War das Freedman? Ihre Computer-Fotos zeigten eine korpulente Frau. Der Irrwisch da unten war jedoch ausgemergelt und bucklig, mit Schultern, die viel zu breit für die wespendünne Taille wirkten.

Wer sonst konnte es sein? Die Frau schien tödliche Nanos durch die Gegend geschleudert zu haben, auf Helikopter und zwei oder drei Kolonnen chinesischer Soldaten – aber sie konnte auch bloß irgendwer sein, oder? Angenommen, die Chinesen hatten noch mehr amerikanische Forscher gefangen genommen? Oder einige der Spitzenwissenschaftler in Europa und Indien?

»Ниже нас«, sagte Obruch.

Die Hexe turnte über ein glattes Mauerstück aus Schlackenbeton in die Tiefe und humpelte auf den freien Platz zwischen einem Auto und einem Drahtgewirr. Dann verschwand sie plötzlich wie durch Zauberei.

Aleksejew wandte sich an Obruch und gestikulierte: »Опустите нас на землю.«

Deborah hatte das Wort »unten« verstanden und unterbrach ihn. »Warten Sie, Oberst. Wir sollten besser ein Stück entfernt von ihr landen, sonst bringt sie uns auch noch um.«

Wenn Aleksejews Berechnungen stimmten – und wenn es wirklich die Gesuchte war –, dann hatte sie sich nach Süden gewandt, als sie das Krankenhaus verließ. Ohne all die Toten, die ihren Weg markierten, wäre sie ihnen niemals aufgefallen. Wohin wollte sie nur?

Obruch setzte den Helikopter in den Trümmern ab, fünfzig Meter von der Stelle entfernt, wo sie die Frau zuletzt gesehen hatten. Deborah öffnete die Tür. »Cam, du begleitest mich!«, rief sie über den Lärm und Staub der Rotoren hinweg. »Die anderen bleiben an Bord!«

»Njet«, sagte Aleksejew. »Ich komme auch mit.«

»Meinetwegen. Sie darf nicht entwischen, soll sich aber auch nicht in die Enge getrieben fühlen. Haben Sie das verstanden?« Deborah starrte mit zusammengekniffenen Augen durch die Asche. Ihre Angst war größer als ihre Erregung. »Sie setzt sich mit irgendwelchen Nanos zur Wehr.«

»Da.« Aleksejew zog ein Walkie-Talkie aus seinem Gürtel, schrie Obruch etwas zu und gab ihm das Zeichen zum Start.

*Wenn Freedman uns umbringt, können es wenigstens Medrano und Obruch noch einmal versuchen,* dachte Deborah. Im Augenblick hing alles davon ab, dass Cam mit den ihm bekannten Fakten das Vertrauen der Frau gewinnen konnte …

und wenn die seltsame Gestalt nicht Freedman war … wenn es jemand war, der nicht mal Englisch verstand …

*Dieses Risiko müssen wir eingehen.*

Zu dritt rannten sie in das Trümmerfeld unter dem Helikopter. Deborah konnte sich nur mit einer Hand abstützen. Sie rutschte aus und stolperte durch einen Haufen Ziegelsteine und Mörtel, verbogene Rohrleitungen, eine gesprungene Kloschüssel. Bei jedem ihrer Schritte stob Ruß auf. Sie hörte, wie Aleksejew von Obruch Richtungsanweisungen verlangte, konnte sich aber nicht umsehen, weil sie sich gerade durch weiche, modrige Stoffbahnen kämpfte. Dann schlug dicht vor ihr Metall gegen Holz. Deborah zuckte zusammen und hob den Kopf. Unmittelbar vor ihr stand die Hexe.

*Sie ist auf mich zugelaufen,* dachte Deborah und erstarrte. Ihre Kehle war so trocken, dass sie kaum ein Wort hervorbrachte. »Warten Sie …«

Die Hexe stand über ihr. Sie war auf einen Berg Holzlatten geklettert, der sich an einem umgefallenen Straßenschild gesammelt hatte. Asche verschmierte die beiden verbeulten weißen Pfeile, die im rechten Winkel an einem Pfosten befestigt waren, und doch konnte man die schwarze Schrift gut lesen: CRESTVIEW AVE. Und EAST 16TH ST. Die Soldatin in Deborah fand das wichtig. Das hier war Ground Zero. Sie befanden sich am Ziel ihrer Suche.

Die Frau musste doch Freedman sein, oder? Aber diese Hexe war auch ein wandelnder Schatten. Körperlos. Das dunkle Oval ihres Gesichts verschmolz ohne Übergang mit dem strähnigen schwarzen Haar. Der Mantel, der ihre hagere, bucklige Gestalt umschlotterte, war mit Asche bestäubt. Klar definiert waren nur die großen, weiß umrandeten Augen. Macht loderte darin … und Qual. Und dann zuckten ihre Arme.

Wie gebannt stand Deborah da und starrte einen wilden Herzschlag lang ihre dunklen Hände an. Die Fremde trug einen Rucksack. Er verlieh ihr das seltsam bucklige Aussehen. Deborah entdeckte außerdem einen Narbenwulst an ihrem linken Unterarm. Ein fehlgeschlagener Selbstmordversuch. Irgendwann hatte sie versucht, sich die Pulsadern aufzuschneiden.

»Warten Sie! Ich bin Major Reece von …«

Die Hexe hob beide Fäuste.

*Sie wird mich umbringen,* dachte Deborah, aber in diesem Moment rief Cam: »Kendra! Kendra Freedman!«

Die Hexe drehte den Kopf zur Seite.

»US-Army Ranger!«, setzte er hinzu. »Amerikanisches Militär! Wir sind gekommen, um Sie zu retten!«

# 24

Jeder Muskel in Freedmans Körper spannte sich an. Die kleinste Provokation würde ausreichen, um sie die geballten Fäuste öffnen und ihnen entgegenschleudern zu lassen, was immer sie in Händen hielt. »Ich bin ein Freund!«, rief Cam. »Ich kannte Albert Sawyer.«

Ein Problem war, dass sie russische Uniformen trugen. Ein zweites, dass Freedmans Züge einer Maske des Wahnsinns glichen. Ihre Augen rollten so angsterfüllt, dass sie aus den Höhlen zu quellen drohten.

»Kommen Sie nicht näher!«, fauchte sie. »Ich bringe Sie um!«

»Ich kannte Albert Sawyer«, wiederholte er.

Diesmal schien sie seine Worte aufzunehmen. Sie zog den Kopf erst ein und hob ihn dann wieder. Es war kein Nicken, sondern eher eine Geste der Konzentration – der Versuch, ihre Gedanken unter Kontrolle zu bringen. Einen Moment lang schien Freedman ihre Anwesenheit zu vergessen. Aber ihre Arme senkte sie nicht.

Cam rutschte in die flache Mulde neben Deborah und zu Füßen von Freedman. Er hoffte, diese Position würde die Forscherin beruhigen.

»Sawyer ist tot«, sagte er sanft. Vielleicht war die Trauer eine gemeinsame Basis.

Aber als Freedman ihn ansah, las er ein neues Entsetzen in ihren Zügen. »Sie sind alle tot«, sagte sie. Ihre Stimme klang matt und wie aus weiter Ferne. Redete sie überhaupt mit ihnen? Oder führte sie Selbstgespräche?

Kendra Freedman war wahnsinnig. Irgendwann musste sie einen psychotischen Zusammenbruch erlitten haben.

Deborah unterdrückte ein leises Stöhnen, versuchte aber nicht zu fliehen. Sie behauptete ihren Platz, vertraute ihm ihr Leben an. Er hätte am liebsten ihre Hand genommen und gesagt: *Alles wird gut!* Aber er musste sich voll auf Kendra Freedman konzentrieren. Ihr Ärmel war zurückgerutscht, und Cam starrte die Narbe an ihrem Handgelenk an. Er hatte einige verhinderte Selbstmörder kennengelernt. Manchmal waren sie ganz außerhalb jeder Reichweite gewesen.

»Wir sind hier, um Sie zu retten«, sagte er. »Ich heiße Cam.«

Sie beachtete ihn nicht. Der Helikopter stand laut knatternd in den Ruinen rechts hinter ihm. Ihr Blick huschte in diese Richtung, wanderte dann nach links. War da Aleksejew? Cam hätte dem Russen gern zugerufen, sich zurückzuziehen, hatte jedoch Angst, die Stimme zu erheben.

»Ich bin ein Freund«, wiederholte er.

»Kommen Sie nicht näher!«

»Wir sind hier ...«

»Ich bringe Sie um!« Freedman wäre fast gestürzt, als die Holzlatten unter ihr in Bewegung gerieten und sie mit dem linken Arm umherruderte, um das Gleichgewicht zu halten. Aber sie hielt sich auf den Beinen, und der Tod ging noch einmal an ihnen vorüber.

Es war das zweite Mal, dass sie so heftig auf dieses Wort reagierte. *Freund.* Warum? Die Chinesen hatten ihr wohl auch Freundschaft versprochen. Cam bemühte sich, einen anderen Zugang zu ihr zu finden. *Sawyer.* Sie hatte aufgehorcht, als er Sawyer erwähnte, und so sagte er: »Ich kannte Al. Er hat mir berichtet, was wirklich vorfiel. Wir wissen, dass Sie keine Schuld trifft.«

»Wie lautete seine erste Patentnummer?«

»Ich ... äh ...«

Freedmans Linke holte wieder drohend Schwung. »Er liebte diese Nummer, als wär sie eine Million Dollar wert«, sagte sie. Von einer Sekunde zur nächsten war sie im Vollbesitz ihrer geistigen Kräfte, und dieser Wechsel flößte Cam mehr Entsetzen ein als alles andere, denn er zeigte ihm ihr wahres Wesen und ihren wahren Intellekt. Besaß sie tatsächlich einen noch schärferen Verstand als Ruth?

Wenn er sie hereinzulegen versuchte, würde sie das sofort merken.

»Al erzählte mir, dass Ihre Schwester Ihnen zu Weihnachten sämtliche alten ABBA-Songs auf CD schenkte. Sie haben die Musik mit ins Labor genommen und sie dort abgespielt. Das machte ihn wahnsinnig.« *Pass genau auf, was du sagst,* warnte er sich. *Meide Worte wie* wahnsinnig *oder* Freund*!* Seine Gedanken überschlugen sich, aber er zwang sich, langsam zu sprechen. »Al mochte Hip-Hop, und Sie zwangen ihn, altes Zeug wie ABBA und Duran Duran zu hören. Manchmal hat er darüber auch gelacht.«

Für Sawyer war sie immer nur die »blöde Kuh« gewesen. Seine Schuldgefühle hatten ihn hart und bösartig gemacht. Obwohl Sawyer den *Archos* mitentwickelt hatte, war er nie zu dem Eingeständnis bereit gewesen, dass auch er eine gewisse Verantwortung für das Ende der Welt trug.

Diese Forscher waren schon einzigartig. Ihr Spezialwissen sonderte sie von den übrigen Menschen ab. Ruth hatte sich schon immer schuldig gefühlt, weil sie zwar viel wusste, aber nicht genug tun konnte. Um wie viel schlimmer aber musste der Selbsthass dieser Frau sein, die als treibende Kraft hinter der Maschinenpest gestanden hatte? Ihretwegen war ein Planet zugrunde gegangen.

*Wenn das nicht gelingt …*

Freedman musterte wieder den Helikopter und nahm Cam damit die Möglichkeit, den Blickkontakt zu ihr herzustellen. Seine Nervosität nahm zu. *Wir können sie nicht erschießen,* dachte er. *Aber wir können sie auch nicht hierlassen. Die Chinesen haben bereits Soldaten ausgesandt, um sie wieder einzufangen. Sie werden Verstärkung schicken. Wahrscheinlich ist der nächste Helikopter schon unterwegs.*

»Al«, sagte Freedman wie ein Roboter.

»Wir sind hier, um Sie zu retten«, wiederholte Cam. »Der Helikopter gehört uns. Wir sind amerikanische Soldaten.«

Sie senkte den Kopf und betrachtete ihre Fäuste. Ihre Augen waren vor Entsetzen wieder geweitet, und Cam begriff, dass sich dieses Entsetzen größtenteils gegen sie selbst richtete – gegen das, was sie getan hatte, um ihrem Kerker zu entkommen. Sie wollte nicht noch mehr Menschen töten.

»Bringt mich zum Labor«, sagte sie.

»Wohin Sie wollen. Wir bringen Sie überall hin.«

Aber er hatte die Worte zu schnell hervorgestoßen, so als redete er mit einem Kind. Sein Tonfall bewirkte, dass sie den Kopf hob, und er konnte erkennen, dass sie durchaus aufnahmefähig und bei klarem Verstand war. Ihre Augen blitzten triumphierend.

»Sie haben in der Nähe ein Zwillingslabor errichtet«, sagte sie. »Ich weiß, dass es da ist.«

»Sie meinen – im Saint Bernadine Hospital?«

»Sie haben in der Nähe ein Zwillingslabor errichtet. Sie wollten es nicht zugeben, aber sie benutzten die gleichen Kuriere, und ich habe den gleichen Mann am gleichen Tag gesehen. Ich weiß, dass es da ist.«

*Kuriere,* dachte er skeptisch. Ließ sich aus einem so kleinen Hinweis wirklich die Existenz eines zweiten Labors in Saint Bernadine ableiten? Eines Labors, das so nahe lag, dass man es zu Fuß erreichen konnte? *Sie wiederholt vieles wortwörtlich,* dachte er. Wie eine Ertrinkende, die sich an einem Rettungsring festhielt, klammerte sie sich an manche Sätze. Sie kämpfte gegen das eigene Vergessen an.

Das war mehr als ein nachhaltiger Schock, mehr als bloßes Schuldbewusstsein. Hatten die Chinesen sie gefoltert?

»Bitte.« Deborah fuhr sich mit den Fingern der unversehrten Hand durch das blonde, mit Asche verkrustete Haar – vielleicht um den Eindruck zu verstärken, dass sie keine Asiatin war. Dann streckte sie der Frau, die über ihnen stand, einen

Arm mit der Handfläche nach oben entgegen. »Bitte, Kendra! Kommen Sie mit uns!«

»Wir haben nicht viel Zeit«, ergänzte Cam. »Die Chinesen werden mehr Leute …«

»Ich bringe sie um.«

»… und wir haben nicht viel Treibstoff.«

Freedman ging in die Hocke, ließ sich auf dem Berg loser Holzlatten nieder und starrte geradeaus. »Es ist nicht weit bis dorthin«, erklärte sie. »Das weiß ich genau.«

»Kommen Sie«, sagte Deborah. »Bitte!«

»Nein.«

»Wir können Sie zurück auf amerikanisches Gebiet bringen«, sagte Cam mit einer Überzeugung, die nicht aus seinem Innern erwuchs. Sie würden selbst dann nachtanken müssen, wenn die Chinesen keine Blockade errichteten.

*Und wenn sie uns aufhalten?*, dachte er. *Jage ich Freedman dann eine Kugel durch den Kopf? Oder liefere ich sie an den Feind aus, weil er Sieger geblieben ist und sie ihnen helfen könnte, den Planeten neu zu bevölkern?*

*Mein Gott! Ist es vielleicht besser, wenn wir alle sterben?*

*Wer weiß, was sie noch erfindet, wenn die Chinesen sie für den Rest ihres Lebens gefangen halten! Was werden sie uns antun? Wenn sie die Gehirnseuche weiterentwickeln, könnten sie über Jahrtausende hinweg sämtliche Bewohner der Erde kontrollieren, sie wie Rinder- oder Hunderassen auf bestimmte Wesensmerkmale hin züchten. Körperkraft und Gehorsam etwa. Schönheit. Sex. Es ist besser, diese Frau zu töten,* dachte er und überlegte, ob er noch schnell seine Pistole ziehen sollte, bevor sie ihre Nanos verstreute.

»Ich komme nicht mit«, beharrte Freedman.

»Offenbar begreifen Sie nicht, wie ernst die Lage ist!« Ein Hauch ihrer früheren Arroganz schwang in Deborahs Stimme mit. Sie richtete sich hoch auf. Cams Bewunderung für die Ärztin wuchs. »Eine Reihe hervorragender Leute musste sterben, um uns den Flug hierher zu ermöglichen«, fuhr sie fort. »Wir brauchen Sie!«

»Ich muss das andere Labor sehen«, erklärte Freedman, »weil sie dort den Impfstoff produziert haben.«

»Wir haben den Impfstoff! Und Sie müssen ihn ebenfalls bekommen«, sagte Cam, aber Freedman kauerte nur auf dem Bretterhaufen und rührte sich nicht von der Stelle. Wieder musste er an ein eigensinniges Kind denken. Was würde sie als Nächstes tun? Den Atem anhalten?

Plötzlich richtete sie sich auf und streckte die Fäuste seitlich aus, während sie über Cams Kopf hinwegstarrte. Deborah war nicht die Einzige, die allmählich die Geduld verlor. Oberst Aleksejew hatte Abstand gehalten und die Umgebung beobachtet, aber nun bahnte er sich mit seiner Kalaschnikow einen Weg durch die Ruinen. »Höchste Zeit zum Aufbruch!«, rief er.

»Ich komme nicht mit.«

»Sie wissen nicht, wo sich dieses Labor befindet, oder?«, wandte Cam ein, und Deborah fügte hinzu: »Wir können Ihnen in Colorado volle Sicherheit bieten. Wir besitzen einiges an Ausrüstung, ein MRFM und …«

»Das Labor ist ganz in der Nähe. Es muss ganz in der Nähe sein.«

Freedmans Leidenschaftlichkeit weckte sein Unbehagen, weil es ihn an Ruth erinnerte. Vielleicht war das auch der Grund für sein Zögern. Sie dachten nur daran, sie aus dem Ballungsraum von Los Angeles wegzubringen, zu müde und zu gehetzt, um eine Änderung ihrer Pläne auch nur in Erwägung zu ziehen. Aber angenommen, es ergab doch mehr Sinn, hier zu bleiben?

»Warum?«, fragte er. Ein Windstoß trieb Asche herbei, aber Cam ließ sich davon nicht in die Flucht schlagen. Auf irgendein Signal von Aleksejew war der Helikopter näher herangeknattert und wirbelte Staub und Papierfetzen von den Ruinen auf. »Warum wollen Sie diesen Impfstoff?« Und dann gab er nach. »Wir bringen Sie hin.«

Der Helikopter landete so, dass die stärksten Luftströmungen von ihnen weg wiesen. Die Rotoren verstummten, und nun konnten sie wieder besser hören – aber Freedman streckte die Arme kampfbereit nach beiden Seiten aus.

Cam stand leicht vorgebeugt da, geduckt wie ein Revolvermann, der den Schuss seines Gegners erwartete. »Wir kommen mit dem Hubschrauber sehr viel schneller voran«, sagte er.

Neben ihm legte Deborah ebenfalls eine Hand an den Pistolengriff. »Bitte!«, sagte sie. »Bitte, Kendra!«

»Andrew Dutchess hat den *Archos* freigesetzt«, erklärte Freedman. »Das war nicht ich. Das war Dutchess.« Ihre Stimme klang wieder brüchig, sie blinzelte nervös.

*Ach, du liebe Güte,* dachte Cam. *Ich fürchte, sie hat vergessen, wo sie ist.*

Er trat auf sie zu. Seine Beine fühlten sich steif an. Jede Bewegung kam zögernd, obwohl seine Haut vor Anspannung kribbelte. Entweder würde er sie zwingen, ihre Umgebung zu erkennen, oder er würde sie angreifen. Wenn er Glück hatte, konnte er sie entwaffnen. Ihre Nanos befanden sich garantiert in Probenbehältern aus Glas oder Kunststoff, genau wie bei Ruth.

»Es gibt eine neue Seuche«, sagte er. »Die Gehirnseuche.«

*Klick.* Sie blickte ihn an, mit klaren, angsterfüllten Augen. »Ich kann sie zum Stillstand bringen«, sagte sie.

»Wie?«

»Der Impf-Nano enthält einen Marker. Ich habe ihnen beim Aufbau dieses Dings geholfen, aber sie hielten mich so weit wie möglich aus ihrer Arbeit heraus. Ich brauche Schlüsselkomponenten und Software, wenn ich meine Katzenpfote entwerfen soll.«

»Katzen was?«, fragte er verständnislos.

»Ich weiß, dass es ganz in der Nähe ist.«

»Sie haben den gleichen Mann am gleichen Tag gesehen«, versuchte Deborah ihrer Erinnerung auf die Sprünge zu helfen. Und sie lenkte Freedman mit ihrem Einwurf ab. Cam war schon dabei, den Berg zerbrochener Holzlatten zu erklimmen – vielleicht konnte er sie mit einem Sprung von den Beinen holen. Aber Freedman lächelte und sagte: »Ja. Das andere Labor ist ganz in der Nähe.«

»Wie können Sie die Gehirnseuche zum Stillstand bringen?«

»Ich kann den Impf-Nano verändern und in eine Katzenpfote verwandeln. Eine neue Art von Nano.« Sie war jetzt bei klarem Verstand und sprach sehr schnell, als zitiere sie aus einer auswendig gelernten Rede.

Offenbar hatte sie sich in der Gefangenschaft diese Worte hundertmal und noch öfter vorgesagt. Aber Cam blieb skeptisch. Konnten sie ihr denn vertrauen? Sie schien so wenig fassbar wie Sonnenlicht, das durch die Schlitze von Jalousien sickerte. Klick – offen. Klick – zu.

»Er wird die neue Seuche und seinen Impfstoff angreifen«, fuhr sie fort. »Er wird jeden, der schon infiziert ist, von der Pest befreien – und bei jedem Geimpften den Schutz-Nano ausschalten.«

»Mein Gott«, murmelte Cam.

Wenn sie das andere Labor fanden – wenn Freedman tatsächlich in der Lage war, ihr Versprechen wahr zu machen –, dann konnten sie den Spieß umdrehen und die Chinesen außer Gefecht setzen. Millionen Menschen rund um die Welt würden ihre Intelligenz wiedergewinnen, während Chinas Armeen für die Gehirnseuche anfällig wurden.

Deborah nahm ihr die Geschichte nicht ab. »Das verstehe ich nicht«, sagte sie. »Warum sollte sich dieses Ding nicht auch gegen unsere Seite wenden und uns erneut infizieren?«

»Weil ich es mit den gleichen selbstverwaltenden Markern ausstatten werde, die wir für die Pest entwickelt haben«, entgegnete Freedman. »Meine Katzenpfote wird erkennen, wer immun ist und wer nicht, und sie wird bei jedem, den sie findet, andocken – jeweils nach Bedarf.«

»Raffinierte Technologie«, meinte Cam und versuchte Deborahs Blick zu erhaschen. »Erstaunlich, was für ein Sprung ihnen da gelungen ist. Die Gehirnseuche und ihr Impfstoff sind nicht einfach Maschinen. Ab einem bestimmten Level können beide *denken,* selbstständiger noch als der Booster-Nano. Sie erinnern sich nämlich an das, was sie getan haben.«

»Die Sache wird nicht funktionieren«, sagte Deborah. »Keiner von uns ist krank. Im Umkreis von mehreren Hundert Meilen gibt es niemanden außer uns und den Chinesen, und keiner von uns ist Träger der Seuche. Selbst wenn sie es schafft, die Immunität beziehungsweise den Infekt aufzuheben, bringt das keine Lösung, falls uns die Chinesen stoppen. Begreift ihr denn nicht? Sie müssen uns nicht einmal umbringen. Es reicht schon, wenn sie uns in Schach halten.«

»Aber wir tragen die Seuche in uns«, wandte Cam ein. »Wir kommen aus Colorado. Es müssen sich Spuren von dem Zeug in unserem Blut befinden. In unseren Lungen. Auf unserer Haut. Habe ich recht?«

Freedman nickte. »Der Impfstoff schützt euch, das ist alles. Meine Katzenpfote wird diesen Impfstoff aber angreifen.«

»Und sich so ausbreiten«, ergänzte Cam. Er berührte Deborahs Arm, sanft und entschlossen zugleich. »Die Gehirnseuche wird die Chinesen erfassen. Alle, die bisher nicht betroffen sind.«

»Einschließlich uns«, sagte Aleksejew hinter ihm. »Meine Soldaten und euch. Was sie da herstellen will, wird auch uns infizieren, oder?«

»Ja.«

Deborah starrte Cam wortlos an. Doch dann nickte Aleksejew.

»Okay, kommen Sie«, sagte Cam zu Freedman. »Wir werden dieses Labor finden. Das verspreche ich Ihnen.«

Er hätte es schon deshalb getan, um Ruth zu retten.

Aleksejew durchsuchte Freedman mit gezogener Pistole. Die vier Kunststoff-Ampullen, die er ihr abnahm, enthielten nach Cams fester Überzeugung Nanos. Vorsichtig untersuchte Deborah ihren Rucksack. »Nichts außer Feldflaschen«, erklärte sie, während Medrano und Aleksejew mehr Einzelheiten von Freedman zu erfahren versuchten. »Wonach genau müssen wir sehen?«, erkundigte sich Medrano. Aber sobald sie an Bord waren und sich zu sechst die paar Sitze teilten, weinte Freedman nur noch. Sie saß auf Cams Schoß und weinte. Dabei presste sie den Kopf gegen seine Halsgrube und schluchzte wie ein verzweifeltes kleines Mädchen, durchnässte seine schwarze, mit Asche bedeckte Uniform und stieß zwischen ihren wilden Schluchzern auch noch einzelne Worte hervor.

»Es war Dutchess«, wisperte sie. »Nicht ich. Es war Dutchess.«

Cam hatte Mühe, sie zu verstehen. Offensichtlich hatte sie während ihrer Gefangenschaft gelernt, sich zu verstecken, vor ihren Peinigern, aber auch vor ihrem eigenen Gewissen.

»Sie weiß nicht, wonach wir suchen müssen«, sagte Deborah. »Flugzeuge oder Trucks können wir jedoch von vornherein vergessen. Die Chinesen hätten keine Flüge oder Fahrten zwischen den Laboren riskiert. Unsere Satelliten hätten die Muster erkannt. Das bedeutet, dass sich der Ort ganz in der Nähe befinden muss.«

»Ganz in der Nähe befinden sich fünftausend Häuser«, gab Medrano zu bedenken.

»Haltet nach einem weiteren Krankenhaus Ausschau«, sagte Cam, »vielleicht auch nach einem Bürogebäude oder einer Schule. Irgendetwas, das genügend Platz für Reinräume, Materiallager und Unterkünfte bietet. Flieg nach Süden! Sie war südlich unterwegs.«

»Die tickt doch nicht mehr richtig«, meinte Medrano.

»Sie ist gewitzter als wir alle zusammen. Ich denke, dass ihr etwas aufgefallen ist. Es gab sicher Anhaltspunkte. Kendra?« Cam senkte die Stimme. »Kendra, wo ist ihr zweites Labor?«

»Ich war bei der Polizei«, erklärte sie. »Die wissen jetzt Bescheid. Neuntausendfünfhundertsiebzig Fuß. Das wissen die von mir.«

Sie brabbelte vor sich hin. Sie war krank – körperlich krank. Das runde Gesicht mit dem Doppelkinn, das sie auf Rezacs Fotos gesehen hatten, war zu einer Art Totenschädel geschrumpft. Wie Pergament spannte sich die Haut über den Wangenknochen. Ihre Augen quollen aus den Höhlen und wirkten viel zu groß.

Sie konnte nicht mehr als vierzig Kilo wiegen.

# 25

Kendra Lelei Freedman hatte das Pestjahr nur dank eines mehr als seltsamen Karmas überlebt. Während sich die Nano-Seuche in Windeseile ausbreitete und den Norden Kaliforniens verheerte, erreichte sie irgendwie den Amtssitz des Gouverneurs in Sacramento. Kendra trug da immer noch ihren Laborkittel, was ihr vielleicht so manche Tür öffnete. Außerdem war sie lauter als die Menschenmenge, die sich vor den Regierungsgebäuden der Hauptstadt versammelt hatte, und nutzte ihr beträchtliches Gewicht, um sich in die erste Reihe vorzudrängen.

Dort trat sie auf einen Wachtposten der Nationalgarde zu, den sie persönlich kannte, und erklärte ihm, dass sie wüsste, was hinter den wirren Berichten steckte. Ein Offizier eskortierte sie durch die Barrikaden.

Angehörige der Staatspolizei brachten sie und den Gouverneur an Bord eines California-Highway-Patrol-Hubschraubers und wurden ihrerseits vom Mob überwältigt. Die verzweifelten Funkbotschaften des Piloten, der Hilfe für die Leute anforderte, verhallten ungehört im Chaos.

Dazu kam, dass der Märzregen in Schnee überging, je weiter sie nach Osten flogen. Dann infizierten sie sich, weil der Helikopter unterhalb von dreitausend Metern flog. Ihrem Piloten gelang es, die Maschine durch das Unwetter auf eine sichere Höhe zu steuern, aber er blutete aus einem Auge und war halb bewusstlos, als sie in eine Bergflanke krachten.

Andere Flüchtlinge hatten den gleichen kleinen Gipfel erreicht. Zu viele. Sie hielten bis zum Sommer durch, bevor sie ihre erste Steine-Runde spielten. Es war ein Lockvogel-Wettkampf, den sich Kendra selbst ausgedacht hatte und den sie auch steuerte. Die Verlierer wurden getötet und verspeist. Kendra wusste, dass sie niemals verlieren würde, nicht mit ihrem Gedächtnis. Sie überredete die Mehrheit der Siedler zum Mitmachen, weil ihre ersten Opfer die schwer Traumatisierten waren, die kaum zu etwas zu gebrauchen waren und nicht verstanden, worum es ging. Alle glaubten, diese Auslese sei fair. Sie sortierten die Schwachen aus und merkten dabei gar nicht, dass Kendra die Gruppe die ganze Zeit über manipulierte.

Diese Sache trieb sie in den Wahnsinn. Da sie nicht den Mut besaß, Selbstmord zu begehen, starb sie viele andere Tode. Dennoch war Kendra noch am Leben, als der Pestkrieg begann. Die Russen spürten sie auf. Kendra verriet ihnen, wer sie war, um der Erschießung zu entgehen. Es kam zu einem Tauschhandel, bei dem die wertvolle Gefangene an die Chinesen ausgeliefert wurde.

Das MSS machte sich daran, ihre spröde Seele endgültig zu zersplittern. Man behauptete, Amerika sei durch einen atomaren Großangriff ausgelöscht worden, und zeigte ihr zum Beweis Satellitenbilder, die wohl teilweise sogar echt waren. Danach brachte man sie an Bord eines Flugzeugs, das nahezu einen Tag lang unterwegs war. Nach der Landung hieß es, sie befinde sich nun im Himalaya, in einem Gebiet, das China verzweifelt gegen indische Panzer und Infanterie verteidigen müsse.

Angeblich wollte man ihr die Chance geben, sich durch neue Nanos zu rehabilitieren. Die Wissenschaftler Chinas, die bereits seit geraumer Zeit an der Entwicklung der Gehirnseuche arbeiteten, benötigten Kendra als eine Art Katalysator, um das Projekt vollenden zu können. Man redete ihr ein, die neue Pest solle für ein unblutiges Ende des Krieges sorgen. Man beabsichtige, die beiden Nationen unter einer Regierung zu vereinigen, bevor ein weiterer Atomkrieg die letzten sicheren Inseln oberhalb der Todesbarriere vernichtete. Niemand sagte ihr, dass Ruths Impfstoff zu diesem Zeitpunkt bereits weit verbreitet war und den Überlebenden gestattete, die Welt unterhalb von dreitausend Metern zurückzuerobern. Und Kendra kam nicht auf die Idee, sich ins Freie bringen zu lassen, um ihren Standort zu überprüfen. Sie hatte den Schnee und den Wind und die trostlosen Felsregionen allmählich satt. Sie liebte ihr warmes Gefängnis. Die Frauen, die für ihr Wohl sorgten, waren freundlich und hatten sanfte Stimmen, ganz anders als die Bewohner ihres früheren Gipfel-Domizils. Sie wollte ihnen glauben.

Kendra begann wieder zu arbeiten. Sie flüchtete sich in die unverfälschte Logik ihrer Mikroskope, und wenn sie mit ihren Seuchen-Nanos hin und wieder ins Stocken geriet, wandte sie sich anderen Projekten zu. So wagte sie sich daran, den *Archos* noch einmal nach Schwächen zu untersuchen, weil sie der festen Überzeugung war, es müsse eine Möglichkeit geben, ihn zu zerstören.

Ihre Betreuer hatten nichts dagegen, dass sie in verschiedenen Richtungen forschte, weil sie auf diese Weise leichter mit ihr zurechtkamen. Und sie hofften, wie Kendra irgendwann klar wurde, dass ihnen diese Spielereien neue Möglichkeiten für ihre Waffenprogramme eröffnen könnten. Zu spät entdeckte sie Ruths Impfstoff und den Booster-Nano in ihrem eigenen Blut. Zu spät erfuhr sie auch, dass sie ihren entsetzlichen Fehler wiederholt und ihnen erneut die Macht gegeben hatte, die Welt zu zerstören.

Also stellte sie ihre Forschungen ein. Doch hielt sie nicht lange durch. Das MSS zwang sie mit Schlafentzug, Drogen und Kälte zum Weitermachen. Sie verweigerte die Nahrungsaufnahme, aber sie legten eine Magensonde und schlossen sie an einen Tropf an. Und als sie einfach nicht mehr aufstand, begann die Folter. Elektroschocks. Messer. Sie schwor, wieder mitzuarbeiten, um den Schmerzen zu entgehen.

Sie wurde unberechenbar. Sie wusste das auch. Manchmal übertrieb sie ihr sprunghaftes Verhalten gezielt und schuf so Gelegenheiten, sie zu betrügen und Dinge vor ihnen zu verheimlichen. Dabei half ihr, dass sie mittlerweile ihre Sprache recht gut verstand. Sie gab vor, eine von ihnen sein zu wollen, in der Hoffnung, ihre Bewacherinnen damit zu täuschen. Sie sprach nur noch Mandarin, verwechselte jedoch absichtlich die Worte und brachte ihre schriftlichen Aufzeichnungen durcheinander.

Kendra wusste auch, dass sie die Gehirnseuche nutzen wollten, um den Infizierten bestimmte Gedanken einzugeben, die ihre Kooperation förderte. Doch sie waren noch Jahre von dieser Zauberformel entfernt. Dass die Nanos dazu gebracht werden konnten, höhere Gehirnfunktionen zu unterbrechen, war schon eindrucksvoll genug – aber sie spielte ihnen ehrgeizige Pläne vor und ermutigte sie dazu, die AMU des Nanos zu vergrößern, um diese Programme später einfügen zu können. Die Chinesen merkten nicht, dass die zusätzliche Masse auch eine verschlüsselte Botschaft enthielt.

Leider konnte sie nicht sicher sein, dass jemand ihren Hilferuf finden würde. Schlimmer noch, sie schaffte den mentalen Sprung, den Infekt mithilfe der neuen selbstverwaltenden Marker rückgängig zu machen, erst nachdem sie ihr beide Nano-Arten weggenommen hatten.

Die beste Möglichkeit, ihnen Einhalt zu gebieten, bestand darin, ihre Arbeit am *Archos* fortzusetzen. So schuf sie einen neuen Pest-Nano. Er war kleiner, aber schneller als sein Vorgänger. Außerdem ersetzte sie seine Wärmekraftmaschine durch eine einfache Reaktion auf Proteinbasis. Das war leicht. Der große Vorteil des *Archos* lag darin, dass er organisches Gewebe schnell und wirksam auflöste. Sie brachte ihm bei, aus diesem Vorgang genug Energie zu gewinnen, um alle an den Nanotech-Programmen Beteiligten – einschließlich sich selbst – zu vernichten.

Endlich war sie so weit. Jedoch zu spät. Diese elende, trostlose Redewendung fasste ihr ganzes Leben zusammen. Zu spät. Sie war nicht verblutet, nachdem sie sich die Pulsadern aufgeschnitten hatte, und sie nahm weiterhin kleine Mahlzeiten zu sich, obwohl sie bei Gott und dem Teufel geschworen hatte, freiwillig zu verhungern. Aber der verkleinerte *Archos* würde sie umbringen, so wie es das Originalmodell schon Jahre zuvor hätte tun sollen. Kendra hatte nie damit gerechnet, dass sie das Öffnen der ersten oder zweiten Ampulle überleben würde.

Sie täuschte sich.

Die Chinesen hatten Saint Bernadine zusätzlich gesichert. Dennoch brachten die Druckwellen der Bombenexplosionen einen Großteil des Gebäudes zum Einsturz. Die in dunklen Korridoren verschütteten Forscher und Militärs brauchten Stunden, um sich zu befreien. Mindestens ein Dutzend Leute war verletzt oder nirgendwo aufzufinden. Von außen kam keine Hilfe. Sie hielten Kendra von den Fenstern fern, und das graue Halbdunkel wollte nicht weichen. Aber sie glaubte, dass es Nachmittag wurde, bis Major Su ihr erklärte, dass sie für einen Umzug alles vorbereiten müssten. Man brachte sie in ihr Keller-Labor und befahl ihr, die Gerätschaften herzurichten, die sie am dringendsten benötigte.

Es waren nicht genug Helfer da, um alles zu schleppen, und so füllte sich Kendra die Taschen mit Probenbehältern, Flash Drives – und acht winzigen Ampullen mit Nanobots. Dann eskortierte man sie nach draußen. In der Ferne klang das Knattern eines Helikopters auf.

Die Maschine kam aus dem Süden. Kendra entfernte sich ein Stück von den wartenden Männern und Frauen und starrte über die schwarze, platt gewalzte Stadt hinweg. Die anderen ließen sie gewähren. Sie kannten ihre düsteren Stimmungen und wussten, dass es keine Fluchtmöglichkeit für sie gab.

Der Helikopter landete auf einer freigeräumten Fläche. Kendra wusste nicht, ob Major Su beabsichtigte, sie in das

Zwillingslabor zu schaffen, oder ob die gesamte Mannschaft nach Norden gebracht werden sollte. Vielleicht hätte sie abwarten sollen. Aber dazu reichte ihre Selbstbeherrschung nicht mehr aus. Sie stieß einen Schrei aus, der ihre ganze Wut und Qual zum Ausdruck brachte, und warf die erste Ampulle.

Major Su umkrampfte noch seine Pistole, als er mit zerfressener Wange nach vorn fiel. Bei anderen klafften Löcher im Hals- oder Brustbereich. Genau wie der ursprüngliche *Archos* gelangte ihr beschleunigter Nano am schnellsten über die Nasennebenhöhlen und Lungen in den Körper.

Die Feinde sterben zu sehen war ein höllischer Anblick.

Es kam ihr wie eine Heimkehr vor.

Sie hatte, abstrakt betrachtet, unvorstellbar viele Menschen getötet und, konkreter, ihre Mitbewohner auf dem Berggipfel dazu gebracht, achtzehn Gefährten zu ermorden und zu verspeisen. Was waren da ein paar Opfer mehr? Kendra genoss das Gefühl, ihre Hilflosigkeit endlich überwunden zu haben. Sie wurde zu einer dunklen Göttin – einer Weltenvernichterin.

Lachend trat sie auf den Helikopter zu, als die Piloten das Triebwerk wieder starteten. Die Maschine hob ab. Kendra warf noch eine Ampulle, in der Hoffnung, dass der scharfe Wind einen Schauer von Nanos über sie hinwegjagen würde. Aber sie hatte gut gezielt. Die Ampulle segelte durch den offenen Seiteneinstieg, und die Pest war an Bord des Hubschraubers. Er kippte zur Seite und krachte hundert Meter entfernt in die Ruinen. Dann war sie allein mit drei Verwundeten und einer Frau namens Jane, die sie betreut und immer freundlich und respektvoll behandelt hatte.

Kendra tötete sie alle.

Ein zweiter Helikopter tauchte auf, als sie durch die Ruinen wanderte. Er dröhnte vorbei, kehrte um, landete ein Stück vor ihr in der Stadt … und sie sah chinesische Soldaten in der Asche umherstapfen, während der Hubschrauber zurückflog.

Ihr Verstand setzte aus. Sie löschte wohl alle aus, aber sie konnte sich später nicht mehr daran erinnern. Als sie allmählich wieder klar zu denken vermochte, merkte sie, dass sie das Gesicht schluchzend an die kühle, glatte Fläche eines Briefkastens presste, den einzigen Gegenstand weit und breit, der – wenn auch mit Ruß verschmiert – aufrecht am Bürgersteig stand, umgeben von einem weiten Trümmerfeld.

Es war dann der dritte Hubschrauber, der Cam zu ihr führte.

Aleksejew und Obruch stritten im Cockpit, bis sich Deborah einmischte, weil sie etwas hörte, das ihr gar nicht gefiel. »Wir müssen das jetzt durchziehen!«, rief sie nach vorne.

»Wir glauben nicht, dass diese Suche etwas nützt«, sagte Aleksejew. »Versuchen wir lieber, sie von hier wegzubringen!«

Cam schüttelte den Kopf. »Wozu? Die Antwort liegt doch hier.«

»Du bist wahnsinnig«, entgegnete Aleksejew, doch im gleichen Moment schrie Obruch: »Туда! В мою сторону!«

Er zog den Helikopter scharf nach links. Sie befanden sich etwa hundert Fuß über der zerstörten Häuserlandschaft. Im ersten Moment konnte Cam noch nicht erkennen, was Obruchs Blick auf sich gezogen hatte. Er sah keine Abweichungen vom ewig gleichen Muster. Die Häuser erschienen als kleine, flach gewalzte Quadrate, die Straßen mehr oder weniger wie freie Linien inmitten der Trümmer. Dann entdeckte er eine Gebäudegruppe mit Resten roter Ziegeldächer. Das war ungewöhnlich. Vor den Häusern gab es jede Menge Parkplätze und dahinter einen großen Sportplatz. Ein Schulgelände?

»Kendra, dort unten!«, sagte er. »Kendra?«

Aber ihre vorquellenden Augen blickten starr auf etwas, das ihm verborgen blieb, und so wandte sich Cam wieder von ihr ab. Als sie dann näher kamen, bemerkte er zwei Kreise in der Asche. Hier waren Helikopter gestartet, deren Rotoren den Schutt beiseitegefegt hatten. Ihr Luftstrom hatte vermutlich auch die roten Ziegeldächer freigelegt.

»Вот именно«, sagte Aleksejew und dann in englischer Sprache: »Wir landen. Haltet euch bereit!«

Sie setzten dicht neben dem Schuttberg des größten Gebäudes auf, das vermutlich eine Turnhalle gewesen war. Kendra und Obruch blieben in der Maschine zurück. Kendra befand sich in einem katatonischen Zustand. Obruch zog seine Pistole.

Deborah und Aleksejew begaben sich auf die eine Seite des Gebäudes, Cam und Medrano auf die andere. Cam schleppte zwei Kalaschnikows und eine Maschinenpistole. Medrano und die anderen waren ähnlich oder noch stärker bewaffnet. Der Lärm des Helikopters schloss einen Überraschungsangriff aus. Da sie vermutlich keine Zeit zum Nachladen fanden, würden sie so viele Türen wie möglich eintreten, ehe sie selbst dran glauben mussten.

Cams Herz rasselte so laut wie all das Metall, das er sich umgehängt hatte. Aber sein Kopf war klar. Nach kurzer Zeit breitete sich eine Enttäuschung in ihm aus. Auf dem Schulgelände rührte sich nichts. Die Überlebenden hatten den Komplex verlassen. Nur vier Tote lagen in einem der Klassenzimmer auf dem Boden. Ihren Verletzungen nach zu schließen, waren sie beim Einsturz der Gebäude umgekommen. Die Chinesen hatten allem Anschein nach zunächst ihre Wissenschaftler nach Saint Bernadine gebracht und dann den Rest ihres Personals für Kendras Verfolgung abkommandiert, nachdem sie per Funk erfahren hatten, dass sie geflohen war.

Cam sagte nichts, aber seiner Enttäuschung folgte eine neue Angst. Was, wenn sich die dringend benötigten Unterlagen und Proben in einem der abgestürzten chinesischen Hubschrauber befanden?

Sie durchsuchten den Campus gründlicher und versuchten festzustellen, welche Räumlichkeiten als Labore und Büros

Verwendung gefunden hatten. Zehn Minuten später rief ihnen Medrano zu, dass sie Kendra zu einem Gebäude in der Nähe des Sportplatzes bringen sollten. Andere Häuser hatten es gegen die Druckwelle abgeschirmt. Im Dach gähnte ein riesiges Loch und eine Wand hatte sich in Schutt aufgelöst, aber mehr als ein Drittel der Klassenzimmer war unversehrt geblieben.

Cam kehrte zum Hubschrauber zurück, um Obruch zu unterstützen. Kendra wollte die Maschine nicht verlassen. Sie hatte sich in den Rücksitz geschmiegt und wich aus, als Cam ihr Knie berührte.

»Wir sind da«, sagte er. »Wir haben das Zwillingslabor gefunden.«

Es nützte nichts. Sie mussten Kendra ins Freie schleppen – aber ihre Stimmung schlug sofort um, als die beiden Männer sie durch die eingestürzten Gebäude führten. In ihren riesigen Augen erwachte Neugier. Vielleicht hatte sie ihr sicheres kleines Nest im Helikopter vergessen.

»Was glaubt ihr?«, fragte Deborah, als sie Kendra hineineskortierten. In zwei Räumen fanden sie Zelte aus undurchsichtigem schwarzem Kunststoff, der allerdings seit der Detonation durchhing oder Risse aufwies. Die Garderobenständer waren umgekippt, und die Reinraum-Anzüge lagen am Boden verstreut. Einen noch deutlicheren Hinweis boten mehrere mit Mikroskopen und Messgeräten beladene Arbeitstische. In einem anderen Raum stießen sie auf ganze Reihen von Laptops und größeren Computern, Aktenschränke sowie eine mit schwungvollen Mandarin-Schriftzeichen bedeckte weiße Tafel.

Cam überkam plötzlich eine Art Zuversicht. Den Chinesen war es nicht gelungen, ihre kostbare Ausrüstung sofort nach Saint Bernadine zu schaffen. Da sie wohl kaum mit der Anwesenheit von amerikanischen Soldaten mitten in dem von Bomben zerstörten Gebiet rechneten, würden sie bestimmt bald zurückkehren, um den Großteil ihrer Gerätschaften zu holen. *Genau genommen hatten wir Glück, dass sie so schwer getroffen wurden,* dachte er. *Die wenigen Flugzeuge und Helikopter, die sie startklar machen konnten, waren den ganzen Tag über im Einsatz. Aber das wird sich ändern. So viel Glück kann nicht von Dauer sein.*

»Wir müssen uns beeilen«, sagte er.

Kendra wirkte gedämpft, war aber ansprechbar. Sie nickte und murmelte: »Ich muss das sehen. Ja, ich muss das sehen.«

Bezog sie sich bewusst auf den Himmel über dem zertrümmerten Dach? Cam glaubte es zwar nicht, aber ihm fiel auf, dass sich das Dauer-Zwielicht allmählich vertiefte. Jenseits der Aschewolken ging die Sonne unter.

Cam ließ Kendra bei Deborah zurück, um den anderen Männern zu helfen. Medrano hatte die Stromversorgung auf der eingestürzten Seite des Gebäudes entdeckt. Alle drei Labor-Aggregate lagen unter Schutt begraben. Schlimmer noch, die meisten Treibstoffkanister waren beschädigt. »Ich kann eines dieser Dinger zum Laufen bringen«, erklärte Medrano. »Aber wir müssen es erst hier rausholen, sonst fliegt das alles in die Luft.«

Cam, Aleksejew und Obruch zerrten die Trümmer beiseite, während Medrano trotz seines gebrochenen Arms versuchte, ein paar elektrische Leitungen aus dem Schutt zu klauben. Dann fand er den Generator, den er suchte. Aber sie konnten mittlerweile fast nichts mehr sehen. Weder Sternen- noch Mondlicht durchdrang die Fallout-Schicht. Die Nacht verhieß absolute Schwärze.

Obruch kramte eine kleine Stablampe hervor und lief damit zu den beiden Frauen, während Cam und Aleksejew den Generator auf eine freie Betonfläche schleppten. »Gebt mir zwei Minuten Zeit«, sagte Medrano und begann damit eine Leitung zu den Klassenzimmern zu legen.

Kendras Reaktion beim Anblick des Labors war weniger erfreulich. »Ich brauche drei Stunden«, erklärte sie und fing an, Unmengen von Dateien zu sichten. Deborah sagte leise: »Dort drüben steht ein MAFM, das allem Anschein nach in Ordnung ist. Sie meint, dass sie alles hat, was sie benötigt.«

Aleksejew zog Cam beiseite. »Das ist doch Wahnsinn«, sagte er.

»Nein. Die Sache ist zu weit gediehen, als dass wir sie jetzt noch abbrechen könnten. Entweder sie schafft es, oder sie schafft es nicht. Wegrennen hat keinen Sinn. Wohin auch? Der Helikopter hat fast keinen Sprit mehr.«

»Sie haben Flugzeuge gehalten«, meinte Aleksejew in seinem holprigen Englisch. »Ich werde nach dem Treibstoff sehen.«

»Wohin sollten wir denn fliehen?«, fragte Cam. »Ihre Seite gibt es doch nicht mehr. Unsere auch nicht. Aber bitte – sehen Sie nach dem Treibstoff. Wir werden jede Waffe brauchen, wenn wir diesen Ort gegen feindliche Truppen halten wollen.«

Aleksejew dachte einen Moment nach. »Sie sprechen von einer Art Alamo-Schlacht«, sagte er dann. »Yankee Doodle. Kämpfen oder sterben.«

Cam unterdrückte ein Lächeln. Aleksejew brachte die amerikanischen Geschichtsdaten vielleicht etwas durcheinander, aber das mit dem Pioniergeist hatte er richtig verstanden. Die amerikanische Nation war von Rebellen und Underdogs gegründet worden, die nie so ganz verstanden hatten, wie sie mit dem eigenen Erfolg umgehen sollten. Cam wollte sie wieder ganz oben sehen. »Die Chinesen werden nicht mit uns rechnen«, erklärte er. »Also haben wir das Überraschungsmoment auf unserer Seite. Das sollte zumindest gegen die erste Gruppe helfen, die hier auftaucht.«

»Und was passiert mit der nächsten?«

»Im günstigsten Fall begegnen wir ihr nicht mehr.«

»Glauben Sie, dass sie mit den drei Stunden recht hat?«

»Ja. Sie wissen doch, wer sie ist.«

»Wir wissen, wer sie war«, korrigierte ihn Aleksejew.

»Ich glaube, sie ist … motiviert.« Cam wählte das Wort mit Bedacht. »Sie will ihre Fehler wieder gutmachen. Verstehen Sie? Sie möchte die Angelegenheit in Ordnung bringen.«

Der Generator rumpelte ins Freie. Gleißender Lichterschein durchflutete das Gebäude. »Geschafft!«, rief Medrano. Kendra schrie auf und schlug um sich, geblendet von der plötzlichen Helligkeit. Deborah hielt sie fest und redete hastig auf sie ein, während die Männer losrannten und alle unnötigen Lampen ausschalteten. Der Campus sollte nicht der einzige Stern in der Nacht sein.

Sobald sie das Gebäude verdunkelt hatten, kehrte Aleksejew zu Cam zurück. »Wir müssen das Zelt da abdichten«, sagte er und deutete auf den schwarzen Kunststoff. »Sie kann darin arbeiten.«

Cam erhaschte einen Blick aus den harten braunen Augen des Oberstleutnants. »Dann sind wir uns also einig«, sagte er. »Wir bleiben.«

»Da.«

*Dann haben wir noch etwa drei Stunden zu leben,* dachte er.

Deborah protestierte, als die anderen sie baten, bei Kendra zu bleiben, aber da sie verletzt war und immerhin ein wenig Laborerfahrung hatte, schien es die beste Lösung zu sein. Sie konnten Kendra nicht allein lassen.

Bevor Cam ging, küsste er Deborah auf die Wange, weil er sie hier besser als alle anderen kannte. Sie zog ihn kurz an sich und presste ihre Stirn an die seine. *Ich wünschte, du wärst Ruth,* dachte er. An wen sie wohl dachte?

»Pass auf dich auf«, sagte Deborah.

»Und du auf dich.«

Die vier Männer verteilten sich in den Ruinen und gruben in aller Eile Verteidigungsstellungen gegen die Chinesen, obwohl sie genau wussten, dass sie selbst im Falle eines Sieges an Kendras Gegen-Impfstoff sterben würden.

Cam, Deborah und Medrano mussten einige Seuchen-Nanos aufgefangen haben. Sie hatten nach ihrer Impfung alle drei die Lagerhalle verlassen, um den Flug mit der V-22 Osprey vorzubereiten. Und schon der leiseste Hauch der Gehirnpest würde genügen. Mit etwas Glück konnte Kendra eine neue Seuchenzone schaffen, eine Falle für jeden Chinesen, der sie betrat. Cam und die anderen würden als Erste umkommen, aber je mehr Chinesen sich infizierten, desto rascher konnte sich der Gegen-Impfstoff auch ausbreiten. Schon bald würde ihre Seuchenzone amerikanisches Territorium erfassen – und sich von dort über die ganze Welt ausdehnen.

Sie konnten den Krieg immer noch gewinnen.

# 26

Oberst Jia Yuanjun stand stramm und versuchte durch seine Haltung zu vermitteln, was sein zerfleddertes Äußeres nicht auszudrücken vermochte: Engagement, Stärke. Er hatte erst vor wenigen Minuten von dem Besuch erfahren und kaum Zeit gefunden, um sich zu frisieren und an seiner verdreckten Uniform herumzuzupfen – umso erfolgloser, da sein pochender Unterarm in einem primitiven Gipsverband steckte.

»Fàng sōng«, sagte General Qin. *Rührt euch!*

»Willkommen, General«, begrüßte ihn Jia, ebenfalls auf Mandarin. Er wusste nicht recht, wie er die ausdruckslose Miene des Generals deuten sollte, aber Qins Uniform war sauber. Das Gleiche galt für seine beiden Offiziere und die drei Leibwächter der Elitetruppe, die ihn begleiteten.

MSS-General Qin war um die sechzig, untersetzt, sonnengebräunt und so überanstrengt, dass er zitterte. Jia entdeckte ein Zucken in Qins Wange. Das war schlecht. Der alte Mann bemerkte es ebenfalls und klopfte mit einer schroffen, peniblen Geste gegen seinen Unterkiefer. Dass er ohne Voranmeldung eingetroffen war, konnte Gefahr bedeuten. Der Z-9-Militär-Hubschrauber, der von San Diego heraufkam, hatte sich als Sanitätsmaschine angekündigt, die angeblich mit dringend benötigtem Nachschub zu Jias Stützpunkt unterwegs war. Stattdessen befand sich aber der MSS-Offizier an Bord, der nach der Bombardierung zum dritthöchsten Befehlshaber im chinesisch besetzten Kalifornien aufgestiegen war.

Jia glaubte nicht, dass diese List den Gegner täuschen sollte. Ganz sicher kreisten noch amerikanische Satelliten um die Erde, aber es gab niemanden mehr, der diese Augen und Ohren überwachte. Zum Glück hatte einer seiner Unteroffiziere einen Anruf von der Landebahn riskiert und ihn über die wahre Identität ihres Besuchers aufgeklärt, während sich General Qin zu Fuß zum Stützpunkt begab.

Jia bedauerte den Anblick seiner provisorischen Kommandozentrale weit mehr als sein eigenes schäbiges Auftreten. Es war notwendig gewesen, der Asche zu entgehen. Sie hatten alles, was sie bergen konnten, in den ersten Stock einer Kaserne geschafft, deren Decke und Wände heil geblieben waren. Computer, Bildschirme und die sonstige Elektronik sowie der gesamte Papierkram stapelten sich nun auf Pritschen und Stühlen. Es ging wie in einem Tollhaus zu. Vierzig Leute knieten oder saßen auf dem Boden und bedienten ihre Konsolen, während ein Dutzend weitere Soldaten als Boten und Kuriere eingesetzt waren und ständig über ungesicherte Knäuel von Kabeln und Drähten hinwegturnten. Der Lärm war ohrenbetäubend, der Gestank überwältigend. Die Asche hatte sich mit ihnen in den Schlafsaal gestohlen, und sie alle rochen nach Blut, Schweiß und Angst.

Stille breitete sich aus, als Jia den General auf der Türschwelle empfing. Sie versank sofort wieder im Stimmengewirr, aber alle spürten den Unterschied. Die Neuankömmlinge sahen so frisch geschniegelt aus, als kämen sie direkt vom chinesischen Festland, und ihre Autorität erhielt durch ihre Sauberkeit umso mehr Gewicht. Sie hatten irgendwo gut geschützt ausgeharrt, während Kalifornien brannte.

»Wo ist Ihr SATCOM-Personal?«, erkundigte sich Qin.

»Hier, General.« Jia stellte vor.

»Diese beiden Offiziere übernehmen ab sofort das Kommando«, sagte Qin, während seine Untergebenen, ein Major und ein Lieutenant, an ihm vorbei den Schlafsaal betraten. Jeder der beiden Männer trug einen Aktenkoffer. Der Major hatte außerdem seinen eigenen Laptop dabei.

Diese Anordnung rief in Jia Unmut hervor. *Wir haben unsere Sache gut gemacht,* dachte er.

»Wo können wir ungestört sprechen?« Qins Frage klang wie ein Befehl.

»Sofort, General. Ich gebe meinen Leuten nur rasch ein paar Anweisungen …«

»Meine Offiziere kümmern sich um alles«, unterbrach ihn Qin.

»Jawohl, General. Hier entlang, General.« Jia warf nicht einmal einen Blick über die Schulter, um Yi und Renshu, den beiden Überlebenden seiner Führungsgruppe, ein Zeichen zu geben. Stattdessen verließ er mit forschem Schritt das Kasernengelände, dicht gefolgt von einem der Leibwächter Qins. Für Jia war es wichtig, dass er nicht in Hörweite seiner Soldaten erschossen wurde. Und Qin würde ihm nicht mehr Gnade oder Zeremoniell zubilligen, als er Dongmei schon zugebilligt hatte.

Ruß und Schmutz wehte durch den Korridor, der an einem Ende offen war und die Nacht hereinließ. Jeder Atemzug schmeckte nach Versagen. Dann tauchte der General selbst mit einem zweiten Leibwächter aus dem Kasernengebäude auf. Jias Erleichterung war womöglich unbegründet – würden sie ihn nur verhaften? –, aber er konnte das Gefühl nicht unterdrücken, dass er einen Sieg errungen hatte, und das schürte erneut seinen Unmut. Er hasste sie, weil sie ihm Angst einjagten.

Die Tür schloss sich – sie standen im Dunkel. Einer von Qins Leibwächtern knipste eine Taschenlampe an. Von oben hörte Jia die Stimmen seiner Techniker und der Soldaten, die ihnen zu Dutzenden zuarbeiten mussten. Sie hatten den ganzen Tag geschuftet, um den Stützpunkt abzusichern, und würden auch die Nacht hindurch noch weitermachen. Er war stolz auf sie.

Jia führte Qin und seine Leibwächter an zwei Türen vorbei, von denen eine durch ein großes Mauerteil aus Beton und Armiergittern blockiert wurde. Der Boden war mit kleineren, in der Asche kaum erkennbaren Schuttbrocken übersät. Elegant bewegte sich Qin im Lichthof der Taschenlampe. Jia sah eine Gelegenheit, ihm seinen Respekt zu erweisen.

»Vorsicht, General«, warnte er.

Die dritte Tür führte zu einem Vorratsraum. Sie war versperrt gewesen war, bis die Beben der Druckwellen die Wand wölbten und damit den Türrahmen verzogen. Wäre dies nicht geschehen, so hätte Jia sie aufbrechen lassen. Seine Soldaten hatten seit Sonnenaufgang nichts anderes zu sich genommen als die Kindersäfte und Konserven, die sich in der Kammer befanden.

Jia schob sich seitlich durch den Türschlitz und knipste das Licht an. Leere Betonwände starrten ihm entgegen. Außer einem knallblauen Karton mit einem grinsenden roten Hund darauf war nichts mehr übrig. Jia musterte die Verpackung. Würde sie ihn in den Tod begleiten?

*Nein,* erkannte er. Die Männer beachteten ihn überhaupt nicht.

»Das gefällt mir nicht, General«, sagte der Leibwächter mit der Taschenlampe und ließ den hellen Strahl über den äußeren Türrahmen wandern.

»Wir sind heute schon schlimmeren Gefahren begegnet als ein paar Rissen in einer Wand«, entgegnete Qin. »Ich möchte jetzt ein paar Minuten ungestört bleiben. Bewachen Sie bitte den Gang!«

*Was hat er vor?*

Jia musterte den älteren Mann, der den Raum allein betrat. Qin hatte ihm nicht einmal die Pistole abnehmen lassen, was für seine Macht und Härte sprach. Mit Sicherheit kannte er Jias MSS-Akte. Qin erwartete Gehorsam. Damit konnte Jia dienen. Er hoffte nur, dass dies auch durch seine Haltung zum Ausdruck kam. Er schämte sich für das Blut und den Schmutz auf seiner Uniform – und war zugleich stolz darauf. Bis jetzt hatte er nicht die Zeit gefunden, sich umzuziehen. Wahrscheinlich gab es hier überhaupt keine saubere Ersatzkleidung, zumindest nicht für alle, und Jia hielt nichts davon, sich mehr Bequemlichkeit zu verschaffen als seinen Soldaten. Die zerfetzte Uniform unterstrich sein Pflichtbewusstsein.

Er hatte seine Leute mehr denn je gefordert. Sie hatten Stunden gebraucht, um ihre neue Kommandozentrale einzurichten und sie mit den wenigen Radarstationen zu verbinden, die es im Süden Kaliforniens noch gab. Während dieser Zeit waren sie hilflos gewesen, da sie ihre Grenzen weder überwachen noch durch Patrouillenflüge sichern konnten. Die meisten unversehrt gebliebenen Maschinen waren mittlerweile aus feindlichem Territorium zurückgekehrt und über ganz Nordamerika verstreut. Zwar hatte man auch in Kalifornien das eine oder andere Flugzeug versteckt, aber die Rollbahnen waren zerstört, die Piloten tot und die Bodenmannschaften geflohen.

Jias Stützpunkt war als einer der ersten wieder online gegangen. Bis zum frühen Nachmittag war er sogar oberster Befehlshaber der Volksbefreiungsarmee gewesen. Der Funkverkehr kam immer wieder zum Erliegen. Überlandleitungen gab es nicht mehr. Er konnte an einem Dutzend Orten Infanterie-Truppen und einige Panzereinheiten aufbieten, aber wozu? Sie waren voneinander abgeschnitten und vermochten gegen feindliche Kampfflugzeuge nichts auszurichten.

Viel wichtiger war es, über Raketenangriffe Bescheid zu wissen, sowohl über die eigenen als auch über neue Attacken der Amerikaner. Aber bisher war es nicht gelungen, wieder Kontakt zu den Satelliten aufzunehmen.

Sein erster umsichtiger Befehl hatte gelautet, die eigenen Flugzeuge in russisch besetztes Territorium umzuleiten, wo es genug unbenutzte Landeplätze gab. Diese Entscheidung erschien ihm umso sinnvoller, als er erfuhr, dass eine zweite Welle chinesischer Interkontinentalraketen Montana und die beiden Dakota-Staaten verwüstet und die letzten amerikanischen Raketensilos zerstört hatte. Er hatte ihre Luftflotte erhalten, die sonst womöglich durch die Raketeneinschläge weitere Verluste erlitten hätte. Als Nächstes organisierte er wieder Patrouillenflüge über Kalifornien.

Es gab zwei Konterattacken. Drei F/A-18 Super Hornets stiegen von Flagstaff auf und vernichteten fünf chinesische Kampfflugzeuge, bevor sie selbst außer Gefecht gesetzt wurden. Eine einzelne V-22 Osprey aus Colorado, die chinesische Geheimcodes benutzte, drang weit nach Kalifornien ein, ehe auch sie einen Treffer einsteckte. Außerdem waren noch mehrere amerikanische Maschinen zur Ostküste oder nach Übersee unterwegs. Die meisten wurden verfolgt und abgeschossen; möglicherweise entkam die eine oder andere.

Sie hatten gesiegt, aber der Sieg war zu teuer erkauft. Jia trug die Schuld daran, das ließ sich nicht leugnen, und sein Ehrgefühl verlangte, dass er die Verantwortung für die hohen Verluste übernahm. Qin würde das Kommando dieses Stützpunkts übernehmen – so viel stand fest.

*Ich habe meinem Land gern gedient,* dachte Jia. Er zog seine Pistole und präsentierte sie Qin mit dem Griff voraus. Gleichzeitig verneigte er sich tief.

»Vor zwanzig Minuten versäumten es unsere Nanotechnologie-Labors, sich wie vereinbart zu melden«, sagte Qin zu seiner Überraschung.

»General?«

»Vielleicht fiel ja auch nur ihr Funkgerät aus«, fuhr Qin fort. »Oder das Gebäude trug durch die Druckwellen Schäden davon. Vielleicht gibt es aber auch ein ernsteres Problem. Wir müssen uns vergewissern, was geschehen ist.«

*Aus den Labors könnten Nanowaffen entwichen sein,* dachte Jia und ergänzte damit Qins unausgesprochene Befürchtung.

»Ich war versucht, meinen Helikopter umzuleiten und nachzusehen«, fuhr Qin fort, »aber meine Mission hier ist wichtig, und ich hatte nicht mehr als sieben Mann, einschließlich unseres Piloten. Ich nehme an, dass Sie auf diesem Stützpunkt einen zweiten Helikopter bereitstehen haben?«

»Jawohl, General.«

Vor dem Pestjahr hatte die Volksbefreiungsarmee zwar eine groß angelegte Initiative zur Verstärkung ihrer Helikopterflotte gestartet, aber sie hinkte in diesem Bereich weit hinter moderneren Armeen her. Nur eine Handvoll Z-9- und Z-10-Kampfhubschrauber waren mit den Invasionstruppen nach Amerika gekommen. Dabei gab es nicht genug auf Fremdmaschinen ausgebildete Piloten, um die im Krieg erbeuteten Helikopter voll zu nutzen. Ein einsatzbereiter Hubschrauber mitsamt Crew war von unschätzbarem Wert, aber Jia hatte kurz zuvor in weiser Voraussicht einen der wenigen Helikopter in der Region auf den Stützpunkt beordert, in der Hoffnung nämlich, damit elektronische Bauteile von anderen Stützpunkten herbeizuschaffen. Bis jetzt hatten sie mit dem Ausschlachten nur mäßigen Erfolg, aber allem Anschein nach erwies sich auch dieser Entschluss als günstige Fügung des Schicksals. Er riskierte eine Frage.

»Befinden sich die Nanotech-Labors in der Nähe?«

»Sie sind weniger als eine Stunde von diesem Stützpunkt entfernt – im Schutz der Berge von San Bernardino«, erwiderte Qin.

Dieses Wissen hatte man Jia vorenthalten. Er kannte zwar die Berichte über die Fortschritte der Wissenschaftler, aber jetzt erst wurde ihm klar, dass er mit dem Programm enger verquickt war, als er geahnt hatte. Es gab Quarantäne-Vorschriften für den Katastrophenfall. Er und seine Leute befanden sich innerhalb der Gefahrenzone. Vor der Bombardierung wäre er noch in der Lage gewesen, in einem Notfall die Labors zu erreichen.

»Möglicherweise müssen wir den Komplex bombardieren«, erklärte Qin. »Aber zunächst sollen Sie einen Stoßtrupp zusammenstellen und zu den Labors bringen. Um unsere Forschungsergebnisse zu sichern. Und die dort Beschäftigten zu retten. Zeigen Sie, was Sie können! Es gibt Neider, die Ihnen den Posten hier nicht gönnen, aber das MSS weiß, was es an Ihnen hat, und wir kümmern uns stets um unsere Leute.«

Bei Qins Tonfall beschleunigte sich Jias Puls. *Wir.* Etwas hatte in Jias Unterbewusstsein gebohrt, seit er dem General gegenüberstand, aber er war zu aufgeregt gewesen, um es richtig zu deuten. Nun fuhr der Ältere mit den Fingerspitzen sanft über Jias Handrücken. Die Geste war zwar flüchtig, aber Qins Blick hatte mit einem Mal etwas Forschendes, und kein chinesischer Offizier hätte einen Gesprächspartner während einer gewöhnlichen Unterhaltung so berührt.

Qin Cho war ebenfalls schwul.

Die Erkenntnis glich geradezu einem Riss in den Aschewolken, durch den ein Stück blauer Himmel strahlte. *Er kennt mein Geheimnis,* dachte Jia. *Er teilt es!* Und dann, noch schockierender: *Er könnte mich haben, wenn er wollte. Ich gehöre ihm. Und ebenso gehört er mir.*

Jias Puls schlug schneller. Qin war nicht unattraktiv. Sein hoher Rang und die Erfahrung in seinem Blick boten einen Ausgleich für die untersetzte Statur und den nicht mehr ganz jungen Körper. Das Risiko hatte seinen eigenen Reiz. Es gab im Augenblick sicher kaum einen Zeitpunkt oder Ort, um mit dem Älteren das Bett zu teilen, aber allein die Vorstellung erfüllte ihn schon mit einem herrlichen Prickeln.

Er befürchtete seit Langem, dass seine Vorgesetzten um seine sexuelle Orientierung wussten und durchaus bereit waren, sie gegen ihn einzusetzen. Angenommen, ihr Plan war noch vielschichtiger, als er vermutet hatte? Im Falle einer Niederlage würden sie seine Abweichung nutzen, um ihn zu verurteilen – im Falle eines Erfolgs würden sie dagegen dafür sorgen, dass der Führungsoffizier einer der ihren war.

*Es gibt noch mehr von uns!,* dachte er. Zumindest wollte er glauben, dass Qin neben ihm nicht der Einzige war. Er konnte seine Erregung kaum beherrschen.

Verdrängte ihr Fluch die übrigen Loyalitäten? Wahrscheinlich nicht. Aber er konnte einen heimlichen Machtblock innerhalb des Ministeriums für Staatssicherheit schaffen. Derzeit befanden sich die schlimmsten Falken des MSS an der Macht. Ein paar Männer in Schlüsselpositionen konnten das Schicksal einer Nation beeinflussen. Homosexuelle hatten bestimmt eine ungeheuer starke Motivation, sich für die höheren Ziele Chinas einzusetzen. Erfolg zu haben. Und sie mussten bei ihren politischen Kämpfen keine Rücksicht auf Frauen und Kinder nehmen.

Angenommen, ihre Scham und ihr Stolz waren letztlich für die Aggressionen verantwortlich, die zum Krieg führten? Oder gar für die Entwicklung der Gehirnseuche? Hofften sie etwa insgeheim, dass sie es mithilfe der Nanotechnologie eines Tages schaffen würden, ihre Anlagen umzupolen und sich in normale Heteros zu verwandeln? War das überhaupt möglich?

Wenn jemand Jia angeschwärzt hatte, als er noch ganz jung war, musste die Information von den Leuten abgefangen und unterdrückt worden sein, die immer auf der Suche nach neuen Rekruten waren. Dann hatten sie ihn beobachtet. Jia konnte nicht abschätzen, wie stark sich ihre Kontrolle bemerkbar machte. Qin war schon vor dem Raketenangriff ein einflussreicher General gewesen, und er hätte sich doch nicht selbst in das Quarantänegebiet begeben, wenn er der ranghöchste Überlebende ihrer Bruderschaft gewesen wäre.

Jia sehnte sich nach mehr Macht. Bestätigung. Anerkennung. Mit offenen Armen von Menschen aufgenommen zu werden, die sein Stigma teilten, erschien ihm mehr als verlockend, selbst wenn nichts davon in die Öffentlichkeit dringen durfte.

*So verführt er mich,* dachte Jia. Er würde ihm so nahe sein wie ein Liebhaber. Ob sie ein richtiges Verhältnis hatten oder nicht, das war fast nebensächlich. Es war die verhasste Wahrheit, die sie verband.

»Danke, General«, sagte Jia. »Ich fühle mich geehrt.«

»Dann verstehen Sie?«

»Ich denke schon, General. Jawohl, General.«

Qin hatte Jia genau beobachtet, während er in aller Hast die neue Erkenntnis verarbeitete, und ihm entging nicht die kleinste Gefühlsregung. *Er muss das Gleiche empfunden haben, als sie an ihn herantraten,* dachte Jia. Wie lange gab es dieses geheime Netz schon? Jahre? Bei dem Gedanken erfasste ihn Schwindel. Es kam ihm so vor, als sei er plötzlich auf einer Leiter erwacht, die über einen Abgrund führte. Ein einziger Fehltritt würde ihm den Tod bringen. Aber zugleich war da das berauschende Gefühl der Zugehörigkeit. Eines Tages würde vielleicht auch er einem anderen Mann die Hand reichen und ihm nach oben helfen.

Jia lachte, doch die Miene des Älteren verdüsterte sich, als wolle er ihn zurückweisen. Hielt er das Lachen für einen Annäherungsversuch? Für ein Werben?

*Hatte ich es so gemeint?,* fragte sich Jia.

»Sie wissen, dass vor vier Stunden eine amerikanische Maschine in Kalifornien auftauchte?«

»Ja, General. Wir haben sie abgeschossen.«

»Die Besatzung verwendete Geheimcodes der Zweiten Abteilung. Der Zeitpunkt erscheint verdächtig. Außerdem bewachte ein ganzer Zug Schwarzer Tiger die Labore und die Wissenschaftler. Die Truppe verfügte über zwei eigene Hubschrauber. Weshalb hat denn niemand Hilfe geholt, wenn doch ihre Funkgeräte ausgefallen sind?«

»Die amerikanische Maschine wurde zerstört. Daran besteht kein Zweifel, General.«

»Angenommen, sie kam nicht allein? Könnte es sein, dass die Amerikaner ein zweites Flugzeug unbemerkt durch Ihre Linien geschleust haben?«

»Das lässt sich nicht völlig ausschließen, General.« Jia war jetzt förmlich geworden. Er hatte seinen Fehler erkannt. Seine Beziehung zu Bu Xiaowen hatte unter dem gleichen Dilemma gelitten. Und genau dies war auch der Grund für das strikte Verbot der Homosexualität in der Volksbefreiungsarmee. Die

Begünstigung einer bestimmten Person war ebenso eine Schwäche wie die erzwungene Unterwerfung und der Hass, der einer Vergewaltigung entsprang. Wenn der Geheimbund so fest verwurzelt war, wie Jia hoffte, dann musste das Hände-weg-Gebot innerhalb ihrer Gemeinschaft umso strenger sein. Es war ein zwar schizophrenes, aber lebenswichtiges Gesetz, das ihrer Natur zuwiderlief. Gab es Ausnahmen? Heimliche Bindungen? Solche Dinge musste es geben. Aber welche Strafe stand darauf?

»Mir ist klar, dass Sie halb blind waren«, sagte Qin.

Jia nickte. Ihr Radarnetz arbeitete immer noch stark eingeschränkt, und an vielen Orten machte der Fallout eine Überwachung unmöglich.

»Wir verlangen nichts Unmögliches«, fuhr Qin fort.

»Gewiss nicht, General. Danke.«

»Aber uns allen droht Gefahr, wenn amerikanische Spezialeinheiten zu diesen Labors vordringen.« Qin betonte wiederum ein Wort. *Uns.* Das Signal war unverkennbar.

Wenn die verschworene Gemeinschaft den Krieg ausgelöst hatte, dann hing ihr Schicksal von der Nanotechnologie ab. Sie würden mit den Nanos leben oder sterben. Entweder brachte sie der Impuls, den sie durch die Gehirnseuche und ihre Nebenprodukte erhalten hatten, groß heraus, oder die plötzliche Einschränkung ihrer Möglichkeiten – falls die Forschungsresultate verloren gingen – machte sie für die Forderungen der eher konventionellen Elemente in der Armee anfälliger.

Qin senkte die Stimme. »Lassen Sie uns nicht im Stich«, sagte er. Dann fuhren seine Fingerspitzen erneut über den Arm des jüngeren Mannes.

Es war eine Aufforderung und zugleich ein Versprechen. Qin konnte Jia vor den Anführern außerhalb ihres Geheimbunds schützen, wenn er diesen Auftrag erfolgreich durchführte. Falls er die Forscher mitsamt ihrer Nanotechnologie unversehrt hierherholte, würde die Gemeinschaft die Schwachstellen vergessen, die sie in Jias Verhalten entdeckt hatte … immer vorausgesetzt, dass die Zusammenhänge, die er sich zusammengereimt hatte, wirklich stimmten.

Jia begann allmählich zu zweifeln. Was, wenn Qin ein falsches Spiel mit ihm trieb? Vielleicht gab es gar keinen Geheimbund, sondern nur Qin. Es konnte sein, dass der General eine unerlaubte Mission durchführte und Jia für seine eigenen Zwecke missbrauchte. Hoffentlich nicht, dachte Jia. Wenn eine unkontrollierte Nano-Waffe für die Stille in den Labors verantwortlich war, dann bedeutete das womöglich sein Ende, sobald seine Helikopter in das Gebiet einflogen … aber wenn es in der Tat eine geheime Bruderschaft gab, dann wäre ihr selbst sein Tod von Nutzen, denn er würde sie warnen, die Nanos unter allen Umständen zu vernichten, notfalls sogar durch Atombomben, und so den Schaden für ihren politischen Einfluss in Grenzen zu halten. Er wäre ein Teil ihres Vermächtnisses. Und falls feindliche Soldaten nach Kalifornien eingedrungen waren, würde Jia mit Freuden die Gelegenheit wahrnehmen, die Amerikaner eigenhändig zu bestrafen.

*In jedem Fall aber: Qin verfügt über mich,* dachte er und salutierte zackig. »Meine Leute werden in fünf Minuten antreten, General.«

Cam presste die Taschenlampe gegen seine Uniform und erstickte so ihren weißen Lichtfinger, als er den Rotorenlärm hörte. Dann erst spähte er unter dem Ford-Pick-up hervor. »Hubschrauber«, sagte er. »Zwei, vielleicht auch drei.«

Aleksejew blieb, wo er war. »Ich höre sie«, sagte er. »Lassen Sie mich fertig machen.«

»Ich will nicht, dass sie uns im Freien erwischen.«

»Sie werden zuerst nach Saint Bernadine fliegen. Geben Sie mir das Licht!«

Cam schwieg. Es hatte wenig Sinn, jemanden aufzuregen, der gerade mit einer Stange C-4 hantierte. Aleksejew hatte ein größeres Stück des Plastiksprengstoffs gegen das Hinterrad auf der Fahrerseite geklemmt, wo das Zeug durch die Achse und Ladefläche nach oben detonieren würde. Cam zielte mit dem Lichtstrahl wieder unter den Truck, drehte den Kopf aber in die andere Richtung. Leider war seine Nachtsicht miserabel, nachdem er Aleksejew bei der Arbeit zugesehen hatte.

Sie hatten keine Angst, dass sich jemand durch den Schutt anschleichen könnte. Selbst wenn die Chinesen in der Nähe Soldaten stationiert oder einige Leute Kendras Nano-Angriff überlebt hatten, war es einfach nicht möglich, sich lautlos über das Trümmerfeld zu bewegen.

In seiner unmittelbaren Umgebung konnte Cam die Mauerreste im schwachen Lichthof der Taschenlampe erkennen. Doch nach etwa fünf Metern verschmolzen die aschgrauen Ruinen mit dem aschgrauen Halbdunkel. Durch die Stille wisperte Staub. Das erinnerte Cam an Schneegestöber, Skitouren und bessere Tage. Da erfasste ihn eine Melancholie, und er genoss sie sogar, weil er wusste, dass dieser Frieden nicht von Dauer sein konnte.

Die Helikopter kamen aus dem Nordwesten und knatterten über die Stadt hinweg. Cam spürte die Vibrationen in den Holz- und Glasfragmenten unter seinen Stiefeln. Irgendwo zu seiner Linken hörte er das *Klink* von Ziegeln, als eine Düne in sich zusammenrutschte.

Cam und Aleksejew hasteten seit einer knappen Stunde durch das Chaos auf der Westseite der Schule. Seit sich Cam die Wange an einem vorstehenden Stück Holz aufgerissen hatte, riskierten sie den Lichtschein der Taschenlampe. Sie waren beide mehrmals gestürzt und hatten sich dabei Hände und Knie aufgeschlagen. Medrano befand sich allein im Norden. Am schwächsten verteidigt waren die Ost- und Südseite, um die sich Obruch kümmerte. Sie rechneten nicht damit, einander im Notfall beistehen zu können; dazu war das Gelände zu weitläufig. Cam hatte Aleksejew nicht als Bewacher begleitet, sondern um sich von ihm in die Handhabung des Plastiksprengstoffs einweisen zu lassen.

»Sie sind gelandet«, sagte Cam, als sich das Hämmern der Maschinen über Saint Bernadine erst kurz verstärkte und dann ganz abbrach. Sobald Stille eingekehrt war, beruhigte sich auch der Puls wieder. Sein Kampfgeist erwachte, ein Gefühl, das er zugleich begrüßte und zu verdrängen suchte. Das Warten war vorbei.

*Es wird nicht lange dauern, bis sie merken, dass die Labore leer sind,* dachte er. »Wir müssen zurück. Nehmen Sie das übrig gebliebene Material mit!«

»Da. Ich bin fertig.«

Aleksejew hatte an mehreren Stellen haltgemacht und zunächst die weißgraue Knetmasse in die richtige Form gebracht. Als Nächstes hatte er einen dünnen Zylinder in den Sprengstoff geschoben und an seinem oberen Ende die winzige Digitalanzeige angebracht. Die Zylinder waren Fernzünder, die auf einer bestimmten Funkfrequenz ausgelöst wurden. Das olivgrüne Fernsteuerungskästchen erinnerte an eine kleine Brotdose. Es bestand aus stoßfestem Stahl und enthielt nicht viel mehr als eine Batterie und eine kurze Antenne. An der Unterseite befand sich ein Digital-Display sowie ein einfaches Keyboard mit dreiundzwanzig Tasten. Die ersten zwanzig Tasten waren quadratisch, die letzten drei rechteckig. Unter den rechteckigen Tasten stand ARM, CANCEL und FIRE. Es handelte sich um amerikanische Geräte, die Aleksejews Leuten während des ersten Krieges in die Hände gefallen waren.

Die Fernbedienung in Aleksejews Händen kam Cam seltsam vor. Noch vor wenigen Tagen hätten sie einander umgebracht. Nun waren sie Freunde. Auch wenn es Cam nicht passte – er brauchte den Russen.

Aleksejew hatte für seine Zünder jeweils eine Frequenz zwischen 1000 und 3000 Megahertz eingegeben. Medrano wies er Frequenzen zwischen 4000 und 5000 Megahertz zu, und Obruchs Bereich lag zwischen 6000 und 7000 Megahertz. Jeder von ihnen konnte notfalls die Sprengladungen der anderen auslösen, einschließlich Cam, der seine eigene Fernbedienung hatte. Vielleicht gewannen sie Zeit, wenn sie den Anschein erweckten, dass eine größere Einheit den Campus besetzt hatte. Das bedeutete Bomben, und zwar überall dort, wo sie mit ihren Schusswaffen nichts ausrichten konnten. Die meisten Sprengladungen waren klein – Aleksejew hatte nicht genug C-4 mitgenommen –, aber sie hatten noch weitere Überraschungen auf Lager.

Außerdem hofften sie, dass die Chinesen davor zurückschrecken würden, die Labore zu beschädigen und ihre Wissenschaftler zu verletzen. Wahrscheinlich wussten sie noch nicht, dass diese Leute tot waren. Aleksejew plante, eine Geiselnahme vorzutäuschen. Mit etwas Glück konnten sie ihre Verhandlungen so lange hinziehen, bis Kendra sie alle infizierte.

Deborah zuckte zusammen, sagte aber nichts, als das Knattern der Rotoren durch das Zelt hallte. Stattdessen beobachtete sie Kendra. Dann prasselte etwas gegen die schwarzen Kunststoffplanen über ihnen. Staub und Steinchen scharrten wie Finger an zwei Seiten des Zelts entlang und rieselten in die Tiefe. Entstanden durch die lauten Geräusche Risse in den Mauern? Und bemerkte Kendra die Störung überhaupt?

Die hagere, verwahrloste Vettel rührte sich seit zehn Minuten nicht mehr. Sie sagte überhaupt nichts. Sie tat nichts, sondern starrte nur das Rasterkraft-Mikroskop an. Deborah hatte Angst, sie anzustupsen, aber wie lange konnten sie hier noch so tatenlos herumstehen?

Das schwarze Zelt umfing sie wie ein Leichentuch oder ein Schleier. Es wirkte viel kleiner als viereinhalb mal sechs Meter. An den von Halogenlampen erhellten Wänden zeichneten sich die Schatten der Geräte und ihre eigenen Umrisse ab. Durchsichtige Plastikbahnen wären vermutlich nur halb so bedrückend gewesen. Wenn sie wenigstens ein Funkgerät besessen hätten, um den Kontakt nach außen zu halten …

Deborahs Schulter schmerzte. Ebenso ihre Brust. Und auch ihr Gesicht. Zum Glück konnten sie ihren Durst stillen.

Medrano hatte aus der Küche des Labortrakts zwei Gallonenkrüge mit Wasser gebracht, bevor er das Plastikzelt versiegelte. Mit einem davon wusch sich Deborah das Gesicht und den Hals und säuberte dann die pergamentdünne Haut der Alten, als müsste sie ein kleines Kind oder eine Puppe versorgen. Das schien Kendra gutzutun. Eine ganze Zeit lang wirkte sie frisch und erledigte eine Reihe von Arbeiten gleichzeitig, als sei sie eine völlig neue Person. Die erste halbe Stunde, die sie gemeinsam verbrachten, war beinahe hektisch verlaufen, da Kendra Mappen und Probenbehälter durchforstete und Deborah ungeduldig bestimmte Mandarin-Schriftzeichen beschrieb, nach denen sie suchen sollte.

Sie hatten frühe Modelle des Impf-Nanos gefunden. Sie befestigten ein Substrat nach dem anderen auf dem Probenträger und führten es in das MAFM ein. Kendra nutzte Deborahs geschickte Hände, sprach und teilte ihre Gedanken mit ihr. Deborah war von ihrem Schwung beeindruckt. Kendra ermittelte, dass die fünfte und die achte Probe optimal waren. Dann hatte sie ihre Konzepte auf einem Notizblock skizziert und in die endgültige Form gebracht. Deborah fand, dass die Zeichnung an eine Kaulquappe erinnerte – ein ovaler Körper mit einem länglichen Kringel für die Schwimm- und Steuerbewegungen. Aber zuerst musste Kendra … es noch aufbauen. Sie hatte das Gesicht verzogen, als zwei Laptops den Zugang verweigerten, weil sie die dazu notwendigen Passwörter nicht kannte. Den dritten hatte sie endlich geknackt und daraufhin lachend ein paar Sätze auf Chinesisch gemurmelt. Das war der erste Hinweis, dass sich ihr Zustand wieder verschlechterte. Ihre Bewegungen wurden fahrig, um nicht zu sagen manisch. Sie redete auf Deborah ein – in der falschen Sprache.

Kendra hatte zwanzig Dateien aufgerufen und fünfzehn weitere aussortiert. Deborah bemühte sich, ihre Bedeutung zu erfassen – und begriff überhaupt nichts. Der Verstand der Forscherin arbeitete einfach viel schneller als ihr eigener, aber bei diesem Tempo bestand die Gefahr, dass sie sich übernahm. »Wir können das MAFM so programmieren, dass es einen Bastard-Nano aus den bereits vorhandenen Arbeiten zusammensetzt«, hatte sie gesagt. »Damit sparen wir Stunden. Aber zuerst muss ich … wie wäre es, wenn wir … nein.«

Dann Stille. Kendra erstarrte. Deborah wusste nicht, wo ihre Gedanken in diesem Augenblick weilten. Jeder Atemzug wirkte, als müsste sie über rohe Eier laufen. Deborah dachte, dass sie Kendra mit einem Wort oder einer Berührung zurückholen könnte, aber was, wenn sich dies als Irrtum erwies? Wenn sie die Forscherin bei einer wichtigen Berechnung störte? Auf gar keinen Fall durfte sie die alte Hexe erschrecken.

Man konnte sich nicht auf sie verlassen, und Deborah fragte sich besorgt, was Kendra wohl tun würde, wenn die Schießerei begann.

# 27

Jias Z-9 stieg vom Krankenhausgelände auf, während er seinen Funkspruch durchgab. »Unsere Leute bei Punkt eins wurden durch eine Feindaktion getötet«, sagte er in das statische Rauschen und Knistern hinein. Seine Blicke wanderten zu den Elitesoldaten, die sich links und rechts von ihm befanden. »Ich wiederhole, unsere Leute bei Punkt eins wurden durch eine Feindaktion getötet. Over.« Der letzte Satz war nicht nur als Bestätigung seines Lageberichts gedacht, sondern vor allem als Ansporn für seine Männer. Das grünliche Licht der Cockpit-Anzeigen spiegelte sich schwach in ihren Augen und verlieh ihnen die prachtvolle Wildheit von Raubkatzen.

Der Z-9 war ein kleiner Hubschrauber. Jia hatte nur fünf Soldaten außer dem Piloten und Kopiloten, die beide ebenfalls der Elite-Einheit angehörten. Der zweite Helikopter war ebenfalls mit acht Mann besetzt. Jia hätte lieber eine große Kampftruppe eingesetzt, und nach der ersten Überfliegung von Saint Bernadine hatte er auch alles getan, um das Risiko für seine Leute so gering wie möglich zu halten. Der Anblick war selbst auf diese Entfernung grotesk gewesen. Durch Nachtsichtgeräte hatten sie zersetzte Leichen überall auf dem Hof verstreut gesehen, dazu im Schutt am Rand des Geländes einen umgestürzten Z-9.

Einer der Toten hielt seine Waffe in der Hand. Die Toten sahen zwar *geschmolzen* aus, aber niemand bekämpfte außer Kontrolle geratene Nanos mit einer Pistole. Qin hatte recht. So unglaublich es auch anmutete, Qin hatte recht. Die Amerikaner waren bis weit in das Becken von Los Angeles eingedrungen und hatten das Personal der Labore überraschen können. Höchstwahrscheinlich hatten sie das Gelände längst wieder verlassen und befanden sich mit ihren Gefangenen sowie Daten von unschätzbarem Wert auf der Flucht.

*Wo? Wie?*

Der Zorn, der in Jia hochstieg, war ... geradezu ungehörig. Und er richtete sich auch nicht nur gegen den Feind, sondern ebenso gegen sein eigenes Volk. Wenn er gewusst hätte, dass sich dieser Ort in Reichweite befand, hätte er ihn schützen können. Die obersten Befehlshaber konnten ihm auf keinen Fall die Schuld an diesem Verlust geben, aber sie würden es gewiss tun. Die Empörung bewirkte, dass er sich noch stärker zu Qins Geheimbund hingezogen fühlte.

Jia hatte die Landung der beiden Helikopter ausschließlich darum angeordnet, weil er Sprit sparen wollte. Nach dem Aufsetzen in einigermaßen stabilen Mulden inmitten der Ruinen hatte er drei Mann losgeschickt, um den weitläufigen Klinikbau zu durchsuchen. Er hielt sich nur ungern hier auf, aber die Aufklärungsarbeit hatte absolute Priorität.

Seine Soldaten waren nach zehn Minuten zurückgekehrt und hatten seinen ersten Eindruck bestätigt. Es gab keine Überlebenden. Unerklärlich war jedoch, dass im Empfangsbereich des Krankenhauses eine Menge Geräte, Instrumente, Aktenmappen und Laptops bereitstanden. Jia versuchte diese Information richtig einzuordnen, während sie nach Süden flogen. Weshalb sollten die Amerikaner dieses Material zurücklassen? Und wenn sie nicht genügend Platz in ihrem Flugzeug hatten, um die Sachen mitzunehmen, wäre es doch vernünftiger gewesen, sie für den Feind unbrauchbar zu machen.

Der Pilot warf einen Blick über die Schulter. »Oberst, in den Ruinen vor uns steht ein weiterer Hubschrauber«, meldete er.

»Wir bleiben auf Kurs.«

Sie konnten ihre Toten später noch abholen, zusammen mit der Ausrüstung und den Anhaltspunkten, die sie dann noch vorfanden. Jia war überzeugt davon, dass der Feind auch das zweite Geheimlabor angegriffen hatte. Doch ihm blieb keine andere Wahl, als die Richtigkeit seiner Annahme zu überprüfen. Pure Zeitverschwendung. Es war wohl sein Schicksal, erst die Fehler anderer in Ordnung zu bringen und dann auch noch für die Fehler seiner Vorgesetzten bestraft zu werden. Seine Enttäuschung war grenzenlos, aber er dachte sich: *Ich werde mein Bestes geben. Vielleicht hilft es Qin, wenn wir …*

»Achtung!«, rief der Pilot.

Zwei Raketenspuren zogen durch die Nacht. Die Feuerstreifen verbreiterten sich und jagten an Jias Helikopter vorbei. Verspätet heulten die Rotoren auf. Die Maschine drehte scharf nach links ab. Die Freude, die Jias Herz schneller klopfen ließ, galt jedoch nicht ihrem knappen Entkommen.

*Die Amerikaner sind noch hier!*, dachte er.

Seine Netzhaut brannte. Beide Raketen waren etwa von der gleichen Stelle aus den Ruinen aufgestiegen. »Dort!«, schrie Jia und deutete am Helm des Kopiloten vorbei. Der Helikopter war nicht mit Waffen bestückt. Jia wollte lediglich verhindern, dass sie in die Schussbahn gerieten.

»Ich kann sie sehen«, sagte der Pilot, während der Kopilot aufgeregt in sein Headset stammelte: »Wir ziehen jetzt nach …«

Eine dritte Rakete erhob sich dicht vor ihnen vom Boden und zischte an der Nase von Jias Helikopter vorbei. Der Pilot zwang die Maschine erneut mit einem lauten Warnruf nach unten. Dann explodierte die Nacht.

»Nein!«, schrie jemand in die gleißende Helligkeit hinein.

Die Rakete hatte den zweiten Helikopter getroffen. Eine lange Fahne aus Feuer und Rauch stieg von seiner Flanke auf.

*Treffer*, dachte Cam. Drei Raketen jagten wie Feuerwerkskörper durch das Dunkel. Zwei davon landeten in den Ruinen jenseits der Hubschrauber. Die grellen Detonationen verwirrten ihn, da er sie eigentlich hoch oben in der Luft erwartet hatte. Einen Moment lang, als er versuchte, die fernen Blitze am Boden richtig zu deuten, drehten sich seine Gedanken im Kreis. Dann brannte ein drittes, sehr viel näheres Licht den Umriss eines chinesischen Flugzeugs in den Himmel.

Der dritte Schuss kam von Medrano, abgefeuert irgendwo zu seiner Rechten. Aber er streifte die feindliche Maschine nur. Die Explosion schien von der Flanke des Helikopters abzuprallen, doch sie bedeutete für die Insassen das Ende. Ungemein vorsichtig hatte Medrano an vier der Panzerabwehrraketen Behälter mit der neuen Maschinenpest befestigt. Sein Geschoss durchdrang das Metall des Hubschraubers. Die Nanos besorgten den Rest. Der Helikopter bäumte sich auf und trudelte dann in die Ruinen. Die Flammen erloschen noch in der Luft. Er explodierte nicht. Aber das dumpfe *Whamm* seines Aufpralls pflanzte sich durch das Dunkel fort.

Cam griff nach der nächsten Panzerabwehrrakete auf dem Betonkeil, den er als Abschussplattform gewählt hatte. Sie befanden sich näher an den Laboren, als ihm lieb war, aber sie hatten Angst, dass die feindlichen Maschinen sie überfliegen könnten, und wollten in der Lage sein, *auf* den Campus zu schießen, falls der Feind hinter ihre Stellungen gelangte.

Das Fundament des Gebäudes lag frei, wo die Mauern des Gebäudes eingestürzt waren. Cam hatte sein Arsenal in einer offenen Ecke abgelegt und sich die Waffen der Reihe nach eingeprägt. Falls Aleksejew einen zweiten Raketenwerfer nach oben gerichtet hatte, so hielt er sich mit dem Abschuss noch zurück. Cam konnte den russischen Oberst nicht sehen, aber er spürte ihn wie ein Echo seiner selbst. Auch die Anwesenheit der anderen war ihm bewusst. Im Gefecht waren sie einander so nahe wie Brüder.

»Nicht feuern!«, rief Aleksejew. »Nicht feuern!«

»Verstanden!« Es war Cams letzte Abwehrrakete, und sie feuerten blind. Vermutlich hatten ihre ersten Schüsse wie

Leuchtspuren gewirkt und Medrano die Möglichkeit gegeben, die Helikopter genau anzuvisieren. Jetzt wandte sich die unversehrt gebliebene Maschine nach Norden. Das Hämmern ihrer Rotoren hallte von den Ruinen wider.

Cam horchte in die Nacht. Wie eine Stimmgabel nahm sein ganzer Körper die Geräusche auf. Er konnte die Schwingungen aufspüren. *Dort,* dachte er. »Auf elf Uhr!«, schrie er. »Sie sind auf elf Uhr!«

Hinter dem Fundament ging er in Deckung.

»Meldet euch! Meldet euch doch!« Der Kopilot bemühte sich vergeblich, die Kameraden zu erreichen, während Jia mit schriller Stimme in sein Funkgerät rief: »Hier Kleiner Drache! Wir stehen unter Beschuss. Die Amerikaner scheinen einen Ring ...« Die Stadt unter ihnen zerbarst. Jia hielt immer noch Ausschau nach dem zweiten Helikopter, als vier Explosionen die schwarzen Ruinen mit Vehemenz in die Luft schleuderten. In dem flackernden Lichtschein zerlegte sich ein Auto in seine Bestandteile. Etwas schlug mit lautem Knall gegen den Rumpf ihres Helikopters. Das Flugzeug geriet ins Schlingern.

»Wir sind getroffen«, sagte der Pilot ruhig.

*Ich war selbstsüchtig,* dachte Jia. *Unvorsichtig.* »Können Sie weiterfliegen?«, erkundigte er sich, aber die Antwort erübrigte sich. Der Helikopter kreiselte immer schneller im Uhrzeigersinn.

»Unser Heck ...«, begann der Pilot.

»Sehen Sie einfach zu, dass Sie das Ding in einem Stück aufsetzen«, sagte Jia, ehe er sich wieder seinem Funkgerät zuwandte. »Hier Kleiner Drache auf Punkt zwo! Wir sind getroffen. Die Amerikaner scheinen einen Ring von Stellungen um unser Ziel errichtet zu haben. Wir versuchen eine Landung am nördlichen ...«

Zwei weitere Explosionen erhellten die Glaskanzel. In der falschen Dämmerung sah Jia die Grate zahlloser Häuserruinen aufragen. Masten. Leitungsdrähte. Gab es da unten überhaupt einen sicheren Landeplatz? Sekunden später krachten sie mitten in das Chaos. Der Helikopter prallte auf und kippte dann nach einer Seite. »Raus, raus, raus!«, schrie der Pilot und schaltete das Triebwerk aus, während Jia und seine Leute in einer rasch gebildeten Notfall-Formation antraten und nacheinander ins Freie sprangen. Er hätte stolz auf sie sein können, aber ihm kam gar nichts anderes in den Sinn, als mit sich und seinem Versagen zu hadern.

»Wir bilden zwei Gruppen«, befahl er und winkte die Untergebenen von Leutnant Wei nach links. Die beiden Piloten und ein weiterer Mann sollten ihm folgen. »Wir nehmen sie in die Zange. Haltet Funkkontakt. Und beeilt euch! Wir müssen ihre Linien so schnell wie möglich durchbrechen.«

Zuerst würde er mit seinem Stützpunkt Verbindung aufnehmen. Ob man ihm Verstärkung schickte? Aber wie sollten ihn zusätzliche Kampfeinheiten erreichen, wenn keine Hubschrauber mehr zur Verfügung standen? Jias oberste Loyalität galt China und General Qin, doch er begriff, dass ihn jedes falsche Wort in Lebensgefahr bringen konnte.

*Fünfzig Prozent meiner Soldaten sind tot.*

Wenn seine Vorgesetzten das Gefühl bekamen, dass er diesen Kampf verlor, würden sie die Labore mit schweren Xian-Bombern einebnen. Tatsächlich fragte sich Jia, ob diese Bomber nicht bereits gestartet waren.

Bei den ersten Explosionen blickte Kendra auf. »Gehen Sie«, sagte sie. »Helfen Sie ihnen.«

»Ich bin hier, um Ihnen zu helfen«, widersprach Deborah, durch die Gelassenheit in Kendras Zügen verunsichert. *Mein Gott*, dachte sie, *war sie etwa die ganze Zeit bei klarem Verstand?*

»Ich weiß, was zu tun ist«, sagte Kendra. »Der Marker …«

Wieder drang der Lärm einer gewaltigen Detonation zu ihnen herein. Von der Decke rieselte körniges Material, das die Zeltbahnen entlang in die Tiefe wisperte.

»Das Einzige, was ich brauche, ist ... mehr Zeit«, fuhr Kendra fort.

»Ich kann Ihnen helfen.«

»Sie müssen mir vertrauen.«

*Genau das fällt mir schwer,* dachte Deborah. »Kendra ...«

»Ich bin okay. Sehen Sie mich doch an! Ich bin okay. Ich weiß, was zu tun ist.«

Deborah starrte in die dunkel schimmernden Augen der Hexe. Dann nickte sie, nahm ihre Kalaschnikow von der Schreibtischplatte und schob sich durch die versiegelten Zeltbahnen des Zelts nach draußen.

Der Schutt brannte. Feuer leckten an einem Dutzend Stellen durch die Ruinen, verbreiteten orangerotes Licht und warfen lange Schatten. Die Anspannung, die Cam verspürte, knisterte wie die Flammen. Die Kämpfe waren seit einer halben Stunde zum Stillstand gekommen, während sich die Chinesen durch das tückische Gelände tasteten. Jede Sekunde, die verging, schlug für ihn zu Buche. Zweimal hörte er zwar knirschende Schritte, doch vermied er es, blind zu schießen. Je kürzer die Entfernung, desto sicherer traf er sein Ziel.

*Lass sie kommen,* dachte er. *Lass sie kommen.*

Plötzlich gingen zwei von Medranos Bomben hundert Meter rechts von Cam hoch. Er hörte das dumpfe Rattern einer AK-47. Ein anderes Gewehr erwiderte das Feuer. Cam versuchte zu orten, wo genau sich die Waffen befanden, doch die Kämpfenden waren zu weit entfernt.

Eine dritte Waffe klang auf, ein ungewohntes *Brrp pp pp pp.* Waren die Chinesen mit Maschinenpistolen ausgerüstet? Kugeln schlugen mit einem hellen *Ping* in das Geröll. Die Kalaschnikow war verstummt. Dann zerfetzte eine weitere Bombe eine erhalten gebliebene Mauer. Funken und Betonbrocken spritzten umher. Die Maschinenpistolen schwiegen, und die AK-47 ratterte wieder los. Einmal, zweimal. Jetzt erst erkannte Cam, dass es sich um zwei Sturmgewehre handelte. Obruch musste seine Stellung verlassen haben, um Medrano zu unterstützen. Sie hielten der feindlichen Attacke stand. Cam wäre ihnen gern zu Hilfe geeilt, aber er ließ seine Blicke weiterhin aufmerksam durch das graue Halblicht wandern und konzentrierte sich auf die Ruinen, die vor ihm aufragten.

Etwas bewegte sich zu seiner Linken.

Cam hob seinen Abwehrkanonen-Werfer.

Dann schwirrte ein Gegenstand über ihm vorbei, schepperte gegen Metall und schlug in einen Schutthaufen ein. Möglicherweise gab es etwas näher einen weiteren Aufprall. *Handgranaten,* dachte er. Er ging erneut in Deckung und versuchte die Abwehrkanone mit dem Körper zu schützen. Wenn die Ampulle mit den Nanos an ihrer Spitze zerbrach …

Drei Explosionen kreisten ihn ein, harmlos bis auf den Lärm, der wie ein spitzer Bleistift in sein Ohr drang. Sie wissen nicht, wo ich bin, dachte er und erhob sich wieder, die RPG gegen die Schulter gestützt.

Aleksejews Reaktion war gefährlicher. Er zündete noch eine Stange Plastiksprengstoff. Ein Kastenwagen flog in die Luft. Fünfzehn Meter weiter durchbohrten Schrapnelle Cams Schulter und Hüfte. Noch einmal die gleiche Distanz von der Bombe entfernt beleuchtete der Feuerschein einen Mann, der sich gerade in die Nische eines Mauerrests presste. Die Chinesen hatten den Lärm ihrer Granaten genutzt, um ein Stück vorzurücken. Cam feuerte, aber das heiße Metall in seiner Seite beeinträchtigte ihn, und die Rakete ging hoch über ihr Ziel hinaus. Dann wurde der Mann wieder von Rauch und Staub verschluckt.

Cam warf sich zu Boden. Hatte er einen zweiten Soldaten im Dunkel gesehen? Egal, sein Instinkt erwies sich als richtig. Kugeln peitschten über ihn hinweg. Es war, als hätten die Detonationen eine Tür geöffnet. Maschinenpistolen ratterten los, Geschosse schwirrten durch die dunstverhüllten Ruinen. Cam stützte sich auf beide Ellbogen, hob den Kopf und sein Gewehr und kniff beide Augen zusammen, als er eine Ladung Splitter ins Gesicht bekam.

Aleksejews AK-47 dröhnte zu seiner Linken. Vielleicht zog er damit die schlimmste Hitze des Gefechts von Cam ab. Die Maschinenpistolen verstummten zwar nicht, aber der Lärm entfernte sich von Cam. Weit rechts hörte er auch von Medranos Position aus Schüsse.

Cam zielte erneut, als die Flammen in sich zusammensanken. Doch er drückte nicht ab. Der Kampf hatte seinen eigenen Rhythmus. Jeder Feuerstoß rief neue Schüsse hervor, und auf jede Pause folgte ein Warten. Ihre Sprache war für Freund und Feind die gleiche.

»Tíng huǒ!«, rief Aleksejew. »Tíng! Ràng wǒ mén tán tán!«

Stille breitete sich aus.

Asche sank zu Boden.

Irgendwo geriet eine brennende Mauer ins Wanken und fiel mit Getöse auf den darunter liegenden Schutt. Cam horchte ins Dunkel. Aleksejews Gambit war durchaus riskant – er versuchte die Chinesen mit Lügen zu ködern, indem er nicht vorhandene Geiseln für einen freien Abzug anbot. Und Cam wollte den Verbündeten schützen. Er stand behutsam auf, das Gewehr gegen die Schulter gestemmt.

Jemand rief: »Wǒ mén zài tīng zhe ne.«

»Wǒ mén shǒu l? yǒu nǐ mén de rén!«, rief Aleksejew. »Wǒ mén yào hé nǐ mén jiāo huàn tā mén qí zhōng de yī gè, rú guǒ…« Zwei Handgranaten detonierten links und rechts von Aleksejew, eine über seinem Kopf. Die Chinesen mussten abgewartet haben, während die Lunten herunterbrannten, um dann die Granaten in letzter Minute zu werfen.

Die Explosionen zerfetzten Aleksejew in einem weißen Wirbelsturm. Cam schrie auf und feuerte. Eine Waffe ratterte los. Kugeln klatschten in das Holz und die Trockenmauer zu seiner Linken. Er traf jemanden. Dann durchschlug ein Projektil seinen Unterarm. Er taumelte rückwärts und ließ sein Gewehr fallen. *Steh auf!*, dachte er.

Die Chinesen durchbrachen ihre Abwehrkette.

Deborah stützte ihre schmerzende Schulter an einer Mauer ab und lud rasch nach. Sie war am Campusrand geblieben, anstatt mitten in den Schutt zu waten. Diese Entscheidung erlaubte ihr, Medrano und Obruch zu unterstützen, indem sie aus dem Hinterhalt auf die Mündungsblitze an ihrer Flanke schoss. Zugleich hielt sie sich die Möglichkeit offen, zu Cam und Aleksejew zu laufen oder sich in Kendras Labor zurückzuziehen.

Es war ein Zielen auf Funken. Die Waffen des Feindes flackerten, erloschen und flackerten erneut auf. Sie schoss aufs Geratewohl, ohne zu erkennen, ob sie traf. Die Verzweiflung half ihr, sich zu konzentrieren. Jeder Muskel spannte sich an. Das Abfeuern der Kalaschnikow war eine einzige Qual. Deborah hatte kaum genug Kraft, die Waffe zu halten, und hätte es wahrscheinlich nicht geschafft, sie im Halbautomatik-Modus zu bedienen. Stattdessen gab sie Einzelschüsse auf die Chinesen ab, und jeder Rückstoß jagte einen neuen Schmerz durch ihre Schulter.

Sie wusste, dass sie ihren Standort wechseln musste. Sie würden sich auf sie einschießen, wenn sie dort blieb, wo sie war. Bis jetzt hatten die anderen, viel näheren Waffen sie abgelenkt, aber inzwischen waren alle auf ihrer Seite in Deckung, verletzt oder tot. Eine Kampfpause trat ein. *Wie viel Zeit ist seit der Landung des Helikopters vergangen?*, überlegte sie. *Vierzig Minuten. Vielleicht weniger. Das reicht nicht.*

Deborah robbte im orangeroten Feuerschein vorwärts, hin und her gerissen zwischen Adrenalinschüben und Angst. War von ihren Gefährten überhaupt noch jemand am Leben?

Jia hielt die Pistole schussbereit und kämpfte sich auf beiden Knien und einer Hand durch den Schutt. Die Typ-85-Maschinenpistole mit ihrem langen, schlanken Lauf hatte er über die Schulter geschlungen, weil sie ihn bei Kletterpartien störte. Die Ruinenlandschaft wies schroffe Abbruchkanten und Senken auf. Immer wieder geriet der Untergrund ins Rutschen. Jias Beine waren von Prellungen und Quetschungen übersät. Sein linker Arm schmerzte unter dem Gips.

Nur Jia und der Kopilot befanden sich auf dem Vormarsch. Der andere Soldat war tot, und ihren an beiden Hüften getroffenen Piloten hatten sie zurückgelassen.

Jia glaubte, dass sie ihrem Ziel sehr nahe waren. Im Halbdunkel jenseits zerklüfteter Mauerbrocken und eines verbogenen Laternenmasts erspähte er einen mehr oder weniger ebenen Parkplatz. Mehrere Fahrzeuge hatten als zerknüllte Blechhaufen überlebt. Ruß und Unrat übersäten das übrige Gelände, aber verglichen mit der restlichen Stadt war die freie Fläche ein Garten. Dahinter ragten höhere Gebäude auf, die das Bombenchaos offenbar unversehrt überstanden hatten – der neue Standort der Labore.

Der Feind benutzte keine amerikanischen Waffen, sondern Kalaschnikows. Und der eine Mann, den er kurz gesehen hatte, trug keinen Schutzanzug. Hieß dies, dass diese Leute nicht mit der Gehirnseuche infiziert waren? Wer waren sie wirklich?

Jia hatte keine Handgranaten mehr, sonst hätte er eine davon eingesetzt, um von seinem Vorrücken abzulenken. Ringsum war alles still. Jede Bewegung erforderte große Sorgfalt. Er kroch durch Glas, Äste und die weichen Kissen eines Sofas auf den Laternenmast zu, vermied dabei jedes Klirren und Knirschen. Eigentlich hätte er beide Hände zum Umhertasten gebraucht, doch er brachte es nicht über sich, die Pistole ins Halfter zu schieben, weil er dann völlig schutzlos gewesen wäre.

Er fragte sich, ob er seine Flugzeuge wohl hören würde, bevor die Bomben fielen. Wie viel Zeit blieb ihm noch? Jia war so nahe an den Laboren, dass er Napalm oder andere hochbrisante Sprengstoffe ebenfalls nicht überleben würde, und doch robbte er weiter, so leise und zugleich so schnell wie möglich.

*Fast am Ziel,* dachte er.

Ein Schatten rannte aus den Gebäuden und huschte über den freien Platz. Jia zögerte keine Sekunde. Er richtete sich aus dem Schutt auf und eröffnete das Feuer.

Dicht vor Cam bellte die Pistole los – aber sie war gar nicht auf ihn gerichtet, sondern zielte über ihn hinweg. *Wohin?* Jemand rannte über den Parkplatz des Campus. *Deborah?* Die Gestalt war zu hager. Zu klein. Zu verrückt. Mit der bizarren Logik, die er aus Albträumen kannte, wusste Cam, dass Deborah niemals so unvernünftig gewesen wäre, ins Freie zu rennen.

Es war Kendra. Was tat sie da draußen? Einen Moment lang sah er im Feuerschein ihren Gesichtsausdruck. Weiße Augäpfel, weiße Zähne, schwarze Wangen mit helleren Schweiß- oder Tränenspuren.

Die Pistolenschüsse mähten sie nieder.

»Nein!«, schrie Cam.

Jia taumelte zurück, als eine AK-47 erschreckend nahe in den Ruinen unter ihm losbrüllte. Ein Projektil durchschlug den Laternenmast, ein zweites jagte dicht über seinem Kopf hinweg. Jia hatte Glück, dass sich der Kopilot links von ihm befand. Er hörte das Rattern seiner Maschinenpistole.

Die beiden Waffen lieferten sich ein Gefecht. In rascher Folge wechselten die Feuerstöße. Als auf einmal eine Pause eintrat, richtete Jia den Oberkörper auf und schoss das Magazin seiner Pistole leer.

Sein Lohn war ein sich aufbäumender Körper in der Nacht. Der feindliche Soldat brach zusammen.

Deborah sah und hörte den neuen Schusswechsel draußen am Perimeter – und registrierte gleich darauf das Verstummen des Gewehrs auf ihrer Seite. Cam oder Aleksejew? Deborah stürmte aus ihrer Ecke, um zu helfen.

Die feindlichen Waffen schwenkten in ihre Richtung. Sie hob sich gegen die offene Front des Gebäudes ab und zog das Feuer von mindestens zwei Chinesen auf sich.

Sie rannte über den Parkplatz und fand hinter einem umgestürzten Auto Schutz. Ihre Schulter glühte, eine heiß gelaufene Achse aus Knochen und Muskeln. Kugeln prallten gegen das Fahrzeug. Glas- und Farbsplitter rieselten ihr ins Haar, aber das hielt sie nicht davon ab, durch den Radschacht nach ihren Freunden zu spähen.

Was sie entdeckte, war eine schlimme Überraschung. Keine zwanzig Schritte von ihr entfernt lag Kendra sterbend auf dem Boden, eine Hand ... *Nein!* Eine Hand hatte sie gegen die zerfetzte Brust gepresst, mit der anderen fuchtelte die verrückte Alte in der Luft herum, als versuchte sie nach dem Himmel, der Hölle oder etwas, das nur sie sehen konnte, zu fassen.

*Woher kam sie?*, dachte Deborah.

Dann: *Ich hätte ihr nicht vertrauen dürfen! Aber sie versicherte, dass sie okay sei. Dass die Männer meine Hilfe bräuchten.* Deborah haderte ebenso mit sich wie mit der anderen Frau. *Wir wussten, dass sie instabil war. Cam sagte mir ...*

Ein Lichtreflex riss Deborah aus ihren Selbstvorwürfen. Während die Flammen züngelten und tanzten, glitzerte plötzlich ein winziges Quadrat in Kendras Hand. Ein Substrat. Deborahs spärliches Nanotech-Wissen reichte aus, um ihr die Zusammenhänge klarzumachen.

Sie wollte jubeln. Aber ihr schossen Tränen in die Augen.

*Diese gottverdammte Hexe!*, dachte sie. Sie hatten doch gewonnen! Kendra hatte ihren Gegen-Impfstoff aufgebaut – aber nun musste der Nano von einem Wirtskörper aufgenommen werden, damit er sich vervielfältigen konnte. Seine Vermehrung wäre nicht garantiert gewesen, wenn Kendra ihn allein im Labor inhaliert hätte. Es konnte sein, dass die Gehirnseuche sie endgültig um den Verstand brachte. Es konnte auch sein, dass sie in ihrem Zelt gefangen blieb oder die Chinesen sie in dem Laborgebäude einsperrten. Sie brauchte die Mithilfe anderer Menschen, damit sich die neue Pestzone so ausbreiten konnte, dass niemand sie mehr einzudämmen vermochte.

Vielleicht wollte diese verrückte Frau ja wirklich sterben. Irgendwie musste sie gespürt oder erkannt haben, wie nahe die Feinde waren. Warum war sie nicht zu Deborah gelaufen? Oder hatte sie im Dunkel nach ihr gesucht? Sie hätten sich neben dem Gebäude oder sogar hier hinter den Autos verstecken und sich gegenseitig infizieren können.

Kendra versuchte das Substrat zu schlucken, aber sie konnte die Hand nicht mehr bis zum Mund heben. Blut tropfte ihr vom Ellbogen, und ein krampfhaftes Zittern durchlief ihren Körper.

*Das ist es,* dachte Deborah. *Wir müssen es nur noch schaffen, dass der Nano von ihrem Körper aufgenommen wird. Oder von meinem Körper …*

Deborah rannte ins Freie.

Jia feuerte auch auf den dritten Amerikaner und nickte mit grimmiger Freude, als der blonde Soldat zusammenzuckte und stürzte. Dann war das Magazin wieder leer. Er hatte keine Ersatzmunition mehr, nur noch seine Maschinenpistole.

Wieder robbte er los, hielt aber an, als er sah, dass sich der Amerikaner, der auf dem Parkplatz lag, noch bewegte. Eine kurze blonde Mähne schimmerte im flackernden Licht. Jia presste den Schaft seiner Maschinenpistole gegen die Schulter. Die Waffe war weniger für Treffsicherheit als für brutale Gewalt konzipiert, doch er musste den Amerikanern Einhalt gebieten, was immer sie vorhatten. Nanos verteilen? Neue

Sprengladungen anbringen? Nichts sonst ergab einen Sinn. Sie hätten ihre Gefechtslöcher bestimmt nicht ohne Grund verlassen. Also war es wohl das Beste, die Verwundeten zu töten.

»Erschießen!«, rief er dem Kopiloten zu.

Beißende Asche und Tränen zwangen Deborah, die vor Schmerzen zusammengepressten Augen wieder zu öffnen. Sie nahm ihre Umgebung nur noch verschwommen wahr. Ihre Welt war auf wenige Zoll geschrumpft. Sie streckte den gesunden Arm nach dem kleinen Viereck aus und versuchte den Körper nachzuziehen, doch der flache Asphalt kam ihr wie eine Steilwand vor.

*Du musst Kendra erreichen,* dachte sie. *Sonst nichts. Nur Kendra erreichen. Zu viele Menschenleben hängen davon ab.*

Jeder Atemzug war ein Kampf. Sie spürte, wie ihr Durchhaltevermögen schwand, wie es mit dem Blut versickerte, das aus ihrem Bauchraum drang. Ihre Nervenstränge waren irgendwo in der Bauchhöhle gekappt. Von der Taille abwärts spürte sie nichts mehr, außer einem unsteten Zucken, das von der linken Hüfte aufstieg und die Muskeln verkrampfte.

Kendra lag drei Schritte vor ihr – nur drei Schritte. Aber der Abstand war für beide zu groß. Kendras schlaffe Faust lag reglos oberhalb ihrer Brust. Ihre weit aufgerissenen Augen starrten zum Himmel. Sie war tot. Tot, aber noch warm. Es würde reichen, um die Vermehrung des Nanos in Gang zu setzen, wenn Deborah es schaffte, das Ding zu schlucken.

*Du bist als Einzige noch am Leben,* dachte sie. *Cam, Medrano – alle tot.*

Sie hievte und streckte sich und kam nicht näher und hievte und hievte … Sie wusste, das Vergessen lag vor ihr. Sie konnte dem Elend entgehen, wenn sie Erfolg hatte. Der Gegen-Impfstoff würde ihren Verstand auslöschen, und sie sehnte sich nach dem Frieden, den der Nano verhieß. Es war ihre Pflicht und auch ihre Rache. Mit einer einzigen Bewegung konnte sie ihren Freunden zu Respekt und Anerkennung verhelfen und die Chinesen zugleich infizieren. Das war schon genug. Es musste genug sein.

*Du musst Kendra erreichen.*

Staub wirbelte auf. Anfangs begriff sie nicht, was dieser horizontale Regen sollte. Die Schusswaffen waren aus ihrem engen Blickfeld verschwunden. Deborah spürte zwei- oder dreimal ein leichtes Rucken in ihren toten Beinen, vergaß es aber gleich wieder.

*Kendra.*

Dann jagte eine Kugel durch Deborahs Unterarm und riss ihn zur Seite. Der Schmerz durchfuhr sie wie ein Messer.

Sie würde es doch nicht schaffen.

Jia stellte das Feuer ein und rollte über den Kamm des Schuttbergs, um zu den Laboren zu sprinten. Jetzt war der Moment des Handelns gekommen. Er sah keine Amerikaner mehr vor sich, und er hatte weder die Zeit noch die Munition, um den Kampf fortzusetzen.

»Schnell!«, feuerte er seinen Kopiloten an. »Schnell!«

Jemand erhob sich aus den Trümmern neben ihm, eine dunkle, blutverschmierte und vor Schmutz starrende Gestalt. Jia riss seine Maschinenpistole hoch. Leider hielt der Mann da eine Fernbedienung – ein Klappgerät, das wie ein kleiner Laptop aussah. Der schwache Feuerschein enthüllte einen Bart und alte Pestnarben in seinen dunklen, hispanischen Zügen.

Sie starrten sich an, und irgendwie war es so, als blickten sie in einen Spiegel. Jia hatte in den Feinden nie ein Gesicht gesehen. Es waren stets nur *die Amerikaner* gewesen. Niemand erwartete von Jia, dass er Mitleid empfand, und doch war es ihm immer leichtgefallen, sich auf andere einzustellen. Dieser Soldat dort war nicht weniger ein Mensch als seine eigenen Kameraden. Vielleicht war Jia der Einzige, der wirklich begriff, dass die Soldaten auf beiden Seiten die gleichen Eigenschaften besaßen – Mut und Tapferkeit.

Obwohl Jia die Sprache des anderen Mannes nicht beherrschte, versuchte er wenigstens, Kontakt zu ihm aufzunehmen. *»Bié dòng! Tíng!«*, rief er. *Keine Bewegung! Halt!*

Ganz in der Nähe knirschten die Stiefel des Kopiloten durch den Unrat. Seine Anwesenheit bedeutete eine zweite Waffe. Jia dachte, der Amerikaner wolle vielleicht verhandeln, doch der Mann sagte kein Wort. Ein Raubtiergrinsen schien über seine Züge zu huschen, aber sein Hass und seine Verachtung berührten keine Sekunde lang die Traurigkeit in seinen Augen.

Sein Handballen presste die Fernbedienung ganz nach unten. Die Ruinen bebten. In einem losen Ring um die Labore herum gingen Bomben hoch, mindestens zehn grelle Blitze in der Nacht. Metallsplitter krachten gegen die Schutthügel, aber die Schauplätze der Zerstörung befanden sich hinter Jia. Er stand im Innern des Kreises, die meisten Fontänen waren nach außen gerichtet.

Es war eine letzte Ablenkung.

Jia schoss auf den Amerikaner, während sie gemeinsam vor den Explosionen zurückwichen. Beide Männer gingen automatisch in die Hocke, doch nur Jia blieb unten. Der Amerikaner sprang auf und ruderte mit den Armen, als ihn Jias Maschinenpistole in die Brust traf. Doch er hatte seinen Kameraden ein paar wertvolle Sekunden verschafft.

Während die Explosionen Asche in die Luft schleuderten, bäumte sich der blonde Amerikaner, der auf dem Parkplatz lag, noch einmal kurz auf und wälzte sich auf die Leiche ganz in seiner Nähe zu. Jia zielte erneut. Der Kopilot hob seine Typ-85-Maschinenpistole. Ihre Garben strichen über die gefallenen Amerikaner hinweg – doch in jenem Sekundenbruchteil glaubte Jia Yuanjun zu sehen, dass sich die beiden Toten auf dem Parkplatz die Hände zu reichen versuchten.

Der Arm der Leiche wurde zur Seite gerissen, entweder durch die Wucht der Bomben oder durch Jias Kugeln.

Die beiden Amerikaner berührten sich.

Dann hob die blonde Gestalt eine Hand und führte sie unsicher zum Mund.

# 28

Ihr Gebiss schmerzte. Zwei Vorderzähne hatten sich gelockert, und sie war sicher, dass sie eine alte Füllung zerbröckelt hatte, aber irgendwie konnte sie nicht aufhören, die Kiefer zusammenzupressen und mit den Zähnen zu knirschen. Im Schlaf war die Angewohnheit noch schlimmer. Sie brauchte unbedingt eine Art Kauschutz für die Nacht, wenn sich das einrichten ließ, sonst konnte sie sich gleich von ihren Schneidezähnen verabschieden.

Die Militärärzte sagten, das sei PTBS, eine posttraumatische Belastungsstörung. Sie hatten eine Menge Stress und Angst erlebt. Ruth glaubte allerdings eher an eine permanente Veränderung ihrer Nervenbahnen, weil sich ihre Probleme nicht auf das Zähneknirschen beschränkten. Ihre linke Hand neigte dazu, sich zur Faust zu ballen und wie ein Herz zu pumpen. Ihre Blicke wanderten unentwegt auf diese Seite. Die Gehirnseuche hatte sie verändert. Und sie hatte bei den meisten Überlebenden ähnliche Symptome beobachtet. Die Ärzte wollten diese Unruhezustände als übliche traumatische Reflexe abtun, weil sie nicht mehr als ein paar besänftigende Worte anbieten konnten. Ruth genügte das aber nicht. Sie hatte den festen Willen, gegen diese Dinge anzukämpfen.

Die schlimmsten Fälle wurden mit Gras, Alkohol oder Fixiergurten behandelt. Aber die meisten Leute schienen okay zu sein. Ruth konnte kaum fassen, dass seit ihrem Erwachen noch keine zwei Tage vergangen waren. Die klügsten Köpfe der US-Streitkräfte hatten sich in aller Eile aufgerafft, um sich einem Kampf zu stellen, der nie kam.

Der Krieg war vorbei.

Vor sechzehn Stunden hatte man sie nach Sylvan Mountain geflogen, das sich neunzig Meilen südwestlich von Grand Lake befand. Grand Lake war derzeit noch geräumt, da der Angriff der Chinesen zu viele Schäden verursacht hatte. Sylvan Mountain war größtenteils ein Oberflächen-Stützpunkt, eine schlichte, von Panzern, Artillerie und Helikopter-Landeplätzen gesäumte Garnisonsstadt, die deshalb von Luftangriffen verschont geblieben war. Die Gehirnseuche hatte es fertiggebracht, den Ort außer Gefecht zu setzen.

Der Fallout hatte auch diese Region erreicht, aber der Himmel klarte allmählich wieder auf und hinterließ nur ein wenig Ruß in der Luft, der vom Wind umhergewirbelt wurde, sich hier und da zusammenballte, auflöste und wieder zusammenballte – wie ihre Hand.

Ruth beobachtete den Horizont und versuchte ihre eigenen Probleme zu verdrängen. Ein kleiner Teil von ihr genoss die Wärme der goldenen Spätnachmittagssonne. Bald würde die Dunkelheit hereinbrechen, und sie liebte ja das Licht. Sie begrüßte auch die Betriebsamkeit der Soldaten um den einzigen Hubschrauber auf dem breiten Betonfeld. Laute Rufe klangen auf, während sie die Black Hawk mit dem Draht und den Stahlpfosten ihrer zerschnittenen Zäune beluden. Und doch reichte die Hektik ihrer Umgebung nicht aus, um sie abzulenken. Sie konnte nur zusehen und abwarten, auf und ab gehen und die Hand zur Faust ballen.

Ein Captain mit einem M4 trat ihr in den Weg. »Sie sollten nicht hier draußen sein«, sagte er. »Dr. Goldman? Sie sollten lieber nicht hier draußen sein.«

»Beymer«, sagte sie und deutete auf die weiße Plakette an ihrer Uniform. *Fragen Sie Colonel Beymer!* Der mit Arbeit überhäufte Navy-Oberst war stellvertretender Befehlshaber des Stützpunkts und hatte nicht gewusst, was er mit ihr anfangen sollte. Immerhin hatte er ihr alles bewilligt, was sie brauchte – ärztliche Betreuung, Essen, Ruhe und einen kleinen Raum für die Mikroskope, die mit ihr zusammen gerettet worden waren. Niemand hatte Zeit zum Babysitten.

Die Plakette sollte ihr freien Zugang zu allen Einrichtungen verschaffen, eine Vergünstigung, die Ruth gern in Anspruch nahm. Das Sprechen fiel ihr schwer. Sie hatte nicht nur Zahnschmerzen, sondern sich während der Infektion auch die Zunge und die Innenseiten der Wangen durchgebissen, vielleicht, weil man sie fixiert hatte und ihr Körper keine andere Möglichkeit fand, auf den Bewegungszwang der Gehirnseuche zu reagieren.

»Das, finde ich, ist keine so gute Idee«, sagte der Captain. »Sie sollten zumindest einen Schutzanzug tragen.«

Ruth gab keine Antwort.

»Ich weiß, wie Sie sich fühlen«, fuhr er fort, »aber wir haben keine Ahnung, was so eingeschleppt wird. Angenommen, es gibt neue Nano-Stämme?«

Nur einige seiner Worte durchdrangen ihre eigenen Ängste. *Du weißt nicht, wie ich mich fühle,* dachte sie. *Ich hätte bei ihnen sein sollen.* Aber der Captain hatte recht, wenn auch nicht aus den eben genannten Gründen. Nach allem, was sie durchgemacht hatte, wäre es doch idiotisch, sich nun noch von einem Helikopter-Rotor köpfen oder von der Bodenmannschaft über den Haufen rennen zu lassen.

»Ich werde darauf achten, dass ich nicht im Weg stehe.« Mühsam entlockte sie ihrem geschwollenen Mund die Worte.

»Danke, Madam.« Der Captain zögerte und suchte ihren Blick, aber Ruth konnte ihn gar nicht ansehen. Sie konnte niemanden ansehen. Man erwartete einfach zu viel von ihr.

Sie hatte das ausgenutzt. Alle fürchteten sich vor einem neuen Infekt, einem noch wirksameren Nano, den sie drüben in Los Angeles ausgebrütet hatten. Dennoch hatte Ruth Colonel Beymer überredet, ihren Freunden einen Helikopter zu schicken. Kendra Freedman war der Name, der alle Türen öffnete. *Wir müssen sie finden,* hatte sie gesagt, und das stimmte auch. Aber ihr ging es weniger darum, Freedman zu retten, als zu erfahren, ob Cam und Deborah noch am Leben waren.

Ruth überquerte den Landeplatz und setzte sich auf eine Transportkiste. Sie fuhr mit den Fingernägeln an einem Holzsplitter entlang, der vom Rand des Deckels abstand. Es tat ihr gut, das Labor zu verlassen. Selbst ihr Mund schmerzte im Freien weniger als drinnen. Das Reinraum-Zelt, in dem sie arbeitete, war klein und dunkel, und Ruth litt in engen, düsteren Räumen mehr denn je unter Panikzuständen. Noch schlimmer war das Warten. Zehn Minuten zuvor hatte ihr ein Mann die Botschaft überbracht, dass Beymers Team in L. A. gestartet war.

*Ich hätte bei ihnen sein sollen.*

Der Gedanke würde sie ihr Leben lang verfolgen. Hätten sich die Dinge anders entwickelt, wenn sie in der Lage gewesen wäre, ihnen zu helfen? Oder wäre sie jetzt auch tot?

Ruth war in einem Wohnhaus in Tabernath zu sich gekommen, einer von der Überschwemmung übel zugerichteten Kleinstadt zwanzig Meilen südlich des V-22-Hangars. Ingrid war bei ihr gewesen, in einem zugeschlossenen Zimmer, aber Ingrid hatte sich infiziert, und nur eine von Ruths Händen war halb vom Fixiergurt befreit. Ingrid hatte wohl gesehen, wie die Seuche alle anderen erfasste, und sie war zu Ruth gerannt, um sie zu befreien. Allerdings nicht schnell genug. Ruth blieb an ihr Bett gefesselt. Es war ihr nicht gelungen, Ingrid zu sich zu locken. Ruth hatte im Dunkel geschrien und gefleht, blutend, hungrig und allein mit der Freundin, die zu einem verwirrten Gespenst verkümmert war. Sie beobachtete, wie Ingrid stundenlang gegen die Wände lief, ohne je die Tür zu finden, bis die ältere Frau endlich so nahe vorbeitorkelte, dass Ruth sie am Waffengurt packen konnte. Ruth war schwach, Ingrid unbeholfen. Sie fiel auf Ruth und rollte zur Seite, aber zuvor war es Ruth gelungen, die Pistole aus ihrer Hüfttasche zu ziehen. Ihre Hände waren so eng gefesselt, dass sie es nicht wagte, die Stricke zu zerschießen, und sie scheute auch davor zurück, auf ihre Füße zu zielen. Aber schließlich schaffte sie es, den Knoten mit dem Lauf aufzuhebeln und sich bis zu ihrem Funkgerät zu schleppen.

An diesem Morgen nun hatte Ruth den ursprünglichen Impf-Nano für die Gehirnseuche so modifiziert, dass er den Gegen-Impfstoff unwirksam machte und als Heilmittel eingesetzt werden konnte. Schwieriger war es, dieses Heilmittel so umzuprogrammieren, dass es sich nur unter ganz bestimmten Voraussetzungen vervielfältigte, aber sie wollten verhindern, dass es sich unter den Chinesen ausbreitete, bevor diese in bewachten Sammellagern untergebracht werden konnten. Ruth hatte einen Regulator entwickelt, der eine Vermehrung des Nanos auf Atmosphären mit hohem Sauerstoffgehalt beschränkte. Das war eine künstliche Umgebung im Bereich ihrer Möglichkeiten, insbesondere in der Höhe von Sylvan Mountain, auch wenn sie dazu kostbare medizinische Vorräte opfern musste. Mit anderen Worten – sie konnte das Gegenmittel in kleinen Mengen herstellen und in Ampullen mit Blutplasma aufbewahren, um es dann einzelnen Personen zu injizieren.

Ingrid, Emma und General Walls erholten sich bereits in einem Quarantäne-Zelt. Die übrigen Gefährten, die bis zuletzt heldenhaft gekämpft hatten, waren verschwunden. Der Laptop von Walls enthielt Daten, aus denen hervorging, wer die Gehirnseuche überlebt hatte. Aber Bobbi Goodrich war aus ihrem sicheren Haus verschwunden, ehe sich Ruth befreien konnte. Und die Soldaten unter Führung von Lieutenant Pritchard waren ebenfalls nirgendwo aufzufinden. Wo immer sich die USAF-Einheit verborgen hielt, die Leute waren infiziert, verletzt und vermutlich halb verhungert. Ruth hoffte von ganzem Herzen, dass jemand sie aufstöberte, bevor es zu spät war, denn sie hatten bis zuletzt tapfer und selbstlos gekämpft und sich damit einen Ehrenplatz in den Annalen ihres Landes verdient.

Spezialagentin Rezac war ein trauriges Beispiel für die Komplikationen des neuen Impf-Nanos. Ruths Gegenmittel enthielt in abgeschwächter Form die gleichen Risiken wie die Gehirnseuche selbst. Sekunden nach der Injektion hatte Rezac einen Gehirnschlag erlitten. Jetzt war sie tot. Das gleiche Problem hatte allein hier in Sylvan Mountain zu Dutzenden von Behinderungen oder Todesfällen geführt. Es war einfach nicht fair.

Die ersten Berichte aus Los Angeles waren noch deprimierender. Das Bergungsteam hatte Deborah und Kendra tot auf einem Parkplatz vor den chinesischen Labors gefunden. Die beiden Frauen lagen Seite an Seite, Kendra mit ausgestrecktem Arm und Deborah eine Hand vor den Mund gepresst, in dem sich ein Substrat befand.

Sie hatten es also geschafft. Sie hatten den Sieg davongetragen, während die chinesischen Truppen immer näher rückten. Von ihren Leichen war der Gegen-Impfstoff auf den Feind übergesprungen – und auf Cam.

Er lebte. Er befand sich im zweiten Stadium des Infekts, als ihn das Bergungsteam in den Ruinen aufspürte. Sein Körper war in eine Art Erstarrung gefallen. Das hatte ihn gerettet. Höchstwahrscheinlich hatte er sich während der ersten Erregungsphase der Gehirnseuche nicht weiter als ein paar Zoll bewegt. Der Blutverlust war zwar hoch, aber sie hatten getan, was sie konnten, um seine Lebensfunktionen zu verstärken. Nun brachten sie ihn auf schnellstem Weg nach Sylvan Mountain, wo alles für eine Notoperation vorbereitet war. Bis auf zwei chinesische Gefangene war Cam der einzige Augenzeuge der Ereignisse in L. A. Medrano hatte die Kämpfe ebenso wenig überlebt wie zwei russische Soldaten, deren Leichen man im Schutt fand – Verbündete der Chinesen?

Cam wusste vielleicht mehr über Kendras Nano-Entwürfe, über andere Labore oder amerikanische Überlebende, aber eigentlich gab es für Ruth keinen Grund, ihre eigenen Crash-Programme zu unterbrechen und auf seinen Helikopter zu warten. Bis jetzt hatte er das Bewusstsein nicht wiedererlangt. Selbst wenn er die Augen aufschlug, blieb er ein Zombie. Cam hatte eine bessere Chance durchzukommen, wenn er ansprechbar war und nicht gegen seine Fixierungen ankämpfte, aber sein Körper vertrug keinen größeren Schock mehr. Die Ärzte würden ihm das Gegenmittel erst injizieren, wenn sich sein Zustand gebessert hatte.

Ruth war nur zum Landeplatz gekommen, weil sie ihn noch einmal sehen wollte, bevor er womöglich das gleiche Schicksal erlitt wie Spezialagentin Rezac.

Sie hoffte, dass sie schwanger war. Die Chancen standen allerdings nicht gerade gut. Sie waren nur einmal zusammengekommen, aber immerhin – seitdem hatte ihre Periode ausgesetzt. Ausgeschlossen war es also nicht. Sie wünschte sich sein Kind. Ein Teil von ihm sollte weiterleben.

Das hatten sie sich beide verdient, oder?

Ruth sprang auf, als zwei F-35 über sie hinwegdonnerten, der Geleitschutz des Bergungsteams von der Westküste. Wo blieb der Helikopter? Lange Sekunden vergingen, ehe sich ein schwarzer Punkt von der untergehenden Sonne löste. *Wap wap wap wap,* kam das Echo der Rotoren von den Bergflanken.

Ihre Mission hatte sich dadurch verzögert, dass der Helikopter erst in Kalifornien und dann noch einmal in Utah nachtanken musste. Sein Flug nach L. A. war ein mühsames Hüpfspiel gewesen. Jäger mit einer wesentlich größeren Reichweite und Geschwindigkeit hatten den Geleitschutz übernommen, doch es gab einfach keine Senkrechtstarter mehr. Ruth war dafür dankbar, dass sie es überhaupt geschafft hatten, bis nach Kalifornien vorzudringen.

Sie vergaß ihr Versprechen, sich vom Landeplatz fernzuhalten, als die Black Hawk zur Landung ansetzte.

»Dr. Goldman, halt!«, rief der Captain. Er lief ihr entgegen, um ihr den Weg abzuschneiden, aber Ruth ignorierte ihn einfach. Sie legte den Kopf in den Nacken und versuchte im Voraus abzuschätzen, wo der Helikopter landen würde. Ein mit Draht beladener Jeep musste ihr ausweichen. Dann stieß sie mit zwei Mechanikern zusammen, die einen Motor zerlegten, und stolperte über die am Boden ausgebreiteten Teile.

»Hey!«, schrie sie einer der Männer an.

»Entschuldigung …« Das umherrollende Metall erschien ihr wie ein böses Omen, und so blieb sie unschlüssig stehen. Beinahe hätte sie sich gebückt und den Leuten beim Einsammeln der Teile geholfen, aber in diesem Augenblick kamen Sanitäter aus den niedrigen Gebäuden am Rand des Landeplatzes gelaufen. Ruth wollte sich ihnen anschließen, doch da packte sie der Captain am Ärmel.

»Dr. Goldman, warten Sie!«

Sie starrte den viel größeren Mann an. »Nehmen Sie Ihre verdammten Pfoten weg!«, fauchte sie ihn an. Er zögerte. Ruth riss sich los. Es war ja nicht seine Schuld – er versuchte sie nur zu schützen –, aber Ruth wollte vor nichts und niemandem mehr abgeschirmt werden.

Irgendwie gewann sie so viel Selbstbeherrschung, dass sie Platz für die Sanitäter und ihre fahrbaren Krankentragen machte. Ein Soldat sprang aus der Black Hawk. Ihre Hand ballte sich zur Faust und öffnete sich wieder.

Der erste Mann, den sie nach draußen hoben, war nicht zu erkennen. Sie hatten ihn in Decken gewickelt und sein Gesicht mit einer Maske verhüllt. Die Rotorblätter drehten sich immer noch. Ruth drängte sich nach vorn. »Cam!«, schrie sie. »Cam!« Aber der Mann, der stumpf vor sich hinstarrte, war ein Chinese. Ein Gefangener.

»Wo ist Corporal Najarro?«, rief sie.

Sie hatten den gegenüberliegenden Ausstieg geöffnet und luden den nächsten Verwundeten aus. Ruth schob sich an der Nase der Black Hawk vorbei und mischte sich unter die Sanitäter, die hektisch Infusionsbeutel am Gestänge der Krankentrage befestigten. Sie wollte ihn berühren. Durch ihre zitternden Hände floss neue Energie. Sie bildeten beide einen Stromkreis, der sich wieder schließen musste, und sei es nur für einen Augenblick.

Wie der andere Mann trug auch Cam eine Gesichtsmaske. Eine Seite seines Bartes war bis auf ein paar kurze Stoppeln versengt, aber sie erkannte sein Haar und die Nackenmuskeln, obwohl die dunkle Haut grau aussah und wie Wachs glänzte.

»Miss, Sie können doch nicht …«, begann jemand.

Ihre Hand berührte Cams Schulter. Im nächsten Augenblick brach sie in Tränen aus. Es war ein tiefer, elender Schmerz, der sie bewegte, der Schmerz der Geliebten und der Schmerz der Freundin. *Bleib bei mir,* dachte sie. *Geh nicht! Bitte! Wir konnten uns noch gar nicht richtig lieben.*

In seinen Augen las sie nichts außer der stumpfen Gleichgültigkeit der Seuche, nichts von seinem Zorn oder seiner Stärke. Ruth wandte sich ab, noch bevor ein anderer Sanitäter sagte: »Wir bringen ihn jetzt hinein!« Sie nickte. Es spielte keine Rolle, ob sie ihre Zustimmung nun wahrnahmen oder nicht. Sie hatte bereits den Rückzug angetreten, und die Geste war eher nach innen als nach außen gerichtet.

Diese Geste hatte sie *ihm* abgeschaut, ein kurzes, prägnantes Nicken, das Zähigkeit und Entschlossenheit zum Ausdruck brachte.

Sie würde weiterkämpfen, mit ihm oder ohne ihn. Das zumindest war sie ihm schuldig, obwohl sie nicht recht wusste, wie weit sie die nächste Nano-Generation vorantreiben sollte. An welchem Punkt wurde aus der Selbstverteidigung mehr als Notwehr? Konnte man die Absicht, Menschen zu helfen, sie zu heilen, scharf abgrenzen? Niemand wusste so gut wie sie, wie schnell diese Linie überschritten war. Wie schnell sich bei einer Neuentwicklung negative Möglichkeiten zeigten, die im Nu auf der ganzen Welt Verbreitung fanden.

Als sie sich vom Landeplatz entfernte, fuhren zwei Jeeps nahe an die Helikopter-Ausstiege heran. Die Männer an Bord erhielten beim Entladen der sorgfältig verpackten Computer, der Laborgeräte und des Papierkrams tatkräftige Unterstützung. Wenn die Helfer sie erkannten, so ließen sie sich nichts anmerken. Ruth wusste, dass eine Menge Arbeit auf sie wartete. Allein das Sortieren der Unterlagen bedeutete eine kolossale Aufgabe. Ruth freute sich nicht darauf, aber es würde sie immerhin von Cam ablenken. Oder wäre es besser, in Gedanken bei ihm zu bleiben?

*Ich kann nicht sofort in dieses Zelt zurückkehren,* dachte sie. Aber ich sollte anfangen. Ich müsste anfangen. Stattdessen schlenderte sie über den aufgewühlten Boden jenseits des Landeplatzes, sog den Himmel und die Kälte geradezu in sich ein. Ihr Körper war nicht weniger rastlos als ihr Geist.

*Ich kann nicht.*

Ruth hatte in Erwägung gezogen, die gesamte Menschheit zu töten. Sie hatte ihre Rolle immer als defensiv eingestuft, aber angenommen, es wurde nun Zeit, selbst anzugreifen? Sie konnte sich zur Kriegsherrin über den ganzen Planeten erheben, so wie es Senator Kendricks und anderen Männern wie ihm vorgeschwebt hatte.

Wie die früheren Nanos waren die Gehirnseuche und ihr Impfstoff für jeden zugänglich. Schon bald konnte es eine neue Pest geben, wenn sie nicht jedem Feind zuvorkam. Egal, wie wachsam sie auch sein mochten, es ließ sich nicht vorhersehen, aus welcher Richtung die nächste Bedrohung kommen würde. Russland. Indien. Japan. Brasilien. Selbst unter den eigenen Leuten gab es einige, die darauf bestehen würden, ihre eigenen Waffen zu entwickeln, ohne sie einzuweihen. Steve McCown war tot, umgekommen in Grand Lake, und Meghna Katechia blieb vermisst, wahrscheinlich in chinesischer Gefangenschaft. Aber es musste Überlebende geben, die zumindest Grundkenntnisse in der Nanotechnologie besaßen. In Übersee waren es vermutlich mehr.

Die Wissbegier und der Ehrgeiz, die den *Homo sapiens* zu einem so rasanten Aufstieg verholfen hatten, bedeuteten zugleich eine Schwäche. Seine Intelligenz hatte sich als zweischneidiges Schwert erwiesen. Ruth glaubte, dass der nächste Schritt in der Evolution die Überwindung von Argwohn und Gier sein musste. Vielleicht war es dafür aber auch schon zu spät. Seine Umwelt hatte der Mensch zerstört. Kriege führte er aus einem Reflex heraus. Einzig und allein ihr Glaube war stärker geworden.

Nichts von dem, was geschehen war, musste vergeblich sein. Sie alle hatten Großes geleistet und mehr erreicht, als irgendjemand erwarten konnte. Das galt auch für ihre chinesischen Gegenspieler.

Ein abergläubisches Gefühl überkam Ruth. Sie konnte das Muster, das sich offen darstellte, beinahe mit Händen greifen. Ihre Vorahnung, dass sie Cam verlieren würde, hatte sich fast erfüllt, wenn auch in anderer Weise als erwartet.

Die Rollen, die Deborah und Kendra in dem großen Rätsel zukamen, waren unstrittig. Aber wohin gehörte Sarah Foshtomi? In gewisser Weise hatte Foshtomi durch ihr Ungeschick dazu beigetragen, dass Ruth infiziert und letztlich gerettet wurde. Vielleicht verdankte ihr auch Cam sein Leben? Ruth hoffte es. Wie so viele Kampfgefährten war Foshtomi vermisst und höchstwahrscheinlich tot, aber ihr Leben hatte bedeutsame Spuren hinterlassen.

Ruth hätte nie an einer neuen Gehirnseuche gearbeitet, wenn nicht ein neuer Krieg ausgebrochen wäre – und ohne diesen Krieg hätte sie sich nie mit der Technologie der nächsten Nano-Generation befasst.

Und wenn nun ausgerechnet darin der Grund lag, dass sie noch am Leben war?

Sie war an der Verantwortung gescheitert, die ihre Ausbildung mit sich brachte. Nun bekam sie eine zweite Chance und hatte noch bessere Werkzeuge an der Hand. Freedmans Gehirnseuche bot eine faszinierende Möglichkeit. Ruth bezweifelte nicht, dass manche Leute Rachegelüste hegten und den Chinesen genau das antun wollten, was diese für ihre

Feinde geplant hatten – sie zu Zwangsarbeitern und Sklaven zu machen.

Doch es gab einen besseren Weg. Ruth konnte einen dauerhaften Frieden erzwingen. Sie würde herausfinden müssen, welche Resultate die chinesischen Wissenschaftler bis jetzt erzielt hatten, aber wenn die Sekundärprogramme, die sie entwickelt hatten, so gut durchdacht waren, wie sie annahm, dann müsste sie in der Lage sein, selektiv in die Gehirnfunktionen eines jeden Einzelnen einzugreifen. Sie könnte ihre eigene Gehirnseuche auf die Welt loslassen und damit nicht nur die Nanotech-Speicher der Menschen löschen, sondern auch ihre Aggressionen dämpfen, ihren Hass und ihre Fantasie. Dabei würde sie sich selbst gar nicht ausschließen. Sobald diese Eigenschaften gebändigt waren, konnte man von einer Veränderung der Menschheit sprechen, die so fundamental war, dass niemand wüsste, wie oder warum sie eingetreten war.

Ruth würde es nicht gelingen, ihre wahre Natur für immer zu verbergen. Sie käme in Büchern und Dateien zum Vorschein, selbst wenn den Lesern bestimmte Worte oder Konzepte unverständlich blieben. Die mentale Blockade wäre vollkommen – aber eines Tages, vielleicht erst Generationen in der Zukunft, käme jemand hinter die Wahrheit. Dann würde die Menschheit vielleicht noch einmal beginnen, die Nanotechnologie zu entwickeln. Man würde mit den Geheimnissen experimentieren, die in der eigenen DNS verschlüsselt lagen, und die Macht der Furcht und der Wut wiederentdecken. In der Zwischenzeit aber würde Frieden herrschen. Die Menschen hätten sich verändert, wären ruhiger und weniger selbstsüchtig geworden. Vielleicht hätten sie sogar neue Wege der Zusammenarbeit erlernt. Und die Umwelt hätte sich von ihren Schäden erholt.

Doch das Paradoxon, das diese Vorstellung mit sich brachte, bereitete ihr Qualen. Ruth hatte Angst, einen wesentlichen Bestandteil der menschlichen Natur zu kappen – aus dem gleichen Grund, der sie auch daran hinderte, einen Völkermord zu begehen. Sie wollte sich nicht in ein Monster verwandeln, selbst wenn ihre Beweggründe edel waren. Nur mal angenommen, es traten Nebenwirkungen auf? Angenommen, sie beschnitt die Urtriebe der Menschen so, dass sie die Fähigkeiten und Fertigkeiten verloren, die sie benötigten, um in dieser kaputten Welt zu bestehen? Aber die Kämpfe mussten ein Ende nehmen. Ein weiterer Krieg würde sie mit Gewissheit vernichten.

*Geh zurück in dein Zelt,* dachte sie und spähte zu den ersten Sternen am Abendhimmel hinauf. *Du schuldest so vielen Menschen etwas. Geh zurück in dein Zelt und sag Beymer, dass du die chinesischen Aufzeichnungen brauchst. Heute Abend. Jetzt.*

Der Entwurf einer neuen Gehirnseuche würde Monate in Anspruch nehmen, vielleicht noch mehr als das, aber sie konnte ihrem eigenen Gefühl der Dringlichkeit nicht entfliehen. Das Wettrennen hatte längst begonnen. Es wäre sicher der falsche Entschluss, eine Lösung zu ignorieren, wenn sie doch in ihren Möglichkeiten lag. Oder?

*Triff nicht schon wieder eine falsche Entscheidung!*

Ruth kehrte zu ihrem Zelt zurück.

Das Licht jenseits ihres winzigen Labors schimmerte in einem diffusen Grün durch die Zeltleinwand, als ein Mann von draußen rief: »Dr. Goldman? Er ist wach.«

Ruth blickte mit einem Gemisch aus Freude, Erleichterung und Selbstzweifeln von ihrem Computer auf. Drei Tage waren vergangen. Es war Morgen. Sie speicherte ihre Arbeit und klappte den Laptop zu, für den Fall, dass Beymer jemanden in ihr Zelt schickte, solange sie fort war. Sie hegte den Verdacht, dass schon einmal jemand während einer ihrer kurzen Pausen in ihren Sachen herumgeschnüffelt hatte.

Sie schob sich durch die Kunststoffbahnen des inneren Zeltes und betrat eine Art Luftschleuse. Dort fand sie einen Soldaten vom postoperativen Betreuungsteam vor, den sie vom Sehen kannte. »Wie geht es ihm?«, fragte sie.

»Stabilisiert. Aber sehr schwach.«

»Danke.«

Der Soldat brachte sie zu einem niedrigen Betonbau, der halb unterirdisch angelegt war. Sie gingen sechs Stufen nach unten und dann bis zur dritten Tür links. Ruth hatte einen Zahlenzwang entwickelt. Sie wusste, dass Cam noch zwei Türen weiter lag, fünf insgesamt, eine weniger als die sechs Stufen. Es war eine sinnlose Gleichung, aber sie klammerte sich an diese Ziffern – fünf, nicht sechs –, als versuchte sie, ihren Herzschlag zu verlangsamen.

Die dritte Tür führte zu einem engen Stationszimmer. Ruth sah Wasserkrüge, ein Waschbecken und blutige Wäsche. Sie desinfizierte ihre Hände und Arme. Der Soldat reichte ihr eine Stoffmaske und einen bauschigen Schutzanzug, den sie über ihre Uniform streifte.

Als sie sich endlich Cams Krankenzimmer näherte, überfiel sie die gleiche bohrende Unsicherheit wie in dem Augenblick, als sie den Entschluss gefasst hatte, den Gehirnseuchen-Nano weiterzuentwickeln. Sie wusste zwar, dass es am besten war, wenn sie diesen Nano aufbaute. Doch hatte sie Angst, dass Cam dies anders sehen könnte. Warum eigentlich? Er würde ihr doch sicher zustimmen, oder?

Er befand sich in einer semi-isolierten Umgebung. Es hieß, seine Verbrennungen und die Bauchwunden bargen ein hohes Infektionsrisiko. Ruth wusste, dass er in Wahrheit in einem Einzelzimmer untergebracht war, weil sie immer noch fürchteten, er könnte einen bislang unbekannten Nano-Typ einschleppen, obwohl die Blutproben, die sie von ihm und den beiden Gefangenen genommen und gründlich untersucht hatten, diesen Verdacht nicht bestätigten. Dennoch begrüßte sie die Möglichkeit, mit ihm allein zu sein.

Seine Haut hatte wieder Farbe angenommen. Das war das Erste, was ihr auffiel. Gesicht und Hände hoben sich dunkel gegen die weißen Laken ab. Seine Augen waren geschlossen. Sie wäre wieder gegangen, wenn sie ihn nicht schon zweimal besucht hätte, ohne ein Wort mit ihm zu wechseln.

»Cam?« Sie trat an sein Bett, eine dünne, handgenähte Matratze auf einem niedrigen Metallrahmen. Vergeblich suchte sie nach einem Besucherstuhl. »Cam? Ich bin es. Ruth. Geht es dir …?«

»Hey.« Er öffnete die Augen zwar nicht, aber seine Hand hob sich ein wenig von der Bettdecke und tastete umher.

Ihre Handflächen berührten sich. »Ich bin es. Ich bin bei dir.«

»Deine Stimme.«

Ruth lächelte unter Tränen. »Ich bin okay.« Die offenen Stellen in ihrer Mundhöhle verheilten allmählich. »Wie geht es dir?«

»Schmerzen.«

»Hm.«

Sie blieben ein paar Minuten zusammen, ganz still. Es reichte schon, dass sie sich atmen hörten. Vom Korridor draußen hörte man Stimmen. Ruth küsste durch die Gazemaske seine Hand.

»Ich muss dir etwas sagen«, begann sie.

Sie versuchte ihm zu erklären, was sie mit dem chinesischen Nano vorhatte. Seine Instinkte waren immer stärker als ihre eigenen gewesen, und sie vertraute ihm mehr als sich selbst. Cam schlug die Augen auf und sah sie forschend an.

»Nein«, sagte er. »Tu es nicht.«

»Aber wenn andere …«

Er versuchte sich aufzusetzen. Ruth fasste erschrocken nach seiner Schulter und schob ihn sanft zurück in die Kissen. »Cam, du wirst dir wehtun!«

»Wir finden einen anderen Weg«, sagte er. »Tu es nicht!«

»Versprochen. Ich tue es nicht. Du hast recht. Ich tue es nicht.« Wieder beugte sie sich über ihn und küsste seine Hand, getrieben von dem Wunsch, ihre schuldbewusste Miene vor seinem kritischen Blick zu verbergen.

*Begreifst du nicht, wie sehr ich dich brauche?,* dachte sie.

»Bitte, Ruth«, sagte er und schloss erschöpft die Augen. »Zwing uns nicht, auch noch gegen dich zu kämpfen!«

»Nein. Niemals.«

Sie blieben zusammen, bis er einschlief.

Später fuhr er kurz aus einem Albtraum hoch, und sie war froh, dass sie ihn nicht allein gelassen hatte. »*Schsch,* Cam, ich bin bei dir. Keine Angst. Ich bin bei dir.«

»Ich liebe dich«, sagte er.

# DANKSAGUNGEN

Zuallererst möchte ich meiner Frau Diana danken, ohne deren Beistand und aufopfernde Unterstützung diese Trilogie niemals entstanden wäre. Ich denke, wir alle schulden ihr einen kühlen Drink und eine große Schüssel Curly Fries, oder?

Unsere Söhne haben ebenfalls ein bemerkenswertes Verständnis dafür gezeigt, dass sich Daddy so oft aus dem Familienleben ausklinkte. Danke, Johnny Six und Bee Ee En. Ich liebe euch!

Wertvolle Hilfe bei diesem Roman leisteten außerdem: Mike Way, Professor für Entomologie an der Rutgers University; Lt. Colonel (im Ruhestand) J. Brian »Bear« Lihani, USAF; Major Brian Woolworth, US Army Special Forces, und mein Vater Dr. Gus Carlson, Ingenieur und früherer Abteilungsleiter am Lawrence Livermore National Laboratory. Wann immer ich aus dem Nichts einen Kompressor auf dem Bodenblech eines einmotorigen Flugzeugs verschrauben oder einen Reinraum aus Plastikplanen und Klebeband zaubern musste, tauchte Dad wie Batman höchstpersönlich auf, und der Fall war gelöst.

Mein Dank gilt außerdem Dr. Andreas Heinrich, einem der klügsten Köpfe, die es derzeit auf dem Sektor der Nanotechnologie gibt. Andreas befasste sich nicht nur mit meinen seltsamsten Fragen, sondern lud mich obendrein zur Besichtigung eines echten Nanotech-Labors ein. Wow! Weil ich weiß, was sich gehört, schaltete ich lieber keins von diesen tollen Geräten ein.

Auch Dr. Charles Hanson und Dr. Sumit Sen nahmen sich während der Entstehung dieses Buches immer wieder die Zeit, allerlei seltsame Fragen zu beantworten.

Mein Freund und »Evil Genius« Matthew J. Harrington ist für die Rauchmelder verantwortlich.

Ein Dankeschön geht außerdem an Aileen Chung Der und Nissan Jp für ihre Hilfe bei den Recherchen zu Chinas Kultur, Sprache und Militär. Die Chinesen entwickelten sich im Lauf der Handlung leider zu den bösen Buben dieser Trilogie, aber die Story brauchte eben einen plausiblen Gegner, und ich habe mich stets bemüht, sie mit Respekt zu schildern. China ist eine Weltmacht, und ohne seine Stärke hätte der Roman viel von seiner Glaubwürdigkeit eingebüßt.

Meine Agenten Donald Maass und Cameron McClure setzen sich weiter großartig ein. Heißen Dank für ihre harte Arbeit verdienen auch J. L. Stermer, Amy Boggs und alle anderen aus ihrem Büro sowie mein Team bei Ace, Anne Sowards, Cam »der andere Cam« Duffy und Ginjer Buchanan. Fantastisch war das Duo Eric Williams und Judith Lagerman, das die Umschlaggestaltung aller drei Bände übernahm, und auch Meghan Mahler, die sich um die anschaulichen Karten kümmerte.

Ein gigantisches Lob gebührt Jeremy Tolbert von *www.jeremiahtolbert/CE65/.com* für meine schicke neue Website auf *www.jverse.com*. Es lohnt sich, mal reinzusehen. Jverse bietet kostenlose Leseproben, Videos, Wettbewerbe, Ankündigungen neuer Werke und mehr.

Zu guter Letzt möchte ich noch Ruth, Cam und dem Rest der Gang danken. Auch wenn sie nur in meinem Kopf herumspuken, so hat die Zeit mit ihnen doch Spaß gemacht. Ich hoffe, euch ergeht es nicht anders.

SEI UNSER
HELD!
PIPER FANTASY
Piper-Fantasy.de
PIPER

**Jeff Carlson**

***Nano***

*Thriller. Aus dem Amerikanischen von Andreas Decker. 400 Seiten. Piper Taschenbuch*

Die Nanotechnologie ist die größte Hoffnung in der modernen Medizin – doch was, wenn die winzigen Maschinen außer Kontrolle geraten? Nach einem Ausbruch von Nanoviren überzieht ein Strom der Vernichtung die Welt. Fünf Milliarden Menschen sterben. Cameron Najarro und Albert Sawyer zählen zu den letzten Überlebenden, die sich in den Bergen Kaliforniens verschanzt haben. In dieser Höhe können die Nanoviren nicht existieren. Doch als die Nachricht von weiteren Überlebenden umgeht, müssen Cameron und Albert ins Tal aufbrechen – in die Welt eines unsichtbaren, todbringenden Feindes, der scheinbar durch nichts zu besiegen ist …

»Nach diesem Buch erzeugt das Wort Nano Gänsehaut.«
Locus

05/2414/01/L

**Jeff Carlson**

***Plasma***

*Thriller. Aus dem Amerikanischen von Birgit Reß-Bohusch. 416 Seiten. Piper Taschenbuch*

Nach »Nano« der neue packende Endzeit-Thriller von Jeff Carlson: Nanoviren haben die Welt mit einer unsichtbaren, tödlichen Seuche überzogen. Doch der Forscherin Ruth Goldman gelingt das Unmögliche: Sie entwickelt einen Impfstoff gegen die winzigen Maschinen, denen die Menschen bislang machtlos ausgeliefert waren. Zusammen mit ihrem Gefährten Cameron Najarro bricht Ruth auf, um die Überlebenden in den Bergen mit dem Serum zu versorgen. Allerdings hat die Regierung eigene Pläne für die Verwendung des Impfstoffs getroffen. Ruth und Cameron müssen einen mörderischen Kampf aufnehmen, um die Vernichtung der Menschheit noch zu verhindern …

05/2415/01/R

**Ralf Isau**

***Die Dunklen***

*Thriller. 608 Seiten.*
*Piper Taschenbuch*

Die berühmte Pianistin Sarah d'Albis verfügt über eine besondere Gabe: Sie »sieht« Töne als Farben und Formen. Während der Aufführung eines Musikstücks von Franz Liszt in Weimar offenbart sich ihr eine unheimliche Botschaft. Sarah kommt auf die Spur des gefährlichen Geheimbunds der Dunklen. Seit Jahrhunderten sind sie auf der Suche nach einem Musikstück, dessen Besitz unendliche Macht über die Menschen verspricht. Gemeinsam mit dem zwielichtigen Russen Oleg Janin setzt Sarah alles daran, um diesen Plan zu vereiteln. Denn die Zukunft unserer Welt hängt davon ab, wer die Partitur zuerst entdeckt …

»Hoch spannend und fesselnd bis zur letzten Zeile.«
Focus

05/2265/02/L

**David Murphy**

***Zombies für Zombies***

*Ein Ratgeber für Untote. Illustriert von Daniel Heard. Aus dem Amerikanischen von Irene Holicki.*
*272 Seiten. Piper Taschenbuch*

Sie wurden von einem Zombie angefallen? Dann handeln Sie jetzt! Es gilt, keine Zeit zu verlieren. Noch vor wenigen Jahren hätten Sie sich dem Schicksal ergeben müssen, einsam dahinzusiechen – doch heutzutage ist die Forschung viel weiter. Dieses Buch gibt Ihnen notwendige Hilfestellungen und wertvolle Tipps für alles, was folgen wird. Nicht alles wird angenehm sein, aber auch nicht so schlimm, wie Sie vielleicht befürchten. Wenn Sie dieses Buch in den nächsten 72 Stunden durcharbeiten, haben Sie die größten Chancen, sich ausreichend auf Ihr neues Dasein vorzubereiten. Also zögern Sie nicht! Spüren Sie es schon? Beginnen Sie zu lesen! JETZT!

05/2395/01/R

PIPER

**Philip José Farmer**

## *Die Flusswelt der Zeit*

*Der Flusswelt-Zyklus 1. Mit der Novelle »Auf dem Zeitstrom«. Aus dem Amerikanischen von Ronald M. Hahn. 352 Seiten. Piper Taschenbuch*

Als der berühmte Forscher Sir Richard Burton im Jahr 1890 stirbt, erwacht er am Ufer eines Flusses in einer fremden, archaischen Welt. Offenbar wurden hier alle Menschen wiedererweckt, die je gelebt haben. Doch von wem, und zu welchem Zweck? Die Suche nach Antworten führt Burton, den Urmenschen Kazz und die Aristokratin Alice in eine Welt voller Gefahren, in der ein unsichtbarer Gegner die Fäden zieht … Eine zeitlose Vision über das Schicksal der Menschheit, die mit dem Hugo-Gernsback-Award ausgezeichnet wurde und zu den bedeutendsten Werken der phantastischen Literatur zählt.

Der Flusswelt-Zyklus liegt nun endlich vollständig neu überarbeitet und mit bislang unveröffentlichtem Bonusmaterial vor.

05/2211/02/L

**Philip José Farmer**

## *Auf dem Zeitstrom*

*Der Flusswelt-Zyklus 2. Aus dem Amerikanischen von Ronald M. Hahn. 304 Seiten. Piper Taschenbuch*

Alle Menschen, die seit der Urzeit auf der Erde gestorben sind, erwachen auf der Flusswelt wieder. Eine geheimnisvolle Macht bestimmt die Geschicke in dieser fremden Welt. Richard Burton, Mark Twain, ein Neandertaler und ihre Gefährten machen sich auf, das Geheimnis der Flusswelt zu lüften. Twain will in einem wagemutigen Vorhaben ein Flussschiff bauen. Doch Kriege und politische Konflikte werden zur tödlichen Gefahr. Und ein unsichtbarer Gegner stellt sich jedem in den Weg, der der Quelle des Flusses zu nahe kommen will … Der zweite Band des preisgekrönten Meisterwerks der phantastischen Literatur in vollständig überarbeiteter Neuausgabe.

»Eines der eindrucksvollsten Szenarios, die je erdacht wurden.«
SF Site

05/2212/02/R

**Philip José Farmer**

## *Das dunkle Muster*

*Der Flusswelt-Zyklus 3. Aus dem Amerikanischen von Ronald M. Hahn. 576 Seiten. Piper Taschenbuch*

Die Flusswelt versinkt in Kriegen, brutalen Streitigkeiten und politischen Intrigen. Je weiter der technische Fortschritt in die Welt Einzug hält, desto verhängnisvoller werden die Konflikte zwischen den Menschen. Zugleich besagen Gerüchte, dass die Erbauer der Welt, die »Ethiker«, in dem sagenhaften Polturm am Ursprung des Flusses zu finden seien. Doch so weit nach Norden ist noch niemand vorgedrungen. Mark Twain und Richard Burton beginnen eine wahnwitzige Mission, die sie zum letzten Rätsel dieser Welt führen wird … Der vollständig neu überarbeitete »Flusswelt-Zyklus« ist ein Muss für jeden Leser phantastischer Literatur.

»Der Flusswelt-Zyklus ist ein in Science Fiction und Fantasy einzigartiges Werk.«
Booklist

05/2213/02/L

**Philip José Farmer**

## *Das magische Labyrinth*

*Der Flusswelt-Zyklus 4. Mit einer bislang unveröffentlichten Flusswelt-Novelle. Aus dem Amerikanischen von Ronald M. Hahn. 560 Seiten. Piper Taschenbuch*

Mark Twain, Richard Burton und ihre Gefährten stehen vor der Lösung des letzten Rätsels der Flusswelt: Was verbirgt sich in dem sagenhaften Polturm im unzugänglichen nördlichen Gebirge? Ihre waghalsige Mission bringt die Verbündeten näher als jemals an den Turm heran. Doch Twains Erzfeind John Lackland stellt sich ihnen immer wieder entgegen. Und als die Menschen den Polturm schließlich erreichen, erkennen sie, dass das Geheimnis der Flusswelt von ganz anderer Art ist als vermutet …
Der große Flusswelt-Zyklus, endlich vollständig neu überarbeitet.

»Spannung und Action erster Klasse – ein zeitloses Meisterwerk.«
Time Magazine

05/2393/01/R

PIPER

# Noch viel mehr Fantasy

## NAUTILUS - Abenteuer & Phantastik

**Seit 15 Jahren das erste Magazin für alle Fans von Fantasy & SF.**

**Jeden Monat neu mit aktuellen Infos zu Fantasy & SF-Literatur, Mystery, Science & History, Kino und DVD, Online- & PC-Adventures, Werkstatt-Berichten von Autoren, Filmemachern und Spieleerfindern - und dazu die offizielle Piper Fantasy-Kolumne.**

**NAUTILUS - monatlich neu im Zeitschriftenhandel**

**Probeheft unter www.abenteuermedien.de/piper**